本书系国家社科基金项目（03BZWOO5）优秀结项成果

转型时期中国

浪漫主义文学研究

石兴泽 杨春忠 著

人民出版社

目录

MuLu

绪　论　"转型时期中国浪漫主义文学"论题的提出
及其研究的基本问题 ………………………………… 1

上　编
转型时期中国浪漫主义文学研究的历史和现状

第一章　转型时期中国浪漫主义文学研究
的历史和现状 ……………………………… 21

一、缺席与在场：转型时期浪漫主义文学的尴尬存在 ……… 21

二、零散无序：多维视野中的整体性研究 ………………… 33

三、杂乱的指涉和归类：转型时期浪漫主义文学的
"类型性"研究 ………………………………… 44

中　编
浪漫主义文学的基本规定性及其在转型时期中国的流变

第二章　转型时期中国社会文化的流变及其
理解的基本维度 …………………………… 57

一、社会文化转型理解与解释的理论维度 ……………… 57

二、20 世纪中国社会文化的转型及其发展 …………… 59

三、转型时期中国的现实图景与知识分子的境遇、

意识及职责 …………………………………………………… 69

第三章　乌托邦、理想与浪漫主义 ……………………………… 76

一、理想与乌托邦的基本规定性 ………………………… 76

二、后乌托邦时代的乌托邦理想与浪漫情结 ……………… 79

三、乌托邦理想与转型时期中国浪漫写作的可能性及其理解 … 85

第四章　浪漫主义文学的观念向度与 20 世纪

中国浪漫主义文学 ………………………………… 92

一、浪漫主义文学的特质及其理解的基本维度 ………… 92

二、20 世纪中国浪漫主义文学的历史发展及其形态类型 … 98

三、20 世纪中国浪漫主义文学及其理论的特质与问题 …… 105

第五章　转型时期中国浪漫主义文学的基本问题

与"开放性浪漫主义"的建构 ……………………… 111

一、转型时期中国文学的基本走向与浪漫主义文学的地位 …… 111

二、转型时期中国浪漫主义文学的基本问题及其理解 … 122

三、"开放性浪漫主义"与转型时期中国

浪漫主义文学观念的重构 ……………………………… 130

第六章　转型时期中国浪漫主义文学的基本特质 ………… 136

一、意义及其表征的危机与转型时期中国浪漫主义

文学的历史规定性和审美规定性 ……………………… 136

二、解构性思潮与转型时期中国浪漫主义文学的思想特质 … 151

三、转型时期中国浪漫主义文学的形态特征 …………… 156

第七章　转型时期中国浪漫主义文学的流变

及其形态类型 …………………………………… 161

一、"社会理想性浪漫主义"与"个体情感性浪漫主义"

双足鼎立的阶段 ………………………………………… 161

二、浪漫主义文学相对沉寂而又多元选择的阶段 ………… 164

三、浪漫主义文学的多元化持续与"生态性浪漫主义"

兴起的阶段 ……………………………………………… 167

四、转型时期中国浪漫主义文学的形态类型 …………… 172

第八章 生态美学、生态文学与"生态性浪漫主义" …… 191

一、人类自然观的历史转换与生态美学的兴起 ……… 191

二、生态美学、生态论文学理论的基本维度与特质 …… 196

三、"生态性浪漫主义"的基本规定性与生态文学
在转型时期中国的发展 ………………………… 200

下 编
转型时期中国浪漫主义文学现象的描述与阐释

第九章 政治抒情与个性书写
——转型时期诗歌浪漫主义的聚焦透析 ………… 213

一、当代浪漫主义传统的影响与转型时期
浪漫主义诗学思潮的兴衰 …………………… 213

二、政治抒情诗潮的冲击波及其浪漫主义特点 …… 215

三、朦胧诗人的心灵历程及其诗歌的现代浪漫主义特征 … 224

四、舒婷、顾城等诗人诗作的浪漫主义解读 ………… 231

第十章 从争取爱情位置到燃烧生命激情
——转型时期爱情浪漫主义文学的逻辑推进 …… 242

一、"爱情的位置":主体意识的觉醒与爱情
浪漫主义创作 ………………………………… 242

二、"墓场鲜花":苦难的爱情浪漫主义凄美动人 …… 244

三、"第三者插足":爱情对婚姻道德的挑战 ………… 249

四、"男人的一半是女人":性爱浪漫主义的诗意书写 … 254

五、"丑行或浪漫":世俗大潮冲击下爱情浪漫主义
的命运 ………………………………………… 258

第十一章 青春岁月的诗性书写
——转型时期知青小说浪漫主义的纵向考察 …… 260

一、青春与浪漫:知青作家创作概说 ……………… 260

二、伤痕的诉说:忧伤浪漫主义 …………………… 263

三、豪迈的书写：英雄浪漫主义 ……………………… 264

四、诗意的讴歌：道德理想浪漫主义 …………………… 268

五、"重返乌托邦"：寻找精神家园 …………………… 271

六、怀旧情绪：抒发"青春无悔"的浪漫豪情 ………… 276

七、岁月如歌：知青小说的浪漫主义特点 …………… 278

第十二章　苍凉悲壮的英雄交响乐

　　　　　——转型时期社会英雄浪漫主义文学简析 ……… 281

一、社会英雄浪漫主义文学的文化和审美背景 ……… 281

二、社会英雄浪漫主义文学的英雄表征 ……………… 286

三、社会英雄浪漫主义文学的艺术风格 ……………… 293

四、社会英雄浪漫主义文学的演变与式微 …………… 298

第十三章　浪漫诗情在自然书写中宣泄

　　　　　——转型时期自然浪漫主义文学散点透视 ……… 302

一、自然浪漫主义文学及其发展的逻辑基础 ………… 302

二、表现自然美育理想的浪漫主义 …………………… 305

三、诗情浓郁的生态浪漫主义 ………………………… 309

四、浑厚深邃的人文地理学浪漫主义 ………………… 313

五、转型时期自然浪漫主义文学的特点 ……………… 316

第十四章　乡村情调与田园牧歌

　　　　　——转型时期乡村风情浪漫主义文学抽样

　　　　　分析 ………………………………………………… 320

一、乡土中国与乡村风情浪漫主义文学 ……………… 320

二、刘绍棠的民间传奇性浪漫主义创作 ……………… 322

三、汪曾祺的士林雅兴浪漫主义 ……………………… 337

四、乡村风情浪漫主义文学的特点 …………………… 349

主要参考文献 ………………………………………………… 352

后　记 ………………………………………………………… 355

"转型时期中国浪漫主义文学"
论题的提出及其研究的基本问题

"转型时期中国浪漫主义文学"既是一个文学史论题,也是一个美学、文学理论论题,并且其涉及广泛的社会、文化、精神、哲学、政治、宗教、道德乃至人们的日常生活等多方面的内容;其所涉及的相关问题,一方面是长期被忽视、冷落与遮蔽的,另一方面却又是当下的社会发展所面临并亟待解决的。应该说,这一论题在深层次意义上涉及转型时期中国的文化生态、精神生态、审美生态与文学生态及其平衡的问题。无疑,这是一个既具有理论意义,又具有现实实践价值的论题,值得我们加以深入而系统地研究。

一、"转型时期中国浪漫主义文学"论题的提出

"转型时期中国浪漫主义文学"这一概念及其相关论题有其独特的语义构成,提出这一概念及其相关论题,既基于转型时期中国浪漫主义文学发展的实际,基于转型时期中国的社会文化对文学创作与理论批评所提出的相关要求,同时也相关于这一历史时期中国浪漫主义文学对自身发展的自觉要求。应该说,这一论题的研究,既相关于浪漫主义文学的本体性维度,也相关于其历史性维度。

(一)社会文化转型、转型时期与转型时期的中国文学

这里所谓"中国社会文化的转型"指的是,从 20 世纪 70 年代末期开始,随着政治的历史性变动而带来的整体性中国社会文化的历史性转折;这一历史时期也就被称之为"转型时期"。可以说,转型时期是一个持续性的社会文化的流变过程,直到新世纪的当下,这一过程仍没有完结。在这一历史时期所发生的中国社会文化的历史转折,无疑为文学的历史性变动提供了

历史前提与现实基础。对这一问题的理解与把握,可以从以下相关层面来进行:其一,政治的转型为整体性文学活动提供了新的社会文化机制、思想机制及其活力;其二,思想解放与社会文化的转型打破了传统的文学禁区,拓宽了文学的视界,扩展了文学表现的题材,从而解放了文学的生产力;其三,转型使现实的社会文化生活日趋丰富与多样,使人们的艺术审美需要渐趋多向化、多元化,从而使文学生产得到了多向度的发展;其四,改革开放与思想解放也打破了传统社会文化的封闭性、单质性与一体化,一系列的外来社会文化思潮开始进入中国,从而使转型时期的中国文学生产获得了新的艺术审美与思想文化的参照系;其五,转型时期中国的传播媒介尤其是大众传播媒介获得了突飞猛进的发展,其带来了文学的存在方式、生产方式、话语形式与审美范式的革命;其六,相对主义、反本质主义、多元主义、反人类中心主义、消费主义等思潮的出现及其流行使转型时期中国文学的精神构成、特质及其意向展现出前所未有的复杂性。

(二)"转型时期中国浪漫主义文学"论题的基本含义

"转型时期中国的浪漫主义文学"指的即是生成并运作于转型时期中国的浪漫主义文学活动,这一论题的基本含义可以在以下相关维度上得到相应的具体理解:其一,转型时期中国的浪漫主义文学是"转型时期的中国"这一特定语境的独特产物,我们必须基于这一语境的总体性社会文化构成、特质及其现实运作机制来对其含义进行理解与把握。其二,转型时期中国浪漫主义文学的流变与演化是一个过程,在不同的发展阶段上,其含义及具体体现皆存在着诸多的差异,这就需要我们既要在发展论上,又要在形态类型学的意义上来理解并把握不同阶段、不同形态类型的浪漫主义文学现象的具体含义。其三,浪漫主义文学现象的现实存在尤其是浪漫主义文学文本的基本构成及其理解,规约着人们对"转型时期中国浪漫主义文学"含义的把握与界定,而其基本构成既相关于浪漫主义文学逻辑构成的具体质素,又相关于其总体存在及接受所存有着的整体性结构效应。这样,我们在对转型时期中国浪漫主义文学的含义进行理解与把握时,不仅要立足于其具体的构成质素,而且更要立足于特定的浪漫主义文学现象,尤其是浪漫主义文学文本所达成的整体性结构效应。其四,对转型时期中国浪漫主义文学的含义进行特定的理解、把握与界说总相关于特定的"理解的前结构",这种"理解的前结构"总存有着特定的浪漫主义文学观念的资源与来源。亦正基于此,我们在对其含义进行理解与把握时,就理应对这种"理解的前结构"进行必要的清理与批判,这是对"观念前提"与"理论前提"所进行的一种特定的清理与批判,其目的即在于确立认知转型时期中国浪漫主义文学的有效而富有针对性的、新的观念与方法。其五,"转型时期中国的浪漫主义文学活动"具有多向度、多层面的语义构成,亦即其以"转型时期中国的浪漫主义文学创作"为核心,而又包括"转型时期中国的浪漫主义文学批评";同时也包括"转型时期中国浪漫主义文学理论的建构"与"转型时期中国浪漫主义文学史的研究"等。应该说,对"转型时期中国浪漫主义文学"这一论题的基本含义,我们可以从以上五个相关侧面来进行理解与把握。当然,以上五个相关层面并非是割裂的,而是密切相关的,所以对这一论题含义的界说理应是整合性的,这有利于我们得出较为全面而恰切的结论。

在这里理应指出的是,在理解并界说"转型时期中国浪漫主义文学"的基本含义时必须看到,在转型时期的中国,在生态性浪漫主义文学未曾崛起之前,浪漫主义文学虽然一直存在,但仅是处于流散与漂移的状态,其并未获得自身的"思潮"或"运动"的现实运作形态,只是从 20 世纪 90 年代末期开始,这种情态与局面才开始改变。在对转型时期中国浪漫主义文学的相关现象及问题进行研究时,大部分论者的误区即在于仅是从"思潮"的意义上来立论并无视生态性浪漫主义文学现象的存在,从而使他们得出一系列与转型时期中国浪漫主义文学存在的实际不相符合的结论。亦正基于此,我们在对"转型时期中国浪漫主义文学"进行理解与界定时,就不能仅仅单一地从"思潮"这一层面来进行立论,而理应开放其理解与立论的视界,尤其是要从"创作精神"乃至"人文精神"的层面上来进行理解与立论,从而使"转型时期的中国浪漫主义文学"这一概念及其相关论题具有更为丰富的内涵与外延。

(三)"转型时期中国浪漫主义文学"论题提出的语境及其意向

我们之所以提出"转型时期中国浪漫主义文学"这一论题,并进行较为深入而系统的研究,是有其更为直接的学术与现实原因的:其一,传统的当代文学史研究与转型时期中国的文学理论批评无视浪漫主义文学的存在,在相关的历史叙事与理论批评视界之中,浪漫主义文学始终处于"失踪"、"沉默"与"缺席"的状态,乃至时常有人不停地站出来无奈地呼吁浪漫主义文学创作的"出现"或"复兴"。这种"隐而不彰"的浪漫主义文学图景,对转型时期中国的浪漫主义文学来说无疑是既不公平也不公正的。其二,传统的浪漫主义文学理论观念无法解读新的浪漫主义的审美现实与文学现实,美学与文学理论对于浪漫主义在转型时期中国的存在及其现实运作始终处于"失语"的状态。在转型时期的中国,浪漫主义文学不仅以各种方式与形态持续性地存在着,而且审美文化生产与文学生产的现实发展也对浪漫主义理论提出了新的要求,这就需要我们必须更新并转换传统的浪漫主义理论观念,进而重构新的浪漫主义美学与文学理论。其三,在转型时期中国社会文化流变的过程之中,在精神文化的建构方面,出现了一系列新情况与新问题,在某种意义上其需要浪漫主义的"救助"。这种"救助"不仅相关于文化生态、审美生态与文学生态,而且也是更为重要的,浪漫精神的救助相关于现实个体与群体的精神生活的基本构成及其质量。

与对西方浪漫主义思潮、中国"现代文学"中的浪漫主义文学的研究相比较,乃至与对中西古代浪漫文学的研究相比较,对"转型时期中国浪漫主义文学"的研究,在文学史研究与理论批评之中则显得异常"冷漠"、"轻视"乃至"无视",并且"缺席论"与"终结论"大行于世,这样其研究的尴尬与薄弱也就具有了特定的必然性。应该说,浪漫主义文学理论批评的缺席,实乃转型时期中国浪漫主义文学未能得到应有发展的一大基本原因。在这样的情势之下,我们提出"转型时期中国浪漫主义文学"这一论题,其研究的基本意向就在于强化对生成于转型时期中国的浪漫主义文学现象的整体性研究,提出并论证新的浪漫主义观念,进而促动浪漫主义文学在新世纪转型时期中国的重构与发展。

二、转型时期中国浪漫主义文学研究的基本维度及其构成

"转型时期中国浪漫主义文学",无论在文学史还是在文学理论、美学的论域之中,不仅在研究上是薄弱的,而且在观念上也存在着诸多的误区与混乱。这就需要我们在本课题的研究中,不仅要对其进行观念前提与理论前提的批判,而且还要对其研究的问题域进行清理与区辨,进而明确本课题研究的基本观念、维度及其总体构成。其目的在于,一方面强化本课题研究的学理性与现实针对性;另一方面,也意在强化本课题研究总体构成的内在逻辑性与整体性。

(一)"转型时期中国浪漫主义文学研究"的基本问题

在明确"转型时期中国浪漫主义文学研究"的相关问题之前,我们首先理应加以分界的即是以下两个相关概念,亦即"转型时期中国的浪漫主义文学研究"与"转型时期中国浪漫主义文学的研究"。应该说,这是两个具有不同语义构成的概念。其中,"转型时期中国的浪漫主义文学研究"这一概念

的语义范围要大得多,其不仅包括"转型时期中国浪漫主义文学的研究",而且还包括中国浪漫主义文学理论的研究,包括中国古代浪漫文学和西方古代浪漫文学的研究,包括中国"近现代"浪漫主义文学和西方"近现代"浪漫主义文学的研究。相比较之下,"转型时期中国浪漫主义文学的研究"则要单一、单纯得多,其研究对象仅为"转型时期中国浪漫主义文学"的创作及相关性理论批评现象。在这一意义上,"转型时期中国浪漫主义文学的研究"既属于"20世纪中国文学史"的研究范畴,也属于当下中国文学与审美文化生产的研究范畴;既构成为一种特定的文学史研究,也构成为一种特定的理论研究和批评操作,并且还包含着对当下文学生产与审美文化生产及其未来发展态势的一种特定的展望与预期。这也就是说,在不同的论域之中,我们可以选择不同的研究对象。本课题的研究,亦正是在"转型时期中国浪漫主义文学的研究"这一论域之中来进行的。从以上的论述中我们可以看到,"转型时期中国的浪漫主义文学研究"与"转型时期中国浪漫主义文学的研究"并不是截然割裂的,而是密切相关的,其中值得我们重视的即是,前者可以为后者提供相应的学术与理论资源,前者的研究能够为后者的研究提供相应的观念、方法、思路与启示;而后者的研究则不仅能够丰富前者的基本构成,而且还能够修正、改变前者的基本观念,可以使浪漫主义文学研究走向整合,进而强化浪漫主义文学理论的解说能力与张力机制。

转型时期中国浪漫主义文学的研究理应关注、清理并解决以下相关的理论问题、历史问题与现实问题:第一,浪漫主义与现实主义、现代主义、后现代主义之间的关系机制问题。应该说,这是一个重大的理论问题,同时也是一个重要的历史问题与现实问题。一般言之,浪漫主义与古典主义、现实主义、自然主义之间的关系是明晰的,而浪漫主义与现代主义、后现代主义尤其是现代主义之间的关系则显得有些暧昧不清,有待做进一步的清理与界说。在我们看来,三者的根本性分界在于它们分属于不同的文学发展阶段,是不同的社会文化环境之中的特定产物,具有不同的文学总体性特质及意向;而它们的历史性关联则在于浪漫主义是现代主义与后现代主义在艺术、审美与思想上的特定"来源"与资源,它们在艺术、审美与思想维度上的最为基本的关联即在于对"自由"的追求与对"理性"的超越与批判。其中,现代主义深化、零散化乃至抽象化了浪漫主义的"主体自我",而后现代主义则引入了浪漫主义对科技及工具理性的反思机制,引入了浪漫主义的"传奇"精神及其模式。无疑,以往的相关研究忽视了现代主义与后现代主义在自身构成及其形态类型上的复杂性、矛盾性乃至异质性,所以造成了一系列的误读。另外，理应指出的是，浪漫主义、现代主义与后现代主义不但构成为一种特定的历时性序列，而且基于它们的历史留存性与持续性，还可以展现为一种共时性存在。第二，作为文学近代性基本模式的浪漫主义，其具有民族性与时代性的差异，这就存在着一个中西浪漫主义比较的问题，一个作为人类基本的精神质素及其具体的、历史的体现的问题，一个不同时代、不同民族的浪漫主义文学的比较问题。这是非西方国家亦即第三世界发展中国家文学史研究与文学理论批评理应面对的一个问题，同时这也使我们建构"开放性浪漫主义"具有了可能性、必要性、合理性与有效性。这也就是说，作为第三世界发展中国家，中国需要"开放性浪漫主义"，需要它来提供相应的精神质素及文化意向，用以平衡后现代语境之中的审美文化生态与文学生态。第三，20世纪中国社会文化转换的迅猛性、文学审美及其范式在自身的流变中缺乏相应的"积淀"与逻辑展开的非充分性、西方超前性艺术审美形态的影响、理论观念的非健全性等等，皆是造成新时期中国的浪漫主义文学走向流散与漂移的重要原因。第四，转型时期中国浪漫主义文学的特质、构成及其形态类型的问题。无疑，这是转型时期中国浪漫主义文学研究的本体问题。在这一问题上，无论"在场"论者还是"缺席"论者，在他们所持有的浪漫主义文学观念之中皆存有着两个密切相关的欠缺：一是浪漫主义文学观念的偏狭，其观念往往是单质素性的，并常常将之进行极端化地强调；二是与转型时期中国浪漫主义文学的实际存在不相符合与契合，因而缺少其所理应具有的理论解说力与现实针对性。亦正基于这两种基本欠缺与不足，我们立足于"开放性浪漫主义"的基本观念来对转型时期中国浪漫主义文学的特质、构成及其形态类型进行了新的阐释、辨析与区划。第五，转型时期中国浪漫主义文学的流变、演化及其现实机制的问题。这种研究既是一种对浪漫主义文学现象的审美分析与本体理解，是一种宏观的文学史把握，同时又相关于对具体文本的"指认"、辨析与评价。应该说，这种历史的、具体的研究是本课题研究的一个十分重要的构成部分，同时也是以往相关研究未能完善地加以解决的一个问题。

(二)转型时期中国浪漫主义文学研究的基本维度

转型时期中国浪漫主义文学的研究主要存有着以下相关维度：其一，理论维度。在这一维度上，主要处理并解决的是转型时期中国浪漫主义文学研究的基本观念和方法的问题。这些相关问题可以从以下相关侧面来进行理解，首先，浪漫主义的哲学观念、文化观念、自然观念、历史观念、美学观念与文学观念之间的联系与分界的问题；其次，浪漫主义的基本精神与人类具体的历史性生存及其关系机制的问题,在不同的历史语境与民族文化语境之中,浪漫主义精神是否具有不断重建的必要性、可能性与合理性的问题;第三,浪漫主义文学精神与文学的创作方法、思潮、运动、流派、形态类型之间的联系与分界的问题;第四,"开放性浪漫主义"理论观念的张力、针对性及其限度的问题;第五,转型时期中国的浪漫主义文学及其精神范式,在当下第三世界发展中国家文学的现实运作之中是否具有代表性与示范性的问题等。

其二,社会文化语境的维度。任何文学现象皆相关于特定的社会文化语境,亦正是转型时期中国的社会文化语境为转型时期中国浪漫主义文学的生成、发展、构成及其意向提供了相应的规定性与运作机制。在这一维度中,我们所面对的是存在着多向度复杂性的理论问题与现实问题。概括言之,在理论的层面上,我们必须从历史哲学的意义上来建构较为完备的"社会文化转型理论"与"文学转型理论",由此出发来探讨转型时期中国社会文化发展的历史必然要求与现实当在要求,论析二者之间的矛盾性关系机制,并进而对转型时期中国社会文化发展进行历史性与比较性的定位。在现实层面上,我们将面对转型时期中国的一系列社会文化问题,其涉及从自然生态、社会生态、文化生态到政治生态、经济生态、伦理生态再到审美生态、艺术生态、文学生态等相关领域。

其三,文学史的维度。在这一维度上存在着两个相关侧面的问题:一是原生态的浪漫主义文学自身及其本体的现实运作问题,这不仅包括浪漫主义作家的文学写作与现实的审美文化生产,包括在这一时期中浪漫主义文学与其他形态、意向的文学范式之间的关系机制的问题,而且也包括这一时期的浪漫主义文学理论批评的问题。二是文学史研究及其写作的问题。应该说,文学史研究及其写作不仅仅是一个作品的解读、作家的定位问题,一个文学发展规律之总结的问题,而且也是一个经典化的问题。当转型时期中国的文学选本活动、文学研究与文学史写作无视转型时期中国浪漫主义文学的实际存在,在文学的历史叙事之中不能公正、公平、客观地给予其以一席之地,在文学研究中误读相关的浪漫主义文学现象,这样浪漫主义文学文本及其作家就无从进入经典化的过程之中,其也就成为了"文学史上的失踪者"。在这一维度之中,我们不仅要重构浪漫主义的美学观念与文学观念,重建多层级的浪漫主义文学的形态类型学,而且也要对相关文本及其作家做出重新指认、解读与论析。也只有这样,我们才能对 20 世纪中国的浪漫主义文学史进行新的历史定位与分期,才能对转型时期中国的浪漫主义文学发展做出相应的历史定位、阶段划分与审美把握。

其四,比较的维度。任何事物及其本质皆不是自明的,其只有在与其他事物所达成的关系机制和比较的维度之中才能明确自身的构成、特质及其意向。对于转型时期中国的浪漫主义文学及其研究来说,亦是如此。在比较的维度中,转型时期的中国浪漫主义文学既应与中西古代的"浪漫文学"相比较,应与西方近代的浪漫主义文学相比较,更应与中国"近现代"的浪漫主义文学相比较。在这一维度中我们可以看到,转型时期中国的浪漫主义文学既有其本土性的资源与自生性的向度,同时又有其外来性的资源与移植性的向度。对于转型时期的中国浪漫主义文学及其流变来说,一方面,其建立在对 20 世纪中国的浪漫主义文学进行直接性批判地继承与超越的基础上;另一方面,又建立在对中国传统"浪漫文学"与西方浪漫主义文学的已有资源进行相关性批判继承与超越的基础之上,进而来多向度地确立并发展自身,不仅使浪漫主义文学的传统形态得到了新的发展,而且还生成了浪漫主义文学的新形态,如"生态性浪漫主义"、"大众幻象性浪漫主义"等,从而为我们建构"开放性浪漫主义"提供了现实基础与逻辑前提。

其五,浪漫精神的功能维度。当下人类面临着一系列生存与发展的困境及其问题,诸如自然生态的危机、经济危机、社会危机、恐怖主义、消费主义、非道德主义等,这些危机正逼迫着人们重新思考浪漫精神与浪漫主义之于自然、人、社会、文化、审美与文学及其发展的功能、价值和意义。在转型时期中国社会文化的发展过程中,也面临着一系列诸如自然生态危机、社会经济危机、人文精神的沉沦、人的现实欲望的膨胀、消费主义的盛行、人的感性体验机制的不健全及其精神品格的下滑、非道德主义的侵袭等诸如此类的问题,这些问题无疑制约、影响着转型时期中国社会文化的整体、综合、平衡与可持续性地发展。由此,时代呼唤着开放性浪漫主义文学创作的存在与发展,呼唤着与此相应的浪漫主义文学理论批评和研究的存在与发展,以救助人们的精神与心灵,进而使文化生态、精神生态、审美生态与文学生态走向平衡与完善。

(三)转型时期中国浪漫主义文学研究的基本构成

任何研究课题的构成皆是由其对象、已有研究所提供的相应基础与前提所规约的,皆是由研究者为其研究所确立的意图、论域和所选择的观念、方法、视角等相关环节或质素所规定的。我们亦正是立足于以上相关侧面的问题,来确立"转型时期中国浪漫主义文学"这一研究课题的基本逻辑构成的。具体言之,本课题的研究在总体上分为四个相关构成部分:"绪论"确立了研究对象、基本观念与方法;"上篇"是研究史的梳理,其中既有回顾也有反思,其目的在于确立研究的立足点及其意向,这是学术创新与理论创新的必要环节;"中篇"主要是理论建构,其关键之处在于提出并论证了"开放性浪漫主义"、"生态性浪漫主义"等具有特定原创性的论题,其目的不仅在于理论建构本身,而且是为了以此作为理论框架来对转型时期中国的浪漫主义文学进行描述与阐释;"下篇"为文本解读与文学史把握,应该说这是一项至关重要的研究内容。这是因为,浪漫主义文学文本的确认,一方面必须在特定的浪漫主义文学观念的引领下来进行,而这种立足于特定理论观念的文本指认与论析,不仅有利于基本共识的达成,而且也能够为相关问题的进一步讨论提供一个相应的平台;另一方面,浪漫主义系列文本的确认与流变线索的逻辑把握,又可以为文本的深化性解读、文学史的整体研究与相应理论范式的建构打下坚实的基础。

三、转型时期中国浪漫主义文学研究的观念、方法与意义

一般言之,在学术研究与理论建构中,观念与方法是至关重要的,同时二者也是密切相关的。可以说,新的观念与方法的引入能够改换特定学术与理论研究的基本构成及其意向。亦正基于这种理解,在本课题的研究中,我们引入了相应的新的观念与方法。无疑,这些特定观念与方法使本课题的研究获得了新的视界与论题,进而也使浪漫主义文学及其研究获得了新的功能与意义。

(一)转型时期中国浪漫主义文学研究的基本观念

对转型时期中国的浪漫主义文学进行研究,就必须确立相应的新的、较为完善的浪漫主义文学观念,这是由其研究对象与当下的语境所规约的。在对转型时期中国浪漫主义文学所做出的相关研究之中,我们所确立的基本观念主要体现在以下相关侧面:

其一,在有关浪漫与浪漫主义的本体与本质的论争之中,我们的最为基本的观念是,浪漫精神不仅是一种特定的文学精神,一种审美精神,而且也是一种最为基本的人文精神;对于个体而言,浪漫精神所体现出的不仅是一种特定的人生态度,一种人生情怀,而且也是一种人生境界;对于群体或民族而言,浪漫精神既是其生命活力与精神活力的表征,同时也是其创造力与发展动力的表征;浪漫主义可以构成一种特定的人类精神生活方式与精神

生产方式。当然,这里的浪漫精神与浪漫主义并非是了无限定的,而是存在着自身的限定性机制的。一方面,其理应合于人性正常的、正当的与健康的要求,其理应基于个体或群体的自由选择,而不能是一体化的、强制性的;另一方面,其理应合于人类社会文化发展的历史必然要求。

其二,在"在场"与"缺席"的判断性选择之中,我们是转型时期中国浪漫主义文学的"在场"论者。在这一维度中,我们的基本观念是,浪漫主义文学是新时期中国最为重要的文学现象之一,在新时期的中国,其虽然未能获得自身的主导性、主流性的地位,但也并没有被完全解构从而消失,并未因为人们的冷落而中断或终结,其往往以"潜隐"、"流散"与"漂移"的方式存在着,其在等待着恰当的时机"复归"并崛起。亦正基于此,我们可以看到,在世纪交替之际、从 20 世纪 90 年代末期开始,以生态文学与生态批评为代表的"生态性浪漫主义"开始崛起并产生了极大的现实影响。这也就是说,在后新时期的中国,生态文学开始得到自觉的发展,其与生态哲学、生态伦理学、生态人类学、生态批评、生态美学、生态论文学理论与生态论文学批评一道,助生并构成了"生态性浪漫主义"思潮,其业已在各个现实领域与理论领域之中造成广泛而深刻的思想影响与现实实践效应。在某种意义上可以说,"生态性浪漫主义"是在后现代社会文化语境中生成的一种新的浪漫主义形态,同时也是浪漫主义发展的一个新阶段。生态性浪漫主义的功能不仅在于在精神层面上改换了人类中心主义的观念,进而建构并确立人们的新的心灵与精神构成;而且在人们的现实生存与活动层面上,生态性浪漫主义可以使人渐趋达到"诗意地栖居"的境界。

其三,在有关浪漫主义在转型时期中国的发展态势这一问题上,大部分论者认为其前景是"中断"、"式微"、"消解"与"终结"①。在这一问题上,我们的基本观念是,20 世纪 90 年代以来,随着生命美学与生活美学的崛起,尤其是随着生态哲学、生态伦理学、生态美学、生态批评、生态论文学理论与生态文学影响的日益扩大,浪漫主义正在以新的方式、新的构成、新的意向与新的功能来运作、展示自身,并渐趋获得了自身特定的思潮与运动的形态。无疑,这是值得关注并加以研究的现象。这同时也表明,浪漫主义的当下发展拥有比 20 世纪中国任何其他时期都更为光明的前景。对于转型时期中国浪漫主义的发展前景之所以会产生各种误判,在我们看来,其关键之点即在于,一方面,学术界与理论批评界对转型时期中国社会文化的总体性特质缺

---

① 李庆本:《当代浪漫主义的终结》,《中国文化研究》1996 年冬之卷,第 92—95 页。

乏一种真正意义上的、深刻而系统的理解和把握；另一方面，人们对浪漫主义缺少应有的开放性观念，未能充分估价到生命美学、生活美学尤其是生态美学、生态批评、生态论文学理论、生态论文学批评与生态文学之于浪漫主义新形态、新意向所具有的张力、价值与意义。

其四，在对转型时期中国浪漫主义文学现象进行考察与分析时，我们所持有的是"开放性浪漫主义"的文学观念。在"开放性浪漫主义"观念之中，其不仅要承继传统浪漫精神的反理性、反专制、追求自由、超越俗世、回归自然的相关质素，更为重要的是，其要批判并反抗当下语境之中人与社会日渐增长、膨胀的"功利"、"势利"、"实用原则"与贪欲；"开放性浪漫主义"不仅要承继近代浪漫主义的崇高精神，为自由、个性独立与理想而积极行动，而且还要接续古典浪漫文学的和谐精神，致力于人与自然、人与社会、人与人之间和谐关系机制的建构。可以说，这种开放性浪漫主义的文学观念，不仅能够强化当下文学生产与审美文化生产的活力机制，而且能够强化当下文学与审美文化的现实社会功能。

其五，基于"开放性浪漫主义"的基本理论，我们所持有的浪漫主义文学的形态类型学观念是，把转型时期中国浪漫主义文学的形态类型分为五种，亦即个体情感性浪漫主义、社会理想性浪漫主义、人文理想性浪漫主义、生态性浪漫主义与大众幻象性浪漫主义。这五种形态类型的浪漫主义文学，一方面各自具有自身特定的历史具体性与审美差异性，是不同的浪漫主义文学主体基于自身的思想意向与审美个性而在不同的社会文化语境之中所做出的特定审美选择与文学建构的产物；另一方面，由于在历史发展过程之中社会文化主题的相关性、人性的共通性与艺术审美方式的相通性等，各种浪漫主义文学的具体形态之间又必然存有着特定的"族类相似性"。这也就是说，浪漫主义不仅具有自身发展的历史具体性与形态差异性，因而可以进行历史分期与民族性或形态性的差异分析，而且也可以作总体性的共时把握。应该说，转型时期中国浪漫主义文学的各种具体的形态类型皆能够在这种浪漫主义文学形态类型学的观念框架之中得到较为充分的描述与阐释。

其六，在浪漫主义文学的功能向度上，我们的基本观念是，浪漫主义文学是转型时期中国文学不可或缺的一种形态、维度与意向，这种文学形态的存在与现实运作能够平衡并完善转型时期中国的精神生态、审美文化生态与文学生态，对人文精神的建构与人的灵魂的提升也有所助益。

亦正基于以上六个相关观念，在我们看来，本课题的研究既具有现实解说力,也具有特定的现实实践意义;其不仅作为一种特定的美学、文学理论与文学史的研究而存在,而且作为一种特定的哲学、伦理学、人类学与文化理论的研究而存在。

(二)转型时期中国浪漫主义文学研究的基本方法

一般言之,研究方法是我们进入相关课题研究所运用的手段、工具、方式与途径的统称。就方法的选择与运用而言,一方面要与研究对象的构成及其特质相适应;另一方面,又要与研究主体的基本观念与意向相契合,并要基于研究对象与研究主体的实际而对研究方法进行个性化的创造性转换。只有这样,方法才能在具体的学术研究中发挥自身的功能与作用。这也就是说,在学术研究中,方法的选择及其运用必须具有具体性、针对性与独特性,不应是对外在性已有方法的照抄照搬。亦正基于这种理解,在对转型时期中国浪漫主义文学进行研究时,我们选择并采用以下的相关研究方法:

其一,历史分析与逻辑分析相结合的方法。历史分析是一种历时性的、语境性的、流变性的论析;而逻辑分析则是一种共时性的、普适性的、规律性的论析。无疑,历史分析与逻辑分析之间存有着一种特定的辩证互动性关系机制。一方面,历史分析是逻辑分析的基础,也只有在坚实而全面的历史分析的基础之上,才能得出具有特定普适性的、有效的逻辑结论,并且系统而深入的历史分析必然导向特定的逻辑分析;另一方面,任何具体的历史分析皆必须以一定的逻辑分析作为自身的基本前提,缺少相应理论观念指导的历史分析往往是凌乱的、无启示性的。当然,任何理论观念及其框架也不可能是凭空生成的,其必须建基于特定的历史分析与理解。在本课题的研究中,采用历史分析与逻辑分析相结合的方法,有利于我们在社会文化发展的历史必然要求与现实当在要求的矛盾性关系机制之中,来理解并阐释转型时期中国浪漫主义文学之生成与发展的必要性、可能性与合理性,进而探讨其构成、流变及其特质。

其二,宏观性理论建构与微观实证性文本解读、史实梳理相结合的方法。就浪漫主义文学活动现象而言,其既是一种特定的历史现象,同时又存有着自身的"超历史"、"超民族文化"的特征;其一方面体现为具体的文学创作现象与文学批评现象,另一方面又植根于特定的文学观念与浪漫主义理念;其既相关于具体的历史事实与文本存在,同时又相关于基于特定的理论观念而做出的对特定历史事实的认知与对特定文本的指认。也正基于以上的复杂机制,在转型时期中国浪漫主义文学的研究中,我们就必须采取宏观性理论建构与微观实证性文本解读、史实梳理相结合的方法。只有这样，我们才能在把握转型时期中国浪漫主义文学的历史具体性的同时，也能够形成具有特定普适性的浪漫主义文学的基本观念。

其三，质素分析、形态类型分析与效应分析相结合的方法。所谓质素指的是构成事物本身而又规约其本质的特定要素，它是事物构成的最为基本的单位。任何精神文化现象与文学现象皆非单质素构成之物，而是由众多密切相关的质素所构成的。所谓质素分析也就是对规定着事物本质的一系列构成要素及其关系机制所做出的一种特定分析，这种分析的意向即在于具体探讨事物的存在结构、存在方式及其本质的层级体现。一般言之，自然与主体自我，情感、自由意志与理想，神奇、传奇、神秘与玄思，原始与未来，异国情调与民间的特定存在之物或想象之物等，是浪漫主义的最为基本的质素，但任何形态的浪漫主义文学皆无法全部占有以上这些相关质素，而只能分有这些质素，这样也就形成了具体的浪漫主义文学在形态上的差异。进而言之，在不同时代、不同民族与不同主体的维度上，基于其语境的差异与艺术审美选择的不同，所以在具体的浪漫主义文学创作之中总会选择并强调以上不同的质素，从而生成了浪漫主义文学的时代性差异、民族性差异与主体性差异。

所谓形态类型分析，指的是在特定观念与方法的指导下，依据相关的尺度与准则而对特定的"总体性存在物"的复杂多样乃至歧异的具体现象所做出的分类性与归类性的分析，其目的在于能够明晰而系统地达成对某一特定"总体性存在物"之复杂构成与具体存在的认知与把握。无疑，浪漫主义文学即是一种存有着复杂性现象构成的"总体性精神存在物"。对转型时期中国浪漫主义文学进行形态类型分析，不仅要充分考虑到这一时期中国浪漫主义文学的基本构成和存在实际，而且还要与以往的各种各样的有关浪漫主义的形态类型分析联系起来，并进行比较性辨析。

所谓效应分析指的是，主体对特定事物所具有的功能、作用、效果、反应与反响所进行的分析；所谓质素与效应分析相结合的研究方法也就是具体性质素分析与相应性效应分析相结合研究方法的简称。在我们看来，这种"结合"的基本程序是，首先对浪漫主义进行质素分析，探讨其最为基本的构成要素；其次，对浪漫主义的质素进行效应分析，以明确它们各自的功能与作用；再次，基于相应的质素与效应分析，来对浪漫主义进行形态类型分析。可以说，基于以上的分析与研究，我们既可以对具体的浪漫主义文学现象（如文本、文体、作家、风格、流派、思潮、运动等）做出相应的指认与评析，又可以基于总体性效应分析来对浪漫主义与现实主义、现代主义、后现代主义等进行比较性研究。

其四,语境分析与比较分析相结合的方法。任何人类文化现象尤其是精神文化现象皆是语境性的,亦正是现实的社会文化语境赋予特定的精神文化现象以特质及其内在构成。这也就是说,精神文化现象不能脱离开现实语境而独立存在。任何精神文化现象的生成与发展皆有其相应的思想来源,皆存有着自身存在与运作的现实参照系,其参照系之中的相关质素能够以各种方式影响或进入这一特定精神文化现象的总体构成。也正是在这一意义上,我们在对特定的精神文化现象进行语境分析的同时,还必须进行"超语境分析"亦即比较分析,在书中也就是将生成于不同语境之中的浪漫主义文学现象进行区辨,不仅探讨其历史具体性与差异性,而且还要进行特定的影响性分析。无疑,这种语境分析与比较分析相结合的研究方法有利于我们对转型时期中国浪漫主义文学的特质、构成及其意向进行系统而深入的理解与阐释。

其五,对各种相关学科方法与理论观念进行合理而有效的整合。研究方法必须适合于其研究对象的特质与构成,这是方法论的最为基本的观念。浪漫精神作为人类最为基本的精神活动方式与意向,其不仅存在于文学、艺术、审美的领域之中,而且也存在于哲学、政治、经济、道德、日常行为等社会文化领域之中,也正是在这些领域中,基于特定的精神意向与理论意向而生成了各种形态的浪漫主义,这就是审美浪漫主义、哲学浪漫主义、历史浪漫主义、政治浪漫主义、经济浪漫主义、道德浪漫主义、生态浪漫主义等。应该说,这些不同形态的浪漫主义之间存在着一种复杂的关系机制。这就意味着我们在对浪漫主义文学、对转型时期中国的浪漫主义文学进行研究时,理应引入各种相关学科的研究方法与理论观念,以探讨转型时期中国浪漫主义文学的复杂的生成机制、具有本土性的特定构成及其在当下语境之中所理应具有的独特的意向选择。理应指出的是,在引入多学科的研究方法与理论观念进入这一特定论域时,必须注意以下相关侧面的问题:首先,这些相关性学科研究方法与理论观念的选择与引入要基于浪漫主义文学现象的复杂存在,要与其相关质素与意向相契合;其次,这些相关性学科研究方法与理论观念的引入,不仅相关于研究者的个性化选择,而且必须基于其相应的理解而对自我所选择的方法与观念进行相应的具有特定创造性的转化;再次,这些被引入的相关方法与观念不能是毫不相干的、平行的,而应在特定的问题意识的引领下对其进行必要的、合理的、有效的整合,其目的是深化相关问题的研究并得出富有启示性的结论。

（三）转型时期中国浪漫主义文学研究的价值与意义

在我们看来，转型时期中国浪漫主义文学研究的价值与意义主要体现在以下相关侧面：

其一，文学史的价值与意义。与现实主义、现代主义乃至与后现代主义的研究相比较，20 世纪尤其是转型时期中国浪漫主义文学史的研究无疑是薄弱的。更为重要的是，学者们对浪漫主义存有着太多的误解与偏见，这无疑极大地影响到浪漫主义文学的定位与评价。也正是在这一意义上，我们基于开放性浪漫主义的文学理念与形态类型学观念而进行的相关研究，就扩展了浪漫主义文学史研究的视界与论域，使人们能够在历史流变的意义上来整体地把握转型时期中国浪漫主义文学的具体存在与现实转换。并且，通过我们对相关作家及其文本的指认，能够为浪漫主义文学史的进一步研究提供相应的讨论平台。应该说，转型时期中国浪漫主义文学的研究可以开拓文学史研究的空间，重绘转型时期中国文学的地图。具体言之，本书在较为广阔的背景上对转型时期中国浪漫主义文学的历史与现状，进行了系统、全面而深入的回顾、清理与反思，在充分肯定浪漫主义是转型时期中国最为重要的文学现象之一、应予以热切关注的基础上，对于转型时期中国浪漫主义文学研究所取得的成就、存在的问题及其原因做出了实事求是的评述，指出了其整体研究的欠深入与系统、专题研究的指涉与归纳无序、作家作品研究的持论不一与阐释分歧严重等，以上的相关研究对于整体地把握转型时期中国的浪漫主义文学无疑具有学术史的意义。本书对转型时期中国浪漫主义文学的特质、构成、形态类型及其发展做出了系统而深入的描述与阐释；在各种专题研究中，对大量的作家及其文本进行了指认与论析，对有代表性的浪漫主义文学创作现象进行了历史性的解读与比较性的区辨。

其二，理论的价值与意义。可以说，本书研究的一大基本特征即是突破了传统浪漫主义文学研究的观念及其模式，从"开放性浪漫主义"的理论观念出发，对转型时期中国的浪漫主义文学进行了整体性的描述与阐释，这种研究无疑是一种新的尝试。开放性浪漫主义不仅吸纳并发展了传统的浪漫主义理论，而且还有选择地吸收了当下"文化研究"、生态美学、生命美学、文化人类学等理论形态的有益质素，从而强化了自身的学理性与解说力。更为重要的是，正如我们以上所指出的那样，浪漫主义的理论不仅体现在文学、美学领域之中，而且也体现在哲学、伦理学、文化学、历史学、政治学、经济学、生态学乃至人们的日常生活等相关领域之中,因而这里所建构的"开放性浪漫主义"理论也就在以上相关论域之中体现出自身的张力,并开拓出特定的理论空间。这就意味着我们不仅要在文学、美学的论域之中开放我们的浪漫主义观念,而且也要在其他论域之中开放我们的浪漫主义观念,并进而探讨其局限性,"开放性浪漫主义"理论的提出可以也能够开拓美学、文学理论与文化理论等相关研究的学理空间。另外,本书还尝试性地建构了浪漫主义形态类型理论的特定框架,也就是将其形态类型划分为"社会理想性浪漫主义"、"人文理想性浪漫主义"、"生态性浪漫主义"、"个体情感性浪漫主义"与"大众幻象性浪漫主义"。应该说,完备的形态类型理论的建构,不仅可以完善并丰富浪漫主义理论的总体构成,而且能够为浪漫主义文学史的研究提供富有操作性的观念、方法与途径。

其三,完善文学生态、审美文化生态与精神文化生态的价值与意义。可以说,无论是文学、审美文化还是精神文化,在自身的建构及发展之中,最不可或缺的质素即是有所节制的乌托邦理想与浪漫情结,缺少这些相关质素所导致的必然是激情的丧失、理想的缺失与情感的平庸化、世俗化、欲望化。亦正鉴于此,诺瓦里斯才指出:"这个世界必须浪漫化,这样,人们才能找到世界的本意";也只有通过"浪漫化","低级的自我"才能"与更高、更完美的自我同一起来";也只有通过"浪漫化",才能"把普遍的东西赋予更高的意义,使落俗套的东西披上神秘的外衣,使熟知的东西恢复未知的尊严,使有限的东西重归无限"。① 理应指出的是,转型时期中国浪漫主义文学的研究对理解转型时期中国社会文化的流变也具有十分重要的作用。这是因为,浪漫主义文学的兴衰不仅可以反映出社会文化的深层律动,而且也折射出特定时代人们的精神文化生活及其品格的深层律动。转型时期中国文学与审美文化的流变态势业已表明,由于资本与技术、商业与消费质素的大量渗入,由于主导性政治意识形态控制力的削弱、经济至上观念的普适化和极端化、知识分子精英文化的边缘化及其功能的转换,更由于各种类型的大众突破了传统文学生产与审美文化生产机制的限制而可以直接地参与其间(这一点在网络公共空间之中体现得尤为明显),进而使文学与审美文化在形态上开始多元化,在意向上开始异质化,在表现方式上"影像"开始代替"语像",其精神特质开始浅薄化、粗俗化与贫乏化,其展现出当下中国精神文化生活的一般境况,乃至有人直称:"我们在人性上由于欲望而导致的退步和

---

① [德]诺瓦里斯:《断片》,转引自刘小枫:《诗化哲学》,山东文艺出版社 1986 年版,第 33 页。

混乱比其他国家更强烈","我们还没太看到中国停下脚步等等灵魂的东西".① 对于这一话题,中国新闻网曾作过调查,截止到 2009 年 5 月 29 日上午 8 点,有 7420 人参加了这次调查,其中认同"白岩松说的很对"的有 6871 票,占总数的 92.6%。从这项调查中我们可以看到,在当下,绝大多数人普遍地对当下中国的精神生活境况与灵魂问题表示忧虑。在当下中国的精神生活境况之中,文学与审美文化的确正在放弃其对人的精神的深层关怀,正在逐步丧失自身的理性的深度、现实的批判、道德的限度、浪漫的情怀、崇高的理想与道义的承担。文学理应在培育个体或群体的人文感性与人文理性方面有所作为。这也就是说,后现代大众文化时代的文学理应强化自身的浪漫精神、人道情怀与批判理性。只有这样,文学艺术与审美文化才能具有特定的陶冶情操、完善人格与精神救赎的功能。在我们看来,"开放性浪漫主义"不仅可以达成对当下语言文字性文学的精神困境的救助,而且也是完善当下审美文化生态与精神文化生态的一个有效途径。这是因为,"开放性浪漫主义"是可以向人与世界各个领域开放并能够展示其全部丰富性的一种特定的精神文化形态、审美文化形态与文学形态;其不仅可以达成对人的当下关怀,也就是其具有人文感性的丰盈性、现实的批判精神和人道的情怀,而且能够达成对人的终极关怀,亦即其具有人文理性的深厚性、对人的神性的向往、虔诚的信仰、坚执的信念、生态主义的理念、崇高的理想与道义的承当等相关精神质素。应该说,浪漫主义文学最为基本的特质即是主观情感性与理想性,而主观情感与理想必然是超越性的。在市场经济与大众消费性文化的语境之中,重建文学的超越性向度并强化其想象力,无疑可以抑制"消费社会"的"文化沙漠"的扩张、人文精神的萎缩与物欲的膨胀。

---

① 见白郁虹:《白岩松:中国人在人性上的退步比其他国家更强烈》,中国新闻网 2009 年 5 月 26 日。

转型时期中国浪漫主义
文学研究的历史和现状

第一章 转型时期中国浪漫主义
文学研究的历史和现状

如果不对浪漫主义心存偏见,如果研究者的思维不过于拘谨,如果不是对浪漫主义过分苛求,如果对于浪漫主义的认识不是局限于陈规——仅仅把浪漫主义当做一种单纯的创作方法,而是把其当做创作主体的一种人生境界,或者是一种精神品格,一种审美追求……将不难发现,在林林总总的转型时期文坛上,浪漫主义文学其实是一个值得重视的审美现象和文学现象。虽然我们不敢说一定是上述假设制约着转型时期浪漫主义文学的发展和研究,也不敢说我们对于浪漫主义文学的理解多么全面深刻,对于转型时期浪漫主义文学的把握就一定准确,但我们现在却要以开放的界释进入这个备受冷落的领域,对转型时期浪漫主义文学进行全面系统的考察。

一、缺席与在场:转型时期浪漫主义文学的尴尬存在

我们的目的是考察转型时期浪漫主义文学的发生、发展情况,但在考察之前要对研究的历史和现状作一番梳理,在此基础上确定我们的研究向度。鉴于转型时期浪漫主义文学的历史发展和现实形态、研究的特殊背景和尴尬处境,在进行系统地论述之前,有必要对转型时期浪漫主义文学及其研究的"缺席"和"在场"问题进行简要分析。这个问题在此提出似乎是"此地无银",但如果视线稍微扩大,不把眼睛紧紧盯在少数有关研究文章上,就不难理解,这一问题对于认识转型时期浪漫主义文学及其研究至关重要,是前提,是背景,也是考察的重要内容,或者说原本就是题中应有之义。

在中国当代文学史上,浪漫主义是一个重要的文学现象,曾经借助于意识形态的提倡有过辉煌,也曾经被意识形态扭曲变调走形,失去固有和应有的内涵而陷入沼泽,沦为"假、大、空"而声名扫地。进入社会转型时期之后,

随着政治干预文学的时代渐渐远去,浪漫主义也因"历史问题"拖累而成为不光彩的名词和不受欢迎的概念。作家避讳它,不愿意承认自己是浪漫主义作家,不愿意将自己的创作与浪漫主义相关联,避之唯恐不及,就不要说打出旗号、发动运动、掀起浪潮。转型时期文学有过许多思潮、许多流派、许多宣言、许多旗号,唯独没有浪漫主义文学思潮和流派,没有浪漫主义的宣言和旗号。而在各种主义、流派和思潮风起云涌、众声喧哗的文学环境里,刻意倡导、极力炒作尚且难以浮出水面引起注意,像浪漫主义这样在流派林立、多元竞争的边缘地带自在自为、悄无声息,其生命力和影响力都是有限的,不能引起读者、研究者注意也是正常的。

转型时期文学走到现在已经有三十多年的历程,其研究也有大体相当的历史。由于这时段文学成就辉煌,社会文化和艺术审美信息量丰富宏大,大批研究者云集这个领域,他们运用各种理论和方法进行批评和研究,从各个角度和层面切入分析,宏观研究和微观分析结合,个案细读与整体把握并举,目光遍及转型时期文学的各种现象,但浪漫主义文学却是鲜有论及的存在。一部有新意的作品出现尚且有数量可观的评论或者研究文章,一种文学思潮发生更是引起众多批评家、理论家的兴趣,甚至某些微不足道的创作现象、微不足道的作品、某些无价值的问题即"伪问题"都被炒来炒去,而浪漫主义文学却得不到应有的正视,更不要说重视! 在数以百计的文学史和教材中,为转型时期浪漫主义文学开辟专章专节的几乎没有;即使专门研究中国当代文学思潮的某些理论著作如《中国当代文艺思潮》[①]也没有浪漫主义的位置。《中国当代文艺思潮》立足于转型时期文艺思潮设立章节,兼及前30年,思潮的划分和章节的设定都比较科学,其论述也很见功底,该书一连论述了本体论、主体论、生产论、价值论、人本主义、现实主义、自然主义、现代主义、形式主义、非理性主义、新历史主义、后现代主义、通俗文艺、文化批评等十四种思潮,却不给浪漫主义文学思潮一个位置。在一部全面研究当代文艺思潮的煌煌大书中,不提曾经是两大思潮之一、在当代文学发展史上有较大影响、曾经被大力提倡、风头颇为显赫的浪漫主义,不能不说是浪漫主义文学的一大悲哀。或者可以说,该书不是全面研究转型时期文学思潮的专著,有情可原;但既然以转型时期为主要研究对象,既然涉及大量的被许多论者视为浪漫主义的文本,涉及知青文学、朦胧诗以及张承志等人的创作,涉及与浪漫主义相关联、相接近的话题,如理想主义、主观抒情、英雄

---

① 陆贵山主编:《中国当代文艺思潮》,中国人民大学出版社 2002 年版。

精神、"回归自然"等等，在这些很容易使用、并且也确实使用了浪漫主义术语进行分析概括的地方，论者都悄悄躲过，避免与浪漫主义产生关联，更不要说做出浪漫主义的指认和界定，对浪漫主义的漠视和冷落可谓彻底。但放开眼看，像这样无视和回避浪漫主义的做法却并非个别，或者说是一种"集体表决"。比如方维保的《当代文学思潮史论》①论及革命现实主义、人道主义、人文精神、民族主义、女性主义、现实主义、现代主义和后现代主义、大众文化等若干思潮，也绝口不提浪漫主义。

如果说某些著作面对的是整个当代文学，转型时期只是其中一部分，按其比重无法开列章节单独论述，上述做法可以理解的话，那么，在相当多的专门研究转型时期文学的著述中，甚至在某些专门研究转型时期文学思潮的著作中，竟然也不给浪漫主义文学留下篇幅。《当代文学新潮》②是一部从文学思潮的角度研究转型时期文学的专著，该书"对发生与发展于新时期的文学进行系统地梳理与论述"，"尽可能地从一定历史深度上阐明有关的理论问题，并联系一定的创作实际去做出论述"，"本书所论虽然都是新时期以来活跃于我国文坛的重要思潮，却并非涵盖全部思潮。例如女权主义思潮、非理性主义思潮及其理论批评便未能论及，对九十年代出现的有关'人文精神'论争、'新体验小说'、'文化关怀小说'等，也未加评论；诗歌中晚于'朦胧诗'出现的许多自标旗号的诗派，如'非非主义'、'莽汉主义'、'城市生活流'等，也没有细论。"③限于篇幅和体例，对于某些思潮忽略不论，这是可以理解的，但从没有论及的思潮举例中我们却看到另一问题：提到而未加评论，虽然有些遗憾，但毕竟承认其存在；而浪漫主义文学却连提都没提及！因为论者根本不承认它的存在！

孟繁华的《1978：激情岁月》④以别种方式标示着转型时期浪漫主义文学及其研究的尴尬处境。论著的重心如书名所示是1978年"激情岁月"期间的文学。"文革"刚刚结束，拨乱反正方兴未艾，无论国家意识形态还是社会情绪都激发起主体的浪漫主义情怀，政治热情、理想主义、人道主义、青春情怀、社会英雄主义、审美意识崛起……这些都在当时的创作中得到出色的表现，从而使当时的创作包含着鲜明的浪漫主义因素，且作者对于知青文学、改革文学、朦胧诗等富有激情的文学现象的论述中不少地方也涉及浪漫主

---

① 方维保：《当代文学思潮史论》，长江文艺出版社2004年版。
② 朱寨、张炯主编：《当代文学新潮》，人民文学出版社1997年版。
③ 朱寨、张炯主编：《当代文学新潮·前言》，人民文学出版社1997年版，第2页。
④ 孟繁华：《1978：激情岁月》，山东教育出版社1998年版。

义的内涵和外延,或者说做出合乎浪漫主义的分析,但始终讳言浪漫主义,最多说到某些作品营造了"浪漫情调",①某些作品具有"鲜明的抒情风格和浪漫气息"②,一般情况下均使用"理想主义"、"理想精神"表述属于浪漫主义的内容。面对的是浪漫主义,使用的是浪漫主义那套话语,却又讳言浪漫主义,不承认浪漫主义存在……真不知是浪漫主义的悲剧还是喜剧,也不知这是浪漫主义的力量还是作者实事求是的学术态度。但无论彼此,都让人感受到"缺席论"的巨大市场。

有必要说明的是,在此,我们只是感慨浪漫主义处境尴尬,并非对上面著作的作者不敬。实际上,上面言及著作的作者都是我们尊敬的学者,他们的研究成果是转型时期文学研究的重要成果,我们十分看重。

转型时期浪漫主义文学研究者意识到周围巨大的冷漠和否定,也意识到开题立论首先要做的不是分析转型时期浪漫主义文学的特点和成就,而是花费很大气力论述浪漫主义的"在场性"及其原因。关于这一话题的讨论也就成为考察转型时期浪漫主义文学绕不过去的话题。

在我们有限的阅读视野内,在"缺席论"盛行的学术环境中,曹文轩较早地论及转型时期浪漫主义文学的"在场性"。他在《中国八十年代文学现象研究》③中专设一章《浪漫主义回归》,全面探讨浪漫主义"回归"的必然性。在他看来,其一,"浪漫主义与现实主义是两大基本文学思潮和创作方法。文学史是由浪漫主义和现实主义共同创造的。中国文学史离不开屈原、李白一直到现代的郭沫若等人的创造。同样,德国离不开歌德、席勒,法国离不开雨果、大仲马、乔治桑,英国文学离不开拜伦和雪莱。""浪漫主义和现实主义共同写就的文学史可能才是完整的"。④ 其二,浪漫主义回归还与"社会上的欲望"有关。"社会不能没有理想,一旦社会不需要理想时,反过来说,它已经是完美无缺的,而这是绝对不可能的。现实生活总是让人感到缺憾,甚至有严重的残缺感。推论下去,有缺憾(或残缺)就必然导致文学上的浪漫主义兴起。""社会上的欲望决定了文学上的浪漫主义存在。"⑤其三,"浪漫主义的回归,也与文学主体——作家的艺术个性得到尊重并使其得到发挥有关。"有的作家属于热情浪漫的,有的作家属于冷峻现实的,青年时期喜欢

---

① 孟繁华:《1978:激情岁月》,山东教育出版社 1998 年版,第 59 页。
② 孟繁华:《1978:激情岁月》,山东教育出版社 1998 年版,第 63 页。
③ 曹文轩:《中国八十年代文学现象研究》,北京大学出版社 1988 年版。
④ 曹文轩:《中国八十年代文学现象研究》,北京大学出版社 1988 年版,第 196 页。
⑤ 曹文轩:《中国八十年代文学现象研究》,北京大学出版社 1988 年版,第 211—212 页。

浪漫抒情,饱经沧桑之后倾向于现实主义,尊重作家的创作个性必然会出现
与部分作家的气质相统一的浪漫主义。① 其四,浪漫主义文学回归还源于社
会主体审美意识的强化。在曹文轩看来,"现实主义更多注意的是认识价
值,浪漫主义更多注意的则是审美价值。""进入八十年代,由于美学意识不
断强化,浪漫主义出现,也就自然而然。"②他的分析是全面深入的,逻辑推论
也有说服力,但似乎只适宜于"已经发生"的文学现象或曰"已在视域",而社
会的发展有时打破常规出现意想不到的局面,该书出版后,社会文化的深度
转型紊乱了其预设的逻辑程序,该书所论,无论是对转型时期浪漫主义文学
回归原因的分析还是对发展前景的热情展望,都遭遇强大挑战,有些推论大
打折扣。

　　几年之后,刘思谦走进转型时期浪漫主义文学研究的"不毛之地"。她
虽然注意到浪漫主义文学处境艰难,研究者甚寡,但对其"在场性"却充满信
心,用肯定的语气对其存在形态做了形象性的描述,可谓典型的"在场性"
话语:

　　　　在现实主义与现代主义的夹缝中,浪漫主义这一中外文学史
　　上源远流长的创作潮流也在默默地萌发、生长,在新时期大潮中发
　　出了自己的由微弱到激越的音响。它的运作过程不像现实主义和
　　现代主义那样总是伴随着种种争议,也很少有热热闹闹的理论批
　　评为之助兴。十多年来浪漫主义的发展基本上是一个从无到有、
　　从不被察觉到被发现被认同的过程。③

曹文轩的逻辑分析是充分的,刘思谦的满怀信心也有其根据,但他们的声音
很快就淹没在虚无的旷野里,并没有引起注意。其后几年,转型时期浪漫主
义文学研究仍然寂寞难耐。研究转型时期文学的著作和文章越来越多,场
面的热闹火爆更显浪漫主义文学处境尴尬,以至于后来的研究者似乎对自
己的研究缺乏必要的信心,在开题立论前仍要花费气力论述其"在场性"。
李庆本考察20世纪浪漫主义美学,最后落脚在转型时期,他很清楚面对的是
一个"悬而未决的问题",故花费很多笔墨确认浪漫主义"在当代的在场存

---

① 曹文轩:《中国八十年代文学现象研究》,北京大学出版社 1988 年版,第 212 页。
② 曹文轩:《中国八十年代文学现象研究》,北京大学出版社 1988 年版,第 213—214 页。
③ 刘思谦:《新时期浪漫主义文学思潮描述》,载《河南大学学报》1994 年第 1 期。

在"，①文章从五个方面证明"浪漫主义存在于新时期是一个客观事实"："第一，文革'伪古典主义'解体本身，就为新时期浪漫主义的产生提供了逻辑前提。第二，新时期关于文学与政治关系问题的讨论，扬弃了'文艺为政治服务'的命题，促使审美意识从对实践意志的依附地位中摆脱出来，为浪漫主义的产生提供了逻辑前提。第三，新时期关于人性与阶级性问题的讨论，扬弃了将人性简单等同于阶级性的观念，人的主体自我、个性自由受到重视，促使主体意识的觉醒，直接成为浪漫主义的主题内容。第四，传统的现实主义观念受到冲击和挑战，其理论基础的'反映论'和理论中心的'典型化'原则逐渐开始动摇，甚至被许多人直接否定，这就打破了现实主义一统天下的局面，浪漫主义作为一种独立的审美意识形态出现在新时期文坛。第五，新时期文学受到了西方现代主义猛烈的冲击，加快了审美意识由再现向表现过渡的进程"。从这里可以看到，浪漫主义和现代主义都强调主观，重视表现，二者有千丝万缕的联系，"缺席论"者将众多主观色彩浓、自我意识强的文学现象统统归到现代主义门下，在突出一向被忽视、遭排斥的现代主义的同时，忽视、甚至否定了曾经有过辉煌、现在"声名狼藉"的浪漫主义；"在场论"者虽然有固守三大文学思潮共掌天下的传统观念之嫌，但注意区分浪漫主义的主观表现与现代主义的主观表现的区别。李庆本属于后者，他用较多的文字分析二者之间矛盾分歧的症结所在，指出——

> 　　由于中西社会和文化背景的差异，西方现代主义的大量涌进并不一定必然导致中国现代主义的产生，至少在85年以前，许多受西方现代派影响的文学作品都难以将它们归为现代主义的范畴。原因是这时的作品表现的是对自我的肯定，而不像西方现代主义那样否定自我；世界、人生、自我，在西方现代主义那里是分裂的、破碎的、无序的，但在中国新时期则是统一的、整合的、有序的，这些作品归于浪漫主义范畴更为恰当。②

尹昌龙无意专门讨论浪漫主义文学，其著作《1985：延伸与转折》③所面对的是80年代前期文学的整体性风貌及其转折，浪漫主义只是其中的一个方面。作为坚定的"在场论"者，他很看重所论视域中的浪漫主义文学。在他看来，

---

① 李庆本：《当代浪漫主义的终结》，载《中国文化研究》1996年冬之卷。
② 李庆本：《当代浪漫主义的终结》，《中国文化研究》1996年冬之卷。
③ 尹昌龙：《1985：延伸与转折》，山东教育出版社1998年版。

80 年代前期是浪漫主义"颇为盛行"的时代，并且认为，社会转型初期中国文学曾经存在着"强烈的浪漫主义"①。但他的目的不在于论述浪漫主义如何盛行，色彩如何强烈，他着重考察的是包括浪漫主义文学在内的转型时期文学的"延伸与转折"以及"延伸与转折"的过程和原因。他更关心的是："这种强烈的浪漫主义与理想主义，到底是如何获得力量的源泉、激情的逻辑呢？"他在论述浪漫主义"转折"的时候曾经较为详细地探讨浪漫主义"强烈"、"盛行"的原因。在他看来，转型时期浪漫主义文学"强烈"的原因在于从 50 年代开始形成的"中国情结"，或者说"国家感情"以及因此产生的国家想象、国家理想、民族国家的现代性想象，"正是那种'有意识和公开'的'中国情结'，才导致了新时期文学在相当长时间内的抒情风格"。"从 80 年代初期出现的大量的文学文本来看，一种高昂的、浪漫的理想主义激情，正是从对现代化的民族国家的想象中，来获得抒情的依据和动力的"②。这种认识道出了几十年间中国人的政治思想情绪及其对 80 年代前期浪漫主义文学的影响，可谓对转型时期浪漫主义文学在场原因做出了带有"历史感"、切合实际的分析。

　　与其他论者相比，杨彬是一个坚定的"在场论"者——也许其他学人的研究坚定了信心，到她立论时，转型时期浪漫主义思潮已经不是简单的"在场"，而且"再度萌发，并很快发展成为一股颇有声势的文学潮流，成为新时期多元文学格局中颇具有影响的一元。"③她从三个方面论证了浪漫主义小说再度兴盛的原因，"首先是作家对长期以来服务于政治、依附于政治的现实主义小说的一种超越，是追求心灵自由的作家对现实主义小说一元化独尊格局的突破。""其次，20 世纪 80 年代初，社会转型使历史变革与深固的传统之间冲突尤为激烈，主体意识的增强使得作家能够面对现代化进程中的种种现象做出自己的情感判断，寻找和描绘在记忆里的过去，使之成为一种精神力量来抵御现代化、商品化进程中对传统美与善的亵渎和毁弃，用浪漫主义来追求纯朴的情感和心灵的自由，在现代文明的水准上重新发现和感悟辽远的过去和广漠的自然，在现代人情感和精神匮乏的过程中追寻精神力量和道德力量"。"再次，一批作家弘扬中国传统的民族精神和文化精髓，试图在全球化的过程中创造独具特色的文学图景，为全球化增添独特的色彩，他们创作的寻根小说、乡土风俗小说、知青小说以其特有的中国特色，弘扬民族主义精神、弘扬中国传统的文学灵魂，试图在全球化的过程中展现具

---

① 尹昌龙：《1985：延伸与转折》，山东教育出版社 1998 年版，第 63 页。
② 尹昌龙：《1985：延伸与转折》，山东教育出版社 1998 年版，第 77 页。
③ 杨彬：《浪漫主义小说在新时期的超越》，载《中南民族大学学报》2004 年第 6 期。

有中国鲜明本土特色的一元,从而使全球化成为具有中国独特声音的多元化格局。"杨彬着眼于浪漫主义文学创作主体,将浪漫主义文学的"再度兴盛"看成作家自觉追求和主观努力的结果,或许还有申论的余地,但她在为浪漫主义的"在场论"提供新的思路的同时,也凿实了浪漫主义文学的存在。

浪漫主义是传统的文学思潮,具有悠久的历史和辉煌的传统,在中国 20世纪文学史上发挥过很大作用。无论是作为文学现象、创作思潮还是精神追求,都在一定程度上影响着转型时期文学,影响着创作主体的艺术追求和精神状态,是在复杂的转型时期文学中产生过影响、发挥过一定作用、强化着某种质素的现象,属于多元中的一元。全面研究转型时期文学就不能忽视其存在。既然如此,转型时期浪漫主义文学的处境为什么如此尴尬? 为什么研究转型时期浪漫主义文学还要耗费笔墨证明其"在场性"? 这是"在场论"者所关心和探讨的问题,也是我们考察的一个重要内容。

其实,浪漫主义文学处境尴尬的原因是昭彰共识的。研究者不约而同地归咎于"历史",认为浪漫主义被"弃置一角"、遭作家厌弃、受研究者冷落的原因在于它"背负着特定历史时期加于它的恶名"——因为左倾政治意识形态的扭曲而落下的"恶名"。① 李庆本指出,"从主观上,由于在对'文革'文艺定性问题上存在理论偏差,误以为'文革'中的'假、大、空'都是浪漫主义所致,因此许多理论家对浪漫主义采取敌视的态度,甚至有人简单地将浪漫主义与唯心主义划等号,这都造成浪漫主义审美意识难以形成强有力的发展势头,以至于许多人根本否认浪漫主义审美意识的客观存在。"② 刘思谦分析浪漫主义存在和发展艰难的原因,深切地感叹"建国以来,以理想的无限膨胀和浮夸高调为特征的伪浪漫主义败坏了浪漫主义的声誉,使社会审美心理受挫,浪漫主义元气大伤。"谈到重新铸造浪漫主义审美品格的艰难,她的思路再次指向那段不光彩的历史。"首先在于伪浪漫主义没有也不可能从此偃旗息鼓彻底根除。几年来在诗歌、散文、小说、影视、戏剧作品中,仍然可以看到面目可憎的伪浪漫主义徘徊不去的身影,词藻华丽、意象堆砌而空洞无物矫饰做作的高调时有所见。其次是寻找、重建理想的困惑。理想和个性是浪漫主义的灵魂",而我们正处在理想冲突和价值转换的时代,处在社会理想与人生理想的错位、分化与重新协调、弥合的时代,不只一代人

---

① 肖云儒:《新时期浪漫主义创作在中国西部文学中首开先河》,载《西安交通大学学报》2001年第 3 期。

② 李庆本:《当代浪漫主义的终结》,载《中国文化研究》1996 年冬之卷。

陷入理想的失落、破灭和追求、重建的精神裂变之中。① "在这种情况下,浪漫主义既存在着失去现实主义基础的可能,又存在着与现代主义的悲观主义、非理性主义哲学完全认同的可能。"其结果导致浪漫主义离开现实基础沦为苍白、贫血的消极浪漫主义。这些都是颇有说服力的见解,道出了问题的某些实质。

与"在场性"讨论相关联的是"终结"——这是一个意味深长的并列,浪漫主义的"在场性"还没有得到应有的认可,研究也谈不上深入,"终结"问题就已经浮出水面,成为几乎所有研究者关心的话题,也是研究者大都认定并且认真分析的话题。这是因为,转型时期浪漫主义文学殊不景气,研究是在巨大的冷漠和无声的否定中进行的。研究者虽然为自己的选题立意寻找到很多理由,但毕竟响应者少,赞成者寡,少数论者的声音散落在众声喧哗的争吵中,散落在巨大的虚无空间,引不起多大注意。尤其是 1985 年之后,浪漫主义受到现代主义的强大挑战,受到商品经济大潮、世俗化追求的猛烈冲击,在夹缝中生存,备受冷落,更加飘散游移。浪漫主义的尴尬处境让"在场论"者找不到更多文本支撑,也看不到振兴的希望,坚持既已困难,"终结"论就此产生。

关于浪漫主义"终结"的原因,研究者作了深入探讨,是我们考察转型时期浪漫主义文学研究的另一内容。较早地宣判浪漫主义"终结"的是"在场论"者李庆本。1996 年关于转型时期浪漫主义"在场性"话题还只有曹文轩、刘思谦等极少数人谈论,李庆本自己关于浪漫主义"在场性"分析还没出笼的时候,他就开始讨论"终结"的问题——在此我们说的是他的论文《当代浪漫主义的终结》②。此后又在其著作中对浪漫主义"终结"作了更为具体的分析。他认为 80 年代中后期,随着现代主义崛起,浪漫主义与之合流并被现代主义淹没——这是大多数人的看法,比较符合转型时期浪漫主义文学的发展实际。那么,现代主义为什么会影响浪漫主义并导致其"终结"? 作者是美学博士,有较为坚实的美学理论基础,他从美学的角度论述 20 世纪中国浪漫主义,也从美学的角度研究转型时期浪漫主义的"终结"。他在著作中使用了很多美学理论及术语,总的意思是说,现实主义与浪漫主义有区别,但对浪漫主义的威胁是外在的;现代主义与浪漫主义有内在的联系,即都强调

①　刘思谦:《新时期浪漫主义文学思潮描述》,载《河南大学学报》1994 年第 1 期。
②　李庆本:《当代浪漫主义的终结》,载《中国文化研究》1996 年冬之卷。

主体自我,强调感性意欲,但现代主义将主体自我和感情意欲推向极致,"现代主义审美意识对浪漫主义的消解却带有内在性和根本性";"它是从审美主体的内部,使浪漫主义赖以存在的感性意欲与理性目的的结构统一体产生分化,使审美主体的感性意欲从理性目的中剥离下来,因此,这种解构便更具有致命性。"①

但在李庆本看来,真正"终结"浪漫主义的是90年代出现的后现代主义。从王朔的弃置精英意识、嘲讽崇高、追逐世俗的态度到新写实小说放弃主体的在场和参与,主张"零度感情"、"还原客体"、"纯客观叙述"、"放逐自我"以及大众文化立场,都构成了对审美主体的"致命一击",完成了对浪漫主义的最终解构。而转型时期浪漫主义之所以会"终结",在他看来,还与它本身相关。

> 当代浪漫主义自身所存在的缺陷也是造成其解体的重要原因。一种审美意识的产生和发展虽然并不一定必然依靠文艺运动,但声势浩大的文艺运动却可以强化和具体推动审美意识,而在新时期,当代浪漫主义却缺少这种强化和推动,浪漫主义没能形成一种声势浩大的文艺运动,它只作为一种隐性的审美意识而存在。②

李庆本看重"运动"、"声势"对主体审美意识的推动作用。因为没有"声势",缺乏社会影响,"当现代主义或者后现代主义潮流迅猛袭来的时候,它的退场便就是必然的了"。

陈国恩也注意到转型时期浪漫主义的"终结"(他使用的是"消失"这个词),并且从三个方面总结了"消失"的原因。首先,"新时期浪漫主义作为一种思潮涌起可以看得十分清楚,但它所依托的作者的情况却比较复杂"。意思是说没有相对固定的作家群体,也没有"专注守一"的浪漫主义作家——其分析与刘思谦大同小异;李庆本的上述分析也注意到这个问题,他从"运动"、"声势"方面切入探讨,其所指与陈论大同小异。说到为什么会出现这种现象,大家的思路不约而同地指向"历史",因为浪漫主义有过那么一段不光彩的历史,许多人对它采取厌恶的态度,甚至有人将其与唯心主义划等

---

① 李庆本:《当代浪漫主义的终结》,载《中国文化研究》1996年冬之卷,第94页。
② 李庆本:《当代浪漫主义的终结》,载《中国文化研究》1996年冬之卷,第95页。

号，影响它形成强大的发展势头，甚至影响到它的存在和对其存在的认识；其次，"浪漫"没有真正深入到作家的骨髓，即作家缺乏浪漫主义的生命精神，而现代主义的主观表现更适合他们，更具有吸引力，因此"新时期浪漫主义作品比二三十年代的浪漫主义文学更多地融合了现代主义的成分"；再次，随着现代主义思潮扩展，浪漫主义所承载的现代主义成分越来越多，"最终就整体性地融入了现代主义的浪潮"。他认为，文学作品中的现代主义超过了"临界点"，"浪漫主义就不可避免地划上了句号"。[①] 虽然这个句号划得早了点，但他的分析却有些道理和新意。

尹昌龙论著的"时间区域"——1985 年是社会文化深度转型时期，在许多人眼里，正是这一年文学创作中的浪漫主义走向"终结"。他虽然没有明确宣示"终结"，但他所说的"转折"已经包含这层意思。对"转折"原因的分析，也与他对浪漫主义"强劲"原因的分析一样，归结为民族国家的现代化想象——1985 年以后，民族国家的现代性想象遭遇现实的巨大困难和挑战，因增加了民族性、传统性内容而变得复杂，政治激情消失，民族国家的文学想象内部出现了自我解构的力量，浪漫主义因此"式微"。[②] 这种观点也许算不上深刻，但提供了一个新的思路。因为从某种意义上说，浪漫主义是一种情绪，是个人情绪，也是社会情绪。社会转型初期浪漫主义文学的兴盛在很大程度上源于 50 年代形成的关注国家政治的情绪的浓厚；而 80 年代中期后的减弱则源于这种情绪的集体性淡化，源于理性意识的自觉和自我情绪的加强。与某些大而无当的理论分析相比，尹昌龙的认识具有独到的地方。

刘忠、杨金梅的文章也对浪漫主义"终结"给予较多的关注。[③] 因为他们介入较晚，无论"在场"论述还是"终结"研究都已经深入。他们只能寻找新的角度或者话语来阐述相同、相似的意思。如果说他们将李庆本所看重的"声势"、"运动"解释为"集一化消融"，煞费苦心，那么他们沿着转型时期浪漫主义价值取向的思路分析达到相同的终点也算是一种新的思考或表述。他们认为，作家们寄希望于现代化要求，充满热情，也有急切感，但这理想和激情都属于社会政治层面，不可避免地受到政治本位论和目的价值论的双重加压，浪漫精神的丰富内涵面临被抽取和改造的危险，造成主体部分的被遮蔽和丧失。浪漫主义的核心是主体性，现在主体性既然已经"被遮蔽和丧失"，浪漫主义也就打了折扣。他们的目的是就此说明转型时期浪漫主义的

---

① 陈国恩：《浪漫主义与 20 世纪文学》，安徽教育出版社 2000 年版，第 296 页。

② 尹昌龙：《1985：延伸与转折》，山东教育出版社 1998 年版。

③ 刘忠、杨金梅：《新时期文学中的浪漫主义及其走向》，载《学习与探索》2001 年第 1 期。

"隐性形态"，说明"式微"的原因。谈到式微，他们认为，除审美心态和价值取向悖论之外，转型时期浪漫主义还存在创作观念的游移和错位——刘思谦等人也曾谈到"游移和错位"，从中寻找浪漫主义"式微"的原因；本文的总体思路与刘思谦大同小异。区别在于，刘思谦看重浪漫主义与现实主义之间的联系，本文侧重于"创作观念"，认为新写实动摇了浪漫主义精神的一根重要支柱——对世俗生活的超越性，而后现代主义和大众文化的广泛传播从根本上侵占了它的最后一块领地——主体性。他们将浪漫主义的"政治性价值取向"和"大众文化的广泛传播"引进到浪漫主义式微原因的探讨，多少算是有点新意。

曹文轩的著作出版于1988年，刘思谦的文章发表在1994年，李庆本的文章发表于1996年，杨彬的文章发表于2004年——在长达16年的时间里，研究者为说明转型时期浪漫主义的"在场性"坚持不懈，一再努力。在这期间，转型时期文学研究深入到各个领域、方面、层面和角落，在许多问题上都有较大幅度的掘进，而对于浪漫主义研究却还在重复十几年前的话题，论证浪漫主义存在的理由，为浪漫主义的在场寻找合理的根据，清理研究障碍。如果说这样的话题不是枉费笔墨证明一个人所共知的常识的话，那就是表现了一种学术真诚：在虚无的旷野里高喊实有的声音，悲壮而真诚。尽管有些声音缺乏新意和深意，但联系如前所说的浪漫主义处境尴尬，研究严重缺席，联系当下文学的萎靡现状、以及研究者仅仅把当下文学的不足理解为作家想象力的匮乏，而绝口不提对浪漫主义的忽视，即可发现，为浪漫主义争取存在的理由，呼唤关注，并不是单纯的真诚，还包含着社会责任和人文精神。

但令人遗憾的是，无论是逻辑论证还是具体分析都没有得到应有的重视，也没有改变浪漫主义的形象和命运。虽然陆续有人加盟到研究转型时期浪漫主义的队伍，也颇有几篇高质量的文章，但从整体上看仍是沉寂。在无边的缺席和巨大的冷漠环境里，"在场论"者的发言似乎是自说自话。仁者见仁，智者见智，面对同一研究对象，无论出现多大分歧都没有人计较，当然也很少呼应。转型时期文坛风云四起，学术争论不断，但浪漫主义一隅出奇地平静，甚至是寂寞。对于浪漫主义文学及其研究来说，这是一种可悲的沉默，可怕的冷漠。因为平静无争是对浪漫主义文学的冷淡和轻视，是否认和缺席！

由此形成的严重后果是作家回避，研究缺席，是处境尴尬，发展艰难，因此无人重视，因此生存困难，因此研究缺席……周而复始，恶性循环。浪漫主义既是一种文学流派,一种创作方法,也是一种精神追求,是主体对社会现实、历史文化的态度,甚至也是一种人生境界和态度。它的艰难处境不仅严重影响了文学发展和艺术境界的提升,而且也影响了社会主体的价值取向、生命形态、精神诉求和审美追求。社会进步、主体精神生活提高、文学健康发展都需要浪漫主义,需要浪漫主义所坚持的理想主义、英雄主义、崇高精神、蓬勃激情、生命强力。正像诺瓦利斯所说,"这个世界必须浪漫化",通过浪漫化,"把普遍的东西赋予更高的意义,使落俗套的东西披上神秘的外衣,使熟知的东西恢复未知的尊严,使有限的东西重归无限。""低级的自我通过浪漫化与更高更完美的自我同一起来"。[①] 有人看到这一问题的严重性而大声呼吁,但积重难返。创作因上述内容缺席而暴露出价值迷失、审美错乱、状态萎靡等颓势。从研究的角度看,因搁浅和忽视,人们对浪漫主义认识肤浅,在某些问题上至今还停留在 20 世纪 30 年代的水平上,甚至还不如朱光潜先生当年的认识有深度。在对转型时期浪漫主义文学的研究中存在着许多的困惑和混乱,对概念的内涵、外延、特质的界定,对具体作家作品的认定,对文本特点的概括和具体论述,对某些现象的指认和厘定,都存在混乱、杂乱。面对同一文学现象或作家作品,不同论者的认识有时会恰恰相反!

　　这不是正常的现象。浪漫主义是一个对人类文学发展产生过重大影响的思潮,一个在 20 世纪中国文学史上发挥过重大作用、与现实主义一道共同推动民族文学更新和发展的文学思潮。时代需要浪漫主义,文学需要浪漫主义,主体精神提升需要浪漫主义。浪漫主义应该有足够的创作和研究空间。

二、零散无序:多维视野中的整体性研究

　　现在我们进一步考察转型时期浪漫主义文学研究的情况。

　　转型时期的浪漫主义文学研究从总体上看很不充分,但细心梳理也会发现一些可喜的收获,尽管零散无序,但对某些问题的认识值得关注。大概地说,转型时期浪漫主义文学研究可分为三个层面:整体性观照;专题性研究;作家作品分析。作家作品分析常常与整体性观照和专题研究糅合在一起,而整体性观照和专题研究也都离不开作家作品,因此我们只就前两个层

---

① 转引自刘小枫:《诗化哲学》,山东文艺出版社 1986 年版,第 33 页。

面做些考察。

本节考察的是整体性研究，也就是平常所说的宏观研究；但转型时期浪漫主义文学研究很不充分，宏观把握既不系统也欠深入，故我们只能就整体性研究的情况略作考察。

研究者对转型时期浪漫主义文学的整体性把握主要表现在两个方面：或者纵论转型时期浪漫主义文学发展过程，梳理发展演变轨迹，分析阶段性特点和概况；或者运用浪漫主义理论对复杂纷乱的创作现象进行宏观研究，概括表现形态，归纳若干特点。整体性研究大都在研究开始和达到一定程度之后。在研究的初始阶段，研究话题还没有引起注意，研究者对问题的认识也欠深入，论者习惯于或者说只能从整体上进行概括和抽象。随着研究深入，具体分析达到一定程度，人们对问题的认识逐渐深透清晰，研究视野逐渐开阔，论者开始走出具体的专题性研究而在较高的层面上进行整体性把握，探讨更为宏观的问题。转型时期浪漫主义文学研究成果有限，但比较而言，整体性研究还算可观。

从研究成果看，浪漫主义文学的整体性研究有零散和集中两种表现形式，而集中研究又有论文和著作两种情况。成果形式不同，研究的深浅、面的宽窄以及整体性程度等也不相同。我们分别考察。

先看零散的整体性研究。

"零散"是表现形式，"整体性"是说研究着眼于浪漫主义文学"全局"。论者的主观意图不是研究浪漫主义文学，甚至是"缺席论"者，但他们在论述既定命题的过程中捎带着论及浪漫主义特色突出的文本，并且对其特色做出浪漫主义的分析和概括，或者说对研究对象做出了符合浪漫主义"语系"的分析。这样的论述散见于某些著作，涉及的对象虽然是具体文本或个体作家，但归纳概括却带有整体性。因为属于"捎带着"论述，不见于著作的章节目录，不能给人完整的印象，却"无意中"昭示了转型时期某些文学的浪漫主义文学表征，其见解零散却具有一定深度，对认识转型时期浪漫主义文学具有较大的参考价值，在为数不多的研究成果中聊备一格。朱寨、张炯的《当代文学新潮》属于此类。如前所述，从整体上看，该书并不认可浪漫主义的存在，但在"生命思潮的自觉与拓展"等章节中，却将某些文本置于浪漫主义话语系统之中，对邓刚《迷人的海》、张承志的《北方的河》、《金牧场》、乔良的《陶》、杨志军的"荒原系列"等作品作了浪漫主义的解读，明确指出"这些作品，虽然不完全表现为浪漫主义的艺术追求，但是有强烈的浪漫主义气

息,"并就浪漫主义"气息"的构成及其原因作了简要说明。① 在论述莫言的
《红高粱》等作品后更明确地指出,"在汪洋恣肆的浪漫主义泼墨中,作家淋
漓酣畅地发掘中华民族生命深处那种千百年来被封建文明驯育而昏睡着的
生命血性,高拔健迈的红高粱意象与蓬勃苗壮的生命精神互映,融而为一,
汇聚成汹涌澎湃的生命洪流。"②作者用语谨慎,对浪漫主义有所保留,却毫
不含糊地指出"生命思潮"表现出浪漫主义气息,指出"生命意识"书写表现
了浪漫主义精神。从考量转型时期浪漫主义文学研究的角度看,他们的论
述揭示了转型时期浪漫主义文学形成和构成的一个重要方面,值得珍视。
尹昌龙的著作也属于零散的整体性研究。与朱寨、张炯论著不同的是,他是
"在场论"者。其著作《1985:延伸与转折》与孟繁华的《1978:激情岁月》的研
究视域密切相关,是孟书所论"激情岁月"的某些因素的延伸和转折。他所
面对的是80年代前期文学的整体风貌和走向,浪漫主义只是其中的一个方
面。作为坚定的"在场论"者,他很看重所论期间的浪漫主义文学,并对其作
了整体性考察。与其他论者相比,他考察的重点是转型时期浪漫主义的"延
伸与转折"以及"延伸与转折"的过程和原因,也就是浪漫主义文学由"强盛"
转向"衰落"的过程和原因。有关论述前面已经谈到,此不赘述。

再看集中的整体性研究。集中的整体性研究分两种情况:论文和著作。
先考量论文部分。研究者大都是"在场论"者,他们认定转型时期存在
浪漫主义文学,出于研究兴趣和学术自觉,或者选题论述的需要以及其他原
因而致力于浪漫主义文学研究,概要地论述转型时期浪漫主义文学的某些
整体性特征。首先提到的是刘思谦,她较早地对转型时期浪漫主义特点作
了概括和分析,指出转型时期浪漫主义有两个显著特点。第一,地域的荒僻
和时间的久远。某些具有浪漫主义气质的作家不约而同地选择远离喧哗骚
动的现代都市文明,去那草原、荒溪、大海、边塞、深山、老林或远村穷乡、原
始洪荒,在那里寻找精神家园,从古老诡谲的神话传说或率真质朴的乡风民
俗中寄托理想和希望,抒发自由狂放的激情。其重要文本是"知青文学"和
某些"寻根文学",代表作家如张承志、高晓声、邓刚、郑义、马原、郑万隆、洪
峰、杨炼、江河……浪漫主义者争天拒俗,具有反叛性,他们远离世俗世界,
走向遥远的历史,走向偏远的乡村,走向大自然。在"久远"的时空中无所顾

---

① 朱寨、张炯:《当代文学新潮》,人民文学出版社1997年版,第333页。
② 朱寨、张炯:《当代文学新潮》,人民文学出版社1997年版,第339页。

忌地敞开心灵,酣畅淋漓地抒发狂放自由的情感,在超乎寻常的艺术想象中表现自我。刘文的分析提纲挈领,切合实际。她所概括的第二个特点是,作家的游动性和创作思想的游移错位。这是说浪漫主义没有相对固定的作家队伍,在现实主义、现代主义和浪漫主义三者间游移而又不如其他二者固定,许多作家偶尔写出一两篇(部)带有浪漫主义特点的作品,随后变调;有些作品的浪漫主义笔墨与现实主义、现代主义交织在一起,很难厘清彼此,裁定归属,只有张承志、江河、杨炼等少数作家比较纯正和执著;所谓"错位",是说浪漫主义与现实主义有着天然的关系,理想主义的翅膀飞得再高也无法割断现实生活的脐带,他们煽动理想的翅膀,抒发澎湃的激情,其创作表现出浪漫主义特点,一旦回到现实世界,便觉得理想带有虚妄性,于是翅膀折断,激情消失,于是游移不定,甚至出现"错位"——第二特点的归纳其实是从浪漫主义走向衰落出发立论的。[①] 刘的文章似乎有点"虎头蛇尾",后面还有很多话没有写出来,分析和概括缺乏后劲。因系"垦荒"之作,对后来的研究有很多启发。

刘忠、杨金梅将浪漫主义作为一种精神现象进行分析。[②] 他们认为转型时期浪漫主义创作在其总体上是与现代性紧密地联系在一起的,创作主体的理想、崇高、激情从虚假的社会意识形态下解放出来,本应爆发,但社会思想解放的步伐尚慢,故无论主体性超越还是崇高美的追求,都受到"和谐美"的牵引,因而与五四时期的狂飙突进、破旧立新的浪漫主义精神不可同日而语。这实际是说浪漫主义没有形成强大的思潮和声势,在创作中的表现也不十分突出。这一认识符合实际,与其他论者的见解大体一致,除尹昌龙等少数论者外,刘思谦、李庆本等也大都认为转型时期浪漫主义没有形成强大的思潮,只以潜隐的形式在场。刘、杨的文章将浪漫主义置于转型时期文学潮流的宏观背景上进行考察,从创作主体的精神状态着眼,概括转型时期浪漫主义文学的特点,认为转型时期浪漫主义文学有两大模式:"低调的浪漫",没有五四时期那澎湃的激情、夸张的自我、崇高的理想,没有英雄主义情怀,横空出世的声音也只有北岛那一句"我不相信",而在一般情况下,浪漫主义作家的姿态是在没有英雄的年代里只想"做一个人"。作者面对的文本是朦胧诗,并且结合朦胧诗人的生活和精神历程分析"低调性"的成因,虽然谈不上充分、说不上深刻,倒也有些许新意;"悲凉的浪漫",主要谈寻根作

---

① 刘思谦:《新时期浪漫主义文学思潮描述》,载《河南大学学报》1994 年第 1 期。
② 刘忠、杨金梅:《新时期文学中的浪漫主义及其走向》,《学习与探索》2001 年第 1 期。

家的浪漫,说他们因为"现代化"的焦虑而寻求民族文化之根,选择边塞、草原、森林、荒溪,借助于古老的神话传说和率真质朴的乡风民俗抒发浪漫激情,"外在的、客观的真实让位于主观的、想象的、憧憬的真实,苍凉沉郁、荒诞神秘的艺术氛围中,现实的痛楚、道德的约束、文化心理的禁忌、社会契约的戒律统统失去了应有的尊严。"因而格调有些悲凉。其所论所指盖有张承志的草原、梁晓声的北大荒、贾平凹的商州、莫言的高密东北乡等系列,与刘思谦的指认大体相同。

"后浪漫"是一种新的提法,也是文章的新意所在。面对浪漫主义的式微和颓势,文章不说失落,也不言终结,而用"后浪漫"这一概念概括被称作"新时期后"的浪漫主义文学。文章认为,浪漫主义是一种精神现象,是对自由和理想的精神承诺,什么时候都不会消失——这是对的。在后现代主义和大众文化的双重挤压之下,后浪漫主义表现出两种"新质"。首先是"风格的集一化迅速消融,个人化增强",持论依据是张炜的《九月寓言》、张承志的《心灵史》及这一时段带有浪漫主义色彩的作品。所谓"集一化消融",其实是说浪漫主义文学不能形成思潮,也不能以整体现象出现,也就是其他论者所说的不能作为强势思潮影响文坛。其次,浪漫主义以"标新"的姿态出现,与现实主义、现代主义和后现代主义相伴随,文章认为在"新历史小说"、"文化大散文"、"武侠小说"等文本中,"潜在的人文理想之光和主体精神意绪,那弥漫着英雄主义色彩的历史况味、亦隐亦仕的人生理想、刀光剑影中来去自由的萍踪侠影,不正是我们现代人所向往的生存诗意吗?"基于此,作者展望未来,对浪漫主义"充满信心",甚至从那些"涌动的潜流"中预见到"浪漫主义复兴的可能趋势。"由此可见,文章所说的"隐性形态"其实是"后浪漫",而他们对于浪漫主义"式微"的认定及原因探讨,其实是就传统浪漫主义而言的。

杨彬文章的题目是《浪漫主义小说在新时期的超越》[①]——这是一个很好的论题,转型时期浪漫主义文学与此前相比,确有很多"超越",值得深入探讨;但文章对主旨即"超越"的论述似乎笔力软弱,阐释未尽人意。作者着眼于转型时期浪漫主义小说整体,认为转型时期浪漫主义小说更多地继承了沈从文小说的特色,并从情感、取材和艺术表现三方面分析转型时期浪漫主义文学特点,亦即文章所说的"超越":"1. 情感方面:在现代文明和古老文化和蛮荒大自然之间倾向后者。往往把后者置于现代文明的对立面加以肯

---

① 杨彬:《浪漫主义小说在新时期的超越》,《中南民族大学学报》2004 年第 6 期。

定、讴歌、赞颂,并赋予隆重的理想化色彩。2.取材方面:在过去和现在之间,背向现实,面向过去。描写古老的传统、遥远的过去、逝去的青春。在政治和人性之间,退避政治,反映人性,描写那些被排除在政治和历史之外的花草虫鱼、饮食男女、琴棋书画、苍云白日、小桥流水等。3.艺术表现方面:经常运用浓郁的抒情、奇特的想象、大胆的夸张、深邃的意境、隐奥的象征等手法,具有浓郁的浪漫主义色彩。"与此相应的是,文章指出转型时期浪漫主义小说的成就有三个方面,一是表现和发扬中国民族文化传统;二是描绘和展现地域文化;三是追求传统的审美意识——在创作中重感觉,重意境,重简约,重空灵。这些说法有新意,用以说明某种类型的浪漫主义小说比较合适,却不能涵盖转型时期浪漫主义文学的全部,甚至不能涵盖转型时期浪漫主义小说的全部,属于"集中"但缺少"整体性"的"整体研究"。

李庆本、陈国恩也曾经有专门的文章,但在此我们将他们的研究划归到集中的整体性研究的另种类型——著作中的浪漫主义研究。因为他们的文章是其著作的构成部分。如前所述,转型时期浪漫主义研究很不景气,承认"在场"并进行研究的著作十分少见。著作中的集中研究实际上把浪漫主义当做繁杂的文学现象中的一种,在整体布局中设立专门的章节,集中分析。转型时期浪漫主义文学研究是在冷漠的学术背景上进行的,这种形式少得可怜,以下几本著作也就显得十分可贵。

先看曹文轩著《中国八十年代文学现象研究》。该书用了不止一章的篇幅分析转型时期浪漫主义文学:第八章"浪漫主义的回归"之外,至少还在第六章"大自然崇拜"中论及浪漫主义问题,或者在论述过程中涉及浪漫主义内容,或者论述的逻辑意图指向浪漫主义特征。集中论述转型时期浪漫主义的第八章以"回归"作为中心词展开讨论,主要内容有两个方面:一是对于浪漫主义文学"回归"原因的分析——前面已经论述;另一部分内容是分析转型时期浪漫主义文学的内容特点。作者用朴实的语言概括了几点,并结合作品进行了具体分析。他明确指出,转型时期浪漫主义文学特点,其一不是客观地再现生活,而是主观地表现生活,强调主观性特点;其二不是事件的铺排,而是情感的流动,强调抒情性特点;其三"憧憬一个理想王国"——不是简单的论述理想主义,而是结合作品分析指出浪漫主义文学中的主人公大都在"深情的憧憬中",人物的价值也在憧憬中;其四神秘感,不是简单地指出浪漫主义具有神秘感,也不是简单地说"这种浪漫主义神秘感,在80年代的许多中国文学作品中又开始漂游",他结合创作实际指出"边地生

活"、"中世纪情调"、"孤独"等是神秘感形成的原因,进而指出,这三大致因
机制共同的指向是"距离",空间距离、时间距离和心理距离。"距离"是神秘
感产生的全部奥秘——这是比较有新意和深度的分析,显示出一个作家型
研究者独到的眼光和阅读体验。他归纳的第五个特点是"崇拜自然",这是
浪漫主义的重要特征,作者结合文本分析这一特征在转型时期创作中的具
体表现,分析浪漫主义的自然描写与现实主义描写自然的区别,指出浪漫主
义往往只选择那些能够抒情的景物,并且其笔下的景物大都是主观的外化。
这些概括见解独到,分析具体细致,为认识转型时期浪漫主义文学特点提供
了确凿的依据。

曹文轩的著作较早问世,且是"由讲稿改成的书稿",有些论述与后来者
相比缺乏理论深度和理性思辨色彩,对于转型时期浪漫主义特点的概括似
有对应一般浪漫主义特点即从浪漫主义的一般特点出发,在纷杂多样的文
学现象中寻找与之相对应的作家作品之嫌,但他的分析切合实际,表现了作
家型学者思考缜密和论证严谨的特点。筚路蓝缕的工作值得充分肯定,其
特点概括和文本分析都对后来的研究有很多启发和影响。

再看李庆本的《20 世纪中国浪漫主义美学》①。该书纵论 20 世纪中国浪
漫主义文学,并用四章的篇幅论述转型时期浪漫主义。其中,第十章"浪漫
主义的现实依据",主要论述浪漫主义的"当代在场性"。第十一章"新时期
美学理论的浪漫主义倾向",主要研究转型时期浪漫主义美学,侧重于美学
理论。对我们来说,值得注意的是他对转型时期浪漫主义文学理论的探究。
在他看来,李泽厚、刘再复从不同的角度阐述了与浪漫主义密切相关的主体
性理论,对推动转型时期浪漫主义创作实践产生了很大影响。这本应该成
为研究转型时期浪漫主义的重要内容,却被很多人所忽略,故这部分内容显
得十分可贵;但作者长于理论探讨,短于文本阅读,更短于理论与创作实际
的结合,所以其论述略显空疏。第十二章"新时期文学创作中的浪漫主义倾
向",先将浪漫主义视为主观范畴,以主观性有无及其表现形态进行考察,尔
后指出"新时期浪漫主义文学以三种方式展现浪漫主义主体性:第一是直接
的自我表现,以北岛、舒婷的朦胧诗为代表;第二是浪漫主体向外在的自然
界扩展,在自然界中观照主体,在与自然的对立中展示主体,以张承志、邓刚
等人的'自然派'小说为代表;第三是浪漫主体以幽默的方式实现对外在客

---

① 李庆本:《20 世纪中国浪漫主义美学》,现代出版社 1999 年版,第 250 页。

体的超越,以王蒙的幽默小说为代表。"①前两种类型与其他研究者的指认和归纳基本相同,后一种有新意却没有得到较多的响应。作者论述本身有一定道理,因为从创作主体追求自由、实现自我的角度看,王蒙的幽默小说确实带有汪洋恣肆、随心所欲的浪漫品格;但就其文本表现而言,还不如他所忽视的某些知青文学的浪漫主义特色突出。

该书的第十三章是"当代浪漫主义的终结",具体论述我们已经结合有关内容作了介绍。这里要说的是,该书是一部研究 20 世纪浪漫主义美学的著作,论者把转型时期浪漫主义当做 20 世纪中国浪漫主义发展过程中的三个逻辑环节之一,在与其他两个逻辑环节的对比中进行分析,认为转型时期浪漫主义"是对前两个环节的辩证综合。与现代浪漫主义相比,它具有以下两个特点:第一,浪漫主义从现实主义体系中摆脱出来,成为独立存在的审美意识形态。第二,个体感性受到重视,得到优先发展;革命浪漫主义偏于强调主体的理性目的,而当代浪漫主义更强调个体的自由存在、生命意志。从这个意义上讲,当代浪漫主义已经超出了现代范畴,而成为一种新型的审美意识形态。"他所说的"当代"是转型时期,"现代"是 20 世纪浪漫主义发展的第二个逻辑环节,即五六十年代,他所说的"近代"则是第一个逻辑环节即通常所说的"现代"。他认为"当代"与"近代"有相似之处,都"重视个体感性意志"。但也有区别,在他看来,主要区别在于:第一,"当代"浪漫主义审美主体构成中的理性因素有所加大,既有理性目的,又增加了理性认识。它"反对把人降为物、降为工具、变成必然性的奴隶、因果链条上的一环,只知人的服从性、不知人的自我选择的物本主义倾向,""也反对将主体自我神化的倾向,反对把人无限制地夸大,看成是至高无上的神和高大完美的英雄的神本主义倾向。"第二,因为处在社会主义文化背景下,以未来的和谐统一为导向,崇高美受到和谐美的牵引,所以"当代浪漫主义的对立性原则较近代有所减轻"。这种对比研究,有助于深化对转型时期浪漫主义的认识。

李庆本从美学角度论述转型时期浪漫主义的表现形态、在场性和终结的原因,其著作具有很强的理论性;但他不是研究当代文学的,长于理论分析和逻辑思辨,而疏于文学创作实际,在对浪漫主义存在形态的归纳中,将不甚突出的纳入研究视野,却将比较突出者如知青文学舍弃,不全是认识问题,在一定程度上说明他对转型时期文学、尤其是转型时期浪漫主义文学缺乏全面而深入的了解;在"终结"原因的探讨中,忽略了经济社会现实对于作

---

① 李庆本:《20 世纪中国浪漫主义美学》,现代出版社 1999 年版。第 250 页。

家主体意识的侵蚀以及因此所导致的世俗性追求这一影响浪漫主义的重要
因素,缺少足够的说服力。另外,他既然已经认定"终结",也就与浪漫主义
的"缺席论"者一样,急于寻找"终结"的理由。他的论述本身或许符合逻辑
程序,但文章的欠缺也是先天性的。因为说"衰落"可以,说"终结"就有些武
断。作者本人也清楚地看到,即使在他已经宣布"终结"的时段,仍有作家坚
守浪漫主义理想阵地,也仍有某些浪漫主义文学现象出现——既然如此,宣
布"终结"也就大可不必。

陈国恩著《浪漫主义与 20 世纪中国文学》①是一部研究 20 世纪浪漫主
义文学的著作,与李庆本相比,研究对象"大同",而研究角度和理论观照"迥
异"。作者对 20 世纪浪漫主义文学做了全面系统且有相当深度的梳理分析。
关于转型时期浪漫主义文学的论述集中在第七章,题目是"闪光的流
星"——将转型时期浪漫主义文学视做"闪光的流星",颇有诗意,值得玩味。
作者从 20 世纪浪漫主义文学发展的漫长历程中一路分析过来,对各个时期
浪漫主义文学的发展形态有全面深入的了解,考察转型时期浪漫主义文学
驾轻就熟。在他看来,转型时期浪漫主义"不是五四浪漫主义的简单重复,
也不会是 30 年代浪漫主义的翻版,它有自己的特点和独特命运。"那么,转型
时期浪漫主义文学的特点是什么呢? 作者认为:第一,加强了人道主义的内
容,在反叛现代迷信的同时,"更多地承诺了对他人的责任,无私地关照同
伴,渴望友谊、爱情,希翼宽恕和谅解,表现出英雄主义的精神,大多数作品
因而趋向崇高之美。"这与刘忠、杨金梅的见解相左;陈著概括的第二个特点
是"增加了沉重感",因为浪漫主义作家"所反对的教条主义和现代迷信曾是
他们自己深信不疑甚至亲身参与制造的",所以他们作品中的浪漫主义既不
是五四时期天马行空的浪漫主义,也不是 30 年代沈从文怡然自得的浪漫主
义,"而是承担着历史的重负、包含着对过去的岁月既觉得是痛苦又能从痛
苦中体味到幸福的这种铭心刻骨的浪漫主义。"这两大特点的概括虽然欠精
彩醒目,但分析确有独到之处。

陈著总结的第三个特点是转型时期浪漫主义"是回归同时又是泛化,并
且最终整体性地汇入了现代主义浪潮。"他肯定了浪漫主义的"在场性",对
其"泛化"的分析也颇有说服力,但像其他研究者一样,较早地宣告了它的
"消失",甚至认为,"新时期的浪漫主义思潮在回归的同时开始了泛化的过
程"。他不用"终结"这个词,但他所说的"泛化",其实就是"消失",失去了固

---

① 陈国恩:《浪漫主义与 20 世纪中国文学》,安徽教育出版社 2000 年版,第 294 页。

有的形态,失去了自己的特点,浪漫主义文学还存在吗?还有存在的理由吗?他所提出的由"泛化"而"消失"似乎更符合他的本意。"它像一颗闪亮的流星划过美丽的夜空,给人们留下了深刻的印象,然后便消失在新的文学潮流中了。"①陈国恩将论述对象置于中国 20 世纪浪漫主义文学发展进程中考察,在与西方浪漫主义比照中分析,视野开阔,概括比较准确,分析简洁到位,切合创作实际。但他对转型时期浪漫主义文学走向的分析,不知是囿于汇入现代主义思潮不复存在的结论,还是局限于三大文学思潮的固定思维,抑或其他原因,较早地宣布在现代主义大潮漫卷文坛之际,浪漫主义汇入其中,不复存在。作为一种"思潮"的追踪考察,其论述或许可以成立,但就创作实际和文学现象而言,却值得怀疑。且这种"宣判"与其理直气壮地宣称浪漫主义在当代文学史上的"在场性",坚信"两结合"、"三突出"、"假、大、空"都没有取代和淹没浪漫主义相比,与他理直气壮地宣布转型时期浪漫主义思潮回归相比,几乎判若两种声音,换了一种眼光。

以上我们对转型时期浪漫主义文学的整体性研究做了考察,也许有些粗略,但大致地昭示了这类研究的成就和欠缺。现在我们离开具体分析,对整体性研究的特点做出如下三个方面的概括。

第一,比较的方法。研究者大都注意到,转型时期浪漫主义与中国以前的浪漫主义不同,与外国的浪漫主义也不同。比较而言,多数研究者从 20 世纪浪漫主义文学发展演变的历史进程中把握转型时期,在与 20 世纪其他时段的比较中考察转型时期浪漫主义文学的特点和超越,表现出"史"的眼光和深度。因为转型时期浪漫主义的形成发展、表现形态和主体指向都与 20 世纪浪漫主义文学密切相关,因为即使在"在场论"者心目中,转型时期浪漫主义也不是独立的存在,单独研究说不清楚,故研究者把它作为 20 世纪发展链条上的一个环节,在一定程度上成就了研究的系统性和深广度。陈国恩、李庆本等几部学术著作中的研究就属于这种情况。他们着眼于 20 世纪浪漫主义文学的系统研究,说到转型时期浪漫主义文学,很自然地将其与过去进行比较。还有研究者,把浪漫主义与现实主义进行比较,如尹昌龙的论述,不是比较异同——这是老问题;而是较多地涉及两种传统创作思潮在转型时期的不同命运,进而说明浪漫主义文学的存在及其形态。论者认为浪漫主义只是一股潜流,或者说还没有形成潮流,只是作为一些零散的现象存

---

① 陈国恩:《浪漫主义与 20 世纪中国文学》,安徽教育出版社 2000 年版,第 297 页。

在。基于这一认识,论者在对其进行研究的同时,也决定了精力即笔墨的投资比重。也有研究者将其与现代主义进行比较,说明二者都注重主观表现,只是在某些方面存在差异,在解释两者有很多相同处的同时进而说明现代主义怎样取代了浪漫主义。且不说结论如何,但就分析思路来看,无疑是有深度的切入。

其次,与转型时期浪漫主义处境尴尬、颇不景气相关,浪漫主义研究也颇不景气,概括和分析均显单薄,像曹文轩、陈国恩、李庆本这样有深度的整体性研究属于凤毛麟角,少得可怜,有的研究者从浪漫主义文学的一般特点出发分析转型时期浪漫主义文学的特征,用浪漫主义特点框定研究对象,然后对某些文本进行符合"特点"的分析。这种现象既反映了研究者对浪漫主义特点的固守,说明论者所秉持的浪漫主义文学观念和价值标准的滞后于"与时俱进"的创作实际,同时也透露了转型时期浪漫主义文学研究薄弱的原因。因为转型时期浪漫主义文学毕竟不同于其他时代、其他国度的浪漫主义,研究者应该根据转型时期浪漫主义文学创作和发展的实际进行分析,结合研究对象的实际进行特点分析,尤其是涉及具体研究对象,更应当如此。可惜的是,这种开放性的浪漫主义文学观念和实事求是的学风在整体性研究中还很缺乏,因而整体性研究表现出明显的欠缺。

与此相关的是第三,研究视界比较狭窄、论述尚欠深入。转型时期浪漫主义文学的整体性研究大都集中在几个较为突出的问题上,比如"在场性"及其形成原因、"终结"及其原因的探讨、表现形态及其特点等。这些问题被不同的研究者一再重复,大家从不同的角度阐释,尚有些许新意,有的文章则是重复别人,或者只是换种说法,甚至在某些问题上相互矛盾却又自生自灭。而没有争论和商榷,研究也就无法深入;各行其是,既紊乱了某些基本事实,也混淆了对问题的认识。比如,究竟哪些文学现象属于浪漫主义,哪些现象不是?哪些特点是对传统的承袭,哪些属于新的超越?转型时期浪漫主义文学是否形成了创作思潮?如果是,思潮的形成、发展和演变是怎样的?思潮的形态特点是什么?诸如此类的问题,涉及对转型时期浪漫主义文学的整体认识和基本评价,均应予以深入研究,但至今没有得到正视。所有这些都说明,转型时期浪漫主义文学研究亟待深入。

三、杂乱的指涉和归类:转型时期浪漫主义 文学的"类型性"研究

所谓"类型性研究",是指把转型时期浪漫主义文学分成若干类型,进行较为具体的分析。类型性研究是在认可转型时期浪漫主义文学取得成就的基础上,对某些浪漫主义色彩鲜明、特色相近的重要文本进行归类,然后对其类别特点进行分析概括。毫无疑问,这是转型时期浪漫主义文学研究深化的标志。

类型性研究的出现,是在新世纪前后。转型时期浪漫主义文学的"在场性"既已成立,便有不少研究者陆续走进这一视域,选择属于自己的话题。众多研究者的参与不仅扩大了转型时期浪漫主义文学的疆域即研究视野,而且使众多浪漫主义文本走出乱象掩映的状态,醒目地呈示在世人面前。但从整体上看,类型性研究既不深入,也不充分,而且分类也很杂乱。概略地说,转型时期浪漫主义特色比较鲜明的几多类型及其特色均得到彰显,因而也就成为考察浪漫主义文学及其研究的重要内容。

在对转型时期浪漫主义文学的类型研究进行考察之前,有必要清点梳理一下研究所涉及的浪漫主义文本。文本是基础,类型研究的前提是文本指涉和归类。但转型时期浪漫主义文本指涉杂乱无序。有人持论过于严格,走向"缺席论";有人持论过宽,大凡具有浪漫主义的某种质素、略带浪漫色彩的作品都被视作浪漫主义文学,空间扩大而指涉宽泛,自由随意且界限不清。研究者将某作家的创作或者某种文学现象置于一定的理论框架之中进行定性分析,很容易归纳出浪漫主义的几个特点。单就文章的论述看有些道理,但离开既定的逻辑预设和相应的论述语境,其论述和结论均值得怀疑。因为浪漫主义原本就具有开放性和不确定性,人们的理解和判断各执一词,作家有侧重,研究无规则,标准散乱不一。研究者根据自己的理解圈定浪漫主义文本,这就使文本指涉杂乱而丰富。"清点"文本,盘点指涉,也就成为考量转型时期浪漫主义文学研究的一个有意味的话题。

尽管指涉杂乱,但浪漫主义特色鲜明的作家创作仍得到比较普遍的认可。张承志、江河、杨炼等是转型时期浪漫主义文学的标志性作家,甚至被认为是"纯"浪漫主义作家。如研究者刘思谦所说,转型时期没有固定的浪漫主义创作队伍,其阵营游移不定,但张承志等人却被公认为浪漫主义文学的"中坚"。此外,梁晓声、张炜、邓刚等人的某些作品也常常被人们提到,而

以北岛、舒婷、食指、顾城为代表的朦胧诗人也被视为浪漫主义文学的代表人物。区别在于归类分析。这将在后面所做的类型研究考量中涉及，在此不赘。

　　这里要说的是那些浪漫主义色彩不甚突出的作家作品，因为对色彩模糊者的辨析更能显示出转型时期浪漫主义文学研究的实际水平。曹文轩是较早论及浪漫主义文学的研究者。他在众多的文学现象中注意到浪漫主义，并予以分析。在他看来，孔捷生的《大林莽》、张宝发的《艾依克》、白桦的《遥远的故乡》、陈放的《白与绿》、韩少功的《爸爸爸》均属于浪漫主义文本。①朱寨、张炯虽然"无视"转型时期浪漫主义文学，但在某些章节的论述中却认为，杨志军的《环湖崩溃》、乔良的《陶》、莫言的《红高粱》均具有"浪漫气息"，并对其做出浪漫主义的解读。②刘思谦侧重于整体把握，她描述转型时期浪漫主义文学思潮的特点，虽没涉及具体文本，但她所说的"郑义的远村老井，马原的西藏高原，张宝发的戈壁沙漠，冯苓植的'沉默的荒原'和动物世界，郑万隆的'异乡异闻'，洪峰的八百里瀚海"，也正如叶蔚林的《五个女子和一根绳子》、莫言的《红高粱》等作品一样，属于浪漫主义文学范畴。③李珞红则将张洁的《爱，是不能忘记的》、《方舟》、《祖母绿》、《沉重的翅膀》等作品视为浪漫主义，理由是作品塑造了郑子云、陈咏明、曾令儿、柳泉等理想人物；你可以不认可这种指认，但作者的分析却能自圆其说。④陈国恩着重分析知青小说中的浪漫主义，提到的文本除大家公认的浪漫主义作家张承志、梁晓声的创作之外，还新增了王凤麟的《野狼出没的山谷》、孔捷生的《南方的岸》、铁凝的《哦，香雪》等。⑤杨彬探讨转型时期浪漫主义文学的"超越"，对转型时期浪漫主义文学进行归类分析，所持标准比较宽泛，对浪漫主义文本的指认较之他人也丰富开放，新提供的文本计有阿城的《棋王》、《树王》、《孩子王》，李杭育的"葛川江"系列，贾平凹的"商州系列"，汪曾祺的《受戒》、《大淖纪事》，何立伟的《白色鸟》等；具体分析且不论，单就文本指涉而言却是新的发现和贡献。⑥高岚将通俗文学纳入浪漫主义研究视野，从"自然"、"想象"、"象征"等三个方面论述武侠小说的浪漫主义特征，说明"纯正的浪漫主义精神并没有消失，而是以另一种方式发展了自己"，文章主要涉及金庸的创作，

---

①　曹文轩：《中国八十年代文学现象研究》，北京大学出版社 1988 年版。
②　朱寨、张炯：《当代文学新潮》，人民文学出版社 1997 年版，第 333、339 页。
③　刘思谦：《新时期浪漫主义文学思潮描述》，载《河南大学学报》1994 年第 1 期。
④　李珞红：《痛苦的理想主义者》，载《佛山科学技术学院学报》2003 年第 1 期。
⑤　陈国恩：《知青小说：浪漫主义思潮的回归与泛化》，载《学习与探索》2003 年第 6 期。
⑥　杨彬：《浪漫主义小说在新时期的超越》，载《中南民族大学学报》2004 年第 6 期。

也谈到古龙的《多情剑客无情剑》——这些作品不是转型时期的创作，但对大陆读者的影响却是转型时期，在转型时期文坛上占一席之地。① 值得一提的是，高论并非"孤证"，在此之前，刘忠、杨金梅也曾经说，"武侠小说"中"那弥漫着英雄主义色彩的历史况味、亦隐亦仕的人生理想、刀光剑影中来去自由的萍踪侠影，不正是我们现代人所向往的生存诗意吗！"他们还提到电影《曙光》、《一个和八个》。② 如果这种指涉能够成立的话，转型时期浪漫主义将提前几年，因为有人认为《公开的情书》是转型时期较早的浪漫主义作品。

上述指涉着眼于整个文坛。在浪漫主义文学研究中，有些论者更倾向于西部，研究文章不多，涉及的文本却很可观。肖云儒认为"新时期浪漫主义创作在中国西部文学中首开先河"，他所提到的文本除张承志的某些创作外，还有张贤亮的《绿化树》，马原的《冈底斯的诱惑》，王家达的西部黄河系列如《清凌凌的黄河水》、《黑店》、《西凉曲》、《黄土地》。③ 玉春主要考察陕西青年作家的积极浪漫主义创作，涉及的作家作品主要是红柯的《美丽奴羊》、《敬畏苍天》、《金色阿尔泰》、《大车》、《靴子》、《玫瑰绿洲》，王观胜的《放马天山》、《焉支山》、《阴山鞑靼》、《北方之北》、《汉腾格里》，马玉琛的《风来水来》，并对三位青年作家创作的浪漫主义特征作了较有深度的分析。④ 金宝考察转型时期"草原小说"的浪漫主义特征，⑤涉及的文本有玛拉沁夫的《活佛的故事》，哈斯乌拉的《虔诚者的遗嘱》，乌雅泰的《洁白的羽毛》，冯苓植的《驼峰上的爱》、《轭下》、《色空》和《老鸟、老狗、老人》，白雪林的《蓝幽幽的峡谷》和《小镇上的汉子》，满都麦的《圣火》、《天火》和《地火》，徐扬的《被鹰啄去的眼睛》和《荒原的梦》，额勒斯的《黑勃额，白勃额》，佳峻的《驼铃》，哈斯乌拉的《蓝色的尤热尔勒》等。

朱寨、张炯主编的著作除外，上述举例均为专门研究浪漫主义文学的文章和著作中提到的浪漫主义文本。如果眼界放宽，着眼于转型时期文学研究整体，算上其他论述中浪漫主义文本指涉，把没有明确、但实际上作了浪漫主义解读的文本算上，浪漫主义文本远比这丰富得多。比如，在转型时期

① 高岚：《浪漫主义在通俗文学中的体现——现代武侠小说中的浪漫主义因素》，载《四川外语学院学报》2004 年第 3 期。

② 刘忠、杨金梅：《新时期文学中的浪漫主义及其走向》，载《学习与探索》2001 年第 1 期。

③ 肖云儒：《新时期浪漫主义创作在中国西部文学中首开先河》，载《西安交通大学学报》2001 年第 3 期。

④ 玉春：《崇高的精神，超迈的想象：浅论陕西青年作家的积极浪漫主义创作》，《当代文坛》2003 年第 4 期。

⑤ 金宝：《新时期"草原小说"的浪漫主义特征》，载《内蒙古社会科学》1998 年第 5 期。

文学研究中,有些论述提到并分析某些作品故事情节的浪漫描写,人物形象的浪漫塑造,作家的浪漫写作以及与之相关的主体性、人道主义等内容,也都提供了新的文本,进而扩大了转型时期浪漫主义文学的阵容。

从故事情节上说,有些作家为达到某种效果,在故事叙述或细节描写上采取了浪漫主义手法。比较典型的是恋爱故事。恋爱原本就被称之为罗曼蒂克,包含着鲜明的浪漫主义色彩,甚至有些故事与浪漫蒂克密切相关、难分彼此。虽然不是所有的恋爱故事都具有浪漫色彩,但在转型时期确实有不少作家把男女主人公的爱情故事作了浪漫主义描写,某些作品的爱情故事带有很浓的浪漫色彩,并且因此被研究者做出浪漫主义的解读。如张洁的《爱,是不能忘记的》、古华的《芙蓉镇》、鲁彦周的《天云山传奇》、张抗抗的《北极光》、陆星儿的《美的结构》……至于舒婷的《致橡树》更是被当作浪漫主义的爱情宣言给予深入分析。

人物形象的浪漫塑造主要表现为英雄主义和理想主义。作家们延续了当代中国文学传统,以理想主义之光烛照笔下的人物形象,赋予人物英雄的性格、坚强的信念、崇高的追求、辉煌的业绩、宽广的胸怀,作品也因此而表现出浪漫主义英雄情怀。转型时期文学的英雄主义与过去不同:他们既有革命者的英雄情怀,也有很强的主体意识和自我意识,有生死缠绵和儿女情长,人物性格更丰富,形象更真实可信。英雄人物在两个方面体现了浪漫主义的特征:作家对英雄人物的歌颂及塑造过程中宣泄激情,在人物身上倾注了社会和审美理想。从人物类型上看,改革者形象是重要的群体,乔光朴、车篷宽、陈永明、李向南、刘钊、罗心刚……是其中的佼佼者;伤痕文学塑造了在逆境中坚持理想信念不屈不挠、为信念理想而奋斗终生坚贞不渝的人物,如罗群、方凌轩、李铜钟等。90 年代延续了改革英雄谱系,《人间正道》、《西部警察》、《车间主任》、《中国制造》、《忠诚》大都塑造了中国脊梁式的英雄形象,他们身上体现了作家对现实人生的认同,对未来社会的憧憬,具有理想主义色彩。而《激情燃烧的岁月》、《历史的天空》以及《亮剑》等作品则以澎湃的革命激情塑造了革命英雄人物如石光荣、姜大牙、李云龙等。轰轰烈烈的事业,坚定的革命信念,崇高的精神境界,艰苦的岁月里的浪漫故事,悲壮的人生经历……都给作品披上了浪漫主义袈裟。

研究者面对的是具体文本,又不局限于文本。很多研究者把文本分析与类型归纳和特点概括相结合,说明自己的研究并非个案,即便没有普遍意义,也是不容忽视的现象。但文本归类和尺度把握却显得杂乱——同一个作家作品,往往被不同的研究者归属于截然不同的类型。这一方面是因为文本世界的浪漫主义内容丰富,论者从不同的角度分析都能找到符合自己归类的依据,同时也说明论者对于浪漫主义认识的肤浅和局限:浪漫主义有众多版本,论者持论不一,切入角度众多,致使归类分析产生歧义。有些歧义是正常的,有些歧义却是肤浅的表现,因为分类归纳也是研究,也显示着研究者对浪漫主义及其文本的理解程度。在此我们不去评述研究者分类归纳的得失,只对转型时期浪漫主义文学的分类归纳及研究情况作些概括性的述评。

从整体上看,学术界对浪漫主义文学研究投入的精力有限。因为投入的精力少,没有深入下去,才会出现分类归纳的杂乱。李庆本按照主观性的表达方式将浪漫主义文学划分为三种类型;刘思谦认为转型时期浪漫主义有两大类型特点;朱寨、张炯主编的著作将浪漫主义纳入"生命书写"的框架之中;曹文轩总结了浪漫主义文学的四个"审美特征";杨彬把浪漫主义小说分为几个专题,分类探讨在转型时期的"超越";刘忠、杨金梅立足于"表现模式",把浪漫主义分为"低调的浪漫主义"和"高调的浪漫主义";肖云儒认为西部浪漫作品主要有四种交叉类型:浪漫自然型、浪漫神话型、浪漫远村型、理想人格型;金宝将"反映内蒙古草原地区生活为题材"的小说称之为"草原小说",并对其浪漫主义特点进行分析;玉春探讨陕西青年作家浪漫主义创作的"崇高的精神"和"超迈的想象"……转型时期浪漫主义文学的归纳比较杂乱,分类错落无序,研究深浅不一,阐释有同有异。要言之,如下几个方面带有类型研究的性质,且考量如次。

朦胧诗类型。朦胧诗重主观表现,其表现内容与青春、理想、自我相关,与生命抗争、英雄情怀、独立人格相关。这些大都属于浪漫主义范畴,因而研究者常常把其与浪漫主义相联系,把朦胧诗当做浪漫主义诗潮解读。"缺席论"有对其进行浪漫主义阐释者,也有接近浪漫主义的解读者;而"在场论"更把朦胧诗当做浪漫主义的重要文本,用作支撑自己论点的重要根据。陈国恩认为浪漫主义思潮的回归开始于朦胧诗,食指的《相信未来》"在理想与现实无法调和的对立中奏响了英雄主义的旋律",既表现了特殊年代培养出来的精神品格,同时也流露出与当时主流思潮相抗衡的叛逆倾向。北岛的《回答》表现了"对世界愤怒的宣言,显示了自我扩张、自我独白的浪漫诗风。"舒婷的《致橡树》等作品所采用的主要是主观化的浪漫抒情方式。在他看来,从总体上看,朦胧诗注重"表现自我",宣泄内心情感,是一种浪漫主义

风格。① 李庆本更明确地把北岛的《回答》作为转型时期浪漫主义的奠基之
作。他以主观表现形式作为划分浪漫主义的标准，进而将"直接的自我表
现"视为转型时期浪漫主义的"第一种"，其代表就是朦胧诗。② 刘忠、杨金梅
称朦胧诗为"低调的浪漫"，说"他们如火的激情背后隐潜的是一种沉重的岁
月失落感，批判社会的强烈愿望制约了他们的形而上思索和超越"。他们将
愤怒的抗争纳入诗性写作中，其理想追求却停留在生活常态：舒婷"要求恢
复生活的本来面目"，北岛则是要"做一个人"。他们的诗作常以"天空"、"海
洋"、"钟声"等意象隐喻式地表现理想，显得朦胧而抽象，"主体性和超越性
都还滞留在生活的常态层面，是一种低调的浪漫。"③类型性研究之外，还有
研究者对个别的诗人诗作进行研究，如陈敢、郭剑认为"舒婷诗歌，充满浪漫
主义与理想主义色彩"，其情感内容，忧伤与憧憬并存，低沉中蕴含高昂，是
一位真正的抒情诗人。④

　　知青文学类型。知青文学是转型时期文学丛林中一个充满生机和活力
的文学景观，因为成就和影响皆巨而成为转型时期文学研究的热门话题之
一。中国知青大都有过一段特殊的经历，而这段特殊经历涉及青春、理想、
激情和崇高，涉及高山、草原、荒野等特殊的自然环境和生活内容，且创作者
大都带着眷恋的情思回顾那段特殊的岁月，故知青文学的浪漫主义文学特
色格外突出，并因此而成为研究者观照的重点对象。但初期的知青文学研
究，即使做出浪漫主义解读，所面对的也只是个体作家和具体文本，而没有
从知青文学整体上论述浪漫主义风貌。再者，知青文学比较复杂，对知青生
活的书写也复杂，有的作家给予浪漫主义书写，有的则以现实主义甚至现代
主义的态度对待那段青春岁月。浪漫主义文学研究者没有将其作为浪漫主
义现象进行论述。把知青文学与浪漫主义联系起来，对知青文学现象进行
浪漫主义解读，是在浪漫主义文学研究达到一定程度之后，论者发现浪漫主
义的许多文本来自知青文学，由此获得启悟和自觉，于是有了类的划分和归
纳，并开始对其进行类型性研究。论者结合知青的生活经历、情感历程论述
知青文学的浪漫主义特色，做了许多有深度的归纳。集中笔墨分析知青文
学浪漫主义特点的是陈国恩。他认为，转型时期浪漫主义思潮的"回归"是
以一批情感性强的知青小说家的创作为标志的，尽管他们的风格各异，但其

---

① 陈国恩：《知青小说：浪漫主义思潮的回归与泛化》，载《学习与探索》2003 年第 6 期。
② 李庆本：《当代浪漫主义的终结》，载《中国文化研究》1996 年冬之卷。
③ 刘忠、杨金梅：《新时期文学中的浪漫主义及其走向》，载《学习与探索》2001 年第 1 期。
④ 陈敢、郭剑：《舒婷诗歌艺术浅谈》，载《株洲教育学院学报》1998 年第 3 期。

创作或多或少地带有一些浪漫主义特点。对此,他归纳如下:"首先,是回归自然,浪漫主义者看中大自然的常常是它的辽阔、静谧、荒芜、人迹罕至";"其次,是追求神秘和神奇";"第三,寻找精神家园";"第四,超越自我"。在他看来,"上述四个方面,可以说总体上反映了新时期浪漫主义小说的精神特征。"①杨彬认为知青小说的浪漫主义主要表现在知青文学发展的第一阶段,即 20 世纪 80 年代初期以梁晓声为代表的那些作家的创作中。他们都是知青生活的亲历者,"把对一代知青命运的不平和同情化成极为浪漫的色彩,以理想主义和英雄主义的笔调描写知青人。为了肯定这一代人的青春价值,知青作家们毅然斩断那似乎剪不断、理还乱的历史思绪,在他们的知青小说中展现了千百万知识青年曾无限憧憬的英雄梦。"梁晓声、孔捷生、史铁生等知青作家"为知青人唱出一曲浪漫主义的青春之歌。"作者结合梁晓声系列小说的思想艺术特点进行概括分析,指出其创作即使在结构上也具有浪漫主义特色:"系列化的总体构想,悲剧性的时代氛围,恢宏阔大的场面,江河奔腾的气势,特别是借大起大落、大开大阖的情节结构而震荡回响着理想主义和英雄主义的旋律",显示出浓郁的浪漫主义特色。②

寻根文学类型。寻根文学是 20 世纪 80 年代初出现的颇具影响的小说思潮。发起者和响应者因为对民族精神萎靡和文化现状的不满而提出回到远古,寻找民族精神的根。这一思潮包容面很广,内容也很复杂,涉及众多作家作品。研究者的视界宽窄不等,指涉也相当杂乱。贾平凹的"商州系列"、李杭育的"葛川江系列"、郑义的"太行山系列"、郑万隆的"异乡异闻"、杨炼的文化史诗以及韩少功的《爸爸爸》、《女女女》都纳入研究者的视野。也许因为作品书写的带有洪荒原始遥远蒙昧特点的世界回应了西方"回到中世纪"的浪漫主义口号,也许作品的风格凝重雄阔的血色诗意与现实反差巨大,回应了浪漫主义的创造精神、奇特想象,也许初民身上那顽强的生命力、原始野性及其震撼力寄托了作家的民族精神和性格理想,也许因为文本内容对各种限制的超越回应了浪漫主义是自由主义的理解,也许因为文本所描绘的世界表现出的神秘诡异、奇幻巫术回应了浪漫主义的神秘性……总之,研究者将其与浪漫主义联系起来,寻找其中的浪漫主义因素和特征。如曹文轩结合韩少功创作的"边地生活"、"中世纪情调",分析浪漫主义的神秘感;③刘思谦认为转型时期浪漫主义的突出特征之一是"地域的荒僻和时

---

① 陈国恩:《知青小说:浪漫主义思潮的回归与泛化》,载《学习与探索》2003 年第 6 期。

② 杨彬:《浪漫主义小说在新时期的超越》,载《中南民族大学学报》2004 年第 6 期。

③ 曹文轩:《中国八十年代文学现象研究》,北京大学出版社 1988 年版,第 205 页。

间的遥远"，而体现这一特征的便是郑义、郑万隆、杨炼等"寻根作家"，因为
他们"从古老诡谲的神话传说或率真质朴的乡风民俗中寄托理想和希望"；①
杨彬则分析寻根小说的整体特点，指出"通过文化寻根、回归传统来振兴文
学，这本身就包含了浪漫主义的期待。"文章主要分析阿城的"三王"和"遍地
风流"系列，认为这些作品表现出"一种超越现实、回归古典或自然的人生境
界"，"具有明显的道家风范"，"追求道家的'身心合一，天人合一'的境界，"
而这正"表现了中国浪漫主义的本质即天人相通、天人感应的内涵"。②

　　"自然浪漫"类型。"自然"在此作为一个限定词，用以指涉转型时期浪
漫主义的一种类型，也顺便说明转型时期浪漫主义文学研究的一个方面。
自然审美在中国有悠久的历史，描写自然风光是历代作家共同的追求和嗜
好，也是文本构成的重要因素。但在中国文学史上，自然审美常常掺杂着功
利和世俗内容，并且进入当代社会之后还被进一步扭曲，纳入阶级斗争的歧
途。进入转型时期以来，社会主体意识迅速觉醒，这一古老的审美形态开始
获得全面恢复和重大发展，并且作为功利性审美的反动而呈现出浪漫主义
特点。虽然现实主义、古典主义、现代主义都要写山水自然、风花雪月，但转
型时期文学创作中确有相当多的文本表现出浪漫主义倾向。在某些文本
中，自然描写不单是人物活动的环境、故事发生的现场、塑造人物的方法、作
家抒情的策略，它所反映的是作家审美意识的觉醒和创造精神的张扬，是作
家人格的自然形态化和主体意识的自然隐喻。自然描写因此被纳入浪漫主
义的研究视野。曹文轩以作家的细腻敏锐分析自然书写的浪漫主义特点和
意蕴，指出浪漫主义写景与其他相比，不是写其形态，而是写出自然的精灵，
并结合具体作家的创作进一步说，浪漫主义作家不喜欢写光天化日，更关心
夜幕降临后的"世界"，因为夜晚更体现出大自然的"精灵"。③

　　与其他类型的研究相比，自然浪漫主义文学研究比较零散。自然描写
的广泛性决定了它存在于众多文本，同时也决定了研究的广泛性和零散性。
研究者所关注的是浪漫主义的自然描写，其研究常常与其他专题研究交叉
重合。前述知青文学也因自然描写风格鲜明而纳入浪漫主义视野，或者说
把知青文学当做浪漫主义解读，与其酣畅淋漓的自然描写有不大不小的关
系。按说，这一类型可以不单独设置，但不少研究者大都将其"特别说出"，
故我们也便根据研究状况进行单独考量。李庆本将其作为浪漫主义的三种

　　① 刘思谦:《新时期浪漫主义文学思潮描述》，载《河南大学学报》1994 年第 1 期。
　　② 杨彬:《浪漫主义小说在新时期的超越》，载《中南民族大学学报》2004 年第 6 期。
　　③ 曹文轩:《中国八十年代文学现象研究》，北京大学出版社 1988 年版，第 208 页。

形态之一,指出"浪漫主义主体向外在自然界扩张,在自然中观照主体自我,在与自然的对抗中展示人的本质力量,以张承志、邓刚等人的'自然派'小说为代表"。① 与此相近的是陈国恩,他分析知青小说的浪漫主义特征,首先提到的就是回归自然,"把自然当做人来写,使其具有人的性格",是知青小说的浪漫主义特点。② 把"自然浪漫主义"作为一种类型进行研究的是肖云儒,他将西部浪漫主义文学分为四种类型,首先论述的便是"浪漫自然类型"。在他看来,冯苓植、杨志军、张锐、文乐然、程万里、张艳兵等都属于这一类型,而表现最出色的则是张承志。肖文指出,他们将主观抒情与自然意象的书写有机地融合在一起,避免了抒情的直露,更从自然意象的描绘中张扬了主体的浪漫主义精神。③ 玉春在论述陕西青年作家的创作时也用较多的篇幅论述红柯、王观胜、马玉坤对于大自然的描写,指出红柯和王观胜写高山大漠、骏马烈风,以超迈的想象揭示人物雄性、强悍、崇高的浪漫主义性格气质;马玉坤以渭河为背景,借助于浪漫主义想象写自然灾变,铺排夸张,淋漓尽致,其目的则是写人物英勇不屈的性格和崇高的生存精神。他们关注自然,描摹自然,"通过浪漫的想象展现深含着西域大地本质的强悍而自由的生命"。他还进一步指出,这三位青年作家继承和修正了积极浪漫主义的文学观念,其创作更多地释放出"浓郁的现代浪漫色彩"。他们的浪漫主义特点,一是"关注自然和人的激情和精神的崇高性","从自然和人这两者及其对应中开掘崇高和激情的精神内涵";二是"超越现实,大胆想象",三位青年作家面对现实却又超越现实,借助于大胆想象,从自然和人类社会中开掘出丰富的浪漫主义精神。④

"草原小说"类型。"草原小说"概指以反映草原牧区人民生活为题材的小说。作为重要的文学现象和小说类型,"草原小说"研究不乏其人。而对其进行浪漫主义解读,并对其特点进行分析概括的则是金宝。他认为,游牧民族的生活历史积淀着极富色彩的民族文化和地域文化——"草原文化",其本身就充满诗意,含纳着浪漫主义因素,浸透着浪漫主义文化精神。因此"草原小说"在20世纪五六十年代就表现出较浓郁的浪漫主义色彩。在他看来,转型时期"草原小说"完成了三个方面的革命:第一,"人的价值观念的确

① 李庆本:《当代浪漫主义的终结》,载《中国文化研究》1996年冬之卷。

② 陈国恩:《知青小说:浪漫主义思潮的回归与泛化》,载《学习与探索》2003年第6期。

③ 肖云儒:《新时期浪漫主义创作在中国西部文学中首开先河》,载《西安交通大学学报》2001年第3期。

④ 玉春:《崇高的精神,超迈的想象:浅论陕西青年作家的积极浪漫主义创作》,《当代文坛》2003年第4期。

认"。"草原小说"从排斥"小我",主张"大我"的群体意识,走向张扬个性的自我意识,"为浪漫主义的复归奠定了基础"。第二,"对文化传统的追寻和继承"。第三,"艺术观念的嬗变"。转型时期"草原小说"的创作题材、表现方法、艺术风格因人而异,丰富多彩,张承志、冯苓植、乌雅泰、白雪林等各具特色。从整体上看,"草原小说"的特征主要是,其一,"浓郁的异方的情调",写出了草原人民的奇异的生活方式和风俗文化;其二,"抒情性","草原小说"以极端的主观抒情高扬起浪漫主义旗帜;其三,"艺术形象的多姿多彩",草原小说作家尊重每一个生命个体,以个人化的艺术表现塑造了形形色色的艺术形象。应该说,这是较有深度且富有启示性的分析。①

西部文学类型。这一专题与前面几种分类的标准不同,且内容有交叉的地方,如西部浪漫主义文学指涉中就有"知青作家"张承志。西部文学相当宽泛,此处考察的是浪漫主义文学研究,其对象除了明确标示"西部"者外,还包括某些没有明码标示的"准西部",如玉春在论述中所提到的三个陕西作家。肖云儒对此做过较有深度的思考,他认为"新时期浪漫主义创作在中国西部文学中首开先河",指出西部小说的浪漫主义有三个因素:"远、奇、象征意象",即"故事之奇,故事环境的远,故事和环境中的象征意象"。他结合作品分析说,遥远的西部荒原构成了浪漫作品的环境基调;由远生奇,如初民时代的奇人奇事营造了作品的神秘色彩;在此基础上,西部浪漫作品便将表层故事的生动性与深层哲理的暗示性在情绪世界交织起来,达到读者所需要的某种思辨深度。他将西部浪漫主义作品分为四种类型(其间有交叉),认为张承志属于"浪漫自然类型",马原属于"浪漫神话类型",王家达属于"浪漫远村类型",张贤亮属于"理想人格类型"。② 这些概括和分析也许有待商榷,但不能否认,这是经过系统研究、思考较为深入的解读。肖文论述的是西部浪漫主义作家作品,却囊括了中国转型时期浪漫主义文学的大部分。这使我们感到,转型时期浪漫主义文学大都集中在西部,进而疑惑,浪漫主义与地域有密切关系:嘈杂拥挤、高楼林立、物质和人口都极度膨胀的东部沿海地区,限制了作家的想象,其精神得不到应有的扩张,很难产生浪漫主义文学,而博大雄浑、瑰丽辽远的西部自然景观则催生作家的浪漫主义想象和激情,原本就是浪漫主义的温床?

---

① 金宝:《新时期"草原小说"的浪漫主义特征》,载《内蒙古社会科学》1998 年第 5 期。
② 肖云儒:《新时期浪漫主义创作在中国西部文学中首开先河》,载《西安交通大学学报》2001 年第 3 期。

　　至此,笔者匆忙而粗略地考察了转型时期浪漫主义文学的类型研究。限于知识视野和梳理复杂现象的能力,既存在遗珠之憾,也难免概括草率、分析肤浅之嫌。成问题的是,就像转型时期浪漫主义文学研究本身,同一研究成果常常在不同地方提到,拆开整合,充作不同角度考量的论据。笔者不满意这种写法。但转型时期浪漫主义文本欠丰富,其研究也远不充分;且同一文本研究,虽然不够深入,但涉及面较广,这就为类型研究、也为我们的梳理提供了较多的"立类"理由,或曰多侧面考量的依据。在对凌乱纷繁的研究材料略作梳理、即将结束考量之前,笔者还想说,我们研究转型时期中国浪漫主义文学多年,最深切的感受是:从整体上看,转型时期浪漫主义文学研究还很不够,远远不够!

　　我们不是垦荒者,也不想做拾荒者,既无为浪漫主义文学争一席之地之心,因为浪漫主义文学在转型时期文坛上自有一席之地,无需我们争取;也没有为浪漫主义文学研究张目举旗之意,因为转型时期浪漫主义文学研究虽然存在不足,但也有可观的收获。我们只想通过艰辛的努力为后来的研究筑高台阶,为浪漫主义文学发展铺砖筑路。

浪漫主义文学的基本规定性
及其在转型时期中国的流变

第二章　转型时期中国社会文化的流变及其理解的基本维度

人文社会科学研究的一大根本性任务,即在于从特定意义上去认知并把握社会文化发展的历史必然要求和现实当在要求,一方面要在学理的意义上提供相关的解释性框架;另一方面又理应具有现实针对性,能够对复杂的社会文化现象做出相应的描述、梳理与阐释,从而为转型时期中国的文化重建提供相关的参考系。这理应成为我们对转型时期中国文学及其理论批评进行研究的基本意向,同时这也就为相关研究规定了领域与范围,提出了相关的要求。对转型时期中国浪漫主义文学进行研究,我们必须首先从历史哲学与文化哲学的意义上对社会文化的转型、20 世纪中国社会文化的转型,对从 20 世纪 70 年代末期开始的中国的社会文化转型等相关维度的问题进行梳理与考辨,以求为本课题的研究提供相应的历史分析框架。

一、社会文化转型理解与解释的理论维度

在转型时期,社会文化结构发生着根本性的转换,传统在解体,价值在重估,意识观念在重建,利益群体在分化、重组……人们面对着的是复杂与混乱的社会文化情势,其必然带来巨大的社会文化冲击并给予人们的心灵以强烈而深刻的震撼。社会文化发展与精神生产究竟何去何从,无疑构成为转型时期中国的一个基本问题。

转型作为一个历史哲学概念,在这里主要指的是社会文化在自身的发展中所生成的历史性的根本转折以及由此带来的一系列社会文化内在模式及其运作方式的转换,这样我们对社会文化转型的把握即可以从过程、结构与形态三个维度上来进行。

现实社会文化转型的特质、过程及其效应有待于人文社会科学去做出

历史性的反思和前瞻性的解释,以期转型在良性的轨道上运行,但当下的人文社会科学却面临着自身理论上的结构性危机与解释性的危机,使自身的话语机制明显地处于滞后、悬浮乃至贫乏的状态。这里所涉及的即是一个社会理论与文化理论之意向、框架、立场、方法、姿态与策略的选择问题。无疑,随着现实社会文化的转型,人们的行为方式、思维方式与表述方式业已发生了深刻的变化,社会文化的现实发展明显地呈现出多元化的态势,从而向当在性的理论建设和批评操作提出了挑战。由于缺乏相应的理论积累,缺少理论探索与建构的相应机制如胆识、魄力和勇气等,理论主体的创造力也处于相对贫乏的状态之中,再加之在当下现实处境中仍存有着特定的话语专制和独断的机制与倾向。许多学者或满足于对经典性文本进行注解,或满足于对西方话语进行移植,或满足于对社会文化现象进行学科性描述,所以导致了理论的贫乏与批评的悬浮虚蹈,而缺乏深层解说力和现实针对性。一时之间,理论批评界大呼危机。可以说,这种危机的确是存在的,其基本表征即是疏离并逃避现实,玄学化与琐屑化的理论取向,失语症与话语殖民性,批判性张力的缺乏与批评的堕落等。面对这一切,人文社会科学若要满足历史的必然要求和现实的当在要求,就必须重建自身的学术规范、话语规范和价值规范,进而强化自身的理论张力、创造性、批判力度和人文精神。

在某种意义上可以说,不加论证地使用古典性、近代性、现代性与后现代性的概念,不加辨析地混用社会学、文化学、哲学与美学、文艺学的概念以及文学史观、美学观、文学本体观的落伍及其研究框架与方法的陈旧,实乃当前社会文化思潮与文学思潮研究中最为基本的欠缺。亦正鉴于此,我们立足于马克思主义历史唯物主义的基本原理,运用历史哲学的"理想类型方法",对人类社会文化的总体性及其发展来进行把握,进而提出了"五维度总体性理论"。立足于"五维度总体性理论"来对作为社会文化总体性特质的原始性、古典性、近代性、现代性与后现代性进行界定。在此基础上,对文学与理论批评的原始性、古典性、近代性、现代性与后现代性来进行较为系统而深入的分析与界定,并指出其间的联系与分界,阐释其间的一系列相关问题。在以上分析的基础上,基于我们对20世纪中国社会文化的总体性特质的基本理解,从而认为20世纪中国社会文化的特质在于其混杂性,这种混杂性特质在20世纪中国社会文化的不同发展阶段上存有着不同的具体体现,亦即在1895—1978年这一阶段上其体现为以近代性为主的混杂性,古典性、现代性参之于其中;而在从1979年直至当下这一特定阶段上则体现为以

现代性为主的混杂性,古典性、近代性、后现代性参之于其中。基于以上的
理解和解释,在对 20 世纪中国社会文化思潮与文学思潮的特质、内在构成
进行相关分析与把握的基础上,我们认为,20 世纪中国的社会文化思潮与文
学思潮大致可分为两个相关阶段,即近代阶段和现代阶段;存有着两种基本
形态,即近代性形态与现代性形态。基于这种理解,可以看到,20 世纪中国
文学思潮的特质相关于社会文化的总体性特质,但又存有着明显的不同,这
种不同的根本在于社会文化思潮与文学思潮的本体规定性。基于 20 世纪到
21 世纪中国社会文化发展的实际,社会文化的转型与文学的转型具有十分
重要的意义,所以我们必须对社会文化转型时期中国文学思潮的逻辑规定
性、历史规定性及其现实运作维度有一种全面而深刻的理解与把握,从而为
20 世纪尤其是转型时期的中国社会文化思潮和文学思潮的研究提供相应的
总体性框架。我们也正是在以上的理论维度中来提出、清理并阐释一系列
相关问题的。

　　转型时期是一个充满喧嚣与欲望的时期。在这样的一个时期中,追求
自我实现、满足自我的各种消费性世俗欲望与世俗化的成功,已成为人们的
现实目标,成为人们相互比较、相互较量的维度,而这一维度的中心点即是
财富与资源的占有量。亦正是在这样的现实情势之中,由追求世俗化成功
所带来的喜悦、焦虑与恐惧在人们中间弥漫着,并成为一种吞噬一切的现实
力量。在这种现实力量面前,人性的丰富性、多样化与社会文化发展的多向
度正在渐趋被单向化、单一化所取代,自古以来人类自我实现的多向度机制
正在消解。这种现实情势与心理意向不仅影响着各个群体,而且对人文知
识分子的影响也是巨大而深刻的。也正是在这种现实情势之中,人文知识
分子正随着传媒的节拍、为满足世俗大众的欲望与需求而制造各种"热点"
与"卖点";与此同时,许多有关世事民生、社会文化发展的"真问题"反被一
系列的炒作及其所带来的喧嚣遮蔽了。有的学者的疑虑无疑是正确的:无
有真问题何来真学问! 这一问题是值得人文知识分子反思的,同时,人文社
会科学亦应重新反思自身并确立自身的发展维度与意向,也就是要面对那
些有关世事民生、社会文化发展的"真问题"。

二、20 世纪中国社会文化的转型及其发展

　　20 世纪中国的社会文化在一个风云变幻的时代,一直处于自身的不断
转型与变动的演化情态之中。在这一特定的历史时期,中国走出了古典时

代,走出了传统,并在内忧外患的情势中,实现着社会文化的近代化且不断地追求着现代性。

(一)20 世纪中国社会文化的总体性特质与历史分期

从总体意义上言之,20 世纪中国社会文化的基本特质在于,超越古典性、追求并实现近代性进而向现代性过渡,后现代性得以萌芽。亦正基于此,20 世纪中国社会文化的总体性特质具有混杂性,并在不同的历史发展阶段上存在着不同的体现。无疑,这种总体性特质及其阶段性流变限定着 20 世纪中国社会文化各种现实领域的基本构成及其运作。

90 年代,在世纪交替之际,人们开始整体性地反思 20 世纪中国社会文化的总体性特质,对 20 世纪中国各个社会文化领域的各种具体问题进行回顾与反思,一时成为学术界的一大热点问题。在文学领域,杨春时、宋剑华即认为:"二十世纪中国文学的本质特征,是完成古典形态向现代形态的过渡、转型,它属于世界近代文学的范畴,而不属于世界现代文学的范围。所以,它只具有近代性,而不具现代性。这是我们提出的一个全新的命题。"[①]立足于这一基本观点,他们撰写了一系列的论文来对这一观点进行论证,从而引发了一场较大的学术论争。无疑,杨春时、宋剑华的观点是有其欠缺的,其欠缺主要在于这种观点忽略了 20 世纪中国社会文化发展的复杂性,忽视了在特定社会文化发展中现实的当在要求、外来影响、本土传统与历史的必然要求之间复杂的关系机制,并且具有明显的西方中心论的倾向。即使存在着这些欠缺,但这一观点的提出仍是富有启示意义的。这种启示即在于,我们必须从总体性的意义上来把握人类社会文化的整体性发展,来把握每一个特定历史阶段上社会文化的总体性特质,并立足于此来重新理解 20 世纪中国社会文化的总体性特质与文学的总体性特质,我们再也不能仅仅满足于沿用传统而陈旧的"近代、现代与当代"这种三分法来描述并阐释 20 世纪中国的社会文化史、哲学史、美学史、文学史和理论批评史了。当然,更不能不加限定、不加区辨地来使用古典性、近代性、现代性和后现代性这些相关概念及其命题。

基于对人类社会文化整体性发展的基本理解,依据中国社会文化历史发展的实际,我们可以把 19 世纪中期以来直到新世纪当下中国社会文化的发展划分为三个阶段:第一阶段,从 1840 年到 1897 年,这是中国近代性社会文化的选择期。在这一阶段,中国传统社会文化体制开始走上总体性危机。

---

① 杨春时、宋剑华:《论二十世纪中国文学的近代性》,《学术月刊》1996 年第 12 期,第 85 页。

第二阶段,从 1898 年到 20 世纪 70 年代末期,这是中国社会文化发展的近代
阶段。在这一阶段,中国社会文化走出了古典时代,社会文化在发展中实现
了自身的近代性,并且现代性也开始萌芽与发展。在这一历史时期中,其最
为基本的社会文化发展态势是,随着世界一体化趋势的强化,西方社会文化
思潮对中国的影响日益深化;民族资产阶级开始崛起,其探求中国近代性社
会文化模式,民族国家得以发展;社会主义革命取得了胜利,并确立了社会
主义的计划经济模式。第三阶段,从 70 年代末期到 21 世纪的当下,这是中
国社会文化发展的现代阶段。在这一阶段中,中国社会文化走出了近代,社
会文化在发展中实现了自身的现代性,社会文化的后现代性开始萌芽并得
到相应的发展。在这一历史时期中,其最为基本的社会文化发展态势是,有
中国特色的社会主义市场经济体制开始确立,改革开放成为基本国策,中国
社会文化从计划经济模式、政治中心论模式向市场经济模式、经济中心论模
式全面转换,社会主义意识形态和社会文化发展战略得以重建,这是一个社
会文化的转型时期。

　　通过以上的相关论述我们可以看到,20 世纪的中国社会文化一直处于
不断的流变与转换的过程之中,这种社会文化的转型具体体现为从古代到
近代的转型,继之从近代向现代、后现代的转型,从而使 20 世纪中国社会文
化具有混杂性的特征。

(二)20 世纪中国社会文化的混杂性特征

　　历史的发展存有着自身的连续性和超越性。在某一特定的历史跨度
中,社会文化发展的现实主题一方面体现为与传统的"断裂"和超越,从而展
示出、体现为社会文化的转型;另一方面,在传统、现实和未来这一历史流变
与转换的链条之中,社会文化主题的"过往"、"当在"和"潜在"又总存在着相
似或相同的意义范型,从而表明历史的必然要求在这一历史跨度内未能得
到实现,民族的历史使命并没有在真正意义上得以完成。这也就是说,社会
文化的转型与连续之间存有着一个复杂的张力机制。从这一基本观点出
发,我们即可看到,20 世纪中国社会文化在自身的发展中存在着明显的混杂
性。这种混杂性特征可以从以下相关侧面来进行理解。

　　其一,从本质意义上言之,20 世纪中国社会文化的混杂性是由历史发展
的连续性造成的。赵宪章指出:"相对于自然界而言,人类社会的变化与发
展是迅猛而急剧的,这就决定了人类的自我认识具有阶段性和连续性这一
双重特点。所谓'阶段性',就是特殊性、个别性;所谓'连续性',就是说后者
绝非简单地否定或超越前者,而是对前者的继承和扩展。于是,在包括文学

艺术在内的人文精神发展的历史上,一方面,阶段性留下了不同历史时期的鲜明个性;另一方面,这些鲜明个性的人文精神又以'共时'的状态存在着。"①可以说,由于 20 世纪中国社会文化转型的急剧性,由于其受到深刻的外来影响并且是在外力驱动下进行的,再加之在 20 世纪的中国,社会文化发展的历史必然要求与现实当在要求之间的矛盾冲突十分剧烈,所以 20 世纪中国社会文化的混杂性特征体现得也就尤为明显。

其二,从形态类型的角度来说,在 20 世纪中国这一独特的文化地理环境之中,不同特质的社会文化共存于同一时段之中,不同的社会文化传统共存于同一历史时期之中。对于 20 世纪中国的社会文化传统而言,其存在着自身构成上的诸多异质性要素,这就是五四文化激进主义传统、自由主义传统、文化保守主义传统、市民趣味主义传统和红色古典主义传统等,它们既矛盾冲突而又相互促动,互应互补,共同构成 20 世纪中国社会文化传统的整体。应该说,以中国 20 世纪社会文化传统与文学传统、理论批评传统之中所包容的以上相关侧面作为切入点,对突破过往的二元对立的文化史观、文学史观和研究模式具有十分重要的意义。这种二元对立的文学史观的观念模式即是:现实主义与浪漫主义的对峙,活文学与死文学的对立,革命文学与非革命文学的对垒,统治阶级文学与非统治阶级文学的逆反,封建与民主,保守与革新,腐朽与先进……这种二元对立的文学观与文学史观一旦获得特定的突破与超越,立足于对 20 世纪中国文学与理论批评基本史实的深入考辨,也就可以消解过往研究中所存有着的许多盲点,从而得出特定富有启示意义的结论。

其三,从 20 世纪中国社会文化的内在逻辑及其现实选择的意义上来看,相同的社会文化主题往往出现在不同的历史发展阶段上。个性解放与思想解放、科学与民主、文化批判与人文理性,这一系列相关的社会文化主题既存在于 19 世纪末,存在于五四新文化运动时期,也存在于 21 世纪的当下,这种特定的社会文化情势固然体现出 20 世纪中国社会文化所特有的混杂性特征,更为重要的是,这种情势及其特征充分说明历史的必然要求在 20 世纪的中国往往被急迫的现实当在要求所遮蔽、所冲淡而无法得到充分的实现。从这一视角出发,我们能够较为充分地理解并把握 20 世纪中国社会文化独特的发展规律。

对 20 世纪中国的人文理性的建构及其发展而言,科学与民主,个性主

---

① 赵宪章主编:《西方形式美学》,上海人民出版社 1996 年版,第 7 页。

义与人道主义,社会正义、公平和自由,道德自律与法律规范实乃 20 世纪中国近代人文理性发展的最为基本的要求。但由于 20 世纪中国社会文化的基本情势及其历史发展,由于外在性的政治意识形态理性的不断强化,人文理性实际上处于不断的重构与解构之中,唯意志论、非理性主义与实用主义等往往限定着特定时期人文理性的特质及其现实运作。基于此,我们可以看到如下的不同情形,亦即五四新文化运动对传统人文理性的解构与新的人文理性的重建;20 年代末到 40 年代末,不同的文化主体对人文理性进行了不同的理解及其选择,政治意识形态理性极大地限定了人文理性的历史性建构;在"前十七年",人文理性渐趋弱化,政治意识形态理性逐渐获得了自身的统摄性地位;十年"文革",人文理性几乎完全丧失;新时期十年,新的人文理性开始得以重建与确立,其直接承接了五四的精神模式;后新时期,对新时期人文理性进行了特定的解构,重建转型时期适应市场经济模式的新的人文理性范式。以上的描述充分说明,在 20 世纪中国人文理性的发展中,各个历史阶段之间存在着内在的逻辑关联。应该说,20 世纪中国的社会文化现实及其历史演变选择了文化批判的模式,它带有明显的文化激进主义的倾向,它的批判矛头直指中国的传统文化和现实之中的文化复古主义,无疑其现实功能及其历史效应是巨大的,不容抹杀的。但由于历史的限定性,"西化"的批判立场的确立,批判操作上的激进主义的倾向、形而上学的方法论和思维方式上的二元对立模式,本土文化重建意识的不健全乃至缺失,这一切又使 20 世纪中国的文化批判模式带有深刻的历史局限性和操作上的诸多欠缺。这些历史局限性和欠缺,由于某种特定的政治意识形态观念的张扬和放大,最终演变成"否定一切"、"打倒一切"的"文化大革命"。可以说,"文化大革命"的"大批判意识"与五四新文化运动以来的文化批判模式之间存有着密切的关联性。

　　其四,从文化传统、文化交流与影响的意义上言之,20 世纪中国文化在自身的构成上,本土文化与各种非本土文化尤其是西方文化和苏俄文化相交织,西方各式各样的近代性、现代性和后现代性的社会文化思潮,苏俄的马克思主义思潮皆对 20 世纪中国社会文化的发展产生了深刻的影响,从而造成了 20 世纪中国社会文化思潮的混杂性特征。一般来说,从 19 世纪末期到 20 世纪初期,中国主要引入并接受的是西方的近代性社会文化思潮;从 30 年代到 70 年代,主要引入并接受的是苏俄的马克思主义思潮;新时期以来直到新世纪的当下,主要引入并接受的是西方各种各样的现代性和后现代性的社会文化思潮。可以说,引入并接受外来思潮的影响,这是 20 世纪中国社会文化的构成及其发展中的重要一环。

从以上的分析中我们可以看到,20世纪中国社会文化的总体性特质具有显明的混杂性,这一方面是中国社会文化发展逻辑的产物从而具有历史必然性;另一方面,其又构成为一种至关重要的语境性质素,进而规约着转型时期中国社会文化的当下选择及其现实运作。应该说,是否认同转型时期中国社会文化的混杂性总体性特质,必然会极大地影响到我们对相关现象的认知、评价与定位,影响到相关理论的建构与取向,当然也会影响到我们对浪漫主义文学的理解、定位和浪漫主义观念的建构,影响到浪漫主义文学创作。

(三)20世纪中国社会文化转型的现实机制与维度

20世纪中国社会文化在自身的发展中曾发生过两次不同意义、不同层次的转型,一是从古典性社会文化向近代性社会文化的转型;二是从近代性社会文化向现代性社会文化的转型。一方面,这两次转型在性质及其意向上存有着分界和差异;另一方面,两者之间又存有着密切的关联。

1. 中国社会文化从古典性模式向近代性模式的转型

中国社会文化从古代到近代的历史转换,是中国社会文化在独特的历史境遇中,基于历史的必然要求和现实的当在要求以及二者之间的矛盾冲突而进行整体性选择的结果。其中,西方社会文化思潮的影响无疑起到十分重要的作用。中国社会文化的近代化道路既是独特的,也是复杂曲折的;与西方的近代化相比较,其存有着时间的错位性和非主动性,存有着诸多的限定和制约。中国近代半殖民地半封建社会的历史情势,长期的内外战争,使独立、自主、统一的民族国家长期得不到确立;即便民族国家得以确立,政治中心论与计划经济模式的选择,又制约了生产力的发展,这必然会从整体上影响到中国社会文化的近代化水平。对于这一问题,刘大年即曾指出:"中国近代110年的历史,基本问题是两个:一是民族不独立,要求从外国侵略压迫下解放出来;二是社会生产落后,要求工业化、近代化。"[①]1949年,毛泽东曾明确指出:"夺取全国胜利,这只是万里长征走完了第一步",在刘大年看来,"第二步、第三步是什么,那就是近代化问题了。但是民族独立与近代化毕竟是两个不同的问题,它们各有各的内容,民族独立从根本上要解决生产关系的问题,近代化从根本上说是解决生产力的问题。"[②]这也就是说,

---

① 刘大年:《近代史研究的方法论问题》,《求是》1997年第2期,第13页。
② 刘大年:《近代史研究的方法论问题》,《求是》1997年第2期,第14页。

中华人民共和国成立之后,中华民族虽获得了独立、自主,但近代化却并未在真正意义上得以完成,事实亦正是如此。20 世纪五六十年代以来,西方发达国家开始步入后现代社会,一些发展中国家或地区,如亚洲"四小龙"也开始进行社会文化的转型,这种转型使韩国、新加坡以及中国的台湾、香港地区摆脱了传统的经济发展模式,从战前以农业为主的殖民地或半殖民地社会转变为新兴的工业化国家或地区,从而带来了社会经济的腾飞,而此时的中国却仍处于封闭的状态中,进行着"大批判"运动和意识形态革命,从而丧失了向现代性社会文化进行转型的契机,中国仍在近代性的情境之中徘徊。

2. 中国社会文化从近代性模式向现代性模式的转型

国家的统一、民族的解放与新的社会制度的建立无疑为中国社会文化的发展提供了现实基础,但事实上中国社会文化却并未得到有序而有效的发展。这是因为,在意识形态的选择上,长期以来片面地强调社会主义的优越性,忽略了社会主义初级阶段所必然存在着的社会基本矛盾,并对这种基本矛盾自身的某些尖锐化现象存有着恐惧心理而加以掩饰。在现实实践中,则过分突出政治意识形态和阶级斗争的现实功能,采取"大跃进"式突变的社会发展方式,忽视了生产力的提高与发展,缺乏社会体制改革与转型的自觉意识;对外则采取封闭自守的政策,无法汲取发达国家在科学技术、经济管理、社会发展等方面的经验。也正基于如上诸侧面的原因,从而导致了社会文化总体构成的混乱和国民经济的几近崩溃,最终导致了"十年动乱"的发生。这种社会文化态势既标示着中国社会文化发展的危机,与此同时也寄寓着转型的契机。也正是在这一时代背景之下,中国从 70 年代末 80 年代初开始了真正意义上的社会文化从近代性模式向现代性模式的转型。

20 世纪中国社会文化与文学的确存有着一个追寻现代化以获得现代性的问题,这一追求可以从 20 世纪各个历史阶段上的一些社会文化发展环节上明显地看到。如在 20 世纪 30 年代上半期,学术界即曾开展过一次关于"中国现代化"的讨论。这次讨论明显地体现着在当时的语境中人们现代化追求的现实冲动。这一历史时期中国的时代性主题是近代化而非现代化,现代化主题在当时还无法被提上历史的议事日程。现代化作为时代性主题只有到从 70 年代末至 90 年代这一历史时期,才能在真正意义上被提到历史的议事日程,并得到明确化和深化,这是因为直到这一历史时期,现代化才构成为中国社会文化发展的历史必然要求和现实当在要求。在新时期以来有关现代化问题的讨论中,"有中国特色的现代化之路"和社会主义的市场经济成为讨论的中心问题。新时期以来中国的社会文化转型,是为了满足历史的必然要求与现实的当在要求而做出的自觉选择,在一系列的解构与转换中,中国的社会文化实施着从政治中心模式向经济中心模式的转换,从专制家长型体制模式向民主分权型体制模式的转换,从计划经济模式向市场经济模式的转换,从政治意识形态中心论话语模式向多元化话语模式的转换,此乃中国社会文化在世纪末所做出的由近代向现代的一种根本性转型。虽然这一转型是一种自觉的选择,但由于历史遗存的沉重,由于社会文化发展之中存有着大量的随机性、偶然性的因素,由于中国社会文化发展与西方相比较所具有的错位性、滞后性,中国当在的社会文化转型面临着解构与重建的双重任务,面临着一系列前所未有的社会文化选择上的困惑与困境。这诚如刘再复所指的那样:"由于英雄时代的基本符号:激情、理想、英雄等在现代社会中将要逐步消失,那么,我们在接受这一现状的同时,是否也应当有一种包含着反抗意义的思索,例如,1. 当理想社会经过一个世纪的追求之后已经破灭,那么是否就应当被世纪末的情绪所掌握,否认一切社会理想? 2. 当社会失去个人权威、个人英雄之后是否放弃个人的责任感、个人的道德勇气、道德责任和人格精神? 3. 当诗的激情被散文态度取代之后,是否人们注定要过平庸的生活? 4. 当以伦理主义文化为重心的文化结构转向以实用主义文化为重心的文化结构时,如何注意两者的二律背反? 5. 当个体主体性得到张扬的时候,如何维持公共利益、公共权威、社会公德?"[①]这里所指出的亦正是社会转型时期我们所必须面对的、文化选择与重构上的一系列颇具现实性而又至关重要的问题。当下人文社会科学的研究对这些相关问题必须给予解答,对这一社会文化转型的特质、构成、运作及其现实效应必须进行深入而全面的理解和把握。

一般言之,对于中国社会文化从近代性模式向现代性模式的转型,可以从以下相关侧面来加以理解与把握:其一,从本质意义上言之,这一转型属于一种"充分的历史转折",也就是其"对社会历史发展质变的操作,不是采取突发性事件或瞬间崩溃的更换形式",而"主要是在不改变社会制度的前提下对原型社会的体制加以更换","它不是指社会形态的变更,不表现为激烈的两大对抗阶级的冲突(但不排除社会内部不同性质的矛盾冲突),它是社会组织者按照一定的计划和步骤,自觉地由上而下进行原型社会结构与体制方面的变更,这种变更不属于社会改良,因为社会改良是社会历史的渐进性发展,它主要是对社会结构与体制进行部分变革与调整;而充分的历史

---

① 李泽厚:《世纪新梦·与刘再复对谈》,安徽文艺出版社 1995 年版,第 512—513 页。

转折是社会历史发展的阶段性飞跃,主要是对原型社会的整体结构与体制
实行全方位的、具有演化创新意义的变更,因而它也是一种形式的社会革
命"。① 这也就是说,新时期以来中国的社会文化转型是一次深刻的社会文
化革命,是基于历史的必然要求与现实的当在要求而进行自觉与理智地选
择的结果,因而在转型的性向上,它具有自觉性、主动性和"革命性"的特征。
其二,从社会文化构成及其现实运作的意义上言之,新时期以来中国的社会
文化转型,在各个现实领域之中、各个层面之上皆得到了较为深刻而全面的
转换,从而导致了社会文化的多元化发展并强化着自身的活力机制。其三,
从其生成机制的意义上言之,新时期以来中国的社会文化转型具有特定的
必然性。从历史上来看,自 19 世纪后期以来,中国业已开始自觉地向西方学
习先进的科学技术和制度文化,中国的近代化已走过了一百余年的历程,虽
然有十年"文革"的中断,但中国毕竟已获得了民族的解放、国家的统一与独
立,工业化与国民经济的发展业已初具规模,并且社会文化发展对生产力、
生产方式也已提出了更高的要求,党和政府也选择了新的社会文化发展战
略,这一切使中国社会文化从近代性模式向现代性模式的转型具有了内在
的必然性。从国际环境上来看,五六十年代,一些发展中国家或地区,如亚
洲"四小龙"的社会文化转型,无疑为中国社会文化从近代性模式向现代性
模式的转型提供了范型与先导、经验与教训,随着全球化态势的不断深化与
强化,中国必然要将自身自觉地纳入到世界社会文化发展的大体系之中,从
而使中国社会文化的转型具有了外在的驱动力。新时期以来中国社会文化
转型的外在动力机制的获取,亦正在于世界社会文化的当在发展对中国社
会文化发展的影响与规约。其四,从整体性社会文化转型的现实效应意义
上言之,这一转型的正效应无疑是主导性的,当然也存有着一系列的负效
应,如实用主义、消费主义的流行,人文精神的沦落,各种类型的短期行为的
大行于世等,但这一切皆是非主导性的。应该说,新时期以来中国社会文化
转型的现实领域无疑是广泛而深刻的,这一转型不仅使人们的文化心理结
构、思维方式、行为方式发生了巨大的改变,而且也促动着哲学思潮、社会思
潮、文化思潮、文学思潮等发生深刻的历史性转换。

　　随着 1989 年学潮这一政治事件的发生与定论,"新时期"作为一个特定
的历史时期也就走向了结束,90 年代的中国社会文化开始进入到"后新时

---

① 张雄:《历史转折论——一种实践主体发展哲学的思考》,上海社会科学院出版社 1998 年
版,第 58 页。

期"。应该说,所谓"新时期"与"后新时期"概念提出的主要立足点是政治意识形态的流变与转换,这种历史分期的主要标志也正是特定的政治事件。在 90 年代的后新时期,各种社会文化思潮的发展开始进入到多元化乃至众声喧哗的阶段,虽然文化保守主义与文化激进主义之间,近代性思想与现代主义、后现代主义之间论争不断,但在整个 90 年代,中国社会文化思潮的现实运作业已体现出某种意义上的整合意向。与此同时,对 20 世纪中国的社会文化、艺术审美的发展进行整体性反思的工作也开始有效地展开,经过 80 年代末期理论批评界的短暂沉寂,90 年代的理论批评与学术研究开始转向。这种转向的一大标志即是对主导性意识形态的疏离与新的政治意识形态观念的重构,理论批评与学术研究愈来愈获得自身的独立性,各种各样的非学术性的意识形态批判也愈来愈少。

20 世纪中国的社会文化持续着由古典性模式向近代性模式的转型,并广泛而深入地展开了从近代性模式向现代性模式的转型。在向近代性模式的转型中,中国选择了社会主义的社会文化发展道路。由于 20 世纪 80 年代以前中国的社会主义发展模式是一种典型的政治意识形态中心论模式和计划经济模式,因而极大地制约着中国社会文化和经济的发展规模和水平,制约着工业化和城市化的发展水平。在向现代性模式的转型中,中国从 80 年代起开始逐渐解构政治意识形态中心论与计划经济模式,而向商品经济和市场经济模式转换,这不能不给转型时期中国社会文化的现实运作带来一系列深刻的变化。这诚如有人所指出的那样:"由于中国近百年社会处于由古代向近现代转型的大变动时期,西方近代以来的科技工商型市场文化对我国古代自给自足的农业型文化发起了冲击。因此,与我国古代人与自然、个体与社会、感性与理性、善与美和谐统一的文化观念相对立,这几对关系分裂对峙的重主体、重分析的文化观念开始出现,也带来了文学理论批评观念重主体、重分析,主、客体两方面对峙展开的理论形态和批评实践。"①社会文化的转型是 20 世纪中国的一个最为基本的历史事实,其所构成的是文学思潮与理论批评思潮得以现实运作的环境,各种文学思潮发生、发展的动力机制皆可以从中找到其现实依据。

---

① 黄曼君主编:《中国近百年文学理论批评史(1895—1990)》,湖北教育出版社 1997 年版,第 50 页。

三、转型时期中国的现实图景与知识
分子的境遇、意识及职责

转型时期中国的现实图景无疑是发展的、复杂的,这种发展的复杂性在以下的相关层面上皆有显明的体现,亦即从社会文化的各个现实领域到其总体构成,从外在性的物质层面、体制层面到深层次的意识观念层面,从不同发展阶段上的现实运作到其历史效应。应该说,这种社会文化发展上所体现出的复杂性既是广泛的又是深刻的,从而为我们的描述与阐释带来了相当大的困难,并且任何的描述与阐释也不免存有着这样或那样的欠缺。

(一)"三次思想解放"与新时期以来中国社会文化的转型

1976 年的"四五"运动,实际上即是最早掀起的一场对"文革"进行质疑与反抗的运动;而 1976 年 10 月的粉碎"四人帮",则在政治上开启了中国的新时代。应该说,社会文化的发展是有其连续性的,对"四人帮"的推翻并不意味着中国整体性的社会文化转型的开始,事实上中国的整体性社会文化的真正意义上的转换还面临着诸多的问题,还尚待时日。1978 年关于"实践是检验真理的唯一标准"的大讨论,开启了新时期思想解放的序幕。《实践是检验真理的唯一标准》自然也就成为了转型时期中国第一次思想解放的宣言书。从"实践是检验真理的唯一标准"的大讨论到十一届三中全会的召开,实现了新中国成立以来中国的政治方针、思想路线与社会文化选择的伟大转折,其后改革开放和实现现代化便成为中国社会文化发展的基本目标。亦正基于此,人们一般把 1978 年十一届三中全会的召开看做"新时期"的真正开始。

"真理观"的大讨论促进了思想解放,十一届三中全会所确立的工作重心转移到经济建设上来促动了各项政策的放开,加快了改革开放的步伐。思想解放带来了人的解放,同时也带来了现实社会文化的一系列历史性变动,其具体体现在:从中央到地方开始大规模地平反冤假错案;推翻了"文革"时期的"两个估计";对"文革"做出了否定性的评价;文学艺术走上了繁荣;农村实行了"联产承包责任制";乡镇企业异军突起,成为容纳农村剩余劳动力,增加农民收入,使农村摆脱贫困,实现中国工业化、现代化、城镇化的重要途径;经济特区开始设置,并成为中国改革开放的窗口,深圳模式影响深远。与经济的发展相适应,政治体制的改革也开始起步。随着思想解放运动的不断深化、社会经济的不断发展、各种社会文化思潮的大量涌现，给人们的思想观念、生活方式、行为方式和审美习尚等方面也带来了深刻的变化，喇叭裤、披肩发、迪斯科舞、流行歌曲一时成为时尚。

1992 年初，邓小平在南方发表了一系列的谈话。谈话涉及的基本问题是：市场经济与计划经济的分界；从总体政治意向上，中国要警惕"右"，但主要是防止"左"；重新理解社会主义的本质并确立了三个"有利于"的标准；坚持"以市场经济为中心"，建立社会主义的市场经济体制。邓小平的南方谈话为党的十四大报告确立了基本的基调。到 1992 年 10 月 12 日，江泽民在党的十四大报告中第一次郑重宣告：我国经济体制改革的目标，是建立社会主义市场经济体制。邓小平的南方谈话，不仅促动了经济的发展和社会主义市场经济的建立，而且南方谈话的精神也极大地抑制了左倾思潮，调动了人们进行思想探索与社会实践的积极性，并为思想探索提供了相对宽松的环境和氛围。也正基于此，人们给予邓小平的南方谈话以高度的评价，如有人即曾指出："（邓小平的南方）谈话总结了十一届三中全会以来改革开放的基本经验，明确地回答了束缚人们思想的许多重大认识问题，因而是继真理标准大讨论之后的第二次思想大解放。"①也正是在这种情势之下，中国的经济改革与市场经济体制的建构开始启动。一时间，个体私营、股份制、中外合资、外商独资在总体性经济构成之中的份额渐趋扩大，金融财政制度改革的力度加大，股市交易成为社会热点，房地产热和开发区热成为新的社会景观。

1993 年 11 月 14 日，中共中央十四届三中全会通过了《中共中央关于建立社会主义市场经济体制若干问题的决议》，这标志着有中国特色的社会主义市场经济体制的基本确立，标志着中国已经不再是一个计划经济的国家，社会主义的中国正获得更大规模的深度发展。随着改革开放的力度、广度与深度的进一步加大、加深，一方面许多困扰着中国社会文化之整体、综合和协调发展的难题与现实问题开始逐渐地显露出来，如国有企业改革的苦无出路、城市正在出现新的贫困、失业率的上升、农民利益的被侵犯、腐败问题、环境污染问题的加剧、人口过剩问题等；另一方面，一部分人或由于自己的现实利益受到了进一步改革开放的触动，或由于自己的意识观念还停留于传统的左的框架之中，他们必然要反对改革开放的深入进行……为了加

---

① 马立诚、凌志军：《交锋——当代中国三次思想解放实录》，今日中国出版社 1998 年版，第 198 页。

快改革开放的步伐,为了以更为完善、深入而有效的改革来促进现实社会文
化问题的解决,转型时期的中国还需要第三次思想解放,需要从根本意义上
摆脱改革所面临的最为重要的阻力之一,也就是来自政治意识形态方面
"左"的禁锢,尤其是"所有制"的问题。第三次思想解放的标志是 1997 年 9
月 12 日中共第十五次全国代表大会的召开。江泽民在十五大的政治报告中
即明确指出:"要全面认识公有制经济的含义,公有制经济不仅包括国有经
济和集体经济,还包括混合所有制经济中的国有成分和集体成分。公有制
的主体地位主要体现在,公有资产在社会总资产中占优势;国有经济控制国
民经济命脉,对经济发展起主导作用。这是就全国而言,有的地方,有的产
业可以有所差别。公有资产占优势,要有量的优势,更要注重质的优势";
"只要坚持公有制为主体,国家控制国民经济命脉,国有经济的控制力和竞
争力得到加强,在这个前提下,国有经济比重减少些,不会影响我国的社会
主义性质。"[①]江泽民的讲话阐明了一个新的所有制理论,这是党中央在正式
的文件中第一次对我国传统的公有制理论做出重大的修正,进而第一次将
经济改革的方向指向传统的公有制。无疑,第三次思想解放对传统所有制
理论的突破,为世纪交替之际、转型时期中国社会文化的发展打下了坚实的
理论基础,澄清了一系列的混乱认识,从而促进了经济的有效发展。

从以上的简略论述中我们可以看到,新时期以来,改革开放使中国的社
会文化现实发生了巨大的变化;而中国的改革开放的进程与思想解放的进
程及其力度总是密切相关的,三次思想解放促动着转型时期中国社会文化
的发展三上台阶。"以 1978 年、1992 年和 1997 年三个年份为标志,迄今为
止,中国在改革开放中已经有过三次思想解放。第一次思想解放冲破了'个
人崇拜',第二次思想解放冲破了'计划经济崇拜',第三次思想解放冲破了
'所有制崇拜'。"[②]应该说,这里的概括是相当准确的,三次思想解放、三个发
展阶段与三种改革开放的境界实乃转型时期中国社会文化发展的基本
进程。

(二)20 世纪中国知识分子的历史境遇与角色意识

人文知识分子是人文社会科学的理论建构与整体性文学活动的主要承
担者,他们的角色意识、现实地位与境遇,文化心理结构与价值取向从深层

---

① 江泽民:《在中国共产党第十五次全国代表大会上的报告》,人民出版社 1997 年版,第 22—
24 页。

② 马立诚、凌志军:《交锋——当代中国三次思想解放实录》,今日中国出版社 1995 年版,第
424 页。

次上规约着社会文化思潮与文学思潮的逻辑构成、现实运作及其意向。在整体性文学活动的过程中,知识分子作为至关重要的文学主体,其构成的是一种文学活动的动力性机制,是文学话语的主要创造者、理解者和解释者。在古典性文学活动中,士大夫文人既是文学文本的主要创造者,也是文学文本的主要解读者与接受者。在近代性和现代性的文学活动中,虽然随着市民阶层的崛起,改变了文学消费与接受的内在结构,通俗文学得到了突飞猛进的发展,但近现代知识分子仍是话语审美乌托邦的主要创造者、消费者与接受者,人文知识分子亦正是通过灌注人文理性和人文感性的文本艺术世界来启蒙民众,来批判并超越现实;在某些知识分子那里,文学还成为他们逃避现实的特定手段与途径。在后现代性文学活动中,随着文化大众的出现,传媒的高度发展和大众文艺的崛起,文学的生产与消费进入到影像视听的时代。在这一阶段中,文艺的读者扩大了,已不限于知识分子群体,但即使在这一阶段中,文学文本的制造者仍是知识分子,只不过是这里的知识分子已不同于传统的知识分子,其业已走向分化。从以上的分析中我们可以看到,知识分子是整体性文学活动的主要承担者,他们通过文学话语和理论批评话语的创造,来艺术地掌握社会文化现实,发挥并呈现自我的主体性,并进而推动社会文化的发展。亦正基于此,我们认为,对转型时期中国文学思潮与浪漫主义文学进行考察与反思,必须建立在对 20 世纪中国知识分子尤其是转型时期中国知识分子的发展历程进行全面而深入地理解和把握的基础之上。

20 世纪中国知识分子是随着中国社会文化的发展而不断地转换自身的,亦正是 20 世纪中国社会文化的历史规定性使中国的知识分子存有着鲜明的时代性特征。20 世纪中国的知识分子置身于一个古典性、近代性与现代性乃至后现代性的社会文化总体性特质相混杂的时代;置身于中西文化大交汇的时代;面对着战乱、动乱与政治一体化的社会环境;遭际着封闭与开放相交替的文化境遇;承担着启蒙、救亡和重建的历史与现实重任;在"中心化"与"边缘化"、"制度内"与"制度外"的现实情境中进行着抉择;在话语革命与模态化话语的限定中进行着思想操作与艺术创造,并面临文化激进主义和文化保守主义的冲击和制约。亦正是在这种特定的规定性情境之中,20 世纪中国知识分子进行着自我的思想方式、思维方式和表述方式的转换,发挥着自身的现实功能,并从中呈现出其群体整体性的心灵历程。20 世纪中国知识分子的分化主要有三次:一为 19 世纪末至 20 世纪初的世纪交替之际;二是五四落潮后的 20 年代末到 30 年代初;三为 80 年代末到 21 世纪初的世纪交替之际。

在 20 世纪中国社会文化的发展中,知识分子经过以上三次大的分化,在历史的流变中,业已形成其基本的形态类型。对于这一问题,人们曾做过诸多的相关性分析,如有人把 20 世纪的中国知识分子划分为激进主义知识分子和保守主义知识分子;有人划分为革命知识分子、自由知识分子和反革命知识分子;有人则划分为精英知识分子、主流意识形态知识分子和市民知识分子等。从 20 世纪中国知识分子的历史发展、思想构成、实践意向及其现实功能的意义上言之,我们可以把在 20 世纪思想史、文学史和社会文化史上具有十分重要作用的中国知识分子划分为激进主义知识分子、保守主义知识分子、自由主义知识分子和"实用主义"知识分子四种形态类型。他们存有着各自的思想渊源、发展流变历程和各自的现实功能。

(三)转型时期中国知识分子的发展、分化及其形态类型

审视 90 年代以来中国的社会文化,其给人的真切而直接的感受即是后现代大众传媒与大众消费性文化的崛起,是意识观念的多元化与公共空间的扩大;与之相伴随,则是文化的精神品格的下降与人的道德感的沉沦。亦正是在这一语境之中,追寻崇高、"宏大叙事"与启蒙理性的精英知识分子开始"边缘化"乃至消失,而市民知识分子则开始崛起,并在文化生产的各个领域中扮演着日趋重要的角色,由之五四以来新文化传统所建构的意义体系正在全面地消解。90 年代的中国人文知识分子尤其是作家在当下的社会文化境遇之中,由于自身内在心灵的冲突开始出现人格的二重分裂,并有愈演愈烈之势。这种二重人格的生成与人文精神的沦落具有特定的现实必然性,也正是在各种现实异化力量的促动下,20 世纪中国知识分子的第三次大分化在世纪末的 90 年代出现,产生了各自的代言人,并呈现着进一步强化的趋势。

从知识分子的社会文化地位、立场及其选择意向的意义上,我们可以将其划分为主导性意识形态知识分子、自由知识分子和市民知识分子。主导性意识形态知识分子是作为主导性意识形态及其制度的辩护者或者思想制造者而存在的;自由知识分子有时也可称之为自由主义知识分子或"文化精英",是文化政治的建构者、现实社会文化的批判者和知识—精神的创造者。而市民知识分子则是市民社会发展的产物,随着社会文化的现实转型,中国的市民知识分子亦开始崛起。许多学者曾指出,90 年代中国文化的整体构成是三足鼎立的,这三足鼎立的文化形态即是主导性意识形态文化、精英知识分子文化和市民文化。与此相关,则有三种类型的知识分子,王朔即是市民文化的代言人。"'王朔热'作为一种文化现象其意义就在于,它呈现了百年来建立在统一的意义结构基础上的知识分子阶层和文化的分裂,它是代表着新兴的市民阶层的商业文化和商业文化人力量的一次聚集和显示以及这种新兴的文化力量向传统知识分子文化和代表政治权威文化人的一次强有力的挑战。"①应该说,市民知识分子是当下不可忽视的一种现实社会文化力量。

从知识分子的角色、职能、知识特征与精神取向的意义上来说,其又可以划分为知识—精神的创造者和知识—精神的传播者。无疑,严格意义上的狭义的知识分子指的即是知识—精神的创造者、现实的批判者与良知的代表者。应该说,这种划分具有一定的理论意义和现实意义,这种划分可以深化我们对中国当在知识分子的角色、职能、地位及其价值取向的理解与定位。

(四)人文知识分子的功能、职责及其评价

人类目前正面临着前所未有的三大危机,亦即自然生态危机、社会生态危机和人类自身的精神生态危机。在面临总体性人类危机的同时,由于中国特殊的文化地理环境及其发展的特殊性,中国又存有着一系列自身所独有的危机,这无疑会使本已复杂的"中国问题"进一步复杂化。

有人以"国耻"来命名失却了责任感和使命感的当下中国人文知识分子,一时间,对人文知识分子的批判与谴责成为一种流行性的话语,其中虽不乏偏激之辞,但无疑也指出了一些基本的事实。在面对一系列重大的现实社会文化问题时,人文知识分子不能做出及时的反应、深入的思考和全面的把握,对现实中的阴暗、腐败、丑恶的现象不能进行揭露和批判,他们丧失了自身理应具备的社会良知、人文理性和现实功能。也正是在这种景况之下,人们开始对人文知识分子的思想、话语与行为进行反思和批判,并开始重新理解与重置良知、人文理性、人文感性和信仰的价值和意义。当然,人们并不需要那些命定的所谓先知或精神导师;但同样人们也无法否认,人文知识分子所从事的精神文化创造活动之于民众的精神生活所具有的意义与功能。由此,人们也开始重新理解浪漫主义之于个体人生与整体性人文精神构成的意义与功能。

在西方,第二次世界大战结束后,由于社会文化情势的变化,知识分子的思想、话语与行为的选择开始从乌托邦主义转向现世主义、实用主义、物

---

① 祁述裕:《逃遁与入世:当代知识分子的选择和命运》,《文艺争鸣》1995 年第 4 期,第 28 页。

质主义、消费主义、享乐主义，其间存有着个体心理与社会文化的内在逻辑性，并现实地决定着社会文化思潮的演化与转型。90 年代以来的中国，知识分子的思想、话语及其行为选择也开始经历着与此相类似的现实变动，并且这种变动事实上构成为社会文化思潮（包括文艺思潮）之变迁与转型的根源之一。在 80 年代对外开放与思想解放的基础上，人们业已对 20 世纪的意识形态的制度化及其危害有了一个清醒的认识，对其加以超越的冲动亦愈来愈强烈，社会文化的发展也为这种冲动的现实化、对象化提供了诸种可能性，再加之西方各种现世主义、实用主义、物质主义、消费主义、享乐主义思潮的传入，所以 90 年代以来的中国，无论是在社会文化诸领域，还是在艺术审美诸领域，实用原则与快乐原则已经成为一种为人认同并广为流行的原则，成为各种社会文化思潮和文艺思潮得以确立并发展的基点。乃至在某种意义上可以说，90 年代以来的中国社会文化正经历着理性的大逃亡与人文精神失落所引发的阵痛，并由此开始了人文感性与人文理性的重建。无疑，这也为我们重提浪漫主义并建构"开放性浪漫主义"提供了现实基础。

第三章　乌托邦、理想与浪漫主义

20 世纪 70 年代末期以来,中国进入到一个大过渡和社会文化转型的时期。进入 90 年代以来的"后新时期",中国社会文化转型的效应机制开始全面显露出来。在人们的视界中,"后新时期"是一个理想失落、乌托邦理念遭到嘲笑的时代,是一个世俗欲望被放大、人欲横流与物欲张扬的时代。在这一时代中,大众传媒与后现代大众消费性文化开始崛起并产生了极大的社会文化影响;与此同时,艺术和审美文化的人文精神与浪漫特质则渐趋沦落。也正基于此,反思乌托邦与理想的特质,探讨其形态、内在构成及其现实功能,探索浪漫主义写作在当下语境之中的可能性、必要性与合理性,无疑既有利于我们重新反思浪漫主义文学的特质、构成及其功能,并能够为"开放性浪漫主义"论题的提出与论证提供相应的基础,因而具有特定的理论意义;同时也能够确立当下艺术和审美文化生产的乌托邦与理想的维度,并进而强化其浪漫品格,因而具有特定的现实实践意义。

一、理想与乌托邦的基本规定性

理想是个体基于自我的广义世界观(这里的"广义世界观"不仅包括哲学观,而且也包括人生观、社会观、文化观、政治观、历史观、审美观等相关层面),而对个体自我、社会文化、政治经济等相关领域或层面的构成、现实运作与未来发展所做出的整体性的构想与玄思,因其是个体思维的产物并具有特定的理性特征,所以人们也就把这种具有特定理性特征的整体性构想与玄思称之为理想。也正是基于此,理想与幻想分界开来,这是因为幻想具有明显的非理性、虚幻性与非系统性的特征。理想所提供的是一种特定的意义体系,这种意义体系相关于个体自我、社会文化、政治经济等领域的内容,其主要相关于未来,所以理想往往是作为一种超越现实的乌托邦精神而存在的。作为特定的意义体系,理想具有特定的精神意向性与品位,所以它体现着个体自我的个性、情操、志向与格调,故而是否具有理想、具有何种理想成为评价现实主体及其行为的一个重要的标准。作为一种意义体系,理想往往显现为一种特定的目标体系,这种目标体系具有复杂的内在构成,具有分层性和整体性。作为一种特定的目标体系,理想又是主体现实行为的动力机制,它往往鼓励、促动人们为特定的目标而奋斗和努力,这即决定了理想必然具有特定的现实性。作为一种动力机制,理想的现实性使其必然具有特定的社会文化属性与现实功能,并成为评判一种社会文化形态的特质及其现实运作的一个重要的尺度。在某种意义上可以说,理想与乌托邦精神实乃人的精神构成的最为根本的基质,是人类文化与文学的最为基本的质素。

从一般意义上言之,理想的特质主要体现在以下相关侧面:其一,理想的个体性、群体性与人类性。其中,个体性是理想的基础,理想的群体性与人类性只能通过个体性理想来体现;另一方面,理想的群体性与人类性又制约着个体性理想的特质、生成及其流变。理想的群体性主要是阶级性,在阶级社会中理想的群体性体现得尤为明显;而理想的人类性则表明理想具有共同人性的特征。理想的群体性标示着不同的群体具有不同的理想,不同的阶级具有不同的理想;理想的人类性一方面把人与动物分界开来,另一方面又表明人类理想具有特定的共通性乃至共同性。其二,理想的流变性、时代性、历史性与现实规定性。无论是个体性的理想、群体性的阶级或民族理想,还是总体性的人类理想,皆是发展变化的。个体性理想往往随着个体年龄、经历和环境的变动而转换;不同的历史阶段有不同的理想,从而使理想具有时代性和历史性。理想的生成并非无源之水,其固然相关于个体或群体的生存环境及其世界观,更为重要的是现实的社会文化境况从深层次上制约并规定着理想的生成及其基本构成。亦正基于此,勃兰兑斯才把"理想"看做"缺乏和希求的结合物"。[①] 无疑,这里的"缺乏"是就现实的社会文化存在而言的;所谓"希求"则是就主体的主观需要而言的。其三,理想的意向性、意识形态性与范式性。理想是个体现实选择的结果,因而具有特定的意向性;特定的意识形态尤其是政治意识形态对特定理想的生成、内在构成及其意向具有十分重要的规定作用,从而使理想具有意识形态性。在 20 世纪的中国,马克思主义与社会主义意识形态对个体、群体乃至整个社会的理

①　[丹麦]勃兰兑斯:《十九世纪文学主流·第二分册　德国的浪漫派》,刘半九译,人民文学出版社 1997 年版,第 207 页。

想之构成及其意向的影响是一个不争的事实,其显明地体现出理想的意识形态性。特定的个体理想、群体理想和社会理想一经形成即会对个体、群体和整个社会的现实行为起到一种范导的作用。其四,理想的人性、社会性与现实超越性。只有充盈着人性光辉的理想,才是真正有价值、有意义的理想,才是真正意义上人的理想。真正意义上的人的理想,不是琐屑的本能欲望,其表达的是个体或群体对历史与现实的一种具有社会文化意义的合理性诉求。任何真正意义上的人的理想,皆建立在对历史与现实进行反思与批判的基础之上,是对历史与现实进行超越的结果,因而具有超越性和乌托邦精神。在这里,理应对理想、意识形态乌托邦与乌托邦精神以及三者之间的关系有一个较为全面而深入的认识与把握,此乃我们理解浪漫主义文学并进而建构"开放性浪漫主义"的一大理论前提。

乌托邦相关于、根基于理想,也可以说乌托邦是理想的一种特定形态。从一般意义上来看,"乌托邦"指的是一种社会理想,它含蕴着政治、社会、经济、伦理道德和宗教等方面的内容。从语用学意义上来看,"乌托邦"与其原初的含义业已发生了巨大的变化。在当下,人们主要使用了如下一些有关"乌托邦"的概念,亦即个体乌托邦(人学意义上的)、社会乌托邦、政治乌托邦、文化乌托邦(启蒙乌托邦是其一种形态)、意识形态乌托邦、世俗乌托邦、审美乌托邦等。另外,还有"实体乌托邦"与"价值乌托邦"之分。一般言之,意识形态乌托邦的语义领域大于政治乌托邦;除政治乌托邦之外,意识形态乌托邦还包括社会乌托邦、宗教乌托邦、文化乌托邦等,但主要指的是政治乌托邦。这也就是说,意识形态乌托邦指的是由特定意识形态所提供的乌托邦,它主要是就体现在各种社会文化领域中的乌托邦观念及其意向而言的;而乌托邦精神则是就人类的精神构成来说的,是就每一个个体所必须具有的理想精神质素而言的。乌托邦精神不仅体现在人类的文化精神、宗教精神、艺术精神领域之中,而且也体现在人的日常精神活动领域之中。

长期以来,人们对乌托邦的理解多是从政治意识形态的意义上来进行的,其实乌托邦精神是相关于社会理想、文化理想与人生理想的人类的一种最为基本的精神向度,而从"理想"的角度来看待人类社会文化及其发展,乌托邦思想及其精神无疑又是不可或缺的。只不过是,在不同历史阶段、不同阶层或阶级、民族的思想体系之中,其乌托邦理想的设置、构成及其意向往往是不同的。

在 90 年代以来的"人文精神大讨论"中,许多学者皆指出并探讨了知识分子人文精神失落的问题。这场大讨论实质上从某个层面上展示了知识分子对人文理想的反思、重建与对乌托邦精神的张扬。在这里,所谓人文精神的失落即是人文理想的失落,而人文精神的重建无疑即是崇高性与正效应的人文理想的重建。在社会文化转型时期,我们理应重置正效应的人文理想和崇高性人文理想的价值和意义。从一般意义上来说,正效应的人文理想相关于人类的生存方式,相关于人类社会文化的构成及其发展,相关于人类自身的终极关怀;而崇高性的人文理想则指的是一种既合规律性又合目的性的理想,亦即这种理想既要合乎历史发展规律的必然要求,合乎现实发展的当在要求,又要合乎进步、正义的社会文化的规定性,合乎人性的规定性,合乎人民的利益与要求。可以说,对多元化的崇高性人文理想与正效应的人文理想的寻求是千百年来中西人文知识分子的精神传统,并在人类社会文化的流变与发展中发挥着巨大的功能,这是无法否定的。假如没有这种精神传统,人类社会文化的进步几乎是无法想象的。

二、后乌托邦时代的乌托邦理想与浪漫情结

20 世纪中后期以来,是世界范围内乌托邦渐趋幻灭的时期。乌托邦的幻灭在这一时期是整体性的,社会乌托邦、政治乌托邦、理性乌托邦、技术乌托邦乃至文学审美乌托邦皆走上了危机之途。亦正基于此,人们普遍认为,在 21 世纪,人类进入到后乌托邦时代。

17 世纪以来,人类渐趋踏上了整体性乌托邦之途。启蒙运动为人类提供的是理性乌托邦,18 世纪的浪漫主义文学运动提供的是审美乌托邦,19 世纪的科学社会主义及此前的空想社会主义则为人类提供了社会乌托邦与政治乌托邦;而随着工业革命的胜利、资本主义的发展与科学技术的不断进步,技术乌托邦则成为人类的最具普遍性的未来之梦。这正如有人所指出的那样:"18 世纪和 19 世纪是乌托邦的世纪。在工业社会的这个青春勃发的阶段,理性已经确立并走向成熟,工业技术的顺利发展使人们增强了通过理性改变社会、控制未来的自信。人作为历史主体的意识正是这个阶段形成的。在理性的审视下,未来不再是虚幻的,而是可以通过理性的分析由历史主体来规划的,于是乌托邦就由一个纯粹的虚幻之物被纳入理性发展的结构之中。从此之后,人类的乌托邦的激情空前高涨,人们相信就像按照图纸建造厂房一样,社会也可以根据蓝图步骤清晰地加以改造。随着人类主体意识的强化,乌托邦意识也不断膨胀。这种状况一直持续到本世纪的 50

年代。"①这里所指出的亦正是人类乌托邦之梦的历程。但是，两次世界大战、现代社会制度之下的异化现象、自然生态环境危机和人口危机、核战争的威胁……如此等等，既给人类带来了生存困境，也给人类带来了精神危机，并进而导致了各式各样的乌托邦神话的破灭。也正是在这样的现实境况之中，人们在社会文化选择与精神选择上必然发生特定的转换；与之相伴随，现代主义、后现代主义、大众消费性文化等社会文化思潮与文学思潮才相继出现。

19世纪至20世纪的世界历史充满着由政治乌托邦所带来的灾难，各种类型的无政府主义、社会主义皆带有浓厚的乌托邦色彩，它们的现实实践给予人们的是一系列可怕而沉重的记忆。亦正基于此，人类不应也不能由单一的利益群体基于单向度的现实要求，而仅仅从政治意识形态的意义上来设计社会乌托邦图景并在现实中加以强制性地实践，这只能带来灾难。历史已不只一次地证明了这一点，许多反乌托邦者也正是以此来立论的。有人曾这样指出："乌托邦主义一旦与权力相结合，会让人类付出更惨重的代价。约翰逊举出斯大林在苏联强制推行的集体化运动和波尔布特在柬埔寨实施的'社会工程'为例，当然，我们中国读者对此同样有切肤之痛，在1958年和1966年，中国不也是为一种乌托邦而疯狂吗？它带来的灾难又何尝小于在苏联和柬埔寨所发生的悲剧。"②在这里理应强调指出的是，政治乌托邦与社会乌托邦虽仍是乌托邦理想的最为重要的形态类型，但它却不能由单一的利益群体尤其是既得利益群体来单独设定，而应是不同的利益群体基于社会文化发展的历史必然要求与现实当在要求共同选择的结果；更为重要的是，我们不能因为对政治乌托邦的恐惧而完全抛却乌托邦精神。事实上，乌托邦精神是人类精神构成中的一个十分重要的部分，失却了乌托邦精神的人类必将走向空虚、平庸与沉抑。

"文革"无疑是一场噩梦。噩梦过后，人们获得的是幻灭、失落与痛楚，是对政治乌托邦的深深的厌恶，获得的是对人生与世事的一种特定的冷静与清醒，大凡经历过"文革"生活的人皆有这样的体验与感受。诚如徐晓所指出的那样："如今的年轻人到了中年将无从体验这种失落的痛苦，因为那个时代已经一去不复返了。我们所了解和生活过的那个时代已经不复存在了。即使他们仍然可以阅读我们读过的书，仍然可以像我们当年那样彻夜

---

① 陈刚：《大众文化与当代乌托邦》，作家出版社1996年版，第49页。
② 杨正润：《知识分子·译序》，江苏人民出版社1999年版，第9—10页。

畅想，但是他们思维和感受的方式已经不同了。……他们不了解，甚至也不愿了解充满着神秘与眼泪的理想主义。这种理想主义已经逝去了。对我们这代人来说，她或许是一抹残阳，或许是一缕阴影。但对于今后的年轻人来说，她是一种无从想象的存在。在他们身上，构成遗传的染色体已经变异了，无法理解不是他们的错误。"①这里所指出的即是政治乌托邦主义的破灭，所指出的是由于时代的变迁而导致的传统政治乌托邦主义之不被理解与接受的必然性。这就意味着，我们一方面要抛弃强制性的政治乌托邦主义；另一方面，又不能完全抛弃理想与信仰。所以，徐晓才指出："真理是金，或许要靠几代人的牺牲才能呈现出耀眼的光芒；而信仰——信念——理想也许还有宗教则是盐，是生活中须臾不可缺少的。……不能苛求每个人都真理在握，但愿每个人都信仰在心。"②也正是在这一意义上，秦晖才认为："'乌托邦'不可怕，可怕的是强制，过去的灾难并不是因为'乌托邦'太多了，而是因为强制太多了——因而借'理想'以营私者太多了"；"因此改革的目的也不是'告别乌托邦'，而是告别强制。不幸的是，'告别乌托邦'容易，而告别强制难，因为强制给某些人带来了极大的利益。如今'乌托邦'少了，但强制少得不多，为'理想'而强制少了，为私利而强制却不少见，倚仗权势'化私为公'的少了，倚仗权势化公为私的却多了。所以近来人们喜欢谈论自由主义，所以说改革仍然任重而道远。告别强制就需要制约权力，而要做到这一点，在今天倒是需要有点理想主义和正义感。"③亦正基于理想与乌托邦精神的价值与意义，孟繁华才倡导并确立一种新理想主义，他说："理想是可以重新发现的，理想并非只有一种形式，并非一谈理想就必然是陈年旧事的重提。为了便于说明问题，我将我所理解的理想主义勉强地命名为'新理想主义'。……所谓新理想主义，包含着对文学的如下理解：无论时代发生怎样的变化，文学都应当对人类的生存处境予以关怀、探索和思考，应当为解脱人的精神困境投入真诚和热情，作家有义务通过他的作品表达他对人类基本价值维护的愿望，在文学的娱乐性功能之外，也应以理想的精神给人类的心灵以慰藉和照耀。当然，他不会再去讲述极度的梦幻，不去编织幻觉和假象，面对现实的理性认识使这种文学又充满了必要的批判精神，良知与正义感是新理想主义基本的精神内涵。在理想的背后，它不喻示任何神学语义，

① 徐晓：《无题往事》，《边缘思想——〈天涯〉随笔精品》，南海出版公司 1999 年版，第 83 页。

② 徐晓：《无题往事》，《边缘思想——〈天涯〉随笔精品》，南海出版公司 1999 年版，第 82—83 页。

③ 秦晖：《告别强制》，《南方周末》1998 年 11 月 6 日。

不具有类似宗教的功能,它不企望对人实行新的精神统治,它只是以自己特有的话语形式表达他对人类灵魂关怀的真诚,在艺术的范畴内显示作家的创造力和想象力,并告知人类对'爱'与'善'的永恒需求。他们创造了'第二现实',那里闪烁的是他们的智慧、品格、操守以及述说的诚实。理想精神的坚持是文学持有严肃和诚实的必要条件,它是作家坚持纯正的艺术之路和免于沉沦的精神资源。"①孟繁华在这里主要是就文学中的"新理想主义"而言的。在转型时期的中国,面对追逐实利的心理取向与欲望瞬间满足的精神向度,面对世俗化、大众化与后现代性的各种各样的思想潮流及其现象,人文社会科学与文学理论批评理应对这些思潮与现象做出相应的清理、反思与批判,而关键之点也正在于重建当下的新的理想主义,并能够使其在现实中发挥出其所应有的社会文化功能。也只有这样,才能促动转型时期中国社会文化的平衡、协调与可持续的发展。

在后乌托邦时代的语境之中来谈论浪漫、乌托邦或浪漫主义,这的确是困难的,但又是一个确实无法回避的话题。诚如有人所指出的那样:"后乌托邦时期并非乌托邦的崩溃和消失,后乌托邦只是意味着乌托邦与我们的距离遥远得已经模糊。……我们的时代确实危机四伏,但危机并不单纯是危险,在危机中还孕育着转折的机会。机会就是希望,也就是可能。因而,危机的阶段也就是一个过渡时期,在这个阶段,乌托邦尽管隐身于世,但始终以各种方式与我们接触,即使在麻木和绝望中,它也只是保持一种否定或封闭的形式,即一种尚未构成轮廓的希望,一种不受偏狭的形象和概念制约的希望。正是这种希望,即使在它最暗淡的日子里,也具有微弱但有效的保护作用,使得人类免于绝望导致的毁灭。也就是说,虽然乌托邦具有根本的虚幻性,因为它模糊了可能与实在之间的界限,把可能性等同于一种实在性;而且乌托邦是自相矛盾的,因为它试图借助于目前正处于同整体疏远之中的人使世界消除疏远化,因而它必定会导致幻灭。但是,乌托邦又是真实有效的,每一个乌托邦都是对人类可能性的预示,没有这种预示的能力,人类历史上无数的可能性也许至今仍然得不到实现。没有预示未来的乌托邦展现的可能性,我们就会看到一个颓废的现在,就会发现不仅在个人而且在整个文化中,人类可能性的自我实现都受到窒息。没有乌托邦的人类总是沉沦于现世之中;没有乌托邦的文化总是被束缚于现在之中,无所发展。我

---

① 孟繁华:《众神狂欢——当代中国的文化冲突问题》,今日中国出版社 1997 年版,第 236—237 页。

们可以这样说,虚无虽可能幻灭,但它使人的存在中的非存在的部分对人来说不再是绝对的虚无,而是具有丰满的意义。没有任何可能性的生存无异于动物的苟延残喘,没有任何意义的生存无异于死亡。因而,乌托邦虽然是虚幻的,但正是这种虚幻性使得它向可能性开放,使得人生成为一件能够承受的事情。"①这也就是说,在后乌托邦时代谈论乌托邦、重建乌托邦理想仍是必要而有效的。只不过是,这里的乌托邦理想已不是传统意义上的乌托邦理想了,它在自身的特质、构成及其意向上已经发生了转换,并且更为重要的是,在当下,我们谈论、重建乌托邦理想的方式及其语境业已发生了巨大的变化。

在后乌托邦的语境中,我们谈论并探讨乌托邦理想及其重建的问题,必须注意以下相关侧面的问题:其一,即使在后乌托邦时代,谈论并探讨乌托邦、浪漫主义抑或终极关怀、灵魂拯救,仍有其可能性,仍有其价值和意义。事实上,后乌托邦时代并非真的不需要乌托邦理想,其不需要的仅是整体性的社会政治乌托邦、强制性的理性乌托邦与违背生态规律和科技伦理的技术乌托邦。其二,理应从人学的意义上来理解乌托邦与理想的本质,理想与乌托邦既相关于个体性生存,又相关于整体性的、超个体的社会、文化与工艺,但后者必须以前者为基础、为前提。其三,也正基于后乌托邦时代乌托邦与理想的个体性,所以后乌托邦时代的乌托邦与理想必然走向分化与弥散之途,向各个个体或群体、向各种现实领域漂移与流散。如果说政治乌托邦时代的乌托邦是整体性的、综合性的,有时乃至是强制性的话,那么后乌托邦时代的乌托邦与理想则是个体性的、碎片化的、非强制性的。这也就是说,所谓乌托邦的破灭指的仅是整体性乌托邦的破灭,如"上帝死了"、"社会乌托邦工程"的幻灭等即属此类。其四,在后乌托邦时代,大众文化为大众提供了相应的世俗乌托邦,这种乌托邦能够唤起并满足大众的各类世俗性欲望,如豪华舒适的生活方式、缠绵悱恻的爱情、青春靓丽的偶像、春风得意的成功人士、海外冒险并取得成功的经历等,这些皆是大众文化与大众文艺的重要主题。其五,转型时期的中国基于自身的历史规定性与现实规定性,而对浪漫主义文学提出了新的要求。这也就是说,在转型时期的中国,对乌托邦问题进行思考并重建首先即应确立一种开放性、个性化与多元化的乌托邦观念,确立乌托邦精神所独具的功能与意义,重新恢复人们对生存与生活的可能性的想象、希冀、探寻、信心与信念。无疑,在这一意义上,乌托邦

---

① 陈刚:《大众文化与当代乌托邦》,作家出版社 1996 年版,第 52—53 页。

精神对于现实的人来说的确具有生存本体论的意义。正如有人所指出的那样："后乌托邦时期只是标明乌托邦的到来的遥遥无期。这种无期是乌托邦的冲动暂时受挫的结果，与此同时，乌托邦的冲动不仅没有消解，反而存在得更顽强。也就是说它以多样化的形式存在着，在茫然和犹疑中，在忧伤和苦闷中，在嘲讽与谐谑中，即使被压抑在潜意识中，它也存在着，并与没有任何希望的绝望相区别。根本原因在于，中国并不像西方那样，已经有了坚实的工业基础以支持世俗的而非精神的乌托邦，世俗乌托邦在中国仍然是以乌托邦的形式存在着，成为世俗生活的意义所在。这种世俗的有限的乌托邦，正在取代整体的无限的乌托邦，对民众的生活发生影响。"[①]这也正是我们说转型时期中国的浪漫主义开始与大众文化、大众文艺、大众审美文化走向融合的依据与根源之所在，同时也标明在转型时期中国的大众文化语境之中研究浪漫主义的价值与意义。这里的根本问题是，在转型时期的中国，人们对待乌托邦与理想的观念、态度与选择方式的问题。按照陈刚的分析，"在后乌托邦阶段，各种文化派别似乎都在有意无意地回避乌托邦，而实际上，一切文化争端最后都源于对乌托邦的态度。根据对乌托邦的态度，我们可以把当代文化现象梳理为三种基本类型：对乌托邦的绝望、对乌托邦的焦虑以及对乌托邦的生存化的反应。"[②]进而指出：王朔是对乌托邦持绝望态度的代表，张承志和张炜代表着对乌托邦的焦虑；而王安忆则代表着对乌托邦的生存化反应，亦即"王安忆超出了新写实的范围。她不是停留在对世俗价值的直接认同上，而是从生存的角度解释了乌托邦的有限性和世俗价值的有限性，并试图展示在乌托邦无可回避地衰落之后一种真实生存的可能性。"[③]"无论是绝望的王朔，还是焦虑的张承志或张炜，他们都在努力消解对乌托邦的焦虑，或者说力图使焦虑排解到现实生活之外。王朔是用把自我放逐到荒原的方式放弃焦虑，当自我已然是废墟，焦虑必然泯灭。而无论是张承志的皈依哲合忍耶，还是张炜的神秘地'融入野地'，他们二者都是通过神来承担焦虑的方式以使自己对现实的焦虑得到缓解。这些方式虽然能在一定程度上解决焦虑的问题，但实际上都是以牺牲真实的生存为代价的。王朔使生存成为无任何责任感的流浪，而张承志或张炜则按照某种道德律令简化生存的丰富色彩，于是闭塞贫乏的西海固和荒蛮的故地成为生存的

---

① 陈刚：《大众文化与当代乌托邦》，作家出版社 1996 年版，第 54 页。
② 陈刚：《大众文化与当代乌托邦》，作家出版社 1996 年版，第 57 页。
③ 陈刚：《大众文化与当代乌托邦》，作家出版社 1996 年版，第 65 页。

唯一理想的状态。"①这也就是说,基于转型时期中国社会文化发展的基本要求,亦即要完成自身的现代化,以使自身获得现代性,人们需要特定的社会理想与文化理想;基于这一语境之中个体生存的基本要求,也就是在提高自身的物质生活质量的同时,提升自我的精神生活质量,以满足其生活之梦,人们需要特定的人生理想与人文理想。这一切皆表明在转型时期中国的社会文化生活与整体性文学活动之中,乌托邦与理想皆具有举足轻重的地位与作用。

从以上的论述中我们可以看到,乌托邦理想与现实生存是人生的两端,二者具有明显的相关性,也正是理想与乌托邦精神限定并促动着个体对生存与生活模式的选择,个体的现实生活需要特定的乌托邦理想来支撑,在后乌托邦时代亦复如此。文艺与审美文化在建构自身的文本艺术世界时,其最为基本的关注点与支撑点,也正是个体的现实生存与乌托邦理想,后乌托邦时代的大众文艺与大众审美文化也不能脱离开这两种质素而存在。

概括言之,乌托邦理想是人类生存、生活与发展的一种动力性质素,人类在自身的生存、生活与发展中,无法也不可能脱离开乌托邦理想;后乌托邦时代所标示的仅是传统性"宗教乌托邦"、"整体性乌托邦"、"强制性社会乌托邦工程"的终结,而个体性乌托邦、世俗性乌托邦却得到了相应的张扬与确立。也正是在这一语境中,我们必须重构乌托邦、理想与浪漫主义的观念。

三、乌托邦理想与转型时期中国浪漫写作的可能性及其理解

在转型时期的中国,现实的丰饶、繁富与贫乏、粗鄙并存。于其中,日渐增势的现实的贫乏、粗鄙、平庸无疑为当下的浪漫写作提供了特定的依据与空间,使浪漫写作具有了特定的必要性与合理性,而乌托邦精神的人学与文化的规定性则使浪漫写作具有了多向度的可能性。这里的浪漫写作在概念及其理解上并不等于传统意义上的浪漫主义,浪漫写作除包括传统意义上的浪漫主义写作之外,还包括一系列的传统浪漫主义的变种以及由于时代性因素而出现的各种新的具有浪漫质素与效应的文学形态与审美文化形态。这是冲决并改换浪漫主义的固有传统而出现的浪漫主义的新质。为了

---

① 陈刚:《大众文化与当代乌托邦》,作家出版社 1996 年版,第 61 页。

与传统的浪漫主义区分,在这里我们将其称之为浪漫写作,或者将其称之为"开放性浪漫主义"。

转型时期中国浪漫写作的可能性可以从以下相关侧面得到理解:其一,"民族国家的现代化想象"及其实践在社会文化发展的现实当在要求的意义上,使浪漫写作成为可能。每一个时代、每一个民族在其社会文化的发展中,皆需要特定的社会乌托邦来作为其支撑与导引,这一点必然会在文学创作中有所体现。其二,任何时代的人皆需要英雄、伟大与崇高,其在文学领域中即体现为人对善的追求,体现为文学的善的尺度。当然,在不同的时代,人们对英雄、伟大与崇高的理解会存有着诸多的不同,但其间的共通性乃至共同性仍是存在的。在转型时期的中国,凡是为了正义、公正与公平,为了民族或人类共同的幸福和进步等而奋斗乃至献身的人及其精神,无疑值得浪漫写作去关注、去描写、去赞颂,这种写作的关键即在于创作主体对时代精神的理解和把握。其三,"自然"是传统浪漫主义的一大主题,在后现代的语境之中,自然写作、田园主题与环境文学、生态文学业已被浪漫写作赋予了新质,这种新质即是生态主义。在转型时期的中国,由于生态环境问题的加剧,也基于西方现代化发展的经验与教训,西方的生态主义思潮被引入并产生了极大的现实影响。一时之间,生态哲学、生态伦理学、生态美学、生态批评、环境文学、绿色写作等流行于世,这一思潮无疑为转型时期的浪漫写作提供了特定思想上的支撑。其四,在转型时期的中国,社会文化的迅速发展与转换,一方面取得了巨大的成就,另一方面也暴露出大量尖锐的社会文化问题,如腐败问题、道德感失落的问题、信念和信仰丧失的问题等。在主导性意识形态的倡导下,具有特定浪漫质素的"反腐文学"得以流行。另外,理应指出的是,在转型时期的中国,乌托邦小说和反乌托邦小说的写作也具有特定的可能性。16世纪以来,西方形成了自身的乌托邦小说创作的传统,而"随着西方乌托邦文学历史的变迁,如今又出现了所谓新乌托邦文学,这主要是指女性乌托邦小说、生态乌托邦小说等亚乌托邦小说文类的兴起。"①在中国文学发展史上也存有着具有特定乌托邦性质的文学现象,如中国古代陶渊明的《桃花源记》、李汝珍的《镜花缘》(部分章回),中国近代的"乌托邦小说"等。无疑,这些文学资源与思想资源对转型时期的浪漫写作存在着重要的启示意义。其五,在转型时期的中国,大众精神的迷茫、困顿与危机,不仅使"宗教信仰"人群日益增大,而且也增加了"走向宗教"的浪漫

---

① 姚建斌:《乌托邦文学论纲》,《文艺理论与批评》2004年第2期,第59页。

写作的可能性。在某种意义上可以说,宗教是浪漫主义写作的永恒主题,在这种意义上,浪漫写作能够为现实的人及其精神提供特定的信仰与拯救的可能性。其六,在转型时期,世俗大众需要温情、爱情、激情,需要体验冒险、成功与异国情调,这必然会使传统浪漫主义文学写作转换为大众文化、大众文艺与大众审美文化视域中的浪漫写作。另外,转型时期的中国文学与审美文化还以各种方式追寻着超越、神圣乃至超验。

对转型时期中国文学思潮与具体文学创作的基本精神取向及其态势进行分析、评价与定位是当下理论批评的一大任务,事实上理论批评界也已做出了诸多的相关研究。值得注意的是,在这些相关研究中,恰恰忽略了浪漫主义与整体性文学活动的精神构成及其品格之间的关系问题,忽视了对浪漫主义在转型时期中国之生成的必要性、合理性与可能性问题的探讨。应该说,浪漫主义文学的生成无疑是有其根源与依据的,其现实根源与依据相关于文化精神、宗教、政治意识形态、主体的精神构成与个体的世界观及其对现实所具有的批判性和超越性。可以说,各种形态类型的浪漫主义文学(包括其理论)皆可以在以上的维度中找到其生成、存在及其现实运作的基本依据。

奉现实主义创作方法为正宗,并立足于现实主义而对浪漫主义、现代主义进行批判与清算,这是 20 世纪前、中期中国创作方法理论的一大误区。对创作方法理解的政治意识形态化、单一化、简单化,我们从 20 世纪中国浪漫主义文学观念的流变中即可清楚地看到。20 世纪中国文学理论史与美学史上的创作方法概念,更多地是从外在性的维度上给予其以规定,而不是从内在的、本体的维度上来加以理解和把握。这样,创作方法概念必然更多地渗入了理性化的、政治意识形态性的、伦理道德性的因素。而在现实的创作中,通过理论批评的规范则向作家提出各种外在性的要求,从而严重地妨碍了作家的心灵自由与创作自由,创作方法理论亦由此而流变为一种简单化、理性化的工具性模式,并进而严重地损害了 20 世纪中国的艺术生态与审美文化生态。转型时期的浪漫写作渐趋克服了这些传统的浪漫主义文学观念所存有着的诸种欠缺,从而确立了浪漫写作及其理论的新的维度。

对转型时期中国浪漫写作的理解可以在以下的维度中来进行:其一,语境维度。这是转型时期中国浪漫主义文学得以生成的社会文化环境,正是这一环境给予了这一特定的浪漫主义文学形态以现实基点及其规定性。这里的语境,不仅包括社会、政治、经济等因素,包括文化、精神、科技、生活方式等因素,而且还包括主体的心态、意识结构与思维方式等。亦正是以上语境之中的相关质素给予转型时期中国的浪漫主义文学以特定的现实规定性与针对性，并进而使其具有自身的独有特征。转型时期中国浪漫主义的现实针对性即是社会文化世俗化态势之下社会道德水准的普遍低下、物欲横流与知识分子人文精神的沦落。所以，其现实规定性即在于它充盈着道德的激愤与理想的张扬，在于其对生命与生态的关注，在于其向自然的回归与对"诗意地栖居"的向往，在于其对情感的充沛性、想象的丰富性、精神探索的自由性与现实批判性的自觉追求。正如有人在分析张承志、张炜的创作时所指出的那样："'二张'出于对物欲横流的世俗社会的道德义愤极力提倡'清洁精神'，呼唤作家们的'道德激情'，主张以托尔斯泰式的道德的自我完善来净化自己，实现向一种道德理想主义的回归。"①在该论者看来，转型时期中国的道德理想主义带有明显的新民粹主义的思想倾向，代表作家即是张承志与张炜，其"新民粹主义的创作文本都呈现出悲剧品质与崇高的格调。尽管市场经济给中国的改革开放注入前所未有的推动力，但作为孤傲的理想主义者的'二张'忍受不了商业化时代的种种'媚俗'的精神境况，张炜悲愤地质问：'诗人为什么不愤怒？'张承志宣称：'我只是一个富饶文化的儿子，我不愿无视文化的低潮和堕落。我只是一个流行时代的异端，我不爱随波逐流'。他们的血性与刚气使创作行为本身就包含悲壮与崇高的意味，他们也因此踏上'忧愤的归途'。"②这里所指出的亦正是张承志、张炜精神取向及其创作的语境性。与传统浪漫主义文学相比较，后新时期中国浪漫主义文学的语境性主要体现在以下两个相关侧面，一是转型时期的意义及其表征的危机，二是世俗化思潮的冲击。

其二，本体维度。特定形态的浪漫主义文学不仅有其现实的社会文化规定性，而且更有其本体规定性，这体现在话语形式、审美范式与精神向度三个相关层面上。对转型时期中国浪漫主义文学的本体特质的把握，理应从比较的意义上来进行，这就是一个中西比较，古今比较，20世纪前、中期与转型时期之比较的问题。浪漫主义作为文学思潮与文化思潮，从其西方的起源与发展上来看，其具有自身的反理性、反启蒙的特征及其意向；与此相伴随，其具有推崇个性、情感、想象的特征与意向。并且，这些特征及意向也不同程度地体现于20世纪中国浪漫主义文学的总体构成之中。在转型时期的中国，基于其总体性社会文化特质的混杂性，一方面理应倡导浪漫文学的

---

① 杨经健：《世纪末文学的创作精神取向》，《中国文学研究》2001年第1期，第23页。
② 杨经健：《世纪末文学的创作精神取向》，《中国文学研究》2001年第1期，第23页。

创作,以救援大众文艺与审美文化之粗鄙化与平面化,从而提升其总体格调;另一方面又要避免传统浪漫主义文学之弊,亦即不能提供一种强制性的社会群体性"乌托邦工程"。在这一方面,20世纪中国的经验与教训无疑是深刻的。

在话语形式、审美范式与精神向度这三个浪漫主义的本体维度之中,话语形式涉及话语修辞、文体选择、表现方式等相关侧面的质素、环节及其问题;审美范式涉及人物性格的塑造、情感模式的设置、意象体系的确立、文本艺术世界的建构等相关侧面的质素、环节及其问题;而精神向度则涉及形而上的玄思、终极关怀、存在的追问、乌托邦梦幻、理想的选择等相关质素、环节及其问题。无疑,贯穿于这三个相关维度的一个至关重要的质素即是理想,也就是对理想的希冀、想象、建构与追求。在某种意义上可以说,理想的确是浪漫主义最为基本的质素与特征。针对这一问题,勃兰兑斯即曾做出过较为全面而深入的分析,他指出:"理想主义是各种各样的浪漫主义分枝所共有的性格特征";"憧憬是浪漫主义渴望的形式,是它的全部诗歌之母。那么,什么叫做憧憬呢?它是缺乏和希求的结合物,但没有获取这种缺乏对象的意志或决心,也没有支配这个对象的办法。这种憧憬又是针对什么东西的呢?不论它用多么好听或者多么伪善的词句装扮自己,它除了针对世人所渴望、所希求的东西,还能针对什么呢?不就是享乐和幸福吗?当然,浪漫主义者不采用幸福这个词儿,但这正是他的本意所在。他管它叫做'理想'。"[①]无疑,理想存在着时代、领域、形态、性质等诸多侧面的差异与分界,并直接受到政治、宗教、伦理等的规约,这就决定了浪漫主义在形态及其意向上的差异性乃至异质性。从中外浪漫主义文学的实际存在来说,其"理想"的确存在着内向性与外向性、消极性与积极性、保守性与激进性等相关意向的分界以及由此而带来的浪漫主义文学的形态与性质的差异,如"在诺瓦利斯及其内向的心灵生活和雪莱及其外向的自由渴望之间,存在着最彻底的对立";"对于诺瓦利斯,真理就是诗和梦;对于雪莱,真理就是自由。对于诺瓦利斯,真理就是坚如磐石的强有力的教会;对于雪莱,真理就是深受压迫、不断斗争的异端;诺瓦利斯的真理坐在国王和教皇的宝座上,雪莱的真理却受尽人间的白眼,毫无权威可言。"[②]亦正基于相关的浪漫主义文学差

---

① 〔丹麦〕勃兰兑斯:《十九世纪文学主流·第二分册 德国的浪漫派》,刘半九译,人民文学出版社1997年版,第207页。

② 〔丹麦〕勃兰兑斯:《十九世纪文学主流·第二分册 德国的浪漫派》,刘半九译,人民文学出版社1997年版,第205页。

异性的观念,勃兰兑斯、高尔基等人以及20世纪中国的浪漫主义研究者即曾对浪漫主义的性质、形态及其意向做出了如下相应的区划,亦即内向性与外向性、反动与革命、消极与积极等,在我看来,这种二分法仍有其针对性,同时也有其意义。只不过是,不应将这种二分法绝对化、抽象化、政治意识形态化。浪漫主义文学对理想的向往、追求与展示,实际上存在着三种最为基本的对人的生活活动至关重要的相关性形态:一是社会理想,二为人文理想,三是个体性人生理想。社会理想主要涉及政治制度与组织形态等领域,人文理想主要涉及文化精神、意义范式、人学理念与信仰等领域,而个体性人生理想则主要涉及个体自我的欲望、希冀与想象。这也就是说,只要存在着理想,浪漫写作即具有特定的可能性;有何种性质、形态及其意向的理想就会有与其相适应的浪漫写作。与此同时,这也使浪漫主义的形态类型学研究具有了必要性、合理性和合法性。从以上的分析中我们可以看到,浪漫主义者所选择并确立的理想既可能是空洞无物的,也可能是丰富而充盈的;既可能是反动的、幽暗的,也可能是进步的、明朗的;既可能是神秘主义的、宗教性的,也可能是现实性的、世俗性的;既可能是总体性的、群体性的,也可能是个体性的;既可能是精英性的,也可能是大众性的。也正基于理想的多样性、多元性与异质性,浪漫主义在特质、形态与意向上必然是多样性、多元性,乃至是矛盾性、异质性的。

其三,形态维度。在这一维度中,我们理应对转型时期中国浪漫主义文学的流散与漂移情态进行较为系统而深入的认知与把握。应该说,转型时期中国的浪漫主义文学缺乏自身内在的统一性,所以不能称之为一种完备的文学思潮或运动,各种浪漫文学形态之间也存有着明显的矛盾性,如社会理想性浪漫主义、人文理想性浪漫主义、个体情感性浪漫主义与生态性浪漫主义、大众幻象性浪漫主义之间即存在着特定的不可调和的矛盾,它们各自存有着自身存在的合理性、必要性与不同的现实社会文化意向。于其中,"大众幻象性浪漫主义"所提供的"世俗乌托邦"即具有混合与调和的意向,它虽然在基本意向上不同于其他的浪漫文学形态,但它却以大众的欲望与想象为基础,将技术性与幻想性、身体性、趣味性乃至宗教性等各种相关的质素整合起来,而得以建构一种能够消除大众的各种焦虑并使之沉浸于其中的文本艺术世界。无疑,"大众幻象性浪漫主义"之中的这种"世俗乌托邦"已与传统浪漫主义的人文主义倾向、个性主义意识、现实批判的指向性相去甚远,它是一种瞬间的欲望的满足与消费,是飘浮不定的各种意念的仿像化,它缺乏传统浪漫主义文学的整体性与定向化。

在当下的语境中，一方面，由于大众文化与后现代主义文化的流行，人们的心灵为世俗、平庸与物欲所充塞并沉溺于其中，阻滞了人们的具有人文主义与个性主义的浪漫激情；另一方面，人们又的确需要超越，"在世纪末的时候，当代大众文化的浅薄和粗陋已达到极点，由于热衷于直接刺激潜意识，它反而导致大众对超越的意义的追求更为强烈。"更为重要的是，"大众文化的冲击，使得大众在寻求新的超越之路的途中，又增添了一种新的危险性——走入邪教的危险。"①这种情势对于浪漫文学的写作来说，既是其危机的表征，又为其重构提供了契机。这也就是说，我们必须重构转型时期的中国浪漫文学，重新确立其维度与意向，一方面要在保持自身独立品格的基础上，合理地汲取现代主义的质素；另一方面，又要对大众文艺与后现代主义文艺有所救助，以提升其精神品格。无疑，转型时期的新浪漫文学已不同于传统的浪漫主义文学，它是一种具有新的时代规定性的浪漫写作。

综上所述，我们可以看到，如果说传统社会文化中道德理性制约着人性的正常发展，近代社会文化中政治理性制约着人性的完善，而在现代、后现代社会文化中则是技术工具理性制约着人的人格与个性的健全与完备。无疑，在现代与后现代的语境之中，浪漫写作对于人类克服并超越技术工具理性对人性的戕害，救助并健全人类日渐沦落的道德理性与想象力具有十分重要的功能与意义。从某种意义上可以说，浪漫文学对于当下的意义也正在于，它能够完善人性，实现自我的理想人格，激励人们去追求人生的精神自由，并进而制衡俗世的人欲横流，批判社会的污浊。

---

① 陈刚：《大众文化与当代乌托邦》，作家出版社1996年版，第104页。

第四章　浪漫主义文学的观念向度与
20 世纪中国浪漫主义文学

　　浪漫主义是 20 世纪中国文学理论与文学史理论最为基本的概念与范畴之一。在对这一概念及其相关问题的理解中,人们多是从创作方法、创作原则的层面上来进行的。在相关分析中,虽涉及到浪漫主义的创作精神、创作形态、创作思潮、创作方式、创作观念等侧面的问题,但由于理论视界的封闭、狭窄,由于特定政治意识形态的导向性,20 世纪中国的理论批评界对其间的相关问题既缺乏各种视角的、分门别类的深化性研究,更缺乏相关的整合性研究。这不仅影响到浪漫主义文学现象的研究与相应的理论建构,更为重要的是,其影响到 20 世纪中国尤其是转型时期中国的文学创作,影响到转型时期中国整体性文学活动的架构与格局,乃至导致 90 年代以来中国文学精神品格的低下。亦正鉴于此,在新世纪的当下,理应重新确立浪漫主义文学的观念向度;并立足于此,系统地回顾并反思 20 世纪中国浪漫主义文学的运作机制及其命运,清理 20 世纪中国浪漫主义文学的基本观念及其历史限制,探讨转型时期中国浪漫主义文学"缺失"与漂移、流散的基本机制。无疑,这不仅具有理论意义,同时也具有现实实践意义。

一、浪漫主义文学的特质及其理解的基本维度

　　浪漫主义作为一种特定的精神现象、文化现象、审美现象与文学现象,存有着不同层面的语义构成,可以进行多视角、全方位的解读,并进而进行特定的整合性研究。

　　一般言之,对于浪漫主义我们可以从以下的相关维度上来做出相应的理解与解释:其一,从思潮、流派与运动的意义上来进行理解。在这一维度上,浪漫主义是作为一种特定的历史现象而存在的,其产生于西方 18 世纪

末、19世纪初,是对古典主义文学的否定、批判与超越。这是狭义的浪漫主义概念,同时也是我们理解浪漫主义文学与美学问题的基础。其二,从创作方法的意义上来理解浪漫主义。在这一维度上,苏联与中国的马克思主义文学理论给予了较为充分的论证与研究。在这一意义上,浪漫主义是文学创作的一大基本原则,其以理想主义、主观主义与想象的方式来处理艺术与现实之间的关系,故有文学中的理想主义之称。其三,从其内在构成的意义上对浪漫主义进行分析。与现实主义、现代主义、后现代主义相比较,浪漫主义存有着自身独特的艺术审美本体。其艺术审美的基本规定性即在于浪漫主义文学具有精神取向上的理想性与超越性、艺术构成上的抒情性与主观性、艺术思维上的想象性与幻想性、艺术表现上的夸张性与神秘性等。在这一维度上,浪漫主义具有反理性的特征,重视主观情感、想象、梦幻、神秘等相关质素的功能,并高度推崇文学的创造性。其四,从创作精神的向度来理解并界定浪漫主义。在这一维度上,浪漫主义是作为文学的最为基本的质素而存在的。这也就是说,浪漫精神不仅存在于狭义的浪漫主义文学思潮之中,而且也存在于现实主义、现代主义乃至后现代主义与大众文艺的艺术审美形态之中。在这一意义上,浪漫主义获得了丰富的语义构成,并且中西文学从古至今皆不能脱离开浪漫性质素而存在。人类及其艺术创造的现实精神与浪漫精神是贯穿性的、超越性的,其不会被任何时空条件与话语形式所拘囿,历史变动着的仅是现实精神或浪漫精神的问题域、具体构成、表现形式及其意向。换言之,现实精神与浪漫精神是建立在人类最为基本的生命情态、生存方式与生活向度的基础之上的,它们所构成的是艺术与审美的最为基本的创造原则、构成方式与意向。无疑,人类在自身的存在与发展中,存有着有限与无限、现实与理想、限制与超越、相对与绝对、理性与情感的矛盾等。应该说,人类不仅在现实人生与社会文化行为中要面对、处理并解决这些矛盾问题,而且在艺术创造与审美掌握之中也必然要面对、思考并表现这些矛盾冲突。从生存本体论的意义上言之,现实精神与浪漫精神所代表的是人对现实与自我、世界与人生的两种最为基本的态度与观念。在这一意义上,现实精神所关注的是这种矛盾张力机制的有限、现实、限制、相对、理性等相关层面,而浪漫精神则关注于这种矛盾张力机制中的无限、超越、绝对、情感等相关层面。人类文学艺术史的发展表明,现实精神与浪漫精神及其创作模式是人类最为基本的两种艺术精神与创作模式,其他艺术精神与创作模式(如原始精神、古典精神、现代精神、后现代精神等)皆包含着现实精神或浪漫精神的特定质素,并且仅是现实精神或浪漫精神及其创作模式的萌芽、初创、变异、变种与变形。在五维度总体性理论的框架之中，现实精神与浪漫精神是人类近代精神范型的两种最为基本的存在方式及其表征，一方面其来源于"浑整"的原始精神，并在古典精神的发展中孕育自身的"完形"；另一方面，其又是近代社会文化多元分裂的产物与表征。通过以上的分析我们可以看到，现实主义与浪漫主义是现实精神与浪漫精神思潮化、完备化与范型化的特定产物，从而也标志着艺术审美精神在近代走向了分裂与对立。其五，从题材与创作手法的意义上来理解，浪漫主义存有着自身独特的艺术表现领域与艺术表现方式。社会乌托邦、人文理想、生态理想、英雄、激情、爱情、传奇、冒险、田园风情、奇异风光、异国情调，幻想、玄思、童话、神奇、神秘、神话等皆是浪漫主义文学的题材与艺术表现领域。为了表现情感、玄思、灵魂的深度，为了展示想象、幻想、联想的广度，浪漫主义文学必然要进行相应的、新的话语形式与表现方式的试验，从而使不同文体的交叉、不同艺术门类的互动成为可能，使隐喻、象征、反讽等艺术表现方法或方式走向成熟与完备，也正是浪漫主义文学的话语形式与表现方式的试验对其后的现代主义与后现代主义造成了深刻的影响。亦正是基于这种独特的艺术表现领域与话语形式的试验，浪漫主义文学得以确立自身在文学史整体构成之中的地位及其价值。其六，从文化哲学的意义上来理解，浪漫主义不仅存在于艺术审美的领域之中，而且在哲学、政治、经济、文化等领域中皆有其特定体现。从文化哲学的意义上，一方面，浪漫主义相关于特定的意识形态，具有特定的现实反抗性与超越性，因而是文学中的自由主义，并且在特定的时代还易于与文化激进主义乃至政治激进主义结合在一起；另一方面，浪漫精神与乌托邦理想又是作为人的生存方式、生活方式而存在的。可以说，浪漫主义的核心是人道主义，浪漫主义的理想主义的立足点也必然是特定形态的人道主义。在我们看来，中西美学与文学理论在对浪漫主义进行理解与界定时，一般不会脱离开以上的相关视角与维度。

浪漫主义文学是一种相关于理想、激情与想象、幻想的文学。在某种意义上可以说，在特定时代，完全丧失了浪漫质素的文学是不完整、不健全的。当然，浪漫主义文学作为一种独立的文学形态，其存在自身的本体维度本身也就意味着它具有限定性。从一般意义上言之，热情与感性，主观与想象、幻想，理想与超越，玄思、梦幻与神奇、神秘，自由与批判，民俗、自然、乡土风情与异国情调等实乃浪漫主义文学的基本质素，并且于其中包含着诸多相反相成的情感取向，这就是热切与感伤、渴望与迷惘、奔放与消沉等。无疑，真正意义上的浪漫主义，由于其基于创作主体的主观感受、想象与对现实的超越,它往往游离于现实的主流意识形态之外,并对当下的现实及其主导性意识形态进行反抗与批判,因而其创作具有明显的自由主义倾向。也正是在这一意义上,雨果才认为浪漫主义是"文学上的自由主义"。①亦正基于浪漫主义不拘泥于现实现象的超越本质,所以黑格尔才指出:"浪漫型艺术的真正内容是绝对的内心生活,相应的形式是精神的主体性,亦即主体对自己的独立自由的认识。"②华兹华斯认为,浪漫主义就是"事件和情节上加上一种想象的光彩,是日常的东西在不平常的状态下呈现在心灵面前。"③勃兰兑斯认为"真正浪漫的禀赋"是"一种混合着诗人心灵里变化多端的想象的轻快、洒脱、飘逸的幻想,在同一部作品中将近处和远方,今天和远古,真实存在和虚无缥缈结合在一起,合并了神和人,民间传说和深刻寓言,把它们塑造成为一个伟大的象征的整体。"④也正基于浪漫主义对想象与幻想的强调,西方有的学者才认为,浪漫是"与理性和真实感相对的想象"。⑤其至高尔基在《俄国文学史》中也认为"浪漫主义乃是一种情绪,它其实复杂地而且始终多少模糊地反映出笼罩着过渡时代社会的一切感觉和情绪的色彩,可是,它的基调是对新事物的期待、在新事物面前的惶惑、渴望认识新事物的那种烦躁不安的神经质的向往。"⑥也正基于浪漫主义的本体维度,有人才认为"神秘感、幽邃感就不可避免地成为浪漫主义的一种美学特征",⑦浪漫主义文学中理应存有着"对人生根本问题的玄思冥想,对人类之谜的神秘体验"。⑧浪漫主义存有着自身的两个基本特点,这就是"反常的经验和对无限的渴望";⑨乃至认为,浪漫主义文学"主张不受任何约束,完全按照心灵去生活和创作。"⑩而如上这一切相关特质却恰恰在 20 世纪中国浪漫主义文学中未能得到充分发展,虽然这些相关特质新时期以来已有所强化,但仍是远远不充

①　[法]雨果:《〈欧那尼〉序》(1830),《雨果论文学》,上海译文出版社 1980 年版,第 92 页。

②　[德]黑格尔:《美学》(第 2 卷),商务印书馆 1979 年版,第 276 页。

③　[英]华兹华斯:《〈抒情歌谣集〉序言》(1800),曹葆华译,见刘若瑞编:《十九世纪英国诗人论诗》,人民文学出版社 1984 年版,第 5 页。

④　[丹麦]勃兰兑斯:《十九世纪文学主流·第五分册 法国浪漫派》,人民文学出版社 1997 年版,第 27 页。

⑤　尼尔森语,转引自利里安·弗斯特:《浪漫主义》,昆仑出版社 1989 年版,第 6 页。

⑥　[苏]高尔基:《俄国文学史》,缪灵珠译,上海译文出版社 1979 年版,第 70 页。

⑦　冯光廉、谭桂林:《论现代浪漫主义文学的早夭及其研究》,《东方论坛》1994 年第 4 期,第 19 页。

⑧　冯光廉、谭桂林:《论现代浪漫主义文学的早夭及其研究》,《东方论坛》1994 年第 4 期,第 20 页。

⑨　[法]维克多·埃尔:《文化概念》,上海人民出版社 1988 年版,第 83 页。

⑩　[法]维克多·埃尔:《文化概念》,上海人民出版社 1988 年版,第 98 页。

分的。

从比较的意义上来看,如果说现实主义关注于现实与客观,以再现的方式来揭示社会文化生活的本质;那么浪漫主义则主要关注的是心灵与主观,以表现的方式来呈示情思的律动,所强化的是其在理想、情感、想象、幻梦与玄思等方面的表现功能。理想是一切文学的质素,但在不同的文学形态中其具体体现却是不同的。一般言之,现实主义更侧重于依据特定的社会文化理想来对当在的现实进行客观的展示与批判,而浪漫主义的理想却往往是个性化的人文理想,或是对社会文化理想的个体化、人学化、内在化,并据此来对现实进行主观的表现与超越。

从以上的论述中我们可以看到,浪漫主义的基本特征主要体现在以下相关侧面,亦即理想性、情感表现性、想象性、主观性与个性特征等。无论浪漫主义文学创作还是浪漫主义的理论批评,皆对"表现"或称"主观表现"、"情感表现"给予充分的重视与强调。艾布拉姆斯即认为:"表现说的主要倾向大致可以这样概括:一件艺术品本质上是内心世界的外化,是激情支配下的创造,是诗人的感受、思想、情感的共同体现。"①应该说,情感表现实乃浪漫主义文学的本质,浪漫主义艺术对内心世界及其表现的重视,对激情、天才与想象力的强调,对创造与个性的张扬皆来源于这一本质。在某种意义上可以说,表现说实乃浪漫主义文论的核心。

传统的浪漫主义美学与文学理论是基于语言文字性文本而对浪漫主义文学的特质、创作机制、构成、话语形态、表现方式及其功能来进行分析与把握的,无疑这具有特定的历史必然性与合理性。但随着大众传媒与大众文化尤其是电子传播媒介和网络文化的崛起,后现代文学性审美文化开始出现,由之文学的话语形式与表现方式也发生了巨大的转换,其所带来的是传统浪漫主义文学观念与美学观念的"终结"。这里所谓的"终结"并不是说浪漫主义文学写作及其理论批评业已"完结"、"消解"、"不复存在",而是说单质性的语言文字性浪漫主义文学正在逐渐被多媒介性话语形式的浪漫主义文学所取代,其所构成的是一种特定的"跨媒介性话语形式"与"超语言文字性话语形式"的浪漫主义文学写作。亦正鉴于浪漫主义文学写作的这种态势,一方面我们理应看到浪漫主义文学正面临着自身发展的新契机;另一方面,我们又必须转换传统的浪漫主义文学观念,建构新的浪漫主义美学与文

---

① [美]艾布拉姆斯:《镜与灯——浪漫主义文论及批评传统》,郦稚牛等译,北京大学出版社1989年版,第 25 页。

学理论。

　　既然浪漫主义存在着以上相关的、诸多的理解维度,再加之存在着复杂多变的浪漫主义现象,人们也就可以基于自我的观念与立场来对浪漫主义做出相应的、各自不同的界定与解释。所以,在浪漫主义理论史上必然存在着诸多的概念的混乱、观念的歧异与解说的矛盾。在相关的研究中,为了避免不必要的混乱、歧异与矛盾的生成,基于以上的相关观念,在我们看来,理应把 18 世纪末以前所谓西方的"浪漫主义文学"与中国古代的"浪漫主义文学"(这是当下文学史与文学理论研究中的流行性称谓)称之为"浪漫文学",以之来与自认自觉的、18 世纪末到 19 世纪初的西方浪漫主义文学思潮和 20 世纪以来的中国浪漫主义文学相分界。在我看来,这种分界无论对于理论的建构,还是对于文学史的研究皆是有意义的。在理论层面上,浪漫精神与浪漫主义思潮是有分界的。浪漫精神是人类最为基本的人文精神,其发生是与人类的发生相伴随的,其存在于文学的发生、运作与流变的整体性历史过程之中。这也就是说,在 18 世纪末 19 世纪初的浪漫主义文学思潮发生之前,浪漫精神即已存在;在 18 世纪末 19 世纪初的浪漫主义文学思潮终结之后,浪漫精神仍然存在并继续发挥自身的功能。无疑,这种分界既可以避免将浪漫主义文学思潮泛化,避免将浪漫精神狭隘化,而又可以在特定的关系机制之中来理解浪漫精神与浪漫主义思潮之间的联系与分界。在文学史的层面上,不同民族的浪漫主义具有不同的内在构成与形态,不同历史阶段上的浪漫主义存有着不同的时代性主题与审美范式。也正是在这一意义上我们可以说,浪漫主义文学思潮和运动是浪漫文学在西方近代发展的独特产物,20 世纪中国的浪漫主义文学则是在西方与俄苏浪漫主义文学的影响之下发生、发展的。这样,这种分界既可以将浪漫主义历史化,又可以将浪漫文学作为特定的文学范式普适化。可以说,从古至今,各民族、各时代皆存在着特定的浪漫文学,这是由人类所具有的浪漫精神所规约的。只不过是,由于不同历史阶段上时代主题的变迁,浪漫文学必然出现历史性的流变,如在西方的近代就出现了浪漫主义文学思潮和运动;20 世纪 90 年代以来,则在中国渐趋生成生态性浪漫主义思潮和运动。在这里理应指出的是,在近代以来的西方依次相序出现了启蒙主义、古典主义、浪漫主义、批判现实主义、现代主义、后现代主义诸文学思潮,这些文学思潮,一方面皆有其发生的具体语境与现实机制,另一方面又在不同的国家得到了广泛的传播,造成了深刻的影响;一方面这些文学思潮是历史具体的,另一方面其创作精神与原则又的确具有特定的共通性、共同性,因而被"方法化"、范式化。这是浪漫主义文学理论与文学史研究必须关注的一个问题。我们所面对的一个基本学术情态是,大部分文学史研究者通常是将"前浪漫主义文学"亦即浪漫文学与浪漫主义文学相混同,同时又无视"后浪漫主义时期"浪漫主义文学的实际存在,以现代主义乃至以后现代主义来统摄、替代浪漫主义,无疑其间存有着双重误读,亦即理论观念的误读与文学现象的误置。正像"批判现实主义时期"之后现实主义文学仍在继续发生、发展、转换一样,"浪漫主义时期"之后浪漫主义文学也会继续存在、发生、发展与转换。正像我们很少将现实主义与现代主义、后现代主义相混同一样,我们也不能将浪漫主义与现代主义、后现代主义相混同。这就需要我们在相关研究中,开放我们的现实主义观念与浪漫主义观念,坚持质素与整体效应分析相结合的研究方法。于其中,我们必须充分认识到以下相关问题的重要性,亦即近现代以来非西方文学的"后发性"、第三世界发展中国家的社会文化所具有的混杂性、各种文学形态及其审美范式之间的交互影响等。亦正基于以上的理解,在我们看来,在当下的中国语境之中,无论在理论建构的维度上,还是在文学史研究的维度上,皆必须确立"开放性浪漫主义"的基本观念。

二、20世纪中国浪漫主义文学的历史发展及其形态类型

就20世纪中国文学而言,所谓浪漫主义、现实主义等并非是语义确定的概念,在各个不同的历史时期,基于不同的社会文化情势与不同的现实当在要求,理论批评与文学创作总是要对其加以重构,做出不同的界定,因而存在着不同的具体形态。在20世纪中国,浪漫主义文学存有着以下密切相关的形态类型,亦即五四时期的"个体情感性浪漫主义"、30年代到70年代末以革命浪漫主义为代表的"社会理想性浪漫主义"、在转型时期崛起的"生态性浪漫主义"和"大众幻象性浪漫主义",而"人文理想性浪漫主义"则存在于各个不同的历史时期,存有着不同的历史形态。对于以上浪漫主义这五种最为基本的形态类型,我们理应结合20世纪中国社会文化语境及其历史性流变来进行深入而系统的研究。

基于以上的相关理解,我们可以看到,20世纪以来中国浪漫主义文学的发展可以划分为四个历史时期:从20世纪初到20年代末期,这是"个体情感性浪漫主义"发展的时期;从30年代到40年代末期,这是"革命浪漫主义"发展的时期;50年代到70年代末期为"一体化时期",这是一个单一性、集体

性、一体化的革命理想主义的时代,这一时期又可划分为"前十七年"与"文革十年"两个具体阶段;从70年代初期直到当下为"转型时期",这是一个情感、自我、理想、生命与生态并重的众声喧哗的多元化时代,这一时期又可划分为"新时期"和"后新时期"两个具体阶段。在"前十七年"这一阶段中,浪漫主义文学及其理论批评的基本形态类型主要有"革命浪漫主义"文学理论和"两结合"创作方法理论,"社会理想性浪漫主义"得到深化性发展;在十年"文革"中,"伪浪漫主义"文学理论大行于世,"社会理想性浪漫主义"被异化而转换为极端性的"革命性新古典主义"。在转型时期,浪漫主义文学理论未能以理论思潮的形式来展示自身,即使是最有代表性的、典型的浪漫主义文学观念(如生态主义浪漫主义等)也未能获得自身自认自觉的理论形态,但在人学论、文学主体论、情感本体论、审美本体论、生命本体论、生态论等文学理论形态之中,浪漫主义文学理念却得到了不同程度的拓展与深化,并渐趋生成不同本体论的浪漫主义文学观念。在某种意义上可以说,亦正是这些带有特定浪漫主义理论质素及其意向的文学理论形态在实际上促动着转型时期中国浪漫主义文学理论的流变与发展。

　　胡适曾将五四新文化运动与西方的文艺复兴运动相比较,并进而把五四新文化运动称之为中国的"文艺复兴运动"。在李欧梵看来,"应该更多地用'浪漫主义运动'这个概念来取代文艺复兴。欧洲19世纪的浪漫运动和中国20世纪的文学革命都代表了一个对秩序、理性、模式、礼仪以及生活结构等古典传统的反动。两者在真诚、自然、情感、想象和个人精神的解放等方面都引进了新的重要意义——总之,人类主观感情和精神占了第一位。"①并进而指出:"整个'五四'一代的中国文人,都是浪漫的一代;20年代的十年,是浪漫的十年。要给20年代的中国浪漫主义下定义,将会过于简单化,西方学者提出各类浪漫主义的特点,能够汇合长长的一串名字,而中国浪漫主义的主要特点,就是将这种人为的有关浪漫主义特征的分类,大部分混合为一体。"②在这里,李欧梵不仅指出了五四时期中国新文化与新文学的浪漫主义特质,而且也指出了五四时期中国浪漫主义文学的复杂性与本土性特征。于其中,我们可以看到,五四时期的中国浪漫主义文学存有着"个体情感性浪漫主义"与"人文理想性浪漫主义"两种基本的形态类型。

---

　　①　[美]李欧梵:《浪漫主义思潮对中国现代作家的影响》,贾植芳主编:《中国现代文学的主潮》,复旦大学出版社1990年版,第96页。

　　②　[美]李欧梵:《浪漫主义思潮对中国现代作家的影响》,贾植芳主编:《中国现代文学的主潮》,第99页。

20 世纪 30 年代之后,中国文学的向"左"转与"革命化"使中国的浪漫主义文学走向了"集体主义","革命浪漫主义"实际上就是一种"集体主义的浪漫主义",一种"社会理想性浪漫主义"。高尔基曾将"个人主义的浪漫主义"与"集体主义的浪漫主义"相分界,在他看来:"个人主义的浪漫主义""给个人在世界上的作用下了这样的定义:个人是绝对自由的;个人心理是完全不依存于外在条件而发展的,个人不但是暂时与无常的,而且是永恒与不变的事物之最深刻、最充分的表现";①另一种形态的浪漫主义"是在人意识到自己与世界之间的关系,并且感觉到这种意识唤起他的创造力量这一基础上发生的。后一种浪漫主义,我们不妨称为'社会性的浪漫主义',或者称作'集体主义的浪漫主义'——而这种浪漫主义刚好在生长,刚好在形成;我们看到它的温床就是下述这流人物:他们或者是主张从资本主义魔爪中解放全人类这种社会主义思想的导师,或者是提倡世界大同和自由劳动者中社会主义制度的思想的宣传者,他们就是以这样的姿态参与生活。"②高尔基在这里所界定的"集体主义的浪漫主义"或"社会性的浪漫主义"指的即是"革命浪漫主义",也就是"社会理想性浪漫主义",其最为基本的特质就在于对资本主义制度的批判、反抗与对社会主义理想的张扬、追求,"革命浪漫主义"亦即"社会理想性浪漫主义"的文学主体也正是"主张从资本主义魔爪中解放全人类这种社会主义思想的导师,或者是提倡世界大同和自由劳动者中社会主义制度的思想的宣传者,他们就是以这样的姿态参与生活"。应该说,马克思主义、社会主义思想在中国的传播与影响的扩大、深化,再加之现实社会情势的规约,导致了五四浪漫主义文学的转向。在这一意义上,李欧梵曾对 30 年代至 40 年代中国的浪漫主义文学做出如下的描述:"对于一个真正的浪漫主义者来说,在任何制度,任何现状下,他都不能随心所欲,因为他热情盼望的只是一种永远无法实现的乌托邦。浪漫主义天才的命运,就像霍华德·雨果所批评的:最终要像基督那样,'成为一个放逐者、牺牲品和极端主义者。'他是注定要在这个社会里灭亡的,而正是他,帮助了这个社会的实现,并且和这个社会的希望息息相通,虽然蒋光慈和萧军的才能远远比不上郭沫若,但他们都以固执的心理和顽强的自我去反抗社会,表现出他们是真正的积极浪漫主义者。徐志摩与蒋光慈都死了,萧军比他们活得更长,为使他从一个浪漫主义叛逆者成为一个社会主义现实主义的新人,他不得

---

① [苏]高尔基:《俄国文学史》,缪灵珠译,上海译文出版社 1979 年版,第 113 页。
② [苏]高尔基:《俄国文学史》,缪灵珠译,上海译文出版社 1979 年版,第 114 页。

不经历一个痛苦的新生过程。"①在这里,李欧梵是从浪漫主义文学主体的意
义上,对20世纪三四十年代的"革命浪漫主义"亦即"社会理想性浪漫主义"
文学的特质来进行分析的,指出了他们对社会乌托邦的渴望与坚执的追寻
以及对现实社会的反抗。在某种意义上可以说,也正是"革命浪漫主义"文
学主体的社会主义理想使他们在语境转换的情势之下,易于转向"革命现实
主义"、"社会主义现实主义"与"两结合"的创作方法。在20世纪30年代之
前,来自西方的普罗米修斯、维特、拜伦式英雄、约翰·克利斯朵夫等形象及
其精神质素对中国浪漫主义文学的构成及其发展产生了极大的影响。在这
一维度上,李欧梵也曾作过较为系统的分析,他指出:"欧洲浪漫主义中,拜
伦式的英雄实际上代表了维特型和普罗米修士型的两种典型的结合。这两
类浪漫性格在中国具有同样的价值。而拜伦的多侧面的魅力是显著的,从
拜伦的活力论来说,反映了普遍的兴奋情结和文学事业上的越来越多的积
极性。20年代后期,在感情主义思潮转向政治与左倾时,具有较多的传统才
子味的维特型渐渐过时了,维特式的郁达夫给更多普罗米修士抱负的郭沫
若让道。中国文人的从政,把宇宙叛逆的普罗米修士改变成政治社会叛逆
的普罗米修士,甚至鲁迅也选择了这个神话形象,来为他自画像增加一个文
化上的注脚:'我从别国里窃得火来,本意却在煮自己的肉的,以为倘能味道
较好,庶几在咬嚼者那一面也得到较多的好处,我也不枉费了身躯。'对于鲁
迅来说,普罗米修士的殉道,就是达到一个革命者的气魄。总之,浪漫主义
体系中,从文学革命到革命文学的转变,被拜伦的活力论概括成为一个从感
性到力量,从爱情到革命,从维特到普罗米修士的进化。"②这里所指出的也
正是20世纪前期中国浪漫主义文学的历史主题与逻辑主题,所指出的亦正
是从五四时期的"个体情感性浪漫主义"、"人文理想性浪漫主义"向"革命浪
漫主义"亦即"社会理想性浪漫主义"转换的现实机制。

　　50年代的"革命现实主义与革命浪漫主义相结合"的创作方法,从理论
上说虽是对社会主义现实主义的一种特定转换,但它已经偏离了现实主义
的本体维度和基本精神,事实上,在从1958年到1976年近20年的时间里,
在"两结合"创作方法指导下的大部分文学创作业已流变为一种特定形态的
浪漫主义。1958年6月的《诗刊》发表了一组文章:《我们需要浪漫主义》(晴

---

　　① [美]李欧梵:《浪漫主义思潮对中国现代作家的影响》,贾植芳主编:《中国现代文学的主
潮》,复旦大学出版社1990年版,第88页。
　　② [美]李欧梵:《浪漫主义思潮对中国现代作家的影响》,贾植芳主编:《中国现代文学的主
潮》,复旦大学出版社1990年版,第96页。

空)、《略谈我们时代的革命浪漫主义》(治芳)、《幻想的时代》(江雁),"这批文章不再需要现实主义的旗帜来作陪衬,而是以鲜明的和明确的态度鼓吹和提倡当代诗的'浪漫主义'。"①这种浪漫主义在"大跃进"之风的促动下,流变为"大跃进民歌",一种虚假、虚幻的浪漫主义,因其"无节制的夸张和狂想"而使人厌恶。作家阿城曾经指出:"两结合"的创作方法"是有来历的,它是继承'五四'新文学的'写实主义'与彼时兴盛的浪漫主义,只是'五四'的浪漫主义因为自西方的 18 世纪末 19 世纪初的浪漫主义而来,多个人主义因素,毛泽东的浪漫主义则是集团理想,与新中国理想相谐。"②这里所指出的也正是"两结合创作方法"的浪漫特质。有人曾经指出:"理解《乌托邦》的关键在于莫尔的人道主义世界观。其中,必须指出乌托邦人在理想社会里实施按需分配的独特性。在每个时代,根据社会的条件形成了自己的关于一个人最理想的需求概念,个人和全社会的幸福就取决于这些需求能否满足。对于人道主义者莫尔而言首要的原则是:在满足日常生活中最必须的用品要求的情况下,最大限度地满足个人精神上的需求。所以,由此就产生了一种独特的自愿的禁欲主义,它是乌托邦人理想的幸福社会所特有的内容,它使得乌托邦岛国与那个牛奶成河、天幕覆盖的、全然不必要劳动的柯凯恩神话国家截然相反。"③可以说,不仅空想社会主义而且传统的社会主义,皆具有十分强烈的禁欲主义倾向。这种禁欲主义的特质对无产阶级、社会主义文艺产生了至关重要的影响,这一点在 20 世纪中国无产阶级、社会主义文艺的总体构成及其意向上存有着显明的体现,如其理性特征、明确的意识形态定向与道德训教化的倾向以及在艺术创作形式上所规定的各种禁区与清规戒律等,这一切在"文革"时期文艺中如"样板戏"和"三突出"的艺术观念中有着充分的体现。在这里,文艺已具有了"准宗教"的特质,张扬的是一种具有特定政治意识形态倾向的狂热情绪。也正基于此,在我看来,在新中国成立后社会主义一体化的语境之中,"社会理想性浪漫主义"与"革命性新古典主义"是合流性的。

"前十七年"中国浪漫主义文学理论是"现代"中国文学理论中左翼浪漫主义理论、革命浪漫主义理论在新的语境之中的持续性演化。在对新时期之前的 20 世纪中国浪漫主义文学及其理论批评进行理解与把握时,我们必

---

① 谢冕:《浪漫的星云——中国当代诗歌札记》,广东人民出版社 1999 年版,第 197 页。
② 阿城:《闲话闲说——中国世俗与中国小说》,作家出版社 1998 年版,第 149 页。
③ 〔苏〕И. Н. 奥西诺夫斯基:《托马斯·莫尔传》,杨家荣、李兴汉译,商务印书馆 1984 年版,第 136—137 页。

须持有这样一种最为基本的浪漫主义文学理念，那就是，无论是在近代的西方还是在 20 世纪以来的中国，浪漫主义文学特质都不是单一的，其形态类型也是多样化的。在 20 世纪中国浪漫主义文学理论史上，存有着两种最为基本的浪漫主义文学本体论，那就是"情感本体论"与"理想本体论"，并且从 20 年代末期开始直到新中国成立后"前十七年"，一直是"理想本体论"的浪漫主义文学理论占据着主导、主流的地位。无疑，这是政治意识形态一体化的社会文化语境所导致的必然结果。正如有人所指出的那样："从十七年和'文革'的'政治文学'来看，浪漫其实就是'革命理想'、'革命英雄主义'和'共产主义精神'的同义词，它作为一种艺术风格必须首先服从题材的选择、创作思想的确立这些内容性的需要，浪漫是一种教化工具和内容标准，从而也在文学脱离现实、从属政治的空泛创作潮流中起过相当虚伪的作用。无论是'主题先行'、'三结合'，还是'高大全'模式都可以看到历史上作为艺术标志的浪漫在政治的高压下异化为政治理想的过程，这种情况对于中国当代文学的影响是复杂而深入的。"①这也就是说，"前十七年"与"文革"这两个阶段的浪漫主义文学的所谓"理想"是由政治意识形态所设定的、带有明显的强制性与实质一致性的理想，而非个体选择性的理想，以此作为浪漫主义的本体，其所导致的必然是艺术创作的公式化、概念化，其主导意向即是对现存社会制度与意识形态的辩护与张扬，其间虽不乏真诚与激情，但无疑也包含着大量的伪饰与虚假的质素。理应指出的是，以"理想"作为浪漫主义的本体，在理论的意义上无疑是有其合理性的，但其间的关键之处却在于对"理想"的本质及其构成的理解、选择与设定，并且"理想"也并不是浪漫主义文学的唯一本体或本质。基于这种理解，在对 20 世纪中国尤其是新中国成立后"前十七年"的浪漫主义文学理论进行把握时，我们不能亦不应以单一的浪漫主义文学本体论来看待复杂而多样的浪漫主义创作及其理论批评的实际存在，否则就会带来一系列的误读。

　　人们一般将"文革"时期的主流文学谓之为"伪浪漫主义"，以此来与当时的"地下文学"相分界。"伪浪漫主义"的思想本质是"左"倾性的、一体化的、虚假的理想主义，一方面其存有着自身思想与理论的来源，历史的逻辑及其惯性于其中发挥了至关重要的作用；另一方面，"伪浪漫主义"也是一体化社会文化语境之现实逻辑与主体选择的必然产物。刘思谦即曾指出："建

---

① 黎风：《呼唤"浪漫"——关于新时期浪漫文学的忧思》，《文艺争鸣》1995 年第 4 期，第 31 页。

国以来",",,伪浪漫主义"即是"以理想的无限膨胀和浮夸高调为特征的"。^①这种概括基本揭示了"伪浪漫主义"的相关特质。在我看来,"文革"时期的"伪浪漫主义"仍是浪漫主义的特定形态,只不过是,其是对理想主义与浪漫主义的双重扭曲,是理想主义与浪漫主义的极端化形态。

应该说,"情感本体论"、"自我本体论"与"生命本体论"的浪漫主义是"内倾"性的浪漫主义,其重视的是人自身,尤其是人的内心世界、人的情感、人的意志、人的个性、人的独立的现实行为及其满足;而"理想本体论"、"生态本体论"的浪漫主义则是"外倾"性的浪漫主义,其重视的是人与自然、社会、文化之间的关系,重视的是人所置身于其中的外部世界,重视的是外部世界与人的主观期望不相契合、协调的情态,因而其社会理想、文化理想与生态理想规约着这种"外倾"性浪漫主义对现实社会文化的质疑、批判与超越,当然也可能达成对特定的社会乌托邦、文化乌托邦与生态乌托邦的建构与赞颂,还能够为现实的主导性政治意识形态进行辩护。应该说,这种分界是有其历史解说力的,比如在 20 世纪的中国,革命浪漫主义即属于"外倾"性"理想本体论"的浪漫主义,而"主情主义"或称"纯情浪漫主义"即属于"内倾"性"情感本体论"的浪漫主义。当然,以上的分界,我们不能作绝对化的理解。事实上,各种不同形态类型学的分析皆有其存在的合理性,各种不同形态类型的浪漫主义之间可以相互结合,以求在创作上包含更为丰厚的审美意蕴,在理论上更富有张力与解说力。

从以上的分析中我们可以看到,20 世纪中国最具影响力的浪漫主义文学理论主要有三种,那就是"情感本体论"、"理想本体论"与"生态本体论",它们在不同的历史时期发挥着各自不同的现实功能,并获得了自身特定的延续性发展。一般言之,五四时期占主导地位的是"情感本体论"的浪漫主义文学理论;从 20 年代末期开始直到 80 年代中期,占主导地位的是"理想本体论"的浪漫主义文学理论,马克思主义社会理论的传播及其主导性意识形态地位的渐趋获得与确立,强化了"理想本体论"浪漫主义文学理论的历史地位并推动了其现实发展,当然"情感本体论"的浪漫主义文学及其理论批评亦以各种不同的形态、意向而获得了特定的延续性流变;从 20 世纪 90 年代开始直到新世纪的当下,"生态本体论"的浪漫主义文学及其理论批评开始崛起,并渐趋获得自身的主导、主流地位,生态性浪漫主义思潮方兴未艾,其正在日趋扩大自身的现实影响。值得注意的是,在世纪交替之际多元化

---

① 刘思谦:《新时期浪漫主义文学思潮扫描》,《河南大学学报》1994 年第 1 期,第 56 页。

的语境之中,基于中国社会文化总体性特质的混杂性,不仅浪漫主义还将继续存在与发展,而且浪漫主义与现实主义、现代主义、后现代主义之间的关系机制及其张力也得到了前所未有的强化,浪漫主义及其理论批评的多元化发展所具有的可能性、必要性与合理性也愈来愈为人们所认同。但问题却在于,在转型时期的中国,不仅浪漫主义文学创作一直处在流散与漂移的状态,浪漫主义文学理论批评也缺少相应的原创性与本土性的研究和建构,并且理论批评界对浪漫主义的问题一直持一种冷漠的态度,这既反映出理论批评界对中国现实问题缺乏其所应有的敏感性、深刻性与前瞻性,同时也折射出中国文学理论批评界思想的贫乏。

三、20世纪中国浪漫主义文学及其
理论的特质与问题

对20世纪中国浪漫主义文学进行理解与把握,最为基本的问题即是基于特定的文学思潮理论与浪漫主义文学理论,来对浪漫主义文学与古典主义、现实主义、现代主义、后现代主义文学进行比较性研究,进而对相关文学现象来进行命名、指认与归类。亦正基于此,有必要对20世纪中国的文学思潮理论尤其是浪漫主义文学理论进行相应的回顾、清理与反思,这有利于我们的相关研究。

要界定文学思潮的基本内涵,我们必须清理文学思潮与相关概念之间的分界。与文学思潮相关的概念主要有文学思想、文学流派、文学运动、创作精神、创作方法等。可以说,对文学思潮理应从活动论的意义上来进行深入而系统的研究。这就意味着文学思潮不仅涉及作家及其创作,而且还涉及现实的社会文化生活,涉及美学、文学理论批评与读者的接受反应。也只有在活动论的意义上,文学思潮研究才能成为真正意义上的整体性思潮研究。

对20世纪中国浪漫主义文学进行理解与把握,理应注意以下相关侧面的问题:其一,这种文学形态是在西方与俄苏浪漫主义的影响之下生成并发展自身的,但同时又的确存在着一个自我选择、自我创造与"本土化"的问题。其二,在20世纪的中国,浪漫主义文学确立了自身独特的历史地位,并形成了自身所独有的传统,但这里的问题在于,一方面,这样评估并非意味着其创作取得了极大的艺术成就;另一方面,与现实主义相比较,浪漫主义文学也并非是主流性的,尤为重要的是,由于现实社会文化情势的规约,其常常处于流散与漂移的状态。在这一问题上,有人即曾指出:20 世纪 20 年代中后期(1925—1928),"浪漫主义审美意识结构从整体上解体了,但浪漫主义并没有彻底消亡,在以后的发展中,它或者作为时代潜流独立发展,或者被现实主义同化,成为现实主义审美结构中的一个构成要素,促使一种新型的浪漫主义(即现代'革命的浪漫主义')的产生和发展。"①这里所指出的亦正是浪漫主义文学在 20 世纪 20 年代的中国流散与漂移的历史情态。其三,在 20 世纪中国浪漫主义文学流变的过程中,既存在着其形态及其范式的转换,也存在着浪漫主义理论家和作家之观念与创作的转向,但这些转换或转向却更多地相关于社会文化情势的变动与政治意识形态的导向,而很少是基于理论家与作家的自觉的审美选择,只有那些坚执自我浪漫主义审美理念与文学观念的理论家和作家(如宗白华、沈从文等)才在真正意义上使自我的浪漫主义观念与创作形态走上独创化与完备化之路,进而促动着中国浪漫主义文学的本土化,并保证其独特性与艺术审美张力。其四,20 世纪以来直至新世纪当下的中国浪漫主义文学,必然存在着一个自我选择、自我确立、自我更新与自我重建的历史过程。应该说,这一过程仍在继续,并没有完成与"终结",这一过程也正是本土性与原创性的中国的浪漫主义文学理论、美学理论之寻求、建构并确立的过程。无疑,关注并研究以上相关问题的目的并非仅仅是历史的回顾、清理与反思,而是为了建构具有特定本土性、原创性而又对第三世界发展中国家的文化选择具有特定意义的浪漫主义理论。

政治、革命、意识形态与浪漫主义是相伴生的,这一点既体现于西欧浪漫主义的起源、构成及其发展之中,也体现在 20 世纪中国浪漫主义文学的整体运作之中。从某种意义上乃至可以说,正是政治、意识形态与革命在深层次上制约着 20 世纪中国浪漫主义文学的特质、构成、意向及其现实运作。诚如有人所指出的那样:"中国文坛,在很长的时间里,是浪漫主义占统治地位——而这种浪漫主义既不是传统的消极浪漫主义(消极浪漫主义还有很高的美学价值),更不是积极浪漫主义,而是一种痴人说梦式的、荒诞可笑的浪漫主义。不自量力地与自然对抗,昂扬空洞的政治热情,虚无缥缈的社会理想,捕风捉影、虚张声势的阶级冲突……文学和着'左'的高调,排斥了冷峻的现实主义,像中了魔法一样,浑浑然常说一些云山雾沼、不着边际的谵

---

① 李庆本:《20 世纪中国浪漫主义的历史嬗变》,《天津社会科学》1999 年第 3 期,第 86 页。

语……这种虚情假意、矫揉造作的廉价浪漫主义理应遭到唾弃。"①这种浪漫
主义文学及其规定性恰恰是在一体化语境中文学高度政治化、高度意识形
态化的产物。这种浪漫主义文学的一大基本特质即是对特定政治意识形态
理念及其社会乌托邦幻梦的图解，这种图解使文学丧失了最为基本的审美
规定性，转型时期中国文学自身反思的一大基本对象也正在于此。但理应
指出的是，我们必须正视浪漫主义文学与政治、革命、意识形态之间的密切
关系。这样，一方面，我们要重构有关政治、革命与意识形态的观念；另一方
面，我们又必须看到，政治、革命与意识形态从深层次上制约着 20 世纪中国
浪漫主义文学的构成，并为其生成与流变提供了相应的激情与动力机制。
亦正是在这一意义上我们可以看到，五四时期中国浪漫主义文学也正是立
足于特定的政治、革命与意识形态理念而对中国传统的社会文化来进行批
判与颠覆，张扬的是个性主义和个人主义，进而确立了自身"个体情感性浪
漫主义"和"人文理想性浪漫主义"的文学范式；而在三四十年代，亦正是立
足于特定的政治、革命与意识形态来对现实社会文化进行揭露和批判，张扬
的则是无产阶级的革命理想和政治理想，从而确立了"革命浪漫主义"的文
学范式。与西方浪漫主义文学理论和新中国成立前 20 世纪中国的浪漫主义
文学理论相比较，新中国成立后中国的浪漫主义文学理论无疑存有着自身
独特的历史规定性与逻辑构成，当然也存在着诸多的欠缺与不足。

　　从 50 年代到 70 年代末期，新中国成立后中国浪漫主义文学理论的基本
构成及其特质，可以从以下相关侧面来进行分析与把握：其一，"理想本体
论"的浪漫主义文学本体论，对远大社会理想的狂热追求、对"革命激情"的
张扬与对"斗争哲学"的推崇是其最为重要的构成部分。其二，受"理想本体
论"所规约的浪漫主义文学构成论，使浪漫主义文学在自身的构成中多以共
产主义理想为核心理念，据此而塑造社会主义英雄形象，展示无产阶级英雄
人物、社会主义英雄人物与敌斗、与天斗、与地斗的可歌可泣的激情与业绩，
其指向在于宣扬主导性政治意识形态理念并对民众进行训教与引导，因而
其叙事模式与抒情模式相对单一，思想内容缺少其所应有的丰富性与深刻
性。其三，由哲学世界观与抽象化的创作方法理论所规约的浪漫主义创作
论，故有"两结合"创作方法之论，进而在主观化、想象、夸张等创作机制之中
展现为对特定的政治意识形态所认同的社会理想与集体主义情感的表现。
其四，基于浪漫主义的"理想本体论"而做出的"积极浪漫主义"与"消极浪漫

---

① 曹文轩：《中国八十年代文学现象研究》，北京大学出版社 1988 年版，第 195—196 页。

主义"相分界的浪漫主义形态类型论。其五,重视引导与教育民众的浪漫主义接受论与功能论。

这一时期浪漫主义文学理论的最为基本的特质即是其政治意识形态化与功利主义化,并且这种政治意识形态化与功利主义化是直接相关的。应该说,从 20 世纪 20 年代末期直到 80 年代初期,中国文学及其理论批评整体性地面临着政治意识形态化与功利主义化的问题,各种思潮、流派、运动的生成、发展与衰落,各种文艺思想和美学思想的论争等,皆相关于这两个最为基本的问题。但理应指出的是,在新中国成立后的"一体化时期"之中,浪漫主义文学并未由于政治意识形态与功利主义文艺思想的高度介入而走向衰落之途,恰恰相反,却获得了其所独有的"新形态"。当然,这种"新形态"无论在艺术审美形式还是在思想文化内容上,皆存在着诸多的欠缺与不足,乃至在事实上对 20 世纪中国文学的发展造成了极大的危害,但我们却不能因为其欠缺而否认这种"新形态"的实际而客观的存在,在某种意义上乃至可以说,对这一时期浪漫主义文学"新形态"的研究,正是为了汲取历史的经验教训以促动当下文学良性发展的一个十分重要的环节。应该说,基于厌恶或偏执而无视其存在,这是一种不可取的非历史主义的态度。

从新中国成立后"前十七年"到"文革",浪漫主义文学理论在"理想"、"情感"、"想象"等相关维度上发生了向"一体化"、"政治意识形态化"、"宏大叙事化"、"非个体化"的转换,浪漫主义文学所理应具有的人学丰富性、生命情境性、精神多元性等皆遭到了严重的削弱。与此相应,从 40 年代末期到 80 年代初期中国的浪漫主义文学理论也就缺乏相应的对人的生命、生存与生活的当在关怀与终极关怀,这是其所存在的最为根本的问题。亦正基于浪漫主义文学与一体化的政治意识形态的密切关联,新中国成立后的中国浪漫主义文学业已丧失了自身的革命性与批判性,而强化了自身的辩护性与粉饰性,进而与"革命性新古典主义"直接统一在一起,因而也就丧失了自身应有的社会文化与艺术审美功能。在某种意义上可以说,20 世纪中国浪漫主义最为基本的特质即是其意识形态性。

从新时期开始,浪漫主义文学虽然一直处于流散与漂移的状态,未能形成严格意义上的"思潮"或"运动"的形态,但浪漫主义文学自身构成的丰富性却得到了极大的强化。这是由于社会文化语境的转型,人的生命与个性受到了相应的尊重,"改革开放"与"实现四个现代化"的社会文化机制也使人的激情、理想与想象力得到了极大的激发与张扬。不可否认的是,与这一时期文化浪漫主义、政治浪漫主义与浪漫主义文学创作的发展及其要求不相适应的是,浪漫主义文学理论未能得到相应的发展、深化与重建,并且在自身的研究中还存在着一系列的误读。

在我看来,转型时期中国浪漫主义文学理论研究的一大根本性误读即是所谓的转型时期中国浪漫主义文学的"缺席论"与"终结论"。事实上,20世纪 90 年代以来,随着生态哲学、生态伦理学、生态美学、生态批评、生态文学的崛起,生态性浪漫主义开始造成极大的现实影响,这就意味着转型时期中国的浪漫主义不仅未"退场"、"缺席"与"终结",而且正在向哲学、美学、伦理学、文化学、社会学、政治学等领域渗透,还正在终结浪漫主义文学自身的流散与漂移的状态,而渐趋成为一种声势浩大的社会文化思潮与运动、一种影响广泛而深远的文学思潮与运动。另外,理应指出的是,浪漫主义与现代主义、后现代主义之间不仅存在着不同乃至对立的一面,而且还存在着互为质素乃至合流的一面。在这一问题上,许多论者也把其间的对立关系绝对化了。

新中国成立以来直到转型时期中国浪漫主义文学理论研究的第二个误读即在于浪漫主义的"非独立论"。在 20 世纪 90 年代,有的学者即已提出过这样的问题:"浪漫主义作为人类艺术史上唯一能与现实主义并肩比立的思潮,它除了变格为一种创作方法经现实主义输入新鲜血液之外,是否还会有自己独立的人类精神史价值? 浪漫主义的兴衰更替,除了为现实主义的胜利作出注脚外,它是否还会有自己独特的发展规律和不可替代的历史意义? 在已经形成的文学史思维定势面前,这些问题是不可能回答的。所以,浪漫主义文学思潮在文学上的面貌的真正改观,仅有一些具体问题的深入还远远不够,还必须进一步检讨和重新估定那些思维定势的作用。"[①]并进而指出这些"思维定势"主要有三种,亦即"黑格尔式的正反合三阶段论"、"向浪漫派文学寻求现实主义因素"与"用单一的标准将浪漫主义划分为积极的或消极的"。[②] 这里所指出的亦正是 20 世纪中国浪漫主义文学观念所存有着的欠缺与不足,认为正是这些缺失影响了 20 世纪中国浪漫主义文学的研究及其理论建构。当然,所谓浪漫主义的独立性也只是相对的。

新中国成立以来直到转型时期中国浪漫主义文学理论研究的第三个误读,即是以双重标准来看待浪漫主义文学,同时这也是传统马克思主义美学

---

① 冯光廉、谭桂林:《论现代浪漫主义文学的早夭及其研究》,《东方论坛》1994 年第 4 期,第15—16 页。

② 冯光廉、谭桂林:《论现代浪漫主义文学的早夭及其研究》,《东方论坛》1994 年第 4 期,第16—17 页。

与文学理论对浪漫主义所存在的最为基本的误读：其一，从唯心主义的、消极的侧面来理解浪漫主义，这样浪漫主义就成为逃避现实、遁入自我主观幻想的代名词。其二，从"工具论"的规定性上来理解浪漫主义，这样浪漫主义就成为了承载特定的社会群体理想与"社会乌托邦工程"的工具。也正针对以上这两方面的问题，马尔库塞才指出："马克思主义美学即使在最卓越的代表身上，也有贬低主观性的倾向。因此，它便把现实主义当作进步艺术的典范来偏爱；把浪漫主义诋毁为反动；对'颓废'艺术进行谴责——一般说来，一旦有必要按照阶级意识形态以外的词语来评价艺术作品的美学质量，它便会感到窘迫不堪了。"①在这里，马尔库塞所指出的即是传统马克思主义美学、文学理论对浪漫主义的排斥。在20世纪中国文学史与理论批评史上，人们往往依据以上所指出的第一种观念来把握中外文学史上的浪漫主义文学，而以第二种观念来指导现实的文学创作。这样，产生一系列理论与创作上的失误也就难以避免了。

从总体上言之，20世纪尤其是新中国成立后中国浪漫主义文学理论的欠缺与不足主要体现在以下相关侧面：其一，浪漫主义观念的移植性，未能完成其"中国化"，并且对西方的浪漫主义文学也存在着诸多的误读，如认为浪漫主义是"落伍"的、"唯心主义"的、"避世"的，乃至认为是"反动"的。其二，缺乏坚执性、贯穿性的浪漫主义文学理念，许多颇富张力的浪漫主义文学观念及其创作形态未能得到应有的张扬而是被边缘化。其三，缺少整体性的有关浪漫主义文学观念建构的本土性问题意识，未能建构起较为完备的本土性与开放性的浪漫主义美学与文学理论，从而使各种形态与意向的浪漫主义文学观念及其创作得不到应有的理论批评的支撑与阐释。其四，20世纪尤其是新中国成立以来的中国，浪漫主义文学的本体及其功能一直处于被遮蔽的状态，其隐而不彰的理论批评情势严重地影响到20世纪直到当下中国的整体性的文学生态、审美文化生态与文化生态，影响到人们的精神生活与文化心理结构。

---

① ［美］马尔库塞：《美学方面》，《现代美学析疑》，文化艺术出版社1987年版，第6页。

第五章　转型时期中国浪漫主义文学的基本问题与"开放性浪漫主义"的建构

在转型时期的中国,由于拘囿于传统的浪漫主义文学观念,加之人们对政治意识形态化的革命浪漫主义,尤其是"文革"中伪浪漫主义的厌恶,人们根本无视转型时期中国浪漫主义文学的实际存在,更谈不上对其进行相应的分析、定位与评价。亦正鉴于此,本章基于转型时期中国文学总体发展的基本态势,从新的浪漫主义文学观念出发,来对转型时期中国浪漫主义文学的存在、构成及其地位重新进行相应的阐释。从对转型时期中国浪漫主义文学的现象指认与历史定位中,我们可以看到,造成对转型时期中国浪漫主义文学产生诸多误区与误读的关键在于,这一时期的浪漫主义观念存在着诸多的欠缺与不足。为了更好地达成对转型时期中国浪漫主义文学观念的清理与反思,达成对转型时期中国浪漫主义文学创作的指认、定位与评析,更为了能够引导当下浪漫主义的文学创作与审美文化生产,我们意欲建构一种与中国的当下社会文化发展情势相适应的浪漫主义理论亦即"开放性浪漫主义理论"。

一、转型时期中国文学的基本走向与浪漫主义文学的地位

中外文学史上文学活动的转型,一般言之有三种基本途径:其一,以艺术内容作为出发点所进行的转型,这是文学史上最常见的一种情形。其二,以艺术形式作为着眼点所进行的转型。以上两种情形非常普遍地存在于从古典性文学向近代性、现代性文学历史发展的过程之中。其三,由"泛化"所带来的转型,也就是文学与其他艺术门类之间的分界被消解,乃至与时尚、文化工业相结合,并出现了"超语言文字性话语形式"与"跨媒介性话语形

式"的写作,生成了特定形态的文学性审美文化,从而使文学活动发生了深刻的转化,这种情势主要体现在后现代性社会文化与艺术审美语境之中。

从 20 世纪 70 年代末期开始到新世纪的当下,乃至在以后相当漫长的一段时间之内,实为中国社会文化与艺术审美发展的现代时期,现代性模式是其主导性、主流性的模式。可以说,20 世纪中国的社会文化持续性地进行着由古典时代向近代的转型。在向近代的转型中,中国最终选择了社会主义的社会文化发展模式,由于 20 世纪 80 年代以前中国的社会主义发展模式是一种典型的政治中心论模式和计划经济模式,所以严重地制约了中国社会经济的发展规模和水平,制约了其工业化和城市化的规模与水平,限制了精神文化的多向度发展。在向现代的转型中,中国从 80 年代中期起开始逐步解构政治中心论的社会文化模式与计划经济模式,而向商品经济和市场经济的模式转换,这不能不给世纪交替之际的中国带来一系列深刻的变化与转换。从某种意义上可以说,虽然社会文化、文学创作与理论批评在总体上存有着自身发展的主导性倾向,但精神文化、文学创作与理论批评基于自身的内在规定性却往往具有多向性、个体性乃至随机性的特征,因为其植根于个体的人生感受、独特的情感体验和价值选择,尤其在社会文化变动不居的历史转型时期,其以上的特征则体现得更为鲜明而强烈。这即规定着 70 年代末以来转型时期中国文学与理论批评之现实存在及其运作的复杂性,也增加了我们理解与解释上的难度。

(一)新时期中国文学思潮的走向

在 70 年代末到新世纪当下这一历史发展阶段中,中国的社会文化发生了巨大的历史性变化,体制的转轨、思潮的更替、突发性事件的出现等,使 80 年代和 90 年代之后的中国呈现出不同的社会文化景观,故有"新时期"与"后新时期"的分界以及由此而引发的论争。虽然"新时期"与"后新时期"的分界有其客观依据,但不可否认的是,这两个时期的社会文化与文学活动之间存有着特定的发展贯通性与主题的一致性。这种贯通性和一致性即在于置身于第三世界发展中国家独特处境之中对现代性的寻求,对民族国家社会文化现代化发展的认同。这正如有人所指出的那样:"尽管我们可以说,这两个十年在历史情境上已有了非同一般的变革,但似乎有一种跨越两个时代甚至更长一段历史时期的'普遍性'的精神存在着。如果这样的话,我们就可能会稍稍削弱置身于 90 年代的自以为是的优越感,并且会相应地矫正那种关于两个十年之间的'断裂'的想象。历史在如此之短的时间内似乎并不就按照我们的'阶段'设想推延着,时间在流逝,但有些内在的东西并没有太大的改观。"①应该说,那种将"新时期"与"后新时期"、"20 世纪"与"21 世纪"割裂开来的观点,无论在学理上还是在实际上皆是缺少依据的。亦正基于以上的理解,我们在把握新时期和后新时期文学思潮的发展及其特质时,一方面,要看到这两个时期的确存有着诸多的不同与差异;另一方面,又理应重视这两个时期所存有着的发展上的连续性与内在的逻辑关联性。

从总体意义上言之,新时期中国文学创作思潮有五大基本走向:其一,走向反思与批判。主要体现为对"文革"时期乃至前十七年社会文化状况的反思,对"左"倾思潮及其现实危害的清理,对现实中阻挠改革的各种势力与各种腐败、阴暗现象的批判。这种反思与批判在"伤痕文学"、反思文学、"朦胧诗"潮、改革文学中皆可以看到。其二,走向"现代性的宏大历史叙事"与"民族国家的现代性想象"。这是社会文化发展对文学所提出的最为基本的当在要求,改革开放的现实情势也为文学主题的这种选择及其想象提供了可能,并成为新时期文学的一大逻辑主题。应该说,"现代化"在 80 年代的中国既体现为主导性政治意识形态的社会理想,也体现为知识分子的人文理想,并且二者存在着诸多的契合之处,从而使 80 年代的中国文化与文学展现出一种特定的理想主义和浪漫主义的特质。其三,走向人学和人道主义,这是社会文化发展对文学所提出的历史必然要求,同时也是文学自身发展逻辑的必然要求,进而使新时期文学由此而走出了传统的政治意识形态中心论模式,开始真正意义上在文本艺术世界中关注个体人生的意义及其命运。可以说,文学的人学和人道主义思潮是新时期文学发展的主潮。其四,走向与政治意识形态相分离的"文学自身",从而体现出"向内转"的追求"纯文学"的意向。这种走向主要是就文学的形式创造,是就文学对自身的本体维度、民族维度与文化维度的自我确立等相关侧面而言的,其在中国的"现代派"思潮、"寻根"思潮等创作思潮以及与之相关的理论批评思潮中皆有显明的体现。其五,文学的意识观念及其形态类型在多样化发展态势之中体现出特定的统一性与一致性。也正是在这一维度上,新时期文学的多样统一性格局与后新时期众声喧哗的多元化格局存有着较为显明的区别。

从理论批评思潮的意义上言之,新时期中国现代性的理论批评呈现出繁盛而充满活力的局面及其态势。这主要体现在以下相互关联的侧面,亦即在"揭批"、"复归"之中,20 世纪中国文学理论批评的传统话题,尤其是现实主义的话语得以重提并重构,从而为其后理论批评的发展提供了相应的

① 尹昌龙:《1985:延伸与转折》,山东教育出版社 1998 年版,第 71 页。

基础和条件；人、人性、人情、人道主义、异化与文学主体性的讨论，改换了理论批评的话语体系及其意向；新的方法论的引入与研讨、文学观念的变革与转换激活了理论批评的内在机制；"文化热"与西方各种社会文化思潮的引入和接受，拓宽并深化了文学理论批评的学理维度；各种形态类型、不同审美取向的文学创作的出现及其思潮的更替、现实社会文学接受的轰动效应为理论批评提供了崭新而广阔的视界；主流意识形态话语与知识分子精英的理性批判话语在某种程度上的契合，使理论批评获得了特定的合法性并强化了自身的现实批判功能，知识分子的批判理性充满了激情，再加之知识分子重归文化的中心，从而使其成为新时期各种文化话语的主要制造者。从理论批评话语形态的意义上言之，新时期存有着以下几种主要的理论批评话语形态，亦即现实主义重构论、马克思主义文学理论重构论、人道主义理论、主体性理论、现代主义理论，科学主义的方法论模式、形式主义模式、心理学模式等，当然主导性意识形态的话语体系仍在发挥着特定的现实作用。以上这些理论批评的话语形态既相互分界，又相互关联与互动，在整合中使新时期的文学理论批评呈现出人文主义、科学主义和马克思主义这三大最为基本的理论取向。

（二）后新时期中国文学思潮的走向

新时期无疑是一个充满激情的年代，它荡起了人的诸多的渴望和现实实现的冲动，但新时期作为历史，其社会文化的运作，太多地相关于20世纪的激进主义传统，太多地相关于政治意识形态，文学创作与理论批评的现实运作体现了过多的"中心化"的欲求，承担了过重的职责和使命，又充满太多的焦虑与狂躁。所以，随着社会文化的进一步转型，随着人们的意识观念和兴趣中心的转换，在90年代，文学创作与理论批评开始走向"边缘化"，新时期文学创作与理论批评的自身欠缺也逐渐显露。当然，欠缺的显露与地位的"边缘化"，一方面标示着自身发展上的危机；另一方面，也为进一步的发展与转向提供了契机，使其走向自身的本体与独立。随着1989年学潮这一政治事件的发生及其定论，"新时期"作为一个特定的历史时期也就结束了，从90年开始，历史进入到"后新时期"。在90年代以来的后新时期，各种社会文化思潮的发展开始进入到多元化乃至众声喧哗的阶段，虽然文化保守主义与文化激进主义之间，新"左派"与自由主义之间，近代性思想与现代主义、后现代主义之间的各种论争不断，但在90年代以来社会文化思潮的发展之中业已体现出某种意义上的整合意向。

后新时期文学创作思潮的基本走向主要体现在以下相关侧面：其一，走向神秘、梦幻和玄学化。对不确定性的艺术探求,对世界图景的抽象式、玄学化的艺术展示,乃至走向宗教,此乃后新时期文学创作与理论批评的一大趋向。如张承志面对欲望膨胀、肮脏卑污的俗世,渴望清洁的精神,于是他回归民间、回归宗教,在哲合忍耶回民部族的神秘、灵性而充满殉教信仰精神的世界中寻求到了灵魂的寄托和信念的载体,并皈依了这种民间宗教。在《心灵史》的艺术世界中将历史、宗教与文学合为一体,举起了信仰与理想的大旗。理应指出的是,在某种意义上,神秘、梦幻和玄学化也构成为"先锋小说"的一种重要的叙事策略。无疑,这一走向与文学对审美乌托邦的追求、与浪漫主义精神是密切相关的。

其二,走向琐屑与世俗欲望。对日常生活的自然主义式的展示,对典型观的解构与对平凡人生的琐碎记录,追求零度叙述,是后新时期文学创作的一大基本走向。在写实观与具体的创作展示上,这种创作走向颇类于 19 世纪西方以左拉为代表的自然主义创作思潮。左拉即称作家应像科学家那样,"只要事实,值得称赞或值得贬黜的事实","自然主义回到自然和人;它是直接的观察、精确的剖解、对存在事物的接受和描写"。① 左拉的这种主张即相类于"新写实小说"的某些创作主张,只不过是二者在具体的哲学观、影响源和思潮背景等相关侧面存在着明显的差异。应该说,"新写实小说"既接受了传统的自然主义、现实主义的特定影响,也接受了 20 世纪法国"新小说"的相关启示。"新写实"、"新体验"、"新状态"小说以及"私人化写作"的思潮无疑将后新时期的文学写作导向了琐屑与世俗欲望,这种创作走向标志着现实主义创作在新的社会文化语境中一种新的转换,其是对传统现实主义"宏大历史叙事"的一种解构。可以说,走向琐屑与世俗欲望是转型时期消解浪漫主义文学创作并使转型时期中国文学缺乏应有的理想性和浪漫性格调的一支重要的现实力量。

其三,走向粗鄙与"私人化"。适应于转型时期中国的社会文化情势,90年代中后期以来,"历史的宏大叙事"在各个领域中业已被解构;与此相应,个体性的现实欲望及其选择却得到了极大的张扬,思想与艺术显现出自身运作的多元化态势。新的市民阶层的崛起,他们的现实生存情态及其对艺术审美文化的独特需求,为这种"私人化叙事"提供了现实依据。一些市民知识分子则自觉地充当新的市民阶层的代言人,基于他们自身的思想构成、

---

① ［法］左拉:《戏剧上的自然主义》,见伍蠡甫主编的《西方文论选》(下),上海译文出版社 1979年版,第 246 页。

生存境遇与现实感觉及其意向,"个人经验"在文学写作中的功能被凸显出来,"私人化"与粗鄙风格成为他们的最佳叙事策略与艺术选择。陈染、林白等女性作家以及朱文、何顿等即采取了这种叙事策略与风格。文学走向了粗鄙与"私人化",而人文精神的沦落则是其必然的伴生现象,两者在某种意义上来说是互为因果的。理应指出的是,"私人化写作"不同于"个体性或个人性写作","私人化写作"侧重于展示个体的现实世俗欲望,物欲、本能、色情、暴力等往往成为其叙事的支点,其易于与大众文化合流;而"个体性或个人性写作"更侧重于展示个体在社会现实中的文化感受,对主流意识形态具有明显的反抗性,因而具有更为深刻的社会文化内涵。无疑,亦正是转型时期中国文学的走向琐屑、粗鄙与"私人化"等创作态势侵占了浪漫主义文学的领地,使其走上了流散与漂移,同时也进一步导致转型时期中国文学之人文精神尤其是浪漫精神的沦落。

其四,走向"历史"与"本事迁移"。后新时期文学写作的一大景观就是"新历史主义"的崛起。这种新历史主义的写作,并非仅仅是一个题材选择的问题,也非传统意义上的"历史文学"或"历史小说",而是在新的语境中文学解构欲望与行为的一种体现。所以,这种"新历史主义"文学思潮具有明显的弥散性,其中以所谓的"新历史小说"为代表。也正是在"新历史主义"解构欲望的促动之下,被称之为"先锋小说"、"新写实小说"的作家们皆不约而同地转向对"历史的重构",因其提供了不同于传统历史图景的新的历史景观,所以引起理论批评界的极大关注。新历史主义思潮的兴起是有其现实依据与思想资源的,正如有人所指出的那样:"'新历史小说'正是在意识形态出现裂缝和作家文学编码意识加强的前提下的延伸,它的直接的思潮性的源头有二个:'寻根小说'对政治性重大事件的摒弃而亲和世俗性、'史'性题材的倾向;'先锋小说'的文本戏拟对意义消解的倾向以及'新写实小说'向世俗性价值妥协退让的趋势。"①从总体意义上来看,新历史主义思潮具有以下相关特征:第一,反思性,这是对历史的反思,其反思的范围、时空跨度与领域是80年代的"反思文学"所无法比拟的。第二,个体性特征,"与五六十年代的史诗性和80年代初期的'政治反思'相比,这些小说更加重视的是'抒情诗'式的个人的经验和命运。"②第三,解构性特征,亦即其欲求颠覆传统的历史观,重组历史过程并发掘曾为过去的历史视界和历史叙事所

---

① 孙先科:《当代文学历史话语的意识形态特征》,《文艺理论研究》1995 年第 5 期,第 59 页。
② 洪子诚:《中国当代文学史》,北京大学出版社 1999 年版,第 390 页。

遮蔽与遗漏的东西。在某种意义上甚至可以说,"新历史小说"是后新时期的一种具有典范性的文本。客观地说,以"新历史小说"为代表的新历史主义文学思潮,其欠缺无疑是明显的,但这一思潮具有巨大的张力,对转型时期中国后现代大众文化的发展具有十分重要的功能与作用。在有的论者看来:新历史小说不满足于正统历史小说的政治目的论解释,却又陷入了历史解释的相对论。在新历史小说中,历史的真实性正遭受着历史虚无论的肢解,历史变成了"在某种寓言话语支配下的故事"。具体言之,新历史主义的欠缺主要体现在以下两个相关侧面:首先,历史相对主义趋向,其主要表现在对历史偶然性的强调。在新历史主义的相关作品中,历史充满了虚无的荒诞,偶然性因素被无限放大,最后淹没了历史本身,如李晓的《相会在 K市》。其次是走向宿命论与虚无主义,如刘震云的《故乡天下黄花》、陈忠实的《白鹿原》等皆存有着特定的历史宿命论倾向。如何通过小说的本体话语来重建人文价值,正是新历史小说面临的课题。① 也正基于此,我们在理解新历史主义文学思潮时必须对新历史主义的相关理论问题进行辨析,并力求在当下的语境中重建新历史主义的维度及其意向。亦正基于新历史主义内在构成的复杂性,我们可以看到,有些新历史主义的文学写作体现出特定的浪漫主义的创作取向。事实上,走向历史即是传统浪漫主义文学写作的一大基本途径。与走向"历史"的创作趋势密切相关,后新时期以来,"本事迁移"成为文学写作与审美文化生产的一种最为基本的方式与模式。一时之间,对已有本事(包括历史本事、神话本事、文学本事等)的改编、改写、重写、戏仿、拼贴等成为一种趋势,其极大地改变了传统的文学写作的基本观念。②

其五,走向"随感"与"情趣主义"。后新时期文学活动的一大引人注目的现象就是作家的双栖现象,即作家一方面从事文学写作,另一方面则从事文学批评或社会文化批评,自觉地将作家与批评家的角色合一。这种现象虽然在 20 世纪中国文学发展过程之中各个阶段的某些作家身上已有所体现,但在后新时期的文坛上则更为普遍,表现出这一时期作家的强烈的"言说"欲望,这是一种意欲通过议论来表现自我感知的欲望,乃至在某些作家那里"批评性话语"已吞没了他的"艺术性话语",议论性"言说"代替了他对文本艺术世界的建构,这就是后新时期文学的"随感症"。各种随笔性散文

① 参阅舒也:《新历史小说:从突围到迷遁》,《文艺研究》1997 年第 6 期,第 65—66 页。
② 关于"本事迁移"的相关理论问题,参阅杨春忠:《本事迁移理论视界中的经典再生产》,《中国比较文学》2006 年第 1 期。

大行于世,各个历史时期文学大家的散文小品得以重刊且销路甚佳,也表明了一种现实的需要。理应指出的是,随笔性产品虽然能够满足随机性的言说冲动,虽然会对一定时间内文化市场的繁荣具有推动作用,但相对于具有永恒性艺术魅力的经典性文本的创造而言,这种随笔性的言说则无疑存在着自身的缺憾。值得注意的是,这是从传统文学观念的意义上而言的;但从后现代文学观念的意义上来看,情趣主义是随感的最为基本的特征,所以这种走向随感的趋势不仅满足了文化大众的特定需要,进而使随笔小品成为后现代文学的一种重要形式,而且还因为这种文学类型培养了后现代文化大众的浪漫情调,从而使其成为转型时期中国浪漫主义文学的一个十分重要的构成部分。

其六,走向形式与"语言的迷宫"。在新时期文学创作中,文学形式的问题业已得到了艺术家与理论批评家们的重视,各种不同文学形式的试验与探索以不同的方式进行着。后新时期的文学写作承续了这一创作思潮,在形式的探索方面继续进行一系列的努力与尝试。王晓明曾经指出:"1987年以来,小说创作中一直有一种倾向。就是把写作的重心从'内容'移向'形式',从故事、主题和意义移向叙述、结构和技巧,产生出一批被称为'先锋'或'前卫'的作品。这个现象的产生,除了小说观念的革新、创作者主观感受的变化之外,是不是也暗合知识界从追究生存价值的理想目标后撤的思想潮流呢?"[①]应该说,文学形式的试验和探索,对文学创作及其发展来说是十分重要的,并构成为文学创新的一个十分重要的部分。但当一个时代的文学仅仅满足于形式技巧的试验与探索,乃至步入"玩"形式、为形式而形式的境地,从而忽略了整体性地把握社会文化生活的内蕴和对社会文化生活创造性发现的时候,其文本的意义世界必然是支离破碎、贫乏浅陋、苍白无力的,文学也由此而丧失了自身的人文维度、精神力度和现实功能。20世纪西方的哲学、美学和文学理论曾发生所谓"语言学转向",这种转向深刻地影响到文学本体论与文学创作,对文体、语言和形式的试验与探索成为一种世界性的创作潮流,也正是这种试验与探索使文学文本成为一种"语言的迷宫"。在后新时期,走向"语言"实乃先锋派小说的一大基本特征,"语言的迷宫"也正是其文本构成上的基本表征。这诚如陈晓明所指出的那样:"在当代中国的小说实验群体中,孙甘露的叙事拒绝追踪话语的历史性构成,他的故事既

---

① 王晓明等:《旷野上的废墟——文学和人文精神的危机》(1993),王晓明编:《人文精神寻思录》,文汇出版社1996年版,第10—11页。

没有起源,也没有发展,当然也没有结果,叙事不过是一次语词放任自流的自律反应而已。作为语言暴力的同谋,孙甘露的叙事话语彻底能指化了。"①"语言瀑布"之下意义的不确定、悬疑及其流失不仅使"走向语言"的叙事策略变得可疑,而且也在某种意义上使"先锋文学"走向了末路。艺术形式的试验与创新对于文学的发展来说无疑具有十分重要的意义,但这是有限度的,因为艺术形式毕竟不是脱离开艺术内容的一种独立存在。一旦形式试验与创新变成了能指的狂欢,意义的缺失便成为一种必然。也正是在这一意义上,我们可以看到,先锋派形式试验的"潮流化"也是导致转型时期中国文学浪漫精神走向流散的原因之一。

其七,走向"后现代"与大众的"文学性审美文化"。后现代主义作为西方 20 世纪六十年代以来一种特定的社会文化思潮,在后新时期以迅猛之势进入中国并在文艺界、学术界与理论批评界造成了深刻而广泛的影响,且成为转型时期中国文坛上的一大景观、一大热点。许多作家的创作开始走向"后现代",在其文本的建构中追求"零度"性、平面化、无深度、拼贴性的操作,意在疏离主导性政治意识形态,强化文本接受的大众性和流行性,并使文本意义世界的建构脱离了传统的方式和模式,这是一方面的问题;另一方面,后现代大众文艺与审美文化的欠缺也是明显的,其带来了一系列的负效应,进而引发了理论批评界持续性的论争。后现代文化与后现代文艺无疑是一种复杂的存在,尤其是转型时期中国的后现代文化与后现代文艺更是存有着复杂的内在构成与歧异的意向,所以我们不能一概而论。在这里,问题的复杂性在于,一方面,后现代主义必然解构传统的浪漫主义文学范式;另一方面,在后现代语境之中又会生成新的浪漫主义文学形态。在当下主导性、主流性理论批评视界之中,后现代主义消解浪漫主义的观点业已达成特定的共识;而对后现代语境之中新的浪漫主义形态的生成与存在,则未能得到充分的注意与相应的解说。事实上,不仅从发生学意义上后现代主义与浪漫主义之间存在着密切的关系,而且更为重要的是,在后现代社会文化语境之中,人们同样也需要浪漫情怀、浪漫精神与浪漫主义,并在实际上形成了大众幻象性浪漫主义。可以说,新历史主义、女性主义、生态主义等作为后现代主义的特定形态,它们可以也能够引发相关的后现代性浪漫主义。这里所谓大众的"文学性审美文化"指的是由大众传媒来支撑、由消费大众

①　陈晓明:《暴力与游戏:无主体的话语——孙甘露与后现代的话语特征》,《生存游戏的水圈》,北京大学出版社 1994 年版,第 276 页。

来接受、在构成上以文学作为基质的审美文化,如影视、卡通、游戏、网络文学等,其含蕴着丰富而多向的浪漫主义的质素与效应。

以上我们从七个相关侧面分析了后新时期文学创作思潮的基本走向,在理解上理应注意以下几个问题:首先,以上这七种基本走向并非是孤立的、割裂的,而是密切相关的,它们相互关联、相互影响、相互作用,在各自相对独立的现实运作中,由于社会文化思潮与现实条件的规定,它们通过功能整合而构成为一种特定的具有内在整体性的"后新时期文学",并与新时期文学相分界。其次,后新时期中国文学这七种基本走向的生成及其流变是有其历史、现实与艺术方面的原因的,也正是历史、现实与艺术等方面所提供的基础、条件和契机构成为后新时期中国文学得以生成并流变的动力机制。第三,在思想和艺术上,后新时期中国文学既有其贡献,也有其欠缺与不足,所谓"人文精神大讨论"也正是由其缺憾尤其是浪漫精神的缺失而引发的。

(三)浪漫主义文学在转型时期中国文学总体构成中的地位

对转型时期中国文学思潮及其创作的基本精神取向进行分析与评价,是理论批评的一大基本任务。应该说,在这一问题上,理论批评界已进行了诸多侧面的研究,如杨经健在对 20 世纪 90 年代中国文学的把握中,即曾把其精神取向分为以下几种,也就是新理性主义、新本土主义、新民粹主义、新现实主义与新表现主义等。所谓新理性主义、新本土主义与新民粹主义的文学创作之中即寄寓着浪漫的情怀,含蕴着浪漫主义的质素与效应。杨经健把韩少功、史铁生、梁晓声、北村等人归之于新理性主义作家,把陈忠实、李锐等人归之于新本土主义作家,而将张承志、张炜谓之为新民粹主义的代表作家。在他看来,"当文学进入世纪末之际,以往的启蒙理想的基本语境已告涣散,面对经济冲动与文化冲动的对立、工具理性和人文理性的抗衡、实用主义与理性主义的冲撞,新理性主义者以求'道'者的形象对当下的'物化'世界采取了一种文化批判的姿态:它们持守着类似黑格尔的'绝对理念'式的理性精神的立场,坚持艺术信仰和精神操守,以人文精神、终极关怀对'物化'世界投以藐视的眼光。这种姿态与立场的实质意在打破传统理想主义价值体系被动摇而出现的精神的'真空'状态,在艺术上以拯救的方式实现'道统'与'学统'的融汇,还知识分子以使命感和责任感。因此,新理性主义创作文本大多具有'正剧'意识与'冷峻'格调。"[①]"如果说新理性主义对现实世界采取的是文化批判姿态,那么新乡土主义依凭的则是文化相持的立

---

① 杨经健:《世纪末文学的创作精神取向》,《中国文学研究》2001 年第 1 期,第 21 页。

场。他不愿直面眼前的繁嚣,对商业文明化的现实绝难认同,因而,宁愿在本土既有的文化遗传下来的精神资源中去开采思想矿藏和吸收创作灵感。如果说80年代的'寻根文学'的要义是以中国文化与世界文化进行对话,那么新本土主义则通过真正的文化反思和省察,凭据传统文化与商品经济文化相持,借以保持一个纯真的、自足的精神乌托邦。正因为如此,乡土主义的创作文本中'家园'意识、'守望'情怀、'怀旧'情绪、'归宿'情结格外浓郁撩人。"①而新民粹主义,则通过"大地"与"宗教"而走向"民间",通过倡导"清洁的精神"与道德的自我完善,意在"实现向一种道德理想主义的回归"。②杨经健在这里所指出的即是新理性主义、新乡土主义与新民粹主义文学等在其构成中所存有着的浪漫主义质素、效应及其意向,所指出的即是在转型时期中国新的浪漫主义文学形态的实际存在,当然这里的指认及其言说是不明确而充分的,其话语也未能使用浪漫主义的理论话语,因而这种论断也就无法给予转型时期的中国浪漫主义文学以准确而完恰的定位。可以说,这是转型时期中国文学研究中的一大常态与定势,其无疑造成了对转型时期中国浪漫主义文学之存在的遮蔽。

新时期以来,浪漫主义创作虽处于特定的流散与漂移的状态,但在诸文体的创作中浪漫主义的取向却是显明的。在后新时期的社会文化语境中,由于政治意识形态环境的相对宽松,主流意识形态在某种意义上已不需要浪漫主义的"救援",浪漫主义文学当然也就不会受到主导性意识形态过多地倡导或抑制,对浪漫激情的抒发仅是创作主体自由选择的结果。亦正基于此,一方面,转型时期的浪漫主义的确面对着现代主义、现实主义、大众文化和后现代主义的多重挤压;另一方面,浪漫主义文学又以其顽强的生命力来整合相关的质素而持续性地存在着,并生成了自身的新形态。

随着时代的发展,19世纪后期以来,现代主义文学开始兴起,并产生了极大的现实影响。20世纪60年代以来,后现代主义与大众文化、大众文艺开始崛起,并愈来愈成为文化与文艺的主流性形态。这种文化与文艺的发展态势必然会对浪漫主义的理论观念与创作实践产生深刻的影响。这样,在对浪漫主义文学问题进行考察时,就需要拓展我们的理论视界,从与现代主义、后现代主义、大众文艺的关联中来理解和把握浪漫主义的新的观念图式及其创作形态。事实上,先锋文学、科幻、玄幻、魔幻、武侠、情爱、都市青

---

① 杨经健:《世纪末文学的创作精神取向》,《中国文学研究》2001年第1期,第22页。
② 杨经健:《世纪末文学的创作精神取向》,《中国文学研究》2001年第1期,第23页。

春文学等相关文本之中皆存有着大量的浪漫质素,并具有浪漫的审美效应。问题的关键在于,我们在研究中如何界定其中的这些浪漫质素及其效应,而这恰恰是传统的浪漫主义理论所无法说明的。

在对浪漫主义在转型时期中国文学总体构成中的地位进行理解时,必须注意以下相关侧面的问题:其一,必须分阶段地来进行分析、定位与评价。在这一维度中,我们可以看到,在新时期与后新时期,浪漫主义文学具有不同的地位及其功能。在新时期,由于人们对革命浪漫主义尤其是"文革"中"伪浪漫主义"的反感,浪漫主义文学遭到了人们的遗弃,但基于新时期中国所弥漫着的理想主义与乐观主义,其实浪漫主义是作为新时期中国文学总体构成的基质而存在的。也正是在这一意义上,我们才把新时期中国浪漫主义谓之为"潜思潮"。在后新时期,浪漫主义文学从"潜在状态"发展为"显在状态",并呈现出显明的多元化运作态势。其二,必须转换并重构浪漫主义的文学观念。事实上,传统的浪漫主义文学观念无法达成对转型时期中国浪漫主义文学的分析、定位与评价。在这一维度中,我们可以看到,转型时期中国的文学理论批评界之所以会无视浪漫主义文学的存在,是因为其所持有的是传统的浪漫主义文学观念,并在其观念构成之中存有着诸多的误区与误读。其三,必须基于新的浪漫主义文学形态类型学来对转型时期中国浪漫主义文学进行分析、定位与评价。在这一维度中,我们可以看到,传统的浪漫主义文学形态类型学观念存在着诸多的欠缺,其既无从达成对中外文学史上浪漫主义文学的全面而深入的把握,而且也不能解读当下浪漫主义文学的新形态。

二、转型时期中国浪漫主义文学的基本问题及其理解

对转型时期中国浪漫主义文学基本问题的认知,可以从作家的创作观念、文本的具体构成、浪漫主义的批评观念与浪漫主义文学理论四个相关层面来进行。

在 20 世纪中国文学的研究中,对于浪漫主义文学在"现代"(1917—1949)的命运,人们将其谓之为"过早夭折";[①]对其在"当代"(1949—1976)的

---

① 冯光廉、谭桂林:《论现代浪漫主义文学的早夭及其研究》,《东方论坛》1994 年第 4 期,第 13 页。

形态及其意向，人们普遍认为这是一种"虚假的浪漫主义"；①而对于转型时期浪漫主义文学的存在及其流变，人们则认为其"缺席"、"引退"与"在悬空的摇篮中夭折"，因此而呼唤新的"浪漫"。② 由此可见浪漫主义文学在 20 世纪中国的基本遭际。

现代化的过程在社会文化的层面上是一个不断"合理化"的过程，因而在现代社会中理性化得到了前所未有的强化。在这样的语境之中，浪漫主义文学走向"流散与漂移"也就具有了特定的必然性。浪漫主义文学的本质是理想性的，理想性的即是超越性的。在市场经济的语境中，重建文学超越性的向度，无疑可以抑制"消费社会""文化沙漠"的扩张、人文精神的萎缩与物欲的膨胀。在某种意义上可以说，文学的超越性固然相关于文学对现实的批判，但也可能体现为文学对现实的逃避。在社会文化转型的时代，社会的分化加剧，利益分配的失衡得到强化，社会各阶层及其地位的流动性增加，价值观念走向多元，而精神格调则又渐趋低俗，一些坚持古典人文理想或近现代人文理想的人文知识分子必然变得愤世嫉俗，转而寻求灵魂的宁静，从而走向了宗教、自然与民间；一部分民众尤其是青年，在价值多元化的转型时期，基于自身身份地位的非确定性与价值选择的困惑，也可能会走向宗教、自然与民间。在某种意义上乃至可以说，走向宗教、自然与民间是转型时期社会弱势群体的特定精神选择。

就转型时期中国的浪漫主义而言，其存有着以下相关的走向，亦即走向新的社会理想、人文理想、道德理想、生态理想与世俗理想；走向新的个性、情趣与情感；走向自然和宗教，走向后现代的特定幻象，或在以上相关走向的整合之中走向新的浪漫想象，进而在其基础上形成了不同形态类型的浪漫主义文学与审美文化。在传统浪漫主义文学那里，业已形成了自然、田园、古代传奇、异国情调、爱情、宗教神秘及其信仰等题材范型，这些范型在转型时期中国的文学中也有所延伸、转化和深化，如人文理想性浪漫主义对道德理想的重视；社会理想性浪漫主义对社会正义、公正、公平与和谐的关注；个体情感性浪漫主义对爱情、自然、情感、个性的展示；生态性浪漫主义对人与自然之间和谐关系的关怀；大众幻象性浪漫主义中所表现出的对历史传奇、玄幻与科幻的关注等。从总体意义上来看，转型时期中国的浪漫主义文学不同于传统近代性的浪漫主义文学，它已受到了现代主义与后现代

----

① 谢冕：《浪漫的星云——中国当代诗歌札记》，广东人民出版社 1999 年版，第 197 页。

② 黎风：《呼唤"浪漫"——关于新时期浪漫主义文学的忧思》，《文艺争鸣》1995 年第 4 期，第 29—34 页。

主义的影响。就转型时期浪漫主义文学的文化选择而言,其徘徊于文化激进主义与文化保守主义之间。在转型时期的中国,社会文化价值及其规范正处于重建的态势之中。也正基于此,在这一时期,文学规范与审美规范也必然处在一个不确定的阶段,浪漫主义文学必须在这一情势之中来选择并发展自身。

新时期早期中国浪漫主义文学的基本取向,既基于"民族国家的现代性想象",也与其前 20 世纪中国的浪漫主义文学传统存有着密切的关联,这种特质相关于思维的定势与惯性,也相关于精神文化发展的历史连续性。转型时期中国浪漫主义文学必然具有自身的特殊性,这是由其所得以生成的语境与创作主体所存有着的独特体验规约的。这也就是说,转型时期中国的浪漫主义文学,一方面基于这一时期中国的社会文化环境,基于这一环境中主体的独特感悟、体验、情感与想象;另一方面,这一时期的浪漫主义文学又相关于 20 世纪中国的本土传统与转型时期的文学现实,并在某种程度上接受了现代主义乃至后现代主义文学的影响,所以转型时期中国浪漫主义文学的形态必然走向多元化、多样化。有的论者在对张炜的文学创作进行分析时曾经指出:"在他早期的创作思想中的文化资源,更多的是单纯与明朗的浪漫主义,而在《九月寓言》中作者不仅重建这种文化资源,而且试图接通浪漫主义与现代主义的思想联系。最能说明问题的,也许就是《九月寓言》对现代技术文明的批判。浪漫主义对日益猖獗的功利化、制度化和拜金主义厌恶不已,他们用个性解放和自我表现挞伐无所不在的工具理性,用自然的本性和生命的灵性去审察人类狂妄的'进步'与'发展'。现代主义则从工业文明和工具理性中,看到了人类逐渐与大自然疏离。人类与世界被工具理性肢解得支离破碎,因而注定要走上孤独无告的被遗弃的命运。他们希望回归人类命运之源,渴望重新找回人的本真性。这种思想体现在《九月寓言》中,便是小村与矿区、野地与矿井的两极化比较的写法。"①"《九月寓言》在保留早期纯洁的浪漫主义情思的同时,又祛除了早期作品中的单薄和纯美;在不排除历史苦难和生存重负的同时,又穿透工具理性对世界与人类生存的虚妄承诺,因而显得真气弥漫,自然圆融。我认为,这除了它具有丰厚的生活内涵之外,还与它接通了浪漫主义与现代主义文化的关联,尤其与

---

① 颜敏:《审美浪漫主义与道德理想主义——张承志、张炜论》,华夏出版社 2000 年版,第 131页。

它对存在主义的感悟有关。"①这里所指出的也正是转型时期中国浪漫主义
文学内在构成的复杂性,一方面其存有着传统浪漫主义的基本质素,亦即理
想主义的情怀、对现实的批判与超越;另一方面,又具有自身时代性与本土
化的特质,其受到了现代主义乃至后现代主义的特定影响,能够以开放性的
姿态来重建自身的艺术审美形态。与现实主义文学相比较,浪漫主义与现
代主义虽然在文学总体性特质上存在着本质性的分界,但二者却具有明显
的共通性乃至共同性,所以 20 世纪中国的理论批评界在最初接触西方现代
主义文学时即曾把它直接称之为"新浪漫主义"。无疑,关于浪漫主义与现
代主义、后现代主义、大众文化之间的关系及其表现,中国的理论批评界缺
少系统而完善的研究。事实上,在转型时期中国文学的流变中,后现代主
义、大众文化对浪漫主义的美学观念与文学观念业已产生了特定的影响,并
确立了它们之间的最为基本的关系模式。也正因为面对同样的问题,李欧
梵 1979 年在其论文《台湾文学中的浪漫主义和现代主义》一文中才将琼瑶的
小说谓之为浪漫主义文学,②而与之相比较,70 年代末以来的大陆理论批评
界却往往忽视琼瑶的小说、三毛的随笔以及席慕容、汪国真的诗歌等文学现
象的价值与意义,并常常不加分析、不加界定地将这些具有特定浪漫特质的
文学现象直接归之于通俗文学、流行文学或大众文艺,其间无疑存有着诸多
的误读,而狭隘的浪漫主义文学观念则是产生这种误读的至关重要的原因。

　　浪漫主义文学在转型时期中国的境况与命运,无疑是值得理论批评界
加以深入探讨的一大论题。这里的问题是,一方面,新时期中国的浪漫主义
文学是作为一种"隐思潮"形态而存在的,所以在创作上,作家缺乏自认自觉
的意识,在理论批评界则有"浪漫主义缺席论"出现;另一方面,转型时期的
中国文学,无论在其总体构成、在其各个时段文学的现实运作上,还是在各
种类型的具体创作现象之中,又的确存有着浪漫主义的质素与潜流。更为
重要的是,无论是主导性政治意识形态文化、知识分子的精英文化,还是主
流性大众文化,皆需要浪漫主义的支撑与救援。也正基于此,重构浪漫主义
的观念,重估浪漫主义文学的价值及其在转型时期中国精神文化与文学的
整体构成中的地位,重新倡导新的浪漫主义写作,便显得十分重要。

　　与大部分论者对转型时期中国浪漫主义文学的无视、误读、误释不同,

---

　　①　颜敏:《审美浪漫主义与道德理想主义——张承志、张炜论》,华夏出版社 2000 年版,第 133
页。

　　②　[美]李欧梵:《〈上海摩登——一种新都市文化在中国(1930—1945)〉中文版序》,毛尖译,北
京大学出版社 2001 年版,第 2 页。

在 20 世纪 80 年代末期,曹文轩从特定的浪漫主义文学观念出发,对新时期以来中国的浪漫主义文学现象做出了相应的指认、阐释与评析,探讨了浪漫主义文学在新时期中国语境之中的生成机制及其特质、构成。在其相关论述中,有以下几点值得重视:其一,曹文轩不仅指出了转型时期中国浪漫主义文学的现实存在,还预测了其在未来的发展前景。于其中,最引人注目的即是曹文轩对"浪漫主义的复归"的乐观"预言"。在曹文轩看来,首先,"八十年代中国当代文学出现大自然崇拜,这与浪漫主义的复归有些关系。"①其次,"浪漫主义的复归当然与社会的欲望有关。社会不能没有理想。现实生活总是让人感到缺憾,甚至有严重的缺憾感。推论下去,有缺憾(或残缺)就必然导致文学上的浪漫主义兴起";并进而认为:"从目前的趋势来看,在将来的一段历史时期内,社会追求英雄的热情会有所增长,从而决定了浪漫主义还要进一步回升。"②再次,"浪漫主义的回归,也与文学主体——作家的艺术个性得到尊重并使其得到发挥有关","如果将人的个性分为两类,无非一类是冷峻的,现实的,而另一类则是热情的,浪漫的。个性和气质决定了一个作家是采用现实主义创作方法还是浪漫主义的创作方法。"③第四,"浪漫主义的复归的另一个重要原因在于美学意识的强化。现实主义更多注意的是认识价值,浪漫主义更多注意的则是审美价值。这一点可看成区别现实主义与浪漫主义的重要标志。"④应该说,曹文轩的浪漫主义文学"复归"论,显然未能得到当时的理论批评界与创作界的应有回应。在我看来,其原因在于,一方面,曹文轩的"复归"论本身存在着理论上的欠缺与不足,也就是未能将 20 世纪传统的浪漫主义文学与"复归"后的新的浪漫主义文学在真正意义上分界开来,也未能指出新的浪漫主义文学的具有现实针对性的功能机制;另一方面,这也相关于转型时期中国社会文化环境的急剧变动与社会文化心理接受向度的深度转换。

其二,与 20 世纪中国流行的浪漫主义文学观念尤其是革命浪漫主义文学观念不同,曹文轩不仅赋予浪漫主义文学以更为丰厚的人学内容与个性特征,而且还强调了浪漫主义文学所理应具有的神秘性、原始性与反现代性等特质。在曹文轩看来,首先,浪漫主义文学"不是客观地再现生活,而是主观地表现生活",因而其重视并强调主体的主观感受。其次,抒情性是浪漫

---

① 曹文轩:《中国八十年代文学现象研究》,北京大学出版社 1988 年版,第 207 页。
② 曹文轩:《中国八十年代文学现象研究》,北京大学出版社 1988 年版,第 211—212 页。
③ 曹文轩:《中国八十年代文学现象研究》,北京大学出版社 1988 年版,第 212 页。
④ 曹文轩:《中国八十年代文学现象研究》,北京大学出版社 1988 年版,第 213 页。

主义的最为基本的审美特征。从创作论的意义上,浪漫主义"不是时间的铺排,而是情感的流动","浪漫主义轻细节,因为如实呆板的细节描写妨碍感情的不断流泻"。也正基于此,"它必然迷恋于诗和音乐"。从接受论的意义上,基于抒情性,"浪漫主义是牧歌和圣曲","它愿意欣赏者有一种迷离感、恍惚感和几乎是宗教般的灵魂升华的飘逸感。"再次,浪漫主义具有理想性,其"憧憬一个理想王国";"浪漫主义实际上是缺乏和希求的结合物","浪漫主义确实是有感于现实的缺乏而萌发的。不满导致憧憬一个理想王国,用以代替这个有缺憾的现实世界。浪漫主义的任务实际上就是追求和重新创造一个新的它认为是完美的世界。编织理想主义花环是浪漫主义乐意为之的";浪漫主义作品中的人物"不在目的地,而在过程中,浪漫主义就看中这过程。憧憬的王国能否真的到来,这不重要,关键在于执著的憧憬。憧憬说明了人的存在、生命的力量和对生活的热情态度。"第四,浪漫主义具有"神秘感"并"带有抽样试验的性质"。浪漫主义的神秘感来自于"距离":"边地生活——空间距离;中世纪情调——时间距离;孤独——心理距离。距离是神秘感产生的全部奥秘";"为了一个主观意念,他们将一个或几个人物提取出来,在一个象征性的独立的环境里作人生的试验。"第五,浪漫主义文学"崇拜自然"。① 另外,曹文轩还对 80 年代中国文学中的原始主义创作倾向做出了较为系统的分析。在他看来,这一创作倾向及其创作"动机产生的理论基础显然是'距离说'",其生成相关于创作主体审美意识的转换,相关于创作主体欲求使其作品"获得历史的纵深感"的创作意识和动机。② 从以上的引论中我们可以看到,曹文轩对浪漫主义文学的特质、构成及其生成机制的分析是相当系统而深入的,并能够从情感、理想、生命、自然观与反现代性、原始主义等维度上来对相关问题进行富有时代感与现实针对性的论析,无疑这在 80 年代的中国的确是十分可贵的。并且,其中有些论题及其观念可以与"开放性浪漫主义"相接续。

其三,论证了浪漫主义"自然写作"的范围、机制及其意义,这种意识观念在后新时期的语境之中得到了深化性的发展,并进而生成了各种形态类型的"自然写作",尤其是生态性自然写作与生态性浪漫主义文学。在曹文轩看来,浪漫主义文学"崇拜自然","精灵"是"浪漫主义写景的全部实质",浪漫主义作品"所描写的自然几乎都没有实用价值,都带有原始性。贫瘠

① 参阅曹文轩:《中国八十年代文学现象研究》,北京大学出版社 1988 年版,第 197—211 页。
② 参阅曹文轩:《中国八十年代文学现象研究》,北京大学出版社 1988 年版,第 190—193 页。

的、一望无边的黄土地才更讨他们的喜欢。他们欣赏荒原文化,迷恋荒原——厌恶被大工业玷污了的风景和因人类为了获得实用价值而被雕琢和奴役的自然。"①曹文轩认为,在转型时期中国文学有关对"自然"的崇拜及其浪漫书写之中,首先,重建了"人与大自然的关系";其次,表现了"人对大自然的爱慕之情";再次,"在对大自然的征服中,显示人类的伟大精神";最后,"大自然成为各种主题的象征"。② 并进而指出:"二十世纪八十年代,中国文学出现了一九一九年以来的新文学史上从未有过的大自然崇拜。"③"自然"重归文学表现的视界,"自然写作"开始崛起并产生广泛而深刻的影响,与新中国成立后直到"文革"时期相比较,这是转型时期中国文学的一大新变。其表明,转型时期的中国文学开始脱离政治意识形态理性的钳制,开始脱离传统的图解现实政策、满足于对现实进行粉饰性展示的文学写作观念的藩篱,而走向更为自由、开放、解放的境界。这种创作形态及其意向的出现,一方面体现出创作主体面对技术理性、实用主义、物质主义的崛起而做出的对现实之势利、残酷、冷漠、喧嚣、虚浮的批判与超越,体现出人们对基于现代化、工业化、城市化所导致的人与自然和谐关系之破坏的忧思与怀想;另一方面,也展现出人们对自然的浪漫性想象与描绘,体现出人们对精神家园的追寻与构筑,展示出人们对自我灵魂进行拯救所进行的努力。应该说,20 世纪 80 年代所出现的这种"从未有过的大自然崇拜",为 90 年代中国生态性浪漫主义的崛起打下了相应的基础。

客观地说,曹文轩的浪漫主义文学观在总体意义上仍是传统性的、近代性的;由于时代的限制,他对转型时期中国浪漫主义文学的认知与未来发展前景的推想也存在着诸多的欠缺与不足,但毕竟这是在有关浪漫主义的一片沉默与失语之中而对浪漫主义文学所做出的一种特定意义上的张扬与呼唤,在实际上对转型时期中国浪漫主义文学观念的重建提供了有益的尝试,因而其价值和意义理应得到应有的重视。在我们看来,这里的相关意识与观念为在新世纪的语境之中建构"开放性浪漫主义"提供了相应的前提与基础。

转型时期中国浪漫主义文学的发展,既存有着流散与漂移的必然性,也存在着重新崛起的契机。随着 20 世纪 80 年代中期以来中国社会文化情势的变动,80 年代初、中期的理想主义开始退缩、分化,亦正是理想主义的退缩

---

① 参阅曹文轩:《中国八十年代文学现象研究》,北京大学出版社 1988 年版,第 207—211 页。

② 参阅曹文轩:《中国八十年代文学现象研究》,北京大学出版社 1988 年版,第 157—164 页。

③ 参阅曹文轩:《中国八十年代文学现象研究》,北京大学出版社 1988 年版,第 156 页。

与分化,才从根本意义上导致了转型时期中国浪漫主义文学的流散与漂移。与之相伴随,80年代后期以来,各种形式的"反现代性"、"反文明"、"东方文化复归"与文化保守主义等思潮开始出现,并迅速产生广泛的社会文化影响。当下,这种"反文明"、"反现代性"的思想态势业已成为一种具有广泛影响的审美思潮与文艺思潮,并且愈来愈对文学创作与理论批评产生极大的影响。而以上思潮的发展则在事实上为浪漫主义的重构乃至崛起提供了特定的契机。在我们看来,生态性浪漫主义的生成与发展在某种意义上亦正标志着浪漫主义文学在转型时期中国的重新崛起。

　　转型时期中国的浪漫主义文学理论在其发展与形态类型上所呈现出的引人注目的现象及其问题主要有以下相关侧面:其一,在这一时期虽然未有打着"浪漫主义"名号的严格意义上的浪漫主义文学理论,但却出现了众多带有特定浪漫主义特质及其意向的文学理论形态。其二,在观念上,转型时期中国的浪漫主义文学理论出现了"人学论"、"生命论"、"生态论"等转向,并正在出现"媒介性话语形式论"的转向,其极大地丰富了浪漫主义文学观念的整体构成。其三,如果说在其他历史阶段上,浪漫主义文学理论批评大体言之总是先在的、先行的并进而对浪漫主义创作加以引导与规约;而在转型时期,中国浪漫主义文学理论批评的发展却严重地滞后于浪漫主义文学创作,使其隐而不彰,进而极大地影响到浪漫主义文学创作在转型时期中国的正常发展,乃至影响到转型时期中国的文学生态、审美文化生态与精神生态。在我看来,转型时期中国浪漫主义文学理论的形态类型主要有"情感论"、"人学论"、"生命论"、"生态论"与"机缘论"的浪漫主义文学理论。于其中,转型时期的人学论文学理论对于浪漫主义的张力即在于其突破了传统的人性即阶级性的理论观念,张扬了人的主体自我、个性与激情,认同于人的情感的丰富性与复杂性,肯定了个体生命的独立性与选择的自由性,强调了爱之于人生的价值和意义。也正基于此,李庆本才指出:"新时期关于人性与阶级性问题的讨论,扬弃了将人性简单等同于阶级性的观念,促使主体意识的觉醒,直接成为浪漫主义的主题内容。"①在这里,李庆本主要是从创作论尤其是题材主题论的意义上来言说新的人学论文学理论对浪漫主义文学创作的影响的。而"生命论"、"生态论"与"机缘论"的浪漫主义文学理论则回应并适应于社会文化的新发展向浪漫主义文学所提出的新要求,丰富了浪漫主义文学的意识观念,拓宽了浪漫主义文学的视界与审美空间,深化

---

① 李庆本:《20世纪中国浪漫主义的嬗变》,《天津社会科学》1999年第3期,第88页。

了浪漫主义文学的思想构成,强化了浪漫主义文学的现实感,增强了浪漫主义文学的表现张力。

从 80 年代初期开始,一方面,人们开始反思并清理"文革十年"的"伪浪漫主义"文学观念,恢复 20 世纪中国浪漫主义文学的传统观念;另一方面,也开始了浪漫主义文学理论的重建。亦正基于此,浪漫主义的观念开始发生转换,"情感论"、"人学论"、"生命论"、"生态论"与"机缘论"的浪漫主义文学理论开始兴起,浪漫主义文学理论的论域也开始扩大。当然,"理想本体论"的浪漫主义文学观念并没有也不可能消失,而是在转换自身构成及其意向的基础上,继续发挥自身的功能与作用。另外,在这一阶段,浪漫主义的神性特征开始得到理论批评界较为普遍的认同,如刘小枫、冯光廉等人即曾对这一问题给予了较为深入的论析。① 转型时期中国浪漫主义文学理论的逻辑构成及其特质,可以从以下相关维度上得到相应的理解:其一,浪漫主义文学的本体论开始走向多样化、多元化;其二,对个性化、自由性、生命感的强调,对情感的丰富性与诚挚性以及想象力的强化成为浪漫主义文学创作论的核心内容;其三,在浪漫主义文学构成论维度上,个体性、世俗性的理想开始得到前所未有的重视,文本艺术世界的非政治意识形态化与叙事或抒情的"非宏大性"得到了相应的强调;其四,新的浪漫主义形态类型学观念得以确立,理论批评界不仅关注"内倾性"浪漫主义,而且也重视"外倾性"浪漫主义;其五,在浪漫主义文学接受论与功能论的维度中,理论批评解构了传统的训教论与引导论,开始追求浪漫主义文学的个体性生命体验与心灵的内在平衡,不仅重视浪漫主义文学对现实的当在关怀,而且重视其对人类生存及其命运的终极关怀;其六,在浪漫主义文学研究中,比较意识开始确立,研究观念与方法也开始走向多样化、多元化。

三、"开放性浪漫主义"与转型时期中国浪漫主义文学观念的重构

提出转型时期中国浪漫主义文学这一命题本身,也就意味着我们理应从两个相关侧面来研究相关问题:其一,社会文化转型的问题,其所涉及的是对社会文化转型进行哲学、历史哲学与社会学、文化学的分析与探讨。其

---

① 参阅刘小枫:《诗化哲学》,山东文艺出版社 1986 年版;冯光廉、谭桂林:《论现代浪漫主义文学的早夭及其研究》,《东方论坛》1994 年第 4 期等论著中的相关论述。

二,在社会文化转型的规定、制约之下中国浪漫主义文学的特质、构成及其
现实运作的问题,这不仅涉及思潮理论与浪漫主义理论的重建,而且还涉及
对转型时期中国浪漫主义文学现象的指认、考辨与命名问题。在这一维度
上,我们可以看到,从新时期到 90 年代初期,中国浪漫主义文学所展示出的
是一种"隐思潮"形态;在自身的流变中,其处于一种特定的流散与漂移的状
态。但从 90 年代中期开始,以生态性浪漫主义为代表的中国浪漫主义文学
开始获得自身"显思潮"的形态,乃至其以"运动"的形式开始对从审美、艺
术、文学到哲学、道德、经济、法律等社会文化领域产生广泛而深刻的现实影
响。基于转型时期中国浪漫主义文学创作及其发展的实际,我们理应建构
一种"开放性浪漫主义"的观念,这是我们对转型时期中国浪漫主义文学进
行分析的理论基点与框架。转型时期的中国文化与文学无疑具有密切的相
关性,在某种意义上我们甚至可以说,二者具有同构性,这是因为二者皆是
在特定历史时期、同一个文化地理环境之中生成、存在并现实地运作自身
的。就转型时期的中国文化与文学的存在形态及其意向而言,可以说是发
展与危机同在,机遇与挑战共存,兴盛与问题交织,而这种情态所构成的也
正是我们对转型时期中国浪漫主义文学进行研究的现实背景,并且这种情
势及其现实运作本身也构成为我们的研究对象。对转型时期中国浪漫主义
文学及其相关问题的理解和解释,我们需要确立一种反思、批判与重建的立
场,需要建构一种宏阔的历史视界和理论视界。只有这样,我们才能达成对
这一特定历史时期及其相关问题的准确而完恰的历史定位、价值判断、意义
阐释和文化重建。

　　在转型时期的中国,一方面,浪漫主义文学创作及其发展所面对的是古
今中外的遗产及其资源,尤其是 20 世纪中国的革命浪漫主义与"两结合创作
方法"所遗留下来的相关思想资源与文学资源。在这一维度上,转型时期中
国的浪漫写作必然会有所批判、有所超越;当然,也会有所承继。另一方面,
转型时期的中国所提供的是一种混杂性的语境。在这一语境中,近代性、现
代性与后现代性的各种文学质素、思想质素与审美质素相交织,主导性意识
形态文化、知识分子的精英文化与主流性的后现代大众文化所构成的文化
格局在深层次上规约着转型时期中国的整体性文学活动,尤其是主导性意
识形态文化所倡导的"精品工程"、"主旋律文学"、"三个代表"、"先进文化"、
"和谐社会"等理论及其观念,对整体性文学活动与浪漫主义文学写作必然
会产生这样或那样的影响。也正基于现实社会文化情势所具有的这种复杂
性,浪漫主义文学写作必然存在着自身的时代规定性。这种时代规定性既

体现在浪漫主义文学写作的精神原则、意向上,体现在其思想与审美的构成上,也体现在其创作形态上。应该说,任何文学现象都是历史具体的,其总带有自身的个体性、自由性、话语形式性等方面的特征,这一点在浪漫主义文学创作中体现得尤为明显。

在转型时期的中国,最早涉及"开放性浪漫主义"这一论题的是杨义,在评述创造社及其"浪漫抒情小说"时,他曾提出了"开放型的浪漫主义"这一概念。杨义指出:"如果说,鲁迅当年所推崇的作家全是前期浪漫主义作家,那么创造社同人在向前期浪漫主义作家遥致敬忱的同时,开始大谈世纪末的风云人物如裴德、王尔德、斯特林堡、弗洛伊德。弥漫日本文坛的文学空气已经由夏目漱石、森鸥外之风,转变为以永井荷风、谷崎润一郎、佐藤春夫为代表的唯美主义,或当时所谓的新浪漫主义了。在这种时代背景和文学环境中崛起的浪漫抒情小说,它的创作方法是驳杂不纯的,混有前期浪漫主义和世纪末的'新浪漫主义'的成份的,是一种开放型的浪漫主义。"[①]

无疑,"开放性浪漫主义"是时代的产物。在后现代大众文化的语境之中,人们的理想与审美业已日常化、生存化、生活化了,人们的自由观业已脱离开专制性政治、依附性经济的藩篱而意欲获得更为广阔的空间。在这样的语境中,浪漫主义必然要走向"开放"。这里的"开放性浪漫主义"是相对于传统浪漫主义而言的,其意在强调,在新的历史语境中,浪漫主义在自身的精神特质、内在构成与形态意向上理应发生特定的历史性转换。具体言之,开放性浪漫主义文学理应向当在性的社会文化现实开放,向人的存在与发展的多向度可能性开放,向多元发展的后现代观念开放,向新的媒介性话语形式开放,其目的在于确立新的浪漫主义的精神与形态,使其具有新的质素与效应,以使浪漫主义文学的当下存在与构成适应于时代的发展对其所提出的一系列新的要求。这即是我们提出"开放的浪漫主义"文学观念的现实依据。

理应强调指出的是,"开放性浪漫主义"只是我们提出的一个工作性框架。这一工作性框架,一方面要接续传统的各种各样的浪漫主义理论,面对历史上曾经存在的纷繁复杂的浪漫主义文学现象;另一方面,又要面对变动着的社会文化现实与文艺审美现实,尤其是不断转换着自身的精神取向与艺术形态的浪漫主义文学实际。当然,作为一个可供操作的工作性框架,它与本课题的研究是密切相关的。在这一意义上,"开放性浪漫主义"具有明

---

① 杨义:《杨义文存》第 2 卷,《中国现代小说史》(上),人民文学出版社 1998 年版,第 546 页。

确的现实针对性,亦即它针对的是转型时期中国的浪漫主义文学。具体来说,其一,"开放性浪漫主义"是对浪漫主义文学史与理论批评史上所出现的一系列形态与意向各异的相关创作及其观念而做出的一种特定的概括与总结。其二,浪漫主义文学理论与美学理论虽来源于西方,但在近现代中国已有其本土化的相关历史过程,并形成了具有中国特性的浪漫主义文学传统。因而,"开放性浪漫主义"更重视的是对中国经验的概括与总结。其三,"开放性浪漫主义"作为一种特定的理论建构,不仅是对中西浪漫主义文学及其理论批评所进行的概括与总结,并基于20世纪以来中国本土化的资源与经验,而且其理论建构的基本意向是解读转型时期中国浪漫主义文学的发展。这也就是说,"开放性浪漫主义"还要针对中国文学的未来发展,为其提供相关的理念、方法与途径。应该说,"开放性浪漫主义"可以作为一种特定的理论建构而存在,并能够发挥自身特定的社会文化功能。

20世纪90年代以来,文学理论批评界有感于文学的人文精神的沦落与整体性精神状况的贫困,不仅针对转型时期精神文化的整体态势而提出"人文精神的重建"、"重建理想主义"、"重提英雄主义"与"重建新道德"等论题,而且在文学领域中许多论者也开始呼唤新的浪漫主义文学的出现与复兴,并提出了一系列有关浪漫主义重建的新论题,如新时代的"革命浪漫主义"(贾文昭)、"新浪漫"(黎风)、"'浪漫'的再生"[①]、"后浪漫"[②]等,这一切皆表现出转型时期人们重建浪漫主义文学及其理论批评的渴望与努力。亦正基于这种情势,我提出了"开放性浪漫主义"的概念及其相关论题。

在我看来,所谓"开放性浪漫主义"必须是当下的、中国的,是基于当下中国自身的社会文化语境而进行的一种特定的精神选择、审美选择与文学选择。开放性浪漫主义所满足的是当下中国的自然生态、社会生态、审美生态与文学生态的发展要求,其在总体意义上并不追求自身的整体同一性,而是鼓励不同的浪漫主义创作取向及其形态的差异。事实上,不论在欧洲浪漫主义文学思潮的整体构成上,还是在20世纪中国浪漫主义文学的现实运作之中,皆存在着意向上的不同与形态上的差异,在其总体构成中则存有着大量的异质性与矛盾性的质素,亦即不同形态及其意向的浪漫主义文学所展示出的文本艺术世界、所着重强调的艺术质素往往是不同的。对于这一问题,利里安·弗斯特即曾指出:"英国浪漫主义既可包括华兹华斯坚持自

---

① 王轻鸿:《"浪漫"之再生》,《文艺评论》1999年第4期。

② 刘忠、杨金梅:《新时期文学中的浪漫主义及其走向》,《学习与探索》2001年第1期。

然的现实主义,也可包括雪莱耽于先验幻想的理想主义。正是由于自由发展,英国浪漫主义不仅提供了大量的优秀诗歌,也提供了大量的具有启发性的批评意见。"[①]利里安·弗斯特在这里所指出的亦正是英国浪漫主义文学在其形态及其质素上的差异性。在这里,所谓"开放性浪漫主义"指的即是,在后现代大众文化时代,超越了传统的语言文字性话语形式,不仅可以达成各种"媒介性话语形式"的有机整合,而且可以向人与世界各个领域开放并能够展示出其全部丰富性的一种特定的精神文化形态、审美文化形态与文学形态;其不仅可以达成对人的当下关怀,亦即具有人文感性的丰盈性、现实的批判精神和人道的情怀,而且能够达成对人的终极关怀,亦即其具有人文理性的深厚性、对人的神性的向往、虔诚的信仰、坚执的信念、生态主义的理念、崇高的理想与道义的承当等相关精神质素。

一般言之,"开放性浪漫主义"的开放性维度主要体现在以下相关侧面:其一,向现实的人与社会文化尤其是"日常生活世界"开放;其二,向丰富的情感构成与个性特征开放;其三,向人的神性、玄思与世界的神秘性开放;其四,向乌托邦开放;其五,向幻想、历险、传奇与异域开放;其六,向自然生态及其相关意识观念开放;其七,向新的"媒介性话语形式"开放等。这种开放性浪漫主义的核心基点即是文学对人类的当在关怀与终极关怀。

理应进一步指出的是,"开放性浪漫主义"的"开放"并非是"无边"与了无限度的泛化,其存有着自身的基本规定性及其边界。在这一问题上,我们可以从浪漫主义文学的构成质素与整体性结构效应这两个相关维度来进行分析。在我看来,"开放性浪漫主义"既不能囿于 20 世纪传统的"社会理想性浪漫主义",也不能囿于当下流行的所谓"反现代性"的"个体情感性浪漫主义"与"人文理想性浪漫主义",而应向"生态性浪漫主义"和"大众幻象性浪漫主义"开放,进而确立浪漫主义在当下语境之中的现实针对性,确立其生存本体论的意义及其功能。事实上,无论是西方还是 20 世纪的中国,浪漫主义文学都不可能是单一的、纯粹的、恒定的,其总是要保持创作上的开放性状态,总是要吸纳各种有益质素以为我用,浪漫主义文学形态及其意向的多样性、多元性、歧异性的生成机制亦正在于此。

面对转型时期中国社会文化与艺术审美的历史性变动,基于其总体性社会文化特质的混杂性,我们一方面理应倡导浪漫主义文学的创作,以救援大众文艺之粗俗与平面化,从而提升其总体格调;另一方面又要避免传统浪

---

① [美]利里安·弗斯特:《浪漫主义》,李今译,昆仑出版社 1989 年版,第 63 页。

漫主义文学之弊,也就是不能提供一种社会群体性的"乌托邦工程",在这一方面,20世纪中国文学的经验与教训无疑是深刻的。

总之,浪漫主义文学创作理应在浪漫主义美学与文学理论的相关言说中来使自身的本体得以标示、表征与彰显,进而使自身自明,而自明了的浪漫主义文学本体才能在具体的浪漫主义文学创作中得到较为完美的展现。亦正基于此,浪漫主义美学、文学理论才能与浪漫主义文学创作达成真正意义上的互动性关联,在相互促动中共同前行。在某种意义上可以说,只有理论的自觉与完备、只有理论的充分本土化才能在真正意义上促动浪漫主义文学与审美文化在转型时期中国的发展与繁盛。于其中,最为关键的问题即在于浪漫主义美学与文学理论必须展示出浪漫主义文学与审美文化之于转型时期中国的精神生态、文化生态、审美文化生态与文学生态的功能与意义,揭示出其与当下中国问题的契合性与现实针对性。

第六章　转型时期中国浪漫主义
文学的基本特质

转型时期中国的浪漫主义文学,不仅存有着自身的历史规定性、艺术审美规定性和自身的思想特质,而且还存在着自身的流散与漂移、从"隐在"到"显在"的形态特征。对转型时期中国浪漫主义文学特质的分析与把握,可以从以上四个相关维度来进行。应该说,在这些相关研究中,我们不仅能够从历史、思想与审美的意义上来把握转型时期中国浪漫主义文学范式的转换,而且能够更进一步明确转型时期中国浪漫主义文学及其流变与这一时期整体性社会文化之间的关系机制;这种研究,不仅为了明确转型时期中国浪漫主义文学与其他文学形态的分界,进而可以对相关的文学现象进行相应的辨析、指认与评析,而且为了明确其基本构成及其现实功能。无疑,这种研究也有利于我们建构"开放性浪漫主义"的新观念。

一、意义及其表征的危机与转型时期中国浪漫主义
文学的历史规定性和审美规定性

意义及其表征是人类精神文化的最为核心的构成部分,同时也是文学与审美文化的灵魂。在某种意义上可以说,文学创作与审美文化生产本身即是对意义及其表征的创造,文学与审美文化的存在本身即体现为特定的意义表征体系。意义及其表征的危机是社会文化转型时期的必然产物,其所标示的是传统的文化运作方式与主体的生活方式、价值观念正在走向解体,而新的文化运作方式、生活方式与价值观念却又未能确立。这也就是说,意义及其表征与整体性文学活动之间存在着密切的关系机制。在转型时期的中国,由于持续性地进行着从一体化社会文化向多元化社会文化的转型,所以必然会生成特定的意义范式及其表征的危机,其深刻地影响到转型时期中国浪漫主义文学的历史特质、思想构成与审美特性。

（一）意义及其表征的危机与转型时期中国浪漫主义文学的历史规定性

意义及其表征的危机是随着新时期以来中国社会文化的持续性转型而生成并不断转换的，在某种意义上其所构成的即是转型时期中国浪漫主义文学最为基本的生成与流变的机制，并限定着其历史规定性。

1. 意义及其表征危机的特质与理解

从一般意义上言之，意义及其表征的危机，不仅指的是哲学认识论与本体论的危机，而且指的是在社会、文化、审美与文艺等广泛的现实领域之中所出现的观念模式、认识范式、价值意向及其表征的危机，因而涉及广泛而深刻的社会文化内容。进而言之，这种危机不仅体现在社会文化的整体性运作之中，体现在人们的生活方式与行为方式上，体现在人们的意识观念与价值体系及其选择上，还体现在具体的社会思潮与文化思潮的多元取向上。这种危机及其表征，按照孟繁华的说法，也就是"文化地图"的"日渐模糊"。在孟繁华看来，"我们的生活方式和行为方式，并不仅仅取决于我们个人的意志和趣味。事实上，内在的文化指令像隐形之手一样，支配着我们的意识甚至全部。说得形象一点的话，我们都受制于文化地图为我们标示的方向，沿着这样的方向，一种无意识给我们以暗示和询唤，并使我们产生生存和行为的依据。当方位明确的文化地图存在时，我们便没有彷徨和迷失感，对它的信任也同时给我们以自信。这就是文化地图的有效性。"[1]"但是，文化地图的有效性并不是恒定不变的。它必须不断地进行绘制，并做出必要的修订。特别是在历史大变动的时代，在人们与历史失去了联系之后，古旧的文化地图将失去它的有效性，人们在这样的文化地图上既不能明确自己的位置，也难以用它去识别未来的方位。90年代的巨大变化，就使我们遇到了这样的麻烦，社会生活主体或中心的位移，产生了无可避免的剧烈的文化冲突和心理震荡。我们随时都可以见到类似刚刚断乳的孩子般的人们，他们郁郁寡欢、茫然失措，心理失去了往日的依托和自信。社会转型所带来的巨大震荡，已不止是新闻联播或街头小报的有意导向或刻意渲染，它在每一个人的心中同时作了不期而至的宣告。"[2]这里所描述的也正是转型时期的中国所存有着的意义及其表征的危机与其现实体现。这也就是说，相对稳定而确然的意义范式可以确立人们现实行为的意向性，可以提供较为完备的价值判断的标准与原则，可以引导人们自信地进行当下的社会文化活动；而意

①　孟繁华：《众神狂欢——当代中国的文化冲突问题》，今日中国出版社1997年版，第29页。
②　孟繁华：《众神狂欢——当代中国的文化冲突问题》，今日中国出版社1997年版，第31页。

义及其表征的危机则有可能导致人们思维、判断与行为意向上的矛盾与混乱,导致社会文化心理的失衡、茫然与无措,人们无法亦无从对自我的现实行为进行定向与定位。

可以说,转型时期意义及其表征的危机主要体现在以下相关侧面:其一,社会认识论与本体论的危机。从人类思想史发展的角度上来看,在社会文化转型的历史时刻,必然会产生特定的意义及其表征的危机,这是由社会模式的转换、文化范式的变动与人们的认识方式、精神生活方式的历史性变动造成的。在 20 世纪的中国,这种意义及其表征的危机应该说主要发生过两次:一次是五四前后;一次是新时期以来。这两次意义及其表征的危机对 20 世纪中国社会文化与艺术审美的重建,皆带来了极为深刻的历史影响。新时期以来,传统的社会主义制度(亦即计划经济的、"一体化"的制度)面临着自身"合法性"与"合理性"的危机,这是引发社会认识论危机的一大根源。与此相关,新时期以来各个现实社会文化领域所进行的改革与体制创新,也正是在为社会主义新的制度范式及其确立寻求新的"合法性"与"合理性"的现实依据。可以说,意义及其表征危机的出现,一方面会不可避免地带来一系列的思想文化的冲突与混乱;另一方面,又为思想文化与艺术审美的重建提供了多向度的可能性。

其二,由社会认同、文化认同、价值认同与角色认同的危机所导致的整体性精神危机与个体性信仰危机。转型时期也就是一个历史大变动的时期,在这样的语境中,政治、经济、文化等现实领域皆出现了特定的历史性转折,进而对主体传统的思维方式、情感方式与行为方式带来了巨大的冲击与挑战,这必然会导致人们的社会认同、文化认同、价值认同与角色认同出现危机,导致人们的道德危机与信仰危机,进而导致整体性的精神危机。80 年代初期,潘晓的信所表达的幻灭与迷惘的情绪,已展现出在新的语境之中青年一代的信仰危机。① 无疑,这是转型时期意义及其表征危机的较早体现,而在人文社会科学领域中的反思思潮与反思文学思潮中,这种意义及其表征的危机则有了更进一步的深化,并直接导致新潮小说与先锋文学在 80 年代末 90 年代初的出现。20 世纪 90 年代以来的解构性思潮、后现代主义和大众文化思潮的崛起及其蔓延亦正建立在转型时期中国所出现的意义及其表征危机的基础之上,并在事实上成为这种意义及其表征危机的解毒剂。

---

① 潘晓的信发表于《中国青年》杂志 1980 年 5 月号,其所提出的"人生的路为什么越走越窄"的疑问,在当时的青年人群中引起了强烈的共鸣,进而引发了一场有关人生观问题的大讨论。

在某种意义上可以说,解构的倾向与冲动、意义及其表征的危机实乃理解转
型时期中国社会文化思潮及其流变的关键点之一。亦正基于以上的认同危
机,人们对"谁是变革现实的最为基本力量"这一问题出现了认知上的歧异,
并进而导致普遍性的不信任感与挫败感。

其三,社会文化心理的失衡与整体性精神格调、境界的下滑也是转型时
期中国的意义及其表征危机的基本体现。在转型时期的中国,新的利益集
团的崛起,社会腐败的加剧,贫富悬殊的扩大,社会竞争的不公平、不平等、
不公正,社会正义的缺失等的存在,必然会导致社会文化心理的严重失衡,
并进而引发了一系列现实社会文化问题的生成。与社会文化心理的严重失
衡密切相关,20 世纪 80 年代末期以来,整体性文化构成与日常精神生活领
域之中的人文精神、理想主义、乌托邦理念开始沦落,人们尤其是知识分子
开始躲避崇高,痞子精神也随之流行;世纪交替之际,随着市场经济体制的
确立与西方后现代大众消费性文化的涌入,一时之间,物质主义、实用主义、
消费主义、享乐主义、非道德主义等大行其道,这一切必然会导致整体性精
神格调、境界的下滑。应该说,这种意义及其表征的危机如果不能得到及时
而充分的遏制,其必然会影响到中国社会文化的可持续性发展。

从以上的分析中我们可以看到,所谓意义及其表征的危机其实就是文
化的危机、思想的危机与信仰的危机。转型时期中国的意义及其表征的危
机是一种深刻的社会文化现象,并波及艺术审美领域,它的产生是必然的,
其存有着复杂的生成机制:其一,改革开放对新中国成立后中国的社会文化
传统的冲击。其二,从一体化社会主义计划经济到多元化社会主义市场经
济制度的模式选择对中国现实社会文化的冲击。其三,从崇高性、理想性、
理性化的精神文化模式向世俗性、大众消费性、欲望化的精神文化模式的转
换对转型时期中国的精神文化构成及其发展产生了极大的影响。其四,在
转型时期的中国,传统的确定性认识范式与思想模式业已解体,而外来性的
认识范式与思想模式一时又无法本土化,这样迷茫、徘徊与无可适从也就构
成为一种时代性的心态特征。这种心态特征与情感意向,无疑深刻地影响
到转型时期主体的心态及其对现实的认知、把握和体验。其五,西方思潮的
大量涌入尤其是后现代大众消费性文化思潮的涌入,也是转型时期意义及
其表征危机的一种特定的生成机制。总之,意义及其表征的危机相关于一
体化社会文化体制的转换,相关于传统哲学范式与意识形态范式的解体,更
相关于转型时期新的认识范式与价值规范的尚未确立,各种思潮之间的冲
突更强化了这种危机及其运作态势。

转型时期中国的意义及其表征的危机主要发生在两个时期：一为 80 年代中后期的新时期；一是 90 年代中后期以来的后新时期。在这两个不同阶段上，意义及其表征危机的特质、构成与具体体现存在着明显的差异，虽然我们承认其间存有着贯穿性的质素，也就是那些在两个阶段上一直存在着而又未能得到应有消解的特定的意义危机。一般言之，80 年代中后期的意义及其表征的危机，相关于人们长期持有的传统意义体系解构之后、新的意义体系尚未建构起来，其所导致的是浪漫主义的被无视、鄙视、谴责与放逐；90 年代以来的意义及其表征的危机则相关于市场经济、后现代大众文化与社会腐败的全方位冲击，其所带来的是对浪漫主义的误读、误释与遮蔽。

从以上的分析中我们可以看到，意义及其表征的危机在各种不同现实领域之中的具体体现及其生成机制是不同的，无疑这需要我们进行具体、系统而深入的研究。应该说，这是一个既具有理论价值，又具有实践意义的论题。但对于这一问题，理论界却未能给予较为充分的重视，在文学理论与文学史研究领域更是如此。这也从一个侧面表明，转型时期中国的意义及其表征的危机对文学叙事与理论批评所产生的深刻影响。在我们看来，转型时期中国的浪漫主义、新潮小说、先锋小说、新写实主义、大众文学、后现代主义等文学现象与文学性审美文化现象也只有在这一维度之中才能得到真正意义上的理解。

2. 意义及其表征的危机与转型时期中国文学的流变

文学活动是整体性社会文化活动的一个构成部分；文学活动作为一种特定的话语活动，它的生产与消费，文本话语意义的建构、呈现、解释与接受，皆要受到来自社会文化系统的各种要素的制约。这也就是说，整体性文学活动与广泛的社会文化活动之间存有着密切的结构性关联与功能性关联，文学思潮的生成与流变必然相关于特定的社会文化思潮，并受到社会文化思潮的现实规定。当然，文学思潮也能够呈现乃至引领特定的社会文化思潮。在社会文化的转型时期，中国文学在解构与分化中急匆匆地进行着自身的思潮流变。所谓解构指的即是转型时期的中国文学艰难地拆解着自身政治意识形态中心论的模式，极力摆脱自身的政治工具的地位和来自于政治的压力。无疑，这种解构与整体性社会文化的分化是密切相关的，并且是在分化中解构、在解构中分化的。在一体化的社会文化体制中，"政治是统帅，是灵魂，是一切的命脉"，这种政治中心论的话语典型地表现了政治压倒一切所具有的至上性、主导性和威权性。在转型时期的中国，这种由政治中心化体制所导致的政治、经济与文化的一体化开始走上了解构，而代之而起的则是社会文化系统的内在分化。在这里，所谓分化指的就是转型时期的中国文学在不同文学主体的艺术选择与文化选择之中，其形态所呈现出的不同的意向与构成，乃至形成了一种特定"无中心"的、多元共生的文学景观。在分化的过程中，在转型时期 90 年代的现实语境中，面对市场经济、市民文化与大众传媒的现实社会文化机制，在实用主义、消费主义、后现代主义思潮和商业大潮的冲击和促动之下，文学走上了"大众化"之途，在特定意义上呈现出特定的后现代性特征，并进而形成了以主导性政治意识形态为取向的文学、探索性的先锋文学与大众通俗文学三元鼎立的格局。无疑，这种解构与分化皆相关于转型时期中国的意义及其表征的危机。应该说，这是我们研究转型时期中国文学的最为基本的语境，也正是这一语境既赋予转型时期中国文学以历史的规定性，亦赋予其以特定的审美规定性。

应该说，意义及其表征的危机必然会带来艺术审美的困境，带来情感表达与文学叙事的危机。20 世纪 80 年代末期以来，与知识分子的角色认同危机、立场的暧昧不清密切相关，在创作领域之中开始出现"先锋试验"、"私人化写作"与"零度写作"；在理论批评领域之中则有"语言学转向"与反本质主义的生成，并出现了"表征危机，即将表征差异和个体自由极端化，使交流不可能；批评语言的狂欢，即概念堆积、语词过剩；语言成了碎片，再也不能整合人的形象，导致后乌托邦话语。"[①]的确，80 年代以来，无论是在思想学术领域、理论批评领域，还是在日常生活领域皆存有着一个"术语爆炸"、"语码增值"、"文化多元"与新语词泛滥的现象，这一现象亦正标示着传统社会群体的解体与新的社会群体的出现，同时也标示着传统的认识论危机与现实的意义及其表征的危机。当然，这种危机所展示的不仅是传统的社会文化体制与群体的渐趋解体以及由此而引发的道德、思维和行为上的纷繁多元，同时也体现着新的社会文化模式的探索。而这一切必然会带来人们的认识观念的多元化与文学取向的多元化，而浪漫主义的泛化、流散与漂移，浪漫精神与浪漫性的生活化、日常化也正相关于这一语境及其流变。意义及其表征的危机在文学叙事之中的体现即在于叙事者观察视角的变换，进而使叙述者作为观察者的身份变得可疑；在于人物行为与事件之间的关联及其发展的多向性和非确定性，从而使事件的结局变得扑朔迷离；在于叙述方式本身代替了传统的"叙事"。也正基于此，在转型时期中国的先锋小说中文学

①　见南帆语：《思·语·诗——"语言学转向与文学批评"研讨会综述》，《思想文综·1》，暨南大学出版社 1996 年版，第 145 页。

叙事转变成为形式试验与"语言瀑布"。这也就是说,这种危机在文学叙事上的表现即是审美意义观的多元化,当然其中也包含着意义感的丧失与社会深度的消解。

在新时期之初,王蒙、宗璞等人的小说以及朦胧诗中,业已体现出特定的意义危机的迹象。事实上,也只有从意义及其表征危机的角度,我们才能对朦胧诗、意识流小说等新的文学探索现象做出较为系统而深刻的理解。新时期中国文学对意义危机的最初回应,主要体现在"反思文学"中。在王蒙的"意识流小说"中,从人物塑造到文本结构皆对传统的小说叙事模式进行了突破,"这些作品共同的地方,是大都不很重视故事情节的连贯性,而特别重视心理刻画,重视描摹人的感觉,重视作品的线条、色彩和音响效果,写法上往往采取时间上的交错,直接或间接的内心独白、联想和幻想相结合等方式。"①这种意义及其表征的危机在艺术审美观念上的一大体现即是对传统典型观的质疑与突破。传统的文学典型观是与传统的文学认识论模式、意识形态模式相一致的,其要求文学必须通过典型人物的塑造来反映人的阶级性与群体性,来表现社会与人生的代表性特征,来揭示社会的发展规律。也正是在 80 年代初、中期,人们开始对这种传统的典型观提出质疑。于其中,王蒙是较为自觉的一个,无论在理论观念还是在具体创作上皆是如此。王蒙认为,文学固然要写人,但人并不等于人物,人物也并不等于人物性格,"我们可以着重写人的命运、遭遇——故事;也可以着重写人的感情、心理,可以写人的幻想、奇想,还可以着重写人生存于其中的自然环境——风景;可以写人的环境氛围,生活节奏;也可以着重写人物——性格。"②"通过细节刻画人物性格,这很好,它为文学的画廊提供了一幅幅栩栩如生的人物造型,略过外在的细节写心理、写感情、写联想和想象、写意识活动,也没有什么不好。后者提供的不是图画,而更像乐曲。它探索人的心灵奥秘,它提供的是旋律和节奏。"③所以,在有的人看来,王蒙的文学观及其创作,"向传统的文艺理论提出了挑战,他的创作实践表明,小说不一定非塑造典型不

① 刘梦溪:《王蒙的创作和新时期文学的发展趋向》,见《夜的眼及其他》,花城出版社 1981 年版,第 306 页。

② 王蒙:《对一些文学观念的探讨》(1980),见《夜的眼及其他》,花城出版社 1981 年版,第 301 页。

③ 王蒙:《对一些文学观念的探讨》(1980),见《夜的眼及其他》,花城出版社 1981 年版,第 302 页。

可,也可以写人的感觉和情绪。"①80 年代初、中期的文学探索,"是不满于固有的小说规范和形式表现力,努力谋求一种新艺术空间的可能性拓展";"它们多半没有我们习见的那种完整故事——如一定说是一个故事,那它们也是断断续续的、残缺的,没有来龙去脉的,因而也是难以娓娓动听地予以复述的——而只是一种生活状态、一种情绪状态,一种感知状态或一种经验状态的个性化保持。"②故事情节因果逻辑线索的缺失,是小说情节淡化的基本机制,而这种缺失与淡化的根本原因即是转型时期中国的意义及其表征的危机。当然,20 世纪 80 年代初、中期,转型时期中国的意义及其表征危机尚未全面地展示出来,因而文学对这种危机的表现尚是不充分的。

随着一体化的社会政治体制渐趋解体,转型时期中国的意义及其表征的危机开始从潜在状态浮现出来、弥散开来,各个现实的社会文化领域皆出现了危机的症状。一时之间,"哲学危机"、"道德危机"、"历史学危机"、"戏剧危机"、"理论批评危机"……如此等等,成为流行性语汇。与此相伴随,在文学领域之中则出现了"新潮小说"、"先锋小说"、"私人化写作"、"新历史主义"、"新写实主义"、"女性主义写作"等创作潮流。无疑,这一系列创作现象的生成与流变,皆相关于转型时期中国的意义危机与乌托邦理想的丧失,它们也正是现实社会文化领域的意义危机与乌托邦理想之丧失在文学创作上的反映与体现。也正基于现实的意义危机、信仰缺失、乌托邦理想解构与人的欲望的膨胀,在后新时期的语境中,传统浪漫主义必然受到极大的冲击,并促动新的浪漫主义文学形态的生成与发展。

3. 意义及其表征的危机与转型时期中国浪漫主义文学的历史规定性

正如以上我们所言说的那样,意义及其表征的危机恰恰也正是社会危机、文化危机、精神危机、道德危机的最为集中、最为根本的体现。亦正基于此,我们可以从意义及其表征危机的维度上来探讨转型时期中国浪漫主义文学的生成、流变及其历史规定性。应该说,任何浪漫主义文学现象的生成、流变机制皆是历史具体的,也正是其生成、流变机制的历史具体性使浪漫主义文学的具体形态具有了差异性;另一方面,在各种浪漫主义文学现象的生成、流变机制之中,又的确存有着一系列相通、相似的质素,亦正是这些相关质素的存在使各种具体的、歧异的浪漫主义文学现象具有了特定的族类相似性。在这一问题上,勃兰兑斯、韦勒克、伯林、巴特勒等浪漫主义研究

---

① 杨绫先:《勤奋的探索,勇敢的创新——王蒙创作讨论会情况综述》,见《夜的眼及其他》,花城出版社 1981 年版,第 249 页。

② 《〈探索小说集〉后记》,上海文艺出版社 1986 年版,第 310 页。

者皆有所论列。在伯林看来,德国浪漫主义者"是一群绝对天真的人。他们穷困、羞怯,他们是书呆子,在社会上处境尴尬。他们动辄得咎,不得不仰人鼻息,充当大人物的私人教师,他们总是充满了羞辱感和压抑感。显然,他们就像席勒所说的'弯枝',总是向后回跳击中弹压他们的人。这和普鲁士有关,他们中的多数来自那里——和腓特烈大帝统治下的极度父权制国家有关,也和如下事实有关:作为一个重商主义者,腓特烈大帝增加了普鲁士的财富,增强了她的军队,使她成为所有德意志公国中最强大、最富有的一个;然而同时,他使农民贫困并且没有给予大多数市民充足的就业机会,这些也是事实。那些人中的大多数都是牧师和文职人员之类的后代,他们所受的教育使他们具有某种智力上和情感上的抱负。结果是,以最严格的方式保存了社会差别的普鲁士,因为多数工作机会被那些出身良好的人所占据,这些人的抱负无法得到充分表达,并相应地受到挫折,所以开始培育一切可能的幻想。此中有真意。至少,在我看来这是一个更合理的解释——一个屈尊的群体,受法国大革命及普遍革命的鼓舞,应该会引发这样一个运动……无论如何,浪漫主义运动起源于德国,并且在那里找到了归宿。但是,它越过国境,传向任何一个存在某种不满的国家,尤其是那些被野蛮或高压或无能的一小撮上层人士所压迫的东欧国家。也许,在所有国家中,正是在拜伦引领整个浪漫主义文学运动的英国,它找到了自己最为激情澎湃的表达,因为十九世纪早期,拜伦主义几乎就是浪漫主义的同义词了。"①伯林的如上论述有以下相关侧面的问题是值得注意的:其一,这仅是对一种特定的浪漫主义形态也就是德国早期浪漫主义的生成而言的,这种浪漫主义的生成相关于普鲁士独特的社会文化环境与一个身受挤压、心怀不满的社会群体。问题的关键在于,即使是伯林本人亦曾将浪漫主义划分为"进步"或"革命"与"保守"或"反动"两种形态类型,②它们的具体的生成机制必然存在着这样或那样的差异,时代性、民族性、个体性等相关质素的参与无疑会使问题变得更加复杂,它们所造成的形态之间的差异也会更大。在某种意义上可以说,也正是不同的生成机制使浪漫主义文学存有着不同的特质、构成及其意向。大致说来,浪漫主义主要发生于意义及其表征出现危机的社会文化转型时期。亦正是在这样的语境中,一些敏感而又有抱负的人感受到这种危机并基于自我的现实体验来进行特定的思想文化与艺术审美的选

---

① [英]以赛亚·伯林:《浪漫主义的根源》,吕梁译,译林出版社 2008 年版,第 130—131 页。

② 参阅[英]以赛亚·伯林:《浪漫主义的根源》,吕梁译,译林出版社 2008 年版,第 127 页。

择与创造,进而促动着特定形态的浪漫主义的生成与流变。其二,浪漫主义思潮是可以传播的,无论是西欧还是东欧,只要具备相似、相应的社会文化条件,即会生成具有特定民族性、时代性的浪漫主义文学形态。无疑,于其中存在着一个对影响源思潮进行选择性接受与地方性、创造性转换的问题。其三,拜伦主义是与德国早期浪漫派存有着差异性的一种特定的浪漫主义形态,其更具有"激情"与"叛逆精神",更强调"不可征服的意志,同时整个唯意志论哲学,整个必须由天才人物征服和控制世界的哲学观点也由他而起。"[1]这也就是说,拜伦主义有其现实针对性与特定的生成机制。通过以上的论述我们可以看到,亦正基于 20 世纪中国社会文化的独特环境,其浪漫主义文学的生成与发展必然要立足于具有特殊性的中国问题来对西方或苏俄浪漫主义思潮进行相应的选择性接受、误读与创造性的转化,以使其适应于中国语境的独特要求。

在转型时期的中国,意义及其表征的危机在政治意识形态领域中,即体现为传统政治理念的解构、革命理想主义的沦落,其最为直接的后果也就是传统的、以革命浪漫主义为代表的"社会理想性浪漫主义"的消解;意义及其表征的危机体现在精神文化领域中,即表现为传统的人文理想、价值体系、道德观念、审美精神的解构与迷失,进而使传统的"人文理想性浪漫主义"走向沉寂与末路;意义及其表征的危机在日常精神生活领域中,即表现为人的情感方式、行为方式及其意向的转换,传统的对崇高、神圣、高尚、纯洁等情操、格调、境界的追求被人们抛弃,其所导致的是"个体情感性浪漫主义"的重构;大众、大众传媒、大众文化、大众消费性审美文化的出现与崛起,改变了传统的社会群体观念、角色职责意识,同时也改变了精神文化的总体构成,大众存有着自身所特有的个体意识、情感与想象,这一切也就使"大众幻象性浪漫主义"的生成与发展成为可能,这种形态的浪漫主义业已脱离了传统的纯文学范式,既是现实的意义及其表征危机的直接产物,同时也是传统纯文学范式危机的直接产物。如果说以上浪漫主义文学诸形态的解构、重建或新创皆植根于转型时期中国的本土性问题并具有显明的地域性特征,那么"生态性浪漫主义"的生成与崛起则不仅是中国问题的独特产物,而且相关于人类生存的总体性危机与自然生态的总体性危机,这是一种相关于"现代性"的意义及其表征的危机,因而也更具有世界性、总体性与普遍性。在深层意义上,"生态性浪漫主义"相关于对传统性自然观、哲学观、社会观、

---

① ［英]以赛亚·伯林:《浪漫主义的根源》,吕梁译,译林出版社 2008 年版,第 132 页。

经济观、发展观与价值观的解构。这也就是说，以上观念领域及其体系之中所蕴含的意义向度业已出现了危机，其已不适应人与自然之和谐关系的建构，不适应人的现实生存，不适应人类社会文化的可持续性发展；其所强调的是自然的"返魅"，强调的是人向生命与生存的本真的"复归"，因而可以说，生态性浪漫主义更具有人类生存本体论的意义。

浪漫主义文学的生成是有其根源的，其根源主要有政治意识形态、宗教意识形态与个体世界观及其对现实所具有的超越性。可以说，各种形态类型的浪漫主义文学（包括其理论）皆可以在相应根源中找到其生成、存在及其现实运作的基本依据。当然，它们绝对不会是抽象的，而是历史具体的，总是与其所处的社会文化环境密切相关的。转型时期中国浪漫主义文学的历史规定性，直接相关于这一时期现实社会文化语境的历史转换。也正基于现实社会文化的规定，转型时期中国的浪漫主义文学与五四时期的"个体情感性浪漫主义"、40年代的"革命浪漫主义"、新中国成立后的"两结合"变异性浪漫主义文学分界开来。但历史是不容割裂的，事实上转型时期中国的浪漫主义文学与以上三种形态的浪漫主义文学之间存有着密切的关联，它们一方面是转型时期中国的浪漫主义文学背离与超越的对象；另一方面，它们又构成为后者发展自身的相关资源。

转型时期中国浪漫主义文学无疑是现实存在的，这是一个不争的事实，然而其又的确存在着自身流散与漂移、并从"隐在"向"显在"流变的形态特质。应该说，这相关于转型时期中国的社会文化环境与艺术审美语境所给予浪漫主义文学的历史规定性。对转型时期中国浪漫主义文学的历史规定性进行理解，理应重视以下相关侧面的问题：其一，社会文化的历史变动，使政治、意识形态与革命变成为一种游移不定、歧义纷呈的概念，人们无法达成相应的共识，置身于其中的主体一时也无从建构起有关政治、意识形态与革命的基本理念，乃至"革命"作为20世纪中国的一种主导性社会文化范式在转型时期的中国为人所抛弃、拒绝。事实上，政治、革命与意识形态亦正是支撑20世纪中国浪漫主义文学尤其是"革命浪漫主义"、"两结合"变异性浪漫主义文学的最为重要的质素。而传统政治、革命与意识形态理念的解构必然使传统的主导性浪漫主义文学形态丧失自身存在的合理性与合法性，进而使当下的浪漫主义文学创作及其理论批评处于一种流散乃至混乱的状态，也不能成为一种影响巨大的现实力量，所以无法与现实主义、现代主义、后现代主义等文学思潮相抗衡。其二，社会文化的历史性变动导致了人们意识观念与思维方式的巨大变革，一切仅仅是一个开始，一切皆具有非

确定性,因此导致现实主体的意义及其表征的危机。在意义及其表征出现
危机的语境中,时代性的政治理想、社会理想、道德理想、审美理想与文学理
想在不同的群体、个体那里呈现出异常复杂乃至矛盾的景观。这一切在深
层次上制约着转型时期中国浪漫主义文学的创作及其现实影响。其三,对
浪漫主义的误读和误解,在观念层面上制约着浪漫主义文学在转型时期中
国的深入发展,也限制了浪漫主义文学所理应产生的现实影响。其四,支撑
转型时期中国浪漫主义的现实力量主要来自于主导性政治意识形态对"现
代化"、"先进文化"、"和谐社会"等所做出的构想;精英知识分子有关"人文
精神及其重建"所进行的富有建设性的研讨;理论批评界对当下文艺创作及
其理论批评的不满及相关创作理念的提出;面对人类的生存危机与自然的
生态危机而崛起的生态美学、生态批评和生态文学;面对物欲横流与技术理
性统治的社会文化现实,一些人所做出的激情反抗;大众文化、大众文艺对
浪漫主义的嫁接与改造,等等。以上这些现实力量及其对转型时期浪漫主
义重建的功能,无疑是值得我们加以深入而系统地研究的。

(二)转型时期中国浪漫主义文学的审美规定性

从一般意义上言之,个性、自由、启蒙、革命与民族性、时代性的政治意
识形态等所构成的是 20 世纪中国浪漫主义文学的历史本体,这种历史本体
规定着个体、情感、想象、主体自我形象、意象体系、话语修辞等所构成的浪
漫主义审美本体。

与传统浪漫主义文学相比较,转型时期中国的浪漫主义文学在自身发
展中所面对的最为基本的问题主要有意义及其表征的危机与世俗化思潮的
冲击,其制约着浪漫主义文学的历史规定性与审美规定性。对于转型时期
中国的世俗化潮流及其理解,周宪曾做出如下的把握:其一,中国文化正经
历着从乌托邦的理想主义形态转向实用主义、现世观念和消费社会的变化;
其二,形而上的充满激情的理想主义和未来主义正在被一种形而下的实用
理性原则和现世主义所取代;其三,经济对文化的压力是多元、多向的;其
四,艺术和生活的界线正在消失,或者说是生活的审美化;其五,"意义的通
货膨胀"开始出现,戏剧性开始代替了崇高;其六,出现了闲暇。① 这种分析
基本上符合 90 年代以来中国社会文化与艺术审美的流变态势及其规定性,
同时这也是我们把握转型时期中国浪漫主义文学创作、重建当下浪漫主义
新观念的现实基础与前提。在某种意义上可以说,从来就没有一成不变的

---

① 参阅周宪:《中国当代审美文化研究》,北京大学出版社 1997 年版,第 301—309 页。

浪漫主义文学观念;浪漫主义总要接受来自现实社会文化的规定,由此其必然随着时代精神、政治意识形态、主体心态情绪的历史性变动而发生自身观念与形态上的转换,从而赋予浪漫主义文学以新质,并要求重构浪漫主义的艺术审美观念。转型时期中国浪漫主义文学观念重建的基本点主要有:其一,对生存的精神支柱的关注,对灵魂的救赎,对人的生命力的歌咏,对大自然的雄奇瑰丽及其作为人的生存家园与精神托庇之所的赞颂;其二,抗衡技术工具理性的统治;其三,抗衡世俗化大潮之中了无节制的欲望及其表达的不断膨胀;其四,重建正常而均衡的文艺与审美文化的现实秩序;其五,重建转型时期中国文化精神的多元体系。无疑,重建转型时期中国新的浪漫主义文学的意义亦正在于此。

在 20 世纪 90 年代初,有的论者从本体论的意义上仍坚持认为:"文学最本质的特征在于它对现实世界的'理想化改造'和'虚构性重构',舍此,便不再是文学。文学注定永远不能放弃对'神话'(广义的)的追求和书写而沦为对现实的复制。另一方面,文学从来也无力承当世界的终极阐释者的角色。人们也从来没有真正从'历史的'、'科学的'标准来要求文学,衡量文学的成败得失并依此确定其价值。文学对世界的解释,从来都是主观的、片面的、个人化的。因而,文学始终是人类'乌托邦情结'的理想的寓所。"①这里的相关观点,实际上即是对文学的浪漫质素与理想精神的认定,也正是基于转型时期中国的社会文化现实与艺术审美现实、基于文学观念的现实流变来重新定位文学、重新理解文学的特质及其构成。这也就是说,在该论者看来,转型时期的中国文学理应具有浪漫性的精神特质、逻辑构成及其意向。亦正基于这种理解,在考察转型时期中国的文学及其流变时,其提出了文学从"中心乌托邦"向"边缘乌托邦"之转化的论题,并认为"正因为 90 年代文学的边缘化状态和边缘化价值取向,才使其更有可能充分体现出乌托邦的特色。"②在该论者看来,"我们将 90 年代以前的文学价值定位为'中心乌托邦',而把 90 年代之后的文学价值定位为'边缘乌托邦'","'边缘乌托邦'作为一种价值定位,与'中心乌托邦'相比,第一,它不再有一个全面覆盖文学的价值中心,尽管这个价值中心因社会/历史因素的变化常呈现为不同的形态,但这个中心却始终存在并发挥巨大的影响力;第二,它不再以民族/国家

---

① 徐德峰:《边缘乌托邦——90 年代文学的一种价值定位》,《天津社会科学》1994 年第 6 期,第 60 页。

② 徐德峰:《边缘乌托邦——90 年代文学的一种价值定位》,《天津社会科学》1994 年第 6 期,第 60 页。

为价值主体；第三，它不再是民族/历史/大众的代言和对民众的'强制性启蒙'，它不再具有拯救历史的权威性；第四，它不再与社会/政治/历史完全同步，不再为其现实'使命'牺牲个体的自由。因此，'边缘乌托邦'不是政治乌托邦，而是一种纯粹精神性的理想和归宿。它立足于边缘，享受着边缘的自由，也承受着边缘的局限。'边缘乌托邦'是一种无中心的'众声喧哗'。任何一种价值形态都具有存在的天然合理性，而且它们也没有价值上的高低之分、优劣之别；'边缘乌托邦'是一种以个体为价值主体的选择，它是纯粹个体化、个性化的精神梦园，而且绝没有君临一切和普济众生的优越；'边缘乌托邦'是一种价值呈示，它不强求更不强制人们接受，因为它只是立足于个体的生存状态和人生经验基础上的价值选择。因而，'边缘乌托邦'是一次文学价值'非中心化'的集体尝试，它是对主流中心化价值的逃避和撤离。它是一种立足于个体的自我抚慰和温情寄托，是逃避现实生活激烈矛盾和冲突的梦幻世界和诗意情怀，也是对主流意识形态话语的轻盈的消解，或许，这也是一种间接的、'审美'的抗争。"①应该说，这里对转型时期中国文学的理解与定位是具有特定的解说张力并富有启示意义的，"边缘乌托邦"不仅指出了转型时期中国文学的基本特质，更为重要的是，"边缘乌托邦"也是对转型时期中国浪漫主义文学的特质及其定位的一种较为恰切的概括。无疑，以上对转型时期中国文学之"边缘乌托邦"的价值定位以及对其特质、意向与形态类型的多元化、多样化的把握，业已涉及"开放性浪漫主义"的理解问题。

应该说，转型时期的新的浪漫主义文学已不同于传统的浪漫主义文学，它是一种具有新的历史规定性与审美规定性的浪漫主义文学，乃至可以说，这是一种在保持自身独立精神品格的基础上而走向开放与整合的浪漫主义文学，所以我们将其称之为"开放性浪漫主义"，用以与传统浪漫主义文学相分界。的确，在后现代大众文化时代，传统意义上的浪漫主义文学形态也许不可能存在了，但这却并不意味着浪漫主义、浪漫精神、浪漫性的消亡。这也就是说，在当下的语境中，浪漫主义正在走向开放与多元化，某些特定的浪漫主义形态如生态性浪漫主义、大众幻象性浪漫主义正在走向"思潮化"、"运动化"。事实上，艺术审美中的浪漫精神与浪漫性正在走向日常化、世俗化、生活化，这是当下浪漫主义运作的一大基本情势。可以说，后现代大众

---

① 徐德峰：《边缘乌托邦——90年代文学的一种价值定位》，《天津社会科学》1994年第6期，第60页。

文化所具有的这种浪漫性特征,能够通过其娱乐性、通俗化、仿像化的形式来满足大众的想象与欲望,来平衡大众的心理,来抚慰大众的心灵,这也正是后现代大众文化与大众文艺得以流行的奥秘之所在。

通过以上的相关论述我们可以看到,转型时期中国浪漫主义文学的审美规定性主要体现在以下相关侧面:其一,审美本体的多元性。在20世纪的中国,也只有在转型时期,浪漫主义文学的审美本体才得到了相应的多元化发展,不仅存在着情感本体、理想本体的浪漫主义文学,而且还存在着自然生态审美本体、机缘幻象本体的浪漫主义文学;即使在某一特定审美本体的浪漫主义文学之中,由于创作主体对审美本体选择意向的不同,在其创作的具体形态上也会有多元化的展示,如理想审美本体的浪漫主义文学即有社会理想性与人文理想性的分界;机缘幻象审美本体的浪漫主义文学更有其都市情爱、异域冒险、童话重写、青春梦幻、科幻、玄幻等歧异性的具体形态。其二,审美领域的开放性。与20世纪其他时段相比较,转型时期中国的浪漫主义文学在审美表现领域的维度上更具开放性,其不仅向社会乌托邦、人文乌托邦、现实英雄、爱情、青春、激情等开放,而且还向童话、神话、神秘、神奇、大众性幻梦等开放;还可以在艺术表现方式上向"超语言文字性话语形式"与"跨媒介性话语形式"开放,从而使转型时期中国的浪漫主义文学具有了审美领域的开放性与审美表现的多样性。其三,审美意识的丰富性、自由性、多向性与异质性。在20世纪其他历史时期,尤其是从新中国成立后到"文革"这一时段之中,中国浪漫主义文学是单质性、单一性的,并且是充分政治意识形态化的,无疑这极大地限定了其审美意识的基本构成,因而其审美意识是贫乏的。亦正基于转型时期中国社会文化的改革开放与思想解放,转型时期中国浪漫主义文学的审美意识才得到了极大的拓展,获得了前所未有的自由空间。在转型时期中国浪漫主义文学的艺术表现与意向选择之中,既可以表现激昂、张扬、明朗的情感,也可以表现忧伤、悲凉、幽深的情感;既可以向往"进步性"的乌托邦理想,也可以"复归""退步性"的原始伊甸园或古典田园;既可以畅想未来,也可以"怀旧";既可以表现现实的情怀,也可以表现玄思与梦幻,如此等等。也正是以上的艺术表现机制必然使转型时期中国浪漫主义文学的审美意识向度具有特定的丰富性、自由性、多向性与异质性。其四,审美话语形式的多样性。一般言之,在审美话语形式这一维度上,传统的浪漫主义文学主要依赖于"语言文字性话语形式"来构成、存在并现实运作自身。在转型时期的中国,由于大众传媒的高度发达,更由于技术、资本与大众的参与,"超语言文字性话语形式"与"跨媒介性话语形式"

开始崛起,由此而导致文化的泛化、审美文化的泛化、艺术的泛化与文学的
泛化。这种情势必然会对浪漫主义文学的现实存在、构成与运作造成极大
的影响,进而导致其话语形式走向多样化。这也就是说,转型时期中国的浪
漫主义既可以采用传统的语言文字性话语形式,也可以采用"超语言文字性
话语形式"与"跨媒介性话语形式"。"超语言文字性话语形式"与"跨媒介性
话语形式"是"媒介性话语形式理论"的基本概念与范畴,其是在后现代的语
境中随着大众传播媒介的高度发达而渐趋完备与成熟的,并在技术、资本与
大众的促动之下而渐趋获得了自身主导、主流的地位,这些话语形式正在成
为当下大众审美文化生产的主导性、主流性的方式或形式。① 无疑,这些新
的话语形式既为转型时期中国的浪漫主义文学带来了新的审美特征,同时
也带来了新的艺术表现与话语修辞的问题。其五,审美形态的混杂性与从
"潜隐"到"彰显"的流变性。在审美形态的维度上,与其他时代的浪漫主义
文学相比较,转型时期的中国浪漫主义文学既保留了传统浪漫主义的基本
特质,又吸纳了其他文学形态的有益质素,增加了一系列的新创性质素,从
而使其自身具有了混杂性的特征,其最为基本的表征即是具有特定浪漫主
义质素与效应的"文学性审美文化"的兴起与影响的日益扩大;另一方面,从
新时期到后新时期,中国的浪漫主义文学又的确存有着一个从流散、漂移、
潜隐,到彰显、"思潮化"、"运动化"的流变过程。亦正是在这一流变过程中,
转型时期中国的浪漫主义文学既改换了传统浪漫主义的内在构成及其意
向,而又创生了新的浪漫主义形态,这即是生态性浪漫主义与大众幻象性浪
漫主义。在自然生态危机、社会生态危机与精神生态危机的当下,以上两种
新创的浪漫主义形态无疑具有十分强大的生命力与巨大的现实功能机制。

二、解构性思潮与转型时期中国浪漫
主义文学的思想特质

从严格意义上言之,解构与解构主义是两个不同的概念。所谓解构主
义,实乃西方的一种哲学思潮、文化思潮和文学思潮。作为一种特定的哲学
文化思潮,解构主义的起源可追溯到尼采,中经海德格尔等人的发展,逐渐
在西方思想文化界产生了极大的影响,其特质在于解构西方的逻格斯中心

---

① 关于这方面的相关问题及其理解,参阅杨春忠:《网络时代与"后文学"、"后经典"观念的生
成及其意向》,《人文前沿论丛》(第三辑),中南大学出版社 2009 年版,第 93—115 页。

论,解构西方传统形而上学思辨的思想体系与理论体系。而解构性思潮则是 20 世纪 80 年代初期以来,在中国的社会文化语境之中生成并流变的一种特定社会文化思潮和文学思潮,其基本特质在于解构传统的主导性意识形态观念,解构传统的阶级斗争模式,解构传统的美学观和文艺观,以求确立具有特定现代性或后现代性特质的意识观念体系。在这一问题上,中国学者往往将二者直接等同起来,未能将西方的解构主义思潮与转型时期中国的解构性思潮在本质意义上严格地分界开来,故而造成了一系列的误读。这种误读的最为显明的标志即是,忽视了转型时期中国社会文化的历史规定性,夸大了解构主义思潮在转型时期中国的现实影响。之所以存在着这种分界,是由转型时期的中国作为第三世界发展中国家的独特的社会文化语境所规约的。亦正基于此,我们可以看到,西方解构主义思潮的引入的确引发了某种程度上的虚无主义、相对主义的滋生、蔓延,但解构性行为之下也带来了一系列的文化与文学的重建,如新理想主义、新理性主义与新人文主义等的倡导,皈依宗教的现实行为以及主导性政治意识形态对先进文化的倡导等,这一切皆会对西方式的解构主义思潮产生特定的抑制作用,从而使转型时期中国的解构性思潮与西方的解构主义思潮分界开来。应该说,二者的分界主要在于:其一,转型时期中国的解构性思潮自始至终皆相关于特定的政治意识形态维度并为主导性的政治意识形态及其流变所规约。其二,转型时期中国的解构性思潮并非仅存有着解构的维度,与解构冲动及其行为相伴随,也存在着建构的维度及其意向。只不过是,在不同的历史阶段上,其具体的解构对象与建构意向是不同的。其三,转型时期中国的解构性思潮无论在自身的内在构成上,还是在其现实效应上,皆存在着混杂性的特质。这也就是说,转型时期中国的解构性思潮与西方的解构主义相比较,无论在现实针对性、自身的逻辑构成,还是在其意向性及其现实功能上皆存在着特定的异质性。并且理应指出的是,在不同的发展阶段上,转型时期中国的解构性思潮也存在着明显的差异性。

70 年代末以来,中国的知识分子与作家群体需要反思的武器与批判的武器以解读中国的社会文化现实,而西方解构主义对现行意识形态的批判态度、对传统思维方式和理论模式的解构举措、对人类现有文化知识体系所具有的否定与怀疑精神,无疑给刚刚觉醒的中国知识分子带来了巨大的震动和启示。"十年动乱"结束后,中国开始步履维艰地走上了改革开放之路,社会文化开始步入自身的转型期。不可避免的是,中国的改革开放与社会文化转型必然要面对巨大而沉重的"传统存在":计划经济模式,政治意识形态中心论、落伍陈旧的意识观念,缺少活力的社会文化机制,斗争哲学的流行乃至泛滥……这一切必然会强化人们的解构冲动,并与西方的解构主义的意识观念及其举措相契合。可以说,70 年代末期到 80 年代末期这一时段上中国大陆对西方解构主义的接受主要是在具体方法及其操作的层面上,主要是在对极左政治理念的颠覆方面,而不是在对根基性的理性、理想与社会发展理念的整体颠覆方面。而从 90 年代以来,中国的解构性思潮才渐趋具有解构主义的特质,但仍与西方的解构主义思潮存在着明显的差异。也正基于此,我们把中国新时期以来的这种思潮称之为解构性思潮,用以与西方的解构主义思潮相分界。

所谓解构性行为指的是一种特定的社会文化行为,这种行为的指向在于对传统或现存的话语权力与意义模式进行特定的批判、拆解、祛魅乃至颠覆。所谓解构性哲学思潮、文化思潮和文学思潮是与西方解构主义思潮相比较而言的。一般来说,西方的解构主义思潮的立足点是西方的社会文化传统与现实,它更侧重于从语言哲学与符号学的角度来进行理论解构,它主要在人文社会科学内部对传统的形而上学思辨体系和罗格斯中心主义进行批判、拆解和离析,这正如罗兰·巴特所指出的那样:后结构主义亦即解构主义是某种"学科间的活动",[①]而中国新时期以来的解构性思潮则并不具备西方解构主义的那种理论的探索性与思辨性,其更侧重于处理并解决中国当在性的社会文化问题,因而具有明确的现实针对性与指向性;其并不把语言学、符号学的方法作为唯一的方法,而是引入了各种各样的理论与方法,如系统理论、精神分析学、西方马克思主义、女性主义、新历史主义等来作为解构的工具,因而具有方法论上的融通性;其并不仅仅是在特定的学科领域内来对传统的形而上学思辨体系进行解构,而是指向从现实到理论的各个领域,所以具有弥散性;如果说西方的解构主义更多地体现为一种特定的理论批评操作,那么新时期以来中国的解构性思潮则能够与更为广泛的文化行为和文学创作结合起来,所以具有特定的实践品格。这也就是说,新时期以来中国的解构性思潮主要体现为一种具有特定普泛性的解构意识,体现为一种现实性的精神意向和实践意向,其与新中国成立之后中国一体化的社会文化建制、与新时期以来中国改革开放的社会文化情势、与中国社会文化的转型是密切相关的。

---

① ［法］罗兰·巴特:《从作品到文本》,转引自 E. A. 楚尔加诺娃:《当代国外文艺学》,上海译文出版社 1993 年版,第 2 页。

70年代末80年代初以来的中国,各种各样的社会文化思潮和文学思潮此起彼伏,不断涌现。在创作层面上,出现了伤痕文学,朦胧诗潮,反思文学,现代派文学,寻根文学,实验性戏剧,先锋小说,通俗文学的复兴,新写实、新体验和新历史主义,第三代诗歌,大众文艺的崛起,私人化写作,后现代主义文学创作,"文学性审美文化"的兴起等;在理论批评层面上,则出现了现实主义复归论,"三个崛起",东方意识流的倡导,人性与异化问题的讨论和人道主义思潮,文学主体性理论,各种形态的文学本体论对工具论、意识形态本体论、反映论文学理论的冲击与消解;"文化热"与"方法论热","重写文学史"思潮,后现代主义理论的倡导,"东方主义",人文精神大讨论,文化重建问题的持续性讨论等。以上的创作思潮与理论批评思潮皆具有特定的解构性。可以说,在这一特定历史时期,在中国的思想文化界和文学界,一个贯穿始终的思潮即是解构性思潮。这种解构意向及其领域不断地扩散和泛化,最终确立了多元论的话语体系。这诚如有人所指出的那样:王朔、苏童、余华、叶兆言、格非等人"实际上在进行一场解构革命,解构大写的人,解构历史,解构意义,解构过去的总体叙述方式。解构人,才能和伤痕文学相区别;解构历史,则与过去的革命文学完全不同。"①这里所指出的亦正是90年代中国小说创作之解构的广度和力度。从中我们也可以部分地看到,新时期以来,中国的解构性思潮与西方解构主义思潮相比较所存有着的不同特质与意向。

应该说,中国解构性思潮的生成及其发展有其历史的必然性,并且这种解构性思潮在实际上促动着中国社会文化由传统、近代向现代、后现代的转型,这无疑使其具有了特定的正效应。另一方面,我们又必须看到解构的限度,充分地认识到解构的目的是为了重建,是解构后的重建,而一味解构却不思重建则无疑是危险的,其带来的负效应也是巨大的。也正是90年代以来中国文学与理论批评了无节制的解构,而使文学疏离了现实,躲避了崇高,失却了自身的现实关怀意识和终极关怀意识,从而引发了一场有关人文精神的大讨论,这场讨论的中心点即在于解构之后的文化与文学的重建及其意向选择的问题。可以说,在转型时期的中国,80年代初期以来的解构性思潮在90年代末期尤其是新世纪,无疑走上了中国式的解构主义、消极性后现代主义之途。由此,解构性思潮也就渐趋走向了终结。而由解构流变为

---

① 刘再复语,见李泽厚:《世纪新梦·与刘再复的对谈》,安徽文艺出版社1998年版,第380页。

解构主义、消极性后现代主义,解构性思潮也就丧失了自身最初的革命性与建设性,其破坏力量也就渐渐地彰显出来。

转型时期中国的浪漫主义文学是解构性思潮之中的一个十分重要的构成部分,这主要体现在其对传统理想、情感、个性观与自然观等的解构上,体现在其对人、人性、情感、爱情与宗教、信仰以及生态主义自然观的张扬与重构方面,体现在对人文精神的沦落等的批判与清理上,体现在对人生梦想与世俗乌托邦的营造上。可以说,转型时期中国的浪漫主义文学,如朦胧诗、改革文学、知青文学、寻根文学、生态文学以及一切具有浪漫主义特质的文学形态皆具有特定的解构性特质,并在转型时期中国解构性思潮的整体运作之中发挥着至关重要的作用。在这一意义上,解构性是转型时期中国浪漫主义文学的基本思想特质之一。事实上,转型时期中国的浪漫主义文学,一方面全方位地解构着传统的理想主义、乌托邦主义;另一方面,又在解构的同时,在理想、精神与审美、艺术等相关层面上又多有建构。亦正基于此,浪漫主义文学获得了自身在转型时期中国文学整体构成之中的地位、价值与意义。

从 20 世纪 70 年代末到 80 年代末,中国的解构性思潮的最为直接的对象即是新中国成立以来所生成的"革命性新古典主义",在这一意义上,浪漫主义文学创作与其他文学形态或思潮皆是同盟军。应该说,20 世纪中国浪漫主义文学尤其是革命浪漫主义文学与"革命性新古典主义"存在着复杂的关系机制。正如杨春时所指出的那样:"与欧洲浪漫主义有所不同,中国浪漫主义没有反对古典理性,它直接反拨启蒙主义,而不是直接反拨新老古典主义。这是因为,中国浪漫主义不具有欧洲的彼岸性追求,虽然也有宗教思想倾向(如徐訏、张承志),但其价值取向却是此岸的,充满了现实关怀;它不是宗教的信仰主义,而是道德理想主义。这样,古典理性就可能成为浪漫主义的思想资源,而不是反拨对象。20 世纪 30 年代的浪漫主义(如废名、沈从文)没有反对古典理性,而是继承了中国古典文学的道德理想主义精神,创造了山水田园诗般的意境。新时期浪漫主义继承了革命古典主义的理想主义精神,形成了浓烈的道德理想主义色彩。梁晓声的知青情结,张承志的'红卫兵'情结以及他们作品中体现的崇高的理想主义精神,都与革命古典主义有某种渊源关系,只不过把革命古典主义的政治理想主义转化为道德理想主义。"[①]无疑,这里的言说虽具有特定的启示意义,但其中的相关命题

---

①　杨春时:《现代性与中国的诗性浪漫主义》,《求是学刊》2009 年第 1 期,第 101—102 页。

尚有待作进一步的辨析:其一,转型时期中国的浪漫主义直接起源于对"革命性新古典主义"的解构,而并非如杨春时所说的"不是直接反拨新老古典主义"。其二,在 20 世纪的中国,革命浪漫主义构成为具有自身独立性的文学传统,其虽然与"革命现实主义"、"革命性新古典主义"具有密切的关联,但不能亦不应将它们直接等同起来。其三,20 世纪传统的革命浪漫主义可以成为转型时期中国浪漫主义的思想资源,但问题在于,一方面,转型时期中国浪漫主义的思想资源与来源不会是单一的、单质的,而是多元的、多样的;另一方面,转型时期中国浪漫主义文学的"道德理想主义"与传统革命浪漫主义、"革命性新古典主义"的"理想主义精神"相比较无疑具有异质性,即使是梁晓声的"知青情结"和张承志的"红卫兵情结"也绝不是简单地"把革命古典主义的政治理想转化为道德理想主义"。事实上,由于转型时期中国主导性政治意识形态的持续性,其改革与重构理应成为我们辨析以上相关问题的最为重要的环境性质素。

三、转型时期中国浪漫主义文学的形态特征

就新时期以来中国浪漫主义文学的流散、漂移与不断转换的情态而言,无疑既有其历史的根源,也有其现实社会文化的根源。这正如有人所指出的那样:"与'浪漫'所展示的理想生活和彼岸世界相比,客观发生着、进行着的真实无疑是强悍和有颠覆功能的,它将人从一种幻化的虚空沉醉中拉到琐屑、平淡的真实景象中来,用长时间的磨损力慢慢腐蚀人的精神、意志和感情,将一切有意义的主动追寻导入无意义的受动行为,这对'浪漫'的基础无疑是釜底抽薪。从 80 年代至今,中国社会生活的各个方面都处在急剧动荡变化之中,市场经济的确立,商品观念的形成,极大地冲击了人们满足小农经济自给自足的传统观念。而随着对外开放的深入,各种西方意识形态和文化观念也潮水般地涌入中国,人们的思想意识和精神状态也发生了相当大的变化,传统的政治信仰、道德准则和价值观以及人生观都在动摇,社会行为呈现出一种无序紊乱的复杂状态,拜金主义、享乐主义、官僚主义、虚无主义杂合在一起物化着人的精神追求,一方面是欲望的扩张,一方面是理想的萎缩,它只是人们用一种空前现实的态度去对待金钱、权力、婚恋和文化,一切没有直接经济效益的文化形态从现实生活中淡化、退却乃至牺牲,'实用'与'可操作性'成为价值取向的重要标准。在社会由意识向物质、由文化向经济、由'可能'向'所能'的转轨过程中,'浪漫'已被逼到了非常可怜

尴尬的角落,它几乎被视为'空想'、'浮泛'的同类,作为一种艺术精神和审美观照的'浪漫'不仅无力提升现实的未来可能因素,反而在复杂纷繁多变的真实生活的映衬下显出了幼稚、荒唐甚至苍白。……从政治传统和现实反差的角度去探究'浪漫'丧失的原因,毕竟还是外部因素。从内部根源的角度去看,现实主义创作方法的扩展和吞噬是导致'浪漫'衰微的另一个重要原因。客观地看中国文学历史发展,现实主义文学较之浪漫主义文学有着更大的生命力和征服力,浪漫主义文学一直是现实主义的附庸和陪衬。……在现实主义的消解蚕食下,作为一种独立的、与现实主义并行发展的浪漫主义文学根本没有生存的余地和空间,说得直率点就是只有文学的浪漫化而根本没有真正意义上的浪漫主义文学。"[①] 亦正是在以上分析的基础上,其进一步得出这样一个结论:"正是在这种对文学发展的总体观照的基础上,我感到新时期对'浪漫'的遗弃绝不单纯是一个艺术方法的问题,它反映出文学的使命感、创造力、亲和力等积极人文精神的全方位塌方的严酷事实。"[②] 以上的相关论述所指出的正是转型时期中国浪漫主义文学的流散、漂移的形态特征及其造成原因,如果立足于传统的浪漫主义观念,来分析转型时期中国浪漫主义文学的构成及其形态,这里的言说无疑是有其道理的。但是,不同时代存在着不同性质及其形态的浪漫主义文学,浪漫主义的质素与精神特性可以在各种层面上规约着特定形态和意向的文学活动的基本构成及其现实运作。如果从这一意义上来说,转型时期中国的浪漫主义文学业已发生了转换,传统的浪漫主义文学观念不能在真正意义上达成对这一特定时期浪漫主义文学现象的理解、分析与把握。当然,我们也并非希望由浪漫主义占主导地位并一统文坛,进而把现实主义作为其附庸,这同样不符合艺术发展的自身要求及其规律。无疑,浪漫主义与现实主义一样皆存有着一个艺术限度的问题,这是一个有关艺术掌握世界的方式与文学形态的根本问题。更为重要的是,浪漫精神或理想情怀是作为人类最为基本的精神质素而存在的。事实上,客观反映与理想情怀是文学活动的两个最为基本的方式与机制,客观反映使人看到现实存在的真实面目,而理想情怀则使人拥有超越现实限定的动力机制,从而使人生与社会变得更为美好与完善。也正是在这一意义上,在我们看来,在新时期的中国,浪漫主义文学的确未

①　黎风:《呼唤"浪漫"——关于新时期浪漫主义文学的忧思》,《文艺争鸣》1995 年第 4 期,第 31—32 页。

②　黎风:《呼唤"浪漫"——关于新时期浪漫主义文学的忧思》,《文艺争鸣》1995 年第 4 期,第 33 页。

能生成较为完备的"思潮"或"运动"的形式,但由于这一时期所存有着的乐观主义与理想主义的精神,其是以流散与漂移的形态存在于各种各样的文学思潮之中,浪漫主义质素以精神基质的方式规约着各种具体的文学创作,并在事实上发挥着巨大的社会文化功能。这也就是说,那种完全否认新时期存在浪漫主义文学的观点,无论在事实上还是在学理上,皆是缺乏相关依据的。

在 90 年代以来市场经济与世俗化的语境之中,面对大众文化与后现代主义思潮的冲击,传统意义上的文学的总体构成及其精神意向正在走向解体,转型时期中国的文学开始呈现出多样化、多元化的特征,开始呈现出世俗化、私人化、粗鄙化的特征,文学的意义范式与精神格调也出现了一系列的问题。与这种艺术审美情势密切相关,谢冕、洪子诚、孟繁华等人重提文学中"理想"的意义,王晓明、陈思和等人文学者提出人文精神的重建问题,各个不同领域的学者也极力倡导道德的重建与价值的重构;在创作上,史铁生发表了《我与地坛》,张承志写作了《心灵史》,生态文学开始崛起;张承志、张炜等人还发出了"清洁精神"、"反抗妥协"的呼声……这一切一方面展示出对大众文化、后现代主义与世俗化思潮的反思、质疑与批判;另一方面,也展现出人们为重建理想主义与浪漫情怀所进行的诸种努力,无疑这一切为转型时期开放性浪漫主义文学的重构提供了契机。这正如沈乔生在面对文学危机的现实境况所提出的那样:"文学是一种理想,一种境界,或者说近乎一种宗教",其展示出"对现状的超越和对精神彼岸的渴求";对于文学来说,"首要的是一种理想",一种"新理想";①这种"新理想""是在批判中自我实现的一种精神光芒。它不简单地认同生活,它牢牢地置身于时代之中,又渴望着对时代的超越。它是人类在困惑和焦虑中,对精神彼岸的一种企盼和追求,一种注定没有结果的追求";其以"独立、自由的强大的理性的精神"为立足点,来对现实世界进行"批判",而"新理想"的首要之处也恰恰正在于"批判"。② 从这里我们可以看到,在转型时期的中国,人们虽然拒绝并解构传统的"理想",但却并未放弃"理想",乃至于一大批有识之士仍然疾呼重建"新理想"的价值与意义,这一方面表明,理想缺失的社会必然会引发一系列的现实问题;另一方面,这些相关的思想行为也促动着新的人文理想的建构与完善,进而使新的"人文理想性浪漫主义"文学的生成成为可能。

---

① 沈乔生等:《文学和它所处的时代》,《上海文学》1993 年第 10 期,第 70 页。
② 沈乔生等:《文学和它所处的时代》,《上海文学》1993 年第 10 期,第 71 页。

　　转型时期中国浪漫主义文学的命运,既存有着流散与漂移的必然性,也存在着重新崛起的契机。事实上,也正是在 20 世纪 90 年代以来的语境之中,随着生态主义的兴起,也随着大众对浪漫情怀的需求,浪漫主义开始以新的形态而从潜隐状态走向显在状态。的确,在这一时期中,随着中国社会文化情势的历史性变动,传统的理想主义开始退缩、分化,也正是由于物质中心主义、经济中心主义与享乐主义、消费主义观念的生成与蔓延,才从根本意义上导致了新时期中国浪漫主义文学的流散与漂移。与之相伴随,90 年代后期以来,各种形式的"反现代性"、"反文明"、"东方文化复归"尤其是生态主义等思潮开始出现,并迅速产生广泛的社会文化影响。无疑,这种"反文明"、"反现代性"与"反技术理性"的思想态势业已成为一种具有广泛影响的文化思潮、审美思潮与文艺思潮,并且愈来愈对文学创作与理论批评产生极大的影响。应该说,以上这些相关思潮的发展与深化正在事实上为转型时期中国浪漫主义的重构乃至于崛起提供了特定的契机。

　　通过以上的分析可以看到,转型时期中国浪漫主义的流散与漂移、从"隐性思潮"到"显性思潮"的形态特征,可以在以下的相关侧面上得到理解:其一,新时期中国的浪漫主义文学是一种"隐性思潮"形态,虽然其在新时期中国文学的整体流变中具有历史与逻辑的贯穿性,但毕竟未能形成为一种显在性的文学思潮或运动。这种局面在后新时期得到了应有的改变,这就是生态性浪漫主义与大众幻象性浪漫主义的兴起。其二,由于传统的一体化的乌托邦理想走上了解构与分化,新的个体性的乌托邦范式也就开始兴起,由此,转型时期中国浪漫主义的文学形态开始走向泛化、多样化与多元化。于其中,主导性政治意识形态的社会理想、知识分子的人文理想、大众的世俗性理想与边缘性主体的宗教性理想起到了至关重要的作用。也正基于乌托邦理想的分殊,新时期中国的浪漫主义文学无法形成为一种具有内在统一性与共同特征的整体性文学思潮。也正是在这一意义上,可以说新时期中国的浪漫主义文学所提供的是一种边缘乌托邦。其三,转型时期的中国为整体性文学活动提供了一个开放性语境。在这一语境中,浪漫主义文学受到了来自各方面相关因素的规约与影响,也正是在现代主义、后现代主义与大众文化的影响之下,其走向了流散、漂移与泛化之途。其四,转型时期中国的社会文化与艺术审美具有混杂性特质,这就意味着在转型时期的中国存在着各种不同的现实主体与利益群体,他们需要不同性质及其形态的文学与审美文化产品,也正是由于这些相关群体的存在使转型时期中国的浪漫主义文学创作具有了多向度的可能性。其五,转型时期中国浪漫主义文学之所以走上流散与漂移之途，还相关于转型时期中国美学界与理论批评界有关浪漫主义尤其是有关转型时期中国浪漫主义文学研究的薄弱。事实上，在中外文学史上，任何广有影响的文学思潮与文学运动都不能脱离开理论批评主体对特定美学观念与文学观念的张扬。也正是由于转型时期中国的理论批评所坚执的是传统的浪漫主义文学观念，这种浪漫主义文学观念或来源于西方与苏俄，或来源于 20 世纪中国的前中期，其所缺乏的恰恰是对转型时期中国浪漫主义文学所理应具有的现实针对性、解说力与引领机制。这样，这种缺乏现实针对性与解说力的"悬浮"而空洞的浪漫主义文学观念，必然既对转型时期中国浪漫主义的新质缺少相应的认知与界定，对转型时期中国浪漫主义文学现象及其流变缺乏必要的描述、阐释与定位，也对转型时期中国浪漫主义文学创作缺少相应的指导与引领。在某种意义上可以说，正是对转型时期中国浪漫主义文学的现实存在缺乏相应的自认自觉意识，从而导致其在新时期走上流散与漂移之途；而向自然的回归与对大众之想象和欲望的关注、生态性理想与世俗性理想的建构，又使其在后新时期从"隐性形态"转向"显性形态"。

概括言之，意义及其表征的危机给予转型时期中国的浪漫主义文学以历史的规定性，使其拥有了自身所独具的社会文化特质，并使之与其他时代或民族的浪漫主义文学分界开来；转型时期中国浪漫主义文学的审美规定性在于其审美本体的多元性与个体的自由选择性，在于其话语形式创造的超越性与整合性；其思想特质在于其解构性，亦正是在解构性的思想向度之中，转型时期中国的浪漫主义文学重构了情感、理想、想象与幻想的意识形态图景；其形态特征是流散与漂移，是从"隐性形态"向"显性形态"的流变与转换，并显现出浪漫主义文学在新时期与后新时期的不同的遭际与命运。理应指出的是，转型时期中国浪漫主义文学的如上特质是密切相关的，而不是相互割裂的，我们也只有在整合的意义上才能得到较为全面而深入的理解和把握。

第七章 转型时期中国浪漫主义文学的流变及其形态类型

转型时期中国浪漫主义文学的发展,根据其内在的规定性,大致可以划分为三个密切关联的阶段:第一阶段(70 年代末到 1984 年),以早期朦胧诗、政治抒情诗与"改革文学"为代表,这是一个"社会理想性浪漫主义"与"个体情感性浪漫主义"双足鼎立的阶段;第二阶段(从 1985 年到 1991 年),以"人文理想性浪漫主义"(如"寻根文学"等)与"大众幻象性浪漫主义"(这一阶段主要体现为通俗文学中的浪漫主义)为代表,这是一个浪漫主义文学相对沉寂而又多元选择的阶段;第三阶段(从 1992 年至新世纪的当下),以张承志、张炜等人的创作以及生态文学、生态批评、生态美学的兴起为其表征,这是一个浪漫主义文学多元化持续与"生态性浪漫主义"崛起的阶段。当然,以上的阶段划分只是相对的。之所以提出这种阶段划分并进行相关性考察,意在促动理论批评界对转型时期中国的浪漫主义文学进行较为深入而系统的研究。在转型时期的中国,在各种形态浪漫主义文学的发展中,基于中国社会文化发展的实际,"社会理想性浪漫主义"文学仍有其存在的合理性和必要性,个体情感性浪漫主义与人文理想性浪漫主义文学理应得到极大的推崇,同时我们又必须承认生态性浪漫主义、大众幻象性浪漫主义文学的价值与意义。无疑,这种浪漫主义文学的发展格局是由转型时期中国社会文化的总体性构成及其特质所规定的。

一、"社会理想性浪漫主义"与"个体情感性浪漫主义"双足鼎立的阶段

以早期朦胧诗与"改革文学"为代表的新时期浪漫主义文学,植根于 20世纪 70 年代末到 80 年代中期这一时段中国的社会文化语境。在这一时期

的社会思潮中，人们承继了传统的社会乌托邦理想，虽然也在对传统的社会乌托邦工程进行相关性的反思，并且达到了相当的深度与力度，但由于社会文化的转型尚处于初始阶段，也由于思维的惯性与定势，在意识观念中，人们仍坚持认为并非是这种社会乌托邦工程本身的虚幻与荒诞，而是实施这种社会乌托邦工程的路径、方针、政策出现了问题。当主导性政治意识形态确立了以经济现代化为社会的总体发展目标，抛弃了传统的政治中心论与"挂帅论"的社会发展模式，在这样的社会文化情势之下，人们似乎感到自己看到了中国的希望与曙光，从而欢欣鼓舞。

在社会发展中心目标发生转移的语境中，文化精英们重续五四文化启蒙之路，争相为人们提供总体性的理性与进步的图景，这种话语无疑是一种典型的浪漫主义话语，以下即是这种话语典型的表述方式与形态："中国要走向世界，理所当然地要使中国的文化走向世界；中国要实现现代化，理所当然地必须实现'中国文化的现代化'——这是 80 年代每一个有识之士的共同信念，这是当代中国伟大历史腾飞的逻辑必然。"①甘阳在《八十年代文化讨论的几个问题》的结尾用大号黑体字写下了这样一句话："天不负我辈，我辈安负天?!"②由此可见当时知识分子的气魄、自信与雄心壮志。有人曾对这类话语做出了如下的评述："它还以想象的、诗情的浪漫憧憬着'创造出当代中国文化的崭新形态'，并'满怀信心地眺望中国文化与世界文化交融汇合的远景'。这气势和想象不能说不具有无比的魅力和强烈的感染力。那一时代，无论是学者还是作家，大都持有这样的心态和姿态。它是时代最具鼓荡力的声音，它表达了启蒙对象的渴望和想象，而它的声调，也相当吻合在革命的鼓角战歌中哺育成长起来的民众的习惯和口味。因此，将这种声音称为精英的启蒙之音是恰如其分的。"③转型时期第一阶段的浪漫主义文学亦正生成并运作于这一具有整体乐观主义与理想主义的语境之中。

理想主义与乐观主义实为 80 年代初、中期社会文化与民众心态的基调。这一时期中国社会文化与民众的心态虽业已形成为一种多声部的格局及其态势，中国的改革开放虽面临着重重的困难，但基于"民族国家的现代性想象"，更由于现代化社会文化实践的快速发展，人们皆沉浸于激情与渴望之中。政治意识形态对现代化目标的设置，不仅重续了 20 世纪中国的现代化

---

① 《文化:中国与世界》(第 1 辑)，三联书店 1987 年版，"开卷语"，第 1 页。
② 甘阳:《八十年代文化讨论的几个问题》，《文化:中国与世界》(第 1 辑)，三联书店 1987 年版，第 36 页。
③ 孟繁华:《众神狂欢——当代中国的文化冲突问题》，今日中国出版社 1997 年版，第 10 页。

之梦，而且调动起民众尤其是知识分子群体对现代化的民族性想象；知识分子以整体性的豪迈话语，将正义、进步、科学、民主、使命与现代化统合起来，对历史与现实、世界与国家、人类与民族等宏伟的主题表现出极大的关怀，体现出宏大叙事的风格意向。这不仅是知识分子自我情怀的一种表达，是久被压抑的欲望与情结的一次悲壮的自我呈示，更为重要的是，知识分子的这种话语不仅与主导性政治意识形态的时代性目标相契合，而且还契合了民众的心理趋向与其对社会发展的整体性想象。亦正基于此，乐观主义与理想主义规约着这一时期浪漫主义文学的基本特质。

　　新时期以来，改革开放的现实情势，有关"民族国家的现代性想象"，使新时期社会文化发展中弥漫着一种充盈的乐观主义与理想主义，这种乐观主义与理想主义为新时期以来的浪漫主义文学打下了现实基础。事实上，无论是反思文学还是改革文学、知青文学，皆存有着一种特定的浪漫激情。应该说，这些文学创作思潮皆置根于转换了的政治语境之中人们对未来社会文化发展的一种美好而乐观的想象。张贤亮的《灵与肉》中设置了许灵均宁愿守望着黄土高原也不愿居留异国；陈奂生、李顺大们的希望及其实现；乔厂长们作为"开拓者"进行的大刀阔斧、雷厉风行的改革所展示出的对"四化"建设的责任感与使命感等，这些相关的文学创作现象深刻地表现出改革开放是中国社会文化发展的唯一出路，更为重要的是他们虽然业已意识到改革的艰难，但他们大都坚信改革开放能够给予我们一个美好的未来。在这里我们可以看到，改革文学中弥漫着一种强烈的浪漫激情与"现代化"的乌托邦情结。并且，这种浪漫激情与乌托邦情结直接相关于当时主导性政治意识形态的整体性社会文化目标。亦正基于此，当时的批评家才反复强调："我们有意冷落那种高、大、全式的浪漫主义，但我们并不嫌弃浪漫主义。要是说我们仍然欢迎浪漫主义的话，那么，我们欢迎的正是蒋子龙这样的'深沉雄大'的浪漫主义。"[①]新时期以来，诗歌文本较为充分地表现出主体的浪漫激情，如叶文福的《祖国啊，我要燃烧》，骆耕野的《不满》以及舒婷、北岛等人的诗歌等。这种浪漫倾向在戏剧文学中也有广泛的体现，如白桦的剧作《今夜星光灿烂》和《吴王金戈越王剑》即被人称之为"浪漫主义诗剧"。[②]也正鉴于这一时期文学发展的整体情势，《剑桥中华人民共和国史》在概述

---

① 阎纲：《又一个厂长上任了》，《文坛徜徉录》，人民文学出版社 1984 年版，第 191 页。
② 参阅黄修己主编：《20 世纪中国文学史》（下卷），中山大学出版社 1998 年版，第 155 页。

新时期前期的文学时即使用了"'伤痕文学'、暴露和新浪漫主义"的标题,①
应该说,这是颇有见地的。无疑,新时期以来的这种浪漫主义,已不是"大跃
进"时代的虚假的浪漫主义,而是与新时代的有关"民族国家的现代性想象"
密切相关的一种特定的社会理想性浪漫主义,它已具有了自身的本体维度
并展示出自身的新质。

这一时期,文学领域的浪漫取向尤其是其意识形态的浪漫取向与当时
社会文化领域的政治意识形态的基本取向几乎是一致的,虽然其间时常发
生各种各样的冲突,但总体意义上的社会政治意识形态的浪漫取向无疑是
统摄性的、主导性的。此后,在转换了的社会文化情势之中,这种社会政治
意识形态的浪漫取向虽已失去了自身的主流性地位,但其仍在主旋律文学
中有所张扬,并在现实中竭力地发挥自身的社会文化功能。

二、浪漫主义文学相对沉寂而又多元选择的阶段

社会文化的深度改革是一个系统工程,更是一个艰难选择与实践的过
程。80年代中期以后,转型时期的中国开始出现意义及其表征的危机。这
种意义及其表征的危机对转型时期中国的浪漫主义文学和整体性的文学秩
序造成了深刻的影响。面对现实之中的意义及其表征的危机,传统现实主
义的宏大叙事业已丧失了自身的言说能力,乌托邦情结连同文学的浪漫主
义开始转向对世俗化人生与文化的想象,个体性的情绪与欲望开始代替集
体性的社会文化规约。亦正基于以上的情势,新潮小说、先锋小说与后朦胧
诗开始转向现代主义,用以逃避现实之中由意义及其表征的危机所引发的
文化危机与社会危机;通俗文艺的繁盛与大众文艺、后现代主义文艺的崛
起,则试图抹平由意义及其表征危机所带来的情感、认识与价值观上的裂
隙,用以消解由相关危机所导致的紧张、迷茫的情绪,给人的心灵以慰藉。
也正是在这一时期,转型时期的中国文学开始出现多元化的流变格局。

随着改革的渐趋深入,其自身所面对的现实阻力、压力开始增大起来,
改革的环境与成效的复杂多变性皆开始凸显出来,由此改革文学步入其发
展的转换期,如谌容的《走投无路》②对企业改革荒诞性的展示,柯云路的"改
革文学"创作也已难以为继,改革文学开始由其初期的乐观幻想进入到对现

---

① 罗德里克·麦克法夸尔、费正清主编:《剑桥中华人民共和国史(1966—1982)》,海南出版社
1992年版,第853页。

② 《天津文学》1986年第8期。

实的批判与深度反思。在这样的社会文化情境之中，文学必然要寻求一条
超越之路，由此而使"寻根文学"浮出水面，并在当时产生了极大的影响。在
1983 年至 1985 年间，一批青年作家、评论家或著文或发表作品，对"文化寻
根"表现出极大的热情。韩少功的《文学的"根"》被称之为这一文学创作思
潮的"宣言书"。这些文章表达了大约相似的思考，如韩少功提出"文学有
根，文学之根应该深植于民族传统文化的土壤里"；当代作家的"文化寻根"，
"大概不是出于一种廉价的恋旧情绪和地方观念，不是对方言歇后语之类浅
薄地爱好，而是一种对民族的重新认识，一种审美意识中潜在历史因素的苏
醒，一种追求和把握人世无限感和永恒感的对象化表现"；并进而认为"中国
还是中国，尤其在文学艺术方面，在民族的深层精神和文学艺术方面，我们
有民族的自我，我们的责任是释放现代观念的热能，来重铸和镀亮这种自
我。这是我们的安慰和希望。"①阿城在《文学制约着人类》中则指出："中国
文学尚没有立在一个广泛深厚的文化开掘之中，没有一个强大的、独特的文
化制约，大约是不好达到文学先进水平这种自由的，同样，也是与世界文化
对不起话的。"②郑万隆在《我的根》中更直接地提出："我的根是东方。东方
有东方的文化。"③并指出："我小说中的世界，只是我的理想世界和经验世界
的投影。……在这个世界中，我企图表现一种生与死、人性与非人性、欲望
与机会、爱与性、痛苦与期待以及一种来自自然的神秘力量。更重要的是，
我企图利用神话、传说、梦幻以及风俗为小说的架构，建立一种自己的理想
观念、价值观念、伦理道德观念和文化观念；并在描述人类行为和人类历史
时，在我的小说中体现出一种普遍的关于人的本质的观念。"④无疑，这种文
学追求是灌注着充沛的浪漫精神的，其所体现出的是一种特定的人文理想
性浪漫主义的精神取向。事实上，"寻根"作为一种思想文化现象早已存在，
如李泽厚为清算"批林批孔"运动而作的《孔子再评价》写于 1978 年末、发表
于 1980 年的《中国社会科学》第 2 期上，就被认为是"大陆'文化寻根'之
始"。⑤ 在文学创作领域，汪曾祺的"文化小说"很早即进行了尝试，其作品既

---

　　① 韩少功：《文学的"根"》，《作家》1985 年第 4 期，见洪子诚主编：《中国当代文学史·史料选
(1945—1999)》，长江文艺出版社 2002 年版，第 780、783 页。

　　② 《文艺报》1985 年 7 月 6 日。

　　③ 郑万隆：《我的根》，《上海文学》1985 第 5 期，见孔范今、施战军主编、路晓冰编选：《中国新时
期文学思潮研究资料(上)》，山东教育出版社 2006 年版，第 213 页。

　　④ 郑万隆：《我的根》，《上海文学》1985 第 5 期，见孔范今、施战军主编、路晓冰编选：《中国新时
期文学思潮研究资料(上)》，山东教育出版社 2006 年版，第 212 页。

　　⑤ 樊星：《世纪末文化思潮史》，湖北教育出版社 1999 年版，第 125 页。

可看做为"寻根文学"之始,又具有明显的浪漫主义质素。在 1985 年前后的"寻根文学"思潮中,李杭育的"葛川江文化系列作品"(《最后一个渔佬儿》等),张承志的"草原文化系列"(《北方的河》、《黑骏马》等),阿城的《棋王》等皆具有鲜明的浪漫风格。就《棋王》的基本创作取向来看,这是一种具有特定古典风格的浪漫文学,颇得庄子浪漫哲学之风韵。寻根文学思潮的崛起与 80 年代的"文化热"的兴起处于几乎同一个时空情境之中,无疑这绝不是偶然的,前者受到后者的影响并使寻根文学思潮具有了明显的文化决定论的思想倾向。在这种意义上可以说,"文化热"在文学创作上的体现就是"寻根"文学思潮的出现与极大发展。从总体上来看,"寻根文学"思潮是一种典型的人文理想性浪漫主义,其具有明显的文化决定论倾向。从传统中寻求救援,着眼于对"大文化之根"与局部区域文化及其发展的探寻,其实并不能在真正意义上达成对现实的变革与超越。事实上,这虽然不是一种具有现实针对性的文化态度,也不是面对现实变革的艰难与多向的复杂局面而在文学上所做出的一种直接性应对,但却是一种颇具超越性的文学选择,故而使"寻根文学"具有了特定的浪漫精神及其品格,并使其成为当时整体性人文理想性浪漫主义文化思潮一个最为重要的构成部分。可以说,作为特定人文理想性浪漫主义的"寻根文学",它的存在与发展即已标示着浪漫主义文学在转型时期的艰难境遇,它必然要走上流散与漂移之途。这是与整体性的社会文化环境密切相关的,也只有基于此才能得到相应的理解与把握。

"改革文学"之后,由于现实的规定,文学中的浪漫精神开始进入到一种流散与漂移的状态。"改革文学"经过了短暂的繁盛之后,转型时期的"文学创作慢慢进入了一种新的沉重、悒郁甚至灰暗的状态,从'寻根'到'新写实'实际就是浪漫文学被迫退场并被消化遗忘的悲剧性过程。当然,作为一种历史悠久、影响甚广的创作思潮和风格,文学的浪漫也以艺术化而非'改革文学'的政治化浪漫的方式蔓入作家的个体独创之中"。① 在从 80 年代中期到 90 年代初期的语境之中,由于政治意识形态环境的转换与意向的调整,对浪漫激情的抒发成为创作主体自由选择的结果,再加之这一时期社会文化问题的复杂性与严峻性,主体的浪漫激情受到了特定的抑制。所以,该时期浪漫主义文学一直处于流散与漂移的状态之中,存在并发挥着自身的功能和作用。与此同时,一系列的通俗文学现象开始确立自身的现实地位。这

---

① 黎风:《呼唤"浪漫"——关于新时期浪漫主义文学的忧思》,《文艺争鸣》1995 年第 4 期,第 30 页。

种创作转换标示着转型时期中国的浪漫主义文学进入了自身发展的一个新时期,也预示着其开始获得新的规定性。这是一个浪漫小品的时代,轻柔与温情是其总体风格,疏离现实而向历史、传统、民间寻求文学的出路是其基本意向。"这时,鲜有政治色彩的、集中突现娱性功能的文化乘虚而入,谁也不会想到,大众文化竟是在这样的时机以出其不意的方式迅速而全面地占据了文化市场,琼瑶、三毛、席慕容、汪国真、《渴望》以及后来陆续被重新翻印的周作人、林语堂、梁实秋等现代闲适小品风行一时,这些柔性文化以舒缓、轻松、性爱等情感方式,在当代中国第一次以没有受阻的命运畅行于市场,受众也第一次被如此不可抗拒的温情所抚慰。……市场文化由于功能和目标的规约,它并不主动攻讦其他文化,并不以斗争的姿态出现,甚至它的面孔相当妩媚和温和。"①这也就是说,转型时期中国的浪漫主义文学具有自身的特殊性,这是由其所得以生成的语境与创作主体的独特体验所规约的。

理应指出的是,在转型时期中国浪漫主义文学之"缺席"、"消解"与"终结"的相关讨论中,在探讨浪漫主义文学在转型时期中国的遭际与命运及其造成原因时,理论批评界大多着眼于商品市场经济的挤压、通俗大众文艺的侵蚀与后现代消费文化的抑制,而未能注意到文学的浪漫质素向通俗文学与大众审美文化领域的流散与漂移。这一点对于我们理解转型时期中国浪漫主义文学及其流变无疑是至关重要的,值得我们加以关注。

三、浪漫主义文学的多元化持续与
"生态性浪漫主义"兴起的阶段

经过一段短暂的沉寂之后,从1992起,中国文坛开始出现众声喧哗的态势。也正是从1992年开始,理论批评界提出了"新时期文学终结论"②,冯骥才的《一个时代结束了》③等论文即提出了这一论题。也正是在1992年,北京大学语言文学研究所与山东的《作家报》在北京联合召开了"后新时期:走出80年代的中国文学"研讨会;与此同时,一些理论批评家开始提出"后新时期文学"的命题。较为集中地提出并研讨"后新时期文学"问题的是1992年

---

① 孟繁华:《众神狂欢——当代中国的文化冲突问题》,今日中国出版社1997年版,第13—14页。

② 见陈晓明:《"新时期终结"与新的文学课题》,《文汇报》1992年7月8日。

③ 冯骥才:《一个时代结束了》,《文学自由谈》1993年第3期。

第 6 期的《文艺争鸣》和《当代作家评论》。《文艺争鸣》开设了"文艺百家讨论会专号",主要是对近年来的文艺发展进行相关评析,发表了讨论"后新时期文学"的三篇文章:张颐武的《后新时期文学:新的文化空间》、赵毅衡的《二种当代文学》和王宁的《继承与断裂:走向后新时期文学》;《当代作家评论》设置了"走出80年代的中国文学"笔谈栏目,其中刊发了王蒙的《中国先锋小说与新写实主义》、谢冕的《世纪之交的文学转型》、宋遂良的《漂流的文学》、陈骏涛的《后新时期,纯文学的命运及其它》、何西来的《文学观念与阵地意识》等文章。这标示着一个新的文学时代的到来。亦正是在 1992 年 10 月,中共十四大确立了"社会主义市场经济"的模式,其在事实上为这种新的社会文化转型提供了现实基础。在这一时期中,浪漫主义文学的几大"走向"渐趋定型,生态性浪漫主义开始兴起。

90 年代中后期以来,在后新时期的语境中,经过一个时段的流散与漂移之后,与传统的浪漫主义文学形态相比较,转型时期的浪漫主义文学走向了自身观念与形态的转换,从"走向宗教"、"走向田园"、"走向边疆"、"走向自然"、"走向异国情调"、"走向古代传统"或"走向大众情趣"等创作思潮中来获得自身新的规定性。于其中,80 年代中后期以来,散文创作与其他文体相比较,较多地体现出了浪漫的激情,较有代表性的是张承志、张炜、刘再复、余秋雨、周涛、王瑛琦等人的散文作品。应该说,浪漫主义文学的这种新的转换与定向尚存在着诸多的问题,但对转型时期的艺术生态与审美文化生态而言,其意义却是巨大的。正如黎风所指出的那样:"缺乏理想与激情的社会是没有希望的社会,拒绝理想和浪漫的文学同样也是没有希望的文学。在目前社会各种机制都不太健全合理的条件下,文学要真正'浪漫'起来显然是个艰难复杂的漫长过程,但在这世纪交替、文学创作何去何从的抉择关头,文学的确是该认真地反省自身。……正是出于对艺术之美和一切'可能'的憧憬,我才发出一声对'浪漫'的深情呼唤。"①在黎风看来,"浪漫"也就是"精神的浪漫"、"题材的浪漫"与"技巧的浪漫"。虽然这种思路是正确的,但在这三个层面上,黎风其实并未具体提出什么新见。在这里,我们可以看到,"精神的浪漫"主要相关于创作主体的主观创造精神与自由精神的充分发挥;"题材的浪漫"主要相关于其对传奇、神话、神秘的历程、自然风光、异域风情、超常的爱情、热烈的情感等的重视;而"技法的浪漫"则意味着其对

---

① 黎风:《呼唤"浪漫"——关于新时期浪漫主义文学的忧思》,《文艺争鸣》1995 年第 4 期,第 34 页。

想象、幻想、夸张、巧合、对比等艺术手法及其功能的注重。事实上,在 90 年代中后期以来的语境中,"精神的浪漫"主要体现在浪漫主义文学的"走向宗教"、"走向田园"、"走向传统"、"走向民间"、"走向自然"的创作潮流上。其体现出明显的道德理想主义、文化保守主义、民粹主义与"反现代性"等精神价值取向。在"题材的浪漫"与"技巧的浪漫"层面上,则表现为浪漫主义的质素向其他创作形态与潮流的漂移与渗透,于其中,较为显著的即是浪漫主义文学对现代主义、后现代主义与大众文艺的影响。

在总体意向上,大众文艺、大众审美文化与大众文化事实上正在制造着各种各样的有关现实的幻觉与幻象,这种幻觉与幻象有的来自于明星神话,有的来自于青春偶像剧,有的来自于都市或异域的成功幻想曲,有的则来自于将历史、现实与未来压缩在一起的神奇的幻象空间(如科幻小说、玄幻小说、穿越小说或影视剧)等。亦正基于这种幻觉与幻象,在转型时期的中国,生成了一种特定的浪漫主义文学形态亦即"大众幻象性浪漫主义"。大众文艺、大众审美文化与大众文化正是以其所制造的各种幻觉与幻象来满足大众当下的自我关怀与个体性乌托邦,这就使大众文化与大众文艺必然具有自身特定的浪漫质素、意向和效应。弗洛伊德即曾对幻觉进行了如下的解释,他说:"幻觉的形成,那种我们认为是精神疾病的产物,事实上是康复的尝试、重建的过程。"① 对于大众文艺、大众审美文化与大众文化来说,在传统的人文启蒙主义的视界中,这种特定的文艺形态与文化形态实为一种精神病态现象,但大众恰恰通过这些相关产品所提供的幻觉与幻象来达成一种特定的精神慰藉、重建与救赎。也正基于此,我们可以把这些特定样态,如金庸、梁羽生等人的武侠小说,席慕容、汪国真等人的诗歌,三毛、刘墉等人的人生随笔,琼瑶等人的言情小说等,看做为传统浪漫主义的替代物。在这一问题上,有人即曾认为,港台的大众文艺具有"利用大众趣味表达文人理想"的特质。② 应该说,"大众幻象性浪漫主义"是一种十分复杂的文学现象,其固然相关于大众的欲望、情感、幻想与想象,同时也相关于传媒知识分子通过大众传媒而对各种幻觉与幻象的生产与传播。

这一时期,面对社会文化的市场化转型,理论批评界与思想文化界开始有人疾呼"人文精神的沦落",要求重建文学与文化中的"理想";在创作界,

---

① 转引自詹明信:《处于跨国资本主义时代中的第三世界文学》,《晚期资本主义的文化逻辑》,三联书店、牛津大学出版社 1997 年版,第 524 页。

② 参阅黎湘萍:《当代中国的精神处境——兼谈台湾传媒中的消闲文化》,《文艺争鸣》1996 年第 3 期,第 21 页。

有人则强烈地表达出自我的"忧愤"并号召"抵抗投降",这就是所谓的"二张现象"。

1993 年,《十月》第 3 期刊发了张承志的随笔《以笔为旗》,以激愤的话语批判了商业化的文坛,并宣称:"我只是一个富饶文化的儿子,我不愿无视文化的低潮和堕落。我只是一个流行时代的异端,我不愿随波逐流。"其后,张承志又相继发表了《清洁精神》①《撕名片的方法》《三份没有印在书上的序言》《无援的思想》《岁末总结》和访谈录《张承志谈文坛堕落》②等,出版了《荒芜英雄路》《清洁精神》等随笔集。因其在大众文化流行和人文知识分子"媚俗"的时代里,张扬了自我的信仰与现实批判的立场,人称"张承志现象"。1993 年至 1994 年,张炜相继发表了《融入野地》③《抵抗的习惯》④《忧愤的归途》⑤《再谈学习鲁迅》⑥等随笔作品,出版了《散文与随笔》《散文精选》《随笔选集》《问答录精选》等散文随笔集。因张炜强烈地批判了人文知识分子的世俗化立场,发出了"诗人,你为什么不愤怒"的质问,并表达了"抵抗"世俗化的现实、"忧愤"日趋沦落的人文态势和"融入野地"的人文理想,人称"张炜现象"。1995 年,萧夏林主编了"抵抗投降书系",其中最为重要的即是张承志的《无援的思想》与张炜的《忧愤的归途》。萧夏林把张承志、张炜、韩少功、李锐、史铁生等人看做"当代文学英雄"和"民族良知"的代表,认为这些理想主义的作家,"在失望和绝望之中慨然而出","他们走出思想与艺术的象牙塔,来到文坛和时代的前沿,举起'抗战文学'的大旗,直面文坛和时代的黑暗,用匕首投枪,抨击文坛的背叛和堕落,呼唤正义和真理,理想和信仰,呼唤苦难的文学,血和泪的文学"。⑦ 张承志与张炜在思想追求与艺术创作上的确存有着诸多的相似之处,其又生成于相同或相似的社会文化语境之中,所以在理论批评界,人们往往将两者合称,谓之为"二张现象",并引起了思想界和理论批评界的论争。

应该说,亦正是基于二张的理想主义精神、对世俗化现实的批判与在其文本艺术世界之中所展示出的对"宗教"与"野地"的"皈依"与"融入",而使他们创做出具有特定典范性的"人文理想性浪漫主义"文学文本,并由此而

---

① 张承志:《清洁精神》,《十月》1993 年第 6 期。
② 《张承志谈文坛堕落》,邵燕君采访,《作品与争鸣》1994 年第 10 期。
③ 张炜:《融入野地》,《上海文学》1993 年第 1 期。
④ 张炜:《抵抗的习惯》,《小说界》1993 年第 2 期。
⑤ 张炜:《忧愤的归途》,《文艺争鸣》1993 年第 4 期。
⑥ 张炜:《再谈学习鲁迅》,《文汇报》1994 年 9 月 4 日。
⑦ 萧夏林:《时代的哀痛者与幸福者》,《忧愤的归途》,华艺出版社 1995 年版,第 2 页。

成为这一时期最有代表性的浪漫主义作家。

随着改革开放与现代化的不断深入，90 年代以来的中国，不仅出现了自然生态的危机，而且一系列现代性社会文化问题也逐渐暴露出来。也正是在这样的语境中，反现代性思潮、生态主义思潮开始生成并产生了极大的现实影响。亦正基于此，生态美学、生态论文学理论与生态批评、生态文学开始生成并获得了相应的发展，由此而形成了"生态性浪漫主义"这一引人注目的浪漫主义文学形态。

从以上的分析中我们可以看到，这一时期的各种浪漫主义文学现象存在着一系列的矛盾冲突，无疑这正是现实中所存有着的各种社会文化冲突在文学领域中的体现。可以说，在这一阶段上，中国的社会文化开始出现尖锐而多向的矛盾冲突，在一系列的矛盾冲突中，虽然知识分子业已身处后乌托邦时代，但理想主义却并未消失，并始终是知识分子文化中的一个重要质素与意向。另外，这一时期在文化的总体构成中，宗教因素大有不断增长之势。据统计，当时我国宗教信徒为 1 亿多人，占我国总人口的 1/10，并且我国宗教信徒中的 70％—80％为改革开放后 80 年代以来入教的，而青年宗教信徒约占信教总人数的 30％，约有 3000—4000 万人，所以有人将这种情势称之为"宗教热"与"青年宗教热"。① 无疑，这里的"宗教热"所反映出的也正是转型时期中国所存在的意义及其表征的危机，也就是信仰与理想的危机。诚如陈刚所指出的那样："虽然中国宗教的基础受到破坏，但改革开放以来，在中国现代化和世俗化的过程中，宗教的影响在悄无声息地扩大，目前，宗教正在逐渐成为中国重要的文化力量，它同大众文化的公开对抗是迟早的事情。因而，展望文化的发展时，应该估计到宗教文化介入的意义，宗教文化有可能将是更有效地制约大众文化恶性扩张的一个关键因素。"②事实上，这一时期文学的"走向宗教"尤其是张承志从宗教的立场上对现实所进行的激烈批判，正是这种文化走向在文学中的一种特定反映。

通过以上对转型时期浪漫主义文学及其发展的考察，我们可以看到，对生存的精神支柱的关注、对灵魂的救赎、对人的生命力的歌咏，对作为人的生存家园与精神托庇之所的大自然的赞颂，实乃转型时期中国浪漫主义文学的基本主题。这也是我们重建转型时期中国浪漫主义文学本体维度的关键之所在。

---

① 参阅李素菊、刘绮菲:《青年与"宗教热"》,中国青年出版社 2000 年版,第 17—21 页。
② 陈刚:《大众文化与当代乌托邦》,作家出版社 1996 年版,第 161 页。

四、转型时期中国浪漫主义文学的形态类型

浪漫主义文学的形态类型是浪漫主义文学理论研究的核心论题之一，一方面，这种研究理应基于对浪漫主义形态类型基本问题的相应理解，这是因为浪漫主义文学并不是一种孤立的存在，它与其他形态类型的文学现象之间存在着复杂而密切的关系机制，其本身的存在与构成也是纷繁而歧异的；另一方面，又要基于对浪漫主义文学本体的理解，来对浪漫主义文学现象做出准确而恰切的分类，只有这样才能达成对特定历史时期浪漫主义文学文本与作家的指认、论析与评价。

(一)浪漫主义形态类型学的基本问题

浪漫主义的本体在不同的现实社会文化领域之中的运作及其体现，就会形成各种不同的浪漫主义的形态类型。一般言之，浪漫主义的形态类型主要有哲学浪漫主义、文化浪漫主义、政治浪漫主义、经济浪漫主义与审美浪漫主义、艺术浪漫主义、文学浪漫主义等，它们之间的关系机制在于，一方面是具体的、历史情境性的；另一方面又存有着特定的逻辑规定性。具体言之，在相对开放的语境之中，其间的关系往往既有相关联的一面，更有异质、异向乃至对立的一面。而在专制性的语境之中，其异质、异向的一面往往被强制性地消解，从而体现出同质化、一体化的运作态势，如20世纪中国的"前十七年"与"文革"时期即是如此。无疑，这种同质化、一体化并非是浪漫主义诸形态关系机制的常态。应该说，这种关系机制既是一种特定的结构性张力机制，同时也是一种特定的功能性张力机制。所谓结构性张力机制，指的是各种形态的浪漫主义相互渗透、相互支撑、互为质素，从而构成具有特定家族相似性的系统结构。在这一维度上，乃至可以说，没有其他形态的浪漫主义就不可能有审美浪漫主义、艺术浪漫主义与文学浪漫主义。所谓功能性张力机制指的是，各种形态的浪漫主义之间相互作用、相互促动、相互制约，承担起精神救赎的职责。各种形态的浪漫主义实基于人的浪漫精神，是人的浪漫精神在各种现实社会文化领域之中的不同体现，所以各种不同形态的浪漫主义之间既有相通、相似、相同的一面，同时也有相异、不同乃至意向对立的一面。这是由不同个体、群体、集团、政党、阶级、民族的不同利益要求、精神构成与价值取向所规约的。

无论是哲学浪漫主义、文化浪漫主义，还是政治浪漫主义、经济浪漫主义，其相关质素皆可以进入到审美浪漫主义、艺术浪漫主义、文学浪漫主义

的相关构成之中,但它们却不能直接等同于审美浪漫主义、艺术浪漫主义与文学浪漫主义,这是因为审美浪漫主义、艺术浪漫主义与文学浪漫主义皆存有着自身所特有的媒介性话语形式与本体规定性。从这一意义上我们可以看到,一方面,以上诸社会文化领域中的浪漫主义形态对审美浪漫主义、艺术浪漫主义与文学浪漫主义的影响与规约,是以特定的媒介性话语形式为中介的,并且也只有通过特定的媒介性话语形式才能达成;另一方面,审美浪漫主义、艺术浪漫主义与文学浪漫主义又只有通过特定的媒介性话语形式才能得到相应的流通与传播,进而达成相关的审美接受。这也就是说,是否具有媒介性话语形式、是否强调媒介性话语形式的表现张力与接受效应,是审美浪漫主义、艺术浪漫主义、文学浪漫主义与其他形态的浪漫主义的分界之所在。如果说哲学浪漫主义、文化浪漫主义与政治浪漫主义指向的是现实的社会文化行为,而审美浪漫主义、艺术浪漫主义与文学浪漫主义则指向的是想象性的、虚构性的文本艺术世界。进而言之,哲学浪漫主义是主体对人与世界关系进行认知与掌握的一种基本范式、方法及其态度,其涉及在思维与存在、主体与客体、主观与客观等关系机制之中前者的能动性及其对后者所具有的超越性。文化浪漫主义是主体对人的生命、生存、生活所存有的一种根本观点,其体现为主体对人的思维方式、生命形态、生存方式与生活理想的一种特定的认知模式,其受到时代、民族与群体的规约。文化浪漫主义在转型时期的中国存有着诸多的体现,如中国传统文化救世论、宗教救世论、道德理想主义等,其所引发的是国学热、宗教热以及民族主义、民粹主义思潮的流行。文化浪漫主义对现实政治的影响并非是直接的,而是间接的,要通过一系列的中介性环节方能达成。政治浪漫主义是主体基于特定的社会观念与群体利益,通过对现实社会行为及其总体目标的浪漫化而确立的相关立场、观点与原则;其既可以体现为政治预期,也可以体现为现实的政治承诺、决策与行为;不同的个体、群体、阶级、集团、党派或时代皆能够建构不同性质、构成、形态及其意向的政治浪漫主义。政治浪漫主义实基于特定的政治理想,其是通过近期或远期的理想性政治目标的设置来达成的。应该说,政治浪漫主义制约着某一特定时代的经济浪漫主义、文化浪漫主义、审美浪漫主义、艺术浪漫主义与文学浪漫主义。审美浪漫主义是以想象的方式而对现实所做出的自由超越,其具有特定的非功利性、形象性、自由选择性、超越性、话语形式性等相关特质,其既可以体现在艺术领域之中,也可以体现在日常审美领域之中。

　　对浪漫主义文学进行形态类型学的研究与分析,一方面,由于其历史存在、现实运作及其构成是纷繁、庞杂而多样的;另一方面,研究主体的观念、视角与方法也不可能是单一的,因而在不同的理论主体那里,他们所做出的具体分类与所得出的结论必然会存在诸多的差异与不同。在这里,我们对转型时期中国浪漫主义文学进行形态类型学研究的最为基本的依据就是浪漫主义文学的审美本体、文化向度与时代意向;其基本原则就是质素性原则、整体效应原则与开放性原则。

(二)转型时期中国浪漫主义文学的形态类型

通观转型时期中国浪漫主义文学的存在、构成、运作与发展,大致说来,其存在着以下几种最为基本的形态类型,亦即"社会理想性浪漫主义"、"人文理想性浪漫主义"、"生态性浪漫主义"、"个体情感性浪漫主义"与"大众幻象性浪漫主义"等。基于以上浪漫主义形态类型学的基本观念,在我们所提供的相关框架及其理解中,理应注意以下相关侧面的问题:其一,社会理想性浪漫主义、人文理想性浪漫主义与生态性浪漫主义之间既有联系,又有分界。其联系不仅在于其理想本体的共通性,而且在于社会理想、人文理想与生态理想三者之间的密切关联性。其二,人文理想性浪漫主义与个体情感性浪漫主义之间存有着密切的关系机制,亦即现实的情感体验、个性主义观念与人生理想是它们共有的质素。更为重要的是,既没有脱离开情感张力、自我关怀、个性主义的人文理想性浪漫主义,同样也没有脱离开人文理想、社会关怀与现实批判的个体情感性浪漫主义。其三,大众幻象性浪漫主义与生态性浪漫主义皆是对后现代社会文化及其发展进行应对的产物,它们皆具有特定的后现代性特质。更为重要的是,大众幻象性浪漫主义不仅能够表现后现代语境之中大众的情感、想象、幻想与欲望,而且还能够展示特定的社会理想、人文理想与生态理想。其四,个体情感性浪漫主义与大众幻象性浪漫主义的分界在于,它们一是以知识分子为主体的,一是以世俗大众为主体的;但由于传统的精英知识分子业已分化,出现了有机知识分子与市民知识分子,亦正是他们成为了后现代大众的代言人,并为这一社会文化群体生产消费性的审美文化产品,这样他们也就在事实上成了大众幻象性浪漫主义的主要生产者与传播者。这五种浪漫主义文学的形态,虽然各自存有着不同的语义构成,因而有所分界,但它们却并不是相互割裂的,而是密切相关的;另一方面,这五种浪漫主义文学形态具有不同的审美功能与现实社会文化功能,体现出不同的精神向度,但它们又的确存有着特定的族类相似性,共同承担转型时期中国精神文化重建的特定职责,并进而与其他形态类型的文学范式和审美文化范式分界开来。

以上我们分析了浪漫主义文学形态类型学研究的基本问题,下面我们
对浪漫主义在转型时期中国的具体存在及其流变进行简略的指认、梳理与
评析。

1. 社会理想性浪漫主义

理想本体论的浪漫文学观念,无论在西方还是在中国,皆要早于情感本
体论的浪漫文学观念。情感本体论的明确化、系统化与完备化的时期是 18
世纪末到 19 世纪初西方的浪漫主义文学运动时期。即使在浪漫主义文学观
念渐趋自觉之时,席勒首先论说的仍是理想本体论的浪漫主义文学观念。
当然,理想、情感与主体性这三个概念是密切相关的。这也就是说,任何理
想皆基于个体或群体的情感选择,而特定的理想一经确立即会强化特定情
感的力度和强度,主体性因其特质可分为各种不同的形态类型,亦正是个体
主体性的自觉与确立而使近代浪漫主义的生成成为可能。应该说,浪漫精
神的本质是情感的宣泄、心理的平衡、精神的拯救与现实的超越。并且更为
重要的是,于其中贯穿着对永恒性普世价值的推崇与追求。亦正基于此,理
想、情感与主体性对于浪漫主义文学而言是不可或缺的,只不过是,在浪漫
主义文学的具体表现中总会突出某一特定质素而已。如爱情诗既有诚挚而
热烈的情感,同时也展现完美的生活理想,当然更能体现出抒情主人公的个
性特征。对于理想本体论的浪漫主义文学来说,理想主义特质及其意向的
流变直接导致浪漫主义文学形态及其意向的改换。

“社会理想性浪漫主义”的基点是“政治理想”。“政治”、“政治理想”是
社会理想性浪漫主义的最为基本的构成质素,这不仅是一个“写什么”的问
题,而且是一个“怎样写”与“为什么这样写”的问题。政治与浪漫主义的关
系是复杂的,其关系机制在中西浪漫主义文学史上存有着丰富多彩的展示。
对于特定的创作主体来说,与现实政治相对抗的新的政治观念是其新的社
会理想与审美理想的一个十分重要的构成部分。在这一意义上,一方面,浪
漫主义作家往往将政治审美化;另一方面,特定的创作主体在创作中基于自
身的新政治观念而对现实进行揭露与批判,借文本艺术世界的建构来超越
现实,并在现实中造成极大的社会文化影响,亦即浪漫主义文学创作可以达
成特定的“审美政治化”。事实上,在思想与艺术的关系机制中,新政治及其
观念尤其是社会文化转型时期的新政治及其观念往往能够给作家创作带来
极大的热情与激情,其他创作激情的类型也常常是以政治激情作为基质的,
这也正是我们将政治抒情诗作为社会理想性浪漫主义文学形态的最为基本
的原因。

　　社会理想性浪漫主义存有着三种密切相关的形态类型,亦即政治情感型、社会英雄主义型与社会乌托邦型。应该说,不同的时代有不同的政治,也正是在现实政治的规约之下,不同的主体拥有不同的政治意识、政治激情、政治情结与政治理想,由此而生成不同的政治抒情诗。20世纪五六十年代的政治抒情诗与70年代末到80年代初的政治抒情诗,虽然在具体的构成及其意向上存在着极大的差异,但其间的共同性或共通性还是明显的,它们属于"传统性政治抒情诗"。20世纪90年代以来,我们在相关研究中无疑面对着一个对"政治抒情诗"进行重新理解与定位的问题。

　　从西方近代浪漫主义思潮及浪漫主义的近代含义的维度上言之,改革文学并非是严格意义上的浪漫主义文学。这是因为,近代浪漫主义思潮与近代意义上的浪漫主义是反现代性、反现代化、反科技理性的,但改革文学却恰恰是对现代性的呼唤、对现代社会乌托邦的畅想、对现代化的渴望、对科技理性的坚执。在这一问题上,我们必须从开放性浪漫主义的观念出发来对转型时期中国改革文学的浪漫主义特质做出新的解读。"改革文学"的代表作品主要有蒋子龙的《乔厂长上任记》,柯云路的《三千万》、《新星》,张洁的《沉重的翅膀》,李国文的《花园街五号》等。"改革文学"所体现出的浪漫性,既相关于一个民族国家在特定的历史时期对"民族国家现代化"的欲求、渴望与想象,同时也相关于民众所具有的整体性的乐观主义情绪。也正基于此,有人才认为"改革文学"的"浪漫"所构成的是一种特定的"政治化浪漫的方式"。① 所以,我们才将其谓之为"社会理想性浪漫主义"。"改革文学"的浪漫取向更多地是与外在性的社会文化要素,尤其是政治性要素如民族国家"四个现代化"的远景规划相联系,而非来源于个体的主体性及其对现实的超越,这就使其在现实的挤压面前变得异常脆弱。也正是在这一意义上可以说,改革文学所体现出的浪漫主义,是政治浪漫主义审美化的特定产物,是政治浪漫主义在文学中的一种特定体现与展示。

　　社会理想性浪漫主义是20世纪中国一个独特的思想机制与社会文化机制,其相关于20世纪中国"救亡"与"改革"的历史语境。20世纪中国的社会英雄主义浪漫主义的生成与流变,不仅存有着其现实基础,不仅相关于主导性政治意识形态的倡导,相关于作为20世纪中国主导性时代精神的集体主义精神与社会英雄主义精神,而且也有其文学思想的来源,这就是前苏联的

---

① 黎风:《呼唤"浪漫"——关于新时期浪漫主义文学的忧思》,《文艺争鸣》1995年第4期,第30页。

"革命浪漫主义"与中国的"两结合"创作方法。应该说,社会英雄主义在 20
世纪中国的生成与流变是有其必然性与合理性的,并且存有着自身社会主
义、共产主义的导向性。这里的问题是,首先,社会英雄主义满足了抗击外
来入侵、民族独立和统一、制度改革的社会文化发展的历史必然要求与现实
当下要求,因而其生成、流变及其张扬具有了特定的必然性与合理性,存有
着"革命"与"启蒙"的双重维度及其功能。其次,社会英雄主义是一个历史
概念,其内涵随着社会文化语境的历史流变而不断地转换,转型时期中国的
社会英雄主义浪漫主义也只有在这一意义上才能得到历史与辩证的理解。
再次,社会英雄主义浪漫主义文学作为一种独特的"宏大叙事",其具有特定
的语境性与政治意识形态指向性。也正是在这种意义上,20 世纪中国的社
会英雄主义浪漫主义文学必然存在着自身独特的思想、审美与艺术构成。

　　20 世纪中国的社会英雄主义浪漫主义文学,其形态类型不仅可以从时
代流变的意义上来进行把握与分界,而且可以从题材的意义上来进行分界
与把握。比如在转型时期的中国,社会英雄主义浪漫主义文学就不仅体现
在"改革文学"、军旅文学和以展示新民主主义革命为题材的历史文学中,而
且体现在当下的主旋律文学、反腐文学之中。在我们看来,主旋律文学、反
腐文学与改革文学之间存在着密切的关联,这种关联不仅在于它们皆以转
型时期中国改革开放的社会文化现象作为自身的反映对象,而且在于它们
皆塑造了一系列以社会改革为己任、大公无私、不畏艰难而勇于进取的英雄
形象,体现出强烈的社会英雄主义激情与精神。

　　事实上,在新世纪的当下,我们的文化与文学也还需要这种文学叙事,
这是与中国作为第三世界发展中国家的社会文化语境密切相关的。应该
说,英雄是人类社会文化发展中不可或缺的一个动力性要素。在一个平庸
的时代,即使缺少真正意义上的英雄,人们也要臆造、玄想出相应的英雄来,
以求达成在想象中救世的目的。更为重要的是,不同时代有不同的英雄,即
使是同一时代,事实上也存在着不同特质、不同类型的英雄及英雄主义。在
转型时期的中国,传统的英雄主义正逐渐被解构,也正在被赋予新的理解,
代之而起的是多元化、多样化的英雄主义观念,如《亮剑》、《狼毒花》、《激情
燃烧的岁月》等,就给我们提供了一种不同于传统英雄主义的另类性英雄
主义。

　　2. 个体情感性浪漫主义

　　"个体情感性浪漫主义",是基于个体自我的个性、观念、情感与想象而
形成的一种特定的浪漫主义文学形态。虽然任何形态的浪漫主义文学皆基

于个体自我的情感体验,但作为一种独特的浪漫主义文学的形态类型,个体情感性浪漫主义则存有着自身特定的语义构成。其关键之点在于重视自我个性的张扬、情感的丰沛、思想的反抗、精神的自由、行为的不同流俗、想象的丰富,其所强调的是心理构成之中的情感的张力、非理性的质素、神秘性的体验与超越性的境界,其所关注的是自我的当下关怀或终极关怀而非有关民族、国家、人民的历史性宏大叙事。个体情感性浪漫主义为人生提供的是新的可能性,为人的情感体验与想象提供了新的方式。亦正基于此,个体情感性浪漫主义是对僵化、平庸、板滞的日常琐屑生活的超越,是对理性、专制、压抑的现实社会文化体制的反叛,其所追求的是个体人生的诗意化或曰"诗意化的个体人生"。也正是在这一意义上,个体情感性浪漫主义存有着独特的文学意义、审美价值与精神张力。在转型时期的中国,朦胧诗、爱情文学以及海子、昌耀等人的诗歌皆属于个体情感性浪漫主义。

个体情感性浪漫主义是一种历史的具体存在,所以在不同时代、民族或主体那里,其往往存有着自身的不同的具体构成及其意向,存在着自身流变的向度。在后现代的语境中,个体情感性浪漫主义是一种生命存在论的浪漫主义,是一种内倾性的浪漫主义。

个体情感性浪漫主义理解与阐释的基本维度有以下相关侧面,亦即个体、情感与主体性。个体自我意识的自认自觉、自我个性特征的张扬、个性主义或个人主义观念的坚执,情感的"纯"、"真"与"正",情感的强度与力度,主体性的张力与深度等,皆是个体情感性浪漫主义至关重要的构成质素、意向与效应。理应指出的是,所谓主体性概念,在这里指的是在个体与现实、情感与理性、自我意志与社会限制等之间的矛盾冲突中,主体所生成并拥有的审美创造的反思性、批判性、反抗性与超越性,这种浪漫主义的主体性可以强化并深化艺术表现机制中的新颖的审美创造性与丰厚的人文意蕴性。可以说,以上相关质素及其语境规定性规约着个体情感性浪漫主义文学的具体构成、特质及其意向。无疑,个体情感性浪漫主义只能生成于个体自我意识自认自觉、个体的意志与个性得到极大强化与尊重、个体自觉反抗社会限制的时代。亦正基于此,我们可以看到,个体情感性浪漫主义在西方开端于18世纪末19世纪初的浪漫主义运动时代;而在20世纪的中国,个体情感性浪漫主义则主要生成并运作于五四时期与新时期的80年代这两个个性觉醒、激情澎湃而又思想解放的时代。

以前期朦胧诗为代表的对美的理想与个性主义的歌咏,是转型时期中国的个体情感性浪漫主义文学的一个十分重要的构成部分。20世纪70年代后期,一种新的诗潮正渐趋崛起。这种以"朦胧诗"为代表的新诗潮,其基本的创作意向即是力图打破诗歌创作的"工农兵模式",张扬抒情主体的"个体自我";在诗歌内在的构成上,其意象的组合具有多层次性,意象的内蕴具有模糊性,在表现方式上多采用象征、隐喻、暗喻的艺术手法,其意象空间的张力使诗歌的主题具有多义性,情感具有多向性,思想探索具有特定的自由性。朦胧诗的出现标志着诗的颂歌时代的结束,标志着文学中"个体自我"的再次觉醒,这是一种具有特定现代性的浪漫主义文学思潮,其核心是个性主义。从某种意义上可以说,朦胧诗具有特定的人道主义情怀;在艺术审美与文化思想的构成上,其存有着反传统的意向、对社会丑恶现实的批判、意义模糊朦胧的格调、现代主义的色彩、对自我个性主义的张扬与重视、对自我内心世界的揭示等相关层面的特质。以"自我表现"为表征的个性主义文学皆具有显明的浪漫主义特征,在这一意义上,朦胧诗作为特定的个体情感性浪漫主义,在 20 世纪的中国浪漫主义文学史上无疑是有代表性的。

3. 人文理想性浪漫主义

如果说社会理想性浪漫主义的基点是"政治理想",那么人文理想性浪漫主义的基点即是"人文理想"。人文理想的重建是转型时期中国文化重建的核心论题,这不仅涉及对转型时期中国浪漫主义文学进行理解与阐释的问题,同时也涉及对转型时期中国的哲学、文化理论、美学与文学理论批评进行理解与阐释的问题。道德理想主义浪漫主义属于人文理想性浪漫主义的一种特定形态,其代表作家是张承志、张炜等人。转型时期中国的人文理想性浪漫主义的最为基本的体现即是探寻中国文化的重建之路;对现实的精神文化生态尤其是道德生态进行批判;对人的生命存在及其现实境遇给予相应的关怀等。一般言之,人文理想性浪漫主义存有着四种具体的形态类型,亦即道德理想主义型、宗教型、民俗风情型与"原始主义型"等。

新时期的社会文化语境与社会理想性浪漫主义的崛起无疑是密切相关的,"改革文学"即是这种社会理想性浪漫主义的最为突出的代表,其欠缺在于其未能充分估计到社会保守势力与"左倾"力量的强大与改革的艰难,所以改革文学体现出"形象的理想化和创作的浪漫化的幼稚和空泛,这些作品的理想亮色与严酷复杂的真实生活情状比照的巨大落差不仅造成反讽,而且连作家自身所坚持的精神理性原则也要为之动摇而更弦易辙。"①应该说,这种社会理想性浪漫主义是不可能脱离开现实政治而存在的,只不过是,这

---

① 黎风:《呼唤"浪漫"——关于新时期浪漫文学的忧思》,《文艺争鸣》1995 年第 4 期,第 30 页。

里的政治已不是传统的、单质的"政党政治",而是主导性意识形态、知识分子精英与下层民众所共有的"政治",亦即"民族国家的现代性想象"。也正是在这一意义上,转型时期的社会理想性浪漫主义与传统的"革命浪漫主义"、同时也与人文理想性浪漫主义分界开来。从社会理想性浪漫主义向人文理想性浪漫主义转向的关键即在于,随着社会改革的不断深化,一系列负面现象逐渐显露出来,如社会腐败、正义缺失、分配不公、生态失衡、贫富差距加大、各种利益群体开始形成、道德意识的沉沦等,改革开放之初的有关"民族国家的现代性想象"的政治许诺并未得到应有的实现。与此相反,现代性社会文化的弊端却日渐凸显出来。在这样的现实情势之下,主导性政治意识形态、精英知识分子与下层民众之间所达成的"民族国家的现代性想象"与政治共识开始离析,精英知识分子开始转向传统、民间、"审美乌托邦"乃至宗教。亦正基于此,人文理想性浪漫主义开始兴起,浪漫主义文学开始分流。90年代以来,一个引人注目的社会文化现象即是"大众"与"消费大众"的崛起,其极大地改变了转型时期中国社会文化与艺术审美的景观,并直接导致大众幻象性浪漫主义的生成与发展;与此相比较,在80年代,知识分子精英的崛起同样也改变了当时中国的社会文化景观。更为重要的是,精英知识分子在这一语境中,开始渐趋蜕变为专业化"知识精英"与市民知识分子,其极大地改变了90年代以来中国社会文化与艺术审美的整体构成及其精神特质,由之"人文精神的沦落"一时之间成为热门话题。也正是在这一语境中,传统的浪漫主义观念开始解体,虽然主导性政治意识形态所支撑的"主旋律文学"、"红色经典重编剧"、"反腐文学"等仍坚守社会理想性浪漫主义的阵地,但其基本的社会理想与政治意向业已发生了极大的改换。与此相应,各种"后浪漫文学"(亦即"后革命浪漫主义文学")开始兴起,并产生了极大的现实影响。这样,转型时期中国的浪漫主义文学必然走向多样化、多元化。在我们看来,这也正是转型时期中国浪漫主义流变的最为基本的线索之一。亦正基于以上的浪漫主义文学的运作态势,我们可以看到,人文理想性浪漫主义的功能被彰显出来,其创作也由此得以多向度地展开。

张承志以其作品《黑骏马》、《北方的河》、《金牧场》、《心灵史》等小说以及大量的散文作品而被人们称之为转型时期最有代表性的浪漫主义作家,其小说建构了一个充满理想主义精神与宗教精神的文本艺术世界;其散文文本中对不宽容、不妥协精神的张扬,呈示的是一种对现实的道德批判,张扬的是一种理想主义精神以及这种精神的纯粹性。也正基于此,我们可以把张承志的作品谓之为道德理想主义的浪漫主义。张承志"走向宗教"的浪

漫主义之作，其基质在于他对现代社会文化与现代文明的否定与批判，在于
他在当下社会文化环境中所具有的孤独感与不妥协精神。汪晖曾经指出：
"意识到自己与社会的悲剧性对立以及由此产生的孤立处境并不足以形成
主体的自我否定理论，相反倒会产生自我的肯定的浪漫主义精神。"①英国哲
学家罗素也曾指出："孤独本能对社会束缚的反抗，不仅是了解一般所谓的
浪漫主义运动的哲学、政治和情操的关键，也是了解一直到如今这运动的后
裔的哲学、政治和情操的关键。"②这也就是说，我们可以从孤独感、对喧嚣俗
世的否定与批判，来对张承志的文本艺术世界尤其是《心灵史》进行解读。
在我看来，萧功秦所揭示的浪漫主义的特质对于我们理解张承志的浪漫主
义创作及其思想取向具有十分重要的启示意义。在萧功秦看来，浪漫主义
的一大含义就是"主体把自己长期受到现实逆境压抑而产生的愿望与理想，
不自觉地投射到某一他并不真正知道的对象物上，人们经由这种潜意识的
愿望投射，通过这种'主体向外扩张'的移情作用，来宣泄、抒发、寄托内心的
深层愿望，并以此获得一种冲破现实束缚时而感到的人生超越感。浪漫主
义者往往把某种与现实生活的阴暗面形成对比的秩序状态作为精神追求的
支点。这种支点可能是某种历史上根本不存在的、或存在过但被美化了的
'合理状态'。例如与资本主义初期工业化成鲜明对比的田园诗般的中世
纪，马克思在《共产党宣言》中批判的'浪漫的社会主义'指的就是此类心
态。"③从这一意义上来看，张承志的创作具有明显的反启蒙、反现代性、反理
性与民粹主义、民族主义的思想趋向，而恰恰在这些问题上，过去的研究未
能给予较为充分的关注。应该说，对于张承志的浪漫主义创作进行理解，存
有着三个基本维度：一是自然，二是宗教，三为民族主义、民粹主义与道德理
想主义。通观张承志思想与创作的发展，前期的张承志具有强烈的乐观主
义的色彩，而其后期则存有着鲜明的悲观主义精神意向，这也是其走向宗
教、逃离现实的一个基本原因。

　　张炜及其创作是转型时期中国文学的一个十分重要的审美文化现象，
同时也是转型时期文学批评与文学史研究的一大热点论题。在我看来，对
张炜创作进行研究理应处理并阐释以下相关层面的问题：其一，张炜文学创
作的特质，如他对个体生存及其价值的关注与展示，其存在主义的思想基质
等。其二，理应对张炜文学文本艺术世界的构成、特质及其生成机制做出较

---

① 汪晖：《反抗绝望——鲁迅及其文学世界》，河北教育出版社 2002 年版，第 184 页。
② ［英］罗素：《西方哲学史》（下），商务印书馆 1976 年版，第 222 页。
③ 萧功秦：《知识分子与观念人》，天津人民出版社 2002 年版，第 150 页。

为系统而深入的分析与把握。在这一维度上,张炜文本艺术世界的基本特质主要体现在以下相关侧面,亦即其朴素的人道主义精神、道德理想主义、"大地"乌托邦情结、"反现代性"与文化保守主义的思想倾向等。在张炜对"大地"乌托邦意象的建构与基于道德理想主义而对现实所进行的批判中,的确体现出其明显的"反现代性"和文化保守主义的思想意向,如在《九月寓言》之中,其所展示出的"'乡村'与'城市'二元对照模式,是作者对工业文明发现、质疑、退却后的心灵记录,像厌恶鼹鼠的活动一样厌恶工程师的开掘,显示出他对工业文明偏执的理解,表现了张炜从对自然的颂祷到与'大地'同属合一的'回归'思想。"①在张炜文本艺术世界的思想构成与精神取向上,其现实感与道德理想规约着他要求"清洁精神"与文学中的道德批判;面对物质至上、人欲横流的现实,他一方面激愤于"诗人为什么不愤怒",另一方面也开始其"精神家园"的追寻,在文学文本艺术世界之中建构"大地—家园"的意象与道德乌托邦,于其中来寄托自我的历史之思、现实之思与哲学之思。也正基于其文本艺术世界的这种基本特质,我们可以将张炜的文学写作称之为"浪漫主义写作",这是因为在其写作中"充满着与神、自然、真理、美和心灵相关的内容"。② 其三,理应揭示张炜文学创作的历史规定性,探讨其文学创作的道路及其转向,并对张炜小说的思想主题与艺术形式做出独特的领悟与解读,进而指出其创作的当下意义。在这一维度中,我们可以看到张炜小说创作的基本主题主要体现在道德批判、人与自然的关系、历史情境中的人的本体与人的命运等相关侧面。从以上张炜研究之论域及其层面的概述中,我们即可看到,张炜文学创作的最为基本的特质之一就在于其特定的人文理想性浪漫主义的审美取向。

"民间"是作家与人文知识分子人文精神的寄托之所,纯朴的民风、真挚的情感、和谐的人际交往、天人合一的境界、清洁的精神等是他们对"民间"的最为基本的想象与向往,这一切使"走向民间"成为转型时期中国浪漫写作的一大走向。但究其实,这只是一种想象性空间,是作家与人文知识分子寻求救助俗世与精神沦落的一大策略与途径。在工业文明的规约、现代制度的限制与消费文化的冲击之中,一部分作家与人文知识分子如张炜、张承志、李锐等,一方面既不愿成为当在主流性、主导性社会文化的辩护士;另一

---

① 王辉、李军:《穿越文本:20 世纪中国文学的两极阅读》,社会科学文献出版社 2006 年版,第 93 页。

② "Romanticism, criticism and theory", in The Cambridge Companion to British Romanticism, Edited by Stuart Curran, Shanghai Foreign Language Education Press, 2001, p. 24.

方面，又不能容忍喧嚣、贫乏、凌乱、低俗乃至卑污的当下的精神状况，从而使他们选择了批判、对抗、反抗的态度与立场，其用意在于寻求超越现实并重建当下文化精神的路径。这样，原态、丰富、混沌而又含蕴着无限可能性的民间，既契合了他们的想象，也应合了他们的人文理想与审美理想。亦正基于此，他们走向了想象性的"民间"，在民风民俗、民间传说、质朴而自然的民间生活之中来寻求创作的题材，在"怀旧"、"回望"、希冀之中来获取自我创作的灵感，从而建构了一种特定类型的人文理想性浪漫主义文学。这些作家的创作与政治意识形态化写作、世俗化写作相比较，"最大的区别在于高扬着理想的旗帜和坚持着鲜明的批判立场。"①在现实中，城市与乡村、主流性社会空间与作为一种特定非主流性空间的民间是相对而言的，并且它们不可能是封闭性的。但在文学创作中，为了对抗城市文明、对抗世俗化语境中人的道德精神的沦落，作家们便常常将民间纯粹化、幻想化，进而建构出一种纯净而安适的文本艺术世界，于其中来寄托自我对现实的批判，展示自我的道德理想，抒发自我郁结的情感，从而使自我的写作具有了特定人文理想性浪漫主义的特质。

与"走向民间"密切相关的是"回归原始"、"回归古老的过去"（亦即古典的田园时代），这是一种由来已久的浪漫主义的思想与创作倾向。诚如有人所指出的那样："浪漫主义和浪漫派能够出现的历史条件，是古老文化遭遇新文化的时代。……在世界史的这种转折时期，感情与想象胜过清晰思想的人、更热情而不是理性的灵魂，总是会走回头路，回到古老的过去。看到自己周围正在蔓延的无信仰和散乱，他们渴望那个古老的信仰与习俗的世界，那个令人愉快的、形式丰富的世界；他们试图尽可能恢复这个世界，甚至有过之而无不及。可是就像当时的孩子一样，他们也不自觉地受着他们所讨厌的新原则的支配。这就是他们所恢复的旧事物已不再是其纯粹原始面貌的原因。相反，它们在许多方面掺杂着新事物，所以也预示着新的东西。"②事实上，亦正是作为西方近代浪漫主义鼻祖的卢梭最早从浪漫主义的意义上倡导"回归原始"的思想，并将之较为自觉地在其创作中展示出来。原始主义是一种复杂的文化哲学、生态哲学、美学与艺术哲学的问题，并在文学创作领域之中存有着广泛而集中的体现。原始主义生成的基本机制在于，近现代以来工业文明的渐趋发达，社会文化制度的渐趋完备与僵化，人

①　黄修己主编：《20世纪中国文学史》（下卷），中山大学出版社1998年版，第234页。
②　［德］大卫·费里德利希·施特劳斯：《叛教者儒略——王座上的浪漫派》（1847），转引自卡尔·施米特：《政治的浪漫派》，冯克利、刘锋译，上海人民出版社2004年版，第144页。

工自然渐趋取代了原态自然,人与自然之间和谐的关系遭到了破坏,二元对立模式成为主导性、主流性的思维范式;人类生存于诸多的限制之中而丧失了人所应有的自由,人性的完整性结构被消解,生命力受到了抑制,情思无以排遣。原始主义的基本理念即是反工业文明、反现代性,主张恢复人的生命、生存与生活的本真,恢复人性的丰富性与完整性;而达成这一切的途径即是放弃现代性的生活方式与思维方式,放弃现代性的社会文化运作方式,亦即"回归原始"。从原始主义的以上理念中可以看到,其涉及自然观、社会观、文化观、审美观、历史观等丰厚的内容,因而也能够在文学领域之中得到不同的表现与展示。在我们看来,只有那些对原始生命力进行歌咏,对简约、节制与自由的生活方式进行赞颂,对扩张、竞争、消费的社会文化制度进行批判的文学才能归之于人文理想性浪漫主义的范畴,从而被称之为"原始主义型"(或"回归原始型")的人文理想性浪漫主义文学。

应该说,转型时期中国人文理想性浪漫主义在不同发展阶段上的具体构成、特质及其意向是不同的。王岳川即曾从"知识分子的理想化"、"主体性启蒙"、"全民美学热"、"寻根问题"、"精英文化的勃兴"与"拯救的乌托邦话语"等相关侧面对新时期中国的人文理想性浪漫主义来进行相应的分析,其分析涉及以下相关层面的问题:其一,人文理想性浪漫主义与新时期乐观主义精神的确立;其二,"主体性"观念的确立与"自我心灵苏生的张扬";其三,"生命意识存在的浪漫诗意表达"亦即"对人自身感性存在的空前珍视和浪漫化想象";其四,在寻根之中重塑民族精神;其五,精英主义"对诗歌、小说,甚至哲学、美学加以诗化、浪漫化、纯粹化";其六,"精神与信仰的'拯救',精神在超越之思中脱胎换骨,心灵从此岸向彼岸的迈进"等。① 应该说,如上的相关论述所涉及的也正是新时期中国人文理想性浪漫主义的构成、特质及其体现的问题。与对新时期人文理想性浪漫主义现象的描述与阐释不同,王岳川从"知识分子的世俗化"、"后现代性的情结"、"非主体化"、"反方法论"、"反本体论"、"泛审美文化的兴起"与"城市文化热"等相关侧面,分析了后新时期90年代以来中国人文精神之破败与沦落的景观,指出了知识分子的倦怠、解构性思潮的蔓延、"高尚纯洁"式写作的终结、意义深度的消解、审美的泛化与表征的危机等精神文化现象的出现及其特质。这也就是

---

① 参阅王岳川:《中国九十年代话语转型的深层问题》,《文学评论》1999年第3期,第72—73页。

说,在王岳川看来,人文理想性浪漫主义在后新时期的中国业已走上了终结。① 无疑,以上相关的精神文化现象的确是存在的,但这却并非是后新时期 90 年代以来中国精神文化现象的全景。事实上,在后新时期,有些知识分子仍坚守着 80 年代所重构了的新理想主义文化,并且更为重要的是,也正是在这一时期,出现了"人文精神大讨论"、"二张现象"与"生态美学"、"生态批评"、"生态文学"等带有特定理想主义和浪漫主义特质的文化现象、审美现象与文学现象;与此同时,大众审美文化也在营造着带有特定后现代性的"世俗乌托邦"。也正是在这种意义上,可以说,在后新时期 90 年代以来中国的社会文化语境中,80 年代的人文理想性浪漫主义并未中断,而是走向了多元化、多样化,这一切恰恰为新世纪浪漫主义的重建提供了基础、前提与契机。

总之,人文理想性浪漫主义在转型时期的中国,发端于朦胧诗与寻根文学,体现出个体人生理想的选择与整体性文化精神的选择两大基本范式;中经"西学热"、"传统文化热"与"国学热",在生命美学、生活美学与生态美学的促动下,转型时期中国的人文理想性浪漫主义渐趋超越了传统意义上的文学的范畴,而具有更为广泛的社会文化意义,并体现出激进与保守两种思想取向。于其中,既有对人的尊重、对人的生存的人道主义的关怀,有人的人格理想、人生理想的新的选择与建构,也有对传统人文理想的回归。

4. 自然性浪漫主义与生态性浪漫主义

广义的"自然性浪漫主义"包括"田园性浪漫主义"、狭义的"自然性浪漫主义"与"生态性浪漫主义"三种最为基本的形态类型。从历史的意义上言之,虽然田园性浪漫主义和狭义的自然性浪漫主义在古典文学中即已存在,但狭义的自然性浪漫主义却主要是近现代社会文化的特定产物。在这里,所谓狭义自然性浪漫主义指的是,对雄奇、神秘、瑰丽的大自然进行描绘、歌咏而构成的一种特定形态的浪漫主义。与以上两种形态相比较,生态性浪漫主义则是后现代社会文化语境之中的独特产物。生态性浪漫主义又可以分为两种形态类型:一是一般的生态性浪漫主义;二是生态主义浪漫主义。这也就是说,在广义的生态性浪漫主义文学中,只有那些反对人类中心主义并确立了自然生态中心主义理念的浪漫主义文学,才构成为严格意义上的生态主义浪漫主义文学。无疑,田园性浪漫主义、狭义的自然性浪漫主义与

---

① 参阅王岳川:《中国九十年代话语转型的深层问题》,《文学评论》1999 年第 3 期,第 74—75 页。

生态性浪漫主义既密切相关,而又存在着明显的差异,这是由其不同的自然观、审美观、思想特质与现实指向性所规定的。当然,其间的分界仅是相对的,我们不能做绝对化的理解。在这里理应指出的是,并非所有的生态文学皆是生态性浪漫主义文学,只有那种展现出特定的生态理想、表现出人与自然的和谐、倡导人的节制性理念,并反对现代性的技术理性而畅想人的诗意性生存的生态文学,才能称之为生态性浪漫主义文学。

英国学者克里斯托弗·考德威尔在论述哈代及其创作时曾经指出:"谁要是假定说城里的各种关系改变了,而乡村里却真的还保持着原状,那只是一种幻觉。城市是靠乡村提供粮食养活的,同时也把产品送去交换,那些产品恰恰是些'最新'的文化输出品:最新的机器、书籍、流言、思想和人。当然,城市对乡村的关系从来就是这样的;即便在中世纪,乡间的僧侣、浪漫传奇、弊端和哲学都是最新的城里货。从美索不达米亚城邦时代以来,乡村总把自己想象成一座拥有恒久不变的经济的贮藏库,爆炸性的现代思想从城里涌了出来,由此产生了种种罪恶;把对于这一古老过程的描述当作现代的'乡村问题',从来就是各个时代乡村居民的错误。"① 也正是在城市对乡村从物质到精神的冲击中,传统乡村社会的现实秩序与价值观念遭受到破坏,这样就必然会产生两种最为基本的态度:一是以怀旧的方式对传统乡村的田园景观与情调进行歌咏,对自然景观与传统乡村价值观的破坏表示惋惜,对这种历史变动持怀疑的态度,由此便在创作上走向田园文学,进而体现出浪漫主义的倾向;一是以客观的方式对传统乡村的历史变动进行如实的描绘,由此便走向了乡土文学,进而展示出现实主义的创作倾向。以上的两种文学创作类型及其倾向在转型时期中国的文学创作中,也有较为显明的体现。在这里有必要对乡土与田园的概念进行分界。从一般意义上言之,乡土、田园是与城市、都市相对而言的两个相关概念,乡土、田园是基于土地、家园而存在的特定文化地理环境,从而使其成为一个文化空间、文学空间的概念。也正是在这一意义上,田园与乡土不仅关联着自然风光、风俗人情,而且还是主体情感的象征之物与精神的托庇之所,从而使田园与乡土具有了丰厚的文化意义、审美意义与象征意义。在中外文学史上,田园与乡土是作为重要的文学题材而存在的,并在文学史的流变过程之中形成了相关的文体样式,如田园诗、乡土小说等。也正是在文学史的流变之中,田园与乡土的语

---

① [英]克里斯托弗·考德威尔:《浪漫主义与现实主义——对英国资产阶级文学的研究》,三联书店 1988 年版,第 86—87 页。

义构成出现了分界并渐趋固定化,田园成为诗人们对乡野世界的想象性空间,并将自我的情感、理想寄寓其间,由此田园题材的文本尤其是田园诗便成为一种特定的浪漫写作。华兹华斯即曾论述过作为抒情浪漫题材的田园生活及其规定性,他指出:"我通常都选择微贱的田园生活作题材,因为在这种生活里,人们心中主要的热情找着了更好的土壤,能够达到成熟境地,少受一些拘束,并且说出一种更纯朴和有力的语言;因为在这种生活里,我们的各种基本情感共同存在于一种更单纯的状态之下,因此能让我们更确切地对它们加以思考,更有力地把它们表达出来;因为田园生活的各种习俗是从这些基本情感萌芽的,并且由于田园工作的必要性,这些习俗更容易为人了解,更能持久;最后,因为在这种生活里,人们的热情是与自然的美而永久的形式合而为一的。"①乡土则成为社会文化近代化、现代化尤其是工业化、城市化侵袭与破坏的对象,乡土写作由此而变成对乡野破败过程的一种叙事,变成为对下层民众尤其是农村民众现实遭际及其命运的反思之物。如果说田园写作寄托着写作者的理想,并使其魂牵梦绕;那么乡土写作则展示着写作者对现实的批判与反思,并使其愤懑难平。这也就是说,在一般意义上,田园写作是一种特定的浪漫主义写作,而乡土写作则基本上是现实主义的。事实上,在20世纪中国文学的发展中,也的确存在着这样两种有关乡野想象与叙事的文学范式。值得注意的是,在后现代大众文化时代,"怀旧"情绪开始孳生、蔓延。应该说,在现代性、后现代性的语境之中,"怀旧"情绪的普遍化具有特定的必然性。这样,田园成为怀旧的寄托之所并进而使田园浪漫写作具有了进一步强化的可能性。进而言之,当下的田园写作不仅在后现代怀旧之中透露出感伤,同时也于其中展现出温馨,进而体现出这种写作的浪漫主义特质。无疑,田园写作的兴盛既相关于工业化与城市化的快速发展,也相关于创作主体的生活体验。转型时期中国作家中的大多数皆与乡村世界存有着这样或那样的关联,他们有的出身于乡村,有的则有"上山下乡"的经历,如此等等。亦正基于此,虽然他们业已远离了乡村、进入到城市,"但乡土中国留给他们的情感记忆并未因此远去。特别是体验目击了城市的罪恶之后,对乡土的情感怀恋,几乎成了所有来自乡村的作家的共有的'病症'。"②这里所指出的也正是"田园文学"特定的生成机制。只不过是,在当下的理论批评界,在"田园文学"与"乡土文学"等相关概念的使用上存

---

①　[英]华兹华斯:《〈抒情歌谣集〉序言》(1800),曹葆华译,刘若瑞编:《十九世纪英国诗人论诗》,人民文学出版社1984年版,第5页。

②　孟繁华:《1978:激情岁月》,山东教育出版社1998年版,第217页。

在着明显的混乱,理应加以厘清。

从 20 世纪 90 年代末期开始,"生态文学"之中的"生态性浪漫主义"开始崛起并产生了极大的现实影响。也正是在这一时期,生态文学开始得到较为自觉的发展,其与生态哲学、生态伦理学、生态人类学、生态批评、生态美学、生态论文学理论与生态论文学批评一道,助生并构成了生态性浪漫主义思潮,其业已在各个现实领域与理论领域之中造成广泛而深刻的思想影响与现实实践效应。在某种意义上可以说,生态性浪漫主义是浪漫主义在后现代社会文化语境之中所生成的一种新的形态,同时也是浪漫主义发展的一个新阶段。生态性浪漫主义的功能不仅在于在精神的层面上改换人类中心主义的观念,进而建构并确立人们的新的心灵与精神构成;而且在人们的现实生存与活动的层面上,生态性浪漫主义可以使人渐趋达到"诗意地栖居"的境界。

5. 大众幻象性浪漫主义

"大众幻象性浪漫主义"是与其他形态类型的浪漫主义文学相比较而言的,其现实地接受后现代与大众的双重规约,因而具有后现代性与大众性的特质。大众幻象性浪漫主义当然也包含着情感、理想、想象、幻想等相关质素,因而与其他的浪漫主义形态具有共通性;但它是一种与大众传播媒介尤其是电子传播媒介密切相关的浪漫主义形态,所构成的是一种新媒介文学和"文学性审美文化"现象,所提供的文本形态展现为具有特定浪漫主义精神取向的"整合性媒介话语形式",因而又与其他的浪漫主义文学形态分界开来。

大众幻象性浪漫主义无疑是有其相应的文学资源的,这就是传统的市民文学、通俗文学、民间文学等。在后现代大众文化语境中,大众幻象性浪漫主义与影视、动漫、电子游戏、广告等大众审美文化形式是直接相关的。事实上,后现代大众亦正是在具有特定大众幻象性浪漫主义特质的审美文化中来满足自我特定的精神需求的。于其中,大众并不追求意义的深度与情感的力度,而是在影像的狂欢之中来满足自我的想象、幻想、欲望与情感需求。这样,幻象也就成为当下语境中大众精神文化生活的必需之物。事实上,近代的浪漫主义文学即包含着大量的幻觉、幻象等质素,并为许多浪漫主义理论家所重视。勃兰兑斯即曾指出:"艺术作品的效果最微妙地集中在幻觉上。幻觉就是艺术作品在观众心里的映象。幻觉就是把实际上不真实的东西给观众看的假象","不难看出,各种艺术的幻觉都能保持这样迷人的、引人入胜的性质。……正因为幻觉才能使观众把艺术当真,将艺术变成现实。"①"浪漫主义者还不能按照科学形式来理解、但却已经预感到的,正是这种正确的、发源于休谟的心理学原理。梦幻、错觉、疯狂,所有分裂并拆散自我的力量,都是他们最亲密的知己。"②蒂克亦曾指出:"在梦里灵魂并不时常相信它的幻象;但是,做梦的人继续睡下去,那么新出现的无尽无休的魔形便会重新产生幻觉,把我们禁锢在着魔的世界里,使我们失去现实的尺度,最后把我们完全送入到神秘莫测的境地。"③从以上的引论中我们可以看到,蒂克、勃兰兑斯十分重视幻觉、幻象在艺术尤其是浪漫主义文学整体构成之中的地位与功能,只不过是,他们主要是就语言文字性文学文本而言的。在后现代大众文化的语境中,由于技术的强大力量,文学性审美文化更长于幻觉、幻象与幻想的制造和生产,从而生成了大众幻象性浪漫主义。在喧嚣的生活、激烈的竞争、膨胀的物欲与技术工具理性的挤压和抑制之下,后现代大众也更需要幻觉、幻象与幻梦,这即使大众幻象性浪漫主义在后现代的语境中具有了多向发展的可能性。总之,大众幻象性浪漫主义是一种走向大众的欲望、想象、幻想、异国风情与创业冒险的浪漫主义,其所提供的是现代、后现代的神话,是浪漫主义在后现代大众文化时代的异变,其所展示的是后乌托邦时代世俗大众的乌托邦理想,并存有自身特定的艺术表现形式与审美品格。在某种意义上可以说,大众幻象性浪漫主义所构成的亦正是大众超越平庸、无聊与琐屑的日常生活的一种独特的精神生活方式与审美文化形态。

在转型时期的中国,大众幻象性浪漫主义主要存有着以下相关的形式或形态。首先,"新都市文学"中的大众幻象性浪漫主义。在后现代大众文化的语境中,都市空间正在成为转型时期中国文学的一个至关重要的描绘对象。基于新都市社会文化空间之中人的生存境遇与生活向往,"新都市文学"在自身的构成中无疑就存在着大量的浪漫质素,如张欣的小说集《城市情人》即是如此。"新都市空间"固然是喧嚣、混乱、残酷的,但同时也是能够提供希望、冒险、自我实现的场所,也正是这一空间为文学建构提供了诸多的可能性。这样,有些所谓的"新都市"小说"可以表现商场上的男欢女爱,明争暗斗,充满现

---

① [丹麦]勃兰兑斯:《十九世纪文学主流·第二分册 德国的浪漫派》,刘半九译,人民文学出版社 1997 年版,第 151 页。

② [丹麦]勃兰兑斯:《十九世纪文学主流·第二分册 德国的浪漫派》,刘半九译,人民文学出版社 1997 年版,第 171 页。

③ [德]蒂克语,转引自[丹麦]勃兰兑斯:《十九世纪文学主流·第二分册 德国的浪漫派》,刘半九译,人民文学出版社 1997 年版,第 154 页。

代化的都市气息,舒畅而清俊,浪漫而洋溢着反讽的快乐。"①这也就是说,都市既是一个充满竞争的残酷之地,也是一个充满着激情、希望、冒险、刺激与梦幻的空间,有关都市生活的文学叙事由此而具有了特定的浪漫特质。其次,走向异国风情与创业历险也是转型时期中国大众幻象性浪漫文学的重要一端,如《曼哈顿的中国女人》《北京人在纽约》等留学生文学无疑就具有特定的浪漫特质。这些所谓的"留学生文学"通过对特定异域冒险而成功的经历的描写,展示了特定的"异域冒险成功之梦"。这一"留学生文学热",由《曼哈顿的中国女人》肇其端(该小说为第三届全国图书展畅销书之榜首),随之出现了大量同类题材的作品,如《北京人在纽约》、《我的财富在澳洲》、《我在美国当律师》等。这类作品适应于当时"出国热"的潮流,满足了人们尤其是青年一代对西方发达国家及其异国情调的想象;另一方面,这种文学写作也刺激并满足了人们渴望冒险与成功的激情与欲望,为相关人群提供了相应的幻象。再次,科幻、玄幻、魔幻、武侠、童话改写等所提供的大众幻象性浪漫主义。应该说,对转型时期中国浪漫主义文学的研究理应扩大我们的视界,开放我们的观念,超越传统浪漫主义封闭而狭隘的理论模式,重视对大众审美文化、影视文艺之中的浪漫质素及其意向问题的关注与研究。事实上,当下的科幻、玄幻、魔幻、武侠、童话改写等大众审美文化文本之中也的确存有着大量的浪漫质素,问题的关键在于我们在研究中如何界定其中的这些浪漫质素,而这恰恰也正是传统的浪漫主义理论所无法说明的。我们理应看到,时代在发展,整体性社会文化的构成正在发生着巨大的历史性变动,传统的宗教性理想、政治意识形态乌托邦正逐渐为大众的世俗性理想与世俗乌托邦所取代,大众的这种世俗性理想与世俗乌托邦必然会在审美文化、文学的文本艺术世界中展示出来,从而使浪漫主义写作转换了自身的特质、构成、意向及其形态类型,事实也的确如此。这就意味着,在后现代大众文化的语境中,我们必须改换传统的浪漫主义观念,重建浪漫主义的理论构成及其意向,以使其成为一个既具有现实针对性又具有学理性张力的文化哲学概念、美学概念与文学理论概念。这也正是我们在这里提出"大众幻象性浪漫主义"的概念及其相关命题的原因之所在。

---

① 陈晓明:《边缘之路:穿越"巨型寓言"的女性写作》,此乃本文作者为《风头正健才女书》丛书所写的序言。见张欣:《城市情人》,华艺出版社 1995 年版,第 1—3 页。

第八章 生态美学、生态文学
与"生态性浪漫主义"

自然生态危机与人类的生存危机促动着生态美学、生态论文学理论、生态批评与生态文学的生成与发展,基于自身的现实感与解说力,它们的影响力正在日益扩大,其功能亦渐趋强化。应该说,生态美学、生态论文学理论、生态批评与生态文学业已展现出自身显明的生态主义、意识形态化与浪漫性的特质,并正在生成生态性浪漫主义的文化范式、文学范式与理论范式及相关思潮。我们有必要对这些相关范式及思潮的特质、构成及其限度等相关问题进行相应的清理与反思,理应对生态文学在转型时期中国的发展做出相应的描述与阐释,并对其优长与欠缺有一个较为清醒而系统的认识与把握。这不仅有利于生态性浪漫主义思潮的进一步完善与发展,也有利于人们建构较为完备而健全的自然生态观、社会生态观与文化生态观,进而改变人的现实实践行为,这对于促进自然生态的和谐与社会文化的可持续发展,无疑是有其价值与意义的。

一、人类自然观的历史转换与生态美学的兴起

生态美学的生成相关于人的自然观与生存观的深层次转换,同时,它也是学科交叉与渗透的特定产物。生态美学走出了传统哲学美学的已有框架,而转向对人的生存、自然生态的运作及其相互关系的关注,从而使美学获得了新的本体论依据、现实指向性与发展契机。具体言之,生态美学得以生成的现实基础即是近现代以来日渐恶化的自然生态危机以及由此所造成的人类自身的生存危机。面对自然生态危机与人类生存危机,各个不同学科领域中的学者们开始反思人类传统的自然观、实践观与社会观、文化观,反思人类在近现代的语境中所形成的生活方式、行为方式、生产方式与消费

方式。建立在系统反思的基础上,生态学、生态哲学、生态伦理学、生态政治学、生态经济学等新兴学科开始出现,并产生了极大的现实影响、思想影响与学术影响。这些相关学科的出现、发展与深化,一方面促动着生态美学的生成与发展;另一方面,也为生态美学的建构提供了丰厚的理论与思想资源。可以说,对生态美学的现实基础、学理来源与生成机制进行系统考察,对其理论基础、学理构成及其特质、意向进行整体把握,离不开对人与自然关系的历史发展、人类自然观的深层逻辑及其历史转换的分析与反思。

一般言之,在人类历史的发展过程中,人类与自然之间的关系经历了这样几个阶段,亦即屈从、适应和利用、征服和支配、环境生态危机、追求并达成人与自然关系的生态和谐等相关阶段。应该说,对人与自然关系的历史发展阶段及其特质进行分析,主要的依据是生产力发展的水平,是人类的技术水平和社会的组织水平,这是因为生产力水平是人与自然关系历史进程的最为直接的表征。当然,以上这五个阶段的分界并非是绝对的,而是相对的。这也就是说,它们之间存有着特定的历史连续性,其关系模式的转型本身仍保留着历史的因子,并且这些历史因子对人类社会的现实与未来都会产生深刻的影响。无疑,这种历史分析理应立足于较为完备的历史哲学,我们也正是基于"五维度总体性理论"来对人与自然之间的关系以及人类的自然观进行相应的分析的。在我们看来,原始时代的采集—狩猎社会、古典时代的农耕—手工业社会、近代的机械—工业社会、现代的大工业社会与后现代的知识—经济社会这种对人类社会历史发展的把握,要比简单化的前现代、现代、后现代的流行性"三分法"要准确得多,我们把这种历史分期方法及其模式称之为"五维度总体性理论"。①

所谓自然观是人对自然的本质、构成、规律、功能以及人与自然之间关系的最为根本的观念、观点或看法。于其中,最为关键的即是在特定历史时期基于对自然的根本理解所生成的主体对人与自然关系的基本观念,其所构成的是人类自然观最为核心的内容。自然观是人类基于自身存在与发展的特定要求而建构的,其历史发展和转换主要是就历史发展过程中人类整体所具有的自然观的主导性倾向及趋势而言的。人类在自身的历史发展中,由于生产力水平的限制和自然生态状况的影响,逐步形成了有关人与自然关系的具有时代性特点的主导性观念。而这种时代性的主导性观念,也

---

① 参阅梁婷、杨春忠:《中国近现代史史料学研究的维度、意向与方法》,见中国近现代史史料学学会编:《中国近现代史史料学国际学术讨论会论文集》,新华出版社 2005 年版,第 12—23 页。

正是我们对自然观进行历史分析的着眼点。如果我们对人与自然关系发展的五个阶段进行历史的考察,即可看到和人与自然之间关系的历史发展阶段密切相关、最能体现人与自然的基本关系,而且直到今天仍在发生作用的自然观模式主要有这样五种,亦即原始神话自然观,这是一种崇拜性的自然观;古代有机整体论自然观,这是一种带有特定依附性的自然观;近代机械论自然观,这是一种征服性的自然观;现代人类中心主义自然观与后现代的生态论自然观。这五种基本的自然观模式,一方面从总体上来看,在历史发展过程中,是依次出现的;另一方面,特定的自然观一经出现就不会随着其所得以生成的历史阶段的消亡而消失,它仍会产生特定的现实影响,并且某种特定的自然观,如征服性、人类中心主义或和谐性的生态论自然观,在自身未成为主导性自然观模式之前,在其前的社会发展阶段上业已萌芽。也正基于此,在特定的历史阶段上,一方面存有着时代性的主导性自然观;另一方面,人类自然观的具体体现无疑又是复杂的、多元的,在特定时代的不同地域、国家、民族、阶级等那里,其自然观往往存在着诸多的不同,从而在自然观的总体存在中体现出明显的混杂性。

　　原始时代与古典时代,在人与自然的关系机制之中,自然生态系统起着主导性的功能,虽然人工生态系统业已生成。到了近现代与后现代,在生态系统的总体构成中,由于文化的进化、科技的进步与社会组织方式的发展,人工生态系统逐渐居于主导性地位,并进而改变了人类文明的基本范式。在近现代的文明范式中,"虽然每个人都离不开环境,而大多数人的生活都远离任何自然场所。实际上,甚至连想要界定这样一个自然场所都很困难,因为在未受人类作用所影响的景观物的意义上来说,自然几乎早已从工业化世界中的所有地区消失了。大多数自然保护区并不是原生的自然,它们是人类行为结果的显现。"① 这也就是说,在现代社会文化环境之中,人工生态系统业已占据了主导性地位。人工生态系统的扩大与强化带来了人类社会文化的总体性发展,但人工生态系统的脆弱性与自然生态系统的有限性则又有可能给人类的生存与发展带来一系列不可预知的危机。这一点业已为人们所认知,所以现代以来生成了"生态主义"乃至"生态中心主义"这样的社会文化思潮,在这种思潮的促动之下,生态学、生态哲学、生态人类学、生态伦理学、生态美学、生态论文学理论等相关学科应运而生,并在现实中

---

① [美]阿诺德·伯林特:《环境:向美学挑战》,李冬妮译,《美学》(人大复印资料),2004 年第 8 期,第 26—27 页。

产生了深远的影响。

近代科学技术的发展尤其是工业文明的整体发展改变了人类对自身与自然的基本态度。在近代哲学、人文社会科学和自然科学看来，人是主体，是万物的精华，是自然界的主人和中心，人类的认识力量是无限的，"知识就是力量"。人能够认识、掌握自然规律，也可以改变自然规律，征服自然、开发自然、统治自然是人类实践活动的目的和意向。正如狄德罗所指出的那样："有一件事必须得考虑的，就是当具有思想和思考能力的人从地球上消失时，这个崇高而动人心弦的自然将呈现出一派凄凉和沉寂的景象。宇宙变得无言，寂静与黑暗将会显现，一切都变得孤独。在这里，那些观察不到的现象以一种模糊和充耳不闻的方式遭到忽视。人类的存在使一切富有生气。在人类的历史上，如果我们不去考虑这件事，还有什么更好的事情考虑吗？就像人类存在于自然中一样，为什么我们不能让人类作为中心呢？人类是一切的出发点和归宿。"①无疑，狄德罗的这种观点业已具有显明的人类中心主义倾向。在现代，这种人类中心主义思想被进一步极端化。与人类中心主义观念确立的同时，"自然"在近代哲学和自然科学中也失去了其原有的本来面目，自然被看做是一个由各种要素组合成的机械体，这些构成要素可以通过人类的认知力而分解开来，人类可以掌握这个机械体的运动规律并预测它的未来，自然再也不是人类崇拜的对象或伙伴，而成为人类征服、开发和统治的对象。也正基于如上的原因，在近代人类发展史上，环境生态的恶化业已肇端，为现代与后现代的环境生态问题的生成种下了恶因。可以说，近代自然观是一种机械论自然观，其本质在于强调人类的主体地位，贬抑自然的地位，极力地夸大人类的能力，从而扭曲了人与自然之间的真实关系。所以，近代机械论自然观的欠缺是明显的。当然，在这一阶段中，人们已经对这种机械论的自然观有所怀疑并加以反思，形成了以马克思和恩格斯为代表的辩证唯物论的自然观，这是 19 世纪中后期最为进步的思维成果，但这种观点毕竟不同于当下的生态论自然观。

在现代，近代性的"二元对立"的思维模式得到了极端的发展，人变成一种"理性的动物"，人以"科学理性"为工具靠牺牲自然生态的平衡来满足自身的欲望，来谋求自身的利益，以技术为手段来控制自然，并以此为核心来建构自我的自然观，亦即"人类中心主义的自然观"，由此工具理性与技术理

---

① ［法］狄德罗：《百科全书》（1755），转引自［德］沃尔夫冈·韦尔施：《如何超越人类中心主义?》，朱林译，《民族艺术研究》2004 年第 5 期，第 6 页，注释①。

性得到了无限度的强化与夸大,人与自然之间的真实关系无论在思维中还是在现实实践中皆被扭曲。亦正基于此,有人才指出:"主客二分的认识论,是破坏生态系统,使生态系统失衡的哲学思想基础。"①这样,在现代时期,自然生态的内在平衡遭到了严重的破坏,人类现实地将自身置于生态危机的生存处境之中。

在现代社会的中后期尤其是后现代的语境中,随着社会文化的发展和自然环境生态问题的日渐恶化,人类的自然观开始进入重建期,生态论自然观应运而生并产生了广泛的思想影响与社会影响,这是人类自然观的一次深层次上的转换与发展。在后现代的语境中,在可持续发展理论的视界之中,人们的自然观必然会发生深刻的转型。应该说,在这一时期,西方哲学鉴于近现代哲学的欠缺,基于人类的现实境遇和自然生态危机,而对西方近现代哲学及其方法论,对西方近现代自然观及人类的现实实践进行了系统而深入的反思和批判,再加之现代生态科学的发展对人们的意识观念的影响,"生态主义"乃至"生态中心主义"的意识观念开始发挥自身深刻的现实功能,从而促动着后现代生态论自然观的生成。后现代生态论自然观强调的是人与自然之间关系的和谐与协调,认为人类是自然环境的一部分,而非自然的主人,人类不能脱离开自然环境而单独存在,自然环境是人类生存和发展的基础和条件;自然界作为一个特定的生态系统而存在,它是客观存在的诸多要素的特定空间组合,这些生命系统和环境系统的要素互相关联、相互制约、相互渗透和转化,构成为一个动态平衡的矛盾统一体,它拥有自身的运动规律,存在着自身的多重价值和权利。在生态系统中,无论是其物质循环还是能量转换,都在一定规律的支配下维持着自身特定的动态平衡,生态系统的动态平衡既体现于自身的结构和功能方面,也体现于自身与外界环境之间所进行的物质、能量和信息交换上;人类理应在不破坏自然环境之生态平衡的原则下,来从事自身的现实实践活动,并致力于维护自然环境的生态平衡;人类理应转换自我的征服并支配自然的意识观念,解构传统的"人类中心主义",改变自身破坏自然环境之生态平衡的生活方式和生产方式,从而取得人口、环境、资源、经济和社会的整体平衡与可持续发展。自然生态环境的可持续发展构成为生态论自然观的一个重要的构成部分,也是目前的一大共识。

综上所述,我们可以看到,现代以来的生态危机与人类的文化危机、生

---

① 聂振斌:《关于生态美学的思考》,《贵州师范大学学报》2004年第1期,第94页。

存危机,是生态美学得以提出并崛起的现实基础,而生态学、生态哲学以及各种生态理论(尤其是贯穿于其中的西方生态主义思潮)与中国传统哲学(尤其是"天人合一"的思想)则是当下中国生态美学、生态论文学理论主要的理论来源与思想资源。从某种意义上可以说,生态美学与生态论文学理论的生成具有历史的必然性。这种必然性置根于在生态失衡及其危机之下有识之士对"人类中心主义"的反思与批判,相关于"生态主义"思潮的兴起及其深刻影响,受到反"二元对立模式"思潮的启示与促动,在美学与文艺学学科重建的背景之下,生态美学与生态论文学理论从而得以生成与发展。

二、生态美学、生态论文学理论的基本维度与特质

生态美学与生态论文学理论理应从人与自然生态、人与社会生态、人与自身的精神生态这三个维度上,基于"人的生存"的哲学本体论来提出、审视并研究相关的问题。生态美学与生态论文学理论在当下的世界语境与中国语境之中,基于现实的规定性与其所具有的现实批判性,而具有显明的生态主义、意识形态化与浪漫性的特质。

生态美学的生成基于自然生态的危机与由此而引发的人的生存危机,并且生态美学的最为直接的思想来源是生态学、生态哲学、生态伦理学等。从生态美学的自身理论构成上来看,它所关注的最为基本的问题即是美与审美的生态机制、生态本性及其在人与自然、人与社会、人与其自身关系机制中的体现。如上的理论立场规定着生态美学必然选择"生态主义"的思想取向。这里的问题是,"生态主义"并不必然就是"生态中心主义","生态主义"的反"人类中心主义"并不必然就是反人类。所以,在问题的理解上,其关键点即在于对"生态主义"的理解与界定。从人类历史发展的实际、人类自然观的流变、自然生态的现状与人类当在的生存境遇等相关侧面综合来看,20世纪后期以来到21世纪,时代性人类问题的症结与主导性理念是"生态和谐",人们主导性的思维方式是"生态思维"。这样,所谓"生态主义"即是对"人类中心主义"所做出的一种特定反拨,它突出了自然生态的平衡、社会生态的和合与人自身精神生态的和谐之于人的生存与发展所具有的功能与意义。所以"生态主义"的一种最为根本的形态类型即是"人本生态观"。

生态美学的意识形态性,无疑是显明的。这种意识形态性,一方面是历史的产物;另一方面,生态美学的意识形态性既来源于知识分子的"终极关怀意识",也来源于生态美学所特有的危机意识与现实实践意识。也正是在

这种意义上,我们可以看到,生态美学所预设的观念带有明显的总体性、普适性与"强制性"的特征。生态美学的起始点在于由生态危机所带来的人类生存危机的出现,在于生态学、生态哲学、生态伦理学等的极大发展。生态美学作为一种"宏大叙事",其意识形态性来源于人们对生态观念及其意识的普泛化,其贯穿于各个现实领域与学科之中,并超越了地域、种族、阶级与政治的限制,进而为我们提供了一种特定的生态乌托邦、"绿色乌托邦"。"绿色乌托邦"业已成为一个语义较为固定的政治文化与政治学的概念,正如有人所指出的那样:"作为理想情怀的绿色乌托邦,本质上是对现实政治的批判性反思,是对甚嚣尘上的工具理性的摒弃,是对人类与自然和睦相处的转型的经济和社会秩序的诉求。它从现实批判出发,以'长远的眼光'看待问题,并提出解决问题的宏大而非细节的路径,力图消除资本对人的异化,实现人性的复归、生态的平衡和人类的解放。它昭示人们可以通过长期的努力,一步一步实现一种生态和谐的、民主的'可以持续'的绿色社会。它在理想与现实之间,在短期目标与最终旨归之间保持了一种合理的张力。"①在不同的学人那里,人们对生态乌托邦与绿色乌托邦及其关系的理解可能是不同的,但基于绿色乌托邦概念的固定化,我们大致可以把绿色乌托邦看做生态乌托邦的一种特定的形态类型。应该说,生态美学与生态论文学理论也正是建立在对近现代主流性意识形态进行批判的基础之上的。无疑,近现代主流性意识形态的核心理念即是进步主义、"发展至上"论、"征服自然"论、人类中心主义与"技术万能"论等。也正是在对以上主流性意识形态观念进行批判与超越的同时,生态美学、生态论文学理论与生态文学也提供了自身所拥有的意识形态观念,亦即"生态乌托邦"观念。

　　从某种意义上可以说,其他的美学与文学理论学派大多采取一种或隐或显的"依附性"的意识形态立场,而生态美学、生态论文学理论与生态批评则多采取一种具有超越性的意识形态立场,也就是其立场超越于特定的种族、民族、地域与文化,超越于特定的阶级、国家、性别、党派与政治,其预设了人类及其利益的共同性,预设了自然及自然界中各种存在物本身皆存有着其内在的价值与权利。亦正基于此,鲁克尔特才认为:"我们必须倡导生态学视野……没有生态学视野,人类将会灭亡……生态学视野必须渗透到我们时代的经济、政治、社会和技术领域,对它们进行根本性的改造,这不是一国范围内的问题,而是全球性的或星球性的问题",并进而倡导"运用生态

---

①　舒绍福:《绿色乌托邦》,《世纪中国》(http://www.cc.org.cn/newcc/index.php,2005.07.01。

学和生态学概念研究文学"，主张"建立生态诗学"。^① 这种立场与预设，一方面使它们拥有了超越性的视界，使其意识形态选择与定向具有了乌托邦精神与浪漫特质；另一方面，又决定了其在现实的政治经济语境中、在群体或个体的利益行为中又必然面对着一系列的悖论与困境。立足于此，我们可以看到，生态哲学与生态美学带有显明的解构主义与文化激进主义的色彩。对于这一问题，有人即曾指出：在西方生态学术思想的视界中，生态学的相关思想是"颠覆性"的，"但是，生态学家们并未广泛而又充分地认识到这种颠覆性因素中蕴涵的激进的实质，社会学家、环境主义者更是如此。"^②生态哲学与生态美学所确立的反"人类中心主义"与"生态中心主义"的立场，在当下的语境中无疑是激进主义的，而这种激进主义立场的选择与确立，则是建立在对近现代西方哲学与思想之"二元对立模式"、机械论、"逻各斯中心主义"、还原论等进行解构的基础之上的。

生态美学告诉我们一个普世性的、绝对的行为原则与"希望"（或称"生态乌托邦"），亦即"生态和谐"。在这种审美构想中，涉及对人的生存与生态环境的终极性承诺，似乎是"生态"问题，（这里的"生态"业已作了泛化性理解，诸如"自然生态"、"社会生态"、"文化生态"、"精神生态"等。）一旦解决，呈现在人类面前的将是一片光明的图景。但事实却并非如此，这是因为在生态问题背后隐藏着大量复杂的问题，如人的天性与欲望、现实经济与政治制度的不完善、发达国家与发展中国家发展上的不平衡性、一国之内的"地方保护主义"，如此等等。可以说，这些问题得不到很好地解决，生态问题的解决基本上是不可能的。亦正基于此，我们可以看到，生态问题并不仅仅是一个美学问题，一个人类生存方式的问题，而更是道德问题、政治问题、经济问题。所以，生态问题不仅是一个多学科参与研究的问题，而且是人类的多领域的现实实践的问题。这里面同样也存在着一个"生态"的问题，值得我们去加以系统地研究，进而确立生态美学与生态论文学理论的基本限度。这也就是说，当下的生态美学与生态论文学理论的研究，并未系统地考察生态行为的原则、"希望"的现实操作机制及其可能性。也正是在这一意义上，生态美学与生态论文学理论的浪漫性得到了较为显明的体现。从某种意义上可以说，生态美学在面对复杂的现实、利益性的社会与实利性的政治、霸权性的文化时，其无疑存有着大量的幻

---

① 鲁克尔特（William Rueckert）语，转引自胡志红：《生态批评与跨学科研究——比较文学视域中的西方生态批评》，《当代文坛》2005 年第 2 期，第 4 页。

② 胡志红：《生态批评与跨学科研究——比较文学视域中的西方生态批评》，《当代文坛》2005 年第 2 期，第 4 页。

想性的、希冀性的、不可操作性的质素或观念。生态美学之所以具有浪漫性，是因为其无论在理论建构上还是在实践意向上，皆体现出特定的乌托邦理想和精神。

在当下的语境中，"生态中心主义"作为"生态乌托邦"，无疑是一种"宏大叙事"，是一个相关于人类总体命运的"整体主义构想"，其浪漫性乃至"虚幻性"是显而易见的。生态美学的浪漫性特质并非仅仅基于其"生态主义"观念，对于这一特质我们还可以从其审美来源的意义上来加以理解与分析。可以说，在美学史与文学史的意义上来看，生态美、生态审美与生态文学的最为重要而直接的艺术来源即是传统的"自然文学"。而传统意义上的所谓"自然文学"皆在特定意义上具有浪漫的创作精神。在以上的意义上，我们可以看到，生态美学、生态论文学理论、生态批评与生态文学在当下语境中的生成并非仅仅基于近现代以来的生态危机与生态学诸学科的兴起及其启示，而且基于人类所特有的近现代以来被遮蔽的"自然情结"与乌托邦精神，当然亦植根于与此相关的美学传统与文学传统。无疑，深层生态学与生态哲学的许多理念，如所谓"生态平等观"、"生态同情观"、"生态自我观"等①，在当下的现实实践中的确难以全面实现，但不可否认的是，这些理念完全有可能在审美领域中得到较为充分的实现，这也证明了生态美学与生态论文学理论研究的必要性及其意义。

应该说，作为生态美学与生态论文学理论的核心的生态意识观念是一种具有超越性与前瞻性的意识观念，正是这种意识观念规定着生态美学与生态论文学理论必然具有自身的浪漫性。在现实中，生态美学必须要面对现实实践中所存在着的各种各样的人类中心主义的意识及其行为、经济中心主义的现实态度及其理念，必须建立在对人们的消费主义的生活方式与行为方式进行批判的基础之上，而这一切必然决定了生态哲学、生态伦理学与生态美学观念之贯彻的艰难性，但它们又的确为人们提供了特定的精神家园，并为文学艺术的审美表现提供了广阔的可供选择与想象的空间。

通过以上的论述我们可以看到，生态主义、意识形态性与浪漫性是当下生态美学与生态论文学理论的三种最为基本的特质，无疑这三种特质是密切相关的，生态主义是就生态美学与生态论文学理论的自然观而言的，意识形态性是就其结构—功能而言的，而浪漫性则是就其对现实所具有的超越

----

① 参阅祁海文：《走向生态美育——对生态美学发展的一种思考》，《陕西师大学报》2004 年第 5 期，第 73 页。

性而言的。但究其实,生态主义本身就是一种世界观,一种意识形态立场,在"人类中心主义"仍大行其道的当下,这种意识形态图式本身所提供的即是一种"生态乌托邦",所以其必然具有特定的浪漫性。

三、"生态性浪漫主义"的基本规定性与生态文学在转型时期中国的发展

"生态性浪漫主义"是我们基于当下生态哲学、生态伦理学、生态美学和生态批评的发展以及生态文学创作的实际而提出的一个概念,当然这一概念的提出也有其相关的理论资源。在某种意义上可以说,生态性浪漫主义作为一种文学现象,是浪漫主义与生态主义在后现代语境之中相整合的特定产物。一方面,在浪漫主义文学创作中存在着走向自然生态的意向;另一方面,生态主义也明显地具有浪漫主义的意蕴与特质。无疑,提出这一概念及其相关论题,既具有十分重要的理论价值,也具有特定的实践意义。

(一)"生态性浪漫主义"论题的提出及其基本规定性

生态性浪漫主义实为转型时期中国浪漫主义文学的一大重要形态与走向,更为重要的是,随着生态危机的日趋严峻,随着生态学、生态哲学、生态伦理学与生态美学、生态论文学理论、生态批评等相关学科影响的日渐扩大,生态性浪漫主义文学写作也愈来愈引起人们的关注与重视。正如有人所指出的那样:"在西方,浪漫主义思潮的兴盛是针对古典主义的程式与规约,使得回归自然、心灵解放、文明批判三大指标得以奠定,而今,在全球范围内掀起的绿色风暴,赋予浪漫主义以崭新的内涵与形式。浪漫主义这一醉舟在生态主义热的 21 世纪,重新升起桅帆,舵手不再只是诗人,他们常常是些生态主义者;不再是以诗人为中心,而是带着'以大地为中心的观点进行文学研究'。"[①]"在文学'绿色化'的进程中,从生态批评的视角重新挖掘浪漫主义的自然观,探讨浪漫主义文学在自然之中寄寓的种种理想与追求,可以发现一个悄然变更的趋势:浪漫主义与生态主义的合流,这一趋势算不算浪漫主义被现代主义收容后所做的积极突围与自我调节? 预示着浪漫主义的新动向,21 世纪文化界的新景观?"[②]这里的言说所指出的也正是浪漫主义与生态主义之整合的合理性、必要性与现实性。应该说,生态性浪漫主义文

---

① 覃新菊:《沈从文·浪漫主义·生态批评》,《理论与创作》2006 年第 1 期,第 58 页。
② 覃新菊:《沈从文·浪漫主义·生态批评》,《理论与创作》2006 年第 1 期,第 59 页。

学是在当下生态主义思潮促动之下而生成的一种特定的文学思潮,传统的
浪漫哲学、浪漫美学与浪漫主义文学不仅构成为生态主义思潮的重要的思
想资源,同时也是生态性浪漫主义文学思潮的重要的思想资源。也正是在
这一意义上,我们乃至可以说,生态性浪漫主义文学是浪漫主义的复归,是
浪漫主义文学在新时代的新发展。对"生态性浪漫主义"这一概念及其相关
论题进行理解,其关键在于要较为全面而深入地探讨浪漫主义与生态主义
的关系机制。

作为严格意义上的学科与较为系统的思想观念,生态学、生态哲学、生
态伦理学、生态批评等来自于西方,亦正是基于近现代以来的生态危机及其
所导致的人类社会文化的整体性危机,一些西方学者创构了上述学科,并在
现实中由其基本的思想观念而引发了声势浩大的生态主义思潮与实践性的
"绿色运动"。这些西方学者提出生态主义的思想观念并建构这些相关学科
的一大最为重要的思想资源和来源,也正是西方的浪漫哲学、浪漫主义诗学
与浪漫主义文学,另外有的学者还直接提出了"浪漫生态学"的概念及其相
关论题。"在文学批评学术圈之外,较早对英美浪漫主义思想冠以'浪漫生
态学'之名的研究,是美国环境史学家沃斯特(Donald Worcester)在《自然的
经济体系:生态思想史》(1977年)一书中进行的";沃斯特"在此书中所用的
'浪漫生态学',主要指的是美国超验主义作家梭罗的生态思想,兼及英国和
德国浪漫派文学家的生态思想。沃斯特认为,浪漫主义与生态学最直接的
联系在于浪漫派看待自然的方式,这种方式'基本上是生态学的,也就是说,
他考虑的是关系、依赖和整体性质。'除此之外,两者还有着共同的颠覆/批
判目标:'由科学所形成的既定概念'、'不断膨胀的资本主义的价值和结
构'、'西方宗教反自然的传统偏见'。"①另外,值得注意的是,在文学研究领
域将浪漫主义与生态主义直接联系起来的是卡尔·克罗伯、乔纳森·贝特、
麦克库西克等人,他们分别写出了一系列重要的著作,如《浪漫生态学:华兹
华斯与环境传统》②、《生态的文学批评:浪漫的想象与生态意识》③、《绿色写
作:浪漫主义与生态学》④等。新世纪以来,中国学者也开始关注生态学、生
态哲学、生态伦理学、生态美学、生态论文学理论、生态批评、生态文学与浪

① 刘蓓、李衍柱:《"浪漫生态学"何为》,《长江学术》2007年第1期,第32—33页。

② *Romantic Ecology:Wordsworth and Enviromental Tradition*,1991.

③ 《生态的文学批评:浪漫的想象与生态意识》(*Ecological Literary Criticism:Romantic Imagination and the Biology of Mind*,1994.

④ *Green Writing:Romanticism and Ecology*,2000.

漫主义之间的关系问题,较有代表性的论著有蓝仁哲的《浪漫主义·大自然·生态批评》①,毛娟的《生态批评的浪漫主义资源》②,覃新菊的《沈从文·浪漫主义·生态批评》③、《作为活动的生态批评》④,卢风、刘湘溶主编的《现代发展观与环境伦理》⑤,刘蓓、李衍柱的《"浪漫生态学"何为》⑥等,这些论著的核心问题即是浪漫主义与生态学、生态哲学、生态伦理学、生态美学、生态文学、生态批评之间的关系问题,并主张从生态主义的立场上来重新探讨传统浪漫主义的特质、构成、意向及其价值。亦正基于这种理解,有的论者才做出如下的评析:"浪漫主义与生态主义的牵手合流,成为 21 世纪的文化新景观,显示出前所未有的强势。从卢梭'回归自然'的浪漫、梭罗'瓦尔登湖'的召唤、史怀泽'敬畏生命'的觉解、利奥波德'大地伦理'的应对,到卡森'寂静春天'的警示,西方生态伦理思想的演进历程无不渗透着浪漫主义思想。法国思想家塞尔日·莫斯科维奇郑重提出:现在,是'到了给浪漫主义哲学正名的时候了'。"⑦从以上的分析中可以看到,在浪漫主义文学的历史发展与总体构成之中,一直拥有并贯穿着自然生态的意识和观念;在生态主义的生成、发展与构成之中,浪漫主义精神是其最为基本的质素与动力机制。亦正基于此,提出"生态性浪漫主义"的概念及其相关论题,既有其现实依据,也有其学理依据。

从以上的论述中可以看到,"生态性浪漫主义"是浪漫主义在后现代的新发展,是具有特定生态主义思想倾向的浪漫主义新形态。生态性浪漫主义体现在广泛的社会文化领域之中,而其最为集中的体现则是生态文学。生态性浪漫主义的基本规定性主要体现在以下相关侧面,亦即生态理想性、反人类中心主义、反现代技术理性、反物质主义和消费主义,提倡有节制的生活,并力求使自身具有"宏大叙事"、"终极关怀"与未来意识的向度。这也就是说,生态性浪漫主义基于其生态乌托邦理念,通过对现代性与工具理性的反思与批判,倡导众生平等、人复归自然的"生态主义",认为这既可以使自然"复魅",又可以使人"诗意地栖居";既可以抑制人类的了无节制的欲望与物质需求,又可以使人类的后代可持续性地发展。这无疑是一种崇高的

---

① 蓝仁哲:《浪漫主义·大自然·生态批评》,《四川外国语学院学报》2003 年第 5 期。
② 毛娟:《生态批评的浪漫主义资源》,《当代文坛》2006 年第 1 期。
③ 覃新菊:《沈从文·浪漫主义·生态批评》,《理论与创作》2006 年第 1 期。
④ 覃新菊:《作为活动的生态批评》,《广西社会科学》2006 年第 3 期。
⑤ 卢风、刘湘溶主编:《现代发展观与环境伦理》,河北大学出版社 2004 年版。
⑥ 刘蓓、李衍柱:《"浪漫生态学"何为》,《长江学术》2007 第 1 期。
⑦ 覃新菊:《作为活动的生态批评》,《广西社会科学》2006 年第 3 期,第 133 页。

允诺、终极的关怀与宏大的叙事、理想性的瞻望,因而体现出充沛的浪漫
情怀。

(二)转型时期中国生态文学生成的语境及其特质

后现代的生态文学既有其思想来源、文学来源,亦有其现实基础。后现代生态文学最为直接的思想来源即是西方后现代的生态主义思想;其文学来源则为传统的"自然写作"(如山水诗、咏物诗、田园文学、动物小说等)与近代的浪漫主义文学,也正是传统的"自然写作"与近代的浪漫主义文学为后现代的生态文学提供了丰富的写作技巧、范型与经验。

对于生态文学我们可以进行广义与狭义两种理解。广义的生态文学也就是自然文学、自然写作,在不同的时代,其存在着不同的创作形态及其意向,如田园文学、山水诗、咏物诗、动物小说等即是广义生态文学的传统形态。在这里理应指出的是,传统的自然文学、自然写作虽具有特定的生态意识,但却并不具有自觉的、完备的后现代性生态主义理念,我们之所以将其谓之为"广义的生态文学"就在于,一方面,这些传统的自然文学或自然写作的确拥有较为丰厚的生态意识;另一方面,这是我们立足于特定的生态主义观念而对传统的自然文学或自然写作进行解读与阐释的特定结果。广义的生态文学可以包括狭义的生态文学,但不能等同于狭义的生态文学。这是因为,狭义的生态文学是后现代语境之中由自然生态危机与生态主义的生成及其发展所导致的文学后果。也正基于这种理解,在我们看来,广义的生态文学可以作为狭义生态文学的思想与艺术资源,可以从生态主义的立场上来进行解读、分析、清理与反思,并汲取其中有益的质素。事实上,欧美生态批评提出之时的一大任务即是立足于生态主义的观念、方法与立场来对传统自然文学的经典文本及其审美传统进行重新解读与定位,从而确立了生态批评的"生态文学史"维度。但为了避免将生态思想与生态主义、生态中心主义思想相等同,避免在文学现象认知上出现不必要的思想上或概念上的混乱,我们倾向于对广义生态文学进行具体的历史的命名,而不是笼而统之谓之为"生态文学"。这样,就有可能避免将"生态文学"的概念泛化,而丧失了其所应有的解说力与针对性。简言之,狭义的"生态文学"指的是面对现代化过程中的生态危机问题,在生态主义思想的导引下,关注自然生态及其与人类关系的一种文学现象,其体现出对"天""人"合一的渴求,体现出创作主体对现实的超越意志与浪漫激情,体现出对生态平衡、人与自然关系和谐的理想,并且具有强烈的自然生态独立的意识与未来意识。可以说,没有生态学、生态哲学、生态伦理学等相关理论及学科的兴起,没有生态主义

观念,也就没有狭义的生态文学。在这一意义上,生态文学首先即是以生态主义观念来观照自然生态及其与人类关系的一种特定的文学现象。

应该说,以上的界定与言说主要是从特定的生态主义观念来进行立论的。如果说我们脱离开生态主义的立场而从历史主义的视角来对相关问题进行分析,即可看到,自然文学或称自然写作是一种由来已久的历史现象,生态写作或生态主义写作则只是一种新生的文学现象,其仅是自然文学、自然写作的一个特定历史阶段或形态类型。在这一意义上,自然文学、自然写作的概念要明显地大于生态文学、生态写作,亦即自然文学能够包括生态文学。这里之所以将自然文学归之于"广义的生态文学",一方面是为了强调后现代性生态文学与传统自然文学之间的密切关联性;另一方面,也是为了强调生态哲学、生态美学、生态论文学理论的言说张力,从生态主义的维度上来对相关问题进行分析。基于此,我们既要看到传统性自然写作与后现代性生态写作的联系,又要看到二者之间的分界。传统性自然写作的旨趣并不在于自然本身,而在于主体的观念、情态与心境,其意在通过自然写作来进行特定的抒情、玄思、寓意与象征,传统性自然写作尤其是近现代性自然写作往往体现出一种特定的人类中心主义的思想与审美倾向;与之相比较,后现代性生态写作则以自然为本、以自然生态为中心而贬抑主体性,从而展现出特定的生态中心主义的思想与审美倾向。

基于转型时期中国社会文化的总体性特质,在我们看来,转型时期中国生态文学的特质主要体现在以下相关层面:其一,转型时期中国的生态文学具有特定的"理论先行性"。这里的所谓"理论先行性"指的是先有较为自觉的生态主义理论观念,然后才有生态文学创作。从一般意义上言之,总是先有文学写作然后才会生成相关的较为完备的文学理论,但生态论文学理论却并非是建立在生态文学写作的基础之上,它是在生态主义思潮的促动之下,面对当下的自然生态危机与人类生存危机,基于传统的"自然写作"与浪漫主义文学的相关启示,而进行理论建构的特定产物。生态美学、生态论文学理论一经生成即构成为生态文学产生与发展的促动机制,它们之间所达成的无疑是一种特定的双向互动机制。

其二,转型时期中国的生态文学具有特定的浪漫性。首先,生态文学具有特定的浪漫质素、意向与效应,但并非所有的生态文学皆是浪漫文学,这就需要对生态文学进行特定的形态类型学分析。其次,浪漫质素的强化不仅能够增强生态文学的内在活力机制,而且浪漫质素的强化能够提升转型时期中国文学活动的精神境界,尤其是大众文艺的精神品格和境界。再次,对生态文学与浪漫文学的研究并不仅仅是一种文学研究,更为重要的是此乃一种意义深远的文化研究。正如王晓华在言说鲁枢元的生态文艺学研究时所指出的那样:"鲁枢元的生态文艺学秉承中外文学的浪漫主义传统,对资本主义、技术理性、人类中心伦理学的批判激烈、彻底、痛快淋漓,所着力强调的是人对自然的归属、人应在返魅的世界里诗意地栖居,文学则要重建生态乌托邦。其理论的另一特色是在宏观地阐释生态主义文艺观的同时,还对文学艺术的精神生态进行了研究,因而体系表现出包罗万象的气魄。"①应该说,这些生态主义论者所关注的并非仅仅是美学与文学的问题,而是现实的人类生存与发展的重大的社会文化问题;他们拥有着宏阔的视界、激烈的现实批判精神与超越的浪漫情怀,他们欲求建构的是既超越民族、阶级又超越地域乃至人类的宏大性意识形态。无疑,在当下的文化重建中,我们只有将浪漫的质素合理化、合法化,并安置其以合适的位置,转型时期的中国文化与文学才能提升自身的精神格调,才能使自身得到良性的发展,才能避免文化与文学的世俗化向粗俗化乃至恶俗化演变。

其三,转型时期中国生态文学具有特定的意识形态限定性。这里的意识形态限定性指的是,一方面,在理论的维度上,几乎所有的生态主义皆建立在对现代性的社会文化与主体性哲学进行批判的基础上,其欲求建构的是一种具有特定普世性与总体性的哲学观、伦理观、发展观与美学观、文学观,其欲求提供的是终极性的价值信仰、乌托邦承诺与宏大叙事,因而其意识形态性无疑是显而易见的;另一方面,在现实的维度上,人类仅是一个抽象的集合性与总体性的概念,人类被分割为种族、民族、阶级、阶层、利益集团,而人类所置身于其中的自然地理环境也为社会地理环境、文化地理环境、政治地理环境、经济地理环境所取代,故而有地区、国家与第一世界、第二世界和第三世界发展中国家之分,其必然限定着人们的自然观和发展观的选择与对生态主义的理解,进而造成了生态主义意识形态观念的现实限定性。中国是第三世界发展中国家,在转型时期,不仅其在社会文化的总体性特质上存有着混杂性,而且在不同地区的社会文化的总体发展上也存在着不平衡性。这一切必然会使转型时期中国的生态文学与欧美的生态文学相比较而在特质、构成及其意向上存在着差异性,从而体现出自身所特有的意识形态限定性。

---

① 王晓华:《全球化与中国文艺学的生态主义走向》,《深圳大学学报》2005 年第 1 期,第 104 页。

(三)转型时期中国生态文学的发展及其形态类型

李玫曾从思维方式流变的意义上而将新时期以来中国生态文学的发展划分为三个阶段,也就是 20 世纪 70 年代末到 80 年代初期的"意识形态叙事模式延续"阶段、80 年代中期的"对现代文明质疑的开始"阶段与从 1985 年开始直到当下的"人类中心哲学的解冻和生态写作的新阶段",并指出:"新时期以来,文学在关注人与自然、人类与非人类关系的写作中,经历了'意识形态思维——人性思维——生态思维'三个阶段。世纪交替之际的生态文学写作,作为第三阶段,其特征是终于冲出了人类中心的迷障,将自然与非人类生命视做生态整体中与人类同样重要的组织部分,认识到人类的行为是导致生态冲突与生态危机的根源。"① 应该说,这种阶段划分是有其道理的,但其阶段划分的相关依据与原则存在着诸多的欠缺与不足,其有可能将非生态文学的文本划归于生态文学;忽视了"环境文学"在转型时期中国生态文学发展过程中独特的地位与功能;三个阶段之中的历史连续性也未能得到较为充分的重视。我们认为,转型时期中国生态文学的发展可以划分为密切相关的两个阶段:第一个发展阶段是"环境文学"和生态文学萌芽的阶段(20 世纪 70 年代末期到 90 年代末期);第二个发展阶段是自觉性生态文学的崛起和发展的阶段(20 世纪 90 年代末期尤其是新世纪以来)。在第一阶段,中国的生态主义思潮尚未生成,诗人、作家们尚未形成较为完备的生态观念,虽然他们业已认识到自然环境的持续性恶化必然要对人类的生存与发展造成极大的影响,但其文本的主题仍是人类中心主义的。这样,这一阶段的"自然写作"多以"环境文学"来命名。亦正是在这一阶段,1991 年 2 月 22 日成立了"环境文学研究会";1992 年 1 月,中国的环境文学刊物《绿叶》出版了创刊号;1993 年春天,举办了《绿叶》创作座谈会;1995 年,在山东威海召开了由中国大陆、台湾、美国、新加坡、马来西亚等国家华人作家参加的"人与自然环境文学国际研讨会"。为了强化人们的环境生态意识,从 1996 年开始,中国环境科学出版社编选并出版了"碧蓝绿文丛"②,收有从 20 世纪 80 年代中后期到 90 年代环境文学的代表性作品。这无疑是新时期以来环境文学创作的一次检阅,但不可否认的是,无论是从时代对环境文学的

---

① 李玫:《生态写作的回顾与前瞻:从新时期到新世纪》,《辽宁师范大学学报》2008 年第 4 期,第 89—90 页。

② "碧蓝绿文丛"共三辑,第 1 辑出版于 1996 年,包括三卷,亦即小说卷《放生》、报告文学卷《地球·人·警钟》与散文卷《愿地球无恙》;第 2 辑出版于 1999 年,包括三卷,亦即小说卷《秀色》、报告文学卷《水啊！水》与散文卷《人类,你别毁灭自我》;第 3 辑出版于 2000 年,包括三卷,亦即小说卷《大绝唱》、报告文学卷《北中国的太阳》与散文卷《居住在同一个地球村》。

要求上,还是从文本的艺术构成与审美含蕴上,其欠缺皆是明显的。当然,其良好的发展势头也是引人注目的。

正基于以上环境文学的现实运作态势,其也在理论批评界受到了关注,如张韧的《环境文学与思维的变革》①、杜书瀛的《人道与"天道"——环境文学中的道德问题》②等文章即较早对与"环境文学"相关的问题提出了自己的看法。张韧认为"环境文学"所带来的是人类"思维的变革",杜书赢所看重的则是环境文学的功能:"为了建立人与自然的新型关系,环境文学充当人与自然之间友爱亲善的使者,沟通人与自然的感情,倾其全力陶冶和培养人对自然的挚爱情怀。"③一些作家也意识到环境文学的重要性及其功能,如王蒙即曾指出:"作家总是更容易接受环境保护的理论和实践,并非作家都懂得多少环境保护的理论和知识,而是说作家毕竟更富有对于自然、对于祖国、对于一切生命的感受和热爱,作家对生活的感受总是更富有整体性,作家相对地总是更少受某种实际目的的激励或者制约,作家更有可能多一点纯朴,也多一点浪漫。"④王蒙是中国环境文学杂志《绿叶》的提名者,他在这里即是从作家的精神构成与创作机制的意义上,指出了环境文学写作的现实可能性,指出了环境文学所理应具有的浪漫特质,同时也为作为特定"自然写作"的生态文学概念的提出作了相应的准备。也正是在这一阶段,中国哲学界、社会学界、经济学界在讨论"社会发展观"时,"代价论"亦即中国的现代化与社会经济发展必须以环境、资源作为代价,"先污染后治理"的观点是占主导、主流地位的,各种生态主义的观点尚未造成极大的现实影响。无疑,文学理论批评界与学术界以上的相关观点,不仅深刻地影响到转型时期中国环境文学的特质及其构成,也极大地制约着环境文学的发展及其深化。

在环境文学的构成中,对人与自然之间的关系进行描绘,对环境生态危机进行展示,对自然美进行歌咏,较为显著的文体是报告文学、散文小品与诗歌。当然,小说、戏剧中的自然意识、环境意识、生态意识也在逐渐得到强化,如高行健的剧作《野人》,李杭育的小说《最后一个渔佬儿》,杨志军的小说《环湖崩溃》等。王英琦曾在其散文《愿地球无恙》中写道:"人类一面对地球对自然尽情勒索吃干榨尽,一面又把垃圾废物扔向大地河流海洋。不妨

---

① 张韧:《环境文学与思维的变革》,《天津文学》1994年第4期。

② 杜书瀛:《人道与"天道"——环境文学中的道德问题》,《世纪论评》1998年第1期。

③ 杜书瀛:《人道与"天道"——环境文学中的道德问题》,《世纪论评》1998年第1期。

④ 王蒙:《赞美绿叶》,转引自曾永成:《绿色的思维 绿色的情怀——文艺人学意蕴的终极探寻和边缘凝想》,《文艺的绿色之思——文艺生态学引论·前言》,人民文学出版社2000年版,第15页。

说,人的心态污染才是最大的污染源!没有人心的污染,岂会有生态的污染?拯救人心,改造人性,才是当代人类走出生存困境的最根本出路,无数事实已经证明并继续证明,人类最大的敌人,往往正是人类自己——正是人性的'恶'。这恶,表现在个体身上,是对欲望的贪得无厌以及公共道德和生态意识的沦丧;表现在群体性上,是国家和民族利己主义的恶性膨胀……一切的个人、民族或国家的利益及冲突,都必须有个'上限',都必须无条件服从人与自然的关系,都要通向最高的'善'——尊重、遵循大自然的结构,有利于人类地球安全。"①无疑,这是针对现代工业化与城市化运作态势之中现实自然环境危机,而发出的有关人与自然关系的理想主义的呼声。这种生态散文应该说是转型时期中国生态文学的最为重要的形态类型,乃至于有人认为"徐刚的生态散文比起余秋雨的文化散文,更适合被称为大散文。"②应该说,报告文学与散文是环境文学的主导性文体,这些文体的相关文本在传播环境生态意识方面起到了至关重要的功能,从而也就成为从环境文学向生态文学流变的中介性环节。

20世纪90年代末期尤其是新世纪以来,随着生态危机的进一步加剧,随着西方的深层生态学、生态哲学、生态伦理学与生态批评的引入,在中国大陆开始生成生态主义思潮。亦正是在生态主义思潮兴起的语境之中,生态美学、生态论文学理论、生态批评与生态文学的概念及其相关论题开始日渐为人们接受并认同,进而围绕以上概念及其相关论题,不仅发表了大量的论文,出版了相关的论著,而且还召开了大量的相关会议。无疑,这一切皆促动着生态文学观念及其创作走上自认自觉。也正是在这一背景之下,人们开始意识到"环境文学"概念的局限性及其与生态文学的分界,开始从不同的层面对生态文学进行界定。在这些论者看来,"从总体上看,我国生态文学的创作和研究都不能适应飞速发展的'生态时代'的要求。从创作方面看,我们目前还比较热衷于揭露一些诸如环境污染的题材。这当然是很有必要的,但环境问题是人的生存状态的深层次的、整体性的反映,缺乏对人性的整体性关注,缺乏大地意识、宇宙意识及对哲学、文学、心理学等领域的关注与思考,是很难写得深刻的。"③亦正鉴于"环境文学"概念的诸多欠缺,

---

① 王英琦:《当代》1996年第2期,第188页。

② 王晓华:《全球化与中国文艺学的生态主义走向》,《深圳大学学报》2005年第1期,第104页。

③ 王克俭:《生态文艺学:为了人类"诗意地栖息"》,《浙江师范大学学报》2001年第1期,第5页。

学者们开始尝试着从生态主义的立场上来重新界定生态文学,用以超越以往的"环境文学"观念。在有的论者看来:"生态文学(Eco－literature)是指以人与自然、人类与非人类关系作为切入点,以生态整体利益作为终极价值尺度,以生态和谐为目标,探讨生态危机的社会根源与思想根源的文学。"① 这种对生态文学的理解即超越了过往"环境文学"的人类中心论观念,而确立了生态文学的生态主义和整体主义的维度。应该说,传统的自然写作、近现代的田园文学与环境文学、后现代的生态文学是不同时代的不同产物,它们各自存有着不同的艺术构成、思想旨趣与审美品格。从"五维度总体性理论"的意义上言之,原始神话与史诗之中的自然写作所展现出的是人对自然的敬畏与崇拜,同时也展示出人类对自然的特定恐惧与神化;古典写作所展现出的是自然与人类心灵的契合,所追求的是天人合一的境界;近现代自然写作则是反思现代性的特定产物,乃至于出现了田园文学与乡土文学、环境文学、公害文学等的分界(于其中,田园文学具有显明的浪漫主义特质,而乡土文学、环境文学与公害文学则具有特定的现实主义倾向);而在后现代的语境之中,自然写作则体现为生态文学,它是生态主义思想在文学创作领域中的特定体现。统计学的研究表明,1999年度之前,在相关论著中,环境文学、绿色文学等是流行性概念,而生态文学概念则很少为人使用;而新世纪尤其是2004年以来,生态文学则成为流行性概念,并逐渐取代了环境文学、绿色文学、公害文学等相关概念。张韧是"环境文学"理论的主要建构者之一,早在1994年他业已认识到环境文学理应建立在"生态文化"与"生态文化观"的基础之上。在他看来,"环境文学"不能仅仅被"视作为一种题材、一个品种的问题","它所审视的对象是整个人类与大自然,作家所拥抱的是整个地球,它囊括的是人间寰球";"环境文学""将文学家的观点由人与人推展到人与大自然的关系,由关注人际之间的斗斗斗转向人与自然界的同生共存;从其乐无穷的与天斗转变为与大自然怎样和谐相处的探索";因而,环境文学"是人类思维的一场深刻的革命","是一场巨大的文学思维革命"。② 应该说,张韧的这种环境文学观念业已包含着较为丰厚的生态意识。事实上,八九十年代的环境文学无疑为新世纪生态文学的生成与发展打下了坚实的基础,二者存有着密切的逻辑关联。

---

① 李玫:《生态写作的回顾与前瞻:从新时期到新世纪》,《辽宁师范大学学报》2008年第4期,第88页。

② 张韧:《环境文学与思维的变革》,《天津文学》1994年第4期,第74页。

(四)转型时期中国生态文学的意向及其功能

转型时期中国生态文学的意向不仅在于对环境自然生态的保护,在于对人的精神生态的改造,而且更在于基于自然生态的修复、平衡、返魅与"宜人化"而达成的人的精神生态的完善与和谐;不仅要展示出自然生态问题的全球化、根本性和终极性、未来性,而且还要展示出其地方性、限定性和当下性;不仅要意识到解决当下的自然生态问题并非只是一般意义上的所谓"回归自然"、"复归原始",要意识到自然生态危机治理的"技术力量"的功能,而且更要意识到只有人的生活方式的改换、精神生态的和谐与文明取向的重新确立,相关的技术力量才能发挥自身应有的功能,自然生态的危机才有望得以缓解并进而得到根本性的解决。

应该说,在转型时期的中国,生态文学的意向及其功能无疑是多方面的:其一,生态文学的发展可以强化人们的生态意识,改换人们的现实的生态行为,进而影响环境决策,使我们赖以生存的生态环境走上和谐、平衡与可持续地发展的轨道。其二,能够改换人们的精神构成,净化人们的心灵。工具理性、技术理性与占有、索取的意识观念正在极大地损害着人们的心灵,在某种意义上乃至可以说,当下自然生态的危机与人类生存的危机亦正是人类的心灵危机。生态文学能够使自然返魅,强调人对自然应有的责任,强化对生命的敬畏,主张万生万物平等。也正基于这一切,生态文学改换我们最为基本的文化观念与心灵构成。其三,能够强化文学的浪漫品格,平衡转型时期中国文学的整体性生态机制。在转型时期的中国,随着大众消费性审美文化的崛起,文学生产不仅消解宏大叙事,解构浪漫、理想与崇高,而且推崇文学的欲望化、身体化与消费化,从而使文学的人文精神走上沦落,文学的审美品格也由之而走上低俗化、粗鄙化之路。而生态文学则重置宏大叙事的文化意义,重新确立生态乌托邦的终极原则,重新恢复激情与浪漫、节制与奉献、理想与崇高的精神价值与审美意义。亦正基于此,我们可以说,生态文学的极大发展能够改换当下文学生产的精神构成,平衡其内在生态,提升其审美格调。

转型时期中国浪漫主义
文学现象的描述与阐释

第九章　政治抒情与个性书写

——转型时期诗歌浪漫主义的聚焦透析

转型时期诗歌中的浪漫主义创作大都集中出现在 80 年代前后,主要表现为政治抒情诗和朦胧诗两大诗潮。这是风格迥异的两大诗潮。对两大诗潮的风格特征,学界进行过各种各样的阐释。本章拟对其进行浪漫主义的解读。

一、当代浪漫主义传统的影响与转型时期浪漫主义诗学思潮的兴衰

无论从哪方面说,诗歌与浪漫主义的关系都是极其密切的。从理论上说,诗歌是"最抒情的艺术",诗言志,主情。诗歌创作是激情澎湃的产物,没有洋溢的激情就没有诗歌创作。从某种意义上说,即使情感单薄的诗歌也比抒情小说的情感色彩浓厚。而浪漫主义的重要特点就是主观抒情性,没有真情实感、没有洋溢的激情也就没有浪漫主义。就创作主体而言,诗人大都带有浪漫和诗性特点,或者说诗人气质在很大程度上就是浪漫气质,具有诗人气质的人大都敏感多情且纯净真诚,耽于理想而拙于实际。"'浪漫的'人物在生活中发泄他神经过敏的忧郁情绪;……他在艺术中营造一个代替性的世界。"[1]这是研究者对于浪漫的理解,也反应了社会一般人对诗人的看法。这种说法也许有些偏颇,但带有普泛性:诗人本于内心的创作大都带有浪漫主义色彩。

从文学史上看,诗歌发展与浪漫主义密切关联:一定时期的文学思潮不

---

① 　[英]玛里琳·巴特勒:《浪漫派、叛逆者及反动派》,黄梅、陆建德译,辽宁教育出版社、牛津大学出版社 1998 年版,第 198—199 页。

一定是浪漫主义思潮,但大凡浪漫主义文学思潮都离不开诗歌,或者属于诗歌思潮,或者源于诗歌思潮的发动,或者因为诗歌艺术的加盟而使浪漫主义色彩更加强烈。诗人最敏感、最具有叛逆性,他们是性情中人,不计利害,最讲自由,鄙薄现实,追求理想,因而得风气之先,发起浪漫主义文学思潮。西方19世纪的浪漫主义文学思潮源于英国"湖畔派"诗人华兹华斯、科尔律治、骚塞以及拜伦、雪莱、济慈的发动和参与,而五四时期的浪漫主义与郭沫若的诗歌密切相关。五六十年代文学固然很不景气,但以郭小川、贺敬之为代表的政治抒情诗仍然表现出浪漫主义特点。无论从哪个角度看,研究五六十年代的浪漫主义文学,都离不开郭小川、贺敬之等创作的政治抒情诗。诗歌与浪漫主义之间的密切关系有助于加强诗歌的浪漫主义诗情,同时,也因为二者关系过于密切,当浪漫主义陷入困境的时候,它对诗歌发展所带来的负面效应也较之其他体裁更为明显。当代诗歌发展的历史就是一个突出的明证。

因为特殊原因,浪漫主义在五六十年代得到具有浪漫主义气质的政治家的欣赏而备受推崇,革命浪漫主义成为与现实主义并驾齐驱的两套马车。而由于极左政治路线的影响,人们对浪漫主义做出偏狭的理解,假话、大话、空话、豪言壮语、标语口号被当做浪漫主义塞进诗歌当中,不仅严重地影响了诗歌艺术的健康发展,而且浪漫主义的声誉也受到牵连,直到七八十年代,人们对于浪漫主义还抱有很大成见,将其与假、大、空联系起来,冷落、厌烦、避讳它,不仅影响了浪漫主义创造精神的张扬,而且如前所述,也给转型时期浪漫主义创作和研究带来很大的负面影响。城门失火,殃及池鱼,浪漫主义受挫,诗歌也跟着遭受较之其他文体都严重的负面影响。由于当代诗歌传统的作用,直到转型时期开始,诗歌创作中还存在着虚假浮泛的抒情内容,在某些诗作中还有相当扎眼的政治口号、豪言壮语充斥。

出现这种现象固然可以理解,但它为转型时期诗歌发展所带来的负面效应却无法让人坦然,对某些诗作艺术生命力的损害更让人痛心。诗歌是抒情的艺术,个人性的真情实感固然重要,而具有时代性、人民性的真情实感也是必要的。诗歌同所有的文学形式一样不应离开人民生活,仅仅抒发纯粹的个人感情。因为当代传统的负面影响,因为对于浪漫主义的忌惮和误解,有些诗歌在过分强调"个人性"的同时也远离了时代精神,似乎只要与时代尤其是与政治相关就是抒写虚假浮泛的感情,因此导致诗歌创作中低沉颓靡之风大兴,咀嚼个人的小悲欢甚至无病呻吟之作泛滥,而抒发时代豪情的阳刚之作却受到讥讽甚至排斥,严重影响了转型时期诗歌艺术的健康发展。从某种程度上说,诗歌是当代浪漫主义负面影响的重灾区。

但诗歌与浪漫主义的密切关系决定了浪漫主义在诗歌中的表现较之其他体裁都更充分,或者说诗歌艺术的本质决定了它更倾向于浪漫主义。在浪漫主义备受冷落的转型时期的文学创作中,在其他艺术形式的浪漫主义星光暗淡的情况下,诗歌创作中的浪漫主义仍得到较为突出的表现。尤其是转型时期开始那几年,诗歌的浪漫主义抒情特点更是得到集中的表现。那是一个大变革的时代,寒冬过去,春天降临,人们沐浴着大好的春光,憧憬着生机勃勃的未来。诗人对于时代变革尤为敏感和强烈。在其他艺术形式因各种原因来不及反应、或者艺术系统庞杂不便于反应的情况下,诗歌因体裁的便利和简捷率先报告着时代变革的信息。迅速及时当然不是浪漫主义,但由于当代诗歌传统的影响,由于时代变革给诗人心灵带来巨大震撼和振奋以及这种震撼和振奋所产生的昂扬的政治激情的作用,使转型时期诗歌在一开始就弥漫着浓浓的浪漫主义气息。

在此后的岁月里,时代变革的激流勇猛向前,时刻激荡着诗人那敏感多情的心灵,诗歌也逐渐摆脱当代传统的影响而表现出富有时代特色的浪漫主义特征。到80年代中期,转型时期文学从总体上由热烈的激情宣泄渐次走向冷静的理性表达,走向生活现场的客观书写,而诗歌创作的浪漫主义色彩也随着诗人队伍的变化,诗人情绪的沉实而逐渐暗淡。浪漫主义诗情是不会灭绝的,但在经济主导的世俗社会,它无力形成波澜,只能以飘逸零散的状态存在,游丝般地延续。

二、政治抒情诗潮的冲击波及其浪漫主义特点

政治抒情诗的内核是政治激情。政治激情是政治与浪漫主义文学关联的纽带,也是政治抒情诗表现为浪漫主义的基本要素。政治激情指的是主体基于自我现实境遇和心理境遇、社会责任感和历史使命感而对现实政治性话题所表现出的情感性倾向。当政治性话题符合主体意愿、与主体的情感倾向相契合的时候,便激发起主体的情感响应,从而产生政治激情,契合的程度越高,激情便越强烈。社会转型初期的许多政治性话题如粉碎"四人帮"、为天安门事件平反、为老干部昭雪、解放思想、实现四个现代化,等等,都与主体的情感倾向高度一致,对于主体来说,可谓表达了愿望,喊出了心声,代表了追求和渴望,因而激发起强烈的政治激情。诗人以诗歌的形式表达发自内心的政治倾向,由此形成政治抒情诗浪潮。诗人不是简单的政治

情感表态,而是借以表现他们的政治理想和追求,阐述政治诗情与梦想,其诗歌呈现出崇高、雄浑、悲壮、激越等审美品格,并因此而带有浪漫主义特点。

政治抒情诗创作队伍大体由两部分诗人组成。一部分是"复出的诗人",他们在诗歌创作道路上走过长短不等的路程,具有诗歌创作的经历和经验,其中很多诗人因为诗歌创作而在当代不同的政治运动中罹难,有的新中国成立初期就因各种情况离开诗坛,有的在1957年反右中被打成"右派",剥夺了创作权利,有的在"文革"期间受到严重冲击,被赶出诗坛。离开诗坛的时间和因由不同,重返诗坛的情形相近。1978年前后,他们的冤假错案得到平反昭雪,创作权利得到恢复。另一部分是"文革"期间成长起来的较为年轻的诗人,他们在经历了一段曲折之后迎来转型时期,走上较为宽敞的创作道路。两部分诗人的创作经历不同,人生道路也有很大区别,但都经历了那个政治激情澎湃的年代,受到社会意识形态的深度熏陶,接受了共产主义理想教育进而形成革命的人生观;都具有高昂的政治热情和坚定的政治信念,具有强烈的社会责任感和历史使命感,经受了文艺为无产阶级政治服务、为工农兵服务的理论熏陶,接受了文学政治学理论及其创作的影响①……因此,进入转型时期之后,他们在时代思潮影响下从事诗歌创作,无论是间隔了数十年重返诗坛的老诗人,还是从"文革"文学的曲径歧途随着时代列车的行进,于不间断地写作中走上转型时期诗坛的青年作者,也无论在理智上还是在经验习惯上,他们的创作理念和艺术追求还处在过去的轨道上,还像过去那样具有很强的政治热情和为政治服务的思想意识。他们关心政治,习惯于从政治层面上把握时代和思考社会、捕捉诗情和书写诗意,并且在具体写作的很多方面还程度不同地保留着当代诗歌传统的某些痕迹。尽管这些痕迹现在看来是制约诗歌发展的桎梏,但习惯的力量或曰情感的惰性有时比自觉的理性意识的力量还要强大——政治抒情诗的作者们因"政治"而遭受磨难,但他们复出后对于社会政治依然热衷,其创作仍然集中在政治层面。抒情诗人梁南曾诉说这种心情:"纵然贝壳遭受惊涛骇浪的袭击,/不变它对海水忠实的爱情"(《贝壳》);"马群踩倒鲜花,/鲜花,/依旧抱住马蹄狂吻;/就像我被抛弃,/却始终爱着抛弃我的人"(《我不怨恨》)。在这种情感与创作惯性的作用下,他们创作了激情洋溢的政治抒情诗。

---

① "复出"的诗人中有的还曾经是那种理论的宣传者和创作实践者,而年轻的诗人则是那种理论和文学创作的接受者和受益者。

与朦胧诗相比,带有浪漫主义色彩的政治抒情诗属于"传统"浪漫主义范畴。1976 年结束了"文化大革命",中国人民从极左政治专制下解放出来。这是一次具有深刻意义的思想解放,尽管这次解放的深刻意义在当时还没有得到充分表现,但获得解放的中国人,尤其是社会各界的精英人士,在经历了长达十余年的精神压抑之后获得心灵解放,仍然表现出极大的政治喜悦和政治激情。受当代"精神传统"和思维习惯的影响和意识形态宣传的鼓动,诗人们表现出巨大的政治热情,就像当年五星红旗在天安门城楼上升起时所激发的巨大社会热情、所出现的那种政治和文学场景一样,以欢呼粉碎江青反革命集团为主题的政治抒情诗响彻祖国各地,在各界人民的心灵深处中产生了强烈的回响。刚刚获得解放的诗人们仍习惯于现成的思维定势,诗歌在政治抒情诗的路向上迅猛前进。以郭沫若的《水调歌头·粉碎"四人帮"》为开端的政治抒情诗成为那时代诗歌创作的主要内容,其歌颂对象、欢呼内容、抨击目标也有惊人的一致。

也许时代发展迅速,来不及调整思维;也许诗歌传统的力量过于强大,暂时无力挣脱;或者说极左政治的氧化层太厚,诗人的反应缺乏足够的聪敏和迅捷。开始,诗人们还处在旧时代文学阴影的笼罩下,诗歌艺术还习惯于跟在时代政治运动后面配合歌唱——这是可以理解但无法高估的现象,即使在稍后几年当中,有些创作还像五六十年代那样,紧密地配合政治运动。宽泛地说,也无可厚非。在那个拨乱反正、除旧布新的年代,国家政治生活中的大事接连不断,大凡为天安门事件平反、为"文革"期间遭受冤屈的老干部恢复名誉、十一届三中全会召开、真理标准的讨论、"四化"建设的宏伟目标等,都在诗歌中得到迅速及时的表现。那是政治抒情诗火爆的年代,每首优秀诗作的出现都会引起巨大的社会反响,产生强烈的情感共鸣。政治抒情诗成为转型时期浪漫主义文学的第一个浪潮,或曰冲击波。

按照某些学者的理解,浪漫主义属于主观和个性主义范畴,而在政治抒情诗主潮的时代,诗人还没有足够的自我意识,还在五六十年代形成的"集体无意识"的作用下抒发社会性感情,算不得浪漫主义,或者沿用某些更为激进的说法,政治抒情诗是浮泛虚假的浪漫主义。这种说法有些许道理,但也有些苛求,不切合实际。因为浪漫主义是一种精神形态,一种情感取向,其内容不是固定不变的,不同时期有不同的内容构成,不同的层面有不同的内容指向,就像人的精神世界是复杂的一样,浪漫主义的内涵也是丰富的,自我意识、个性主义固然是浪漫主义的重要内容,但社会意识、政治意识同样属于浪漫主义范畴,因为群体意识、社会性情感也是作为社会主体的人的本质属性。因此判定其创作是否属于浪漫主义，不完全取决于表现了哪个层面上的主体意识，而在于这种意识的品格，就像某些书写个体意识的创作不见得属于浪漫主义一样，表现群体意识的创作也不一定不是浪漫主义。浪漫主义的精神品格在于它的情感真实性，它的情感强度，它的意识取向以及诗人抒发主体意识的方式方法，而这些指标都与特定的时代密切相关。

我们所以将 20 世纪 70 年代末开始的政治抒情诗视作浪漫主义，是因为在那个特定的历史时期，政治，无论从哪个层面上说都是社会主体精神世界的核心内容，诗歌所抒发的既是时代政治豪情、群体激情，也是诗人"发自肺腑"的真情实感。从灾难和黑暗中活下来的那代诗人和作家，面对结束"文革"灾难、粉碎"四人帮"，面对无数受诬陷打击者的平凡昭雪，感受着思想解放、松绑自由的强劲东风，畅想着改革开放的建设蓝图，哪个不激情澎湃豪情万丈？哪个不抖擞精神引吭高歌？对此，我们可以从那时代的文学记录中得到印证：且不说那些紧跟时代脚步、及时表现时代政治事件的写作，即便是稍后出现的"改革文学"所描写的社会改革者，如在乔光朴、韩连山们身上，我们所看到的不也是毫无自私自利之心、全不顾及个人利益得失、全心全意为党工作、为人民服务的革命者形象吗？从作家创作的角度看，他们不也是热情洋溢地表现了那时代作家的政治理想吗？我们现在可以说那时代的作家政治狂热，没有清醒的自我意识；也可以批评那时代的诗歌表现的情感缺少个性主义内容，不如后来的创作抒发的情感深切有个性，可以说那时代诗歌感染力短暂，没有抒发个性意识的诗作艺术生命力长久……但是无论如何都无法否定那些政治抒情诗的真诚，因而也就不能不对其中的某些诗歌做出浪漫主义的解读。

在那个全民性政治热情高涨的年代，几乎所有诗人都加入到政治大抒情的创作队伍当中，他们放开喉咙大声歌唱，一时之间政治抒情诗如滚滚浪涛遍及诗坛，诺大的诗坛竟没有非政治抒情诗的存在空间！并不是所有的政治抒情诗都具有浪漫主义色彩，粗略地考察，浪漫主义色彩较为突出者如贺敬之的《中国的十月》、李瑛的《一月的哀思》、柯岩的《周总理，你在哪里?》、熊召政的《请举起森林一般的手，制止!》、白桦的《阳光，谁也不能垄断》、艾青的《在浪尖上》、雷抒雁的《小草在歌唱》、叶文夫的《将军，你不能这样做》、张学梦的《现代化和我们自己》……这些诗的抒情内容和艺术表现各异，从浪漫主义的角度分析，具有如下整体性特征：

一是抒情强度，亦即抒发情感的强烈程度。感情强度首先是真诚问题，缺少真诚性、真挚感的抒情，尤其是政治抒情，或者迫于某种压力、某种形势、某种需要而刻意"酿造"出来的应酬性情感,也能用夸大的词语虚张声势铺陈排比地制造出相当的抒情强度,"文革"乃至"十七年",刻意造势煽情的写作比比皆是,而且作为一种书写惯性还起着作用——如果刻意造情并不是背时出格的事,谁身上没留着旧时代的尾巴?谁能一下子就能斩断旧的生活和创作的蛛丝马迹?但由于"四五"诗歌革命精神的鼓舞,由于江青反革命政治集团确实犯了众怒,揭露和控诉他们以及庆祝他们的灭亡、对他们的倒行逆施实行拨乱反正等政治措施,都符合广大人民群众的根本利益和真诚意愿,也是诗人企盼已久、积蓄甚深的愿望。因此,那时的政治抒情诗,无论现在怎么看待,是否还有那份激动,就诗歌写作的当时而言,绝大多数作品抒写的是发自内心的真情实感。

其次,顾名思义,感情强度意为强烈程度——因为郁积时间久或情感暴发力强、表现方式直接而产生强烈的感染力。极左政治路线影响中国人民的政治生活二十几年时间,给中国人民带来沉重的灾难,尤其是十年"文革",更是将人民推向灾难的深渊。1976 年 10 月粉碎江青反革命集团,结束其封建法西斯专制和灾难岁月,中华民族的历史翻开新的一页。政治生活中的这一重大变革以及变革后所开展的一系列政治活动,都在人们的生活和心灵上产生了重大影响,人们以极大的政治热情拥护那些变革,并且赋予那些变革巨大的历史意义。目睹"文革"以及极左政治路线给党、国家和人民带来的巨大灾难,饱受压抑之苦、迫害之痛的诗人感应着时代政治脉搏写作,积郁很久的政治激情如江河决堤,热烈的庆贺,沉痛的悼念,强烈的愤怒,深切的缅怀,热切的呼唤,愤怒的声讨……其抒情内容固不相同,但大都是蘸着血泪写出的诗句,抒发的是真挚深切的情感,可谓发自肺腑。《一月的哀思》《周总理,你在哪里》是怀念周恩来总理的诗章,在党和人民灾难深重的日子里,周恩来砥柱中流,赢得人们的无限敬仰和爱戴,而因江青反革命政治集团的阻挠,人们无法表达巨大的悲悼之情,并且在清明节期间因参加悼念活动遭到镇压,许多诗人写下了激情澎湃的诗篇,热情歌颂周总理的丰功伟绩,愤怒声讨江青反革命集团的滔天罪行。

如果说这些悲悼之作原本就因为积郁太久而情深意切,情感强度自然而然,还不足以说明那个年代政治抒情诗的浪漫主义特色的话,那么,许多有感于现实的某些政治事件而创作的政治抒情诗则在具有强烈的政治责任感和社会使命感的诗人那里,也化作浓浓的诗情,显示出非同寻常的强度,表现出浪漫主义所特有的艺术感染力。如叶文福的《祖国啊,我要燃烧》,诗人自比山上的一棵幼苗,正要报效祖国的时候,却被一场巨大的造山运动埋

进深深的底层——这当然是寓言式的写法,诗人热情如故,理想尤在,心不死,情不减,发出撕心裂胆的呼叫:

> 我死了,年轻的躯干在地底痉挛,
> 我死了,不死的精灵却还在拼搏呼号:
> "我要出去! 我要出去! 我要出去呵,
> 我的理想不是蹲在这里的囚牢!
>
> 漫长的岁月,我吞忍了多少难忍的煎熬,
> 但理想之光,依然在胸中灼灼闪耀。
> 我变成了一块煤,还在舍命叩打地狱的门环:
> "祖国啊,祖国啊,我要燃烧!"
>
> 地壳是多么的厚啊,希望是何等的缥缈,
> 我渴望! 渴望面前有一千条向阳坑道!
> 我要出去:投身于熔炉,化作熊熊烈火,
> "祖国啊,祖国啊,我要燃烧!"

诚如评论家所说:"诗中澎湃的激情,大胆的想象,浪漫主义的气质,能使人联想到郭沫若《女神》中那些热情奔放的诗篇。"[1]诗情有些浅露,艺术也许粗糙,但读者不能不为那热情奔放的激情所感染,所震动,甚至产生强烈的情感冲动。

二是抒情厚度。这是就政治抒情诗情感内容的丰富性和深刻性的综合指标而言的。按照一般理解,尤其是经历了当代政治抒情诗虚假、浮泛和肤浅的阅读体验之后,人们往往把政治抒情与政治层面的单向度的情感书写联系起来,认为政治抒情诗热烈有余,深度不够;情感直露,空泛肤浅;大喊大叫,声震瓦梁,除却政治口号、政治表态之外,缺乏实实在在的情感内容,更不要说情感深度和美学风格的雄浑、博大、悲壮、深邃之美,因而没有足够的艺术魅力和生命力。应该说,即使在转型时期诗坛上,也不乏这样的诗作。但认真体味就不难发现,转型时期诗坛上,也确实出现了许多深度抒情的作品、有情感厚度的作品。诗人经历了太多的坎坷和磨难,也经受了太多

---

① 吴开晋主编:《新时期诗潮论》,济南出版社 1991 年版,第 130 页。

的苦难,对于历史、社会、人生以及现实政治,积累了太深刻、太复杂的情感体验,因而在诗歌创作中,且不说那些重大而复杂的政治事件和事变,那些关乎历史和现实纵横经纬的政治事件和事变,引发了诗人丰富的联想和深度的开掘——事件和事变本身包含着丰富的社会政治信息,具有深刻的政治内涵和复杂的情感信息,即使某些具体的政治实践也诱发诗人的联翩浮想。诗人们在政治层面上联想,也穿越政治层面而深入到历史文化层面,将历史与现实、现状与未来、国家与民族、群体与个人、现象与本质结合起来,四维八极,时间空间,都纳入到政治视野之内反复审视,反复咀嚼。因此,虽然写的是政治抒情诗,诗人踩着时代的鼓点写作,具有很强的时代感和时效性,但他们的作品却没有停留在具体的政治事变和事件上,也没有停留在政治层面——虽然限于政治抒情,不能远离抒情对象,但比较而言,其情感构成却比过去丰富得多、深厚得多。从整体上看,面对相同的政治事件也会表现出复杂的抒情内容,而不像过去那样整齐划一,如艾青的《在浪尖上》、《光的赞歌》,黄永玉的《不准!》,蔡其矫的《祈求》,赵恺的《我爱》、《第五十七个黎明》,骆耕野的《不满》,梁南的《我不怨恨》,叶文福的《将军,你不能这样做》,白桦的《春潮在望》、《阳光,谁也不能垄断》,公刘的《哎,大森林!》……情感构成不仅表现为不同层面的丰富,即包含了那个时代诗人们对于各种政治事件的情感态度,诗人本着自己的情感体验选择抒情对象而不去追风赶浪——政治抒情诗涉猎面广、内容丰富;而且也表现为同一层面的复杂,即面对同一事件,诗歌的抒情内涵也不雷同,诗人敢于表现自己真实的情感倾向,而不是人云亦云——"多元音"的出现显示出政治抒情诗的深度和厚度。

《小草在歌唱》算是政治倾向鲜明、政治情感比较集中的作品,然而也具有相当的厚度。诗人鞭挞"四人帮"残酷地迫害革命志士的罪行,歌颂张志新为真理献身的精神,表达人民群众愤怒的怨恨和深切的哀悼,揭示时代悲剧发生的原因……丰富的抒情内容赋予诗作多重的审美魅力,而最能体现抒情诗厚度的则是,诗人把英雄为捍卫真理坚持斗争的精神与自己的麻木愚昧加以对比,解剖自己,责备自己,不仅深化了抒情主题,而且因"自我"的融入拓宽了抒情空间,强化了抒情厚度:

> 我恨我自己,
> 竟睡得那样死,
> 像喝过魔鬼的迷魂汤,

> 让辚辚囚车，
>
> 碾过我的僵死的心脏！
>
> 我是军人，
>
> 却不能挺身而出，
>
> 像黄继光，
>
> 用胸脯筑起一道铜墙！
>
> 而让这罪恶的子弹，
>
> 射穿祖国的希望，
>
> 打进人民的胸膛！
>
> 我惭愧我自己，
>
> 我是共产党员，
>
> 却不如小草，
>
> 让她的血流进脉管，
>
> 日里夜里，不停歌唱……

政治抒情诗的厚度在一定程度上超越了单纯的政治层面和疆域，而向着历史、社会、文化、人生、自我渗透（虽然渗透得有限），使作品获得更宽广的抒情资源，更强烈的艺术感染力和生命力。

三是情感力度——这是对政治抒情诗审美力量的考察，也是对其浪漫主义艺术感染力的考察。情感力度是情感穿透力问题，它要借助于理性、哲理、真理作为情感的骨质发挥情感的力量。有理性骨质的抒情，即使是一些政治术语，倘能艺术地书写出来，也有力度，如艾青《在浪尖上》所写，"不容许再受蒙蔽了，/不应该再受欺骗了，/我们要的是真理，/我们要的是太阳！……一切政策必须落实，/一切冤案必须昭雪，/即使已经长眠地下的，/也要恢复他们的名誉！"这是强烈的政治要求，也是那个时代流行的政治话语，因为表达了人们强烈的愿望，具有坚实的理性骨质基础，因而在当时产生了强烈的反响——据说，当年诗人艾青在首都体育馆朗诵至此，全场沸腾，掌声雷动，经久不息。但这样的诗句缺少足够的浪漫主义气息，而我们考察的是政治抒情诗的浪漫主义审美特质，或曰揭示政治抒情诗的浪漫主义情感力度，故此类诗歌从略。我们主要从"抒情方式"的角度分析转型时期政治抒情诗的浪漫主义情感力度所在。

浪漫主义政治抒情诗与借景抒情的古典诗歌、通过意象营造抒情的现代主义诗歌均不相同。其抒情方式主要是既不假借、也不掩饰的直接抒情，它不追求含蓄美的效果,也不追求意境美、意象美的效果,而是通过奇特的想象、奇异的幻想、大胆的夸张营造色彩浓烈的画面,强化抒情效果;通过夸饰的修辞、系列的排比、铺张的描绘营造声势,强化抒情效果;通过反复、重复——简单诗句的一再重复、一唱三叹的句式和段式突出情感旋律,强化抒情效果;通过一系列的设问、反问、追问、呼唤等形成情感内容复杂、情绪跌宕起伏、声势浩大如江河决堤般的气势和不可遏制的逻辑力量,强化抒情力度。这些方法在不同诗人、不同诗作中有不同的表现形式,即使在同一诗作中也交叉运用,力求使政治抒情诗真挚感人。《一月的哀思》通过反复出现的"呵,此刻,灵车,/正经过十里长街,/向西,向西……"突出诗歌的抒情旋律,强化情感力度;《周总理,你在哪里?》通过"周总理,你在哪里呵,你在哪里?"这样热切的呼唤抒发真挚的深情;《风流歌》借助于一唱三叹的"什么是风流"、"风流自述"等形式抒发浓郁的情感;《现代化和我们自己》采用了"楼梯式",用长句式或者长句式群(组)表现发自内心的跌宕起伏的感情;《假如生活重新开头》通过"假如生活重新开头"这样的假设句的反复出现将诗的各个段落紧密地连在一起,形成"集束式"抒情的艺术效果;《不满》通过中心词"不满"在各个段落、各种情境中的反复出现,尤其是在某些段落中句句出现形成语式相同的诗句群落,从不同的角度抒发对于"不满"的理解和感受,表现出带有叛逆性的感情;《祈求》通过一而再、再而三的"我祈求"表达对于非正常年代的愤怒、对于建立正常的生活秩序和人际关系的理想和愿望——

> 我祈求炎夏有风,冬日少雨;
> 我祈求花开有红有紫;
> 我祈求爱情不受讥笑,
> 跌倒有人扶持;
> 我祈求同情心——
> 当人悲伤
> 至少给予安慰
> 而不是冷眼竖眉;
> 我祈求知识有如泉源
> 每一天都涌流不息,
> 我祈求歌声发自各人胸中
> 没有谁要制造模式

为所有的音调规定高低；

......

我祈求

总有一天

再没有人像我作这样的祈求。

所有这些抒情方式和方法都加强了抒情效果，使政治抒情诗表现出很强的情感力度，产生了强烈的感人力量，甚至让人感受到诗中那咄咄逼人的情感冲击力——即浪漫主义艺术感染力。

这种魅力之强大十分惊人：在那个政治热情高涨的年代，政治抒情诗所产生的社会影响竟然比当时的新兴诗潮——朦胧诗还要强烈。但政治抒情诗的浪漫主义是基于政治性话题而创作，而政治性话题因现实针对性和社会功利性而带有表层性和短暂性特征，故政治抒情诗的浪漫主义受此限制，热得快也凉得迅速。因而尽管政治抒情诗在当时显示出强烈的情感穿透力和艺术感染力，但这感染力乃至艺术生命力都受到很大限制，并且随着诗人政治激情的降温，政治话题已经很难激起澎湃的激情，政治抒情诗也随着社会主体政治激情的减弱而逐渐式微。

三、朦胧诗人的心灵历程及其诗歌的现代浪漫主义特征

同样属于浪漫主义诗歌，朦胧诗的浪漫主义特色与政治抒情诗迥然不同——对风格迥异的两个诗派都做出浪漫主义的解读，不是因为我们对于浪漫主义的理解含混，持论不一，或者标准错乱，而是因为浪漫主义原本就是一个开放的概念，如德国浪漫派理论家史雷格尔所说"浪漫主义的诗是包罗万象的进步的诗"。[①] 多少年来没有人给浪漫主义做出一个让人信服的权威性的界定，不是因为人们弱智或者不愿费力深究，而是因为它的开放性、包容性。很多作品乃至文学现象具备浪漫主义的一种或者数种特色，而任何作品乃至文学现象都不可能具备浪漫主义的全部特点。因此很难找出标准一切的文本。简单地说，政治抒情诗是浪漫主义的一个诗派，除了政治情

---

① 史雷格尔：《断片》(摘译)，方苑译，载《古典文艺理论译丛》第二册，人民文学出版社 1961 年版，第 53 页。

感因素之外,这一诗派与拜伦、雪莱时代的浪漫主义有许多共同之处,与屈原、李白的浪漫主义也有很多相近的地方,算是传统浪漫主义,激情澎湃的浪漫主义;朦胧诗歌的浪漫主义则属于个性主义浪漫主义,现代浪漫主义。

与政治抒情诗人们相比,朦胧诗人们更为年轻。他们是在五六十年代成长起来的,从小就接受了革命理想主义教育,并且在一系列全面而有效的教育作用下初步形成了共产主义世界观和革命人生观,尽管这些观念还很不成熟、不定型,但对于他们社会人格意识的发展和人生追求都起了重要作用。从审美接受的角度看,他们是读着那时代的文学成长起来的,对于年龄幼小的他们来说,对文学的很多问题比如围绕文学问题开展的某些政治运动,围绕某些理论问题展开的讨论,某些作家的升降沉浮等不甚了然,但置身于那个政治统治文学的环境中,即使不十分充分的文学阅读,也在他们心灵上产生了深刻的影响,尤其是被视之为"红色经典"的《红岩》、《红旗谱》、《创业史》、《青春之歌》等作品以及以《钢铁是怎样炼成的》为代表的苏联社会主义文学,经过共青团中央及少年先锋队的特别推荐和大力宣传,不仅对于他们的世界观、人生观产生了深刻影响,而且对于他们的文学意识的生成和发展也具有不可忽视的作用。因此,尽管他们在"文革"期间经受了艰难的人生挫折和信仰考验,经受了生存艰难的磨炼和精神荒芜的炼狱般的折磨,形成了破碎的心灵,对社会、人生、前途产生了困惑、迷茫、失落、怀疑、愤懑等情绪,但是他们的心灵深处,与政治抒情诗的作者们仍有很多共同的倾向,在很多方面血脉相承。因为他们自幼接受的是某些政治抒情诗人的人格精神和文学精神的熏陶,如对于政治的怀疑厌倦但又不能摆脱政治情结的缠绕,对于政治性文学的厌倦但在自己的创作中却又不能忘怀政治,对于社会和人生的失望怀疑但在心灵深处却又始终保持着足够执著的社会热情和人生渴求。与政治抒情诗人诗作相比,他们的热情主要表现为外在的"冷",但其心灵深处却与政治抒情诗人一样是火热的。在诗歌创作中,朦胧诗在思想内容、情感情绪、审美追求、艺术方法等方面都提供了许多新鲜的东西,与政治抒情诗迥然相反的东西,甚至是自觉而直接的对抗和反叛,但在关注现实政治、表现时代问题、注重诗歌的社会功能等方面却是一致的。

现在我们具体分析朦胧诗的浪漫主义特征。

朦胧诗不仅是转型时期诗歌的重要现象,也是转型时期文学的重要现象。学界对其进行了深入研究,有的研究者视其为现实主义,有的认为是一种"新的美学原则",也有不少研究者认为朦胧诗更多地表现出现代主义精神,只有极少数研究者将其划入浪漫主义范畴,或者对其中的个别诗人、诗作进行了浪漫主义解读。如刘思谦认为江河、杨炼是转型时期"纯粹"的浪漫主义作家,①刘忠、杨金梅认为以北岛、舒婷为代表的朦胧诗是"低调的浪漫主义",②陈敢、郭剑对舒婷的诗歌作了浪漫主义的解读,③李庆本指出朦胧诗人提出的"表现自我"是浪漫主义文学的重要特征,并结合诗人诗作予以分析。④ 这些分析不同程度地把握住了朦胧诗的某些特点,分析也有一定道理,但仍须进一步研究:朦胧诗在哪些方面体现了浪漫主义精神,哪些方面表现出浪漫主义特征?

朦胧诗是笼统的称谓,无论作为一个诗歌创作群体还是作为诗歌流派,都是复杂的。这是一个重视个性追求而轻视整体风格的群体,其主要成员如北岛、舒婷、顾城、江河、食指的思想走向和情感经历、艺术修养和创作风格的很多方面就很不一致。说是一个诗歌流派,在很大程度上是为了区别于其他诗人诗作,而不在于内部一致。就其区别而言,也在于说明与政治左右下诗学精神的大统一相比,它是一个张扬个性的群体。因此考察其浪漫主义特征是很困难的事情——在对朦胧诗的研究中,解读的分歧远远大于认识的一致。从浪漫主义的角度分析,大致地说,具有如下特点。

热得发冷的浪漫主义。

朦胧诗人的生活和情感经历使他们的诗作表现出复杂矛盾的情感和情绪。他们悲观、迷茫、愤怒、痛苦、忧伤,似乎内心很冷——他们受到那么严重的欺骗和伤害,经历了那么多的苦难和灾难,承受了那么多的伤害和折磨,年轻的心灵伤痕累累,对于现实和人生的许多已经失去信心,甚至像北岛所说,他们"不相信"天是蓝的、梦是假的,也不相信"雷的回声"、"死无报应"。但就其内心深处而言,他们的情感和情绪却是很热的,是炽热的、赤诚的,对社会和人生,对民族和国家,对过去、现在和将来,都怀有热烈的感情。在这方面他们与前述的政治抒情诗人的内心世界相同。政治抒情诗人将他们热烈的情感情绪以积极的"入世"态度和勇于进取的精神正面表现出来,朦胧诗人因为更重视主体体验和内心感受而以刻薄冷峻的心态表现出来,借助于怀疑、否定、哀伤、愤怒、绝望的情感抒写表现出来。将其与新生代诗人诗作对比看得更为明显。新生代诗人以平静客观的态度看取社会和人生,以零度的感情表现粗糙的社会形态和世俗的人生情状,无爱无恨,还原

① 《新时期浪漫主义文学思潮描述》,《河南大学学报》1994 年第 1 期。
② 《新时期文学中的浪漫主义及其走向》,《学习与探索》2001 年第 1 期。
③ 《舒婷诗歌艺术浅探》,《株洲教育学院学报》1998 年第 3 期。
④ 见《20 世纪中国浪漫主义美学》,现代出版社 1999 年版。

现实,复制生活,零度写作。因为他们对于社会不愿意承担责任和义务,现实的善恶美丑对他们来说无所谓,既不怎么愤怒悲观,也不批判怀疑,如韩东的《有关大雁塔》所写:"有关大雁塔/我们又能知道什么/我们爬上去/看看四周的风景/然后再下来"。他们在淡漠和平静中显示出心灵的冷漠——真正的冷漠,彻底的冷漠。朦胧诗人对于民族、祖国和人生,对于未来、甚至对于现实都怀有热切的关心和炽热的感情,充满理想和希望。他们对现实社会的很多问题充满怀疑,直言"我不相信",但在黑暗的岁月里却看到"新的转机和闪闪的星斗,/正在缀满没有遮拦的天空"(《回答》北岛),在残暴血腥的日子里坚信"从星星的弹孔中/将流出血红的黎明"。(《宣告》北岛)。北岛有诗曰:"冷酷的希望",正反映出朦胧诗的浪漫主义特点。因为感情热烈,爱得深切,也因为对于以往流行的空洞的赞歌和虚假的颂歌的强烈不满,所以他们将爱转变成为恨,以冷峻的心态表现其灼人的热情。

朦胧诗的冷峻格调主要表现为大胆的怀疑,猛烈的批判,彻底的否定,深切的忧虑。在他们的诗行里,写满了虚假丑陋邪恶的事物,似乎满目疮痍和破败景象,如"祖国""她被铸在青铜的盾牌上/靠着博物馆发黑的板墙","人民"则似"月亮被撕成闪光的麦粒/播在诚实的天空和土地",甚至"在那镀金的天空中,/飘满了死者弯曲的倒影。"这都是多么冷酷的事实!但诗人却充满热情和豪情,他庄严地向世界宣布:"卑鄙是卑鄙者的通行证/高尚是高尚者的墓志铭","纵使你脚下有一千名挑战者,/那就把我算作一千零一名。"并且表示:"如果海洋注定要决堤,/就让所有的苦水都注入我的心中;/如果陆地注定要上升,/就让人类重新选择生存的峰顶。"(北岛:《回答》)。尽管他们只想表达内心的感受,不愿意做时代精神的传声筒,尽管他们所感受到的现实是那么阴暗冷酷,但他们的诗作却表现出强烈的社会责任感和历史使命感,表现出崇高的牺牲精神和悲壮的英雄主义气概!

个性意识张扬的浪漫主义。

与政治抒情诗人相比,朦胧诗人在其成长过程中便遭受"文革"浩劫,他们在物质生活和精神生活、身体和心灵的多重磨难中觉醒。这既是诗人主体意识的觉醒,也是他们诗学意识的觉醒。双重的觉醒形成了双重的反叛,由此构成人格精神和诗学追求的叛逆品格——这恰好印证了西方学者的论述:浪漫主义是叛逆者、反动派。朦胧诗主体意识的觉醒主要表现在如下两个层面。

其一,从迷失自我的"集体无意识"中觉醒,表现出很强的自我意识,既意识到自己的义务责任,也意识到"自我"的权利和价值。他们不再单纯地为社会和他人活着，为责任和义务活着，他们要争取自己的权利，实现自己的价值，挣脱各种束缚和羁绊，扬起自我生命的风帆，追求自由的人生。如顾城所说"打碎了迫使他异化的模壳，在没有多少花香的风中伸展自己的躯体"。他"相信自己的伤疤，相信自己的大脑和神经，相信自己应该做自己的主人走来走去"。① 这是对于只强调责任和义务、忽视自我权利和价值的当代传统的反叛，对于非人性、非人道主义亦即对于不把人当成人理解、尊重的时代政治和人生观念的反叛。当然，他们的成长和教育决定了他们自我追求的向度：在追求自由人格的同时重视个人对于民族、社会的责任和义务。尽管他们曾经受到过蒙昧和欺骗，对于那种教育深恶痛绝，但他们无法把自己封闭在狭小的圈子里，也做不成只想着自己、完全忘记民生民瘼的个人主义者——那时代还没有这种人生追求滋生的土壤。如北岛诗中所表现的那样，他们具有崇高的牺牲精神和悲壮的英雄主义情怀。因为他们经历了残酷斗争的历史现场，在痛恨和迷茫中呼唤理解和尊重、呼唤友谊和亲情，他们愿意为此做出自己的努力，而诗歌创作则是实践这种愿望的一种形式。用诗人舒婷的话说就是，"我从来没想到我是个诗人，我只是为人写诗而已"；"我从来认为我是普通劳动人民中间的一员，我的忧伤和欢乐都是来自这块汗水和眼泪浸透的土地"。② 说白了，他们所看重的"自我"是将自我与社会、小我与大我融为一体的"自我"，他们表现自我的诗作中塑造的是具有强烈的社会责任感和历史使命感的抒情主人公形象，他们张扬的"自我"中包含着丰富的社会内容。而这也正是他们的诗作外冷内热的原因。没有"外冷"，"自我"融化在炽热的责任和使命中，没有了"自我"，也就谈不上诗人主体意识的自觉，就无所谓浪漫主义；而没有内在的炽热，"自我"封闭在狭小的圈子里，对于祖国和人民平静漠然如局外人，也就无所谓冷热，同样谈不上浪漫主义。

其二，主体意识觉醒表现在诗学层面上，形成了人们所熟知的"新的美学原则"的觉醒。所谓"新的美学原则"，是说他们"不屑于表现自我感情世界以外的丰功伟绩"，"不屑于作时代精神的传声筒"，诗人的创作追求只有一个目标："表现自我"。在他们看来——

> 过去的文艺、诗，一直在宣传另一种非我的"我"，即自我取消、

---

① 顾城：《请听我们的声音》，《青年诗人谈诗》，北京大学五四文学社（老木）编，1985 年 1 月版，第 30 页。

② 舒婷：《生活、书籍和诗》，刘禾编，《持灯的使者》，广西师范大学出版社 2009 年版，第 133 页。

自我毁灭的"我"。如："我"在什么什么面前，是一粒沙子、一颗铺路石子、一个齿轮，一个螺丝钉。总之，不是一个人，不是一个会思考、怀疑、有七情六欲的人。如果硬说是，也就是个机器人，机器"我"。这种"我"，也许具有一种献身的宗教美，但由于取消了作为最具体存在的个体的人，他自己最后也不免失去了控制，走上了毁灭之路。

他们则要表现出"具有现代青年特点的'自我'。"①他们要在诗歌创作中维护自我的权利，写什么、怎样写以及如何表现"自我"和表现怎样的"自我"都听从个人内心的要求，而不是遵从时代的要求，不按照流行的样式写作。这是朦胧诗人的诗学主张，也是浪漫主义美学原则，因为"浪漫主义通过主体的不受社会习俗约束的自由意志去改变真实"。②黑格尔则说"浪漫型艺术的内容是绝对的内心生活，相应的艺术形式是精神的主体，即主体对自己独立自主的认识。"

审美意识觉醒表现在诗歌的情感内容和艺术形式两个方面。就其表现形式而言，朦胧诗重意象、轻形象，忽视因果关系、逻辑层次而重视潜意识和瞬间感觉，轻视整体性思想情感表达而以零散无序的具象表现复杂的意绪，轻视简洁、明快、单纯的艺术风格，而运用象征、通感、隐喻等手法追求语义的多重性和复杂性，并因此导致他们的诗歌晦涩难懂。就其情感内容而言，诗人所表现的自我因人而异，构成一个个性色彩鲜明的群体；从整体上看大都带有反抗现实和世俗常态、张扬自我个性的浪漫主义精神。如食指的诗作——食指是一个地道的诗人，在"文革"那个文学天空暗淡无光、诗国园地满目荒芜的时代，他是最先觉醒的一个，并且被誉为"文革中新诗歌第一人"，③他为"文革"期间盛行的以空洞肤浅的政治抒情诗为代表的"伪浪漫主义"画上了句号，也预告了个性主义浪漫主义诗歌的开端。在庆祝"无产阶级文化大革命"取得夺权胜利的欢歌笑语中，食指创作《海洋三部曲》，最先表现出觉醒者悲凉迷茫的情绪，感叹"像秋风卷走一张枯叶"，不知道"命运的海洋"把个人的小船带向何方："地狱呢，还是天堂……"？在举国热烈欢

① 顾城：《请听我们的声音》，《青年诗人谈诗》，北京大学五四文学社（老木）编，1985年版，第29页。

② 扬·穆卡诺夫斯基：《现代艺术中的辩证矛盾》，《捷克诗论》第2卷，第292页，转引自《文艺报》1985年第5期。

③ 杨健：《文化大革命中的地下文学》，朝华出版社1993年版，第87页。

呼知识青年上山下乡运动的狂热岁月,诗人在列车开动时刻感受到的却是深切的离愁别绪,"我的心骤然一阵疼痛,一定是/妈妈缀扣子的针线穿透了心胸。"①在经历了各种磨难、遭受了命运的残酷折磨和无情戏弄、欺骗之后,诗人无视甚嚣尘上的时代文学"规矩",执著于内心世界的诉求,无所顾忌地抒发内心的悲愤:

> 我还不如一条疯狗!
> 狗急它能跳出院墙,
> 而我只能默默地忍受,
> 我比疯狗有更多的辛酸。
> ——《疯狗》

但正如顾城所说,他们所表现的"自我"都带着他们的"出身"。这在食指这个出身革命干部家庭、受到良好革命传统教育的红卫兵身上得到突出表现。悲观而不绝望,迷茫而坚持追求,尽管一再悲伤地自诩"枯叶",却仍在倔强地憧憬和希望。于是有了如下诗句:

> 我的一生是辗转飘零的枯叶,
> 我的未来是抽不出蜂王的青稞;
> 如果命运真的是这样的话,
> 我愿为野生的荆棘高歌。
> ——《海洋三部曲》

尽管觉得自己不如疯狗,但为了"挣脱无形的锁链","情愿放弃所谓神圣的人权",这是觉醒的生命个体的大胆反叛。

食指的浪漫主义魅力在于,体验痛苦,咀嚼灾难,争天绝俗,执著追求,无论在什么情况下都始终坚信,历史的灰尘终有一天会被清除,未来会恢复"热情、客观、公正的评定":

> 当蜘蛛网无情地查封了我的炉台,

---

① 食指:《这是四点零八分的北京》,唐晓渡编选:《在黎明的铜镜中·朦胧诗卷》,北京师范大学出版社 1993 年版,第 28 页。

当灰烬的余烟叹息着贫困的悲哀，
我依然固执地铺平失望的灰烬，
用美丽的雪花写下：相信未来。

当我的紫葡萄化为深秋的泪水，
当我的鲜花依偎在别人的情怀，
我依然固执地用凝露的枯藤，
在凄凉的大地上写下：相信未来。

我要用手指那涌向天边的排浪，
我要用手撑那托住太阳的大海，
摇曳着曙光那枝温暖漂亮的笔杆，
用孩子的笔体写下：相信未来。

　　　　　　　　——《相信未来》

　　《相信未来》是一首洋溢着悲壮而激越情怀的浪漫主义诗歌。诗人因此名满天下。"他的诗在当时的青年中间秘密流传甚广。无论是在山西、陕北，还是在云南，在海南岛，在北大荒……只要有知青的地方，就秘密传抄食指的诗。"①诗歌中所表现的新的美学精神也因此而广为传播，并在一定程度上预示了一种新的美学精神的莅临。

四、舒婷、顾城等诗人诗作的浪漫主义解读

　　朦胧诗群是一个自我个性张扬的群体，也是一个自由松散的群体。他们本着表现内心的需求写作，其诗作的风格特点并不相同。从考察浪漫主义的角度看，固然有上述几个方面的一致，也有明显的差异。为进一步领略这一群体的浪漫主义特点，我们就舒婷、顾城等几个诗人及其诗作进行简要的分析。

　　舒婷是一个浪漫主义色彩较为突出的诗人。作为在那个年代成长起来的自我意识觉醒的个性主义诗人，其诗歌创作主要表征是女性所特有的忧伤的浪漫主义情绪。她常常带着对美好事物的憧憬关注破碎的现实，带着

---

　　①　杨健：《文化大革命中的地下文学》，朝华出版社 1993 年版，第 93 页。

健全的人生理想关注非健全的人生形态,带着心灵的累累伤痕表现她对于美好的社会和人生的希望,其创作属于席勒所说的"感伤的诗"。谈到诗歌创作,舒婷说"我通过我自己,深深意识到:今天,人们迫切需要尊重,信任和温暖。我愿意尽可能地用诗歌来表现我对'人'的一种关切。"她说她相信"人和人是能够互相理解的,因为通往心灵的道路,总可以找到"。她就是要借助于诗歌创作"进入所有的心灵"。① 作为新的"美学原则"的代表诗人之一,她的"进入"与传统诗歌大有不同,在其开始,受以普希金、拜伦为代表的传统浪漫主义诗人诗作的影响,她的诗带有直抒胸臆的特点,因符合读者的审美心理习惯,"进入"还比较容易。但到后来,尤其是朦胧诗正式登上诗坛以后,她要"开掘心灵的处女地",并且常常"走进幽深的禁区",在表现手法上,更多地吸收了现代主义的表现方式,重视意象营造,用意象取代情感的倾泻,用暗示、意会表现复杂的思想情绪,尤其是那些属于"心灵禁区"的情绪,其诗显得深沉朦胧。"舒婷的诗将浪漫主义重情的因素与古典诗词的婉约及现代派诗的重感觉、象征表现、意象暗示等手法渗透交融起来,使女性特有的细腻、丰富的内心世界得到意象化的展现,具有渗透人们心灵的艺术张力"。② 舒婷诗歌的浪漫主义大致表现在对于人生理想和理想人生的深切呼唤以及这种理想受挫时的忧伤,如《船》、《流水线》、《中秋夜》;表现对于自由人格的向往和对于个体生命的关怀,对理想、爱情、亲情的赞美和呼唤,如《神女峰》、《致橡树》、《惠安女子》、《双桅船》等。

舒婷是敏感多情的诗人,其创作善于表现个体性的情感内容,重视"自我"存在的独立价值和意义,也善于或习惯于通过"我"表现内心世界。其中的"我",有时是抒情主人公自己,有时是抒情视角,有时二者合为一体。但无论哪种形式,所抒发的情感都具有复杂的内容,都不是个人主义的"小我":她把对于祖国和人民的情感和作为生命个体的"人"的情感融合在一起——既不有意抒写公众的情感,也不自觉地代替人民大众抒情,像当代诗歌传统一再强调和政治抒情诗所追求的那样;诗人自觉地"忽视"外在世界的表现,而积极地向着个体的内心深处掘进,诗人生活经历所形成的情感结构和审美追求使她的创作从"自我"出发达到对于时代情感的概括和人民意愿表达的广阔天地。这种热切的情感伴随着深切的忧伤表现出来,故她的诗歌较之顾城等人的诗作更容易走进读者心灵——尤其是青年读者的心

① 转引自吴开晋:《新时期诗潮论》济南出版社1991年版,第164页。
② 吴开晋:《新时期诗潮论》,济南出版社1991年版,第166页。

灵。因为她的诗具有浓郁的现代意识和忧伤的浪漫主义诗情——忧伤，无论在哪个时代都是最容易引起共鸣的情绪；而现代意识则反映了那个时代青年的追求。《致橡树》是抒写女性爱情的诗篇，然而又不是纯粹的爱情诗，通过爱情传达出独立、自尊、自强的现代人的人格精神：

> 我如果爱你——
> 绝不像攀援的凌霄花，
> 借你的高枝炫耀自己；
>
> 我如果爱你——
> 绝不学痴情的鸟儿，
> 为绿荫重复单纯的歌曲；
> 也不止像泉源，
> 常年送来清凉的慰藉；
> 也不止像险峰，
> 增加你的高度，衬托你的威仪。

理想的爱情是，"我必须是你近旁的一株木棉，/作为树的形象和你站在一起"，并且"我们分担寒潮、风雷、霹雳；/我们分享雾霭、流岚、虹霓"。

童话诗人顾城致力于构建纯净的精神家园。就像李欧梵指出的那样，拜伦在西方的形象几乎包含了所有欧洲浪漫主义的特征：儿童般的天真，英雄般的感情，维特型的恶棍，浮士德式的叛逆，该隐那样的伦理流氓以及普罗米修斯一样的反上帝、反宇宙的英雄。作为一个诗人，顾城也拥有浪漫主义诗人的一切：天真、纯净、浪漫和真诚。他似乎是个长不大的孩子，总喜欢用儿童的眼睛打量世界，用儿童的天真看取生活，用儿童的心灵感受人生，用儿童的语言表达童稚的幻想和梦碎。从某种意义上说，他的纯真和幻想酿成了他生活和生命的悲剧，并且残酷地将这种悲剧强加给别人。他的悲剧在于他的人生理想和现实之间存在着巨大距离。他不懂世俗世界，而又无视世俗世界的残酷和规则的刚性；他无力改变现实，却被现实扭曲了心灵，然而他却又任性地追求唯美的生活。在诗学道路上，他用儿童的真诚创造了一个浪漫主义的童话世界。当然，这个世界并不像传统童话那般美好，那般单纯，那般明丽，那般富有诗意，因为顾城经历了"文革"灾难，心灵上刻下了累累伤痕。他被恐惧、迷茫、痛苦、忧伤的情绪困扰着；但这些复杂忧伤的情绪却并没有改变他的诗人气质,正像他所说的:"黑夜给了我一双黑色的眼睛/我却用它寻找光明。"他在寻找中建构了带有童话色彩的浪漫主义的诗歌世界。

这是一个在奇思妙想中建构的童话般的唯美主义的诗歌世界:单纯、纯净、温馨,充满幻想和诗意,富有情趣,自由活泼。他说:"我爱美,酷爱一种纯净的美,新生的美,……我生活,我写作,我寻找美并表现美,这就是我的目的。"①而诗友舒婷则说他——

> 你的眼睛省略过
> 病树、颓墙、锈崩的铁栅
> 只凭一个简单的信号
> 集合起星星、紫云英和蝈蝈的队伍
> 向着没有被污染的远方
> 出发。

这是欣赏和赞赏,也带着几分善意的批评和规劝。顾城是个"任性"的孩子,他坚持按照他的审美追求表现孩子般的奇思妙想;他固执地寻找美、表现美,幻想着——

> 用金黄的麦秸
> 编成摇篮
> 把我的灵感和心
> 放在里边
> 装好钮扣的车轮
> 让时间拖着
> 去问候世界。

这是一个美好的世界,山石路上的"石头也会发芽/也会粗糙地微笑/在阳光和树影间/露出善良的牙齿"(《小花的信念》)。

顾城有孩子般的纯净和天真,但现实却没有为他的审美理想提供纯美的写作资源。相反,与真善美相对立的事实,比真善美突出的现象却满目皆

---

① 转引自李新宇:《中国当代诗歌艺术演变史》,浙江大学出版社 2000 年版,第 251 页。

是，他无从躲避，也不能"省略"。于是他的诗歌世界不可避免地出现如《眨眼》中所写的那样，彩虹在眨眼间便成了"一团蛇影"，时钟在一眨眼间变成了"一口深井"，他甚至还看见"一瞬间——/崩塌停止了/江边高垒着巨人的头颅。/戴孝的帆船/缓缓走过，/展开了暗黄的尸布。//多少秀美的绿树，/被痛苦扭弯了身躯，/在把勇士哭抚。/残缺的月亮，/被上帝藏进浓雾/"（《结束》）。他的寻美之梦也因此而破灭，而产生失望、孤独、悲凉的情绪，觉得自己是"一个悲哀的孩子"。

顾城的童话般晶莹的诗歌世界时常流露出悲凉、孤独的情绪。《我是一个任性的孩子》比较集中地表现了他的理想追求及幻灭的过程。他说"我希望/每一个时刻/都像彩色蜡笔那样美丽"，希望人们的眼睛永不流泪，希望人世间没有痛苦和不幸，希望相爱的人永不背叛，希望所有习惯黑暗的眼睛都习惯光明，希望东方民族充满"无边无际愉快的声音"。他用孩子般的天真在想象中描绘着自由、温馨、美好、明丽的世界，然而，诗的最后却说：

> 我在希望
> 在想
> 但不知为什么
> 我没有领到蜡笔
> 没有得到一个彩色的时刻
> 我只有我
> 我的手指和创痛
> 只有撕碎那一张张
> 心爱的白纸
> 让它们去寻找蝴蝶
> 让它们从今天消失

"没有领到蜡笔"就没有彩绘美好世界的基本条件，而没有"得到彩色的时刻"一切更无从谈起。这是一个沙漠般冷漠的现实。他觉得"金色的流沙/湮没了他的童话/连同他——/无知的微笑和眼泪"（《给我的尊师安徒生》）！天真的孩子于是明白："我是一个孩子/一个被幻想妈妈宠坏的孩子"。然而他却没有从幻想中走出来，没有从醒悟走向自觉和成熟。因为他是一个"任性的孩子"！也是一个执著的浪漫主义诗人！

江河、杨炼寻求文化根源。在朦胧诗人中，江河和杨炼的创作被认为最具有浪漫主义的精神品格。这种分析很有道理。他们诗歌的浪漫主义与传统浪漫主义抒情诗有些相通的地方,如诗中所表现出来的激昂澎湃的诗情,大气磅礴的主体精神以及夸张、铺排、汪洋恣肆的抒情方式,都与传统的抒情诗相似;与转型时期政治抒情诗也有一比,诗人内心深处具有强烈的使命感和责任心,思想感情无论多么强烈深沉都是基于对祖国、对民族深切的爱,无论个性意识多么狂放都与祖国前途、民族命运紧密地连在一起。只不过,他们将政治抒情诗的政治性内容和鲜明的政治性倾向转化成了文化内容和民族精神。他们的诗在抒情方式上体现了朦胧诗的"美学原则",将主观情感化作零散的意象无序地组合在一起,根据抒情需要较多地使用意象、通感、隐喻等现代手法;但其抒情内容却超越了如前所述朦胧诗人所热衷的"自我"层面,而扩及到社会政治——现实人生是遭到政治伤害的人生,"自我"也是被政治扭曲的"自我"。在很多情况下,江河、杨炼所面对的是中华民族古老的历史,悠久深邃的文化传统,并因此而被称为"诗歌界的寻根派",也被称作"现代民族史诗"。他们虽然有时候也就现实发言,尤其是早期的诗作,如江河的《没有写完的诗》;但就其整体而言,诗人怀着深切的感情致力于发掘古老民族的文化精神。江河、杨炼曾经是朦胧诗的中坚人物,但在朦胧诗称雄诗坛、朦胧诗人风流云散之初,他们的创作则沿着最初的路向走向远古,走向文化,走向深邃的历史,走向民族精神深处。

也许基于对传统文化的热衷,江河与其他朦胧诗人有所不同:其他诗人与外国现代派诗歌关联密切,而他却十分推崇中国古代诗人屈原和李白——

> 屈原惊人的想象和求索,震撼、痛苦着每个诗人和读者,一直到今天。李白的自由意志和豪放性格,激动着每个诗人和读者,一直到今天。这是我们应该继承的传统。①

在其表现内容方面,他融会古今,对古老的文化精神和民族文化传统、尤其是上古神话中的文化内涵和精神传统更是十分迷恋,其诗作的内容包含"文化寻根的两个主题:一是对丢失的民族精神和生机的寻找,二是对民族悲剧的思考和对民族劣根性的批判"。② 早期诗作《祖国啊,祖国》和《从这里开

---

① 《青年诗人谈诗》,转引自李新宇:《中国当代诗歌艺术演变史》,浙江大学出版社 2000 年版,第 257 页。

② 李新宇:《中国当代诗歌艺术演变史》,浙江大学出版社 2000 年 4 月版,第 258 页。

始》显示出深沉的叹息和"从这里开始"所引发的文化思考的意向。这两首诗选取的是现实题材,却不同程度地包含着历史和文化的内涵,并因此表现出与同时期诗作迥然不同的创作个性,"从对民族历史悲剧的思考出发,他走向了历史悲剧之源的追问,从危机出发,他又走向了民族文化传统的追寻。"①江河走向历史不是发思古之幽情,他与同时代诗人一样,甚至较之同时代的诗人有着更为热烈的现实情思,有着更为强烈的时代责任感和历史使命感,这使他的诗歌与当时的政治抒情诗有些接近。

在艺术手法上,江河以奇特的想象和大胆的夸张塑造了抒情主人公形象,在富有激情的追问和追寻中表现出强烈的浪漫主义精神。他说"我会永远选择这么一个时候/在潮汐和空旷中/把我的声音压得低低的低低的/压进深深的矿藏和胸膛/呼应着另一片大陆的黑人的歌曲/用低沉的喉咙灼热地歌唱祖国"。声音虽然低沉,浓烈的情感却借助于浪漫主义的艺术想象得到淋漓尽致地抒写:

> 在我民族温柔的性格里
> 在纯朴、酿造以及酒后的痛苦之间
> 我看到大片大片的羊群和马
> 越过栅栏,向草原移动
> 出汗的牛皮、犁耙
> 和我的老树一样粗糙的手掌之间
> 土地变得柔软,感情也变得坚硬
> 只要有群山、平原、海洋
> 我的身体就永远雄壮、优美
> 像一棵又一棵树一片又一片涛声
> 从血管似的道路上河流中
> 滚滚而来——我的队伍辽阔无边
> 只要有深渊、黑暗和天空
> 我的思想就会痛苦地升起,飘扬在山巅
> 只要有蕴藏,有太阳
> 我的心怎能不跳出,走遍祖国

---

① 李新宇:《中国当代诗歌艺术演变史》,浙江大学出版社 2000 年版,第 258 页。

　　江河在与朦胧诗人们一道走了一段路程后就分道扬镳,其诗歌创作也离开现实沿着文化寻根的路向走进更为遥远的历史、更加深邃的太古文化。他用四年时间创作了民族文化史诗《太阳和它的反光》。这首长诗分《开天》、《补天》、《结缘》、《追日》、《填海》、《射日》、《刑天》、《斫木》、《移山》、《燧木》、《息壤》、《水祭》等十二章,诗中所写均为流传甚久、已经成为民族文化符号的神话和传说。虽然诗人还保持着他的诗学热情,但他走得太远了,太累了,历史和时间、空间和理性将他的诗情消耗得太多太多。虽然诗句还是那样坚硬,如"热力不得破坏。荒凉不得蔓延",还是那样用繁复凝重的诗句表现复杂的情绪,给人以波澜壮阔、雄浑深厚的感觉,如"弓的神力悄然放松赋予花的开落/箭如别针闪闪布散于女人的头发/太阳吹奏号角像武士巡视蓝天/废墟披开残缺的书卷肃穆地陈在大地"之类,但从整体上看,失去了激情和理想,缺乏热力和浪花,而浪漫主义特点也因凝重和繁复而色彩大减。

　　也许由于海外出生的经历及其文化背景的缘故,出生于瑞士伯尔尼的杨炼对于民族文化有着深深的感情。作为一个自觉地通过诗歌对民族文化进行反思的诗人,他认为:

> 　　诗是这样的空间:它包含思想,但对于仅仅以思辨传达思想,它说——不! 它充满感性,但对于把感觉罗列成平面的感性,它说——不! 它是现实的,可如果只把这理解为宣泄某种社会意识或情绪,它说——不! 它是历史的,可假如昨天只意味着传奇故事,它说——不! 它是文化的,但古代文明的辉煌结论倘若只被加以新的图解和演绎,它说——不! 它体现着自身的时间意识,但对日常的顺序和过程,它说——不! 它具备坚实的结构,但对于任何形式的因果链,它说——不!

他认为,诗人应该以他"所属的文化传统为纵轴",以他"所处的时代的人类文明(哲学、文学、艺术、宗教)为横轴","不断以自己所处时代中人类文明的最新成就'反观'自己的传统"。[①] 从 1981 年的《自白——给圆明园废墟》开始,他就致力于民族悲剧的文化反思,其后,创作了《大雁塔》、《半坡》、《敦煌》、《西藏》、《人与火》、《易经、你及其他》等诗篇。这些诗篇具有浓郁的浪

---

　　① 《青年诗人谈诗》,转引自李新宇:《中国当代诗歌艺术演变史》,浙江大学出版社 2000 年版,第 256 页。

漫主义特点。

　　杨炼善于选择那些充分体现民族文化和苦难历史的实体如圆明园废墟、半坡遗址、大雁塔、敦煌壁画等作为抒情对象,以方便于对民族苦难及其历史文化进行透视。且以《大雁塔》为例。诗人赋予大雁塔以生命意识,借助于大雁塔的自述回顾千年来中华民族的悲壮历史和悲剧命运,在弘扬民族奋进精神、反思大唐帝国衰落悲剧的同时,深情地追问民族灾难和悲剧命运的历史和文化根源,"我被固定在这里/山峰似的一动不动/墓碑似的一动不动/记录下民族的痛苦和生命"。长诗的主体部分以抒情的笔墨写大雁塔辉煌的诞生及诞生后曾有的辉煌岁月,"在那青春的日子,我曾俯瞰世界/紫色的葡萄,像夜晚,从西方飘来/垂落在喧闹的大街上,每滴汁液是一颗星/嵌进铜镜,辉映出我的面容/我的心像黎明时开放的大地和海洋/驼铃、壁画似的帆从我身边出发/到遥远的地方,叩响金碧似的太阳"。大唐帝国是大雁塔的骄傲,也是中华民族的自豪;然而这辉煌的岁月没有持续多久,统治者的骄侈淫逸引发了战乱,导致灾难和悲剧——

> 硝烟和火从封闭的庄园里燃起
> 从北方,那苍茫无边的群山与平原之间
> 响起了马蹄,厮杀和哭
> 纷乱的旗帜在我周围变幻、像云朵
> 像一片片在逃难中破碎的衣裳
> 我看到黄河急急忙忙地奔走
> 被月光铺成一道银白色的挽联
> 哀悼着历史,哀悼着沉默
> 而我所熟悉的街道、人群、喧闹哪儿去了呢
> 我所思念的七叶树、新鲜的青草
> 和桥下潺潺的溪水哪儿去了呢
> 只有卖花老汉流出的血凝固在我的灵魂里
> 只有烧焦的房屋、瓦砾堆、废墟
> 在弥漫的风沙中渐渐沉没
> 变成梦、变成荒原

《痛苦》一节写战争给人民带来的灾难、悲剧以及诗人对于灾难和悲剧原因的深刻剖析,对于封建专制主义及其统治者剥削劳动群众、压制劳动人民的

罪恶行径进行揭露和抨击,"我的动作被剥夺了/我的声音被剥夺了/浓重的乌云,从天空落下/写满一道道不容反抗的旨意/写满代替思考的许诺、空空洞洞的/希望,当死亡走过时,捐税般/勒索着明天/我的命运呵,你哭泣吧!你流血吧/我像一个人那样站立着/却不能像一个人那样生活/连影子都不属于自己"。

诗人的反思是深刻的,也是理性辩证的,在倾诉民族悲剧的同时不忘表现民族英勇抗争的精神,既有对民族英勇抗争精神的张扬,也有对失败后麻木的哀痛——说明抗争的失败在于民族的麻木愚昧,显示出诗人文化启蒙主义的立场。民族历史是灾难史、衰落史、屈辱史,深沉的反思使人"感到羞愧",感到郁闷、焦躁和战栗;但诗人是一个浪漫主义者,理想主义者,对民族的未来充满激情和热望,诗的最后发出热切的呼唤:

> 就让这渴望、折磨和梦想变成力量吧
> 像积聚着急流的冰层,在太阳下
> 投射出奔放的热情
> 我像一个人那样站在这里,一个
> 经历过无数痛苦、死亡而依然倔强挺立的人
> 粗壮的肩膀、昂起的头颅
> 就让我最终把这铸造恶梦的牢笼摧毁吧
> 把历史的阴影、战斗者的姿态
> 像夜晚和黎明那样连在一起
> 像一分钟一分钟增长的树木、绿荫、森林
> 我的青春将这样重新发芽
> 我的兄弟们呵,让代表死亡的沉默永久消失吧
> 像覆盖大地的雪——我的歌声
> 将和排成"人"字的大雁并肩飞回
> 和所有的人一起,走向光明
>
> 我将托起孩子们
> 高高地、高高地、在太阳上微笑……

杨炼与江河一样,80 年代初期的诗作热情奔放,充满浪漫主义理想和激情;但他在《诺日朗》之后,其创作文化史诗的品格还在,还是那样富于想象

和联想,文化内涵也更加丰富深沉,如《黄金树》中仍然有"我的奔放像大群刚刚成年的壮鹿/欲望像三月/聚孕起骚动的力量"这样自由奔放的诗句,塑造了充满健康欲望和创造精神的"高大、雄壮"的黄金树这一男神形象,但与《大雁塔》等早期的诗作相比,有些浮泛和空洞,缺少激情和理想。他在历史的隧道里苦心经营,为挖掘民族文化内涵罄尽智慧和理性,他达到了对民族文化传统深入反思的目的,但诗歌的浪漫主义精神却受到很大影响。

当然不只是杨炼、江河浪漫主义诗情"式微",也是朦胧诗浪漫主义诗情的"式微"——1983年前后,朦胧诗人开始出现分化,诗人们顺着各自审美追求的射线发展,越走其间的距离越扩大,而初登诗坛时曾经有过的创造激情和审美理想也伴随着社会使命感的消歇而逐渐消失,朦胧诗的浪漫主义色彩逐渐淡化,逐渐散去。从某种程度上说,江河、杨炼浪漫主义诗情式微前后,包括政治抒情诗在内的整个诗坛、乃至整个文坛都伴随着西方现代人文思潮的冲击,伴随着主体个性意识的增强,伴随着现代派文学的"侵袭"而缺少了时代激情,缺少了理想精神,浪漫主义呈现出整体暗淡的趋势。

第十章　从争取爱情位置到燃烧生命激情

——转型时期爱情浪漫主义文学的逻辑推进

　　无论事实上还是逻辑上,爱情与浪漫主义的关系都极为密切,以至于从通俗的意义上讲,浪漫主义就是爱情故事。人们常将爱情说成是"浪漫",恋爱生活是浪漫的生活,追求爱情是浪漫情调,老年人的"黄昏恋"是老年的浪漫……这些说法虽然缺少学理性,却透露出二者之间的密切关系。大概地说,生活本身是琐屑和灰色的,平淡无奇,索然无趣,只有爱情才是充满激情、富有诗意、新鲜刺激的。爱情中的男女在情感力量的作用下常常逾越轨道,尽情地释放生命能量,其生活充满激情和活力、刺激和色彩。爱情是沙漠里的绿洲,具有无限的魅力。爱情多发生在青年人身上,他们充满生机和朝气,情感易于冲动,有时感情过剩冲破理智的栅栏,做出匪夷所思或富有传奇色彩、浪漫刺激的事情。爱是不需要理由的,爱的力量是难以想象的。爱情的这些特性为作家的浪漫写作提供了坚实的基础,创造了广阔无垠的空间,作家据此创造出魅力无穷的浪漫故事:一见钟情,仇家相恋,忘年恋,黄昏恋,三角恋,跨国恋,生死恋……爱情是浪漫主义文学的"基础设施"。固不能说没有爱情就没有浪漫主义,但考察浪漫主义却离不开爱情视域。本章拟就转型时期爱情小说的发展演进做些浪漫主义阐释。

一、"爱情的位置":主体意识的觉醒
与爱情浪漫主义创作

　　任何时代的文学都写爱情,宽泛意义上说,都包含"浪漫主义"质素;但并不是所有的爱情书写都表现出浪漫主义特点。所谓爱情浪漫主义是相对于 50 至 70 年代的爱情文学而言的,是就作家爱情书写的特质及其意向而言的。爱情,只有在被诗意化、表现为人生的理想范式、体现了人生的温馨与

美好的时候,其书写才表现出浪漫主义特色;而这样的书写又大都相伴着情感的强烈性、情调的温馨性、故事的传奇性、人生范式的理想性等特征,因而具有浓郁的浪漫特色。在中国文学史上,爱情是古老的题材,爱情书写历久弥新,但古代中国文学常常遭受封建礼教及其思想意识的束缚,即使爱情书写也要受到严格的规范和限制,即使表现反封建题材的爱情故事,也因为各种规范限制而缺少"浪漫"的内容。当代中国文学的爱情书写,如闻捷的诗歌,如前30年的小说,爱情书写挣脱了封建礼教及其思想束缚却又受制于爱情以外的内容,如劳动,如纪律,如表现革命理想和阶级观念等,复因限制人性、忽视个性、反对自由主义、强调集体主义,爱情中的人物成为有阶级属性、无个性追求和生命激情的符号,为什么爱、怎样爱、爱什么、爱的结果、爱的过程,都受制于一定的观念规范和操作程序。其结果,恋人的生命活力消失,感情被冲淡,手脚受束缚,他们连手都不敢拉,谈情说爱要符合革命原则,爱人相处要说革命情话——像某首诗歌所写的那样"同志,我们的口号是坚持;战友,我们的誓言是胜利!"如此——恋爱在各种各样的规范和限制当中进行,书写也要接受各种各样的规范和限制,哪里还有浪漫可言?作品塑造的人物缺少血肉,缺少生命意识,没有自我意识,没有张扬的个性,主体意识缺乏,只能按照规定的动作行事,哪里还谈得上浪漫?而这也从反面说明,浪漫的爱情故事,只能建立在主体意识觉醒的基础上,建立在个体生命意识自觉的基础上。也就是说,首先要有主体意识、自我意识,然后才有真正意义上的爱情故事,才有爱情浪漫主义。

转型时期爱情浪漫主义文学无疑是与主体意识觉醒密切相关的。

但这只是问题的一个方面。问题的另一方面是:爱情是生命中最具有活力的内容,它往往等不到主体意识觉醒就率先冲出束缚而显示出它的存在,而且在主体意识觉醒的过程中,它也常常起着开路先锋的作用,以其强烈的生命力量催促主体意识的自觉。爱情如此,与之相关的爱情书写也是如此。文学的情感属性和审美要求决定了爱情书写的超前性。因此我们看到,在自我意识还处在浓重的雾霭包围之中的时候,标志爱情意识觉醒的作品便破茧而出——我说的是刘心武的《爱情的位置》。

《爱情的位置》是转型时期第一次正面描写爱情、深入探讨爱情在革命者生活和事业中位置的作品。作品写了三个女性对爱情的态度。亚梅是在愚民文化环境中成长起来的青年,她不知道爱情的"位置",缺乏健康的爱情追求,把"搞对象"与物质条件联系起来,而说到"搞对象",首先想到的是大立柜、照相机、写字台等物质条件,对于"你爱他吗?"这样重要的问题,她感到可笑,认为爱情是虚幻的东西,只有大立柜、照相机才是真实的。愚民文化导致爱情的缺席,没有爱情,其人生也就毫无浪漫可言。亚梅是作为没有爱情观念的人物出现的;与她相对照的是孟小羽,她也是在愚民文化的环境里成长起来的青年,但她不甘于愚昧,有健康的爱情追求,执著地探讨"爱情位置"这样形而上的问题。受时代的影响和限制,她的追求添加了过多的革命性和政治性内容,其追求也缺少足够的诗意,但在那个时代也称得上浪漫——她在国营单位工作,有好的个人条件,有上大学这样辉煌的前程,却爱上一个家有瘫痪的母亲、在没有发展前景的集体单位卖烧饼的青年!"一朵鲜花插到了面团上"——如此怪异的选择,在那个年代岂不是"浪漫"?最具有浪漫性的还是冯姨。她和她的丈夫在革命斗争生活中相识相爱,结婚不久他们分开,后来丈夫英勇牺牲。她把对丈夫的爱情珍藏在心里,常常给丈夫写信,把革命形势的发展、工作中的困难、斗争的甘苦……告诉他,三十多年如一日。其爱情可谓"强烈、坚贞、执著,喷溢着永无穷尽的向上之力和奋斗之光……"。冯姨的爱情及由此所表现的爱情观带有五六十年代革命理想主义的特点,属于革命理想主义与柏拉图精神恋爱的结合,是可敬的,也是浪漫的——可悲的浪漫!

《爱情的位置》探讨的是"位置"问题,现在看来,作品的浪漫色彩远不浓厚。但孟小羽"你爱他吗?"的追问和"位置"的确定,却是那个时代醒过来的人的声音;算不上响亮尖利,却唤醒了蒙昧时代国人的情爱意识,此后张抗抗的《爱的权利》、徐乃健的《因为我是三十岁的姑娘》也从不同的角度表达人们对于爱情的渴求,通过人生和爱情悲剧的书写争取爱情的权利,由此引发了转型时期爱情浪漫主义的诗意描写。作家们大踏步进入爱情这块荒芜多年的沃土,奋力耕耘和开掘,文学创作的爱情之花璀璨夺目,转型时期文学也因此而浪漫,富有诗意。

二、"墓场鲜花":苦难的爱情浪漫主义凄美动人

在繁花似锦的爱情浪漫主义文学园地,有一簇爱情之花开在寒风凛冽的苦难岁月,尤其凄美动人。这就是社会转型初期某些右派作家或者准右派作家(包括虽然不是右派,但在新中国成立后某些政治运动中遭受打击,有过苦难生活经历的作家,也包括在"文革"灾难中受过种种迫害的作家)笔下的爱情书写,我们称之为凄美的爱情浪漫主义。

"凄美"源于作家坎坷的生活经历和审美追求。1957年的反右斗争将众

多有才华的作家打成右派，他们被剥夺了政治和创作等权利，赶到最贫困、最落后的地方，甚至劳改农场和监狱，经历了一段苦难的生活历程。"文革"结束后他们得到平反昭雪，重返文坛，成为社会转型初期文坛上最具实力的作家群体。特殊的生活和情感经历使他们的创作一开始就显示出与众不同的特色：在那个控诉"文革"灾难、反思极左路线危害的时代文学背景下，他们结合自己的经历创作了"苦难文学"。也许是基于真切的生活经历和思想感受，也许是政治文化和革命理想主义教育的强大作用，当然还有革命文学及其理论的熏陶以及时代局限、思想解放不够彻底等原因，他们在尽情地描写苦难、写悲剧、写刻骨铭心的心灵伤痕的同时，却又或强或弱地表现爱情的温馨——是真实的生活经历还是自觉的创作追求？说不清楚。我们所能看到的是，他们不愿让苦难的情绪影响读者，就在作品中穿插爱情线索，让苦难的主人公身边有知音佳丽相伴相随。生活环境是恶劣的，知音佳丽是美丽痴情的，爱情也是坚贞不渝的，由此形成反差极大的对比，更衬托出爱情的纯洁高尚，也更见浪漫主义的特色突出诱人。

最早表现出这一内容特点的是萧平的《墓场与鲜花》。作品发表于1978年1月，还带着"文革"的阴影，但浪漫主义爱情故事却清晰可见。主人公陈坚因在"文革"中流露出对江青的不满情绪而被派系斗争的对立面抓住把柄，打成"现行反革命"，发配到黄河边的荒滩农场进行劳动改造。他的恋人朱少琳——一个身材修长、光彩照人、热情温和的姑娘不仅没有与之断绝关系，反而在毕业分配时放弃大好前程、克服重重困难、顶住各种压力来到落难的陈坚身边与之结婚。

> 在滚滚东流的黄河边上，一望无际的旷野中，一座孤零零的牛棚里，一对在大风大浪中颠簸的青年人，举行了一个虽然是最简单的但却是永生难忘的婚礼。

这是多么生动感人的爱情故事！他们坚信："我们是在墓场举行婚礼，但是鲜花就在我们的前边。"墓场与鲜花，这富有传奇色彩的结合，不可思议，却又浪漫动人。

这是一个古老的故事模式。中国古代文学就有很多才子落难、痴情佳人相伴的书写；外国市民文学的书写格式不尽相同，但故事的框架相差无几。世代相因，说明这一模式具有顽强的生命力、包容性和审美意识的恒定性，或者说知识分子的历史处境和情感依存的恒定性，作家艺术思维方式的恒定性。随着爱情位置的确定,"墓场—鲜花"模式纷纷出现,张斌的《青春插曲》写勤奋好学的知识青年志刚被戴上"白专道路"、"崇洋媚外"的帽子,遭受到不公正的待遇,心地善良、性格温柔的蓓蓓姑娘顶住各种压力、排除各种干扰爱上志刚,伴他走过艰难岁月。李惠薪的《老处女》写苏甫满怀为祖国建设献身的崇高理想放弃海外优裕的生活待遇回国,在 1957 年的政治风暴中被打入"另册",发配到大西北偏远的乡村,与同样受到不公正待遇、才华出众的美女盛小妍相识相爱,共同走过一段人生路程。刘绍棠写右派分子被遣返回家,古运河边上的纯朴少女给他许多温爱和慰藉。张贤亮更是多次创造性地运用这一模式,《灵与肉》写许灵均被打成右派流放到农场,娶了善良的李秀芝,他们相濡以沫,走过艰难的人生路程;《绿化树》写章永璘在农场改造,饥饿难耐,遇到马缨花,给他很多呵护和温情;……才子落难的具体情境不同,受到的打击、遭受的磨难不同,遇到的佳人不同,故事负载的内容也因人而异,但故事所表现出来的浪漫主义特点却大同小异。其浪漫主义特色,一是故事的传奇性,落难的主人公遭受沉重打击,处境艰难,心灵破碎,逆境中遇到美丽的女性知音,演绎出一段生动感人的爱情故事;主人公的物质生活艰难困苦,但精神生活却充实温馨,他们的"艳遇"、"艳福"为故事增添了传奇和浪漫。二是故事的理想主义色彩,作品中的女性是那么美丽,那么善良多情,理解男主人公的心情,同情他的遭遇,关心他的安危,支持他的事业,心甘情愿地为他献出青春,为他做出牺牲。她们是滚滚红尘中苦寻不得的知音,也是漫漫人生旅途上忠实的伴侣,是美丽的天使,理想的化身,也是救治心灵伤痕的观音。三是积极向上的情绪,体现作家创作意图的主人公身陷社会底层,遭受苦难生活煎熬,却始终保持坚定的理想信念和积极向上的人生态度,而开朗、自信、单纯、乐观的女性知音的出现,更冲淡了苦难悲观的书写,或者说她们的青春朝气、美丽善良,改变了故事的基调,套用冰心的话说就是:爱情在左,佳人在右,走在苦难人生路的两旁。随时撒种,随时开花,将那一段逆境长途,点缀得香花烂漫,使备受身心煎熬的行人,踏着荆棘,不觉痛苦;有泪可落,并不悲凉;黑暗中独行,却不觉寂寞。

《天云山传奇》比较典型地表现了这类作品的浪漫主义特色。

作品题目是"传奇",多少透露出作家的艺术追求。其"传奇"性大体表现在三个方面。一是天云山特区综合开发队政委罗群被打成右派,生活艰难困苦,始终不忘天云山区的建设事业,十几年时间省吃俭用,花钱购买了大批书籍,以顽强的毅力撰写了《论天云山区的改造与建设》、《过去、现在和未来》等多部著作,勾画了天云山建设规划蓝图,是为人物传奇;二是情节结构,以为罗群平反昭雪为纽带,把罗群、宋薇、冯晴岚、周瑜贞和吴遥等人的关系串连起来,悲欢离合,错综复杂,隐显疏密,张弛结合,使故事情节曲折多变,富有悬念,是为情节结构具有传奇性;三是罗群虽为右派,处境窘迫,却在不同时间与宋薇、冯晴岚、周瑜贞三个女性有过爱情纠葛,每一个爱情故事都带有传奇色彩,是为爱情故事传奇。而所谓"传奇",其实也带有浪漫的意思。

　　具体说来,作品的浪漫主义色彩主要表现在如下两个方面。一是浪漫的爱情故事。罗群与宋薇的爱情故事发生在新中国成立初期,在那个阳光明丽、欢歌笑语的时代,他们正值青春年华,朝气蓬勃,怀着建设天云山的革命理想走在一起。罗群有火一般的热情,生龙活虎的性格,大刀阔斧的工作作风;宋薇是一个美丽、活泼、单纯的少女,爱笑、爱唱、爱跳。他们在明朗欢快的时代氛围中产生了爱情,绿茸茸的草地,哗哗的流水,芬芳的空气,温暖的春风,悠扬的笛声相伴着他们,他们憧憬着美好的明天,幸福欢快地工作、生活,由此演绎出欢快乐观的爱情浪漫主义。罗群与冯晴岚的爱情出现在1957年反右斗争之后。罗群因为坦诚正直,坚持和捍卫真理而被罗织罪名,打成右派,宋薇因为幼稚、虚荣、不明真相,在"组织"的威逼之下离开了罗群。罗群被开除公职,发配到山区生产队接受监督改造,身患重病,独居斗室,昏睡在薄薄的行军被里,处境极其凄凉。在这危难之际,一个美丽的女性——冯晴岚来到身边,与宋薇相比,冯晴岚温柔、善良、沉静,具有淡雅高洁的天然风韵。她借来平板车,独自一人踩着厚厚的积雪,迎着刺骨的寒风,拉着罗群回到自己的住处,照料他的生活起居,恢复他的健康,帮助他调查研究,撰写关于天云山的改造与建设规划。冯晴岚是可敬的,为了爱情主动背起一个沉重的十字架,"把自己的一生绑在一个'屡教不改'的被开除公职的右派分子和反革命身上",她为自己的追求付出了生命的代价——在罗群即将平反昭雪走出困境的时候,她因病重不治而逝。与宋薇的故事相比,他们的爱情相伴着苦难、贫困、寒冷和磨难,凄美苦涩然而又不乏浪漫——对读者来说尤其如此。罗群与周瑜贞相爱是在冯晴岚去世前后,也是在罗群的冤假错案平反昭雪前后。周瑜贞是新时代的青年,她有思想和理想,有正义感,敢爱敢恨,仗义执言,热情爽快,充满青春的朝气和活力。她也像宋薇、冯晴岚那样为罗群坚定的政治信念、高尚的精神境界和人格魅力所倾倒,对于罗群所遭受的不公正的命运愤愤不平。她同情罗群的遭遇,敬佩罗群的才华,为改变罗群的命运而四处奔走,并且在此过程中爱上了罗群。论年龄,她是晚辈,但她有她的标准和追求。作品虽然没有明确她和罗群的爱情,但结尾却暗示他们将走在一起——按照世俗的理解这是一个光明的尾巴,属于败笔;但事实似乎并非如此,作者硬是没有让宋薇与罗群破镜重圆,已经提示我们不能按照俗常的标准去理解,而根据周瑜贞的性格推论,这实际上是一个合乎情理的浪漫结局。这是带有新时代特点的爱情故事——新奇而浪漫。

作品的浪漫主义还表现为浓郁的抒情性。浪漫主义是主观主义,是情感主义,往往表现为抒情性特征。《天云山传奇》具有强烈的抒情性和感染力。其感染力表现在人物命运上,罗群的遭遇、冯晴岚的悲剧以及宋薇那曲折的情感历程,都生动感人,令人潸然泪下;但在此我们看重的是艺术表现——第一人称的叙述方法。作品主要写罗群与三个女性的情感纠葛,罗群是作品的主要人物,也是三个女性所爱恋敬仰的人物,以她们的口吻回忆或者叙述罗群的坎坷人生,诉说与罗群的情感经历,原本就是亲切动人的艺术选择,而述说的内容,是发自内心的感受,是最深切的情感。这是三个多情女性的心灵倾诉,情真意切,感人至深。宋薇与罗群的感情纠葛最为曲折,她曾经深深地爱过罗群,在短暂而美好的罗曼蒂克之后,因为政治幼稚、爱慕虚荣而痛苦地与罗群分手,在与不相爱的人生活了十几年之后才发现,当初的舍弃是多么愚蠢! 选择的是政治骗子,而舍弃的却是忠实党的事业、坚持真理、政治和人格等方面都高尚纯洁的人! 回首往事,她是多么懊悔! 又有多少话要说? 因此作品一开始就说:"心灵上的琴弦,一旦被拨动了,就难以停止它的颤动。"这为全文定下了抒情基调。随后,宋薇陷入深情的倾诉之中。她敞开心扉,娓娓动情,倾诉了一段欢快凄美的爱情故事。冯晴岚在罗群最困难的时候带着深深的爱走来,陪伴着罗群走过凄风苦雨,又在即将看到黎明曙光的时候因病去世。她理解罗群,疼爱罗群,关心他,支持他,情愿为他献出一切。他们是患难夫妻。在即将离开人世的时候,她看到罗群迟迟不能平反昭雪,死不瞑目,只好给过去的好友、现在掌管罗群一案的宋薇写信,诉说衷情。她对过去生活的深情回忆、动情诉说主要是通过给宋薇的信表达的。写信原本就是诉说衷肠的方式,而她们的经历又是那样酸辛,她对罗群的爱情那样真挚深沉,因而她的信情真意切,字字血泪,感人肺腑,催人泪下。虽然因为情感的宣泄影响了故事情节的展开,并因此减弱了他们爱情生活的曲折浪漫,但他们的爱情、他们艰辛而幸福、贫困而充实的生活还是通过深情的倾诉而得到诗意的表现。她高尚的人格境界、牺牲精神、她的温情、她那带有革命浪漫主义色彩的爱情追求,也伴随着她的叙述得到些许表现：

> 什么才是真正的人生？难道追求一个浅薄的庸俗的生活方
> 式，追随一个你并不爱的权贵，取得某种物质上和虚荣心的满足，
> 就叫做幸福？事实上，我对自己所选择的路，从来没有后悔过，即
> 使我今天离开人世，我也骄傲地宣告：我是真正幸福的，是对得起
> 养育我的人民和这个世界的。即使用一个较高的标准来要求，我
> 也不感到惭愧，因为我在我的能力范围内，完成了我应该完成
> 的事。

这话放在一般场合会让人觉得唱高调，但在作品所营造的语言环境中出现，在冯晴岚即将离开人世的特定情境中道出，却显得生动感人。比较起来，周瑜贞的叙述情感色彩较为淡薄，因为她对于罗群还缺乏足够的了解，关系刚刚开始，远没有宋薇、冯晴岚那样深厚，她的叙述主要是对他的不公平的待遇表示强烈的政治愤慨，对罗群的感情也只限于敬佩。她在作品中不是重要角色，关于她的文字也少，因而没有影响整部作品的抒情性。

　　荒凉苦难的社会废墟上有鲜花装饰点缀，是社会历史或现实生活的真实书写，也是浪漫主义的艺术想象；由此形成凄凉艳美的浪漫主义文学，是对过去浪漫主义的突破创新，也是因袭恪守。五六十年代流行革命浪漫主义，权威的理论家周扬将理想主义和乐观主义视做浪漫主义的重要内容，要求作家在困难的时候看到光明，以积极乐观的态度对待暂时的困难；而非革命理论家也曾经指出：现实主义作家写已经发生过的事实，浪漫主义作家写将要发生的事实。"将要发生的事实"虽然不一定就是光明乐观的，但对于身处逆境的人来说，却包含着理想和希望，包含着以积极向上、昂扬奋发的情绪对待困难等内容。这种理解或许有些偏颇，但社会转型初期的爱情浪漫主义作家正是基于这一认识不断地创造爱情的神话或曰寓言，以至于浪漫的爱情故事批量地出现，构成转型时期浪漫主义文学一道亮丽的风景。

三、"第三者插足"：爱情对婚姻道德的挑战

　　苦难中的爱情浪漫主义书写建立在"历史废墟"上，是作家们"离开"历史困境后怀着眷恋的情思回顾那段历史而创造的浪漫主义爱情奇葩。也有很多作家立足现实，表现改革开放年代主体意识觉醒后，人们对于爱情的要

求和追求,表现爱情的"位置"确定后,人们在追求爱情过程中的各种表现,个性主义的爱情浪漫主义应运而生。

概括地说,浪漫爱情主要有两种情况。第一种情况出现在"改革文学"作品中,如蒋子龙的《乔厂长上任记》、李国文的《花园街五号》、柯云路的《新星》、张健行的《折射的信息》、张贤亮的《男人的风格》等。对这些作品中的爱情书写可以从很多方面解读,但我们看重的是它们与上述右派或准右派作家笔下的爱情浪漫主义书写相近似的那些地方。经济体制改革是一场深刻的革命,动摇了人们传统的思想观念、生产和生活方式、家庭伦理道德、经济利益等问题,并且因此而遭到来自社会各方面的干扰阻止,形成尖锐激烈的矛盾斗争,甚至流血牺牲。改革者为了推动改革事业发展要在尖锐复杂的矛盾斗争中冲锋陷阵,面临来自各方面的压力,常常是四面楚歌,举步维艰。作家们为了塑造改革英雄,推进改革事业的发展,让读者对伟大的改革事业充满信心,往往在改革英雄身边安排知音佳丽,鼓舞改革英雄的斗志,温藉社会改革英雄,就像在身处逆境、命运悲惨的右派身边安排知音佳丽那样。这些知音佳丽坚定地站在改革英雄们身边,无论改革英雄遭遇多大困难都矢志不移,甚至越是困难逆境越是忠贞不渝。知音佳丽们的年龄、性格不同,但大都具有漂亮开朗、气质高雅、贤惠多情、善解人意、胸怀宽广等美德。她们是改革英雄的崇拜者和追求者,有的成为改革英雄的贤内助。而改革英雄大都有复杂的家庭情况,有恋人或者家室,这些知音佳丽的存在演出的是颇具浪漫主义色彩的爱情故事,乔光朴与童贞、刘钊与吕莎莎、李向南与林虹和顾小莉、白天明与叶倩茹和袁静雅……他们演出的爱情故事各不相同,其浪漫主义构成却相差无几。主要有:一是改革英雄身上所表现出来的英雄主义,二是知音佳丽们如天使般的多情美丽——"唯美主义";三是对改革事业的讴歌和改革前景的憧憬——理想主义;四是曲折浪漫的爱情故事——带有传奇色彩。

"改革文学"中的爱情浪漫主义主要写改革,爱情算是副线配搭。下面我们来看第二种情况,即以婚姻爱情为主要内容的浪漫主义书写。有些作品反映未婚青年男女的情与爱,虽然也有浪漫描写,但并没有激起太大的浪漫主义波澜;这里所说的是已经结婚成家、有过多年婚姻生活的男女,随着主体意识的觉醒也开始渴望和追求爱情。他们的追求,无论主动还是被动,都要遭遇巨大的困难和阻力,因而不可避免地泛起浪漫主义的水花。

中国文化传统重礼教、轻人性、存天理、灭人欲。受此影响和制约,国人的恋爱婚姻多属悲剧。即使在现代社会文化环境中,封建的婚姻观念、习俗也阴魂不散,阶级立场、政治表现替代了传统的父母之命、门当户对,爱情与婚姻继续分离,无爱婚姻悲剧蔓延,畸形婚姻增多。婚姻没有爱情基础,相爱的人不能结婚,尤其是十年"文革",既剥夺了爱情选择的权利,也剥蚀了自然生命内容,谈情说爱被视为资产阶级低级趣味受到批判,爱情失去正当位置。转型时期以降,随着主体意识的觉醒,被泯灭的爱情意识开始复苏,谈情说爱成为正当的要求和追求,就连已婚男女也重新审视自己的婚姻组合,试图挣脱无爱婚姻的羁绊,追求爱情,争取爱的权利。他们的要求和追求是合乎情理的,然而却导致原有婚姻家庭的矛盾和危机,而未婚男女追求的对象也并不全是未婚异姓,不少人对已婚的异性产生了爱情,他们大胆的追求也从另一方面动摇了某些婚姻组合。那是思想大解放的时代,也是个性张扬、爱情意识觉醒的时代,犹如打开了潘多拉的魔盒,放飞了无数丘比特神箭,传统的道德观念、家庭观念、婚姻习俗、伦理规范均遭受沉重打击,失去往日的规范能力。爱河中的男女在强大的爱情力量作用下"自由主义"地、"不守纪律"地、"毫无规则"地放射丘比特箭簇,爱情的天空呈现出紊乱而美丽的景观。失控的爱情追求激发了作家们的浪漫主义想象,他们放开胆量,发挥聪明才智,富有创造性地编织爱情万花筒。其中,最惹人注目的是对无爱婚姻组合的挑战。"第三者插足"成为文学创作的时尚,也是爱情浪漫主义的一个重要内容。因为与未婚男女的爱情相比,"第三者"的爱情挑战更具有浪漫性。

按照雨果的说法,浪漫主义就是自由主义,就是不守纪律的情感主义。雨果的浪漫主义阐释显然是有所指的,比如指向古典主义而强调自由,指向理性主义而强调情感,但文学巨匠的远见卓识却使他的见解超出具体指向而带有普遍意义,对于认识转型时期浪漫主义文学更是难得的理论依据。中国现有的爱情和婚姻积压了太多的问题,获得解放的中国作家试图运用文学这一形式加以清算和清理,于是出现了以"第三者插足"为标本的个性主义的"自由主义"、"不守纪律"的"情感主义"。按照雨果的理论推论,"第三者插足"既是对情感的重视,也是实现爱情理想的自由追求,是自由主义和情感主义联合发动的对无爱婚姻的挑战,或者说两个"主义"共同导演了以"第三者插足"为主要内容的浪漫主义创作。张洁的《爱,是不能忘记的》是第一篇涉及这一内容的作品,女作家钟雨早年离异,年过半百遇到有妻室的老干部而产生爱情,爱得如痴如醉。老干部在战争年代一个特殊情境中与老工人的女儿结婚成家,建立在感恩基础上的婚姻并无爱情可言,在平静地生活了几十年后遇上女作家,陷入爱河。他们的爱是真挚的,也是纯洁的。他们在人生道路上经历了太多的风雨,心灵上承袭了太多的责任和道义的重负,他们没有像未婚青年那样把爱的欲求付诸行动,做出越轨出格的事情。但他们的爱刻骨铭心,他们被相思的痛苦折磨着,极力克制,一生接触不超过 24 小时,甚至连手也没握过! 他们的爱情是自由主义的、情感主义的、情意缠绵的柏拉图式的爱情,因而带有浪漫主义色彩。作品的浪漫还在于他们知道现世已经不能由爱情而婚姻,就把爱珍藏在心底,寄希望于来世,寄希望于天国。这种爱情是虚无缥缈的,然而也是富有理想和浪漫主义色彩的。

张洁是第一个涉笔婚外恋的作家,主人公是有太多负担的中年人,他们深情相爱却没有违反"纪律",没有超越道德防线;但因为涉及的是一个复杂敏感的区域,涉及并触犯了中国婚姻组合的重要方面,涉及并触犯了长期以来导致国人婚姻悲剧的伦理道德等问题,因此引起强烈反响,也因此而引起众多作家的兴趣。不少作家涉足其间,在张洁的基础上深入探讨和开掘,一时之间关于"婚外恋"、"第三者插足"的作品成为文坛一大风景。问题的复杂性让许多作家进退维谷,矛盾无奈。按照马克思主义的说法,没有爱情的婚姻是不道德的;而国人中相当多的婚姻组合缺乏爱情、尊重爱情、改变不道德的婚姻现状会导致众多家庭破裂,伤害许多无辜,造成新的婚姻悲剧,同样是不道德行为。这是一个艰难的选择。有人同情"第三者",认为其追求建立在爱情基础上,合乎情理;有人反对,认为因他的出现而破坏了原有的家庭和谐,伤害了家庭结构中的弱者,是不道德行为;有人痛骂原有家庭的"背叛者",说他是新时代的陈世美;也有人给予同情,认为他原本就是无爱婚姻的牺牲品,追求爱情是觉醒者的行为。受害者是值得同情的,而且也确实得到很多同情,并且因为对受害者的同情而谴责其他人;但也有人认为,受害者固然值得同情,但如继续维持原有的婚姻,则是对别人的伤害……

这实在是无法说清的问题,任何答案都不能让人满意。大多数作家保持清醒的头脑,煞费苦心编写曲折浪漫的爱情故事,调动多种手段描写人物的感情纠葛,最后的结局却是"第三者插足"失败、"婚外恋"受阻。陈可雄、马鸣的《杜鹃啼血》写男主人公在提出离婚之际,读到妻子写给他的含泪啼血的信,唤起道德反省;又读到曾经深爱他的女大学生写给他的劝他回到无罪的妻子身边的信,他的心灵受到震动,怀着忏悔的心情回到妻子身边。刘心武曾经呼唤爱情的位置,此时也加入到关于婚姻与爱情、与伦理道德问题的讨论中,他的《写在不谢的花瓣上》也让男主人公在"婚外情"的诱惑面前止步,拒绝"第三者"的爱情追求,把深切的爱情诗篇写在妻子那永不凋谢的花瓣上。也有的作者"胆大妄为",赞成结束无爱的婚姻悲剧,让第三者插足成功。《爬满青藤的木屋》匠心独运,设置了特殊的婚姻组合,特殊的"第三者":在盘青青与丈夫王木通组成的家庭关系中,丈夫目不识丁,专横跋扈,打妻骂子,是愚蛮专制的家庭暴君,也是极左政治路线的执行者;在其统治下,盘青青愚昧而麻木地苟活,没有爱情,没有欢乐,没有幸福。李幸福是下放到雾界山森林腹地绿毛坑的知识分子,他给盘青青带来文化和文明,带来快乐和幸福,带来精神生活和爱情。在现代文化启蒙的作用下,盘青青那沉睡的人的意识开始苏醒,她追求现代文明,追随李幸福,是告别愚昧走向文明、告别黑暗走向光明、告别性奴隶追求爱情的行为;而李幸福的"插足"成功也就具有了打破愚昧野蛮专制暴力、播撒文明、引导盘青青走向文明幸福、走向健康人生的意义。

国人传统的道德观念、守恒的文化心理负担超常沉重!尽管古华煞费苦心,从家庭生活(沉闷如死水)、婚姻组合(无爱婚姻)、政治倾向(王木通是广受批判的极左路线的忠实执行者)、文化品味(王木通代表愚昧落后的封建传统文化、李幸福是现代文明和文化的代表)等方面为李幸福的"插足"提供了充足的理由,但作品发表后仍然引起强烈反响。尽管原有的婚姻组合没有爱情,给善良的盘青青带来伤害和不幸,但要拆散他们,仍然遭遇激烈反对。

但不打破又怎么办呢?那么多人生活在无爱的婚姻中,遭受无爱婚姻的煎熬,那么多人从蒙昧中醒悟过来,追求有爱情的生活。有的作家写道,有人为挣脱无爱婚姻组合、追求爱情而付出生命的代价!《杜鹃啼血》和《写在不谢的花瓣上》让道德战胜"第三者"、"婚外情",夫妻或许还能像过去那样可以相安无事(但放飞的心灵很难收回,感情的裂痕也不易愈合,夫妻能否相安无事,真难说定),最可悲的是"插足者"。她们的爱情追求不能实现,是否就能心安理得?如果不爱另当别论;如果她们真爱的话,作家不让她们与相爱的人结合,是否公平?这的确是个难题。

陆星儿是个理想主义者。她希望人们过上有爱情的生活,却又不想打破无爱婚姻的组合,于是怀着善良的愿望编织了一个"美的结构"。《美的结构》写中年建筑师郑涛声和年轻美丽而又善良多情的姑娘林楠在共同的事业中建立了爱情,林楠在生活和事业上无微不至地关心郑涛声,为爱情付出很多;郑涛声也深深地爱着林楠,他们是情投意合的一对。后来林楠得知郑涛声是有家室的人,只因妻子不理解他、不支持他的事业夫妻感情才出现危机,她十分痛苦,但很快从痛苦中解脱出来。她不愿意当"第三者",也不认为郑在感情上欺骗了她,还像过去那样关心郑,并以极大的勇气和无比的真诚亲自找郑的妻子,劝说和感化郑妻关心丈夫,让他们和好如初。她自己则从"情场"上悄然退出,继续与他们保持良好的关系。这的确是一个"美的结构",但这个结构只能在理想之中。因为爱情具有排他性,具有私人性。这个结构能否维持暂且不论,作家的浪漫主义想象却是值得赞赏的。

四、"男人的一半是女人":性爱
浪漫主义的诗意书写

中国社会全面开放形成中西文化的大交流、大撞击,西方思想文化的大量涌进形成对于中国传统文化的强大挑战。这一挑战是全方位的,自然包括国人的婚恋观念。尤其是弗洛伊德学说的广泛播布,对中国婚恋心理的震动更为直接和强烈,一向羞于启齿的性问题堂而皇之地提出来,成为中国作家挂在口头上的话题,由此引发作家的书写兴趣;从另一方面看,作家在描写爱情、呼唤爱情的同时也在不断思考:爱情包括哪些内容? 什么是健全的爱情? 国人需要什么样的爱情? 弗洛伊德学说给作家启发,也给作家深入探讨婚恋问题以理论勇气。而主体意识的进一步觉醒启发富有探索精神的作家开始追问人自身问题,因为国人长期处在"存天理、灭人欲"的文化规范之中,性文化封闭,性爱被视为低级趣味而排斥在人性之外,性意识长期处在被压抑状态。现在,伴随着主体意识的觉醒,性爱意识也堂而皇之地提到"议事日程",觉醒的主体不仅要求爱情,而且渴望与之相对应的性爱。林子有诗曰:

> 只要你要,我爱,我就全给,
> 给你——我的灵魂、我的身体。
> 常春藤般柔软的手臂,
> 百合花般纯洁的嘴唇,
> 都在等待着你……
> 爱,膨胀了它的主人的心;
> 温柔的渴望,像海潮寻找着沙滩,
> 要把你淹没……

这是大胆赤裸的性爱宣言,它将一向尘封的私人秘事公开地提出来,虽然因为"胆大妄为"引起某些人的非议,但反映了青年一代真诚的追求和叛逆的个性,同时也揭开了美好的爱情背后隐藏着的正当但一向羞于启齿的生动内容。性问题一旦解禁公开,作为一种历史的逆反心理立刻生成巨大的心理能量影响作家的创作,爱情描写迅速从形而上移到形而下,性问题成为人们关注的热点话题,性爱书写成为时尚,性爱浪漫主义文学相继出现。其中,色彩较为鲜明的是张贤亮和莫言的创作。

其实,早在人们为爱情争取"位置"的时候,就有作家开始从性爱方面思考:爱情是重要的,那么失去爱情会出现什么结果?中国在很长的历史时期拒绝爱情,青年人谈情色变,不懂爱情,由此造成许多苦果和悲剧。出于对"文革"灾难的控诉,也是对于健康爱情的呼唤,张弦创作了《被爱情遗忘的角落》。作品通过存妮和小豹子的人生悲剧强调爱情的重要性,说明忘掉爱情将会造成多么可怕的结果。因为没有健康的爱情观念引导,存妮和小豹子在情欲作用下发生关系,他们夜间偷偷相会,被民兵抓住,在没有爱情的时代角落里,他们的行为被视为伤风败俗的丑恶行为,即使当事人也感到耻辱,存妮不堪忍受其辱投水自尽,小豹子被关进监狱。荒妹在姐姐"丑行"的阴影中长大成人,性格严重扭曲。她爱上了村里的团支部书记,却把爱情视为见不得人的事情,在自我谴责和惶恐中生活。作品意在呼吁社会关心青年的健康成长,帮助他们树立正确的爱情观,于不经意间涉及性的问题,由此引发了激烈争论,却又"欲盖弥彰"般地将其凸显,成为80年代中期性爱描写的先声和前奏。

性爱是爱情的重要组成部分,也是爱情书写的自然深化。张贤亮是苦难岁月爱情浪漫主义的重要作家,此时他沿着"唯物论者启示录"的思路继续深入,讲述苦难的劳改生活,翻新"落难的书生和痴心的佳人"模式,推出《男人的一半是女人》。作品以"性"的失而复得作为故事的主体构成,写政治灾难剥夺了人的社会权利,也剥夺了人的生命的核心内容——性意识、性本能。作品写章永璘偶然邂逅在芦苇荡里洗澡的黄香久,产生了正常人的情欲,但劳改犯身份和文明教育阻止了他的冲动,并因一再压抑而失去性功能。8年后他与黄香久结婚,却不能过正常的夫妻生活,只能痛苦地看着妻子与人私通。作品的大胆出格之处在于性心理和性行为描写。按说,情欲、性心理、性生活属于形而下行为,属于"绝对隐私",一般作品都采取暗示或者省略等办法处理,《男人的一半是女人》不仅堂而皇之地表现,淋漓尽致地展示,而且敞开来讨论,诗情画意般地描绘,富有激情地赞美!

> 这是一片滚烫的沼泽，我在这一片沼泽地里滚爬；这是一座岩浆沸腾的火山，既壮观又使我恐惧；这是一片美丽的鹦鹉螺，它突然从室壁中渗出肉乎乎黏搭搭的触手，有力地缠住我拖向海底；这是一片附着在白珊瑚上的色彩绚丽的海面，它拼命要吸干我身上所有的水分，以致我几乎虚脱；这是沙漠上的海市蜃楼；这是海市蜃楼中的绿洲；这是童话中巨人的花园，这是一个最古老的童话，而最古老的童话又是最新鲜的，最为可望而不可即的……

其淋漓酣畅的书写与富有传奇色彩的爱情故事相结合，使作品穿越形而下表现出浪漫主义特色。

稍后，莫言带着他的《红高粱》走进文坛的中心地带。作品以惊世骇俗的叛逆性而显示出粗野的浪漫主义特色。草莽英雄肆意张扬的豪迈个性、杀人越货、精忠报国的传奇故事、惊心动魄、英勇悲壮的战争场面、淋漓尽致的叙事风格、无边无际的红高粱所形成的红海洋般的生命意象，都炫耀般地表现着作品的浪漫主义色彩。在此我们要说的是爱情浪漫主义描写。封建的婚姻习俗把戴凤莲嫁给财主家患麻风病的儿子为妻，半路上遭到抢劫并被土匪头子余占鳌奸淫。倘在其他作品中，她会哭哭啼啼地演出一幕生活和生命的悲剧，但在莫言笔下，戴凤莲是一个勇敢地反抗封建婚姻习俗和千年礼教观念的女性，一个敢于和命运抗争、义无反顾地决定自己命运的女性，一个敢于对天怒吼奋力争取生活和生命权利的女性：

> 天，你认为我有罪吗？你认为我跟一个麻风病人同枕交颈，生出一窝癞皮烂肉的魔鬼，使这个美丽的世界污秽不堪是对还是错？天，什么叫贞节？什么叫正道？什么是善良？什么是邪恶？你一直没有告诉过我，我只有按照自己的想法去办，我爱幸福，我爱力量，我爱美，我的身体是我的，我为自己做主，我不怕罪，不怕罚，我不怕进你的十八层地狱。

诚如研究者言："这一番自白，简直就是对任何束缚生命本体的贞洁伦理的宣战，简直就是生命自由的宣言。余占鳌和戴凤莲正是在这条反叛的道路上谱写了一曲荡气回肠的生命乐章。"[①]在旺盛的生命力的驱使下，强劲彪悍

---

① 朱寨、张炯：《当代文学新潮》，人民文学出版社 1997 年版，第 338 页。

的余占鳌和潜藏 16 年情欲的戴凤莲"蔑视着人间的道德和堂皇的说教",无所顾忌地在生机勃勃的高粱地里野合。"白昼宣淫",历来都被视为大逆不道的行为,作者不仅以欣赏的笔墨给予淋漓尽致的书写,而且热情赞美,说他们为"高密东北乡丰富多彩的历史上,抹了一道酥红"。在稍后创作的《高粱酒》里又说他们的行为"表现着人的力量和人的自由,生的伟大,爱的光荣"。如此,性和野合不仅具有蔑视礼教的叛逆性,而且被赋予旺盛的生命意象加以肯定,被当做民族性格的强力加以歌颂——对于性的礼赞也就是对民族精神和生命的热情礼赞。张贤亮和莫言的性爱书写虽有诗性和野性的区别,但都因毫不掩饰的性爱礼赞而显示出浪漫主义色彩。

中国是礼仪之邦,这是国人的自豪,也是文化的骄傲。在礼仪文化包围中,性被当做丑陋的东西加以禁止,稍有出格越轨,便被视为"淫书"加以禁锢。受其影响和制约,文学大都循规蹈矩,写性爱也大都发乎于情,而止乎于礼。当代中国文学的爱情书写更是节制得干净,相爱男女的爱情只在精神层面上、政治层面上,不敢有身体接触。闻捷的诗《河边》写"你住在小河那边,我住在小河这边",两个"心意相投"的青年"每天隔河相见",他们用"婉转的歌喉"和"激情的手势"表达"纯真的爱情"。这种情景夸张地写出了那时代相爱男女恋爱的情境:身体保持距离,只有革命感情的交流,没有肌肤的接触,更不要说当下书写中随时可见的脱衣上床。张贤亮、莫言们的创作不仅让恋人大胆地拥抱,忘情地接吻,而且放开笔墨写他们的性爱,肯定甚至歌颂他们的性爱乃至野合!他们撕破了包裹在爱情表层的文明面纱,显露出肉感的内容,实现了爱情书写的"革命"。其中包含着浪漫主义追求和文明进步的内容,值得肯定;但任何事情都有"度"的限制,倘若超出一定的限制,就会走向反面。事实正是如此,90 年代前后,现代主义思潮冲破传统文化防线和理性栅栏,在形成对中国现有文化严重挑战的同时,也成为激进作家的思想理论依据,甚至成为某些作家的生活和写作态度。他们沿着张贤亮、莫言性爱浪漫主义的路向继续前进,公开表示"不谈爱情",否认和无视爱情的神圣性和严肃性,热衷于表现性爱内容,有些描写缺乏必要的社会性和人性内涵,描写失控,导致性描写泛滥。爱情书写也远离浪漫,走向庸俗,走向低级趣味。

但爱情浪漫主义并没有消失,也不可能消失。

五、"丑行或浪漫":世俗大潮冲击下 爱情浪漫主义的命运

90年代文化多元,价值多元,现代主义风狂雨骤大行其道,固有的理想价值也仍然广有市场,纯真的爱情仍然是较为普遍的追求。只不过,随着现代文明进程的加速,爱情已经是普泛性的生活内容,其书写也不像肯定"位置"时代那样新鲜刺激,那样受到作家的重视。作家追求的是时尚,创作带有超前性,现实题材激发不起创作激情和书写想象,与其客观写实流于琐屑无趣不如走向历史,在虚构的历史时空满足创造欲望。因此我们看到,在现实题材的爱情浪漫主义萎顿迷失之后,革命历史题材之中又推出了某些爱情浪漫主义文本,如电视连续剧《激情燃烧的岁月》、《历史的天空》以及《亮剑》等。寻其缘由,书写者在处理这些历史题材的过程中仍然受到五六十年代革命历史观念的影响,受到五六十年代爱情书写的影响,或者说革命战争年代的人生原本就是那般壮丽辉煌,那般悲壮富有诗意,或者说革命战争岁月为作家的浪漫主义书写提供了抒发浪漫主义激情的空间。他们为那时代的人的革命激情所感染,在描写他们爱情的过程中运用了浪漫主义艺术方法。从石光荣和褚琴、姜大牙和东方闻英、李云龙和小田的爱情书写中,我们又感受到久违的以理想主义、英雄主义、革命激情为主要特点的浪漫主义。这是新世纪浪漫主义文学的重要文本,也是新世纪文学的一大亮色,或者说是萎顿的世纪文学的激情燃烧,是浑沌的文学上空令人向往的蓝天,也是嘈杂的文坛上朗响的空谷回音。

不只是历史题材,在世俗文学大潮风起云涌之际,也有作家继续高举浪漫主义旗帜,抗拒市场经济带来的世俗化、低俗化思潮。比如张承志和张炜。张承志主要用散文随笔横扫铜臭熏天的文坛,张炜则继续保持旺盛的创作势头,在长篇小说领域勤奋耕作,不断推出力作。他被研究者视为"道德理想主义作家",概指其创作用理想主义的道德武器批判历史和现实中的非人道行为,显示出齐鲁文化所特有的道德文化内涵。这种分析有足够的事实根据,但并不全面。在我们看来,张炜的创作更突出地表现为强烈的社会政治批判色彩,审视几十年的政治风云变幻及其对社会发展所产生的影响以及政治运动场上各色人等的表现、人性的扭曲和张扬,是张炜创作的总体特色。他所擅长和追求的是寓政治风云于道德批判之中,寓道德表现于政治风云之内。他始终坚守健康的道德观念,对历史和现实进行道德评判,并且在狠狠批判败德主义的同时,不放弃他对理想道德体现者的歌颂。《丑

行或浪漫》保持了他一贯的创作特点，而在浪漫追求方面表现得更为明显和突出。作品的浪漫主要表现在三个方面：一是富有传奇色彩的爱情故事；二是女主人公追求爱情理想的精神；三是理想主义信念。女主人公是一个爱情理想主义者，终其所能都在追求与钟爱的男人结合，为此吃尽苦头，付出沉痛代价。因为她所处的是一个灾难深重的时代，周围的人们被畸形的政治狂热扭曲了人性，她一次次陷入虎口狼窝，又一次次冲出包围，最终如愿以偿。作品的题目是"丑行或浪漫"，浪漫的追求被无边的丑行包围着，注定追求的艰难，要付出代价。但张炜是理想主义者，他没有让主人公毁灭于丑行之中，女主人公历经磨难，最后有情人终成眷属，浪漫爱情有个理想的结局。这不是简单的落入大团圆的俗套，而是表现了张炜坚定的道德理想主义信念。因为他相信：无论丑恶的力量多么强大，终不能吞灭美的追求，正义终究要战胜邪恶，理想终究会实现。这是一篇爱情浪漫主义色彩很强的创作，但在普遍的忽视浪漫主义的批评话语氛围中，研究者对其浪漫主义书写"熟视无睹"，这是浪漫主义的悲哀。

　　《丑行或浪漫》的出现确实值得珍视。它为新世纪文学增添了浪漫主义色彩，就像女主人公是丑行遍地的一道亮丽的风景，这部小说也是世俗文学大潮中一道亮丽的风景。它的存在，寓言般地昭示着商品经济大潮冲击下爱情浪漫主义文学的当下运命：单薄，弱小，却具有顽强的生命和魅力。

第十一章　青春岁月的诗性书写

——转型时期知青小说浪漫主义的纵向考察

"知青"是中国 20 世纪一个特殊的群体,其狭义单指那些生长在城市、有过"上山下乡"经历的群体;知青文学则是拥有上述经历的作家创作的反映知青生活遭遇和思想情感历程的文学。知青作家的创作很复杂,写作的文体不同,抒情达意的方式方法不同,创作特色不同,对待那段人生经历的心态也存在很大分歧。回首往事,有人觉得"青春无悔",满怀豪情地回顾那段蹉跎岁月以及与苦难相伴的悲壮人生;也有人悲观概叹、痛苦诅咒,视过去的经历为灾难噩梦、"血色黄昏"。知青文学风格迥异,有的属于深刻冷静的现实主义,有的则是苍凉悲壮的浪漫主义;有的超脱坦然如仙风道骨,也有的凄凄惨惨如泣如诉。我们的目光锁定在带有浪漫主义色彩的小说创作上。

一、青春与浪漫:知青作家创作概说

在人的一生中,青春是最美好的时光,富有理想,充满激情。青春与激情、理想、渴望、爱情、信仰、崇拜、冲动、漫游、冒险等密切相关,是一生中最浪漫的时光,没有受过很多文化和文明教育也就缺少那些教育给予人的理智的规范和束缚;没有成家立业也就没有多少生活拖累和精神负担;没有成功的荣耀也就没有"荣耀"所带来的累赘。青年涉世不深,幼稚单纯,甚至一无所有,但人生的路还很长,可以憧憬并在憧憬中拥有一切;青年想象力丰富,可以自由梦想,也可以做不切合实际的幻想和美梦;青年气盛爱出风头,无所畏惧,缺少成规喜欢出格,敢于创新勇于创造,像早晨八九点钟的太阳,对世界、对人生、对个人都充满希望而且他们原本就是世界的希望……青年是浪漫的群体,甚至可以说是浪漫的代名词;固不能说没有青年就没有浪漫,但没有青年参与,生活情调、文化氛围和文学创作的浪漫都将大大失色。因此,考察浪漫主义文学不能不考察"青年文学"——青年作家的创作以及真实地反映青年生活和思想感情的文学。考察中国转型时期浪漫主文学同样如此。

无论从哪个角度、持怎样的标准界定浪漫主义文学,也无论对于浪漫主义的理解存有多大分歧,研究浪漫主义都绕不开"青年"或"青春"话题:"浪漫主义就是不守纪律的情感主义",①青年既是最富有情感的群体,而且最"不守纪律";"浪漫主义,其真正的定义不过是文学上的自由主义而已;"②青年最看重"自由",属于"自由主义"群体;浪漫主义是思想和艺术上的"反动派",青年则是最具有叛逆精神的群体;浪漫主义是"乐观主义",青年无虑无忧算得上"乐观"的群体;浪漫主义是理想主义,青年富有理想,喜欢憧憬未来;浪漫主义是英雄主义,青年既崇拜英雄,自己也想当英雄,甚至目无一切,觉得自己就是英雄;浪漫主义的特点是想象和幻想,青年最具有想象力、是最爱幻想的群体;浪漫主义是个性主义,青年是个性最强的群体……

这是一个逻辑问题,更是一个实际问题。转型时期文学挣脱极"左"政治路线的束缚获得长足发展,呈现出百花齐放、繁花似锦的大好局面,其中最耀眼的"花市"之一便是"青年文学"领域。"青年文学"情况十分复杂,并不都表现为浪漫主义,因而不是我们考察的切入点。在五代同堂、浩浩荡荡的作家队伍里,许多老作家焕发了创作青春,他们虽然不再年轻,但依然生动形象地书写青年时代的生活和思想情绪,表现出青年人所特有的心态。因情况复杂,浪漫主义特点不甚突出,也不是我们考察的对象。我们将要考察的是某些"知青作家"的创作。

从生活经历看,知青作家大都出生在 20 世纪四五十年代之交。他们迎着共和国灿烂的阳光走进学校大门,从小受到共产主义理想和革命人生观的教育,受到革命浪漫主义美学思想及其文学作品的影响,阅读着《钢铁是怎样炼成的》、《把一切献给党》、《红岩》、《青春之歌》等文学作品成长,保尔的名言和江姐、许云峰的英雄事迹、雷锋精神对他们产生了巨大影响。他们从小树立了报效祖国、解放全人类的远大志向,坚持公而忘私的集体主义原则,鄙视并抑制个人主义思想,崇拜为革命事业献身的英雄,自己也满脑子英雄意识。把一切献给党、做革命事业大机器上的齿轮和螺丝钉是他们坚

---

① 梁实秋:《浪漫的与古典的文学的纪律》,人民文学出版社 1988 年版,第 268 页。

② 雨果语,转引自北京师范大学中文系编:《文学理论学习参考资料》(下),春风文艺出版社 1982 年版,第 620 页。

定不移的人生追求,做一个毫不利己专门利人的人、有道德的人、有理想的人、脱离了低级趣味的人、有益于人民的人是他们挂在口头上的人生格言。在铺天盖地激情如火的政治舆论煽动下,他们充当了革命闯将,以"舍得一身剐,敢把皇帝拉下马"的勇气造反、夺权,将"走资派"打翻在地。随后出现了社会混乱、教育混乱的严重局面,他们英雄无用武之地,不能上学就业,遂响应"上山下乡"的"伟大"号召走向广阔天地,在物质贫困、文化落后、生活艰苦、成长条件复杂的环境里劳动锻炼,度过了他们一生最美好、最宝贵的时光。他们青春荒废,才华虚掷,理想破灭,信仰丧失,前途迷茫。他们失去很多很多,却也锤炼了意志,开阔了视野,经受了磨练,提升了思想境界。"文革"结束前后,他们带着累累伤痕加入到作家队伍当中,用创作回顾过去的生活经历和情感历程。其创作被称为"知青文学"。

与同时代、同经历的人相比,知青作家、尤其是那些在"知青"阶段便已成名的知青作家,他们是依靠才华打拼出来的少数人,因创作获得"文名",赢得较好的发展空间,没有太多的生活和精神压力,起码不至于像知青中的许多人那样被生活和生存困境压迫得直不起腰杆、喘不过气来。他们虽然也有才华虚掷、人生受挫的经历和痛楚,但相比之下,他们能够较为"超脱"地看待那段历史。对于他们的创作而言,那段历史是一笔不可多得的财富,是创作的根据地和制高点。在文学被视为社会的"书记"、作家被誉为民众的良知而倍受尊崇的年代,他们得到应有的"赏识",有较好的社会地位和精神优势。他们或许不感谢那个年代、那段历史,但也不像众多知青那样咬牙切齿地诅咒。早期教育灌输给他们的人生信条,在经历了许多灾难、欺骗之后受到怀疑和扬弃,却没有完全消失,即便是他们自觉地扬弃,也因许多东西已经溶化在血液中,成为性格意识的组成部分,在深层次、远距离、但也颇有成效地起着作用。他们的灵魂深处还保留着早期文学阅读熏陶的印痕,保尔、江姐、许云峰对于他们来说依然那样熟悉、那样亲近;保留着五六十年代创作理念对他们或者清晰或者模糊的影响,潜意识地警惕或拒斥西方现代派"颓败"内容的侵蚀;他们比较容易接受新时代一再宣扬的国家现代化理想及其与此相关的时代政治话语,并在其鼓动下热情地投入到时代洪流之中——即使某些生活和生存艰难者也能在逆境中保持早期教育所形成的某些精神品格,就不要说生活境遇和发展前途都比较看好的作家了;即使某些经历了人生大变故而清醒的思想者如北岛等,虽然极力宣扬"表现自我",但其创作仍具有丰富的时代政治内涵,灵魂深处仍然打着早期教育的烙印,更不要说某些作家并没有经历过触动灵魂的变故、缺少清醒的理性意识、更多地是在情感意识作用下感受过去,以眷恋的情思深情地回顾和书写那段历史了。从某种意义上说,任何回顾都不是客观地复原历史,无论自觉与否,都带着"超越"历史的心理优势修饰和改写历史,对于苦难历史的回顾也是如此,或者说尤其如此——抚摸伤痕大都容易淡化苦难,而较多地寻找和感受过去岁月中某些美好的东西,甚至在淡化苦难的同时还要顺手加上些许"调料",给苦难的历史场景增加些"诗意"。不是有意为之,而是自然而然,人性使然。因此,某些知青作家的创作带有很浓的浪漫主义气息也就自然而然。

大规模的知识青年"上山下乡"运动从 1968 年开始,到 1978 年知青大返城结束,前后十多年时间。知青作家年龄差异虽然不是很大,但生活经历、文化背景、知识储备、思想认识、对知青生活的感受都存在差异,知青聚散的方式(众多知青群居的生产建设兵团和分散居住农村的"插队"知青)、周围生活条件、人际关系和自然环境的差异以及个人对这些"条件"的适应能力、发展空间的大小……都对他们的创作产生了很大影响,或者说直接决定了他们对于知青生活的回顾和书写。在色彩斑斓的知青文学中,浪漫主义作家创造的是一个富有鲜活力的文学世界,也是一个不断发展演进的文学世界。根据作家对"知青生活"的情感态度和书写情调、作品的主题倾向及美学风格,可以把知青小说浪漫主义的发展演进分为"忧伤浪漫主义"、"英雄浪漫主义"、"道德理想浪漫主义"、"寻找精神家园"和"抒发'青春无悔'的浪漫豪情"等五个逻辑层序。

二、伤痕的诉说:忧伤浪漫主义

忧伤浪漫主义,主要是社会转型初期的创作。作家们刚刚从"文革"灾难中走出来,整个时代及其文学还没有摆脱"文革"的阴影,也没有肃清极左政治和思想路线的影响,他们在"文革"及"文革"前文学观念和习惯势力影响下创作,借助自己的生活经历和情感历程诉说"文革"灾难,揭露"文革"给人们心灵上造成的伤痕,以适应揭露和批判"四人帮"的时代政治的需要。他们带着农村生活的泥土和创作的稚气走上文坛,其创作带有明显的时代局限。这个时段的创作主要有卢新华的《伤痕》、陈建功的《萱草的眼泪》、竹林的《生活的路》、郑义的《枫》、孔捷生的《在小河那边》、靳凡的《公开的情书》、王安忆的《广阔天地的一角》、叶辛的《我们这一代年轻人》、《蹉跎岁月》等。从时代文学思潮的角度看,属于"伤痕文学"范围。

上述作品并不都带有浪漫主义色彩,只有少数作品因其主观性和反叛性明显而显示出微弱的浪漫主义特点。如卢新华的《伤痕》,作品主要写知识青年王晓华在"文革"期间痛苦而忧伤的生活遭遇和情感经历,诉说"文革"给社会、给人民、给无数家庭带来的灾难,给善良无辜的人们造成的无法愈合的精神创伤,具有很强的情感性、悲剧性和控诉性。王晓华是幼稚而狂热的姑娘,"文革"开始时只有 16 岁,与她相依为命的母亲——德高望重的中学校长被捏造罪名打成"叛徒",在铺天盖地的大字报揭发材料面前,她痛苦地接受这一残酷的事实,宣布与"叛徒"妈妈划清界限,离开家庭走上"上山下乡"的路。其后 10 年,她冷酷地拒绝来自母亲的任何信件和信息,直到"文革"结束真相大白,她才匆匆忙忙地赶回上海看望病重的母亲。母亲却在她们重逢之前带着无尽的遗憾离开人间!作品在王晓华悔恨无限的诉说中幽幽缓缓地展开,其基调是感伤的、悲情的、低沉的、哭诉状的,也是抒情性的。

在很多人眼里,《伤痕》是一篇杰出的现实主义文本。我们对其作浪漫主义解读虽然"剑走偏锋",但也并非毫无根据。作品的浪漫主义情愫主要表现在两个方面。其一是悲剧性的书写所表现出来的艺术"反叛性"——反叛若干年来形成的教条主义对文学的束缚。多少年来,悲剧被视为创作"禁区",以至于 1957 年"百花年代"老舍写作《论悲剧》,为"悲剧"在新中国文坛上消失感到遗憾和疑惑,本属正常行为,却战战兢兢,文章发表后险些受到批判。其后多年,文坛既无悲剧作品,更无理论倡导。《伤痕》离经叛道,写了德高望重的教育家的死,写了幸福家庭的破败,写了青年人心灵的伤痕,悲悲切切,凄凄惨惨,超越了现实原则,打破了清规戒律,显示出浪漫主义创作精神。其二是它的主观抒情性——反叛了若干年来极左的思想和政治对情感的束缚和对人性的遮蔽,尽情地表现亲情和人性,在某些方面符合浪漫主义的审美规范。作品的着眼点不在于对外部世界的反映,而在于主观情感的倾诉,即表现"文革"给人们造成的心灵创伤。悲剧故事在抒情中展开,通过王晓华的悲情倾诉讲述家庭悲剧发生的原因和过程,有悔恨,有思念,有痛苦,有悲伤,情调低沉幽怨,是为"忧伤浪漫主义"。

三、豪迈的书写:英雄浪漫主义

英雄浪漫主义,以梁晓声的创作为代表。在"感伤浪漫主义"文学方兴未艾之际,另有一些知青作家走上文坛,他们以自觉的知青意识回顾知青生活,在"红色经典"时代形成的文学观念影响下书写知青经历,于是出现了带

有革命浪漫主义色彩的知青小说。他们也写苦难和悲剧,写青春的荒废和
生命的毁灭,但他们鄙视眼泪和哭泣,淡化灾难和伤痕。在他们看来,知青
生活是痛苦艰辛的,但他们的青春却是悲壮的。与后来某些旨在否定整个
知青运动的创作相比,他们看重的是知青主体的生活经历,而不是悲剧的成
因。这是知青小说的变调,也是知青小说的自觉。① 在这一逻辑层序,梁晓
声的《这是一片神奇的土地》、《今夜有暴风雪》等是代表性作品。

梁晓声是在贫困的生活逼迫下响应号召、主动要求到北大荒参加生产
建设兵团的。他是哈尔滨青年,比那些刚走出学校的南方知青更能适应北
大荒的艰苦环境。几年时间的艰苦奋斗赢得较为优越的发展空间——他被
推荐上大学,较早地离开那个对许多知青来说是地狱的地方。因此他的知
青生活和感受、情感承受和精神负担与众不同,其知青生活书写也与众不
同。在其他知青作家哭诉青春悲剧、把知青生活当做可怕的梦魇而书写的
时候,他以豪迈的姿态、激昂的笔墨书写"悲壮的青春",书写那些在北大荒
艰苦奋斗、英勇创业的英雄们。

《这是一片神奇的土地》写北大荒生产建设兵团某连因收获欠佳濒临解
散,他们知耻图强,为了集体荣誉和个人尊严,在副指导员李晓燕带领下组
成十几人的垦荒队,向一片叫做"鬼沼"的沼泽地进军。他们试图穿越"沼泽
地",为连队开垦万顷沃土打开一条通道。"鬼沼"凶险恐怖,说起来都令人
胆颤心寒,穿越途中无情地吞没了十几条生命,李晓燕、王志刚、梁姗姗也在
穿越成功后悲壮地死去。但他们征服了"鬼沼",为连队开进"满盖荒原"闯
出一条道路。知青的垦荒生活,"鬼沼"的神秘凶险,垦荒队员的血泪与痛
楚,纯洁的爱情和昂扬的青春活力,神奇的大自然,连同作者充满激情的豪
迈书写,使作品贯穿着英雄气概,笼罩着浓烈悲怆的情绪。作品结尾,作者
用抒情的笔墨写道:

> 我们经历了北大荒的"大烟泡",经历了开垦这块神奇土地的
> 无比艰辛和喜悦,从此,离开也罢,留下也罢,无论任何艰难困苦,
> 都绝不会在我们心上引起畏惧,都休想叫我们屈服……呵,北
> 大荒!

---

① 此前,作家写知青的生活和情感经历只是把它当做众多人生经历中的一种,并不特别看重
"知青"特点;此处所谓"自觉的知青意识",是说作家有意识地把知青当做特殊的群体看待

梁晓声的浪漫主义豪情并非独有。很多在北大荒生活过的知青也有类似的豪迈悲情。上海女知青钱怡,拖着残疾的脚在北大荒独身生活和工作了 17 年,把北大荒当做"第二故乡"。因为她把青春年华、她全部的爱都献给了她所追求的宏伟事业和深情眷恋的那片土地。她为做一个"北大荒人"感到骄傲,为北大荒的知青经历感到自豪。①

《今夜有暴风雪》以知青大返城为背景展开英勇悲壮的浪漫主义画卷。某团接到上级关于知青返城的命令,召开连级以上干部会议,团长出于个人目的试图扣发上级命令,把知青留在北大荒。真相揭穿后,800 名知青群情激奋,返城工作被延缓后连夜办理。狂风暴雪肆虐无情,危及众多知青的生命,由此激发起尖锐复杂的矛盾冲突。作品以抒情的笔触讴歌了北大荒建设兵团知青们的劳动和收获,青春和热情,以深切的理解生动地记述了他们离开北大荒时的复杂心情。"此时此刻,他们对北大荒是怀着一种由衷地留恋心情的。或者换一种说法,他们对他们的青春,对他们当年的热情,对他们付出的汗水和劳动,对他们已经永远逝去的一段最可宝贵的生命,怀着由衷的留恋之情。"留恋,但要离开,"这是时代矛盾在这一代人身上、思想上和心灵上的折射。谁不能客观分析我们过去了的那个时代的矛盾,不能得出正确的结论,便无法理解他们将要离开北大荒时的复杂心情,无法理解他们对北大荒那种眷眷的留恋。"

在那个令张承志鄙弃的"抹鼻涕、臭控诉"文学盛行的环境里,梁晓声用典型化的方法塑造了李晓燕、王志刚、梁姗姗、曹铁强、孙国泰、裴晓云、刘迈克等具有英雄品格的人物,他们以英雄主义、集体主义、奉献和牺牲、激情和热血谱写了一曲曲悲壮的青春赞歌。其浪漫主义特点得到较为广泛的认可。即使对梁晓声创作略有异议的评论家孟繁华也认为,作品"确实以其悲壮和英雄主义气概而独领风骚",②读者在阅读过程中更强烈地感受到一个北大荒知青作家的社会责任感、历史使命感和北大荒知青独有的英勇豪迈。王蒙、蒋子龙均给以很高的评价。蒋子龙认为梁晓声"以对历史负责,对一代人命运负责的态度,用积极的理想的光芒照亮人物的性格。""阅读它的时候时时想到那些大手笔写的史诗。"③王蒙认为,"作者比一切圆熟老练机智而又和谐的专业小说大师更有其值得尊敬、值得羡慕的地方。""他比一切文

---

① 钱怡:《爱在北大荒》,《当代》1986 年第 5 期。
② 孟繁华:《1978:激情岁月》山东教育出版社 1998 年版,第 118 页。
③ 蒋子龙:《从兵团到文坛》,见《不惑文坛》,上海文艺出版社 1984 年版,第 246—247 页,。

人雅作都更粗犷、更浓烈、更震撼人心。"①

　　也有非议。1986 年 11 月 5 日人民文学出版社《当代》杂志编辑部和中国电视剧制作中心在北京召开座谈会,讨论陆天明的《桑拿高地的太阳》。据座谈纪要说:评论家们在充分肯定《桑拿高地的太阳》的同时,指出"以往知青题材的作品对这段历史的认识和表现都有各自的局限。""《桑》否定了因为个别知青在运动中有收获而肯定这段历史的观点。《桑》把个人命运同历史联系起来,写出了错误的政策给人物命运造成的悲剧,从而批判了那段历史的荒谬和失误。""昭示了一种新的历史价值观"。② 固然不能说这是对梁晓声创作倾向的批评,但与梁氏的知青书写有某种关系;《纪要》文字简略不能反映座谈会的实况,但可以感受到当时人们对梁晓声式的知青书写的不满。稍后就有批评家明确指出:"离开历史处境的青春和悬浮于时代的理想是不存在的,任何青春理想都是时代的产物。因此,在极'左'思潮指导下的荒谬运动却成了理想主义和英雄主义生长的土壤,显然是缺乏说服力的。这些作品只能说明作者对世俗英雄主义做了又一次拯救,那些戏剧化的结构本身,就具有一种强烈的'被看'的欲望。"③

　　作为一个知青作家,梁晓声坚持他对知青生活和命运的理解,也不放弃他的书写态度。他不否认上山下乡运动"是一场狂热的运动,不负责任的运动,极'左'政策利用并驾驭着极'左'思潮发动的一场运动。因而也必定是一场荒谬的运动,必定是一场以'失败'告终的运动。"但他同时指出:"荒谬的运动,并不同时也意味着被卷入这场运动的前后达 11 年之久的千百万知识青年也是荒谬的。……他们身上,既有那个特定的历史时期内鲜明的可悲的时代烙印,也具有闪光的可贵的应当充分肯定的一面。"他坚持认为,"在人人需要证明忠勇的年代,英雄主义是青春的至高涅槃。葬青春之土地,岂不为神圣的土地?殉土地之青春,正所言贞烈之青春"。④ 在价值多元的时代,人们对于知青运动和知青命运的认识存有分歧是正常的,是非自有公论;在此我们要说的是,尽管梁晓声的创作存在某些不足,其浪漫主义特点却为那个时段的文学增添了些许亮丽的风景。

---

① 王蒙:《英勇悲壮的"知青"纪念碑》,载《青春》1983 年第 2 期。
② 参见《当代》1987 年第 1 期,第 270 页。
③ 孟繁华:《1978:激情岁月》山东教育出版社 1998 年 5 月版,第 119 页。
④ 梁晓声:《我加了一块砖》,载《中篇小说选刊》1984 年第 2 期。

四、诗意的讴歌：道德理想浪漫主义

道德理想浪漫主义，以张承志为代表。在知青作家群体，张承志和梁晓声都属于"浪漫型"作家，都鄙视哭哭泣泣的写作，但二人的思想追求和文学修养不同，个性气质不同，"上山下乡"生活和劳动的地理环境不同，对知青生活的认识和书写也存在很大差异。梁晓声在知青高密度聚集的地方（军垦农场）从事艰苦的生产劳动，和数十万知青一道度过了青春岁月，对那个巨大的"青春场"有深切的感受，其创作致力于表现悲壮的青春及其精神。张承志属于"插队"，生活和劳动的个体性较强，置身于茫茫的内蒙古大草原，与世世代代生活在那里的牧民们生活在一起，其感受复杂而深刻，书写激越而苍凉。

张承志是"第一届"知青，与后来者相比，接受了比较健全的中学教育，包括政治理念灌输和人生观培养，并在此影响下形成了红卫兵精神。他对于知青生活的理解、尤其是对于牧民生活命运和精神世界的理解更多地带有早期教育的痕迹。在他看来，离开都市到草原牧区从事艰苦的劳动，接受"再教育"，固然是身体和精神的"炼狱"，但在"炼狱"的日子里与牧民密切接触，对底层人民的生活状况和精神世界有深切认识，灵魂受到巨大震动。与其他知青作家相比，他更多地看到长期生活在那里的人民身上所表现出来的美好品质。十多年后他执笔书写那段生活经历，没有悲情控诉，没有抱怨忧伤，没有愤怒诅咒，甚至很少关于苦难的书写——生活当然是艰苦的，但他更多地从精神层面上把握那段历史，更多地表现牧民那大地般博大的胸怀、坚韧顽强的生命、纯朴高尚的人格以及知青所受到的救助和教育。在书写知青受到牧民深切关怀和救助的同时，执意表现他们在接受教育和洗礼后的灵魂升华。有批评家说，在"许多作家都忙于控诉，急于让痛苦幻化为仇恨的记忆，然后同'四人帮'算账"的时候，在知青作家争相书写上山下乡的生活苦难，"泪水几成汪洋时"，张承志"独自走进草原深处为他的额吉感动并且祈祷，他写出了自己业已完成了的精神蜕变"，[①]这一批评切合实际。

《骑手为什么歌唱母亲》写北京知青铁木尔插队住在蒙古族老额吉家里，受到老额吉无微不至的关怀和教育，他顶风出牧遭遇暴风雪袭击，在羊群即将散失、因皮袍开口冻得半身麻木的危难关头，老额吉迎着风雪纵马赶

---

① 孟繁华：《1978：激情岁月》山东教育出版社 1998 年版，第 113 页。

来,脱下达哈给铁木尔穿上,自己受了冻寒,从此半身瘫痪。老额吉听说邻队失火,两个知青在灭火中受伤,坚持要铁木尔套车送她去公社探望。这看上去是一个"舍己救人"、关心青年的故事,但作者却赋予其崇高而丰富的主题。老额吉是大地、人民和母亲的化身,她以博大的爱心教育和救助知青,彼此结下骨肉情谊;知青受到深刻教育,精神得到升华,他们牢记劳动人民的恩惠,歌唱伟大的母亲——人民。此时,张承志初步文坛,有自觉的创作追求,但缺乏足够的写作经验和文学修养,因而作品显得有些粗糙。但作品所表现的"歌唱母亲"却成为他此后创作的主题,不单在我们重点考察的知青小说中一再重复,即使在其他题材的创作中也时常出现,是张承志浪漫主义创作的核心内容。

《黑骏马》是张承志的成名作。作品写自幼丧母的白音宝力格被父亲托付给伯勒根草原上的老奶奶抚养,与老奶奶的孙女索米娅青梅竹马,成为恋人。索米娅在白音宝力格到畜牧技术训练班学习时被恶棍布拉奸污怀孕。白音宝格力十分恼怒,要找布拉拼命,要索米娅打掉流氓布拉的孩子,都被老奶奶劝阻。她给白音宝力格讲草原的习性和自然法律,讲草原女人的命运,她要白音宝力格善待一切生命……白音宝力格在痛苦屈辱中出走到大城市畜牧学院上学,几年后怀着追悔和负疚的心情重返大草原。老奶奶已经去世,索米娅远嫁他乡。他找到索米娅,表示他的愧疚,请求宽恕。他见索米娅过着艰苦而平静的日子,怅然离去。作品塑造了两个伟大的女性,与《骑手为什么歌唱母亲》相比,她们已经不是社会政治学意义上的母亲,而是生命本体意义上的母亲,知青与人民的关系得到更深切的表现。

张承志在知青小说创作中不遗余力而又热情满怀地塑造额吉的形象,赋予她们种种理想品格:高贵、美好、善良、宽厚、博爱、温柔、勇敢、坚毅、刚强、沉静、隐忍。她们是具体的人物形象,更是人民母亲的化身。与此相关的是,作品中一再出现的知青,则是人民的儿子、大地的儿子、草原的儿子。他在伟大母亲的精神感召下,克服了脆弱、狭隘等缺点,健康地成长,完成了精神的蜕变和升华,成为一个心怀宽广的人。

张承志被视为转型时期浪漫主义文学的"中坚",[①]更是知青文学浪漫主义的旗帜;没有张承志,转型时期浪漫主义文学要大打折扣,或者说黯然失色。张承志是具有浓郁的"知青"情结的作家。而这情结是当年上山下乡时形成的,确信"知识青年到农村去,接受贫下中农再教育很有必要"。这种情

---

① 陈淞:《张承志:新时期浪漫主义文学的中坚》,《理论与创作》1997 年第 4 期。

结也许源于红卫兵情绪，也许源于生活经历和经验，总之，他对于在贫困中生活的底层人民怀着崇高的敬意，甚至以宗教般的虔诚热情讴歌，因而不善于塑造形象的他却在知青文学中塑造了两类形象。前期书写知青生活的创作，他怀着崇敬的心情塑造并歌颂了老额吉的形象，如前所述，老额吉是人民的化身，大地的化身，母亲的化身，也是真、善、美的化身，作品给予深情的歌颂；另一类是知青形象，或者是有过知青经历的青年形象。单个人物的个性并不鲜明突出，共性却比较明显。他们酷爱自由，追求真理，独往独来，我行我素，是背负着十字架的苦行主义者、受苦受难的殉道主义者、特立独行的孤独探求者、不停歇、不畏难的跋涉者。这一切都源于他们是理想主义者、完美主义者，周围的现实世界连同"自我"又是那样的令人不满，于是开始艰难地寻找，苦苦地求索。他们不屈不挠、执著自信、无怨无悔，豪情满怀地寻找真、善、美，表现出崇高的精神品质。他们生活在苦难中，生活在丑恶满盈、虚假遍地、卑污充斥的世俗世界，却没有沉沦绝望，也没有失去信仰。他们认同苦难，在苦难中寻找美的化身、善的化身、神性的化身。他们寻找的大都是逝去的东西、被记忆美化的东西、理想的东西，这就决定了他们的寻找总是带着忧伤悲凉的情绪。他们虽然没有找到理想的东西，却在寻找中战胜了自我，在寻找中获得灵魂的升华和精神的充实。

张承志是有自觉的创作追求和鲜明的创作个性的作家，他敢于独身苦战而不为周围的社会环境和文学风气所左右。在向着自己认定的目标昂扬前进的道路上，他不断调整创作追求，超越自己。但他所坚持的理想主义、歌颂母亲、表现人民的基本主题没有变化。这很难得。几十年来，西方社会人文思潮大量涌进，文学观念和价值标准时时更新，"表现自我"成为时尚，大受尊崇，否定知青运动、否定知青作为也成为批评家思想激进、见解深刻的表现而得到许多人的认可，他的上述坚持早就成为过时的豪言壮语而受到嘲讽。但他依然顽强地坚持。在他看来——

> 无论我们曾有过怎样触目惊心的创伤，怎样被打乱了生活的步伐和秩序，怎样不得不时至今日还感叹青春；我仍然认为，我们是得天独厚的一代，我们是幸福的人。在逆境里，在劳动中，在穷乡僻壤和社会底层，在思索、痛苦、比较和扬弃的过程中，在历史推移的启示里，我们也找到过真知灼见；找到过至今仍感动着、甚至温柔着自己的东西。

他说:"这根本不是一种空洞的概念或说教。这更不是一条将汲即干的苦水的浅河。它背后闪烁着那么多生动的面孔和眼神,注释着那么丰满的感受和真实的人情,它是理论而不是什么过时的田园诗。在必要时我想它会引导真正的勇敢。哪怕这一套被人鄙视地讥笑吧,我也不准备放弃。"①他一路坚持下来,走过多元杂存的 80 年代,又高举"抵抗世俗"的旗帜走进人文精神低落、铜臭熏天的 90 年代,在市场经济导演的文学世俗化的 90 年代,张承志的坚持为转型时期中国浪漫主义文学竖起一面鲜艳的旗帜!

五、"重返乌托邦":寻找精神家园

重返"乌托邦",寻找"精神家园",以孔捷生、史铁生为代表。知青文学的"伤痕"写作阶段,作家尽情地书写"插队"生活的苦难,在把知青当成悲剧主人公的同时,也把农村和农民所构成的生活环境当做他们悲剧的背景和原因——

> 作家们不关心、也不着意于展示乡村的真实生活状貌,不关注乡村人的生活细节,他们只是以乡村作为苦难生活的场景所在,乡村人更普遍地被置于苦难和罪恶制造者的地位。可以说,在这时期的知青文学中,乡村不只是主人公人生悲剧的场所,其本身亦沦为罪恶与丑陋的渊薮。它是主人公们所怨愤的对象,更是他们竭力逃避的"地狱"。②

陈村写过一篇题为《我曾经在这里生活》的作品,其中说,"罪恶而充满着苦难的乡村生活所带给'我'的只是痛苦和灾难,它埋葬了'我'的青春与爱情,最后,当'我'满怀着怨愤的心绪离开乡村时,'我'的誓言是:'永远不再踏上这块土地!'"③但在此逻辑层序,知青们因失望于城市的生活和工作环境,怀着深情的眷恋回到他们生活过的地方,在富有诗意的回顾中寻找和重构"精神家园"。他们换一种心态回首过去岁月,忽然发现,"插队"生活并不是可

---

① 张承志:《〈老桥〉后记》,北京十月文艺出版社 1983 年版。
② 贺仲明:《20 世纪末作家文化心态考察:中国心像》,中央编译出版社 2002 年 5 月版,第 119 页。
③ 转引自贺仲明:《20 世纪末作家文化心态考察:中国心像》,中央编译出版社 2002 年版,第 120 页。

怕的梦魇,农村也不是人间"地狱",那里有许多温馨动人的趣事,有许多值得回忆甚至留恋的东西。还是陈村,他在《蓝旗》中说:"这块曾经被我千百次诅咒的土地,竟是这样美丽。"①"地狱"变成美丽"家园"!"上山下乡"所经历的苦难生活成为"美好的记忆"!看上去不可思议,其实自然而然。

这与知青回城后的尴尬处境相关。1978年百万知青大返城,因政府无法安排他们的工作而窘迫万状。他们没有工作,生活没有保障,甚至连睡觉的地方都没有!(当时,不少作品写道,知青返城后弟弟妹妹已经长大,住房却没有得到改善,连睡觉的地方都没有,常常因侵占家人的地方,妨碍别人的事情而引起弟弟妹妹的不满。这也是一个严重的现实问题)他们满怀希望回城回家,却成为城市和家庭的"多余人"!他们牺牲了青春、耽误了前途、挥洒了血汗,付出了巨大的代价,却找不到生活的位置;他们曾经在广阔的天地里拼搏奋战,过着虽然贫困但轰轰烈烈放荡不羁的日子,现在回到城里却受这番窝囊气!他们苦恼、愤懑、委屈,却又无可奈何。梁晓声的《雪城》集中反映了这一严峻事实。作品保持了作家一贯的浪漫主义风格:情节大开大阖,矛盾尖锐激烈,场面恢宏,激情澎湃;扣人心弦的故事,性格鲜明的英雄人物,完成了一段略带传奇色彩的悲壮叙事。作品主要从社会层面上书写知青返城后的命运,带有革命浪漫主义痕迹。

知识青年离开城市多年,无论城市还是自己都发生了很大变化。他们已经熟悉和适应了乡村的生活习惯,甚至有些生活习惯、思想情趣、言谈话语的某些方面已经乡村化了。都市不能放牛,城市容不得他们的变化而对他们表示了带有伤害性的冷漠,他们也无法融进城市、适应城市生活的变化。熟识的东西已经远去不复存在,陌生的东西冷漠无情却又要时常面对。城乡文化的对立使他们处境尴尬,心灵无处附寄,心理上更产生了严重的失落感。这种失落感还表现为,"上山下乡"多年,有些人的生活、事业已经在农村轨道上扬帆起航,他们从"大有作为"的广阔天地来到无所作为的狭小空间,被城市社会遗弃,还因"多余"而遭家庭冷眼。这是怎样难耐的窘境!正如乐黛云所分析的那样:"整整一代人就这样在物质匮乏和精神的激烈冲突中献出了自己的青春,当他们由于政策的纠正,重新再回到城市时,早已被挤出原来的生活轨道,想再找到自己的位置,简直是千难万难。"②

---

① 转引自贺仲明:《20世纪末作家文化心态考察:中国心像》,中央编译出版社2002年5月版,第125页。

② 见刘中陆主编《青春方程式:五十个北京女知青的自述·序》,北京大学出版社1995年版。

对于知青人来说，"人最痛苦的莫过于找不到自己的位置"。① 陌生的城市、冷漠的面孔总是让他们怀念熟悉的乡村，怀念那里的人和事，那美丽的自然风光和淳朴的风土民情，那里的生活和事业，那令人难忘的知青群体以及恋人，还有那些朴实勤劳的农民。倘若回城后的工作稳定生活充实，这种思念或许淡薄一些，但他们当中许多人生活无着落，精神无依托，因此眷恋的情思显得格外深切。重返乡村，寻找和重构精神家园之作便应运而出。韩少功创作《归去来》，写黄治先梦游般地回到离开多年的乡村小寨，这个小寨酷似他插队时的小寨但绝对不是，他无论走到哪里都被误认为是曾在这里插过队的一个知青，受到热情招待，与他亲切地回忆"插队"时的生活经历。黄开始感到难堪，乡亲们的热情使他不能说破真相，便顺水推舟，"虚与委蛇"一番之后回到城里，却陷入被误认的角色不能自拔。"我累了，永远也走不出那个巨大的我了。"作品用微带荒诞的手法写出了知青返城后的某种心绪和他们与乡村剪不断、理还乱的关系。黄的梦游不是自觉地寻找"精神家园"，而是一种无意识的"回归"。唯其如此，更见知青的精神依恋。

说到底，"上山下乡"是他们人生道路上的一段重要经历，那里生活贫困，条件简陋，却有他们青春的梦和理想的歌，有他们的情感寄托，有残破的精神家园。

孔捷生未满 16 岁到农村插队，晒脱了几层皮，担断了两条扁担，1970 年又到海南岛加入浩浩荡荡的知青大军。在经历了返城的尴尬岁月之后，他以"忠实于我们许多老知青的感情"的心态创作了《南方的岸》。作品写知青易杰与暮珍、阿威返城后，开"老知青粥粉铺"维持生计。有人请易杰去电视台当电视剧编剧，而他经过痛苦思考毅然离开火热的"老知青粥粉铺"，离开灯红酒绿的城市，离开年轻漂亮、开朗活泼、家境上好、一直仰慕他、追求他的姑娘谭小汀，在猜疑和非议声中与同属老知青的暮珍回海南农场重新开始生活。对他来说，返回乡村，不是对城市生活的逃避，不是无路可走的溃败，而是理想和诗意的人生追求。作品写易杰做出回海南决定时的感受："流水摇碎了两岸灯火，漾起红色、绿色、金色的泡沫，冲刷着江堤下的泄水洞，发出空谷回声一般的音响，好似辽远的不可抗辩的庄严召唤。"所以有这种感受，则是因为"走过漫长曲折的路，我终于大彻大悟——当一个人把自己与所挚爱的东西紧紧连在一起时，他的生命才呈现出全部价值，他的性格

---

① 孔捷生：《南方的岸》，北京出版社 1983 年版，第 106 页。

才迸发出全部光彩。"①易杰和暮珍踏上了驶往海南的轮船,作品深情地写道:

> 江风阵阵扫荡着前甲板,潮水沉闷地拍击船身,溅起星点水沫。我和暮珍并肩依着船舷,面对码头……城市在动荡不定。海关的钟楼悠悠鸣响。鸽群惊起,飞向瓦蓝的空中。桅杆上几串五颜六色的旗呼啦啦地飘扬……景物依然,恍如三十年前的同一时刻。是的,一切都未曾了结。当我登上这艘海轮,已逝的青春立时回来了。命运之神把无数耀眼的白昼和深沉的黑夜还给了我,把年复一年挥洒的每滴血每滴汗重新注进我的血管与毛孔。整整一辈人的动静疾徐、生死歌哭全都在冬日沉酣的梦中复活,跟历史一道斗转星移,尽情呐喊着,成为新时序主调的和声。这一瞬之间,过去、未来都被那哗啦绞起的锚链连接到一起了。②

《南方的岸》试图为返城后价值失落的知青群体指出一条理想主义的道路:与其在城市无所作为,不如返回农村创业,开始新的生活;即使在城市找到"位置",如不是理想所在,也远不如像易杰那样回到曾经战斗过的广阔天地干一番事业。那里有他们的精神家园,也有宏伟的事业。返回那里,可以把在城市所经历的烦恼抛到一边,精神充实。有人质疑,认为作品对知青生活的评价过高,结尾太浪漫,太理想化,认为"返回"只是幻想——"叶公好龙"式的幻想。作者却坚信不疑。他说——

> 我们老知青在那个非常年代里仍然做出了奉献,用刀斧和锄头这些原始工具使千年荒山变成了胶园,一辈人的青春化为汗水滴在祖国大地。怎能因为我们的些微奉献远抵不上十年浩劫的空前损失,便觉得毫无价值呢?③

他不否认,在那个悲剧荒唐的年代,知青们做了无辜的牺牲;他也曾经在作品中写过知青生活和命运的悲剧,但他更看重巨大牺牲换取的宏伟事业和

---

① 孔捷生:《南方的岸》,北京出版社 1983 年版,第 150 页。
② 孔捷生:《南方的岸》,北京出版社 1983 年版,第 179—180 页。
③ 孔捷生:《旧梦和新岸——并非谈创作的创作谈》,《〈南方的岸〉后记》,北京出版社 1983 年版,第 184 页。

精神升华:"这种牺牲就没有换来些什么?十年的血汗就没有渗进土壤,成为我们青春年华和那片土地的感情维系?'宰割'!那么奉献呢?血是红的,胶林是绿的,胶乳是白的……"①在他心目中,那段历史凝结着无数青年的血与汗,给知青们留下极其珍贵的回忆。易杰回海南农场是理性和理想的选择。他以自己回到海南躬耕的事实现身说法:"我已寻到新岸,并在这新岸上开始耕耘。"这里"亲情方浓,禾田正绿,开始有种被证实的感觉。"②

孔捷生以重返乡村的浪漫憧憬为知青小说奏响了一曲备受非议的浪漫主义之歌,史铁生则以诗意的回顾表达了知青的精神理想。在许多知青当中,史铁生是极其不幸的一个。他献出了青春,也献出了健康。贫困的乡村生活和简陋的医疗条件耽误了疾病的救治,他下肢瘫痪,回到北京,被安置在街道小厂与老弱妇女一起糊纸盒,俗常乏味的环境,单调无趣的生活,使他常常想起"插队"的日子。他怀着无限眷恋的情思回忆"遥远的清平湾"。在他笔下,清平湾没有苦难血污,没有丑恶欺诈,没有其他知青所遭遇的身体和精神的折磨,那里不是地狱,那段生活也不是可怕的梦魇。相反,那里的人纯朴可爱,那里的生活充满情趣,那里有温馨的关怀和纯真的情谊,那湾清凌凌的水,那片广漠的黄土地,那些调皮的牛,都令人难以忘怀,都勾起浓浓的"乡恋"情思。作者在《我的遥远的清平湾·后记》中说:

> 我总记得一个冬天的夜晚,下着雪,几个外乡来的吹手坐在滔前的篝火旁,滔门上贴着喜字,他们穿着开花的棉袄,随意地吹着唢呐,也凄婉,也欢乐,祝福着滔里的一对新人,似乎是在告诉那对新人,世上有苦也有乐,有苦也要往前走,有乐就尽情地乐,……雪花飞舞,火光跳跃,自打人类保留了火种,寒冷就不再可怕。我总记得,那是生命的礼赞,那是生活。③

清平湾贫困但充满温馨,富有情趣,如浅浅的诗,淡淡的画,镌刻在记忆中。遥远的乡村便成了他精神的故乡,心灵的寄托。这是与城市物质欲求相对立的一种乡土梦想,对于返城后找不到位置、被无边的烦恼包围着的知青来

---

① 孔捷生:《南方的岸》,北京出版社1983年版,第110页。

② 孔捷生:《旧梦和新岸——并非谈创作的创作谈》,《〈南方的岸〉后记》,北京出版社1983年版,第188页。

③ 《几回回梦里回延安——〈我的遥远的清平湾〉代后记》,见《自言自语》,广东旅游出版社1992年版,第184—185页。

说,需要这些诗意和梦幻的慰藉。"古老的生活情景和生产方式,常被加以美化地描写,也出现对木犁、水磨、窑洞、木屋、清澈溪水、还未留下人工痕迹的自然风貌和景观等的蕴含感情的描写。当然,作家要维护的并不是这些生活和生产方式,维护的是道德范畴上的东西"——洪子诚先生道出了某种真实。① 正是这种乌托邦式的书写表现出作品浓郁的浪漫主义特点。

知青小说所表现的"乡恋"情思引起了批评家的高度重视和深入研究。有的批评家认为,知青们弃城回乡是城市和乡村两种文化冲突,是在城市文化挑战面前的逃避行为,他们留恋和认可的乡村文化带有虚构和虚幻性,他们的回乡是"叶公好龙"。如果城市稍微对他们好一些,给他们一个哪怕寒酸鄙陋的位置,他们的"回乡梦"也会烟消云散。"对于乡野的怀恋只是他们的一种精神需要而不是现实需要;对他们来说,乡野生活是可以向往的而不是可以达到的,是可欣赏的而不是可以经验的。对乡村的怀念使他们有一种精神的完整,而对城市的固守则保证了他们生活的完整。这种'叶公好龙'式的矛盾处境恰好是城市人正常而和谐的状态。"② 这些分析自然有理,对此我们不想加以评判;我们看重的是"返乡"的原因和过程,"原因"泄露出丰富的社会文化内涵,而"过程"的书写则是转型时期文坛上不可多得的浪漫主义文本故事。

六、怀旧情绪:抒发"青春无悔"的浪漫豪情

第五个逻辑层序出现在市场化、世俗化的 90 年代,以邓贤的《中国知青梦》为代表,主题是祭奠逝去的青春,抒发"青春无悔"的浪漫豪情。

本来,梁晓生、张承志们充满激情的浪漫书写和孔捷生、史铁生们幽幽的眷恋在 80 年代中后期受到以现代主义为主要内容的西方人文大潮的冲击,被淡化和化解,浓厚的知青情结被现代主义解构得七零八散,知青生活的书写已经失去浪漫情调,变得冷漠残酷,如老鬼的《血色黄昏》。但 90 年代市场化和世俗化在引领文学世俗化的同时,也激荡起某些作家的逆反心理,致使知青文学"回光返照"般地产生新的涟漪。因为知青文学本身就是一个"含金量"很高的题材,其中所涉及的包括落难书生的爱情和英勇豪迈的英雄叙事在内的青春故事,偏远山村那原始落后、纯朴封闭的生活方式和风俗

---

① 洪子诚:《当代中国文学的艺术问题》,北京大学出版社 1986 年版,第 307 页。
② 李书磊:《〈这是一片神奇的土地〉文化测量》,载《文学自由谈》1989 年第 3 期。

民情都容易引发读者的阅读消费心理，有看点和市场，也就容易激发创作者的兴趣。

　　知青文学的浪漫主义"回光返照"有复杂的社会基础。进入 90 年代，受市场经济影响，"孔方"先生逐渐成为社会生活的主宰力量，改变着社会风气和人际关系，也改变着社会主体的精神追求。精神家园荒落，价值体系崩塌，人文关怀淡薄，主体精神出现了有悖于中国传统文化、尤其是有悖于五六十年代社会文化倾向的变化，引起许多具有社会责任感、使命感的文人志士忧虑不安。知青作家是在五六十年代的政治文化影响下成长起来的，那个年代形成的文化心理和价值观念以及他们"上山下乡"时期铸造的人生追求与这种社会风气格格不入。尽管此时他们已经不再是充满活力、影响时代文化发展走向的青年群体，甚至原有的知青群体也已经分化瓦解，无法形成有影响的群体，他们自知无力改变这种现实，更无法影响社会时尚，但他们对江河日下的世风的拒绝反叛却实实在在。1998 是知识青年"上山下乡"运动 30 年、返城 20 年，对于那代人来说这是值得纪念的年份，是容易勾起回忆、反思人生道路、激发社会感慨的时期。尽管他们已年届中年，但仍然无法忘记几十年前那段充实而酸辛的生活，那被埋葬的悲情青春。千百万知青的情绪汇聚成一股巨大的社会力量，"知青三十年祭"活动在全国许多城市开展。文学创作是这次纪念活动的重要形式之一，也是传媒和书商看中的方式之一。"知青"和传媒联手，引发知青文学再度"崛起"：王小波的《黄金时代》、马波（老鬼）的《铁与血》、朱文杰的《老三届采访手记》、郭小东的《青年流放者》、晓剑的《中国知青秘闻录》、邓贤的纪实小说《中国知青梦》等各种形式的众多作品，另有中国工人出版社隆重推出、以"中国知青民间备忘文本"为总题的书系，包括曾焰著《闯荡金三角》、王泽恂著《逃亡》、杨志军著《大祈祷》、野莲著《落荒》等多部长篇纪实文学。这些作品并不都是浪漫主义创作；从考察浪漫主义文学的角度看，有些作品混合了前几个逻辑层序的因素，形成新的浪漫品格。这一思潮在世纪之交的文坛上惊现，犹如世俗卑污的土地上绽开的鲜花，虽然不像张承志、梁晓声那般激情澎湃，那般悲壮豪放，却也灿烂耀眼，散发出浓郁的浪漫主义气息。

　　邓贤的长篇纪实小说《中国知青梦》和梁晓声的作品一样是对青春的悲壮诉求。作者"采用了宏大的叙事，宏伟的场景，全景式的扫描"的艺术方法再现了云南知青大返城的壮举，"作品中充满了各种苦难的场面，传奇的经历,悲壮的激情宣泄","以理想主义的情怀赞颂'悲壮的青春'"。① 孟繁华不赞成这种书写,但他并不否认《中国知青梦》"以档案式的采访材料,无可争辩地诉说了一代人知青的青春历程。……以理想主义的情怀同北京知青的'魂系黑土地'系列活动、四川知青的'青春无悔'回顾展一样,再次凭吊了以往的岁月和幻灭的青春。"②

《中国知青梦》出版的时候,云南知青们栽种的橡胶树80%已经死亡。这是一个残酷的事实。但在邓贤看来——

> 不管怎么说,这些拓荒者的生命没有白白燃烧,她们毕竟化作胶林,化作照亮边疆夜空的星群,化作装点山川大地的一片新绿。不论她们是否创造过伟业,作为一代人前赴后继为之献身的拓荒大业的永恒坐标,她们的殉难本身不就是一种灿烂,一种理想主义和人类精神的生动化身么?③

与这种"无悔的青春"相呼应,林樾也在《黑土地上的收获》中说:"这10年,我们在贫穷中求生存,在苦涩中求欢乐,在屈辱中求自强,在人生中求真情……尽管我们时时都想留在农村,尽管我们或迟或早都离开了农村,但我们的心已永久地留在了那里,随着我们的汗水和泪水,播进了那片黑土地。在那黑土地上,我们收获的是直面人生的坚忍、顽强、乐观、真诚……在艰苦的生活中,我们长大了,成熟了。日后不管怎样的大苦大难,我们都会从容面对,因为我们是插过队的一代。"④

此前,梁晓声、孔捷生也有过这样慷慨激昂的诉说。时过十余年,知青们再次喊出这样的声音。这是一种值得珍视的情绪,值得尊重的浪漫主义情怀。

七、岁月如歌:知青小说的浪漫主义特点

如前所述,知青小说是有特殊经历的青年作家怀着特殊的感情对一段

① 杨健:《中国知青文学史》,中国工人出版社2002年版,第435页。
② 孟繁华:《1978:激情岁月》,山东教育出版社1998年5月版,第119页。
③ 邓贤:《中国知青梦》,人民文学出版社1993年版,第363页。
④ 引自刘中陆主编:《青春方程式:五十个北京女知青的自述》,北京大学出版社1995年版,第19页。

特殊人生经历的书写，具有鲜明的创作特点。从考察浪漫主义文学的角度看，主要表现在如下几个方面。

其一，对于苦难的书写与超越，显示出英雄主义气概。大批知青离开城市走到遥远的云南边疆、冰天雪地的北大荒、贫困落后的陕北黄土高原，走到960万平方公里版图上著名的贫困地区，他们的物质生活和精神生活都是艰难困苦的。作家们正视艰辛和贫困，对艰辛和贫困予以淋漓尽致的书写，但同时也超越苦难，生动地书写了知青们坚强的意志，青春的热血，悲壮的生命以及他们所创造的惊天动地的事业，从而表现出以英雄主义为特征的浪漫主义特色。

其二，对于山水自然的诗意书写。知青生活是艰苦的，生活和奋斗的环境是广阔无垠、人迹罕至、未经开垦的黑土地、亚热带森林、黄土高坡、茫茫草原……这些都给知青作家们留下深刻印象，即使分散"插队"的知青们住过的山村小寨，虽然贫瘠落后，道路泥泞，却也都裸露出自然的美，粗犷的美。他们回到高楼林立、人群拥挤、空间狭小的城市后，回顾知青岁月，那片山林、那片草原、那洼清水、那片玉米地……依然那样美好，那般亲切。他们放开笔墨，挥洒激情，在尽情书写中抒发浪漫主义诗情。自然景观的神奇辽阔、雄浑博大、苍茫静雅，是苦难生活的点缀，也是苦难情绪的缓释剂。这些书写是作品的重要内容，也是浪漫主义特色的重要构成。

其三，对青春理想的凭吊。知识青年们在远离城市的乡村荒原生活了多年时间，留下了他们青春的足迹和梦想。贫困的荒山、落后的乡村埋葬了他们的青春热血和理想豪情。返城之后，中国正经历着巨大的变革，面对浪花飞溅的时代激流，他们在欢欣鼓舞的同时也深深地感慨岁月沧桑，青春已逝，理想夭折，自己正健步走向中年。回首往事，感慨万千；面对现实，雄心不再。他们失落感重，沧桑感强。他们在回顾中感叹逝去的青春，凭吊破碎的梦想，其作品，无论梁晓声的英雄主义情怀，还是张承志的草原颂歌，更不要说孔捷生的重返故土、史铁生的深情遥望，韩少功的梦牵魂绕，都有凭吊的苍凉和悲壮。

其四，对青春的感叹。青春热血洒在那片荒凉的土地上，他们当年豪情万丈、热血沸腾，如今大梦醒来，发现无限宝贵的青春竟然作了荒唐政治的祭品牺牲！如何看待那段人生？壮丽，悲惨，悲壮抑或荒唐？这些都是知青们所面对、所思考的问题。有人认为"青春无悔"，因为他们毕竟为理想奋斗过，激动过，无论别人怎么看，他们当时都是真诚的。如果说那是错误、悲剧，那么，作为那场悲剧的牺牲，他们是无辜的；也有人认为，他们在无情的政治斗争中扮演了可悲、可怜的角色，回首过去，他们诅咒梦魇般的岁月，也悔恨青春丧失于荒唐。这是两种截然不同的态度。但无论"无悔"还是"悔恨"，青春的相册一旦打开，谁都无法抑制幽幽的深情。由此形成浪漫忧伤的情调。

其五，对往事的眷恋。无论怎么说，知青生活都是人生道路上一段无法忘怀的经历，那里不仅有艰辛的生活和痛苦的记忆，也有许多值得留恋的东西，如踉踉跄跄的青春脚步，破碎了的理想残卷，凋谢了的爱情之花，还有美丽的自然风光，勤劳朴实的人们……作家们怀着复杂的心情回忆那段人生岁月，其作品总有一种眷恋的情思。悠悠深情如山涧溪流，即便是不能形成洪波大浪，也有别样的浪漫和诗情。

知青小说的浪漫主义是光荣与梦想的转型时期文学上空耀眼的流星，也是世纪末世俗气息熏天的文坛上一道亮丽的风景。

第十二章　苍凉悲壮的英雄交响乐

——转型时期社会英雄浪漫主义文学简析

　　转型时期文学从整体上看呈现出日趋低迷的走势。"伤痕文学"哭哭啼啼，文化反思探幽猎奇，新写实写世俗化表象，"躲避崇高"热衷于日常生活，生命叙事暴露隐私，以"小女人"散文为代表的感伤主义的无病呻吟——像当年梁实秋先生所嘲讽的那样："离家不到百里，便可描写自己如何如何的流浪；割破一块手指，便可叙述自己如何如何的自杀未遂；晚饭迟到半个小时，便可记录自己如何如何的绝粒。"①在这种走势逐渐弥漫文坛的过程中，社会英雄主义如一曲高亢、激昂、悲凉、雄浑的交响乐，响彻其间。尤其是 20世纪 80 年代前期，伴随着社会改革的滔天巨浪，改革文学呼啸而至，在转型时期文坛上刮起冲天旋风。现在看来也许缺乏浑厚的内涵，但在当时却产生了强烈的轰动效应。它那尖锐激烈的矛盾冲突、恢宏大气的英雄叙事、炽烈深沉的政治激情、悲壮的革命英雄主义精神，形成转型时期浪漫主义文学的强势品格。本章拟就此做些粗略的考察。

一、社会英雄浪漫主义文学的文化和审美背景

　　社会英雄浪漫主义文学的黄金时期是 20 世纪 80 年代前期，它的出现有着复杂而深刻的社会文化和文学审美背景。

　　在一个不算短暂的时间里，英雄主义与浪漫主义缔结了密切关系。20世纪中叶，中国人民取得革命斗争的胜利，在推倒三座大山的基础上确立了工农当家做主的社会主义政治经济体制。新时代的建设英雄和革命战争英雄成为社会偶像，也成为与时代政治融汇无间的当代文学书写的对象。在

---

① 　梁实秋：《浪漫的与古典的文学的纪律》，人民文学出版社 1988 年版，第 16 页。

那个社会英雄辈出的时代,塑造革命英雄人物,表现革命英雄主义精神成为时代文学的重要任务。因为按照权威理论家的解释,社会主义文学必须表现壮丽的事业、崇高的理想、激烈的斗争、辉煌的胜利,塑造代表先进阶级利益的英雄人物被视为达到这一要求的重要途径。而革命浪漫主义口号的提出则在促进社会英雄主义和浪漫主义联姻的同时,也借风兴浪,将英雄浪漫主义创作推向极致。转型时期社会英雄浪漫主义便是那个时代形成的审美意识作用的结果。

从理论上看,社会英雄主义与浪漫主义结合具有必然性。其创作者大都兼具革命者双重身份。他们既要表现审美追求,也要或者更要表现革命思想和理想,由此促成英雄浪漫主义文学是合乎逻辑的发展。但在实际创作中两者却没有很好地结合在一起,常常出现疏离,或者顾此失彼。尤其是在某些非常年代,受时代革命影响,作家常常出现重视革命、忽视或轻视审美的偏颇,从 30 年代的"革命文学"到五六十年代的政治性文学,所提供的大都是结合不当的文本。但政治宣教的力量是巨大的,尤其是当人们大都处在热烈的政治情绪包围中的时候,即使偏颇的宣教也会发生神奇的效果,因此在相当长的时期内没有人怀疑二者结合的正确性,相反,借助于形而上学思维方式的推广普及和意识形态的巨大作用暨大力宣传,强化了结合的合理性,并且影响了不只一代作家。作为历史发展链条上的一个重要环节,那种偏颇对后来的文学发展也产生了很深的影响,到 20 世纪七八十年代,历史车轮虽然进入转型时期,那些偏颇也没有随着旧时代的远去而销声匿迹,它还拥有很大市场。即使在西方人文社会思潮潮水般地涌进国门、个性意识张扬成为时尚的语境中,个性主义创作仍然遭遇以"当代传统"为主的社会意识形态的压抑,遭遇不止一代人社会人生观的疑虑和拒斥以及不止一代人审美选择的疑虑和拒斥。我们无法忘记某些个性意识较强的人物出现后所遭到的抨击和非议,无法忘记某些带有个性主义倾向的作品发表后所遭遇的激烈反对,无法忘记"朦胧诗"人因"不屑于表现自身以外的丰功伟绩"所引起的轩然大波,甚至是上纲上线的批判。这些都显示出那个时代所灌输的人生观和审美观的巨大作用。

换一个角度说,尽管西潮东渐浪涛汹涌,在个性解放的飓风形成不可阻挡之势、个性主义获得较为普遍的认可、而且"当代传统"经过沉痛反思其价值取向遭遇强有力的批判、被解构得七零八落的时候,社会英雄主义仍然具有巨大的审美市场,因而社会改革英雄们闪亮登场之后,迅速引起满堂喝彩,产生了巨大的轰动效应——陈冲在其小说《厂长今年二十六》中写道,当年电台里播报小说《乔厂长上任记》，有人听得入迷，还到处讲：咱厂要是也来个乔厂长就好了。① 这不完全是虚构。如乔光朴、车篷宽、傅连山、罗心刚等改革英雄出现后，都引起巨大的惊喜和振奋，也都获得极大的荣誉和待遇——我们无法低估五六十年代文学传统所形成的深远影响。

英雄主义作为一种审美心理积淀在中国是相当深厚的。英雄叙事在中国有悠久的历史传统。国人长期生活在战争、动乱、灾难、屈辱之中，个体无力把握自己的命运而又不能心甘情愿地接受苦难的人生，他们希望英雄给他们做主，替他们伸张正义，即使在现实生活中找不到主持公道、伸张正义的英雄，也会在审美想象中创造英雄、寄托希望，借此释放愤懑的情绪，缓解屈辱和压力，文学英雄便应运而生。抑或说，正是由于在生活世界找不到伸张正义的英雄才导致文学英雄遍地丛生。英雄主义源远流长，由此形成崇拜英雄的文化心理传统和审美传统。中国文学擅长英雄叙事，更不乏英雄形象和英雄传奇，由此形成的英雄主义以及与此相关的崇高美、悲壮美是中国美学的重要范畴和叙事经验。但就近而言，转型时期社会英雄们身上的某些精神品质，如强烈的时代政治色彩、社会责任感、历史使命感、为国家和民族利益勇于献身的精神以及从他们的出身、经历所显示的人生追求和价值取向来看，转型时期英雄主义与五六十年代文学的联系更为直接。

这与作家的构成有关。或者说可以从社会英雄浪漫主义创作队伍的构成上得到解释。社会英雄浪漫主义文学的创作者如蒋子龙、柯云路、张锲等大都是那个时代成长起来的作家。他们在五六十年代上大学或者中学，接受的是以高尔基为代表的苏联社会主义文学的影响②以及在苏联文学影响下创作的中国当代文学的熏陶，以周扬的理论为代表的五六十年代政治性文学理念对他们产生了润物细无声的作用。在社会转型初期，他们带着五六十年代生成的文学意识从不同的来路走上文坛，其创作，无论人物塑造、情节安排还是主题倾向、美学风格，都与五六十年代有密切关系。尽管他们走在审视、批判、甚至清算五六十年代文学流弊的环境中，他们自己对于那个时代的文学也心生不满，并且与时俱进，接受了以个性主义为重要内容的西方人文思潮、甚至接受了以存在主义为主要内容的现代主义文学思潮，形

----

① 陈冲：《厂长今年二十六》，《1982年中篇小说选》第一辑，人民文学出版社1983年3月版，第552页。

② 高尔基从政治学和创作方法的角度说明浪漫主义，把浪漫主义分为"个人主义的浪漫主义"和"社会性的浪漫主义"两种，在否定"个人主义的浪漫主义"即消极浪漫主义的同时，极力倡导"充满社会主义理想、革命激情和反抗意志"的积极浪漫主义。

成很强的自我意识和反叛意识,但自觉地拒绝却无法抑制早期形成的文学意识的自然流露,在创作过程中常常于无意中拐进五六十年代的轨道——他们的创作中总是保留着那个时代影响的印痕。

社会英雄主义是一个综合性的概念。按照字典解释,"英雄是指那些见解超群出众或领袖群众的人物",他们心存大义、信仰坚定、力挽狂澜、忧国忧民,具有坚强的个性和超群的才能,具有豪迈的气概、宽广的胸怀、顽强的意志和高尚的人格境界。英雄主义在不同的层面和范围有不同的内涵。在张扬个性的转型时期,每个生命个体都是一个大写的"自我",在一定的范围内堪称"英雄"——自我英雄,与之相对应的一定层面和范围内的英雄主义也是相当宽泛的概念。以转型时期文学创作而言,就有北岛的个性主义的英雄主义,梁晓声的悲情英雄主义,张承志的道德和宗教英雄主义,莫言的野性或曰匪性英雄主义……转型时期文坛上各种类型的英雄遍地丛生,英雄主义也形色各异。

但并不是所有的英雄主义书写都具有浪漫主义特性。在此我们关注的是表现了作家的社会理想和时代精神的社会英雄主义——因为这种类型的英雄主义常常与社会改革连在一起,故我们考察的对象大都限定在不同时期的"改革文学"范围之内。如果再缩小些,就是那些包括工业改革、经济改革、社会整体性改革(指那些全面反映社会改革时代生活的创作)在内的社会改革文学。英雄是在尖锐激烈的矛盾斗争中涌现出来的。农村经济改革虽然也遇到障碍,也形成尖锐的对立和冲突,但相对来说比较顺利,短时间内便取得巨大成就,并出现了一批讴歌改革成就、表现改革理想的创作如《陈奂生上城》《乡场上》《黑娃照相》等作品,成就了陈奂生、冯幺爸、黑娃等一些改革受益者形象;但除《燕赵悲歌》等极少数创作外,很难塑造社会改革英雄,也很少英雄浪漫主义色彩,因此不在我们考察的范围。

"改革文学"所以具有浪漫主义色彩,与中国 20 世纪 80 年代的社会现实密切相关。按照经典理论家的说法,浪漫主义是反动派、叛逆者,同时也是自由主义者——反叛的目的是为了实现自由,具有自由主义思想才敢于反叛。中国长期实行计划经济,实行统筹统分的生产经营方式,并且把这些经济体制当做社会主义的本质特色,不仅生产方式习惯成自然,成为不可动摇的实践原则,而且形成不可更改的思想逻辑:只要中国还走社会主义道路,上述生产经营方式就不会改变;而走社会主义道路是铁定不变的选择,则上述生产经营方式也就不可更改。社会改革是基于对现有政治经济体制、管理制度、生产经营模式及其思想观念的反叛甚至否定所采取的革命性措施。

拨乱反正，整顿改造，除旧布新，清除障碍，破除迷信，解放思想——改革是一场革命，具有前瞻性和反叛性。改革英雄体现了作家的社会政治理想，顺应了历史发展趋势，也代表了国家和人民的根本利益和美好愿望。但在当时很多人的心目中却是"离经叛道"的行为。因为经过几十年的思想教育和理论灌输，不仅以上述政治经济体制为主要内容的社会主义制度深入人心，而且政治权威相伴着个人迷信的双重影响致使许多陈旧的观念形态也已经根深蒂固，诸如思想观念统一到既有的政治权威的思想上，统一到既有的意识形态上，反对自由化，反对个性主义，反对个人英雄主义，反对"离经叛道"，等等，曾是几十年的思想风尚，有些内容已经固定化、程式化，甚至神圣化了。至 70 年代末，"文革"虽已结束，上述思想习惯仍然具有相当大的市场，而且名正言顺、习惯成自然地发挥着作用，守护着既定的政治体制、经济方式，制约着人们的思想观念。实现四个现代化，恢复和发展经济，就要从实践到理论、从管理经营到是非标准改变既有模式，寻求新的出路。就此而言，改革还意味着打破旧的思想观念的束缚，营造自由发展的空间，解放生产力，充分发挥人的潜能，使之自由发展。既带有强烈的叛逆性，也带有理想主义色彩——浪漫主义是题中应有之义。其中的改革英雄则是浪漫主义精神的杰出代表。

　　社会英雄主义浪漫主义文学在很大程度上源于创作主体社会自我意识的觉醒和对于国家民族现状的清醒认识。社会自我意识的觉醒使他们认识国家民族的落后现实和尴尬处境，并且怀着深切的焦虑和自我责任感大胆地表现对于复杂现实的看法，而不是像以前那样跟随着主流话语高呼形势大好的口号，唱赞美诗，机械被动地反映现实。他们直面现实，其思想情绪是复杂矛盾的，既充满希望又伴随着烦恼，激情澎湃却又痛苦沮丧，希望在于"文革"终于结束，政治生活中的许多大事都向着符合人们意愿的方向发展。中国共产党第十一届三中全会提出了改革开放的方针政策，描绘出四个现代化的宏伟蓝图，更以极大的号召力吸引且鼓舞着人们的政治热情。在人们心目中，那是一个充满希望的时代，一个理想和激情的时代。但人们也从刚刚打开的国门里看到我们与世界发达国家的距离，看到"四化"建设道路上存在的复杂而严峻的问题，于是产生了愤激情绪、焦虑情绪。正像徐枫所说的那样，看到"文革"遗留下的问题还是堆积如山，对于向老百姓许下的"一定要把 C 城建设好"的承诺还没有兑现，"我真是食不甘味，寝不安席"。① 感染这种忧患意识、焦虑情绪的大有人在。五六十年代的教育所形成的政治热情、社会责任心以及文学意识和创作追求与上述复杂的思想情绪汇集在一起,形成燃烧的激情和巨大的思想力量。他们急切地希望社会改革英雄出现,力挽狂澜,清除"四化"建设道路上的各种羁绊,为"四化"建设杀出一条血路,带领多灾多难的人民迅速走出贫穷落后的困境。他们满怀热切的希望塑造了这样的英雄,成就了英雄浪漫主义文学。

二、社会英雄浪漫主义文学的英雄表征

社会英雄浪漫主义文学的标志性成就是塑造了社会改革英雄人物形象,主要有乔光朴(蒋子龙《乔厂长上任记》)、车篷宽(蒋子龙《开拓者》)、武耕新(蒋子龙《燕赵悲歌》)、徐枫(张锲《改革者》)、傅连山(水运先《祸起萧墙》)、郑子云、陈咏明(张洁《沉重的翅膀》)、刘钊(李国文《花园街五号》)、李向南(柯云路《新星》)、罗心刚(宗福先、贺国甫《血,总是热的》)、袁志成(梁秉堃《谁是强者》)、慕容文华(梁秉堃《阵痛的时刻》)、盛子仪(沙叶新、李守成、姚明德《大幕已经拉开》)等。其形象性格的细部特征因作家而异,因塑造这些人物的社会背景和文学语境而异,因人物所面临的具体问题而异,但既然都是在社会改革大潮中弄潮搏浪的英雄,都带有社会英雄主义气概和浪漫主义色彩,也就具有很多相同或相似的地方。其共同的表征如下:

其一,勇敢的精神。英雄和勇敢密切相关,勇敢是英雄必备的性格特征。在国家、民族遇到困难、灾难、生死攸关的紧要关头和严峻时刻,没有挺身而出、奋勇当先的勇气还算什么英雄?社会改革英雄的勇敢精神表现在在国家经济落后、现代化建设遭遇极大困难的时候,他们勇敢地站出来,义无反顾地承担起改革的重任,为民族振兴冲锋陷阵。在国家"四化"建设遇到障碍的时候,他们是敢于点燃导火线、拉响炸药包的战士。

社会改革英雄集中在 80 年代前期。他们在"文革"之前就在领导岗位上担任重要职务,并且表现出相当的领导才能,在"文革"及其他政治运动中受到严重冲击,经受了许多残酷的磨难,也付出了沉痛代价——个人前途受挫之外,还有身家性命。但他们没有消沉,没有绝望,相反,经过"文革"淬火和若干政治运动的磨练,他们信仰更坚定,意志更坚强,思想更成熟,也更有勇气面对严峻的现实和复杂的矛盾。他们重返领导岗位,面临积重难返、复兴

---

① 张锲:《改革者》,人民文学出版社 1983 年版,第 133 页。

受阻的严重现实和复杂局面，没有安于现状、顺其自然、消极等待，更没有贪图享受、经营自己的安乐窝，在改革开放大潮涌动之初，他们就冒险在自己管辖的范围之内掀起改革大潮。他们直面"文革"后中国落后的现实，更直面自己工作范围内所存在的严重问题，不回避，不犹豫，不等待，不掩饰，采取果断措施，全力扭转混乱落后的局面。他们的改革遭遇巨大的阻力、强烈的反对，上级、下级、同事、亲友、群众、左邻右舍，形成巨大的反对改革的统一战线，从四面八方束缚着改革者的手脚。他们被困在反对改革势力组成的金丝网中，动辄身心名利受损。但无论遭遇多强大的对手，多巨大的阻力，多棘手的问题，面对多大的风险，他们都坚持党性立场，维护国家和人民的利益。他们冒着身败名裂、众叛亲离、前途丧失的危险，高举改革大旗，以大无畏的英雄气概撕破阻碍改革的金丝大网，为社会改革事业的发展拼出一条血路。

蒋子龙是"改革文学"的重要作家，乔光朴是他塑造的第一个改革英雄。乔光朴原是机电公司经理，这是一个很好的岗位——"上有局长，下有厂长，能进能退，可攻可守。形势稳定可进到局一级，出了问题可上推下卸，躲到二道门内转发一下原则号令。愿干者可以多劳，不愿干者也可少干，全无凭据；权力不小，责任不大，待遇不低，费心血不多。"但国家落后、机电工业拖后的现实令他忧心如焚，他自告奋勇，立下军令状，到电机厂任厂长。"我去后如果电机厂仍不能完成国家计划，我请求撤销我党内外一切职务。"谁都知道那是个烂摊子，政治斗争的旋涡：生产任务完不成，工人思想混乱，干部素质不高，人事关系复杂。乔光朴本人曾在那里栽过跟头，与那里的一些人结下说不清的恩恩怨怨。在常人眼里这是不可思议的选择，乔光朴更清楚到那里去工作将遇到多大的困难。但他"明知山有虎，偏向虎山行"，迎着困难上，顶着风浪走，表现出大无畏的英雄主义精神。

车篷宽是共产党的高级干部，也是一个勇敢的改革者。他参加国务院在人民大会堂召开的冶金系统工业会议，国家冶金设计总院吴院长的报告赢得上上下下的赞同，从 D 副总理坚定而兴奋的表情中推断他同意吴的报告，外省参加会议的人陆续发言表态赞赏，D 副总理一再点名要车篷宽发表意见，希望他支持吴的报告。但车篷宽坚持真理，实事求是，不唯上，不从俗，结结实实地放了一个响亮的冷炮："这个计划要是得以实现，中国人连裤子也穿不上了！"在那种场合、那种气氛中，如此表态冒着多大风险！需要怎样的勇气！

傅连山是省电业局的副局长，为了实现电业系统的联网改革，促进"四化"建设,自告奋勇到谁都不愿去、也不敢去的佳津地区工作,因为那里偏僻、落后,那里地方保护主义严重,更因为那里的工作阻碍了全省电力系统的改革。傅连山勇气可嘉,但地方势力更强大,他雄心勃勃地去,遭遇无情的刁难和冷遇,弹尽粮绝后灰溜溜地回来——被排挤出来。他不甘心,不放弃,千方百计占领那块被地方保护主义"侵占"多年、谁都不敢冒险闯入、自己也曾惨遭失败的阵地。为此,他混进由省委、经委、计委、建委以及部、办的领导参加的电力工作情况汇报会议,不顾局长阻止他发言的暗示,贸然打断人们激昂而又不着边际的议论,直面批评某些部门不重视专业化改组,批评某些领导片面地袒护自己的下属部门,给电力系统改革、给"四化"建设制造人为的障碍! 而在他所批评的领导中,就有参加会议的省委副书记! 这应该是多大的勇气? 傅连山的冒险和"冒犯"达到了目的,他的意见引起重视,推进了电力系统工作改革的初步进展,但他也为此付出沉重的代价。

其他改革英雄丁猛、徐枫、刘钊、李向南、罗心刚、袁志成……出山的姿态不同,出山后面临的具体问题不一,大都表现出勇敢无畏、坚持真理、敢为人先、锐意改革的英雄气魄和崇高精神。

其二,顽强的意志。意志是个体面对困境、灾难、压力所表现出来的心理承受和忍受能力。顽强的意志是英雄必备的性格——倘一遇挫折就灰心丧气停止进击,那就算不得英雄。改革者是经得起挫折和失败的考验、经得住沉重打击和折磨的意志超常的英雄,是当代中国的硬汉子形象。社会改革英雄无论是改革的弄潮儿还是顺应改革大潮而动的积极响应者,他们大都处在领导者革命意志衰退、社会一般人思想麻木、生活空气令人窒息的环境中,处在工作滞后、管理混乱、经济亏损的工作环境中——这是社会现实,也是作家的叙事策略。诚如鲁迅所说,中国是一个即使搬动椅子也要流血、而且流了血也不一定搬得动的国家。这就注定社会英雄所从事的是一项艰难的事业。他们的改革是对既有的生产方式、经营方式的挑战,也是对多年来形成的经济体制、管理体制、乃至政治体制的挑战。这种挑战直接影响到许多人的切身利益,而利益的代表者大都是一些社会关系复杂、善于玩弄权术、能够兴风作浪的官僚主义者,他们背后既有巨大的社会关系网,也有陈旧的思想习惯势力及其由生产经营体制所形成的社会保守势力,更有来自上层的支持。改革者的工作得不到应有的理解和支持。他们的改革事业在其开始就牵动起各种敏感的神经,激发起尖锐激烈的矛盾冲突,而所有的矛盾、压力、刁难和打击,都集中在改革者身上。

我们来看《改革者》中的徐枫。在社会改革英雄当中,他算得上较为软弱的一个。然而即使这个"弱者"也足以表现出社会改革英雄顽强革命意志的某些方面。徐枫 50 年代已经是中央某部副司级干部,前途似锦的年龄被打成"右派",妻子离婚,家庭破裂。他从中央机关下放到地方工作,失去大好前程。"文革"期间遭受残酷折磨,他被关进监狱多年,年少的女儿为他申冤遭到毒打下身致残。他没有屈服,没有消沉,没有放弃信仰和追求。他冒着生命危险给中央写信阐述他对某些重大政治问题的看法,遭到更加沉重的打击和更为残酷的迫害。他没有悲观绝望,在监狱里还坚持学习外语,寻求报效祖国的机会。平反昭雪后回到领导岗位,他焕发了工作热情,雷厉风行地开展工作,面对市委书记魏振国所营造的盘根错节、密不透风的关系网,面对官僚组织保守势力的强烈反对,面对来自省委书记无形而巨大的压力,他几乎是凭借一人之力苦斗群僚,全力推动改革事业的发展。金庸塑造武侠英雄常常把他们放在常人难以想象、甚至难以生存的环境中,摧残他们的身体,拷问他们的灵魂,磨练他们的意志,让他们在经受数不尽的折磨后获得超群的本事,成为无坚不摧的英雄。"改革文学"也将社会改革英雄置于风口浪尖上,在常人无法忍受的压力和折磨中表现他们非凡的意志,揭示他们的英雄主义性格,表现他们百折不挠的精神。徐枫如此,其他社会改革家如罗心刚、乔光朴、傅连山、车篷宽、李向南、丁猛等也大都在经受了艰苦斗争的考验之后成为意志非凡的改革英雄形象,或者说他们的顽强意志也在社会改革的磨难中得到充分表现。

其三,非凡的才能。人们理想中的英雄不是懦夫,也不是庸常之人。英雄大都有超常的本事、能力和才气,能够成就一番轰轰烈烈的事业。社会改革是强人的事业,英雄的事业。政治庸人、官僚主义者无力、也无心推动改革事业的发展,只有那些胸怀宽广、境界高远、不甘平庸落后、且担任相当重要职务的领导者才愿意而且能够在社会改革大潮中弄潮搏浪,做出一番惊天动地的事业。改革者具有远见卓识,处事果断,大刀阔斧,能力超群,三下五除二就能从混乱复杂的事物中理出头绪,经过一番调查研究找出解决矛盾的办法,登高一呼应者云集,掀起改革大浪——这是作家的叙事策略,并非生活的逻辑。作家常常把改革者推到错综复杂的矛盾斗争中,让他们处理棘手的问题,而这些改革英雄则凭借超人的智慧、过人的胆识、强有力的行政能力、纵横捭阖的手段克服常人无法克服的困难,做出一些常人想不到、做不到的事情。无论开局多么困难,经过一番拼搏,最后他们大都以非凡的才能赢得包括他们的对立面在内的众人的敬佩,赢得上下左右的理解和支持,取得改革事业的胜利或局部胜利。《祸起萧墙》中的傅连山是全省电力系统有名的"精通业务,作风泼辣的行政干部",即使地方保护势力的领袖、电力系统改革事业的积极反对者、傅连山困难和悲剧的制造者佳津地委郭书记在同他结识之后也表示了极大的赏识:"多么坚定的步伐,多么顽强的人哪!哪怕在他面前的是悬崖、是峭岭,他也决不会回头半步! ……这样的干部,你上哪儿去找啊?"因为市委书记魏振国与C城权力部门作梗,徐枫从各地招聘来的人才生活无着落、工作无法开展,还被赶出市委招待所到清江饭店睡大通铺,人才们情绪激愤纷纷向徐枫发难。这是一个难堪的场面:作为副书记,他已经领教了C城错综复杂的关系网的厉害,知道自己权力有限且成为严加防范的对象,工作处处受到限制,他既不能不负责任地做出任何许诺,又要留住人才实现他的改革理想。徐枫凭借脚踏实地的工作和真诚的人格魅力打消了人们的顾虑,扭转了被动局面。而他所采取的撤换有恩于他的钮根宝厂长、扭转农机厂亏损局面的措施,他对于牵动着C城各界人心、大批资金流向的省级重点工程、省委书记亲自关心的建设项目的态度(因为是省委书记钦定的项目,C城上下全力支持,他不好反对;但凭借他对C城经济发展的了解,意识到这一项目不仅当前严重地影响着C城的工业布局,而且建成后也会带来无法估量的负面影响)也于消极对抗中显示不同寻常的领导才能,项目虽然还没下马,但他的态度终于使这个项目打上硕大的问号。

如果说徐枫在四面楚歌的困境中依靠脚踏实地的工作打开了局面,称得上稳健素朴的改革英雄,那么乔光朴、李向南则是振臂一呼扭转乾坤的强势英雄。乔光朴动之以情、晓之以理动员经过"文革"灾难心灰意冷的石敢与他一道出山,并且以其炽热的工作热情和人格魅力让这个被动出山的党委书记焕发了工作热情,用霍大道的话说就是"把一个哑巴饲养员培养成了国家的十二级干部";他以强硬的态度处理不按操作程序工作的杜兵,改变了车间工人的工作态度,严肃了工作纪律,减少了不合格产品;他在没有宣布任命的情况下提前进厂视察并闯进党委会,及时制止冀申发动的生产大会战,为实施他的改革措施赢得先机;他恩威并重化解了与郗望北的矛盾,并且以其非凡的领导才能赢得这个一向对他抱有敌对情绪、桀骜不驯的青年干部的敬重,后者不仅消除了敌对情绪,而且认为"乔厂长是目前咱们国家不可多得的好厂长",充分肯定他的魄力、作风和感召力,全力支持乔光朴的工作,为乔的改革事业顺利开展创造了条件;他通过考核选拔管理人才,把那些有管理才能的人选拔到领导岗位,让他们发挥才能,同时也平息了用人方面可能激发的矛盾,而当某些落选后不服气的老资格们提出厂长也要考核上岗的时候,他欣然同意,将考核现场当做他宣讲现代化企业管理的课堂,同时又把没有管理才能、靠吃政治犯过日子的冀申淘汰出局;他一下子把全厂九千多名职工推向大考核、大评议的比赛场,无论干部还是职工凡不能胜任者一律成为"编余人员",车间留下精兵强将,生产出现有对比、有竞争的热烈紧张气氛;他将那些"编余人员"组成服务大队,替代临时工,既严肃了劳动纪律和操作规程,也精简了工人队伍,为工厂节省了大量开支……这一系列措施充分显示出改革家的领导才能,有力地推动了改革事业的发展。

改革呼唤着乔光朴式的英雄,也造就了"乔式"英雄。乔光朴为改革英雄的塑造提供了经验,此后出现的改革家身上大都有着乔光朴的精神血脉。李向南借助县委书记的权力,一天处理了14件积压案件,带领县委一班人下乡办公,所到之处,多么棘手的困难都迎刃而解,他果断地罢免不称职的干部,迅速处理积压很久的老大难问题,以其超人的魄力沉重地打击了古陵县的官僚主义势力,被誉为"李青天"。

社会改革家是非凡的英雄,也是理想中的英雄,他们身上体现了作家的、也是时代的理想。因为在现实生活中像乔光朴、傅连山、袁志成、李向南这样的社会改革英雄也像他们非凡的领导才能、崇高的精神境界一样,是不存在的。

其四,丰富的个性。英雄自有英雄的性格:勇敢,坚强,胸怀大志,远见卓识,意志非凡,能力超群,无往而不胜……英雄所以成为英雄在于他们是超人、强人。但英雄是人不是神,"神化"的英雄固然神奇,高大伟岸,但不如"人化"的英雄真实可信,有生命力。社会改革英雄大都出现在批判"三突出"、"高大全"的理论语境中,出现在唾弃五六十年代把人物性格简化为阶级性的创作范式的语境中,出现在肯定人性和人情、张扬人道主义的现实语境中,作家在突出他们的英雄主义精神的同时,也注意表现其富有人性的一面,写他们在家庭关系中的表现,写他们身上的人性和人情味。家庭是社会的细胞,社会的各种矛盾通过某些渠道渗透到家庭生活中,影响家庭生活和家人关系。家庭关系是社会关系的一种,在那个政治热情普遍高涨的时代,家庭成员总是有人参与到改革与反对的矛盾纠纷之中。如此,家庭便不再是私人生活空间。也许受五六十年代文学的影响,也许时代使然——作家们总是通过各种方式把社会矛盾家庭化,抑或家庭矛盾社会化,厨房里说"四化"建设,饭桌上议论改革问题,致使社会矛盾愈加复杂棘手。这在为英雄形象的社会化表现提供更多场所的同时,也大大减少了私人性的表演空间。不能说作家们不想接受五六十年代文学的教训,塑造有血有肉的社会改革英雄——人性化的英雄,或许也注意表现他们的家庭观念,儿女情长,普通人的喜怒哀乐,使其具有人情味、烟火气。但这一努力却因作家的非策略性选择大打折扣。

作为一种叙事策略,他们为社会改革英雄设计了一个破损的家庭,受"文革"及其他政治运动影响,改革者家庭受到连累,有的妻子受迫害而死,有的儿女致残,家庭成员健全者则出现思想分歧,有的家庭成员不理解、也不支持改革者所从事的事业,这样的改革者也像破损家庭的改革者一样,背着沉重的思想包袱从事艰难的改革事业。这种设计有助于突出英雄人物的硬汉子性格——英雄人物为推动社会改革遭到激烈反对,四面楚歌,身心疲惫地回到家里,却得不到温暖和支持,无法享受家庭生活的温馨,但他们仍然义无反顾,锐意改革;却不利于表现他们的人情味。作家好不容易让社会改革英雄回到家里,却没有真正把他们放在家庭关系的链条上,放在私人生活空间,让他们在远离政治分歧和改革矛盾的家庭生活中表演。在"义"与"情"的矛盾中,前重后轻,严重失衡,英雄主义的一面得到突出加强,儿女情长的一面却得不到应有的表现。这既是叙事策略失误,也是对传统英雄主义认识的固守和偏颇。

但实事求是地说,80年代的英雄叙事毕竟有所进步。作家没有把社会改革英雄写成不食人间烟火的工作狂,毫无人性、人情味的概念化人物。与五六十年代相比,作家描写中多了些儿女情长,英雄性格中也表现出些许人性和人情味。作为省委书记,车篷宽竟然到工人俱乐部跳舞,虽然是被动的,却发出了一个人性书写的信号。乔光朴与童贞的关系处理得有些武断和草率,但总起来说合乎情理,显示出符合人性的一面,他与童贞那番"情话"发自肺腑,真切感人。而在《乔厂长后传》中,具有硬汉子性格的乔光朴还因童贞外地出差心里空荡荡的,滋生孤独寂寞的情绪。为迎接童贞回家,他打扫房间卫生、上街排队买菜、下厨房做饭,甚至还当着童贞的面流出眼泪!可谓英雄气短、儿女情长。徐枫因妻子离婚、女儿下肢瘫痪,家庭生活比较简单,作家用墨不多,人情味也比较淡薄。其他改革英雄如傅连山、罗心刚等皆然。大体上说,早期的改革英雄还没有完全走出五六十年代文学的阴影,过多地突出了英雄的社会性格,强调了他们的社会道义和革命精神,表现人性、人情方面略显淡薄;至于陈咏明、刘钊、李向南等后来的改革英雄,因出现在容量较大的长篇小说中,写他们家庭生活的篇幅多一些,英雄身上的人情味更浓一些。并且受当时大写爱情、从爱情的角度表现丰富人性的创作风气的影响，作家把他们置于不同的女性之间，作品因此落入"改革＋恋爱"的俗套固不足取，但人物性格却因此而丰富，而多了些人情内容，较之乔光朴们显得丰富生动。就此而言，社会改革英雄带有双重的悲剧性——他们牺牲个人幸福谋求国家和人民利益，行为高尚却处处受挫，这是生活的悲剧；改革英雄高大突出但生命内涵单薄，是创作的悲剧，也是时代文学的悲剧。

三、社会英雄浪漫主义文学的艺术风格

有非常之人，也就有非常之事。英雄人物之所以成其为英雄就在于他们能够做出常人想不到、也不敢想的事情，做出常人做不到、也做不成的事情。由此构成作品非同寻常的故事情节，非同寻常的场面，非同寻常的矛盾冲突，非同寻常的人际关系，非同寻常的壮举或事业。因而也就形成非同寻常的风格。从考察浪漫主义的角度看，社会英雄浪漫主义文学的艺术风格主要有如下两个方面。

其一，澎湃的政治激情。

社会英雄大都是 20 世纪 80 年代出现的代表了时代发展趋势的改革家，是社会改革过程中涌现出来的反映时代发展要求、代表人民利益和意愿的杰出人物。他们身上虽然也体现了那个时代某些作家的审美追求，但创作者主要是通过他们提出并回答改革过程中的重大问题，某些具有尖锐性和紧迫性的社会问题，就像某些作家借人物之口一再强调的那样，问题如果得不到彻底解决，不仅他们单位的工作上不去，而且会贻误国计民生。《乔厂长上任记》开宗明义，以乔光朴"发言记录"的形式说："时间和数字是冷酷无情的，像两条鞭子，悬在我们背上。"时间是国家在 23 年的时间内实现现代化；数字是我们国家的电机产量远远地落后于日本，"日本日立公司电机厂，五千五百人，年产一千二百万千瓦；咱们厂，八千九百人，年产一百二十万千瓦。"这是电机系统干部职工的耻辱，也是中华民族的耻辱。这样的数字无法满足国家现代化的需要，严重地拖了"四化"建设的后腿。这种时代紧迫感为后来的社会英雄出场奠定了基调，英雄们大都像乔光朴那样以极强的社会责任感和时代紧迫感雷厉风行地从事他们的改革事业。

在那个政治激情澎湃的年代，无论人民群众还是作家，受过去时代的影响，大都对政治表现出浓厚的兴趣，而政治，尤其是国家提出的"四化"建设的宏伟目标，也确实有力地影响着人们的生活和思考。作家热衷于从社会

政治层面上思考问题,塑造人物,其创作具有强烈的政治色彩。无论是社会改革英雄还是对立面,乃至社会一般人,都具有很强烈的政治兴趣,都很在意社会荣誉和政治生命。人物围绕政治实践活动,情节围绕政治问题展开,矛盾冲突因政治问题形成,结局通过政治措施和政治途径解决。正如省委书记车篷宽所感受到的那样:"在中国,政治很强,经济很弱,头重脚轻根底浅,任何一个和政治无关的领域里的矛盾和斗争,发展到一定程度,总要被政治抓过去,为它所利用,以便成为政治上的斗争。"政治是核心,无论人物塑造还是主题表现,都在政治层面上进行,或者与政治密切相关。诸如"四化"建设、社会改革、党性原则、政治立场、国家前途、民族命运、领导干部的责任、共产党员的使命、方针政策、政治指标……之类的词语充斥在文本叙事之中。五六十年代文学的影响还没有完全消失——即使恋人相处、朋友谈心、路人闲聊、餐桌酒话说的也是与时代政治、与"四化"建设有关联的内容!即使要解决的是具体的经济问题,如柯云路的《三千万》,中心事件围绕某厂工程追加三千万资金而展开,资金流向以及是否应该追加,都属于经济问题,但作品却将其纳入政治领域,涉及政治问题,或者说作家原本就是要在政治层面上做文章,依靠政治手段解决问题。

这与时尚有关。当时的改革主要涉及经济建设问题,但无论作家的创作还是社会一般人都习惯于把问题紧密地与政治结合起来。作家满怀政治热情创作,代表人民群众的政治理想塑造社会英雄,把美好的语言、无限的爱倾注到社会英雄身上。当英雄的事业遇到挫折、陷于危难的时候,或者当英雄经过拼搏打开局面、改革事业蓬勃发展、在某些方面取得胜利的时候,他们都会激情澎湃,毫不掩饰自己的爱憎,也不吝惜自己的政治激情。这是乔光朴动员石敢就任电机厂党委书记时说的话:

> 这真是一种讽刺,"四化"的目标中央已经确立,道路也打开了,现在就需要有人带着队伍冲上去。瞧瞧我们这些区局级、县团级干部都是什么精神状态吧,有的装聋作哑,甚至被点将点到头上,还推三阻四,我真纳闷,在我们这些级别不算小的干部身上,究竟还有没有普通党员的责任感?我不过像个战士一样,听到首长说有任务就要抢着去完成,这本是极平常的事,现在却成了出风头的英雄。谁知道呢,也许人家还把我当成傻瓜哩!(《乔厂长上任记》)

这是两个年过六十、经历了各种政治风浪和人生风雨的老同学见面后的对话：

> 我要告诉你，我对共产党逐渐恢复了信心。我从徐枫还有其他许多共产党员身上，现在又从你的身上看到了，尽管共产党犯过不少错误，党里还有一些不纯分子，有不少歪风邪气，可是，中华民族的精华，大多数都还在中国共产党里；中华的振兴，中国实现"四化"的希望，还在共产党身上。我老了，很惭愧，过去一直没有提出过入党要求。现在我想竭尽全力，为党所号召的振兴中华、实现"四化"这个历史使命，作出点滴贡献。也许到我临死之前，还会提出入党要求的，那时候，春柱兄，请你为我做个入党介绍人吧！
>
> （《改革者》）

说话的是具有国际声望的高级知识分子，激动异常，声音都有些颤抖；听者是共产党的省委书记，此时眼睛里闪烁着激动的泪光。这类政治感情色彩很强的话，这种感人至深的场面，现在读来也许不再动人，甚至还觉得唱高调、矫情，但在那个政治激情澎湃的年代，不仅当事人被"刺痛"、被感动和打动了，而且读者也深受感染。因为这些话是肺腑之言，是蘸着泪水写出来的热血沸腾的文字。读着那些发烫的文字，人们都会受到强烈的感染。

这是那时代英雄浪漫主义文学的品位和魅力所在！

其二，悲壮美的风格。

社会改革是基于对现有的政治经济体制、管理制度、生产经营模式及其思想观念的反叛甚至否定而采取的革命性措施。改革是一场革命，具有前瞻性和理想性。从事改革事业的先行者的思想、行动大都具有超前性，且带有理想主义色彩。他们体现了作家的社会政治理想，顺应了历史发展趋势，也代表了国家的根本利益和人民群众的美好愿望。无论是基于社会现实还是作为一种叙事策略，作家们总是为改革家安排一个特殊环境，诸如官僚主义作风盛行、关系网盘根错节、思想观念僵化保守、生产和经营管理混乱、体制落后却又发挥作用……然后让英雄出山担当改革的重任。即使改革大潮涌动中出现的"改革后英雄"，作家也会想法为他们设计一个混乱的局面，让改革家出而解决改革深化过程中出现的新的矛盾斗争。也就是说，无论哪一代改革家，都要面对复杂的人事关系，陈旧的规章制度，敏感的利益纠纷……都处在尖锐剧烈的矛盾斗争中，都要面对强大的保守势力的激烈反对,遭遇各种阻力、陷害和打击,如罗心刚所猛烈抨击的那样:"为什么不处分那些处处为我设置障碍,拖我后腿,捆住我手脚的人?为什么不处分那些布下天罗地网来围剿我,跟我捣乱,冲我放冷枪的人?为什么不处分那些饱食终日,无所用心,僵化保守,昏昏庸庸混日子的人?""那些人"采取种种手段阻碍改革事业发展,改革家左冲右突,四处碰壁,身心疲惫,原本就不强壮的身体积劳成疾出现生命危险。至于被撤职、被审查、接受人民法庭的审判也是难逃的厄运。他们是思想境界高远的悲剧英雄。

为突出悲剧英雄的社会和审美价值,英雄叙事往往表现出非凡的视界和立意——省市级的领导干部,关乎国家前途、民族命运的大事业,具有重大政治意义和经济价值的问题。社会改革英雄站得高,看得远,有能力,有权力,有超乎常人的意志和魄力。他们为了国家和民族的利益,为了改革事业的发展,勇敢地挑起重担,通过顽强拼搏,以坚忍不拔的毅力战胜保守势力,扫除前进路上的障碍,取得某些胜利。与其共生的便是英雄们大都付出沉重的代价。有不少改革家身心疲惫险些丧命,不少改革家遭受打击陷害前途受挫。在人生道路上,在改革事业上,他们轰轰烈烈,出演的却是惨烈的悲剧。但作家对于社会改革始终充满信心,始终以理想主义的态度面对改革——也许是对于悲剧的"忌惮",因为在很长的时间里悲剧是不可涉及的禁区;也许是对于"四化"建设充满乐观情绪和美好愿望,作家大都在创作中毫不吝啬地"预支"他们的胜利期待;也许低估了反对改革势力的能量,似乎经过几个回合的较量便败下阵去,改革的大船就会畅通无阻;当然也包括中国文学传统的作用,坚信有志者事竟成,正义必将战胜邪恶——大团圆。流行的写法便是求助于高层,或者亮出尚方宝剑,让高层领导出面解决问题。即便是头脑清醒的作家,意识到反对势力的强大,不得不将英雄置于危难的境地,也要设法安排一个光明的尾巴,在表现英雄失败和困境、艰难和挫折的同时,写他们的精神怎样唤醒了其他人,赢得广大群众政治和道义上的尊重,激励着更多的人投身到改革事业之中,用以说明困难是有的,挫折是暂时的,而改革事业的前景是光明的,国家和民族是大有希望的。就像张锲借写省委书记陈春柱的感受所表现的那样:

> 在经历了许多重大的曲折和错误之后,我们的党正率领全国人民以更稳健有力的动作,继续往那光辉的彼岸游去。我们的总目标是明确的。尽管前面还会有许多急流险滩,身边还会有许多恶浪漩涡,水面上也不时漂来各种腐朽的杂物,想阻挡我们的进

程,但所有这些障碍都终将会被排除,我们的总目标一定可以达
到,一定能够达到。(《改革者》)

对此,共产党的省委书记从来没有怀疑过,各种类型的改革英雄也从未怀疑
过,因为作家深信不疑。

我们结合具体作品进行分析。乔光朴推动了改革的顺利发展,电机厂
出现崭新面貌,虽然有不少告状信,预示着乔光朴前景不妙,但干部职工已
经行动起来,参与改革,支持改革,改革的大潮势不可挡。(《乔厂长上任
记》)在《乔厂长后传》中,作家对工业改革的认识更全面、更深刻,对反对改
革势力能量的估计更充分,因而乔光朴的改革遭遇更大的麻烦,来自上面的
压力和阻挠使他举步维艰。这个雄心勃勃的改革家也心生悲凉情绪,萌发
辞职的念头。但结尾仍是令人振奋的:乔光朴的热情激活了党委书记石敢
的政治觉悟,他勇敢地站出来,承担责任,要与机电局长霍大道一起采取措
施为乔光朴讨回公道,给乔光朴以巨大的道义支持;而全厂九千工人也受到
乔光朴改革精神的感召,坚定地站在乔光朴一边,形成巨大的社会和道义力
量,誓与反对改革事业的官僚主义者及其他邪恶势力进行抗争,让人感受到
改革事业的光明前景。丁猛费尽曲折终于调查清楚三千万追加经费存在的
问题,弄虚作假的人受到孤立,广大干部工人的精神面貌焕然一新。(《三千
万》)傅连山以身试法,被送上法庭,论其罪应该判刑,但作家仍然找到理由
让他免于刑事处分,并且说明他的改革义举唤醒了许多人的政治觉悟,包括
反对派领袖、地委郭书记在内的许多人都意识到电力系统改革的重要性,实
现了从反对到拥护改革的转变,电力系统的改革势在必行,前景灿烂。(《祸
起萧墙》)车篷宽虽然退休,但全省的工业改革轰轰烈烈地开展起来,形成不
可阻挡的历史潮流,振奋人心的局面即将出现在人们面前。(《开拓者》)徐
枫的改革不仅赢得C城群众的理解和支持,而且得到省委书记陈春柱的赏
识,这个与C城反对改革势力有着千丝万缕的联系、对于徐枫不太感兴趣的
高层领导已经提出要把反对改革的市委书记魏振国调离C城,让徐枫担任
书记。这一设想虽然带有"预支"的成分,但让人看到正义战胜邪恶、改革战
胜保守这一历史发展的大趋势。(《改革者》)罗心刚心力交瘁,倒在审判他
的会议上,但他那番发自肺腑的独白真挚感人:

　　为了2000年,还有多少事要做啊!有人说,中国这架庞大的机
器有些地方齿轮咬死了、锈住了,可现在已经松动了,转得快起来

了嘛。会越来越快的！只要用我们的血当润滑剂！……无论如何，血，总是热的。(《血，总是热的》)

改革者的热血唤起人们的改革热情,更多的人加入到改革队伍之中,关心、理解、支持社会改革,并且也像他那样相信,有改革家的热血作为润滑油,生锈多年的国家工业建设机器将会飞速运转,四化建设的宏伟蓝图一定能够实现!

尽管这些"大团圆"式的结局带有乌托邦的色彩,而且有种悲怆感,但通过前面的铺排仍然让人感受到浪漫主义的魅力。社会改革英雄唤起的是崇高感和悲壮美。

四、社会英雄浪漫主义文学的演变与式微

社会改革英雄大都出现在 80 年代初期。其时,五六十年代形成的文学观念和价值取向还广有市场——既有作家市场,也有读者市场。不少作家还没有摆脱五六十年代文学观念的影响,习惯于从社会政治层面看取人生和社会.因而作品的人性内容显得单薄;习惯于把文学和政治绑在一起,过多地看重文学的社会政治作用,过多的政治话语、豪言壮语严重地冲淡了文学的审美功能,时代局限性过于明显。比如说,五六十年代受到抑制的"干预生活"的创作口号恢复合法性之后,被一些从那个时代成长起来的作家当做时髦的宝贝捡起来,奉做创作旗帜。他们习惯于把文学当做工具,或者"镜子",或者"锤子",用以反映社会问题,暴露社会矛盾,以引起整个社会尤其是政治家的注意,让创作起到推动改革事业发展的作用。蒋子龙就曾经说,他的《乔厂长上任记》是写给对文艺不太感兴趣的厂长、车间主任们看的,并且说"希望他们不要把这篇东西单纯地当做纯文艺作品来看",他希望自己的作品"能够引起领导工厂的企业家的共鸣"[①]。而社会各个阶层的人们还习惯于用五六十年代的眼光看待文学、要求文学,试图通过文学认识社会,从中接受教育,提高认识。因此"改革文学"在当时引起巨大的社会反响,乔光朴、车篷宽、罗心刚等一些改革英雄成为人们认识、关注和参与社会改革的重要参考,甚至有些人把改革英雄当做榜样。人们的社会期望冲淡了审美期望,或者说对于文学社会功能的要求压倒了审美需求,"改革文学"

---

① 蒋子龙:《写给厂长同志们》,《新港》1979 年第 10 期。

及其改革英雄们的不足也被忽略不计。

但此后不久，情况发生重大变化。"新的审美原则"在激烈的论争中崛起，并迅速占据人们的审美空间，五六十年代形成的文学观念、价值标准受到严重挑战。西方人文思潮的广泛传播构成对于既有的人生观、价值观的严重挑战。个性意识迅速增强，自我意识陡然觉醒，政治热情连同其社会文化背景、价值认同迅速淡出。文学大踏步"向内转"，表现自我成为时尚，赢得几乎所有作家的响应。文学的社会属性和政治功能被淡化，作家在新的文学理念影响下创作，包括五六十年代成长起来的作家的政治激情也迅速减弱，他们虽然没有新潮作家"向内转"得迅速彻底，但也失去从政治层面切入社会、看取人生的兴趣，失去对于社会改革英雄讴歌和追踪塑造的兴趣。固然还有作家因袭旧路表现新时代的改革英雄，但他们笔下的英雄已经与乔光朴、罗心刚们大不相同，甚至大相径庭。如柯云路因为《新星》名噪一时，借助于电视连续剧的热播，李向南家喻户晓。作家趁热打铁，狗尾续貂，推出《衰与荣》、《夜与昼》，但这个李向南与《新星》中的李向南已经大不相同，与其说是一个改革英雄，不如说是一个流落京城、来往于上层社会的青年政客，一个无法有所作为、只能动摇于青年女性之间的时代青年，在他身上几乎看不到那个雄心勃勃的青年改革家的影子。这与其说是作家与时俱进但不成功的探索，不如说是文学观念、创作时尚的变化在具体作家创作中的反映。

但社会改革还在深入进行，且仍然如火如荼。改革暴露出来的问题，改革家面临的困境，改革与反改革矛盾的尖锐复杂程度以及改革本身所呈现出的巨大魅力、所提供的文学素材远比改革初期更有文学性和戏剧性，作家稍加改造即可成为魅力无穷的英雄叙事——报告文学对于改革的近距离描写所获得的巨大反响便是说明。但这一切并没得到文学创作应有的关注。因为作家已经失去政治兴趣，对于社会英雄及其事业也失去曾有的激动和热情。至80年代中后期，反映改革的创作自然还有，但社会英雄却很难见到，像乔光朴、傅连山、罗心刚那样的改革英雄尤其少见。从文学的角度看，这是一种进步。因为乔光朴式的社会英雄既有时代政治特色和时代魅力，同时也具有明显的时代局限性：概念化、高大全的痕迹依稀可见，政治气息过于浓厚，人性内容没有得到应有的表现。英雄们为国家和民族活着，为社会改革、实现"四化"活着，缺少足够的自我意识和生命内容。这样的社会英雄只能出现在那个时代，在那个时代引起轰动，而那个时代是新旧交替且旧势力相当强大的时代，随着历史的发展，抹去社会改革英雄身上超乎人性的东西,淡化他们身上的政治内容,加强英雄的自我意识和生命意识,让他们更多些人间烟火气,更多些人性色彩和人情味,正是文学贴近人生的表现,也是文学对于人的认识和表现深入的标志。这是可喜的进步。但从考察英雄主义浪漫主义的角度看,80年代中后期,也就是《新星》以后,呈下滑趋势。如《古船》、《眩惑》、《浮躁》、《平凡的世界》、《苍生》等都涉及改革,也塑造了类似改革家的人物,但他们身上缺少英雄主义精神,作品也缺少浪漫主义气息。可谓英雄气短,儿女情长,求真务实,远离浪漫。

但是,既然社会改革仍在深入进行,既然改革是影响国家和民族发展进步的重大事件,也就必然引起文学的关注,只不过时代不同,关注的方式和程度有所不同,对改革的认识和反映有所不同。大体上说,90年代文学创作中还有社会改革英雄,也还表现出一定程度的浪漫主义色彩,出现了如《骚动之秋》、《人间正道》、《车间主任》、《抉择》等创作,塑造了一些带有鲜明的时代特点的人物,如岳鹏程、吴明雄、黄江北、李高成、段启明等社会英雄。他们身上还具有乔光朴、李向南等80年代英雄的某些品质,如勇敢的精神、崇高的境界、强烈的社会责任感和历史使命感等。但时代变了,这些英雄的作为和精神内涵也发生了很大变化,英雄的一面已经不像乔光朴们那样突出,而作为普通人的一面却得到较多的表现。浪漫主义色彩日渐暗淡。

以上从浪漫主义的角度对以"改革文学"为主的社会英雄浪漫主义进行了分析,我们梳理其形成的社会和审美背景,肯定其创作成就,分析其艺术风格,也就其发展流变以及渐渐式微的原因作了简单分析,试图对社会英雄浪漫主义做出全面的把握和积极评价。毋庸讳言,作为转型时期浪漫主义文学的一种形态,社会英雄浪漫主义叙事也存在某些局限。其最突出的局限在于"社会性",即主要是作为社会性叙事而表现出诸多浪漫主义审美品格,并因此显示出巨大的社会价值和审美优势。社会性是基础和核心元素,人物是社会政治层面的人物,事件是社会政治层面上的事件,背景是社会政治背景,矛盾冲突是社会政治冲突,美学风格是社会学美学风格,虽然也不乏个体文化心理内涵,也有个人性格和家庭叙事,但强大而突出的社会政治性挤占了私人空间,个体性内容显得逼仄而局促,并且因此缺乏丰富而深刻的文化心理内涵和与之相应的持久的审美魅力。这种社会政治性审美艺术在主体社会政治意识高涨、集体意识强烈的社会文化背景下自然拥有巨大的审美空间,表现出强大的审美优势,而在主体的社会政治意识淡薄、自我意识觉醒、审美意识增强的社会文化背景下,其阅读影响力和审美感染力便受到巨大挑战。它固然不会消失,甚至还会得到社会性的审美期待,但也会随着作家社会英雄叙事及浪漫主义激情的减弱而式微。新世纪前后,社会英雄叙事减弱和影视艺术领域社会英雄叙事傍依"红色经典"和历史叙事以及"红色经典"改编过程中所出现的英雄世俗化,便是社会英雄叙事局限的证明和补救——当然,这种"补救"是以"亵渎"红色经典为其代价的。

第十三章　浪漫诗情在自然书写中宣泄

——转型时期自然浪漫主义文学散点透视

人类与自然的关系决定了作为"人学的文学"、尤其是叙事性文学，大都把自然世界当做重要的书写对象。但并不是所有的自然书写都能影响作品的整体风格，也不是所有的"影响"都表现出浪漫主义风格。因此，自然浪漫主义特指那些自然书写分量厚重、影响作品特点、使整部作品表现出浪漫主义美学风格的创作。

一、自然浪漫主义文学及其发展的逻辑基础

转型时期自然浪漫主义是 20 世纪 80 年代前期开始出现的创作现象。作家们有感于大规模的工业建设、城市迅速扩张、科技理性发达导致的国民性格弱化、主体意识畏葸、民族生命强力退化等现象而走向初民社会，呼唤生命强力和野性精神。如《红高粱》对包括在高粱地里野合在内的绿林好汉精神的肯定，《环湖崩溃》关于荒原牧民的生命强力与荒原文化的赞赏，对于现代文明及现代人性的批判，对现代男性的不敢作为的否定等等。自然浪漫主义与同时期盛行的"寻根文学"有相近的地方，但两者的内涵和外延并不相同。"寻根文学"的创作目的是寻求民族文化和国民性格更新的资源，并把这种寻求指向古老的生活方式和原始文明；自然浪漫主义侧重人与自然关系的思考，侧重对生态环境的维护等内容。"寻根文学"对自然浪漫主义有启迪和影响：在人与自然的关系中检讨民族性格，检讨文化和文明，使后者的文化内涵显得更加厚重。

自然浪漫主义与现实主义的自然书写相比，首先表现在自然篇幅剂量的扩充。现实主义创作的自然主要是人物活动的环境，情节发展的场地，故事发生的契机。自然书写根据人物塑造、情节发展和主题表现的需要而存

在。"需要"决定作家的审美选择和笔墨投资。离开"需要",自然书写也就失去了意义。因此作家必须紧紧围绕人物行为和人际关系做文章,不能远离和游离人物社会到自然世界随意发挥,敞开书写,自然也就不可能在作品中占据太多的篇幅。浪漫主义重视主体意识表现,自然和人物、故事一样,是表现主体意识的载体和策略,自然书写与人物塑造、情节发展和故事结局一样,是作家抒情达意的重要方式。自然可以作为作品世界的独立内容,而无须依靠人物和情节存在,作家可以放开笔墨书写,而不受"第二需要"的限制。为充分地抒情达意,作家甚至可以以自然书写为主,以自然世界中的动、植物以及无生命的高山大河为主要书写对象,而将人物和情节当做无足轻重的内容;这不仅是可以的,有时还是需要的。因为与人物和情节相比,自然有时更方便于作家抒情达意,而作家也就可以放开笔墨自由地发挥和创造。

其次,浪漫主义作家笔下的自然具有更强烈的主观性。现实主义创作根据人物和情节的"需要"选择和描绘自然形态,讲究客观、传神、真实,而不特别看重主体精神灌注,在创作过程中或许采用拟人化等修辞方法赋予自然以性格和生命,但总起来看,那只是写作手法,自然在现实主义创作中大都是无生命的客体。浪漫主义根据抒情达意的需要"创造"自然的形态、色彩、声光、图影,自然不是单纯的客观物象,而是体现主体意志、表现主体情感的意象,自然界的湖光山色、花草虫鱼不再是自然事物本身,而是具有丰富的人文内涵的艺术载体。浪漫主义作家寄情自然山水,在纵笔书写中展示有生命内容的自然世界。自然是主观化的自然,人格化的自然是主体生命的喻体。如张承志在《北方的河》中借人物之口所说,他写的河流是"从大自然和人心里流过的河",跟"河流地貌、自然地理"没有多少关系。① 作家笔下的自然也许符合自然本体的某种形态,但内涵已经发生了变化,是主体"第一世界"与客体"第二世界"的高度融合。作为抒情达意的重要策略,浪漫主义的自然书写不局限于客观真实,而追求主观表现的淋漓充分,作家在书写过程中往往运用想象、夸张、渲染等手法,突出与主体意识相融合的部分,使其更明显,更独特,更突兀。

其三,从审美层面上看,自然浪漫主义创作具有更丰富的自然内容,更强烈的艺术效果。与现实主义作家相比,浪漫主义作家更看重审美自由,更厌倦规矩限制和条条框框。这种精神气质在世俗社会找不到书写的对应

---

① 张承志:《辉煌的波马》,江苏文艺出版社 2003 年版,第 125 页。

物,因为按照一般"约定",写历史就要遵循历史主义原则,写现实就要符合现实精神,人物行为不能过于出格,故事情节不能过于离谱,这在某种程度上限制了作家的创造和自由。现实主义作家可以在"约定"中创作,并且因为追求真实性,把"约定"当做必然原则遵守。而追求自由的浪漫主义作家却拒绝接受某些"约定",他们要在表现和审美两个层面上实现自我,遂大步走向远离世俗社会的大自然,走进深山峡谷、原始森林、茫茫沙漠、无边的草地、空旷的荒原,走进江河湖海和动植物世界,那里开阔、宏大、气派,没有世俗社会的种种限制,可以自由地想象和幻想,在想象和幻想中进行审美创造,在创造中实现自我。自然为作家创作提供了博大的时间和空间——自由书写的时间和空间,他们可以根据抒情达意的需要自由地创造。因此,自然浪漫主义更具有创造性,在夸张、渲染、变形中追求神秘和神奇的艺术效果,追求雄浑、博大、深邃的审美品格。

转型时期浪漫主义文学从整体上看很不景气,而作为浪漫主义文学形态之一的自然浪漫主义与其他形态相比,却有较好的发展。其原因基于如下几个相关的逻辑事实。

第一,文学自觉催醒了自然审美意识——也有学者认为是沉睡的审美意识的觉醒,概因自然美是中国传统的审美意识,上古神话中就有不少内容与自然相关,并且在创造性的审美想象中表现出浪漫主义精神,如盘古开天、女娲补天、夸父追日、精卫填海、大禹治水、后羿射日⋯⋯自然浪漫主义在中国传统的审美意识中具有重要位置。这种审美意识在非常年代受到压抑和扭曲,现在被重新激活,为中国转型时期文学拓开了巨大的审美空间,也为作家的审美选择提供了多种可能。[①] 这种见解有道理,但不全面。因为中国文化传统注重人与人的关系,讲究文明秩序和规矩礼仪,受其影响,书写精力集中在平衡人际关系、维护正统和道统等方面,自然书写因此大受影响。除山水诗、游记散文外,叙事性文学如小说中的景物描写大都十分简单,自然美、尤其是自然浪漫主义资源并不十分丰富。转型时期自然浪漫主义文学的发展源于文学自觉。"自觉"意味着挣脱束缚回归文学自身,也意味着复原文学的审美天地,"随着狭隘的、急功近利的政治紧箍咒的松动和解除,文学丰富的审美功能随着文学事业的拓展而表现出多种可能性,其中之一便是文学向大自然迈进,向江河湖海迈进,向崇山峻岭迈进。"[②] 在日渐

---

① 参见曹文轩著:《中国八十年代文学现象研究》,北京大学出版社 1988 年版,第 167 页。
② 朱寨、张炯:《当代文学新潮》,人民文学出版社 1997 年版,第 328 页。

丰富的选择面前,作家可以摆脱陈旧束缚或时尚诱惑,走进自然山水寻找审美对象,创造属于自己的审美天地。

第二,在更深的层面上源于作家自我意识的觉醒。缺乏自我意识,依照某种艺术需求书写,即使有浪漫气质也无法淋漓尽致地展示;而自我意识觉醒不仅意味着拒绝傍依,按照表现自我的原则创造文学世界,而且意味着创作主体有意识地张扬自己的个性以及为张扬巨大的自我而有意识地选择无限自由的创造时空。在某些浪漫主义作家看来,社会人文世界限制了他们的创造和表现,而自然世界是审美创造的自由天地,是可以纵横驰骋的天地,于是他们疏远人文社会,走向自然,借助于自然世界抒写性灵,在自然书写中表现自我。

第三,自然浪漫主义发展的直接原因,是在"人定胜天"的豪迈时代,国人狂热地"向自然开战",毁林造田,围海造田,开山造田,填湖造田……这些"壮举"严重地破坏了生态平衡,而转型时期社会经济和科学技术迅速而非科学的发展更是恶化了自然环境:森林减少,沙漠扩大,水土流失,空气污染,能源危机,生态失衡,人类生存面临困境。于是改善人类环境、维护生态平衡、与自然和谐相处成为人类亟待解决的问题,也成为文学创作的重要主题。稍加注意就能发现,《环湖崩溃》《干草》等自然浪漫主义的不少文本的内容与刚刚过去的"人定胜天"的历史密切相关。

转型时期浪漫主义文学的自然描写大体有如下几种形态——形态的划分有些勉强,因为各种形态互相交叉地杂混在一起,对各种形态的分析也只是突出了混沌世界的某些方面。

二、表现自然美育理想的浪漫主义

美育属于美学范畴。作家们不一定对美育理论有系统的理解,但他们的创作却暗合了自然美育理论。在此类创作中,作家简化人物和人际关系,淡化时代背景,淡化故事情节,径直地把少量人物置于特定的自然世界——看上去类似现实主义创作的"典型环境",其实不同——让人物在疏远世俗社会的大自然中生活、发展、奋斗和挣扎。人与人之间也有交流和碰撞,构成一定的矛盾纠葛和相应的故事情节,但交流和交往在特定的自然条件下进行,故事情节主要围绕人物与自然的矛盾展开。人物与自然的矛盾因作家及其创作意图、展开矛盾的策略不同而有所区别,较多的作家承袭了传统,让人物围绕征服自然、摆脱困扰、走出险境、改变命运、谋求生存和发展进行交往和交流,随着人物与自然关系的改变,人物之间的关系也发生变化。由此构成的故事情节是"简约"的,作家的笔墨多用于自然画卷的铺展。"自然"是决定人物命运、改变人物关系的重要因素,也是决定故事情节发展及其作品风格的重要、甚至主要的因素。作家在淋漓尽致地书写大自然神奇的外部形态、尽情地展示大自然的个性品格、极力渲染其博大雄浑壮美的同时,写人物以超强的意志、毅力和能力挑战自然,征服自然,在征服过程中塑造"硬汉子"形象,表现超人的意志和精神力量。与同类书写的现实主义创作相比,其浪漫主义表征在于,突出自然或凶险或壮美或二者杂糅的品格以及这种品格对于人物性格的铸造和人物灵魂的升华,对于人与人关系的改善。

自然美育的典型文本是邓刚的《迷人的海》。① 作品写的火石湾紧靠火石山,坚硬的火石形成刀切般的陡岸,陡岸的一面是烟雾缭绕、狗苟蝇营的世俗世界,另一面是一铺万里、充满凶险的大海。人在大海面前是渺小的,生命是脆弱的。但理想是壮烈的,人的意志也是不可战胜的。火石湾吞噬过许多生命,却是海碰子们向往的地方,这里"激发热血、召唤力量、砥砺筋骨、锤炼意志"。他们为实现历代人的梦想与大海展开惊心动魄的搏斗,一次次经受着死亡的威胁,却又一次次战胜凶险,"显示出顽强不息、坚忍不拔、征服险恶的精神意志"。②

作品写了两个人物:老海碰子和小海碰子。老海碰子带有传奇色彩,多年的历险经验赢得骄傲的资本,成为远近闻名的英雄,对于闯进他"碰海"地盘的小海碰子冷落漠然;小海碰子年轻气盛,"青春的热血在他心里沸涌",来到火石湾,"要干出一番惊天动地的事业来",实现历代海碰子们寻找海底珍品的梦想。简单的接触使他觉得老海碰子守旧落后,远不像人们传说的那样英雄威风,愈发骄傲自负。他们在同一地盘"碰海",缺少交流沟通,关系生疏而冷漠。若干次"碰海"之后,尤其是经历了海潮巨浪的生死考验之后,小海碰子获得救助,死里逃生,他心存感激而减少了自负自傲;而在经历了大鲨鱼袭击的危险之后,老海碰子也从小海碰子身上看到现代工具的长处和自己的落伍。大海磨练人的意志,使两个在冒险中生活的海碰子的性格得到砥砺,成为体现顽强的生命意志和坚强性格的硬汉子形象;大海改变了人物性格,长期离群索居几近泯灭温情和人性的孤傲冷峻的老人恢复了

① 邓刚:《迷人的海》,《上海文学》1983 年第 5 期。
② 朱寨、张炯:《当代文学新潮》,人民文学出版社 1997 年版,第 328 页。

天性和温情,小海碰子不再自负自傲变得懂事成熟;大海改变了人物关系,原本生分的关系经过生死考验而得到改善。作品写老海碰子发现小海碰子在狂风巨浪中消失的时候,他"疯狂地在陡峭的山岩上爬着、移动位置和角度,睁裂眼角,寻找着,寻找着。他扯着苍老的嗓门吼叫着,像一头老牛在呼唤着丢失的小牛犊"。小海碰子在获救之后对老海碰子寄予深切的尊重和关心,趁老海碰子睡熟的时候,悄悄地将两块预防大鲨鱼的红布条绑在他脚脖子上,令长期与大海为伍、孤傲心冷的老人十分感动。作品人物个性突出,情节单纯但内涵丰富,对大海的描写惊心动魄,人与海潮的搏斗惊险壮观,显示出雄奇超凡的浪漫主义美学风格。如作品写小海碰子不听老海碰子关于恶潮险象的忠告,坚定而欢快地跃进冰冷的海水深处,这时——

> 平静的海面突然露出狰狞的嘴脸,像一锅烧滚的开水,猛烈地沸动起来。那张牙舞爪的浪头,就像困锁了八百年的妖魔鬼怪,解脱出来了。顷刻,大海兜底荡动了,狂风驾着奔涌的浪头,哇哇地叫着扑向火石山岩。蓝淇淇的海水骤然变了颜色,暗礁下的灰沙黑泥乘机腾烟起雾,搅浑一切。……狂风虎啸犹似号角齐鸣,巨浪奔涌就像万马飞奔,陡峭的岸墙炸着一道又一道四处喷沫的浪花,轰隆隆的涛声此起彼伏,漫空回响。东南角的阴云已占领了整个上部世界,铅色的天空垂下冷漠的面孔,布满皱纹裂痕的山岩在默默地忍受。黑色的浪块仿佛带着金属的硬度,高耸着,挺进着,驾着呼啸的风威,像一道移动着的黑色城墙,漫空压过去,那架势完全是要把豁口,把火石山,把火石山那面的世界一起推平砸翻。

作品写出了大海的气势、神态,也写出了大海张扬、凶残的个性,充满浪漫主义诗情。如曹文轩所说:邓刚笔下的自然"是运动着、爆发着、顽强地表现着生命的自然"。对于大自然"如炽如燃的情感","常情不自禁地表露出富有浪漫情调的感叹。"[①]

张承志的有些创作也属于表现自然美育理想的浪漫主义范式。与邓刚相比,他更重视自然品格的刻画及其对于人性的升华。同许多浪漫主义作家一样,他弱化了人物、故事以及人物关系,其创作以自然为重要的甚至主要的书写对象,他的不少作品以自然事物命名,如《北望长城外》、《黑骏马》、

---

① 曹文轩:《中国八十年代文学现象研究》,北京大学出版社 1988 年版,第 160 页。

《大坂》、《雪路》、《北方的河》、《顶峰》、《晚潮》、《凝固的火焰》、《金牧场》、《金草地》、《一册山河》……作品内容与题目不一定有"望文生义"的关系,但题目本身却直观地透露出张承志的创作重心和艺术追求。某些带有雄浑壮美品格的自然,如奔腾的河流、茫茫的草原、空旷的大漠、金色牧场、三叉戈壁……是他创作的首选。

在酣畅淋漓的书写中表现大自然的开阔胸怀,激发感情,提升人格境界,砥砺性格意志,是张承志创作的重要内容。《大坂》、《北方的河》具有某种典型性。《大坂》简洁而突出地表现出自然美育的创作意图。作品写"他"怀着急切烦躁的心情登上"道路的顶点"——冰雪砌成的大坂,豪迈的激情、强烈的冲动、复杂的情绪陡然生成:仇恨凶险的巨大山脉,仇恨高高在上的大坂和欺凌人类的大自然,仇恨人世间制造灾难和悲剧、侮辱人的恶人、虚伪的小人:

> 他已难以压抑一股冲动,一股野兽般的、想踩蹦这座冰雪大山的冲动。他想驰骋,想纵火焚烧,想唤来千军万马踏平这海洋般的峰峦。他疯狂地感到一种快乐,感到自己终于找到了什么。他想呼喊,想喊来世上一切英雄好汉和一切专会向生活耍光棍的坏种,在这里和他一比高低。他想告诉无病呻吟的诗人和冒充高深的学者:这里才是个够味儿的战场,才是个能揭露虚伪的、严酷的竞争之地。他的胸中正升起着勇敢,升起着男子汉的气概。①

《北方的河》是写河的壮丽诗篇。黄河、额尔齐斯河、湟水、无定河、永定河、黑龙江是北方地理自然的壮丽景观。张承志赋予它们突出的形态和性格,如黄河的波澜壮阔和激流勇进,湟水的古老神秘和自然平和,额尔齐斯河的坚强忠诚和敬重承诺,无定河的自由自在和放浪不羁,永定河的深沉、坚韧和成熟自信,黑龙江的神奇粗厉和豪放飞腾。大河的性格深刻地影响着人物性格,每条河对砥砺青年学者的精神意志都起着重要作用。黄河气势磅礴,胸怀博大,像父亲那样强悍自信,使他坚强勇敢,敢于挑战黄河,征服洪流巨浪;而在他横渡黄河、即将遭遇灭顶之灾的危急关头,黄河赋予他勇气和力量,激发他战胜疲劳,卫护他横渡成功。额尔齐斯河的自由宽容塑造了他的心灵,使他没有因为与海涛的失恋而痛苦沉沦,他坚定人生信念奔

---

① 张承志:《辉煌的波马》,江苏文艺出版社 2003 年版,第 80 页。

腾向前,寻求更有意义的人生,追求更高的人生目标和境界。湟水从古老的原始森林流出,流经台地上的古墓葬,四千年的彩陶流成河——具有深厚的历史文化意蕴,他在"湟水里找到了自己的血脉",①认识到人文历史也是一条绵延不断的河流,自然地理、历史地理、人文地理密切相关,要学好自然地理还要扩大知识视野,学习人类学、考古学等方面的知识,他因此树立了远大的志向,决心当一个"真正有眼光的科学家"。在他报考研究生受挫、心仪的姑娘也将离他而去、他暴躁烦恼、寻衅打架、丧失意志和追求的时候,不屈的永定河激发他"应当变得深沉些,像这忍受着旱季干渴的河一样。你应当沉静,含蓄,宽容",他决心"鼓足勇气坚持下去,哪怕真的陷入悲剧我也决不屈服"。②永定河还纠正了他被额尔齐斯河"惯坏"的脾气,使他宽容大度。正是受这些大河的熏陶,他战胜了自我,开始他那宏大的著述计划。他在梦中"目睹"冰河开冻、坚冰炸响、"冰牌、冰洲、冰块、冰岛在漩涡中愤怒又惬意粗野碰撞"的壮观,感受滚滚的黑色波涛和冰排欢笑着奔向海口的豪迈,"他被彻底地慑服了,震惊了,吞没了",他成熟了,也成人了。作品最后写道:

> 他感到自己正随着一泻而下的滚滚洪流向前挺进,他心里充满了神圣的豪情。我感激你,北方的河,他说道,你用你粗放的水土把我哺养成人,你在不觉之间把勇敢和深沉、粗野和温柔、传统和文明同时注入了我的血液。你用你刚强的浪头剥着我昔日的躯壳,在你的世界里我一定将会变成一个真正的男子汉和战士。你让额尔齐斯河为我开道,你让黄河托浮着我,你让黑龙江把我送向那辽阔的入海口,送向我人生的新旅程。我感激你,北方的河。③

三、诗情浓郁的生态浪漫主义

生态浪漫主义是生态文学的一种。生态文学包蕴的内容颇为广泛,指涉也很复杂。生态文学是近几年提出并引起很大影响的文学理念和创作现象。对此颇有研究的王诺教授认为,"生态文学是以生态系统的整体利益为最高价值的文学,而不是以人类中心主义为理论基础、以人类的利益为价值判断之终极尺度的文学。""生态文学是考察和表现自然与人的关系的文学。

---

① 张承志:《辉煌的波马》,江苏文艺出版社 2003 年版,第 169 页。
② 张承志:《辉煌的波马》,江苏文艺出版社 2003 年版,第 157 页。
③ 张承志:《辉煌的波马》,江苏文艺出版社 2003 年 8 月版,第 170—171 页。

生态责任是生态文学的突出特点。""生态文学是探寻生态危机的社会根源的文学。文明批判是许多生态文学作品的突出特点。""许多生态文学作品表达了人类与自然万物和谐相处的理想,预测了人类的未来。生态理想和生态预警是许多生态文学作品的突出特点。"①生态文学及生态浪漫主义内容很丰富,此处只就自然生态浪漫主义创作做简单分析。照直说,我们借助这一概念考察带有"生态"意向的自然浪漫主义创作,不是看重它的生态内容。

与其他形态的自然浪漫主义相比,生态浪漫主义主要表现为对于自然美的诗意描绘,对于生态环境遭到毁坏后人类所面临的灾难和困境的生动展示,对于维护生态平衡、改善生存环境的深切呼唤。宋学武的《干草》②用抒情的笔触写离家不远的地方有一片清新爽目、膏腴丰富的绿草地,它养育了附近的居民,然而人们为了贪婪的欲望和政治企图残酷地毁坏了草地。大饥饿的年代降临,人们的生活陷入困境;在饥饿中挣扎的人们开始反思昨天的过失和罪孽,思考人与自然的关系。作品以无限眷恋的情思回忆童年时期的草地生活,洋溢着浓浓的诗情,寄托着作家的人文理想:

> 在我童年的记忆中,它却是那么辽远、那么空阔。我常常躺在深深的草丛中,吸吮着草的芳香,仰望着浮动变幻的白云,想象着远处天地相接的地方。草甸上星星点点的几只羊,在绿色的波涛里时隐时现,像白色的云朵,可惜那时候我还不知道"风吹草低见牛羊"的诗句;偶尔有一只兀鹰,静止不动地挂在天空,展开双翼,呆呆地注视着草地,仿佛随时准备猎取草丛中的青蛙或者田鼠;间或掠过云端的一群雁的叫声,不知道在多么遥远的天际激起回响,给恬淡、静谧的草甸子带来无限生机;有时,绿色的气浪把打瓜鸟子从密草深处托起,飘逸多姿地浮游在空中,一会儿在高处消失踪影,只剩一个小黑点在闪动,一会儿又翻转双翼,在阳光下一明一灭地辉耀着。看着这迷人的景象,我长久地冥想、幻想,几乎忘掉了少年的一切烦恼和苦闷。

张炜以芦青河为背景勾勒出两幅色彩迥异的画面。一幅是作家回忆或

---

① 参见《中国绿色时报》2006 年 2 月 13 日的相关文章。
② 宋学武:《干草》,《青年文学》1984 年第 2 期。

者说憧憬中的画面,这是作家理想的世界和境界。那里有淳朴的人物、明快的故事、浪漫的情调,更有优雅的自然环境:幽静的葡萄园,茂密的果树林,无际的绿草地,飘香的瓜果,欢快地鸣叫着的百鸟……。纯朴的人们生活在素朴的自然之中,与大自然融为一体,构成和谐宁静的画面。人与野物友好相处,动物从不伤害人,人也耻于猎物。狐狸把吃奶的孩子偷去喂养几个月还送回来,野狼挡住人的去路,吆喝几声它就乖乖地躲开。果树林为人们提供了丰富的果实,也带来无穷乐趣,姑娘们雨后来到果树林,于烟雨濛濛中找蘑菇、采草药、捡野果、挖野菜,寻诗寻梦,其乐无穷!与此相对的画面是,人们愚昧野蛮地侵犯自然,毁坏了山林,毁坏了草地,毁坏了湖泊,伤害了动物鸟类,污染了芦青河,绿洲变成沙丘,草地变成荒原,百鸟遁迹,花草凄凄,人们在嘈杂喧嚣的环境中挣扎、呻吟、流血和搏斗。[①] 两幅画面形成鲜明对比,张炜借此深刻地批判了破坏生态环境的"不孝之子"。

张炜是具有浪漫气质和理想追求的作家,他挚爱自然,关爱生命,厌倦世俗世界,在审美想象中营造一方"净土",慰藉疲惫的心灵。《满地落叶》是一篇表现人文和审美理想的作品,甚至可以说是理想化的作品。人是理想中的人,景是理想中的景,情是理想中的情,故事是理想中的故事——一切都为表现理想而设计。这是一段浪漫的人生奇遇,也是一个"天人合一"的理想境界。"我"来到胶东西部一个果园里,果园外面是纷争嘈杂的世俗世界,果园里却宁静安逸,景色宜人,充满诗情画意。"我"与先期来子弟小学任教的青年女教师相识,两人志趣相投,心灵相通,常常不期而遇,相伴在果树林里散步,谈心——

> 果园里出奇的空旷和安宁。我们走得很慢,完全是自由自在的。我真是幸福极了。我会永远记住这个铺满红霞的果园。我不曾记得在这之前有过这样的安逸和平静,无论是情绪还是步伐,都是这样缓缓的。在一片绿色的簇拥下,身心放松到如此境地。这往往是一个人的感情最健康的时候。
>
> 我们都不怎么说话。因为我们都在倾听大自然最优美的诉说。彼此都看得出对方是一个可以接受这种声音的人,就是说都懂得怎样用心灵去捕捉绿色的弦音。晚风一丝丝地增大,千万片

---

① 上述描写见《唯一的红军》、《问母亲》等篇,收录张炜小说集《致不孝之子》,山东友谊出版社1997年版。

> 叶子发出了悄声细语。芦青河水又一次送来了低低的歌唱。红色
> 的光束在叶子上颤抖着，又像晨雾一样在风中一滴滴摇落，渗入了
> 泥土。小飞虫的双翅像小扇子一样打开又折合，发出了铮铮的钢
> 丝弹博般的声音。红云在暗绿色的树丛上方流去，流进海洋，慢慢
> 熄灭，一边变为铁青色，一边发出腾腾的蒸气。果园上方还有最后
> 一绺淡红色，树隙间已是灰蒙蒙的了。①

作品的浪漫情调在诗情画意的书写中得到生动表现。

杨志军具有高度自觉的生态意识。《环湖崩溃》②是一部关于人文历史、自然地理、哲学宗教、道德伦理、生命物种、生态环境……的史诗性的浪漫主义创作。作者以澎湃的激情和深邃的理性思考向世人展示了环湖荒原的万千气象，以深切的忧虑昭示了"环湖崩溃"这一惊心动魄的现实以及与这一现实密切相关的现代文明对于人类性格的弱化。整个文本洋溢着浓烈深沉的抒情气息。作家面对苍莽的环湖荒原敞开胸怀，以夸张自由的叙述讲述了"神奇"而"简约"的故事。50 年代中国人意气风发地向大自然开战，主人公在父亲带领下和垦荒队来到青海湖畔，他们以豪迈的精神、坚强的意志战天斗地，同时也战胜了试图阻拦开荒种田的当地牧民。他们克服了难以想象的困难，付出了包括垦荒队长生命的巨大代价，开垦出大片"良田"。垦荒队的意志是坚强的，但成绩却是可怜的；精神是崇高的，行为却是愚蠢的，他们的劳动"只能是热情和精力的浪费"，其收获还不及播下的种子！十几年以后，主人公与恋人花儿以"绿色守护神"的身份带着性信息素来到环湖荒原，科学文明与荒原野性形成鲜明的对比和尖锐的冲突。他们用进步的科学实验诱杀了危害荒原的毛虫，对于维护局部的草原绿色或许有所帮助，而在野性的生命、奔放的激情与现代文明、道德规范的对抗中，后者一败涂地。主人公在生命本能和野性诱惑双重作用下倒向荒原女，"粗犷的荒原给了我野性的基因，如同沙漠的枯寂给了我男人的进取"，他没有"守着僵死的道德规范"去"侮辱"草原女的"生命波动"，在雪地里完成了"野性的浪漫"；而与花儿的现代爱情却因为文明束缚导致阳痿最后终结。又是多少年之后，主人公随科学考察队第三次来到环湖荒原，展示在眼前的是触目惊心的事实：环湖草原惨遭毁坏，生态环境严重失衡，牧民的生活和生存受到威胁，"当初

---

① 张炜：《致不孝之子》，山东友谊出版社 1997 年版，第 102—103 页。
② 杨志军：《环湖崩溃》，载《当代》1989 年第 1 期。

我们拓荒者的荣耀,我们的热血的象征,已经变得不可思议了,豪风吹跑了疏松的土壤,卵石裸陈。大荒原中又有了戈壁滩来增饰的荒凉和恐惧。"

与此相关的是,民族生命力退化,精神陷入危机。严峻的事实激发起情感大潮,主人公愤怒而深邃地指出:"人类和植被肚脐相连",用"践灭绿色的办法显示智慧、拯救文明、炫耀进步,是对环湖也是对人类自身的侵略",必须阻止! 面对草原野性与现代文明的对立以及后者对于个体生命的侵蚀,主人公愤愤然:"我们人类的贞洁裤怎么就成了荣耀和做人的资本呢?""我的可怜的教养,我的可怜的知识分子、斯文者的愚蠢的意念——不仅身身相碰而且心心相印的想法",怎么"竟变成讨厌的繁文缛节了"呢? 作品情节简约而生动,故事跌宕而带有传奇色彩,时空错置增添了神秘色彩。人物并不是写作重点,作品的重心是写环湖,写荒原,在宇宙、自然、地理、历史、现实多维系统中观照环湖荒原,审视人类文明和民族精神。作品对于自然形态及其性格精神的书写酣畅淋漓,雄伟悲壮的开湖场景在强化作品浪漫主义气势的同时,也激发起作家的理想主义情怀。作品最后写道:"受孕于人类的大湖在石破天惊中托出了新生的荒原女神,冉冉而来,如黑云冉冉而来……"在激情恣肆的自然书写中抒发了一腔浪漫主义豪情。

四、浑厚深邃的人文地理学浪漫主义

人文地理学浪漫主义是说作家的自然书写具有地理学依据——其他艺术类型的自然书写也有地理学依据,但那"依据"大都限于"地名"意义,其书写根据创作需求虚构自然的形态风貌,且不一定具有人文内涵;此类形态的自然书写虽然也有艺术虚构,但更接近地理学上的亦即实际的自然,且大都饱含着丰富的人文历史和社会内容,既体现了作家的审美理想,也反映了作家对于人文历史和社会现实的思考。人文地理学浪漫主义是相关于人文地理学的一种创作倾向。人文地理学研究者张文奎认为,"人文地理学是研究人类活动主要人文事象区域系统的科学"。① 此处援用这一概念,指自然书写具有地理学依据和人文内涵及其浪漫主义倾向的创作,即用文学艺术的形式思考人类生存与自然地理和人文地理关系的创作。如杨志军的《荒原系列》、张承志的《北方的河》以及散文作家郭保林的《阅读大西北》、《大赋长江》等。

---

① 张文奎:《人文地理学概论》修订版,东北师范大学出版社1993年版,第8页。

在这类创作中,作家常常选取名山胜水作为书写对象。它们是地理自然,也是文化古迹和历史名胜,历尽岁月沧桑,见证了历代王朝的兴衰和民族历史的沿革,"负载了变迁的历史和固体的现实"。作家将地理自然书写与历史地理书写及其思考紧密相连,在地理自然的历史和现状的比照中昭示具有现代人文精神的哲理内涵,在对地理自然的历史和文化反思中揭示历史积淀过程中民族生命力低落的原因,揭示文化和文明进化过程中民族性格的弱化和软化及其原因。这些创作大都带有文化批判和文明反思的倾向,甚至对现代文明和文化表现出深度的怀疑,对民族精神和民族性格的现状表现出深深的忧虑,并且认为文化和文明是软化民族性格、造成民族生命力降低的原因。如《环湖崩溃》——这是一部内涵十分丰富的作品,既包含着深邃的生态浪漫主义内容,也是人文地理学自然浪漫主义的重要文本。作品的人文地理学内容在于,通过人物情感经历的书写和人文地理学的思考生动地说明,伟岸的荒原激发原始冲动和浪漫激情,呼唤生命强力和野性精神,而现代文明则成为人性张扬、生命本能的桎梏。作家肯定"野性的浪漫",赞美大自然赋予人的"男子汉的荣耀,雄性的血气和精气",批判文明教养对于生命力的扼杀,道德礼教对于男性崛起与奋进意识的阉割。与此相关的是,作家们把恢复民族生命强力的希望寄托在遥远的历史,寄托在未经文明浸染的原始地理自然,借助于原始地理自然的书写发掘民族在历史进化过程中丢失的精神钙质,通过召唤地理自然曾经有过的生命强力向大自然、向造化汲取精神营养。"那广阔阒寂的大荒原,这漫漫荡荡的大沙海,"铸就的是"金子般坚硬的心灵",塑造的是顶天立地、"拿得起、放得下的雄性佼佼者"。也就是说通过历史地理自然或现实地理自然的浪漫主义书写展示民族急需的文化精神营养,通过召唤历史进化过程中的"丢失",增强民族生命的强力和活力。比照激发愤慨,作品常常在自然地理和历史地理的书写中迸发出浪漫主义激情。作品多次写开湖的壮丽景观,抒发浪漫主义豪情,寄托人文主义理想:

> 破晓了。那从灰白的大气深处升起的一抹霞色——缓慢移动的遥远的纯赤生命,变幻出一股股漫散开去的烟枭。迅即,尘沙万里,从环湖凹部滚滚而来。这转捩性的荒风使太空顿然晦黯。首先从这大风中汲取了神力的是大湖,是封冻着的安静的冰。从湖中冰间扯出巨隙的地方,传来阵阵轰鸣声,像山体走过大地,像地壳播放熔岩滑动的高歌。马上,一绺冰带次第献身:被风浪高高举

起，又砸向前方冰面。新生的烂开的冰块翻腾几下后，又倏然跳起，伴着冰浪沉稳有力的夯歌，陨落前方。大潮爆炸了，石破天惊。好像荒原神在湖底燃起了熊熊烈火，寒冷，寂苦，死灭，漫无目的的板滞的晶体，像湖冰一样结实的惰性和颓唐——冬天，在一瞬间逃遁。威武雄壮的开裂也向纵深发展了。天空轻纤的云朵，娇喘可爱的苍鹰，低浅的荒原河做作的清响，谐美而矫情的鸟兽鸣，经不起大湖轰动天宇的冲击，须臾消逝了，死灭了。环湖，只有惊天动地的裂变，只有数万冰块的狂舞，只有摧折大山的力的奔驰，只有毫无成见和私隙的对历史的抛弃和对现实的冲撞。大潮开始分娩了，在度过了最后一段孕期之后，用无数冰块的大起大落，分娩出了一个骚动的奇姿妙态的水域和东仰西偃的世界。

郭保林是具有浪漫主义气质的散文作家。他生活在东部省会城市，却要"放逐"自我，到蛮荒的大西北草原逐日，高原问天，大漠穷秋，"三关"独行，交河城凭吊，吐鲁番巡礼，纳木错纵笔，喜马拉雅山断想，雅鲁藏布江放歌，长江抒怀……他充分利用散文的随意性而自由酣畅地为大自然造型，出版了《塔克拉玛干：红黄黑》、《大河息壤》、《阅读大西北》、《昨天的地平线》、《大赋长江》等散文力作，营造了一个博大雄浑、气势恢宏的散文世界，充满浪漫主义激情和阳刚正气的艺术世界。他以非凡的艺术胸怀将博大雄奇的西部自然世界纳入笔端，绘其形状，摹其声色，展其神韵，于淋漓尽致的书写中表现出豪迈的浪漫情怀。这是惊心动魄的地理自然景观，也是内涵丰富的历史人文景观，自然地理与历史地理有机地结合在一起，形成"天人合一"的境界。他思接千载，神游八极，思想的野马在无边无际的时间和空间纵横驰骋，时或走进广袤无垠的大漠，巍峨高耸的崇山，荒草漫漫的草原，风骨嶙嶙的黄土高坡……领略雄奇的地理自然风景；时或走进博大深邃的人文社会，拜会古今中外的智者贤人、黎民百姓，拜会在那片荒凉的土地上建功立业的人们，昭彰他们可歌可泣的劳绩、业绩和奇迹。凭借深切的阅读感受、广博的人文和自然知识及其对西部自然景观、人文社会内涵所作的独特的发掘和书写，其散文创作显示出独特的文化地理学和自然社会学意义，其中有对自然的崇拜，对崇高的礼赞，对古老文化和文明的推崇，对汉唐雄风的向往，对古代仁人志士的讴歌，对先民原始生命力甚至野性的赞叹，对民族苦难屈辱历史的悲叹，也有对人文精神萎靡、民族性格颓唐、公共道德沦丧、民俗世风日下等现象的焦虑和忧思……。"天和地是一部书，地平线把它们装订在一起,上部写满日月星云雨,下部写满山水草木兽。我是一只书蠹,咀嚼着天地间古奥艰涩的文字。""太阳是伟大的哲学","它的思想光芒穿透万物,它的情感点燃大地一切生灵和生命的圣火,它的血液澎湃在大自然的血管"。这样的书写,奇特、陌生、突兀、超拔、峭丽,甚至有些"生硬",但沟通了地理自然和人类社会,并赋予地理自然山水以深邃凝重的人文内涵。如此,荒原戈壁山川河流就不再是纯地理学的自然世界,也不仅仅是作家主体意识的简单载体,而是具有苦难意识、崇高品格、博大灵魂、顽强生命和奔腾不息精神的人文本体!

乔良的《陶》①似乎缺少"地理学"内容,却表现了与之相近的主题,呈现出与之相近的浪漫主义特色。与杨志军的"荒原系列"、郭保林的"西部系列"相比,作品侧重于"人文历史",在"人文历史"的追溯中显示出浪漫主义激情。作品通过一个陶器的制作、发现、破碎、复原的历史过程,跋古涉今,透视中华民族在各个历史时期的生活追求和生命形态,在热情赞扬"远古先民超拔奇谲的浪漫主义情怀、无拘无束的自由想象和奔放洒脱的生命形态"的同时,也对今人拘谨、呆滞、贫乏、世俗、虚伪的性格予以批判,对今人生命力的式微、创造性的衰退、想象力的匮乏表示了深深的忧虑。并就此感叹,"这块古老的地球上最厚的土地,这块既是父亲又是母亲喂养起一个黄皮肤种族的土地,这块从世界屋脊绵延而下又颠连起伏,雄视整个中国的土地,沉默凝固的太久了,她需要动起来。甚至需要原始的力和冲动。只有这种力和冲动,才能与浑茫宏大而又粗野蛮荒的黄天厚土相匹配。"作家的感慨激发了研究者远阔的思考和豪迈的情怀,有人评价说,"从世界屋脊的青藏高原到黄土高原,雄奇壮美,辽阔无垠,难道这巨大母腹中不再孕育震撼世界的威力吗?那种曾融化在先民生命中的吞吐八荒、逐日揽月的雄奇、浪漫的血脉永远流失了吗?作品呼唤的恰恰是这块博大伟岸的原始高原的原始冲动和浪漫激情。"②而这也正显示出作品浪漫主义的艺术张力。

五、转型时期自然浪漫主义文学的特点

自然浪漫主义因作家的个性气质和创作追求不同而不同,因自然景观和作家的审美阅读不同而不同,并且上述几种形态之间的艺术特点也有很

---

① 乔良:《陶》,载《人民文学》1985 年第 11 期。
② 朱寨、张炯:《当代文学新潮》,人民文学出版社 1997 年版,第 332 页。

大差别。但既然都属于自然浪漫主义,也就不可避免地存在迭合交叉的地方。在此谨就较为突出的整体性特点做些概括性分析。

其一,强烈的主观抒情性。自然浪漫主义创作大都具有很强的主体意识,作家们重视主观表现而"轻视"客观反映和再现,"轻视"故事情节和人物塑造,或者说他们从事文学创作就是要宣泄和表现而不是编织故事显示艺术技巧。其中多数作家属于情绪型和情感型作家,他们激情洋溢而富有理想,个性张扬且带有叛逆性,厌恶或厌倦污浊的人文社会和世俗人生,因在人文社会和世俗人生中找不到适当的倾诉对象而走向自然。他们热爱自然,视自然为知己、为倾诉对象,将自己的满腔豪情、满怀希望、满腹骚怨都对着自然诉说,借助自然这个博大深邃辽阔空旷具有巨大的包容性和言说空间的对象痛快淋漓地宣泄。倘若说人文社会和世俗人生因有许多规范和禁忌缺少言说即创作、倾诉自由的话,那么面对自然世界就可以直截了当,一泻千里,山呼海啸,呐喊呻吟,为所欲为!浪漫主义作家或许就是看中这一优势而钟情于自然世界,而他们的创作也因此具有浓郁的主观抒情性,具有强烈的艺术感染力。杨志军的《环湖崩溃》、张承志的《北方的河》、邓刚的《迷人的海》、郭保林的《阅读大西北》……无论篇幅长短,自始至终燃烧着激情,自始至终处于《北方的河》中所说的那种激情宣泄状态。

其二,博大崇高的艺术风格。作家所写的自然地理因人而异,但既然都走向大自然,且大都选择能够充分抒发浪漫主义激情的自然景观,除少数作品如张炜的《满地落叶》之类,因人物、情节需要而只能用适当的笔墨描绘自然形态之外,大都对自然给予淋漓尽致的书写。一般情况下,作家大都选择远离都市的边远地区,选择未经现代文明浸染的地方,选择如荒原大漠、深山老林、空旷的草原、人迹罕至的崇山峻岭、辽阔无边的江河湖海、莽莽的黄土高原、神奇的黑土地……这些具有辽阔、博大、雄浑、崇高特点的大自然作为书写对象。对象审美品格的大体相似为作家创作风格的近似奠定了基础;而作家对自然形态淋漓尽致的描绘、对自然审美品格的深入挖掘、深切感受和诗意捕捉以及浪漫主义作家那种善于渲染夸张的艺术才能,使他们的创作具有某些共同的特征。另外,作家在沟通自然和人文世界,挖掘自然世界的历史文化内涵、反思民族生命精神、呼唤生命强力、抨击现代人对于自然的毁坏和现代文明对民族性格的弱化以及表现人与自然搏斗、塑造硬汉子形象等方面,也都具有某些相似的地方。因此,虽然书写的具体对象不同,其创作风格大都表现出博大雄浑的特点。如张承志写大草原、梁晓声写黑土地、杨志军写环湖荒原、郭保林写西部大漠、孔捷生写大林莽、李杭育写葛川江、邓刚写迷人的海、郑万隆写大兴安岭……崇高、神奇、壮美、雄浑与博大的自然，青春、理想、爱情、生命以及惊心动魄的搏斗，生死相关的较量，超乎寻常的考验，临界生命极限的挑战，野性与文明的对立，原始与现代的冲突等等融会在一起，使作家的创作显示出博大崇高的艺术风格。

其三，鲜明的艺术形象。浪漫主义的自然书写并不重视艺术形象塑造，但不能说没有艺术形象——形象性是文学的本质特点，无论哪种形态的浪漫主义文学都具有形象性。自然书写提供的艺术形象主要有三类。一是个性张扬性格鲜明的人物。他们是体现作家主观意识的人物，虽然不像现实主义创作那样精心刻画，但作家个性鲜明，体现了作家主观意识的形象也就突出。其中不少作品中的形象是第一人称即抒情主人公形象，或者如张承志笔下的第三人称"他"的形象。他们在很大程度上体现着创作主体的性格意志，在阔大无边的自然世界生活、奋斗和挣扎，与特殊的群落交往，具有非同寻常的性格意志，有非同寻常的选择、作为和行为，属于非同寻常的人。如打捞海底珍品的海碰子、敢闯"鬼沼"的热血青年、暴风雪中的知青、考察北方诸河流的青年学者、环湖荒原的考察者……都是热爱自然、勇敢无畏、意志坚强、行为怪异、性格特殊的人，都是某些方面的超人。二是特殊的动物形象。作家在书写自然的同时常常采取非常态的艺术手法塑造具有特殊性能的动物，它们善解人意，有人的性情，能够做出人才能做的事情，甚至人无法做、做不了的事情。作家通过这些动物形象强化自然在某一个方面的特性，突出自然的神秘和神奇，如代表母性精神的益西拉毛（马）、灵动飘逸的骏马、在苍穹中飞翔称霸的苍鹰、宁死不屈的公羊、为爱情而壮烈牺牲的荒原毛虫……这些动物体现了作家的创作意图，代表了作家的审美理想。三是鲜明的自然画面。浪漫主义作家大都是激情洋溢的人，情绪冲动，崇尚自由，爱走极端，喜欢把事物推到极致以表达非常的思想、抒发喷涌的激情，其创作善于用感情色彩强烈的文字，夸张的语言，排比的句式，别致的修辞，汉赋般的风格，浓墨重彩地描绘自然形态，渲染铺排突出自然特征，使作家所营造的自然世界色彩瑰丽，画面超常，如杨志军写开湖、梁晓声写暴风雪、张承志写河流、郭保林写大漠、邓刚写海潮、李杭育写葛江川地貌……都具有强烈的艺术效果。

其四，神奇性和神秘性。这是浪漫主义的一般特点；自然浪漫主义创作在这方面显得尤为突出。因为这类创作除一般浪漫主义所具有的非凡的人物、传奇的故事、惊心动魄的场面之外，更有非凡的自然。自然浪漫主义创作旨在表现超凡的主体意识，为此作家往往把人物置于特殊的自然地理环境当中,无论通过特殊的自然地理环境磨练人物意志,还是通过人物的特殊经历状写自然,都要对自然做淋漓尽致的描写以追求特殊效果。作家选择的是带有神奇和神秘色彩的自然——人物在神奇和神秘的自然世界活动,故事在神奇和神秘的自然世界发生;为了营造特殊效果,作家还要刻意地渲染、夸张地书写、诗意地描绘,创造性地运用多种修辞手法给自然、人物、故事披上神秘和神奇的外衣。另外,浪漫主义作家追求"天人合一"、主客体贯通的境界,使无生命无意识的自然世界中许多事物具有生命意识,让自然世界中许多动物如马、牛、羊、虫具有人的灵性,也为自然书写增添了些许神秘和神奇,创造出传奇性的艺术效果。属于无生命自然世界的神秘书写如忽闪着"鬼火"、发出"收魂鸟"凄凉嚎叫的"鬼沼"(梁晓声《这是一片神奇的土地》)、神秘莫测的海底世界以及凶猛狂暴的海潮(邓刚《迷人的海》)、恣肆奔腾、喧嚣轰鸣、有着父亲一般坚强自信性格的黄河(张承志《北方的河》);属于有生命自然的人格化书写如"我"和花儿到荒原传播性信息、诱发细毛虫为求爱而冲锋陷阵形成的毛虫潮,被垦荒队员养大、粗通人性、曾经救助危难中的垦荒队员、而最后恢复了野性一掌打死父亲的库库诺尔(熊)(杨志军《环湖崩溃》)……神秘和神奇以及传奇性的自然书写为作品增添了浪漫主义色彩。

其五,强健的想象力和丰富的联想艺术。浪漫主义作家大都激情喷涌、长于想象和幻想,他们具有强健的想象力和联想力,凭借想象和联想以及幻想寻找主体意志与自然世界的关联和默契,打破时空界限,打通自然世界与人文社会的界限,打破有形的物态世界与无形的理念世界的界限,打乱常态下事物的格局使原本没有关联的事物形成艺术整体,使原本不可能的事情成为必然,使本无关联的世界凑在一起而又天衣无缝,编制出神奇的艺术世界和自然世界。浪漫主义创作意在表现主体意识,在自由随意的想象与联想中把意识释放出去,让其按照既定的艺术思路与地理自然和历史自然中的人和事关联在一起,形成某种对应或者对立的关系。如此,人文、历史、地理、自然,四维世界组成巨大书写时空,作家的笔触在这巨大的时空中纵横驰骋,创造出博大雄浑的艺术世界,构成色彩绚烂的画面,显示出浪漫主义文学的无穷魅力。

自然浪漫主义是转型时期文坛上格外耀眼的风景!

第十四章　乡村情调与田园牧歌

——转型时期乡村风情浪漫主义文学抽样分析

在社会转型初期,在 20 世纪 80 年代前后,文学呼应着社会政治主潮翻云播雨,"伤痕文学"、"改革文学"、"反思文学"、"怀人文学"、"婚恋文学"以及以"朦胧诗"的现代性探索为创作走向的文学大浪滔天,搅得文坛乃至整个社会浪涛翻滚。也正是此时,一种创作倾向悄然出现,它疏于暴露"文革"灾难、讴歌改革开放的时代政治主潮,也疏于如上炙手可热的文学思潮,却为汹涌澎湃的转型时期文学送来缕缕"暗香"。在时代政治话语一统天下、而人们的政治兴趣也十分浓厚的时代,读者把更多的阅读热情放在"伤痕"、"改革"等与时代政治相关的文学大潮上,然而这股"暗香"却如涓涓细流,从文学浪潮的间隙汩汩流出,因明澈清新、沁人心脾而得到读者青睐,稍后便浮出水面,成为人们文学阅读的重要对象。这种文学倾向便是以走向乡村田园、表现乡村风情和田园牧歌为主要审美倾向的乡村牧歌情调的浪漫主义文学。

一、乡土中国与乡村风情浪漫主义文学

中国是一个农业国家,农民是社会构成的主体。中国农民在物质和精神生活中创造了丰富的乡村风情文化,是维系中国农民生产、生活和人际关系的重要依据,也是与其有密切根源的中国作家所描写的重要内容。尤其是进入 20 世纪以后,伴随着城市社会的发展繁荣,大批文人从乡村小镇走进城市,他们在城市中挣扎奔波,经历了城市文明熏陶,也感受到现代城市文明的多重性,其执笔为文者大都把取材目光投向来处。孟繁华说,"东方情调"产生于中国深厚的土地,扎根于古老深厚的文化传统,虽然经过现代化的冲击,但来自上层知识分子心灵深处的"风俗风貌,代代相传,绵绵不绝"。

许多作家先后离开了那里——广袤的黑土地，破旧的农村，落后的农民，来到大都市，"但乡土中国留给他们的情感记忆并未因此远去。特别是体验目击了城市的罪恶之后，对乡土的情感怀恋，几乎成了所有来自乡村作家共有的'病症'。"①以塑造乡村人物、描写乡村生活和田园风情为主要内容的"乡土文学"是20世纪文学世界的重要构成。鲁迅、沈从文等作家用不同的笔墨创造的"乡土文学"为后代作家的创作提供了良好的传统。20世纪六七十年代，包括知青作家在内的很多作家被赶到农村生活的广阔天地，他们对农村和农民生活有着深刻的认识和切身的感受，这为他们重返或走上文坛书写农村和农民奠定了坚实的基础，并因此促进了农村题材文学的发展繁荣，"伤痕文学"、"改革文学"、"反思文学"、"知青文学"以及"寻根文学"等各种文学思潮中都有相当数量的农村题材的创作。

农村题材文学和"乡土文学"、"乡村风俗文学"不是相同的概念，与我们所考察的乡村风情浪漫主义文学也有若干距离，但它们都相关于农村和农民，其间存在着某些必然联系，是我们考察乡村风情浪漫主义文学必须区别界定的。照直说，农村题材文学、"乡土文学"不都带有浪漫主义特色，某些书写风俗民情的"乡土文学"也不一定属于浪漫主义范畴，而我们考察的则是乡村牧歌情调的浪漫主义文学。

还要做出区别的是"寻根文学"。因为中国是一个农业古国，中国文化和民族精神的根扎在乡村厚土，包括落后的生产力、刀耕火种的生产方式、原始的村落、陈旧的生活习俗和乡规民约、古朴的伦理道德、约定俗成的人际关系、野性和蛮荒的生命形态，都成为寻根作家书写的对象，成为衬托和对抗现代城市文明、重振民族精神和生命活力的文化资源。有些论者把"寻根文学"中的许多作品视为浪漫主义文学，②有一定道理，因为在欧洲文学史上，浪漫主义文学的特点之一便是"回到中世纪"，用以对抗现代科技理性对于人性的束缚；而有些"寻根文学"在对民族文化精神植根的寻求和表现中，也不约而同地指向原始混沌的生活和蛮荒简陋的习俗，使作品带有神秘和神奇色彩，带有一定的浪漫主义审美品格。但在我们看来，"寻根文学"是复杂的文学思潮，作家对于"根"的理解和书写并不相同，其美学风格也不

① 孟繁华：《1978：激情岁月》，山东教育出版社1998年版，第217页。
② 刘思谦：《新时期浪漫主义思潮描述》，《河南大学学报》1994年第1期，谈到转型时期浪漫主义文学思潮的第一特点便是"地域的荒僻和时间的久远"，提到"寻根文学"作家如郑义的《远村》；杨彬的《浪漫主义小说在新时期的超越》，《中南民族大学学报》2004年第6期，更直接地分析"寻根小说"的浪漫主义特色，提到的作家除汪曾祺、阿城外，还涉及韩少功、李杭育等人的创作。

同——不是所有的"寻根文学"都带有浪漫主义色彩；而我们看重的是那些寄托了作家社会理想、人生追求和审美理想的乡村风情书写，是带有田园牧歌情调的乡村风情书写，是某些以超然怡然的心态书写乡村生活诗意、寻找精神家园的创作。这些书写不是引导人们回到洪荒、回到混沌、回到原始、回到简陋，而是在审美想象中创造一种与紧张的人际关系、世俗化的都市现代生活、压抑人性的现代科技理性、权力和金钱主宰的人情世风所不同的自由、和谐、平淡、宁静、优雅、素朴、淳厚的乡村世界，理想和审美的乡村世界。

同样走向乡村风情，同样具有浪漫主义色彩，作家的生活经历和生命感受不同，文化底蕴和艺术追求不同，其作品的浪漫主义成色和特色也就不同。从乡村、田园、风俗、情调等方面综合考察，简略地说，转型时期乡村牧歌情调的浪漫主义文学主要有如下两种形态：以刘绍棠为代表的民间传奇性浪漫主义文学和以汪曾祺为翘楚的士林雅兴浪漫主义文学。

二、刘绍棠的民间传奇性浪漫主义创作

刘绍棠因书写京东运河的田园风光、风俗民情和时代变迁而获得文名。在 20 世纪 50 年代那个阳光明媚、神州大地充满朝气和生机的时代，他以惊人的才气"划响"了中国农村社会变革启航的"桨声"，以清新动人的文笔生动地描绘出春回大地的"青枝绿叶"，成为新中国文坛上一颗引人注目的新星。但因年轻气盛、创作"出格"及其他原因，这颗新星刚刚升空就被无情的政治炮火击落尘埃。1957 年他被打成"右派"，以"带罪之人"回到京东通县儒林村，父老乡亲不因他"有罪"而冷落他、拒绝他，而是热情地接受他，亲切地对待他，让他在亲情温爱中度过人生最艰难的时光。

对于家乡的父老乡亲兄弟姐妹，刘绍棠充满无限的感激和深情。因此"复出"以后执笔写作，他没有像其他作家那样痛苦万状地抚摸"伤痕"、悲愤欲绝地书写灾难、激烈深刻地反思历史，也没有像某些青年作家和新锐作家那样仰视西方、唾弃传统，致力于艺术形式方面的探索和西方人文思想的阐释，他植根京东北运河农村沃土，高高地举起"乡土文学"的旗帜，深情地书写故乡的田园风光和风俗民情。他说他在生他养他的"弹丸小村"生活了三十多年，"童年遭遇三灾八难，是乡亲长辈们使我死里逃生；二十一年后经历了艰难坎坷的漫长岁月，是乡亲父老兄弟姐妹们扶危济困，我才大难不死。家乡是我的生身立命之地，乡亲们待我恩重情深。感恩戴德，我不能不满怀

孝敬之心和报恩之情,描写和讴歌我的乡亲乡土。"[①]他甚至郑重宣告,要"一生一世讴歌生我养我的劳动人民",并且明确表示要始终保持"田园牧歌"的风格。[②]

刘绍棠的乡村叙事有历史和现实两类。历史乡村叙事始于"文革"期间,那正是他被打成"右派"走背运的时候,他带着心灵的伤痕离开城市住在生他养他的儒林村。也许因为现实叙事给他带来灾难,他要寻求保险系数;也许不满意流行的创作口号及其束缚,试图突破;他回望童年,回望故乡的历史风云,创作了《鹊桥儿女》、《狼烟》等几部书写故乡历史风云的作品——当然,在被打入"另册"的境遇中他只能偷偷地写作。而在平反昭雪恢复创作权利之后,他还曾接续"地下创作"的思路致力于历史乡村叙事,书写"瓜棚柳巷"、"花街"等历史风情。直到1981年,他才受社会经济改革大潮吸引,更多地关注乡村现实,怀着激动的心情创作了《鱼菱风景》、《小荷才露尖尖角》等作品。无论历史乡村叙事还是现实乡村叙事,他都自觉地实践"乡土文学"的创作主张,经过几十年的努力,创造出一个特色鲜明、成就突出的乡土文学世界。

两类叙事略有差异。因对以土地承包责任制为主要内容的乡村变革以及这种变革所产生的深刻影响不甚熟悉,复被乡村变革所取得的经济成就给农民生活和命运带来的巨大变化所激动,其现实乡村叙事显示出早年文学经验中"党性原则"熏陶和社会主义性质的一面,乡村风情与社会倾向的矛盾冲淡了浪漫主义色彩和田园情调,也影响了浪漫成色和田园景色;相比而言,历史乡村叙事的浪漫主义色彩和田园情调更突出一些。历史乡村叙事是他怀着深切的眷恋回忆远去的历史背影,回忆童年生活及故乡的风云烟雨以及家乡父老的生活命运和风俗民情,如《瓜棚柳巷》、《蒲柳人家》、《花街》以及《荇水荷风》、《草莽》、《蒲剑》等。他在眷恋中回忆,在回忆中"温习"旧时代的风俗民情、趣事轶闻和童年风景,无论残酷的事实还是艰辛的生活,紧张的冲突还是悲剧命运,复杂的矛盾还是苦难的人生,经过历史岁月的筛选过滤,经过心灵世界的净化和美化,都变得温馨而富有情趣。而美丽的北运河风景、多情重义的乡民性格、素朴的风俗民情,更因作家的诗性书写而表现出较强的浪漫主义色彩和悠悠的乡村情调。

刘绍棠乡村叙事的浪漫主义色彩主要表现在传奇色彩和乡村情调两个

---

① 刘绍棠:《瓜棚柳巷》,吉林人民出版社1983年版,第402页。
② 刘绍棠:《瓜棚柳巷》,吉林人民出版社1983年版,第401页。

方面。

先谈传奇色彩。按照朱光潜先生的解释，浪漫主义这一名词起源于中世纪一种叫"传奇"的民间文学体裁。这是一个重要的起源说，它突出了浪漫主义的民间性和传奇性。此后这一名词的外延和内涵不断扩展和丰富，在解读和阐释中存在许多混乱，但传奇性仍是其重要的审美条件之一。许多文本就是因为作者以奇特的想象创造出非凡的文本世界，创造出带有神秘色彩的故事和传奇色彩的人物及其神奇的作为，而被指认为浪漫主义。所谓"传奇"，在很大程度上就是对于书写内容进行理想化和奇异化处理，纳入本文语系就是，用夸饰的艺术手法对于粗糙的日常生活形态、寻常的乡村景色、普通的父老乡亲及其行为进行审美化书写。而民间性则是刘绍棠乡村叙事的文体特征。其创作虽非民间文学体裁，但他自幼接受了民间艺术熏陶，形成根深蒂固的民间审美倾向，这在情节结构、语言风格、叙事策略等方面都有明显的表现。其乡村叙事的传奇性主要表现在人物和故事两个层面。

人物传奇是说刘绍棠乡村叙事所塑造的人物带有传奇性。文学中的人物传奇大体有两类。一类是英雄传奇，作家在叙事过程中将某些人物英雄化、神奇化，赋予他们非凡的经历、卓越的事功、高尚的品格和超群的能力，他们叱咤风云，力挽狂澜，具有关云长温酒斩华雄般的传奇色彩。一类是凡人传奇，小人物传奇。他们也有非同寻常的经历，非凡的奇遇，但他们没有远大志向和高尚品格，没有把握自己命运、改变事态的能力，被动地适应各种局面，作家借他们的奇遇写社会情态，写奇闻轶事。一般说来，小人物传奇流传不广。而英雄传奇则无论东方还是西方，都有深厚的审美积淀和广阔的审美市场。中国历史风云变幻，战乱迭起，芸芸众生在现实生活中无力把握自己的命运，失落感重，遂在审美想象中试图把握，或者说在实际生活中屡屡受挫失败，只能在审美想象中寻求精神寄托，通过文学英雄慰藉自己受伤的心灵。英雄传奇因适应了人们的社会和审美心理而深受读者喜爱，三国英雄、水浒英雄、武侠英雄经久不衰，直到20世纪后期，国人进入现代社会，金庸的武侠英雄还在各个阶层拥有巨大的审美空间。至于民间叙事，塑造英雄、传播英雄的基础更深厚。刘绍棠说他的家乡北运河一带是盛产说书和曲艺的地方，其历史乡村叙事中就有不少以说书唱戏为生的民间艺人；他受民间艺术影响很深，英雄传奇对他来说有深厚的审美积淀和丰富的叙事经验。其乡村叙事大都带有浓厚的英雄传奇色彩。

刘绍棠的英雄传奇大都在历史乡村叙事中。因为那是一个社会体制腐朽、官府无力控制的年代及地方,也是存在江湖世界和江湖人物的年代及地方。其历史乡村叙事表现了那个年代及地方的某些现实,也突出了那个年代及地方的某些现实。历史进入 20 世纪后半叶,社会制度规范有序,生产关系严密,人们的思想行为及生产和生活关系都纳入严格的体制之内,江湖温床及江湖人物的缺失,刘绍棠现实乡村叙事的传奇性大打折扣,但并没消失。在民间英雄叙事审美心理作用下,刘绍棠用英雄传奇的方式方法书写七八十年代京东北运河的乡村现实,书写人物的言行举止,与其他作家相比仍带有传奇性,尤其是涉及老年农民和旧时代的生活经历,传奇性更强一些。

刘绍棠历史乡村叙事中较为突出的是江湖人物传奇。其中有些是民间艺人,如桑铁瓮一家(《草莽》)、"一台戏"、云姐儿父女(《荇水荷风》)、柳摇金一家(《狼烟》)等人,凭借说书卖唱或马戏表演挣钱糊口。他们行走江湖、跑码头,在舞台上抛头露面,与社会各色人等交往,经历曲折,命运坎坷,"江湖"使这类人物叙事带有传奇性。因江湖凶险,单凭说书卖艺无法安身立命,刘绍棠精心设计,或者让民间艺人文武兼备如桑铁瓮、陶红杏、柳黄鹂儿,或者让民间艺人与会些武功的江湖义士搭帮组合,借此将"英雄美女"的故事演绎得曲折离奇,生动感人,如桑氏父子搭救烟花女子月圆姑娘;或者让民间艺人与乡村才子结合,翻新"才子佳人"的故事,如叶雨慷慨解囊为陶红杏赎身,危难之际陶红杏杀死官兵又救下叶雨;俞菖蒲将柳黄鹂儿所在的草台班子引领上正路,其后柳黄鹂儿成为俞菖蒲的护卫和知音。这类"侠女书生"的故事曲折坎坷,带有英雄传奇色彩。

相比而言,刘绍棠写得较多的是普通农民,他们以耕田种地、打鱼摆渡维持生计,繁衍生息。但他们普通却不简单,大都有非同寻常的经历和作为,庄稼地里干活是一把好手,撑船摆渡运河滩上闻名,捕鱼种瓜样样精通,危急关头,还能使出几手武艺,显示出英雄本色,像何大学问那样凭借一手响亮的鞭子威震长城内外(《蒲柳人家》)。即便是本分的庄稼人,像柳梢青那样的种瓜人(《瓜棚柳巷》),金大戬那样的养鱼人(《荇水荷风》),也有不寻常的经历和神奇的手艺。刘绍棠钟爱这样的人物,也善写这样的人物,通过他们编织传奇性的故事,制造危情和险情,把故事发展推上极端和极致,复借助他们非同寻常的能力使矛盾"死结"神奇般地化解,从而增强叙事的张力和魅力。如柳梢青是种瓜把式,父女俩经营瓜园,远近闻名,正当瓜果成熟准备开园之际,警长汤三圆子抓走了吴钩的母亲和几个孩子,又将柳梢青诓进乡警所,柳梢青借机使出本事连杀两个关押他的乡警,救出吴钩的母亲和孩子,扶老携幼兴冲冲地回到瓜棚喝"开园酒"。而临走前要柳叶眉准备一斤"开园酒"回来喝的话,既为故事结局埋下了伏笔,也增加了人物的传奇性和神秘色彩。

故事传奇。故事传奇与人物传奇互为表里。基于民间艺术的审美心理积淀和为农民创作的艺术追求,刘绍棠似乎更重视故事传奇。刘绍棠是编写传奇故事的高手。历史乡村叙事和现实乡村叙事的内容不同,故事的传奇色彩也强弱不同。在现实乡村叙事中,人物生活和社会关系大都固定规范,故事的传奇性也有些淡化,刘绍棠主要借助于民间艺术的叙事"策略"制造传奇效果,传奇性是刻意营造、匠心追求。按照一般叙事艺术,某些故事和场面没有传奇色彩,但刘绍棠为加强艺术效果,"故弄玄虚",运用抖包袱、设悬念、卖关子、埋伏笔、兜圈子等手法使故事带有神秘色彩。如《柳伞》写黄金印跟随柳景庄来到柳家,事前交待柳景庄单身一人、白天走街串巷画影壁挣钱,家里没人做饭,黄金印到他厨房准备做饭时却发现饭菜已经准备妥当,是何人所为?作品"秘而不宣",却又"揣着明白说糊涂",闪烁其词地牵出柳与冷清霜的神秘关系;冷清霜是作品中的重要人物之一,她与柳的关系是故事的支系,按说此时应该报出姓名介绍其间的感情纠葛,但作品"引而不发",拓开笔墨书写其他,于延宕中增加人物的神秘性和故事的神奇性;老干部鲍春知心系家乡,退而不休,通过各种渠道了解柳伞村支部成员的情况,村里的矛盾症结,为解决问题提供依据以及夜访村支书秦吉的情景,冷清霜与黄金印的"死扣子"、与乡助理贾文德的关系,黄金印与贾文德的关系、与儿子相识相认的情景,乡书记郁士通与贾文德、秦吉的幕后交易及其由此引出的错综复杂的矛盾、或明或暗的线索,都因特殊的断续剪裁而带有神秘性和传奇性。

故事传奇在历史乡村叙事中比较突出。京东北运河的地理环境和乡村历史现实形成了江湖社会形态,也造就了一些江湖人物,江湖人物的性格和作为演绎出传奇故事。即使本分的庄稼人在那个失序的时代也会铤而走险做出令人震惊的事情——刘绍棠基于历史乡村现实编织传奇故事,自觉地追求传奇性和真实性相结合。[①] 大体说来,其历史乡村叙事的传奇故事有三种类型。第一类是社会传奇。刘绍棠的历史乡村叙事大都定格在三四十年代,那正是民族危机四伏、社会矛盾激烈、抗战烽火遍地燃烧的时代。这一背景"框定"了人物的作为和故事的性质,增强了乡村叙事的时代性和社会

---

① 刘绍棠:《瓜棚柳巷》,吉林人民出版社 1983 年版,第 404 页。

内涵。因为这类故事多数与共产党领导的革命斗争相关联,故也可以称其为"红色传奇"。我们在《鹊桥儿女》、《狼烟》以及《蒲剑》等作品中看到,社会各界爱国志士在民族危急关头高举抗战救国大旗,组成民团与汉奸官匪斗争,演绎出惊天动地的故事。刘绍棠以擅长的民间叙事艺术安排故事情节,将社会各界的爱国救亡斗争与绿林好汉、江湖义士、侠女书生的故事编织在一起,使矛盾错综复杂,充满神奇和传奇色彩,甚至带有武侠小说的痕迹。

第二类是侠义传奇。因这类传奇多数发生在夜晚,也可称其为"黑色传奇"。刘绍棠讴歌家乡父老兄弟姐妹,也鞭挞邪恶之徒,写他们依仗权势,横行乡里,为非作歹,鱼肉人民,残害百姓。于是就有英雄义士行侠仗义,扶危济困,凭借高超的武艺和过人的胆识闯虎穴,除恶魔,解救受害的无辜,这就有了风高放火、月黑杀人、英雄救苦、单骑赴会之类的故事。这些故事带有神秘性。如桑木扁担替风尘女子月圆赎身,黑夜涂了个夜叉脸到"白坟"捉住白苍狗子,装神弄鬼逼迫白苍狗子交出卖月圆的18块大洋,与白苍狗子厮混的女人趁机逃进柳丛,却被偷偷跟在桑木扁担后面、藏在柳丛中的陶红杏扯住腿,女人受到惊吓复向追出来的桑木扁担求救,桑木扁担逼其找白苍狗子的母亲索要月圆的卖身钱,来交钱的却是白天掏钱为陶红杏赎身的叶雨,桑木扁担怕暴露真实身份满怀羞愧和感激而去,叶雨不知就里目瞪口呆,陶红杏却跳出来谢恩,故事片断露出神秘的一角,为其后的发展埋下伏笔。

第三类是情爱传奇。如刀光剑影下的美女择婿、古运河畔浪子戏"妻"、中秋节未婚妻"训夫"、"红杏出墙"以及洞房枪声等,因为这类故事大都与婚姻恋爱相关,故也可以称其为"粉色传奇"。其传奇性源于侠女与书生或义士的性格搭配,更源于民间性的叙事策略。如《狼烟》所写,大学生俞菖蒲带着神圣使命回到京东首府萝州,途中与在草台班子卖艺的柳黄鹂儿相识,他们一块回到萍水县城,可谓奇遇;战争硝烟弥漫,俞菖蒲与县长的千金殷凤钗草草结婚,柳黄鹂儿与俞菖蒲的故事似乎走到绝路;俞菖蒲忙于训练民团保护县城,殷凤钗受冷落甚是恼怒,在日寇逼近之际,殷与父母弃城逃往天津,柳黄鹂儿则跟在俞身边热情相助,恋情出现转机;殷凤钗回来试图说服俞菖蒲放弃县城,放弃抵抗,而与她一块回来的"轿夫"则开枪欲置俞于死地,被守夜的柳黄鹂儿发现出手搭救;殷凤钗凶相毕露开枪射击柳黄鹂儿、要挟俞的母亲,俞菖蒲大义凛然,打死殷凤钗,与柳黄鹂儿联手击毙刺客,逃到山里。故事曲折惊奇,爱情断续有致,作家精心结构,作品颇具艺术魅力。

刘绍棠是道德理想主义者,也是编织故事的高手,他所编织的故事,大都是好人历经磨难终得好报,坏人多行不义终遭报应,有情人几经波折终成眷属,烟花女子多情善感脱离苦海终有好的结局。其套路往往是从"奇遇"开始,中经一方结婚而山穷水尽,继而婚姻出现变故,最后柳暗花明。故事曲折而带有传奇性,将情人之间的侠肝义胆、深深的恋情表现得生动而充分。

刘绍棠将社会传奇、侠义传奇和情爱传奇糅合在一起,其历史乡村叙事就像古运河飘来女人,带有奇遇性、神秘性和偶然性;灵活运用武侠小说的叙述技巧、说书艺人的叙事方法、现代小说的叙事策略,增添了历史乡村叙事的传奇色彩。套用《蒲剑》中赞扬桑榆小说的话就是,"跑马卖艺出身的响马"和"唱野台子戏的女艺人","悲欢离合,缠绵悱恻,刀光剑影,九死一生;将才子佳人小说和武侠小说融于一炉,令人拍案惊奇"。①

再说乡村情调。刘绍棠是那种"看不见本村的树梢,便分不出东南西北;一瞧见自家的烟囱,就来了能耐"的"恋家子弟"。② 他在家乡生活了三十多年,对家乡的一草一木都充满深厚的感情,对那里的田园风光和风俗民情给予热情讴歌和诗意书写,其创作流露出浓浓的乡村牧歌情调。这一情调主要由田园风光、乡土人物、乡村风情和诗性叙事等四个方面组成。

田园风光。刘绍棠热爱家乡,动情地赞美家乡,他笔下的田园景色、自然风光、山水地理无论历史乡村叙事还是现实乡村叙事都充满诗情画意。历史乡村叙事不因乡村社会动荡、村民生活贫困、或者所写环境由邪恶势力掌控而影响田园风光的诗性书写;现实乡村叙事则因落难经历与城市冷漠形成对比更充满温情,因改革开放经济发展而更多赞美——他没有明显的生态意识,不像张炜那样对于经济发展给生态环境带来的负面影响及毁坏有深刻的感受和深切的忧虑,他始终满怀诗意和温情地赞美京东北运河的地理环境和自然风光。那里的河流、村落、田野、瓜园、沙滩、柳林、碧水荷花、柴门柳篱、暮霭晚霞、清空朗月等田园风景以及袅绕的炊烟、简单的院落、低矮的土屋、飘香的瓜果等生活场景都是那般恬静温馨,自然素朴,宁静和谐,令人无限向往。京东北运河夏日夜景更是如诗似画——刘绍棠善写夏天晚景,从 50 年代的《夏天》、《运河的桨声》到转型时期的《蒲柳人家》、《瓜棚柳巷》,再到《小荷才露尖尖角》、《鱼菱风景》……只要涉笔夏日晚景,便诗意盎然。因此,刘绍棠的乡村故事大都发生在夏季,发生在夜晚。请看《蒲柳人家》所写:"夏日的傍晚,运河上的风景像一幅瑰丽的油画。残阳如血,

---

① 刘绍棠:《瓜棚柳巷》,吉林人民出版社 1983 年版,第 209 页。
② 刘绍棠:《小荷才露尖尖角·后记》,花城出版社 1984 年版,第 382 页。

晚霞似火,给田野、村庄、树林、河流、青纱帐镀上了柔和的金色。荷锄而归的农民,打着鞭花的牧童,归来返去的行人,奔走于途,匆匆赶路。村中炊烟袅袅,河上飘荡着薄雾似的水气。鸟入林,鸡上窝,牛羊进圈,骡马回棚,蝈蝈在豆丛下和南瓜花上叫起来。月上柳梢头了。"①这是令人心醉的乡村牧歌生活。

乡土人物。刘绍棠虽然有较长时间的城市生活经历,但比较而言,北运河家乡才是他的精神家园,他基于对家乡父老兄弟姐妹诚挚的爱而创作,怀着感恩戴德的心情书写家园的主人——父老乡亲的生活情态和精神面貌,其笔下的人物(花鞋杜四、连阴天之类恶劣小人除外)大都是带有理想色彩、没有经受现代文明风化的乡土人物。尤其在历史乡村叙事中,他更是满怀深情地表现了家乡父老重情重义的理想人格精神。其中,有些人富贵不淫、贫贱不移、威武不屈、行侠仗义、敢做敢为,他们意志坚强,品格高尚,有非凡的作为和英雄般的义举。这些崇高的人格精神表现在如齐柏年、俞菖蒲、夏更雄、蒲天明、俞寒窗这些仁人志士身上,也表现在、或者说更多地表现在平民百姓身上。叶雨与陶红杏素不相识,听说桑铁瓮为她赎身没钱,毫不犹豫地掏出贴补家用的 18 块大洋奖学金相助,姓名不留,飘然而去;桑氏父子为一顿饭的情谊不惜一切搭救烟花女子,"头插草标卖了我,也要赎月圆姑娘!"桑铁瓮的话掷地有声。长工叶三车搭救蓑嫂与其做了二年的露水夫妻,蓑嫂的丈夫找来,他二话不说把自己的房屋让出来,自己到别处搭个草棚栖身;蓑嫂的丈夫杨小蓑是个吃喝嫖赌的奸诈小人,欠下赌债典妻给叶三车,叶三车偿还赌债为蓑嫂赎身,却不肯败坏人伦大义与蓑嫂结合,光明磊落,堂堂正正;他对妻子有救命之恩,情重如山,但妻子对他态度不是很好,他宽怀大度容忍妻子的任性,并在她生病时精心照顾,宁肯倾家荡产借驴打滚的印子钱、宁肯自卖自己还债务也不接受狗尾巴花——一个对他有意但人品不端的女人的诱惑;杨小蓑死后,两个家庭都需要合在一起、孩子们也强烈要求他与蓑嫂睡在一起,但为了信守对妻子的承诺,他硬是睡在屋外树下也不到蓑嫂屋里。叶三车、柳梢青、桑铁瓮、金大戟等是侠义的化身,传统道德的典范。刘绍棠对他们怀着深深的敬重之情。

比较而言,刘绍棠把他的爱、他的理想更多地倾注到女性身上。② 他按

---

① 《文艺报》编辑部编,《1977—1980 全国获奖中篇小说集》,上海文艺出版社 1981 年版,第 878 页。

② 刘绍棠很少写歹毒丑恶的女性,好吃懒做、为虎作伥、不守妇道、心存邪恶的女人如狗尾巴花、白六娘子、二皇娘之流是极少数。

照乡村道德标准观念塑造了各种类型的女性形象,表现她们家里家外的性格和作为,表现她们重情重义的内心世界。由此构成独具特色的运河女儿世界。她们的出身教养不同,在家庭关系中的地位和作用不同,生活经历和命运承担不同,性格也有诸多不同。其中,有像蓑嫂(《花街》)、云锦(《草莽》)、望日莲(《蒲柳人家》)、水芹(《绿杨堤》)这样的柔弱女性,她们心地善良,纯洁贤惠,吃苦耐劳,为爱人亲人受尽苦难,承受各种灾难,无怨无悔;但她们不是逆来顺受的弱女子,事关人格道义,她们也能挺直脊梁,勇敢地面对危险和灾难,做出令人震惊的壮举。如蓑嫂在连阴天和煤窑工头要带走叶三车的孩子替父挖煤时,挺身而出,自卖自己,与连阴天签下卖身契,明知跳火坑,却从容不迫;水芹在丈夫死后,勇敢地挑起赡养公婆、偿还债务、持家致富的重担,为此献出自己的青春年华,无怨无悔。有些女性,知书达理,敢爱敢恨,敢做敢为,豪爽仗义,既有女性的多情柔肠,也有须眉的侠肝义胆、铮铮傲骨和义薄云天的英雄气概,如陶红杏、柳黄鹂儿、金不换大娘、一丈青大娘……她们甚至比男人还要仗义,坚强,旷达,还要敢于承担,敢于主持公道、维护正义。她们为了相爱的人,为了关乎道义的事,可以做出一切,牺牲一切;甚至为了相关或无关的人,只要涉及公道正义,她们也敢于挺身而出。一丈青大娘对于过往纤夫赤身露体的不雅行为进行教训,冒着战火硝烟舍命救护别人家的童养媳,跳过篱笆救助遭受毒打的望日莲,打抱不平与花鞋杜四夫妇对骂对打,收望日莲为干闺女充当她的保护神,果敢利落地操持望日莲的婚姻大事;柳叶眉深爱吴钩,因为吴钩不愿上门做女婿、也障碍于干兄妹关系,他们不能成婚,虽然十分伤感,但忍痛为吴钩着想担当;她果敢地劫持人贩子的船只,自作主张逼迫放鹰女花三春嫁给吴钩;为使吴钩生活幸福夫妻美满,她挺身而出教训花三春父女,自己受苦受屈也要替吴钩管教媳妇、教养孩子;她侠肝义胆,充当吴钩的保护神……其他江湖女性如陶红杏、柳黄鹂儿等,均有非同凡响的义举。

虽说燕赵多慷慨悲歌之士,但这些人物无疑是作家理想化的人物。他们身上汇聚了中华民族的传统美德,是人情美和人性美的化身,形象美和道义美的楷模。他们身上寄托着作家美好的人格理想,是他献给家乡父老兄弟姐妹的深情赞歌。其乡村叙事也便因为这理想的赞歌而表现出浪漫主义情调。

乡村风情。乡土人物营造了乡村风情,这是刘绍棠乡村叙事浪漫主义特色的重要构成。对于乡村风俗民情的书写,刘绍棠并没有汪曾祺创作那样自觉和突出,而且在现实叙事中还表现出自觉的政治功利性,有意识地表现社会改革对乡村经济和农民的生活和精神面貌所带来的巨大变化,正像历史乡村叙事中自觉地将故事与时代革命斗争风云相关联、把人物的作为往抗战急流边缘靠拢一样,社会政治内容往往冲淡乡村风俗民情的诗意书写;但自觉的追求远不如自然倾斜更有力量。他没有像高晓声那样写出经济变革对于陈奂生们的精神世界所发生的深刻影响,也没有真正写出时代变革对于乡村风俗民情的冲击及其所引起深刻变化,以至于让人觉得京东北运河的乡村风俗民情"依然如故"。在某些乡村叙事中,刘绍棠也像汪曾祺那样非自觉地淡化时代背景和政治内容,突出以风俗习惯为主要内容的乡村风情。他热衷于介绍柳巷、花街、鱼菱村的村舍布局、住宅建造以及室内摆设,介绍村民的衣食住行的习惯和物种特产,充满诗意地介绍瓜果的种类、品名、特点以及种瓜技术、开园习俗,介绍种瓜人的乐趣和规矩,这些内容占了很大篇幅。刘绍棠以好讲故事且善讲故事著称,其故事属于民间叙事,风格是粗线条的,但介绍乡村风俗民情却细致生动,不厌其烦。柳叶眉拦截人贩子的船只为吴钩娶妻的情节简洁明快,关于人贩子放鹰之类的内容介绍得很详细,柳梢青杀死乡警搭救吴钩的母亲和孩子的故事推到幕后借当事人之口轻描淡写,但关于瓜果的种类和开园的习俗却得到诗意的表现(《瓜棚柳巷》);蓑嫂打定主意出卖自己与连阴天签约做工的情节粗线条勾勒,给儿女操办婚事的内容及乡村婚礼习俗却做了细致书写(《花街》);杨家与邵家的矛盾写得简略,而两家的院落、宅院尤其是杨家的宅院布局、屋内摆设却写得详细(《小荷才露尖尖角》)⋯⋯无论历史乡村叙事还是现实乡村叙事,只要涉及乡村风俗民情,他便才华横溢,放开笔墨,诗情洋溢地书写。借用《蒲剑》中夸赞蒲柳春创作的《村姑》的话说就是:"描写风土人情,很有地方特色,读来沁人心脾,感人肺腑。"①

但乡村风情本身没有浪漫情调,也不沁人肺腑。正像北运河有残冬斜阳及百花凋零的季节和风景一样,乡村风俗民情也有粗俗简陋陈腐落后的一面。刘绍棠乡村叙事的浪漫主义色彩和乡村牧歌情调源于对乡村风俗民情的诗意书写。其叙事策略主要有三个方面。其一,他简化了矛盾冲突和人际关系,强化了村民之间的道义和情义,净化了乡村风俗民情。在其叙事中,村民们大都纯朴、厚道,重仁义、薄功名,明事理、厚人伦,大都恪守乡村习俗,按照固有的习俗生活劳作、繁衍生息。由此形成民风纯朴、自然和谐、朗风皓月般的乡村世界,就像《蒲柳人家》中所写的那样,郑端午的瓜田根本

---

① 刘绍棠:《瓜棚柳巷》,吉林人民出版社 1983 年版,第 209 页。

不用看守,倘若他不在瓜田,摘瓜人自会摘瓜留钱;他从外面回到瓜田转一遭,"哪一棵秧少了一个瓜,拨一拨瓜叶,扒一扒浮土,就会找到或是扒出三两个铜板。"①村民之间鸡犬之声相闻,彼此友好往来,哪家有了灾难,自然会有人帮助,无论远近,相识与否。因此,他们生活贫困,却也平静安逸,有许多情趣和乐趣。乡村也有坑蒙拐骗之类的现象发生,也有花鞋杜四、连阴天、白苍狗子、汤三圆子之类的恶人坏人,但这是极少数;他们的为虎作伥,坑蒙拐骗,无损风俗民情的整体淳厚。由此形成的乡村风俗民情具有巨大的同化力,能够化解一切灾难和不幸,矛盾和冤仇。因此连阴天、汤三圆子之类有势力却没有市场,即使凭借权势掀起一时的风浪,制造一些悲惨事件,也总会得到应有的惩罚。刘绍棠相信善有善报、恶有恶报的"定律",并且为"报应"营造了足够的氛围,使人相信,有这样的风俗民情,善良人有灾有难也能得到化解,即便是不能苦尽甘来,也能逢凶化吉,消灾祛难。刘绍棠乡村叙事的结局大都是恶人得到报应,灾难得到化解,乡村恢复常态,生活复归平静,生活在田园牧歌情调中重新开始。

其二,他有意识地回避或淡化了残酷血腥和痛苦忧愁,突出了乡村积极、乐观、美好的一面。北运河乡村和村民的生活现实,尤其是历史乡村叙事中的乡村和村民生活,贫困而艰辛,有断炊挨饿之虞,有生老病死之愁,有妻离子散、家破人亡之灾,有遭邪恶之徒迫害敲诈之苦,有沦落红尘之痛……对这些悲剧性的生活现实,刘绍棠大都轻描淡写,点到为止,不正面写灾难残暴,也不正面写天灾人祸降临后的痛苦和悲情,写他们怎样撕心裂胆地怒号,怎样悲观绝望寻死觅活,每当人物陷于绝境、情节发展至悲之际,其叙事便"柳暗花明又一村"。作为叙事策略,他常常拓开笔墨,写道德义士出而救助,化险为夷,表现纯朴的乡村风俗,挖掘道义的力量,如对于月圆、陶红杏这样的风尘女子的卖身生活只作为人物的生活经历简单介绍,故事的重心在于桑铁瓮父子和叶雨怎样为她们赎身;有时则"绕道而行",对于至痛至悲之内容只做简单交代,瞬间便顺着某种线索延展其他情节。如柳梢青幼年被义和团的大师姐劫走,《瓜棚柳巷》不写与其相依为命的父亲悲痛寻子的惨状,而是顺着柳梢青的故事写下去,避开悲痛的现实转化为人物传奇;有时则写弱者以惊人的平静面对残酷的现实,将弱者的呻吟转化为坚强性格的生动表现,如襄嫂无法躲避连阴天的阴谋,做好去其家做工、遭受侮

---

① 见《文艺报》编辑部编:《1977—1980 全国获奖中篇小说集》,上海文艺出版社 1981 年版,第878 页。

辱、拼死一搏的准备,但她的准备和悲愤只作简单的补叙,作品细致地写她平静地张罗儿女的婚事,其叙事也就超越了悲痛和愤怒,而随着婚礼习俗的介绍和婚姻场面展开而显得轻快生动。

其三,更为重要的是,刘绍棠怀着深深的眷恋以闲适轻松的笔墨书写乡村现实及生活情态,深入挖掘其中的情趣和乐趣。从整体上看,他并不回避北运河乡村的贫穷落后,也坦陈农民生活艰辛困苦,但眷恋的情思和轻松闲适的笔墨使粗糙的生活形态和简陋的生活条件——破败的村落、简陋的房舍、繁重的劳作、简单的饮食等等都得到富有情趣、乐趣甚至诗趣的表现。江湖卖艺既辛酸又充满风险,但艺人们出色的技艺表演和闯荡江湖的生活却具有神奇和传奇色彩。撑船打鱼、耕耘收获等劳作风吹日晒、艰辛备至,但刘绍棠突出了他们的技艺和技术,繁重的劳作不单是养家糊口的沉重负担,而且是充满诗情和诗趣的技艺展示;复写他们凭借出色的技艺和技术闻名乡里,受到尊重,劳动有收获,生活有情趣,精神充实,自给自足,乐人乐己。俞文茔在北京上大学,走读,离家72里地,每天骑车往返,中途还要割二百多斤青草卖钱贴补生活,其辛苦可想而知,但作品用轻松浪漫的笔墨写他"一路飞奔,一路口中念念有词。三十六里英文,三十六里日语,俞文茔选修了两门外语课",[1]只字不提辛苦劳累。春天青黄不接,穷人揭不开锅,靠吃野菜树叶充饥,《花街》不写伏天儿等人饥荒之苦,却充满诗意地书写吃榆钱、吃杨树叶的乐趣,"九成榆钱儿一成面,搅合一起锅里蒸,水一开花就算熟。然后,切碎碧绿白嫩的羊角葱,泡上隔年的老腌汤,拌在榆钱饭里,吃起来别有风味,一天三顿吃不厌"。[2]柳梢青父女从东北回到北运河畔的柳巷村,没地方吃住,只能在村外搭草棚挡风遮雨,刘绍棠妙笔生花,回避了生活的艰辛,复将简陋的住所写得浪漫、诗兴而富有乐趣。请看他们的"瓜楼":

> 柔韧绵长的红皮水柳,编织瓜棚四壁,四壁抹的是麦芋熟泥,镜子面似的平整,照得见面容身影,分得出男女老少。瓜棚的顶棚,铺的是父女从河边割来的蒲苇;棚顶起脊,瓜棚像是戴上一顶尖头的斗笠。
>
> 瓜棚下,盘起一座八字冷灶,六棱烟囱,冷灶旁堆放着几垛四四方方的青柴。青柴里有一捆捆野蒿,填进灶膛烧起来,袅袅的炊

---

① 刘绍棠:《小荷才露尖尖角》,花城出版社 1984 年 3 月版,第 101 页。
② 刘绍棠:《瓜棚柳巷》,吉林人民出版社 1983 年 9 月版,第 83 页。

烟飘散着淡淡的香气。灶上一口七锅八补的铁锅，锅台上摆放着红土瓦罐、猫耳绿罐、青葫芦瓢、蓝花饭碗、大肚盐缸、细脖儿酱油瓶，逢年过节才洒几滴油花，挂在菜叶上看风景。父女俩削断柳枝当筷子，吃的是糠菜，喝的是河水，打鱼捞虾见荤腥。①

化粗糙为神奇，变简陋为诗意，蒲柳人家、瓜棚柳巷因此洋溢着淡淡的浪漫气息和悠扬欢快的乡村牧歌情调！

现实乡村叙事、尤其是改革开放年代的现实乡村叙事，更多些诗情画意和牧歌情调。因为在刘绍棠的潜意识里，现实乡村叙事是作为城市生活比较而出现的。乡村没有城里那多嘈杂的人群，逼仄的空间，紧张的节奏，尖锐的矛盾，人为的生活布局，林立的高楼大厦，也没有城市现代生活所带来的灯红酒绿和眼花缭乱的事件，从而得到刘绍棠的深情眷恋。刘绍棠赞美改革开放给乡村生活带来的巨大变化，但这赞美是在政治经济层面、物质生活层面；在精神文化层面，在情感倾向上，他似乎不愿意接受乡村城市化、生活现代化的某些现实，②更倾向于乡村田园本色，更亲近泥土气息，希望父老乡亲在传统文化轨道上生活、前进，希望兄弟姐妹更多地保持传统的道德观念和具有乡村特色的生活习俗。因此那些身上带有现代城市生活做派、从乡村走进或走出的人物，那些失去农家子弟本色、在穿着打扮上"沾染"了城市现代生活气息的青年，大都具有好逸恶劳等不良品行，大都是作为生活、事业和婚姻的失败者、受挫者出现在乡村世界，受到乡村人的嘲笑。③ 但刘绍棠没有判他们"死刑"。其出路是：在付出昂贵的代价之后，他们身上的现代气味、城市气味、洋气味被乡村传统化解，复原农家子弟本色，方被认可。

刘绍棠笔下的理想青年，乘着改革开放的东风发家致富的青年，大都保持着农家子弟的本色。他们生活中也出现某些变化，但农家子弟的本色、乡村文化赋予他们的精神品格没有变，情感心理仍然沉浸在纯朴的风俗民情

---

① 刘绍棠：《瓜棚柳巷》，吉林人民出版社1983年版，第2页。

② 在历史乡村叙事中就有不少地方表现出他的拒绝，如《蒲剑》对潞河中学发散的西洋气味和英文教员西风的西洋做派表现出极大的厌恶，称其为"恶臭"；而与这"恶臭"和"西洋做派"相对的则是，对于古朴的书香礼仪和乡土气息的礼赞。

③ 这些青年出自不同的作品，有不同的生活和人事环境，经历和作为有所不同。男青年大都像《小荷才露尖尖角》中的杜小铁子那样，身穿"大花格衬衫和肥腿喇叭裤儿"，"大鬓角，菊花顶，小胡子，男不男，女不女，介于人妖之间。"刘绍棠说他们"哪里还有一点农家子弟的成色？"女青年则像金枝那样，羡慕城市生活，学习城里人的穿着打扮，厌倦农村，厌恶劳动，丢掉农家女儿的本性和辨别是非优劣的准星，被城市眼花缭乱的现象所迷惑，结果吃亏上当（《吃青杏的时节》）。

和传统道德观念之中。邵火把靠自学考上农学院的研究生,是乡村青年的榜样,作品说"他是土命人的儿子,本色也像泥土。"①叫天子放弃鱼菱村火红的事业和富裕的生活、熟悉的人事环境,放弃有知识有前途的青年女性,带着五大车盖房材料"下嫁"到落后的绿杨堤,娶穷寡妇水芹为妻,帮助她照顾老弱多病的公婆,张扬的是传统美德和深厚情义(《绿杨堤》)。俞文芊在北京上大学三年,是个"土头土脑的大学生",他读书、割草卖钱贴补家用,照顾有病在床的老娘,是个品学兼优的青年(《小荷才露尖尖角》)。在城市文明与乡村习俗的天平上,刘绍棠倾向于农村并流露出反城市倾向,②他不赞成青年去北京发展(读书除外),而是希望农村青年植根乡村沃土,像叫天子、邢春塘、金水桥等人那样,在农村这片广阔天地里与乡亲们一起改革致富,实现人生理想。他通过不同类型的青年人的理想追求和生活事业说明,乡村为青年人创业提供了广阔的天地——城市所不能比拟的天地。他甚至希望在北京城里找不到生活位置的青年,与其在城里无所作为,不如到乡村安家落户,因为乡村的空气更新鲜,环境更优美,风俗更纯正,更有利于青年人健康成长。马蹦蹦改好的表现是,不仅自己高兴地离开北京到连环套安家落户,还主动把他姐姐介绍过来,在他眼里、也是在刘绍棠心目中,农村是"花天锦地",到农村"这是人往高处走"。(《花天锦地》)与历史乡村叙事相比,刘绍棠的现实乡村叙事虽有社会功利意识,但并不缺少浪漫主义色彩和田园牧歌情调。

诗意书写源于诗意感受。刘绍棠以眷恋温爱的心态感受和回忆北运河乡村风俗民情。他是有社会功利意识的作家,现实乡村叙事的政治倾向性更为明显。但从整体上看,他浓厚的乡村"情结"、对于家乡父老兄弟姐妹感恩戴德的心情和民间审美冲淡了功利意识,进而赋予乡村世界以浪漫主义色彩和田园牧歌情调。这样的乡村世界是理想中的世界,是他基于对城市文明和现实社会风气的拒绝而在诗意的想象中创造的乡村世界,是他怀着无限眷恋和美好的情思憧憬的乡村世界,甚至可以说他是在诗意的回忆和热切的赞美中为自己营造的精神家园!

因此,田园风光、乡村风俗、浪漫故事、传奇人物、理想人格、牧歌情调,等等,都是他的精神寄托。他生活在城市,其心灵在生活激流或浊流中漂泊

---

① 刘绍棠:《小荷才露尖尖角》,花城出版社 1984 年版,第 38 页。
② 与 50 年代文学的反城市倾向不尽相同,50 年代文学的反城市倾向中带有反知识、反文化的成分,如在批判城市有知识青年的基础上肯定农村没文化青年,刘绍棠接受了那年代的思想文化教育;且在那个年代走上文坛,其意识深处或许还保留着旧时代的某些蛛丝。

流浪,受到很多伤害,为寻求慰籍而走向乡村,走向过去,走向田园。回忆中的乡村世界经过多年的沧桑岁月,很多人事都已经模糊、走调、变形,有些已经成为无法填补的空白,但依然给他很多温爱。在这里,他找到了生命的根,找到了精神家园。也许岁月稀释了感情的憎恶,也许经历了太多的沧桑对一切都已经看淡,也许磨难太多心灵结成厚茧,对一切已经麻木,因而那里的贫困、愚昧、悲剧、简陋、陈旧、苦难都被淡化和简化,有的甚至成为逸闻、趣事、谐事、典故、掌故,成为超功利、超利害、超爱憎、超名利、超道德的审美对象。作家的心是达观的、超然的、淡泊的,乡村世界的许多许多都在审美层面上得到诗意的表现。他的笔一旦进入那个世界,那片村落,忆及那些实有或虚构的生活情景,便激发起悠悠情思。他在这情思中开始乡村叙事,形成如上的美学风格……

就其美学风格的品味而言,刘绍棠乡村叙事属于民间范畴。与同时代其他作家相比,他更多地吸取了中国文学传统、尤其是民间文学传统的营养。他说:"我自幼接受民间故事、小曲、评书、年画、野台子戏……的艺术熏陶,长大又受中国古典文学的教养,因此我热爱创作方法上的民族风格,在表现手法上喜欢采用民族形式。"①人物性格及形象塑造,故事情节及结构安排,语言运用及语言风格,都带有明显的中国古典小说和民间文学影响的痕迹。语言风格尤其明显。他吸收了乡村生活语言和民间说唱艺术语言,活用和借用了古代文学的书面语言,形成了特色鲜明的语言风格。叙事、写景、写人、状物,生动准确、精炼传神,尤其是民间说唱艺术语言传统的继承及其语言词汇的直接运用,使其语言文白相间,对仗押韵,有节奏感和音乐美,增强了叙事的文采和趣味,起到很好的艺术效果。如《蒲柳人家》写"一丈青大娘勃然大怒,老大一个耳刮子抡圆了扇过去,那个年轻的纤夫就像风吹乍蓬,转了三转,拧了三圈儿,满脸开花,口鼻出血,一头栽倒在滚烫的白沙滩上,紧一口慢一口捯气,高一声低一声呻吟。"②如《草长莺飞时节》写运河东岸风景:"堤上,黄鹂鸣翠柳;堤下,蒲苇和水草丛中,蛙声噪耳。满河鸭子,白毛凫绿水,红掌拨清波,引颈呱呱叫"。③ 但有些地方"影响"、"借鉴"的痕迹过于明显,缺乏创造性运用,伤于搬弄和卖弄。他说"在说话和写作上,都能使用这个地区的生动、活泼、含蓄、优美、形象、富有诗情画意和音乐性

---

① 刘绍棠:《瓜棚柳巷》,吉林人民出版社 1983 年版,第 402 页。

② 见《文艺报》编辑部编:《1977—1980 全国获奖中篇小说集》,上海文艺出版社 1981 年版,第836 页。

③ 刘绍棠:《小荷才露尖尖角》,花城出版社 1984 年版,第 97 页。

的农民口语。"①其实他的叙事语言缺少足够的"农民性"和"口语性"——书面语言的过多运用影响了作品的乡土气息。

民间性还表现在情节结构、形象塑造等方面。刘绍棠重视故事情节和结构艺术，情节大开大阖，发展变化跌宕起伏，或缓或急，张弛适度，线索穿插复杂而不紊乱，来龙去脉交待得清清楚楚，结构安排追求传奇性和戏剧性，这使他的乡村叙事具有吸引力。但在叙事策略的选择上，表现出较为明显的民间文学影响的痕迹，"说"故事的痕迹过于突出，过于追求传奇性和偶然性，人物随着故事走，影响了性格刻画，也影响艺术境界的提升。他的人物个性突出，群体特点尤其明显，人物的类型性大于典型性，人物语言个性不强，人物的心理活动简单透明，性格内涵不够丰富，人物的传奇性影响了故事的真实性，也使人物的可信性受到一定影响。另外，他浓墨重彩淋漓尽致地描绘北运河两岸的人文地理和田园风光，画面浓烈但缺少空白，读者审美想象的空间相对狭窄，更缺少汪曾祺、阿城创作的空灵飘逸。这虽然没有影响乡村叙事的浪漫主义色彩和田园情调，却影响了这一色彩的韵味和情调的境界。

从整体上看，刘绍棠的乡村叙事属于民间传奇性浪漫主义。

三、汪曾祺的士林雅兴浪漫主义

与刘绍棠有意识地为人物活动寻找时代背景相比，汪曾祺则是有意识地淡化时代背景，淡化社会政治内容，更注重审美创造。他将乡村风情的许多都纳入审美创造之中，用浅淡的语言、平静的心态诗意地写出。其创作带有浓郁的田园牧歌情调，属于士林雅兴浪漫主义。

汪曾祺创作的浪漫主义美学风格渊源广博。比如他对鲁迅、废名，尤其是沈从文创作风格的承袭——汪曾祺是沈从文的受业弟子，沈在为人为文的许多方面都对他产生了深远的影响，如以审美静观的方式把握人生、从事写作的态度，对优美、健康、符合人性的"人生形式"的执著表现，对于和谐美的追求，等等；而他对民间文学的广泛阅读则于潜移默化中受到民间文学叙事方式的影响，直接成就了汪曾祺叙事风格的某些重要方面。这里仅就儒、道两大思想文化传统对汪曾祺浪漫主义创作的影响略作分析。

按汪曾祺的说法，他主要受中国儒家思想文化的影响。"我是较早意识

---

① 刘绍棠:《瓜棚柳巷》，吉林人民出版社 1983 年版，第 402 页。

到把现代创作和传统文化结合起来的。""我自己想想,我受影响较深的,还是儒家。"①这不难理解。儒家思想是中国封建社会的意识形态文化,历朝历代都作为主流文化以各种方式进行宣教,渗透到社会各个角落,成为指导中国人、尤其是中国文人思想行为的理论基础、规范准则,甚至是思维范式,每个人从生命意识的形成到人生各个阶段的生活和发展都处在儒家思想文化的熏陶、规范和制约之中。汪曾祺受儒家思想影响很深不足为怪。问题在于,以孔子为代表的儒家学说内容十分丰富,每个人都根据自己的理解和人生追求接受其中的某些方面。汪曾祺以诗性心理感受孔子及其学说,对孔子印象最深的、所受影响较大的竟然是孔子的"诗性人格"! 在他看来,孔子是个诗人,是很有"诗性"的人。其"诗性"就在于他对"诗意"生活的追求。这是汪曾祺对于孔子的理解,也是孔子对汪曾祺的影响。他说:"我喜欢《论语·子路曾皙冉有公西侍坐章》。'暮春者,春服既成,冠者五六人,童子六七人,浴乎沂,风乎舞雩,咏而归。'我以为这是一种很美的生活态度。我欣赏孟子的'大人者,不失赤子之心'。"②汪曾祺认为,孔子终其一生为宣传自己的社会主张劳碌奔波,竟有如此雅兴和追求,实属难得! 他欣赏这样的生活态度,也想像孔子那样追求田园牧歌情调的生活,或者生活的田园牧歌情调。在创作中,他极力发掘生活的诗意美。他说他要把人们的"情绪,情操,生活态度写出来,写得更美、更富于诗意"。他要"把生活中真实的东西,美好的东西,人的美,人的诗意告诉人们,使人们的心灵得到滋润,增强对生活的信心、信念"③。他实现了他的创作理想。

　　儒家对汪曾祺的影响是多方面的,也是深刻的。但如果仅仅是儒家思想文化的影响还不足以玉成他创作的田园风格。因为每个人都处在实际的生活之中,纠缠于繁琐的俗务之中,人生道路上充满矛盾、丑恶、黑暗、艰辛、虚伪、灾难、痛苦,都有功名利禄的烦恼、责任义务的重压。所得有限,而欲望无穷。哪里有诗性的生活或田园牧歌? 即使重义轻利淡泊名利,只要"爱人"、"入世",有所追求,就会不断地陷入烦恼困顿之中,诗意追求就会烟消云散,更不要说仁义礼智信,齐家治国达天下! 孔子固然有雅兴诗意,然而正像大多数人所理解的那样,照样生活得很累很难。汪曾祺生活和创作的诗意和雅兴,还源于老庄思想的影响——甚至可以说更直接的源泉在于老庄思想,孔子的诗性雅意敌不过人生的责任和义务,也敌不过功名利禄的诱

---

　　① 《汪曾祺文集·文论卷》,江苏文艺出版社 1994 年版,第 238 页。
　　② 《汪曾祺全集》第 3 卷,北京师范大学出版社 1998 年版,第 286 页。
　　③ 《汪曾祺全集》第 3 卷,北京师范大学出版社 1998 年版,第 285 页。

惑、世俗社会的侵袭,也就无法成就汪曾祺创作的浪漫主义。老庄思想博大深邃,就人生追求而言,是与儒家思想对立的"出世"思想,是"无为"的人生态度,认为人生应该师法自然,率性而为,不以俗迁,不为物役,超脱功名利禄,追求精神自由。这种思想自然容易产生归隐山林、囿于心斋、逃避现实等情绪,但由此生成的旷达、洒脱、平静、淡泊的人生态度和精神自由、乐与美的人生境界及其追求却是令人欣赏和向往的。汪曾祺一生经历了无数苦难和挫折,但他能够保持平静旷达的心态,以平淡的心态感受人生艰难,并且创造了积极的、乐观的、诗意的、美的文学人生,正是老庄思想影响的结果。汪曾祺曾经说:"有评论家说我的作品受了两千多年前的老庄思想的影响,可能有一点。"①他说他"年轻时很爱读《庄子》"。在分析"随遇而安"的生活态度时也直说是受老庄思想影响。

　　一种思想文化对个体生命的影响并不表现为简单的对应性接受,老庄思想在中国也不像儒家思想那样作为主流文化意识形态而被宣教、推广而拥有显赫的市场。对汪曾祺而言,老庄思想的影响是心灵的感应和生命的呼应。他的气质、他的乐观主义的人生态度都与老庄思想密切相关,甚至他对孔子的理解和接受也与老庄有深层的关联。简略地说,是儒家的仁爱、中庸之道,孔子的"诗性人生"和老庄的自然、达观等思想成就了汪曾祺创作的浪漫主义美学风格。

　　关于汪曾祺创作的美学风格,研究者做过多种分析和归纳,我们还是尊重汪曾祺本人的说法,将其界定为:和谐。他说:"我追求的是和谐。"②他似乎担心别人误解,就更明确地说:"我追求的不是深刻,而是和谐。"③"和谐"不是社会政治层面上的和谐稳定,和谐是一种生活情调,一种人生境界,也是一种审美心态。从思想渊源上讲,和谐与道家的"天人合一"、儒家的"中庸"有着密切的关联。从汪曾祺创作来看,和谐是由健康的人性、浓郁的人情、淳厚的风俗民情所形成的人生形式,由乐观的人生态度、旷达的心理境界、平静的创作心境所创造的超越了功名利禄等世俗追求、超越了生死爱恨而形成的自由、欢快、明朗的生活情调。套用浪漫主义理论家诺瓦利斯的话说就是,汪曾祺所创造的和谐,是一种超越了世俗性"低级自我"、淡化了社会功利目的、"把普遍的东西赋予更高的意义,使落俗套的东西披上神秘的外衣,使熟知的东西恢复未知的尊严,使有限的东西重归无限"的浪漫主义

① 《汪曾祺文集·文论卷》,江苏文艺出版社1994年版,第238页。

② 汪曾祺:《晚翠文谈》,浙江文艺出版社1988年版,第20页。

③ 汪曾祺:《作为抒情诗的散文化小说》,《上海文学》1988年第4期。

审美境界。① 简洁地说,和谐就是将尖锐的社会矛盾、复杂的人际关系、世俗人生及生活形态予以浪漫化书写,使之带有浓郁的田园牧歌情调。这在汪曾祺创作中主要表现在三个方面。

一是生存和生活形态的浪漫化书写。"我是一个乐观主义者。对于生活,我的素朴的信念是:人类是有希望的,中国是会好起来的。"②"我这个人在逆境中还能感受生活的快乐。"③他以乐观的态度看取生活,从日常的、琐屑的、单调的、粗糙的、甚至沉重的、污浊的、世俗的、艰辛的生活中捕捉积极向上的质素,然后诗意地写出。如作为生活和人生主要内容的劳动,在其笔下,不是辛劳的、痛苦的、被迫的谋生手段,不是折磨身心的、痛苦沉重的负荷,也不是对于人的"异化",或者说人在谋生即劳动过程中因"异化"而失去自我,进而成为生活的奴隶。他俨然唯美主义者,在古朴和枯燥中寻求诗意,在繁琐和无聊中寻求诗性,并且赋予生活和生存形态以美感。人在生活和劳作过程中实现了自我,生活——尤其是劳动也就成为创造美、甚至如马克思所畅想的那样劳动本身就是美的活动。《大淖记事》写那些外地来此做小本生意的人的生活情形:

> 日出而作,日入而息。吃罢早饭,各自背着、扛着、挎着、举着自己的火包,用不同的乡音,不同的腔调,吟唱吆唤着上街了。到太阳落山,又都像鸟似地回到自己的窝里。于是从这些低矮的屋檐下就都飘出带上甜味儿又呛人的炊烟(所烧的柴草都是半湿不干的)。

当地人则世代相传靠肩膀吃饭,男人、女人、大人、小孩都是挑夫。"挑运"是非常辛苦的劳动,但在汪曾祺笔下不仅无苦可言,反而生出不尽的乐趣:

> 单程一趟,或五六里,或七八里、十多里不等。一二十人走成一串,步子走得很匀,很快。一担稻子一百五十斤,中途不歇肩。一路不停地打着号子。换肩时一齐换肩。打头的一个,手往扁担上一搭,一二十副担子就同时由右肩转到左肩上来了。

---

① [德]诺瓦利斯:《断片》,转引自刘小枫:《诗化哲学》,山东文艺出版社 1986 年版,第 33 页。
② 《汪曾祺作品自选集》,漓江出版社 1996 年版,第 3 页。
③ 汪曾祺:《作为抒情诗的散文化小说》,《上海文学》1998 年第 4 期。

这里的姑娘媳妇也都能挑。她们挑得不比男人少，走得不比男人慢。……因为常年挑担，衣服肩膀处易破，她们的托肩多半是换过的。旧衣服，新托肩，颜色不一样，这几乎成了大淖妇女的特有的服饰。一二十个姑娘媳妇，挑着一担担紫红的荸荠、碧绿的菱角、雪白的连枝藕，走成一长串，风摆柳似的嚓嚓地走过，好看得很！

——像优美的群体舞。劳动如此，吃饭也是带有雅兴的事：

这些人家无隔宿之粮，都是当天买，当天吃。吃的都是脱粟的糙米。一到饭时，就看见这些茅草房子的门口蹲着一些男子汉，捧着一个蓝花大海碗，碗里是骨堆堆的一碗紫红紫红的米饭，一边堆着青菜小鱼，臭豆腐、腌辣椒，大口大口地在吞食。他们吃饭不怎么嚼，只在嘴里打一个滚，咕咚一声就咽下去了。看他们吃得那样香，你会觉得世界上再也没有比这饭更好吃的饭了。

《受戒》写江南水乡最繁忙、也是最繁重的几件重活如栽秧、车高田水、薅头遍草、割稻子、打场子，"这几荐重活，自己一家是忙不过来的。这地方兴换工。排好了日期，几家顾一家，轮流转。不收工钱，但是吃好的。一天六顿，两头见肉，顿顿有酒。干活时，敲着锣鼓，唱着歌，热闹得很。"这似乎不是劳动，而是一种欢快的游戏或者生趣活泼的现场演出！"炕鸡"是件复杂的劳动，熟悉炕房情况的人都知道其中的艰难，一炕下来人瘦一圈，就像生场大病，而余老五炕鸡则具有创造生命的神圣的感觉。作品先写他的神态："余老五这两天可显得重要极了，显贵极了，也谨慎极了，还温柔极了。他话很少，说话声音也是轻轻的。他的神情很奇怪，总像在谛听着什么似的，怕自己轻轻咳嗽也会惊散这点声音似的。他聚精会神，身体各部全在一种沉湎，一种兴奋，一种极度的敏感之中。"而后写道：他躺在小床上，抽烟、喝茶，凭借精细准确的感觉判断一切，"炕房里暗暗的，暖洋洋的，潮濡濡的，笼罩着一种暧昧、缠绵的含情怀春似的异样感觉。余老五身上也有着一种'母性'。（母性！）他身验着一个一个生命正在完成。"（《鸡鸭名家》）

单调的生活、粗糙的饭食、或沉重、或复杂得令人身心难耐的劳作尚且如此，生活中还有什么不充满诗意雅兴的呢？

二是风俗民情的浪漫化书写。风俗民情是汪曾祺创作的重要内容，他可以淡化故事,淡化场景,淡化事件发展过程,淡化结局,但一定要不惜笔墨交待风俗民情,以至于在某些作品中风俗民情书写成为作品的主体内容。汪曾祺对风俗有独特的理解:"风俗不论是自然形成的,还是包含一定的人为的成分(如自上而下的推行),都反映了一个民族对生活的热爱,对'活着'所感到的欢悦。……风俗中保留着一个民族的常绿的童心,并对这童心加以圣化。风俗使一个民族永不衰老。"他说"我对风俗有兴趣,是因为我觉得它很美。"①其风俗民情的书写着重于素朴、淳厚的一面,透露出和谐与宁静。他写做小本生意的那些人,"因为是在客边,对人很和气,凡事忍让,所以这一带平常总是安安静静的,很少有吵嘴打架的事情发生。"说锡匠们"很讲义气,他们扶持疾病,互通有无,从不抢生意。若是合伙做活,工钱也分得很公道"。头领老锡匠对他们管教得很严,"不许他们赌钱喝酒;嘱咐他们出外做活,要童叟无欺,手脚要干净;不许和妇道嬉皮笑脸。""客边人"、锡匠们如此,当地人也一样,大家重礼仪、守规矩、无贵贱、等贫富、重情义、讲诚信,友好相处,互帮互助,每个人都按照既定的风俗习惯生活和谋生,谁都不轻易地违规越矩,做有损风化、与风俗习惯相悖离的事情,干坑蒙拐骗、尔虞我诈的勾当,也很少激烈的矛盾斗争。谈甓渔广有财产,博学多识,"他没有架子,没大小,无贵贱,三教九流,贩夫走卒都谈得来。"(《徙》)也有仗势欺人为非作歹之徒,有离谱违规图财背义行为,如刘号长奸污巧云、打伤十一子之类的行为,破坏了乡村规矩,并因此激起一定的波浪:锡匠们组织起来游行示威。但有波动却激发不起大动荡,因为作家不想向激化矛盾引发抗争的方向用墨,也不愿采取过激的方式处理。他写锡匠们游行,意在展示古老的行帮规矩对于不义行为的胜利,意在表现风俗民情及其强大的力量,而不是表现矛盾激化。因此即使对于大规模的群体行为,也写得十分文静:

> 锡匠们上街游行。这个游行队伍是很多人从未见过的。没有旗子,没有标语,就是二十来个锡匠挑着二十来副锡匠担子,在全城的大街上慢慢地走。这是个沉默的队伍,但是非常严肃。他们表现出不可侵犯的威严和不可动摇的决心。这个带有中世纪行帮色彩的游行队伍十分动人。
>
> 游行继续了三天。
>
> 第三天,他们举行了"顶香请愿"。二十来个锡匠,在县政府照

---

① 《汪曾祺文集·文论卷》,江苏文艺出版社1994年版,第61页。

壁前坐着,每人头上用木盆顶着一炉炽旺的香。这是一个古老的
民俗:民有沉冤,官不受理,被逼急了的百姓可以用香火把县大堂
烧了,据说这不算犯法。

这与其说是写锡匠们的抗议行动,不如说是有意识地展示一种古朴的仪式,
表现一种曾经有过的社会风情。矛盾最后以平和的方式解决,经过几方会
谈,商定锡匠十一子养伤的药钱由保安队负责(实际是商会拿钱),把刘号长
驱逐出境,风波就此结束。似乎不太解恨,却正是汪曾祺的审美心态。

一般情况下,作者将因违背风俗民情所引发的波动以平淡的笔墨写出,
如刘号长奸污了巧云,巧云的父亲当时就知道了,他拿着刘号长留下的十块
钱,"只是长长地叹了一口气"。邻居们知道后,姑娘媳妇们也没有多少议
论,只骂了一句:"这个该死的。"与此形成对比的是,他对乡亲们关心十一子
的描写却不"淡化";因为这是风俗民情所在,也是汪曾祺最倾心的地方:"东
头的几家大娘、大婶杀了下蛋的老母鸡,给巧云送来了。锡匠们凑了钱,买
了人参,熬了参汤。挑夫,锡匠,姑娘,媳妇,川流不息地来看望十一子。他
们把平时在辛苦而单调的生活中不常表现的热情和好心都拿出来了。他们
都觉得十一子和巧云做的事都很应该,很对。大淖出了这样一对青年人,使
他们觉得骄傲。大家的心喜气洋洋,热乎乎的,好像在过年。"巧云的恋人对
巧云被强奸并不十分在意,他没有忌恨,没有愤怒,照样深爱巧云,即使巧云
自己,也"没有淌眼泪,更没有想到跳到淖里淹死"。为表现素朴的民情,营
造和谐的气氛,汪曾祺常常将易于引起情绪波动或情节起伏的大事,如婚丧
嫁娶之类,都以平淡的笔墨写出,以简约的文字淡化处理[①],使"影响"降低到
最低限度。有时将可能引发的风波置于幕后,让读者在想象中完成,或者避
开矛盾产生的可能性根源将笔墨移到另一令人深思的地方,如陈小手被团
长开枪打死,肯定会引起各方面的反应,作者写到陈小手的死便嘎然而止,
至于乡民们的反应、家人的愤怒等,提都不提。(《故里三陈》)汪曾祺突出了
风俗民情纯美的一面,所展示的是和谐平静的生活形态。

三是人际关系的浪漫化书写。汪曾祺性平和,喜欢平淡清静,厌倦矛盾
纷争。他所写的平民百姓,大都靠手艺、靠力气、靠运气、靠智慧……挣钱吃
饭,养家糊口,有的贫困,有的富有,有的时来运转由贫而富,也有的走背运

①　如刘号长奸污巧云这样关键的事件,只用如下文字淡淡写出:"就在这一天夜里,另外一个
人,拨开了巧云家的门。"

堕入困顿。他们没有生活压力，没有心理负担，坦荡率真，自然轻松，达观洒脱，坦然地面对贫穷和困顿，也能够轻松地面对灾难和不幸的降临。他们施仁爱，讲人性，通人情，一人有难，众人相助，或者是物质的，或者是道义的，或者帮助出主意想办法。如老乔见小王因结婚无钱而愁眉苦脸，没有犹豫和商议，"就这个事吗？值得把你愁得直眉瞪眼的！叫老王给你拿二十，我给你拿二十！""合同工"老刘也不甘落后，就说："我给你拿上十块！现在就给！"说着从红布兜里就摸出一张拾圆的新票子。（《七里茶坊》）陈泥鳅冒着生命危险从桥洞里捞出女尸挣了十块钱，转身给陈五奶奶送去，她没钱给孙子看病正急得两眼发直呢。（《故里三陈》）余老五为余大房掌房炕鸡，尽心尽意，并以高超的技术为余大房争得火爆的生意和很好的信誉；余大房养着余老五，让他一年到头提着紫砂茶壶到处闲聊，吃、喝、穿、用全不缺。余老五感激余大房对他的礼遇，多少人家请他去掌房，他都回绝；而余大房则连余老五的坟地都看好了——养他一辈子。大家平等相处，友善地往来。即使出现矛盾和分歧，也能按照乡风民俗圆满解决，相处复归和谐。男女关系是最容易激化矛盾引起纷争的关系，也是几乎所有文学创作中矛盾纷争的导火源，汪曾祺也曾经涉笔于此，但他的处理却是理想化的——按照和谐的原则处理。男人讲仁义，女人重性情，由此构成一个和谐的群体世界，表现出和谐的人际关系。如《大淖记事》所写：

> 这里人家的婚嫁极少明媒正娶，花轿吹鼓手是挣不着他们的钱的。媳妇，多是自己跑来的；姑娘，一般是自己找人。他们在男女关系上是比较随便的。姑娘在家生私孩子；一个媳妇，在丈夫之外，再"靠"一个，不是稀奇的事。这里的女人和男人好，还是恼，只有一个标准：情愿。有的姑娘、媳妇相与了一个男人，自然也跟他要钱买花戴，但是有的不但不要他们的钱，反而把钱给他花，叫做"倒贴"。

这也就不难理解，为什么巧云被奸污后没有痛哭流涕，而包括巧云父亲在内的乡邻也都平静地看待这件事了。

在汪曾祺的文学世界里，有贫富之差别但无贵贱之区别。贫者不生贪婪之心觊觎富者的财富，富人不依仗财势欺人，相反还会接济贫困者，帮助贫者度过难关。谈甓渔知道高家很穷，教高北溟读书，不受修金，高家每次送来，他都亲自上门退回，因为他和高北溟的父亲是"贫贱之交"。（《徙》）季匄民画画给生活困窘的叶三,特意不题上款,实际上就是要他拿了去卖钱贴补生活,他是大画家,其作品颇有市场(《鉴赏家》)。《岁寒三友》写他听说画师靳彝甫有三块田黄石章,直率地问"肯不肯割爱",靳彝甫也很直率地回答:"不到山穷水尽,不能舍此性命"——他把三块石章看得如同性命一般。买卖不成仁义在,他们不仅没伤和气,反而成为朋友,彼此敬重对方的人格情操。季匄民还热情地评点靳彝甫绘画艺术的长短,帮他出主意,指导他走出困境。靳彝甫也以仁义之心对待朋友。他听说好友有的穷得家徒四壁,有的寻死上吊,毫不犹豫地卖掉视为性命、自己半饥半饱时都舍不得卖的三块石章,把钱给好友送去。

　　第三天,靳彝甫约王瘦吾、陶虎臣到如意楼喝酒。他从内衣口袋里掏出两封样钱,外面裹着红纸。一看就知道,一封是一百。他在两位老友面前,各放了一封。

　　　　"先用着。"
　　　　"这钱——?"
　　　　靳彝甫笑了笑。
　　　　那两个都明白了:靳彝甫把三块田黄给季匄民送去了。
　　　　靳彝甫端起酒杯说:"咱们今天醉一次。"
　　　　那两个也同意。
　　　　"好,醉一次!"

他说得那样坦然、平静;而两位老友接受的也是那样自然、平静。没有渲染和造势,也没有客套和感激。这就是朋友情谊。在汪曾祺笔下,除个别坏人、小人,大都如《岁寒三友》所写,以仁爱之心待人,处事——《岁寒三友》中另外二人王瘦吾和陶虎臣也像靳彝甫那样具有君子风范,"他们都没有做过伤天害理的事,对人从不尖酸刻薄,对地方的公益,从不袖手旁观。"修桥补路需要捐款时,他们都会拿出一个谁看了都会点头的数目。汪曾祺所描绘的是一个理想的君子国,也是一个纯真和谐的人伦关系的乌托邦。

　　以上三点是汪曾祺小说和谐的美学风格的内容质地。美学风格是综合性品格。除内容的因素之外,还与方法形式相关。风格即人。汪曾祺受孔子诗性人格和老庄思想影响,以平淡旷达的心态感受现实,看取人生,"用充满温情的目光看人,发掘普通人身上的美和诗意"(《我是中国人》)。与其相关联的就是在创作过程中追求宁静的艺术心境。其表现之一是节制感情。

浪漫主义重视主观抒情,因此不少浪漫主义文学表现为激情洋溢,写景状物叙事写人都带着强烈的感情色彩。汪曾祺的创作也具有浓郁的感情色彩,但其表现形态却是别一种风格:淡淡的,然而也是幽深的——是谓宁静致远,也可比作《幽冥钟》中老和尚夜半撞出的钟声:"是柔和的、悠远的。"他所抒发的是经过理性过滤、净化的美好感情,也是受到严格节制的健康的幽深的感情。他把小说视作"回忆"的艺术——

> 我以为小说是回忆。必须把热腾腾的生活熟悉的像童年往事一样,生活和作者的感情都经过反复沉淀,除净火气,特别是除净感伤主义,这样才能写小说。①

在他看来,"最好的创作心理状态"是"'静思往事,如在目底'"之后,而且"最好心里平静,如白石老人题画所说:'心闲气静时一挥'"而就。② 他甚至认为,"我觉得散文的感情要适当克制。感情过于洋溢,就像老年人写情书一样,自己有点不好意思。"③散文尚且如此,小说就更要控制感情了。他写灾难对人物心身的折磨,写家破人亡、妻离子散的悲剧,大都淡淡地写出,也很少表现人物悲愤的呐喊、痛苦的呼嚎,像陶虎臣在女儿被带兵连长花20块钱娶过去以后,那种愤恨失态的样子在他的作品中极少看到,我们读得最多的是巧云被刘号长奸污后那种平静的笔墨。即使《职业》、《幽冥钟》那些被他看做表现忧伤感情的作品,其情感表现也仍然是淡淡的、节制的。他从不渲染,更不煽情——像其他浪漫主义创作那样。他的抒情是别一种风格,就像他所比喻的那样:"水不但于不自觉中成了我的一些小说的背景,并且也影响了我的小说的风格。水有时是汹涌澎湃的,但我们那里的水总是柔柔的、平和的,静静地流着。"④汪曾祺的创作就像他家乡的水,缓缓地流淌,形成和谐的艺术风格。

表现之二是轻盈明快的叙述风格。一般说来,文学语言多系描写性语言,叙述语言和讲故事、民间形式联系在一起。这是文学创作发展演变趋势在语言方面的一个重要表现,也是文学研究对这一趋势的认定。这一认定暗含着雅俗之分,但在汪曾祺这里打了折扣。描写语言和叙述语言与浪漫

---

① 《汪曾祺文集·文论卷》,江苏文艺出版社1994年版,第67页。
② 汪曾祺:《塔上随笔·"无事此静坐"》,群众出版社1993年版,第263页。
③ 《汪曾祺文集·文论卷》,江苏文艺出版社1994年版,第205页。
④ 《汪曾祺全集》第4卷,北京师范大学出版社1998年版,第281页。

主义没有必然的联系，但既然汪曾祺小说创作以"叙述"成就了浪漫主义风格，也就进入我们的研究视野。汪曾祺选择叙述语言与他对民间文学的大量阅读和偏爱有关。他说："我编过几年《民间文学》，得益非浅。我甚至觉得，不读民歌，是不能成为一个好作家的。"①"民歌和民间故事的语言没有含糊费解的。"他说他的语言的朴素、简洁和明快得益于民间文学；②因为民间文学"平易自然，在叙述方法上致力于内在的节奏感。……一般的民间故事和民间叙事是多侧重于叙述，但叙述的节奏感很强。……重叙述，轻描写，已经成为现代小说的一个显著特点。在这一点上，小说需要向民间文学学习的地方很多"。他甚至说"一个作家要想使自己的作品具有鲜明的民族风格、民族特点，离开学习民间文学是绝对不行的。"③也就是说，汪曾祺从民间文学中发现了叙述语言在节奏明快、简洁轻盈、具有音乐性等方面的优势，吸取借鉴，创造性运用，其创作表现出自然和谐、轻盈明快的韵味。④ 淳朴的风俗民情与轻盈明快的叙述语言融合，成就了汪曾祺创作的风格。

这与同样受民族民间文学影响的刘绍棠有很大不同。从大的方面看，刘绍棠的语言风格源于传统的武侠小说和民间艺人创作，汪曾祺多取《聊斋志异》、《红楼梦》等文人创作。他们都受古典诗词散文散曲戏文的影响，但刘绍棠学习戏文语言伤于模仿或搬弄；汪曾祺取法戏文语言精神——节奏感和音乐性，因而显得高贵、典雅、简约，具有表现力。无论人物语言还是作家语言，都以叙述为主，轻盈、简洁、明快。人物语言不追求文雅华美，但抓住核心简约地写出，充满灵气，富有韵味，如明海与小英子在芦花荡里的对话——

　　　　小英子忽然把桨放下，走到船尾，趴在明子的耳朵旁边，小声地说：
　　　　"我给你当老婆，你要不要？"
　　　　明子眼睛鼓得大大的。
　　　　"你说话呀！"
　　　　明子说："嗯。"

① 《汪曾祺文集·文论卷》，江苏文艺出版社1994年版，第4页。
② 《汪曾祺文集·文论卷》，江苏文艺出版社1994年版，第41页。
③ 《汪曾祺全集》第4卷，北京师范大学出版社1998年版，第426页。
④ 当然，汪曾祺也不是完全叙述，他也描写；其叙述多用于作为文本主要构成的风俗民情部分。这自然是大概而言，其实，叙述语言和描写语言，讲述语言和文学语言并没有严格界限，很难分辨。

> "什么叫'嗯'呀！要不要，要不要？"
>
> 明子大声地说："要！"
>
> "你喊什么！"
>
> 明子小小声说："要——！"
>
> "快点划！"

叙述语言将修饰性语言删减到最低限度，不满，不赘，不过，不絮，不碎，不塞，不挤，从审美效果看给读者留下许多想象空间，从阅读感受说长短句搭配，而以短句为主，音节和谐，琅琅上口，抑扬顿挫，具有音乐美。这是语言叙述的技巧，也是剪裁的艺术。高深的艺术修养使他将最富有魅力的情节和细节捕捉住，诗意地写出，也使他将许多可有可无的字、句、段省略，让读者在审美过程中补充。他的创作是水墨画，淡淡的，一两个人物，几个场景，整体布局简洁，但韵味无穷。因为每一个人物，每一处场景，都经过作家达观、淡泊的心境过滤，看上去浅浅的、淡淡的，其实作家的情感是浓郁的。如《大淖记事》最后写巧云的父亲瘫痪在床，十一子被打成重伤昏迷不醒，生活的重担压在她一人身上——

> 从此，巧云就和邻居的姑娘媳妇们在一起，挑着紫红的荸荠、碧绿的菱角、雪白的连枝藕，风摆柳似地穿街过市，发髻的一侧插着大红花。她的眼睛还是那么亮，长睫毛忽闪忽闪的。但是眼神显得更深沉，更坚定了。她从一个姑娘变成了一个很能干的小媳妇。
>
> 十一子的伤会好么？
>
> 会。
>
> 当然会！

这是任何分析都无法传达、而稍加品味即可体会到的韵味无限的诗性文字。

说到汪曾祺创作的浪漫主义风格，不能忽视这一风格的文体表征。

汪曾祺通晓诗歌、散文、戏剧、绘画等艺术，并且在各种文体上都有说不上丰富、但造诣颇高的艺术创获，就像他的小说，数量不多，但质量高、影响大。多方面的艺术造诣为他的小说文体创新奠定了基础，即便没有自觉的创新意识，在创作过程中其他文体的艺术经验也会自动地走出掩映，为他的小说创新提供某些艺术示范，或者说他也会在散文、诗歌、绘画、戏剧各种艺术门类中借取有益的表现方法和手法,丰富小说的表现形式,扩大可供创造的空间。何况他原本就是自觉的文体作家呢?汪曾祺欣赏并师法孔子的诗性和老庄的自然,形成了自觉的文体创新意识。在他看来,小说固然是小说,但太像小说的小说不是好的小说;小说是一门综合性艺术,应该具有开放性,不能局限于固有的艺术形式。"我不喜欢布局严谨的小说,主张信马由缰,为文无法。"他认为小说要向诗歌、散文、戏剧开放,向绘画等其他艺术门类开放,广泛吸取其他艺术形式及其表现手法,实现各种文体的开放和整合。他特别提出要打破小说与散文的界限,说小说与散文"只有一道篱笆,并无墙壁",甚至认为二者原本就是一体,不能拆开。

那么,打通文体界限的小说是什么样子呢?汪曾祺没有明确说明,但他提出,"生活的样式,就是小说的样式"。[①] 而在他眼中生活是松散无形的,也是具有内在气韵、随意而和谐的。他崇尚自由,追求诗性;师法自然,向往和谐。他说他欣赏"大略如行云流水,初无定质,但常行于所当行,常止于所不可不止。文理自然,姿态横生"的境界(苏轼:《答谢民师书》),欣赏《文说》中"吾问如万斛泉源,不择地而出,在平地滔滔汩汩,虽一日千里无难。及其与山石曲折,随物赋形而不可知也"的境界,说"我虽然不能至,心向往之。"[②]小说创作对他来说,是自由洒脱的精神活动,是充满诗意的浪漫主义创造。融会贯通各种艺术修养成就了他的艺术追求,帮他打破了小说成规,打通了小说与诗歌、散文、诗剧、绘画等文体的界限。他随心所欲,信马由缰,创作才能得到自由无拘束地发挥,审美意识赋予神采各异的小说样式——不仅在文体层面上表现出浪漫主义特点,而且在创作精神层面上为浪漫主义写作提供了难能可贵的范式。

在转型时期的文坛上,汪曾祺算得上一个骨子里都透着浪漫主义精神的作家。

四、乡村风情浪漫主义文学的特点

刘绍棠和汪曾祺的浪漫主义创作虽然有乡村情调和田园牧歌的差异,有民间传奇性和士林雅兴的区别,但又有一些相同的地方。因为从某种程度上说,他们都以超然、达观、闲适、轻松的心态感受和表现乡村世界和田园

---

① 《汪曾祺全集》,北京师范大学出版社 1998 年版,第 79 页。
② 《汪曾祺全集》,北京师范大学出版社 1998 年版,第 166 页。

风景,以深情的眷恋和美好的憧憬感受和表现乡土社会和风俗民情,都对乡村世界给予理想化、诗意化的书写,都把乡村世界当做精神家园予以深情的赞美。他们创作的浪漫主义特点主要表现在三个方面。

其一,宁静的乡村。乡村作为与城市相对立的家居所在,没有现代城市那些嘈杂的人群,逼仄的生存空间,紧张的生活节奏,尖锐复杂的矛盾,人为的生活布局,林立的高楼大厦,灯红酒绿的生活气息,眼花缭乱的事件。乡村格局因作家而异,但大都是青山绿水,蓝天白云,空旷的原野,袅绕的炊烟,简单的院落,低矮的土屋,失修的小桥,弯曲的田埂,茂密的树林,飘香的瓜果,当然还有鸡鸣狗叫,衣衫不整的农妇,满手老茧的老农,光着屁股玩耍的孩童,靠着墙根晒太阳聊天的老农。这里的物质贫困,经济落后,信息闭塞,但宁静、自然——宁静得有些单调沉寂,自然得有些古朴,沉静如止水,没有什么能够吹起波纹,也不能轻易地扬起波澜。有贫困断炊揭不开锅吵架打孩子的事情发生,也有生老病死婚丧嫁娶的事件出现,还有其他种种不幸,但祸起萧墙,也止息于萧墙,各类事件平平静静地发生,也平平静静地消逝,乡村很快就恢复原来的形态。简单的村舍具有超稳定性,低矮的院落容得下各种灾难,破旧的土屋能够融化各种矛盾,贫瘠的土地能够平息各种喧嚣,除非国家动乱、爆发战争,这里不会出现大的变动。这是一个封闭的世界,远离现代文化的喧嚣和文明的浸染,与时代大潮保持一定距离,甚至硝烟战火也轻易烧不到这里。自然和谐,舒缓宁静,简陋封闭,单调沉滞而又美丽的自然风光与古老的田园牧歌交织在一起,构成乡村世界的风景画。

其二,素朴的民情。乡村世界的宁静在很大程度上缘于素朴的风俗民情。作家远离时代政治和社会矛盾,疏于时代背景,淡化重大事件,回避血腥场面,而重视世风民情。他们是风俗画的高手,对于乡村风俗民情大都给予出色的描绘,诗意的表现。村民们生活贫困但不悲观绝望,有不幸但不痛苦呻吟,有灾难也不撕心裂胆地怒号,即使明天就要大祸临头,他们照样平静地活着。他们知足、本分、规矩,日出而作,日落而息,年复一年,日复一日,始终劳作在古老单调的生活轨道上。他们缺乏自我意识,不知道把握自己的命运、改变生活现状、提高生活质量,也不想出走、抗争、造反、革命。他们安于现状,也满足于现状,这个现状固然不好,但他们不想改变。曾经有人走出封闭的乡村故土,见识了外面的世界,但一般说来会拒绝接受外面的生活习俗,甚至还会嘲笑外面的生活方式,就像阿Q笑话城里人管长凳叫做条凳。乡村人厚道、纯朴,厚道得有些愚昧,纯朴得有些憨笨。大多数村民心地简单透明,凡事都按规矩行事,就像古代人打仗,两军对阵,下战书,定时间，擂鼓出战，鸣金收兵，面对面地安营扎寨，埋锅造饭，彼此听得清楚，看得明白，但大家都讲规矩，不做骚扰夜袭之事。他们打的是"义战"。村民之间无需防范，没有藏掖，大家住在一起，鸡犬之声相闻，彼此友好往来。由此形成与城市迥异的生活环境、风俗习惯。他们生活在这样的风俗习惯之中，贫困落后，但怡然自得、其乐融融。就像汪曾祺笔下的画师靳彝甫那样，生活半饱半饥，粗茶淡饭，却怡然自乐，他冬天养水仙，春天放风筝，夏天种荷花，秋天养蟋蟀，活得有滋有味。（《岁寒三友》）

其三，浅淡的情调。作家所营造的宁静的乡村、素朴的民情是理想中的世界，在现实的任何地方、任何时期都不存在。或者说作家原本就是基于对城市文明和现代生活的拒绝而回到过去，回到记忆里的故乡，在诗意的想象中回忆乡村世界，怀着无限眷恋和美好的情思憧憬乡村世界，甚至可以说他们是在为自己营造精神家园。因此，乡村也好，民情也好，只是作家的精神寄托。作家的心灵在城市生活的激流中漂泊流浪，受到很多伤害，找不到栖息之地，于是走向故乡，回到过去。回忆中的故乡经过几十年的沧桑岁月，很多人事都已经模糊，有些已经成为空白，但依然是他们的精神家园。或者说正因为年代久远，经历了太多的沧桑，故乡才成为精神家园。作家的笔一旦进入那个世界、那片村落，忆及那些实有或虚构的父老乡亲便激发起悠悠情思。因为记忆里的故乡是作为现实世界的抗拒而映现的，作家有意无意地进行了审美加工。因而那里的贫困、愚昧、灾难都被淡化，有的甚至成为逸闻趣事和掌故，在审美层面上都得到诗意的表现。所以乡村风情的浪漫主义文学与"伤痕文学"、"寻根文学"、"反思文学"均不相同，后面几种形态各具特点，但大都充满激情和强烈的爱憎、愤怒的吼叫、尖锐的揭露、猛烈的抨击，甚至渲染、煽情，表现出明显的社会的和道德的功利意识以及政治倾向；而前者无论写什么，都是淡淡的、温馨的、雅致的、平和的，满怀诗意的。"与情感浓烈、金刚怒目的批判潮相比，它安静平和，没有宏大的社会目标和英雄惨烈的战吼，意识形态的背景已经大大淡化，东方古老的风情却成为主要情调得以凸现，它如诗如画，如梦如烟。"①

---

① 孟繁华：《1978：激情岁月》，山东教育出版社1998年版，第215页。

主要参考文献

《马克思恩格斯选集》(1—4卷),人民出版社1972年版。

马克思:《1844年经济学——哲学手稿》,人民出版社1985年版。

[德]施勒格尔:《浪漫派风格——施勒格尔批评文集》,李伯杰译,华夏出版社2005年版。

[德]海涅:《论浪漫派》,张玉书译,人民文学出版社1979年版。

[美]R.韦勒克著,刘象愚选编,《文学思潮和文学运动的概念》,中国社会科学出版社1989年版。

[美]M.H.艾布拉姆斯:《镜与灯——浪漫主义文论及批评传统》,郦稚牛等译,北京大学出版社1989年版。

[丹]麦]勃兰兑斯:《十九世纪文学主流》(1—6),张道真等译,人民文学出版社1997年版。

[英]玛里琳·巴特勒:《浪漫派、叛逆者及反动派——1760—1830年间的英国文学及其背景》,黄梅、陆建德译,辽宁教育出版社、牛津大学出版社1998年版。

[英]罗素:《西方哲学史》(下),商务印书馆1976年版。

[德]卡尔·施米特:《政治的浪漫派》,冯克利、刘锋译,世纪出版集团、上海人民出版社2004年版。

中国社会科学院外国文学研究所编:《欧美古典作家论现实主义和浪漫主义》(一、二),中国社会科学出版社1981年版。

北京师范大学中文系编:《文艺理论学习参考资料》,春风文艺出版社1982年版。

[美]利里安·弗斯特:《浪漫主义》,李今译,昆仑出版社1989年版。

[英]以赛亚·伯林:《浪漫主义的根源》,吕梁等译,译林出版社2008年版。

李欧梵:《中国现代作家的浪漫一代》,王宏志等译,新星出版社2005

年版。

Stuart Curran，*The Cambridge Companion to British Romanticism*，Shanghai Foreign Language Education Press，2001.

M. H. Abrams，*A Glossary of Literary Terms*，Foreign Language Teaching and Research Press，2004.

张雄:《历史转折论——一种实践主体发展哲学的思考》,上海社会科学出版社 1998 年版。

杨桂华:《转型社会控制论》,山西教育出版社 1998 年版。

马立诚、凌志军:《交锋——当代中国三次思想解放实录》,今日中国出版社 1998 年版。

周宪:《中国当代审美文化研究》,北京大学出版社 1997 年版。

朱立元主编:《当代西方文艺理论》(第二版),华东师范大学出版社 2005 年版。

童庆炳等著:《中国现代文学理论价值观念的演变》,北京大学出版社 2005 年版。

张祥龙:《西方哲学笔记》,北京大学出版社 2005 年版。

陶东风:《社会转型与当代知识分子》,上海三联书店 1999 年版。

陈刚:《大众文化与当代乌托邦》,作家出版社 1996 年版。

孟繁华:《众神狂欢——当代中国的文化冲突问题》,今日中国出版社 1997 年版。

刘小枫:《诗化哲学》,山东文艺出版社 1986 年版。

陈晓明主编:《后现代主义》,河南大学出版社 2004 年版。

夏之放:《转型期的当代审美文化》,作家出版社 1996 年版。

余开伟主编:《世纪末文化批判》,湖南文艺出版社 2004 年版。

王晓明编:《人文精神寻思录》,文汇出版社 1996 年版。

刘增杰:《云飞云起——20 世纪中国文学思潮研究透视》,上海文艺出版社 1997 年版。

张旭春:《政治的审美化与审美政治化——现代性视野中的中英浪漫主义思潮》,人民出版社 2004 年版。

陈国恩:《浪漫主义与 20 世纪文学》,安徽教育出版社 2000 年版。

李庆本:《20 世纪中国浪漫主义美学》,现代出版社 1999 年版。

朱曦、陈芃:《中国现代浪漫主义小说模式》,重庆出版社 2002 年版。

方维保:《当代文学思潮史论》,长江文艺出版社 2004 年版。

朱寨、张炯主编:《当代文学新潮》,人民文学出版社 1997 年版。

孟繁华:《1978:激情岁月》,山东教育出版社 1998 年版。

尹昌龙:《1985:延伸与转折》,山东教育出版社 1998 年版。

宋耀良:《十年文学主潮》,上海文艺出版社 1988 年版。

陆贵山主编:《中国当代文艺思潮》,中国人民大学出版社 2002 年版。

郑恩波主编:《新时期文艺主潮论》,文化艺术出版社 2002 年版。

吴秀明:《新时期的中国当代文学思潮》(修订本),浙江大学出版社 2004 年版。

曹文轩:《中国八十年代文学现象研究》,北京大学出版社 1988 年版。

曹文轩:《二十世纪末中国文学现象研究》,作家出版社 2003 年版。

吴炫:《中国当代文学批判》,学林出版社 2001 年版。

颜敏:《审美浪漫主义与道德理想主义——张承志、张炜论》,华夏出版社 2000 年版。

张承志著,萧夏林主编《无援的思想》,华艺出版社 1995 年版。

谢冕:《共和国的星光》,春风文艺出版社 1983 年版。

谢冕:《文学的绿色革命》,贵州人民出版社 1988 年版。

程光炜:《中国当代诗歌史》,中国人民大学出版社 2003 年版。

陈晓明:《无边的挑战:中国先锋文学的后现代性》广西师范大学出版社 2004 年版。

杨匡汉.《中国新诗学》,人民出版社 2005 年版。

杨匡汉:《诗美的积淀与选择》,人民文学出版社 1987 年版。

吴开晋主编:《新时期诗潮论》,济南出版社 1991 年版。

杨健:《文化大革命中的地下文学》,朝华出版社 1993 年版。

杨健:《中国知青文学史》,中国工人出版社 2002 年版。

李新宇:《中国当代诗歌艺术演变史》,浙江大学出版社 2000 年版。

梁实秋:《浪漫的与古典的文学的纪律》人民文学出版社 1988 年版。

贺仲明:《20 世纪末作家文化心态考察:中国心像》,中央编译出版社 2002 年版。

洪子诚:《当代中国文学的艺术问题》,北京大学出版社 1986 年版。

蔡守湘:《中国浪漫主义文学史》武汉出版社 1999 年版。

张文奎:《人文地理学概论》(修订版)东北师范大学出版社 1993 年版。

后　记

　　2002年冬天的一个下午，我们坐在一起谈论转型时期中国文学及其研究，说着说着就说到浪漫主义的问题，提及这个话题，我们似乎有很多话要说，也有一些感慨要发，因为在我们的文学史与文学理论的视野里，浪漫主义是一个十分重要的文学思潮，但在转型时期中国文学的研究中，似乎已经被研究者们忘记了，很少有人对转型时期中国文学做出浪漫主义的解读。我们觉得，这很遗憾，也很费解——

　　是转型时期中国文学中没有浪漫主义创作吗？显然不是。熟悉转型时期文学的人谁都能深切地感受到如朦胧诗、政治抒情诗、知青文学、改革文学等创作中扑面而来的浪漫主义气息，谁都不会否认张承志、张炜、汪曾祺、江河、杨炼、杨志军、邓刚等人的浪漫主义创作是转型时期文学世界的重要构成部分；在浪漫主义观念转换之后，谁也不会无视后新时期生态文学、大众文学、大众审美文化业已为浪漫主义的整体构成提供了新的质素和气象；

　　是浪漫主义不值得研究吗？显然不是。转型时期中国文学中的许多创作现象、文本，甚至泡沫式的现象、微不足道的文本都得到了热切的关注，浪漫主义文学是转型时期文学一道亮丽的风景，是一种激情四射、高亢雄浑、充满阳刚正气的景观，无它，转型时期中国文学将会是另一种境界和格调；在后新时期的中国，随着生态美学、生命美学、生活美学与生态文学、大众文学、大众审美文化等的迅猛发展，生态性浪漫主义、大众幻象性浪漫主义开始崛起，如果无视它们的存在，后新时期中国文学的整体构成及其未来发展将会被误判；我们强烈地感受到，之所以产生对转型时期中国浪漫主义文学的诸多的误读、误释乃至有意遮蔽，是因为我们的浪漫主义观念存有着相应的欠缺和误区。

　　是我们的时代不需要浪漫主义吗？显然不是。我们生活在充满世俗气息的时代，科技理性渗透到各个角落，并且左右着人们的物质生活和精神生活，人们被琐屑的、卑微的、机械的、程式化的、灰色的事态纠缠着，失却了创造的激情和生命的活力,远离了理想和诗意,遗弃了高雅、神圣、崇高的审美精神及其境界,而我们的文学也因此丧失了自身的想象力、创造力与人文精神,进而沦为制作和复制;这对于一个民族来说,是很悲哀的。我们需要浪漫主义,需要浪漫主义文学,以张扬个体生命的激情、民族旺盛的创造力与对现实的超越精神;需要以文学的生命强力,强化民族前进的动力——正像诺瓦利斯所说,"这个世界必须浪漫化",通过浪漫化,"把普遍的东西赋予更高的意义,使落俗套的东西披上神秘的外衣,使熟知的东西恢复未知的尊严,使有限的东西重归无限";"通过浪漫化","低级的自我""与更高更完美的自我统一起来"。

我们的想法在当时还不是十分成熟,但是我们豁然开朗、信心十足;于是我们决定,以转型时期中国浪漫主义文学研究为题申报国家社科基金。

于是,我们搜集资料,阅读作品,整理思路,了解研究现状,进行论证。当时,我们对于浪漫主义的理解还不够深刻,对于转型时期中国浪漫主义文学的认识也不够全面,思路尚不够清晰,论证也不到位,甚至究竟有哪些浪漫主义文本可以作为研究对象,选择何种浪漫主义本体论作为观念依据,也不十分了然,更不要说准确把握、系统分析、深入研究了。但我们的申报却得到了评审专家的认可。这是因为,专家们与我们有同感,那就是转型时期中国浪漫主义文学需要研究,值得研究,应该研究;对转型时期中国浪漫主义文学的全面、系统和深入的研究能够获得富有学术价值和社会意义的学术成果。

课题立项,我们十分高兴。于是,查阅研究文章,阅读文学作品,选择相应的观念与方法,整理思路,进入浪漫主义研究领域。我们从阅读作品开始,从梳理相关研究的现状开始,把我们的思考不仅建立在广泛而深入的文本细读的基础上,建立在对研究现状的全面把握的基础上,而且建立在对浪漫主义观念进行批判性辨析与个性化选择的基础上,也建立在对相关观念及其框架进行重新确立与建构的基础上。这是很笨的办法,但我们感到踏实,心安。

转型时期中国文学浩如烟海,其研究卷帙浩繁,我们驾着浪漫主义的轻舟,在海洋里遨游、沉思、探究;分析转型时期中国浪漫主义理论的特质、构成、形态及其意向,考察转型时期中国浪漫主义文学创作的研究现状,解读转型时期中国浪漫主义文本,我们辨析、归类、比较、分析、概括、抽象、思考……

这是一个漫长的过程,也是一个艰难的过程。因为转型时期中国文学的海洋阔大无际,研究现状零乱无序,转型时期中国浪漫主义文学的特点又扑朔迷离;再加上,既有浪漫主义的观念陈旧落伍,业已丧失了自身的解说力。这样,我们的研究,一方面必须重构浪漫主义的新的观念及其框架;另一方面,我们又必须对转型时期中国浪漫主义的文本进行新的辨析与指认,对其存在的形态类型及其流变线索进行新的阐释与把握。无疑,其间既存在着理论的困局,也存有着文学史描述与阐释的困境……

这一过程持续了8年多时间。不是我们懒惰,也不是因事忙而搁浅,而是因为海洋博大,有价值的"金子"散落四方,并时常被各种浪潮淹没和遮蔽,我们游得疲惫不堪,淘得很苦、很累。课题犹如一副沉重的担子,压在我们心上,长期不得安宁。8年辛苦,确不寻常!

在此期间,2007年11月28日,按照全国哲学社会科学规划办公室的要求,我们填报了《国家社会科学基金项目鉴定结项审批书》,为课题结项。2008年8月,全国哲学社会科学规划办公布了结项结果,根据专家鉴定,我们的成果结项等级为优秀。全国哲学社会科学规划办公室在《2008年7月至8月国家社会科学基金项目成果验收情况报告》中介绍了6项基础研究优秀成果,第三项就是我们的成果。鉴定专家认为,该成果"不仅厘清和深化了对当下浪漫主义文学的认识,而且为我国浪漫主义文学的未来发展提供了相关的理念、方法与途径"。

课题做到这个程度,获得了权威机构的如此评价,按说,我们可以喘口气了。但我们并不轻松,也没有停止思考。因为浸淫其中4年多的时间,转型时期中国浪漫主义文学已经成为我们学术思考的惯性和常态;也因为我们对于结项阶段的研究成果还不是很满意,感到还有待于充实、调整、深化和完善。在此后4年多的时间里,我们仍然在做转型时期中国浪漫主义文学的研究工作,这是一种特定的深化性研究工作。

我们的想法很明确:尽管我们的知识视野和理论水平有限,思考深度和研究能力有限,但我们一定要竭尽全力,把课题所涉及的问题研究深透,不留盲点、空白和遗憾。

王国维提出做学问的第一层是"昨夜西风凋碧树,独上高楼,望尽天涯路",虽然我们没有"独上高楼",也没有"望尽天涯路",但我们做到了耐住寂寞,认真读书,把分析和思考建立在丰富而坚实的文本细读与观念重构的基础之上。8年多时间,我们"皓首穷经",苦心思索,"衣带渐宽终不悔,为伊消得人憔悴"。但直到现在,我们还不能说已经达到"众里寻她千百度,蓦然回首,那人却在灯火阑珊处"的境界。这对我们来说那只能是一种"实不能至而心向往之"的境界。不过,可以说,对于转型时期中国浪漫主义文学,我们已经花费了许多许多心血,形成了自己的认识,并且是较为全面、系统、深入的认识。

但愿我们的工作有益于认识与把握转型时期中国浪漫主义文学,进而引起研究的兴趣和学界的重视,继而唤起各界对于浪漫主义精神的重视,使我们的社会少一些世俗气和铜臭气,使我们的生活多一些浪漫和诗意。倘果真如此,我们也就心满意足了。

这是我们共同劳动的成果。石兴泽教授比较熟悉创作情况,撰写了上编和下编的内容;杨春忠教授长于理论思考,撰写了绪论与中编的内容。在很多问题上我们都进行过反复讨论,并且彼此审阅、修改对方所撰写的内容,使其成为一个完备而统一的论述体系。虽然行文风格有些差异,但对转型时期中国浪漫主义文学的认识却是一致的。

成书之前,有些内容曾在《文史哲》、《文艺争鸣》、《民族文学研究》、《学习与探索》、《东岳论丛》、《山东师范大学学报》、《汕头大学学报》、《时代文学》、《黄海学术论坛》、《聊城大学学报》、《德州学院学报》、《南都学刊》以及澳门的《中西文化研究》等刊物上发表,有的还曾经被《新华文摘》、《北京大学学报》摘录。在此向上述刊物及文章的责任编辑表示衷心的感谢。

感谢全国哲学社会科学规划办公室给我们的研究立项并提供了资金援助。感谢山东省社会科学基金办公室给我们立项和支持。感谢聊城大学科研处、学科处及各级领导给予我们的帮助。感谢人民出版社责任编辑李惠老师为本书出版所付出的辛勤劳动。感谢关心和支持我们研究工作的所有亲朋好友!

石兴泽　杨春忠

2012.8.12

责任编辑:李　惠　pphlh@126.com
装帧设计:雅思雅特
责任校对:马　婕

图书在版编目(CIP)数据

转型时期中国浪漫主义文学研究/石兴泽　杨春忠　著.
　—北京:人民出版社,2013.6
ISBN 978－7－01－011575－7

Ⅰ.①转…　Ⅱ.①石…②杨…　Ⅲ.①中国文学-当代文学-文学研究
　Ⅳ.①I206.7

中国版本图书馆 CIP 数据核字(2012)第311379号

转型时期中国浪漫主义文学研究
ZHUANXING SHIQI ZHONGGUO LANGMAN ZHUYI WENXUE YANJIU

石兴泽　杨春忠　著

人民出版社 出版发行
(100706　北京市东城区隆福寺街99号)

环球印刷(北京)有限公司印刷　新华书店经销

2013年6月第1版　2013年6月北京第1次印刷
开本:710毫米×1000毫米 1/16　印张:22.75
字数:383千字　印数:0,001-2,000 册

ISBN 978－7－01－011575－7　定价:48.00元

邮购地址 100706　北京市东城区隆福寺街99号
人民东方图书销售中心　电话 (010)65250042　65289539